生命の理念

I

執行草舟

講談社エディトリアル

本書注釈について

1．注釈の意味

本書では著者独自の思想を表現するため、一般的な意味だけでなく、著者の経験から捉えた言葉の意味を注釈として付けています。その殆どが著者の記憶と見識のもとに書かれており、総数で千二百に及ぶ膨大な注釈群となっています。同じ言葉でも使い方が異なる場合、新たな注釈が付け加えられており、複数の注釈を比較しながら読むことも出来ます。読者の方に、より重層的に著者の意図を捉えて頂けたらとの願いから、注釈自体を思想の断片として、著者が一つ一つ書き起こしました。また、背景理解の為の人物名、歴史的出来事等の一般的な説明も注釈として加えられています。

2．注釈の付け方

①基本的に各章の初出個所もしくは必要個所に注釈を入れて、特定の言葉に対する意味を説明する。

②同義で言葉が使われる場合、前もしくは後にある注釈の頁を参照とする。

③同じ言葉でも違う意味で使われる場合、新たに注釈が付与される。従って同じ言葉であっても異義の場合、参照頁としては挙げない。

④一巻、二巻に分かれているため、同巻内で注釈を参照できるよう、同じ意味で使われている言葉に対しては、同注釈を一、二巻で重複して入れる。参照頁は一、二巻跨《また》いで入れるが、全く同じ注釈に関しては互いに参照させない。参照先として挙げた頁の後の（　）内に、ⅠまたはⅡと記載し、一巻または二巻ということを示す。

⑤参照先が注釈ではなく、その言葉を説明した章、もしくは関連した言葉の注釈になることもある。その場合、一、二巻跨《また》いで、参照頁を挙げている。

3．巻末の索引資料について

注釈の付いている言葉は、巻末で索引として一覧できる形になっています。『生命の理念』全体でどの個所に、どのように言葉が使われているのかを、簡単に引くことが出来るようになっており、また同じ言葉でも異なる注釈が付いているものを比較しながら読むことが出来ます。

まえがき

　私は、生命の神秘を見つめ続けて生きて来たと思っている。その神秘を抱き締め、その神秘を愛し続けて生きて来たと言っても過言ではない。本書には、その私が自らの人生において研究し、実践した生命論が縦横に展開されていると思っている。その理由のひとつとして、私の生命論に、興味を持って下さる方々からの質問や疑問に答えるという、質疑応答の形式をとったことが考えられる。この問答態を通すことによって、生命のもつ理想[1]を偏ることなく表現できたのではないかと考えているのだ。

　私は、生命を仰いで生きて来た。生命のもつ「崇高」と「高貴」に驚愕し続けて来た生であった。その生命のもつ崇高と高貴が、実生活にどう溶け込んでいるのかを表現したかった。ここにおいて、生命を愛する人々の質問に答えるその「切り口」から、この宇宙における生命がもつ真の「憧れ[2]」を見てほしいのだ。それを少しでも感じて下されば、本書はその使命[3]を達成できる。本書に表われた、生命のもつ「悲願[4]」を感じて下されば、この書物はその「幸福[5]」を噛み締めることが出来る。

　生命とは、宇宙に実存する「悲願」が創り上げたものである。それを感じてほしいのだ。私の生命論は、そのためだけにある。悲願とは、遠い憧れを目指し、慕い続けるひとつの精神と言ってもいい。それは、生命に気高さをもたらす。そして、真の悲哀をも同時にもたらすことになるだろう。真の生命は、悲哀の中にある。決して到達できぬ憧れが、その原因を成しているのだと思う。だからこそ、生命がもつその悲痛を感ずることが、生命を愛すると

1．理想　p.16（Ⅰ），40（Ⅱ）各注参照。生命が向かうべき目的。それは宇宙の本質と結び付いている。

2．憧れ　宇宙における、生命発生の原故郷を慕い続ける精神。それは、遠く煌《きらめ》くともしびとして、我々の生命に語りかけて来る「愛の深淵」である。

3．使命　生命がもつ真の目的を言う。

4．悲願　我々の生命が、その存在をかけて目指す真の希望。ここに、生命の雄叫びがこだまするのである。真の願いとは、悲しいものなのだ。

5．幸福　自己の生命の燃焼が充分行なわれた状態を言う。そうなるためにどうすればいいのか、ということが真の幸福論と言えるのだ。

6．ドストエフスキー〈フョードル〉 p.315（Ⅰ）注参照。

7．絶対矛盾　解くことの出来

いうことに繋がっていくのだ。

その悲痛が、生命の幸福を創る。幸福は、不幸によってのみ支えられている。不幸が、幸福なのだ。そこに、生命のもつ真実が隠されている。ドストエフスキー[6]は、「不幸とは、幸福であることを知らないことだ」と言った。ここに、生命の神秘のすべてがある。生命は、誕生したときから、悲痛を抱えているのだ。悲哀の中から、生命は生まれて来たのである。だから我々は、真の憧れをもつことが出来る。憧れは、不幸だからもつことが出来るのだ。そして、真の憧れに生きることこそが、生命に真の幸福をもたらすことが出来る。

本書において、この「絶対矛盾[7]」を感じてほしい。その中に生きる、私の信念を感じてほしい。私の幸福と不幸を感じてほしい。私が、ただ独りで苦しんだ「絶対矛盾的自己同一[8]」とその「知行合一[9]」を感じてほしいのだ。西田幾多郎[1]がその哲学に表わした思想を、私は実人生で生きて来たと思っている。それを感じてほしい。それを感ずれば、自己の生命の躍動[2]が必ず訪れて来るに違いない。それが、いかなる不幸を招き入れても、それは絶対に生命的な幸福なのだ。

我々は、なぜ宇宙に存在するのか。我々は、どう生まれ、どう生き、どう死ぬのか。どこへ向かって、どのように死ぬのか。それを感じ、自らがそれを摑むことが生命の理想なのだ。生命の憧れと夢を、私は「生命の理念」と名付けた。私がもつ、生命の抽象的思想を、本書は現世にしっかりとつなぎ止めてくれたと思っている。

ない矛盾。矛盾するものが、等価値で並列している状態を言う。この二つの実在が、我々の文明に「弁証法」をもたらしたのだ。

8. 絶対矛盾的自己同一　西田哲学の根本思想のひとつ。知性と経験が完全に合致する「絶対無」を弁証法的論理によって説明したもの。歴史的実在をその代表的な例とした。つまり、現にある、ということ。

9. 知行合一　西田哲学の基本を支える思想のひとつ。王陽明によって初めて提唱された、知識と行動の完全一致による「真の生命」の働きを表わす思想。

1. 西田幾多郎（1870-1945）p.314（Ⅰ）, 465（Ⅰ）各注参照。哲学者。近代日本を代表する哲学者であり、その哲学は「西田哲学」と呼ばれる。京都帝国大学を拠点として日本と欧州の哲学を融合した。『善の研究』、『自覚に於ける直観と反省』等。

2. 躍動　p.52（Ⅰ）, 54（Ⅱ）, 467（Ⅱ）各注参照。

本書の構成について

本書は、私が長年に亘って研究して来た「生命論」の展開である。その形式は、私の考え方に共感して下さった人々との対話と成っている。私は、哲学的には宇宙と人間、そして文明[1]を生命の基礎として研究して来た。また、自然科学的には、細胞学を中心とする人体の生理学[2]と生化学、そして生命の淵源[3]と基準を摑むために菌学[4]の研究を続けて来たのだ。菌を、生命の原初形態として、あらゆる角度から研究して来た。その研究は、いくつもの特許と多くの賛同者を得て、現在の事業にまで発展したのである。そして、菌学は私の生命論を支える原理とも成って来たのだ。

それらの総合の上に、現在の私の「生命論」がある。本書は、中心を絞ること無く、あらゆる角度から私の生命論を展開し、それによって生活レベルの実践に結び付けようと考えて行なわれたものである。質問のために集まった人たちは、私の事業の関係者、日本菌学会[5]の人々、多くの大学関係者などで構成されている。それらの人々に、好きな質問をしてもらった。それが一番、結果として偏りが無くなると思ったからだ。

そして、それらを主題別に「生命の理念」として四十五章に組み上げた。他に、雑談の中から本にしたいという希望が多くの人たちから寄せられた八篇を「雑談記」として載せた。これらを読み返すことによって、「人間の生命」というものの本質を垣間見ることが出来るのではないかと自負している。この四十五章と八篇を、二冊の本に均等に振り分けた。私は読者が、この二冊を通読することによって、自分自身の生命に、何らかの革命的思考が芽生[6]

1. 文明　p.273（I）注参照。
2. 生理学　p.521（I）注参照。
3. 淵源　p.30（I）注参照。何かが創られたり、生起したことの初めにある存在。物質的なことと精神的なことの両方を兼ね備えている原因。
4. 菌学　著者の生命学の基盤を作る学問のひとつ。細胞のミトコンドリアや腸内細菌、そして担子菌類の研究を指す。パストゥール、C・E・ドールマン、南方熊楠に導かれて、菌の生命論、形態論、酵素論、食養論がその研究の中心となる。著者は「地球生命菌原因説」を唱え、また人間の活動エネルギーの菌エネルギー説（ミトコンドリア等）を研究している。
5. 日本菌学会　日本の菌研究の生物学者等の集まり。著者はここの「終身会員」でもある。

えて来ると信じている。

また、各章の巻頭に挙げられている短文は、私の生命思想を言語的に集約化したものである。各章がもつ、本質的、哲学的な内容を私の直観によって止揚《しよう》[7]し、ひとつのエクリチュール[8]と成したものと言っていい。この短文も、読者は自己の生命と何らかの感応[9]があれば、それは集積と年月によって、大いなる力と成るに違いない。私の生命論は、ひとりの人間の裸の人生が生む研究と実践の中から生まれたものだからである。私が呻吟した、その生命の雄叫びが、このエクリチュールに埋葬されていると思ってほしい。

さて、欄外には可能な限り、必要と思われる言葉に注を施した。これは、すべて私が築き上げた思想に基づいて、私自身が書いたものである。決して、辞書にあるような「一般論」[1]ではないことを断わって置く。本書の注は、あくまでも「生命の理念」を理解するための思想的補助と心得てほしい。もちろん、必要と思わない人は読み飛ばして頂いて全く差し支えない。

「生命の理念」四十五章は、その内容的比重によって、四つの分野に仕分けされている。ただし、それはあくまでも比重の多寡だけを示したものと了解されたい。「生命の本源」が八章、「生命の要素」が七章、「生命の現象」が十七章、「生命の燃焼」が十三章である。これらが相まって、生命のもつ理想[2]つまり「生命の理念」を種々の切り口から語るという考え方なのだ。それぞれは、かなり独立性が強い「章」と成っているので、読者は自分の興味がある分野から読まれても一向に差し支えない。それでは各章の仕分けをここに示しておきたいと思う。読書の参考に供されたい。

6　革命的思考　élan vital（エラン・ヴィタール）に至る、生命の飛躍を成し遂げること。自己を投げ出して、人生に挑戦する気概を言う。

7．止揚　ドイツ語でAufheben（アウフヘーベン）と言う。矛盾し対立するものを、そのまま融合し、より高い段階で統一し解放しようとすること。

8．エクリチュール　あるものを象徴する碑銘的な言葉。ある精神を示す「しるし」ともなるロマンティシズムの言語化を言う。

9．感応　響き合う生命のうねり。共振しつつ輪のように大きく広がって行く。現代では、量子物理学によって電子の共振であることが証明されている。

1．一般論（＝常識）　p.321（Ⅰ）注参照。

2．理想　p.2（Ⅰ），16（Ⅰ），40（Ⅱ）各注参照。

生命の理念

生命の本源（八章）

①「〈生命の理念〉とは何か」、②③④「生命エネルギーの本質」（第一部〜第三部）、⑨「順番を問う」、⑬「言語能力と生命」、㉗「死生観について」、㉙「喜びと悲しみの概念」

生命の要素（七章）

⑦「菌食の重要性」、⑧「生命エネルギーの循環と菌の働き」、㉛㉜㉝「菌食と生命」（第一部〜第三部）、㉞「菌食と平衡感覚」、㊷「脳死と人間の死」

生命の現象（十七章）

⑥「科学と技術」、⑩⑪⑫「個性を考える」（第一部〜第三部）、⑯「病気と文明」、⑰⑱⑲「進化という思想」（第一部〜第三部）、㉑「倹約の意味」、㉒「人生の転機」、㉚「気品ということ」、㉟「ストレスと現代」、㊱「新しいものとは」、㊳「ビジネス社会の原理」、㊶「記憶力と知性」、㊸「養常と機械技術」、㊹「生命エネルギーと寿命」

生命の燃焼（十三章）

⑤「生き切るということ」、⑭「生命的仕事観」、⑮「普通に生きる」、⑳「断念について」、㉓「初心を仰ぐ」、㉔㉕「名誉心と燃焼」（第一部〜第三部）、㉘「成熟と人生」、㊲「がんばることと生命」、㊴「仕事と人間関係」、㊵「結婚観の行方」、㊺「老いの美学」

目次

第Ⅰ巻　目次

第Ⅱ巻　目次

生命の理念　I

1 「生命の理念」とは何か

人間の生命は、遙かなる理想[1]のゆえに生まれた。そして、その理想のために生き、ついに理想に向かって死するのである。

「生命の理念」の意味

まず最初に「生命の理念」[2]という言葉の意味を伺いたいと思います。

ひと言でいうと「生命の完全燃焼を目指す生き方」の方法論と実践論です。しかしこれでは、燃焼という言葉の根底にある巨大な死と沈黙[3]、そしてその反作用である能動的で積極的な生き方を充分に表わすことが出来ません。つまり、自分に与えられた無限の生命力を信ずる生き方、また、たゆまぬ向上心や探究心といった大切な概念をうまく説明できないのです。

1．理想　p.2（Ⅰ），40（Ⅱ）各注参照。生命が向かうべき目的であり、それは宇宙の彼方から降り注いだ精神である。それが地球上の生命と合体した。

2．理念　追い求めるべき理想を哲学化したもの。宇宙の本質と一体となった完全性を求める。

3．沈黙　p.289（Ⅰ）注参照。有限は無限から生まれる。その無限は、何も語らない宇宙の「実

それゆえに「生命の理念」という概念をつくったということです。生命がもつ理想を、大きな枠で捉えなければ、我々の生きる意味はわからないのです。その大きな枠を、「理念」という言葉で表わしています。だから、「理念」の中には人間の生命にかかわるあらゆる現象が含まれてくるのです。

どのような経緯で「生命の理念」という概念を構築されたのでしょう。

それは、肉体面と思想面の二つがあります。

まず肉体面で言えば、私自身がもつ肉体的な特殊事情が大きく影響しています。私は小学校に入学する前に、助かる確率が二千分の一と言われた大病にかかりました。それ以来、百種類を超える難病や大怪我に絶えず苦しめられたのです。しかもそれは二十代になっても続き、その間に医者からは何度も死を宣告されました。本当に常に死と隣り合わせで生きて来たのです。

実際にかかった病名や怪我の内容を一つ一つ挙げていくと、恐らく誰も信じてくれないでしょう。母親からも「人格を疑われるから人には話すな」と言われていました。普通に生きていれば、一般的には二十代の頃までは自分の身体の機能や体力、健康、また自分が生きているということについて、誰も何の自覚も持たないと思います。しかし、私はそういうことを考えざるを得ない境遇を与えられていた人間だったのです。それほどまでに、自分が生きるということを阻害される試練を受け続けていました。

その結果、自分自身の存在が一つの「生命力そのもの」であることを認識し、それが、ひとつのエネルギーであると体感したのです。そのエネルギーは、「負」のエネルギー[4]であり、

在」そのものである。人生においては、他者には語り得ない自己独自の「経験」を言う。

4.「負」のエネルギー p.38 (1)注参照。宇宙と生命の本質。酸化ではなく、還元を司るエネルギーで、科学的な計量を拒絶する。この宇宙で、物質化したものを支えている素粒子と電子の働きの本体とも表現できる、量子論の根本原因をなすものである。

それを燃焼させるには、絶えず眼には見えない燃料を焼《く》べなければならないということもわかりました。現存する人間においては、肉体の燃料が食糧であり、生命力の燃料が精神であることもまた知ったと言えましょう。死の淵にいた時ほど、「人はパンのみにて、生くるものにあらず」（旧約聖書「申命記」八章三節）という聖書の言葉が身に沁みたことはありませんでした。何が何でも生きたいと願う人間にとって、「精神力」[5]という負のエネルギーこそが、真の人間の人間たる謂《い》われを創っているのだと感ずることも度々だったのです。

そのような経緯で、積極的に自分から生きようとする姿勢が、次第に構築されていったのだと思います。私の場合、黙っていても心肺や消化器官が自動的に動いてくれる体ではありませんでした。自分が積極的に生きて生命力を高めようとしなければ、生きることが出来なかったのです。そこから、生命の根源[6]を志向する「生命の理念」という独自の生命エネルギー[7]を中心とした生命哲学の考え方が芽生えてきたのです。

生命の燃焼が必要だと考えるきっかけになった、肉体面の出来事の具体例を一つお願いします。

すべての体験で感じ続けてきましたが、例えば先ほど話した小学校の入学前にかかった、助かる確率が二千分の一という病気の時もそうです。私の中に生命エネルギーを信じる出来事がありました。

その病気になった時、医者から絶対に助からないと言われていました。しかし私の母親は「自分の子供は絶対に死なない」と固く信じていたのです。その信念は、私の眼前で生命の炎として燃え立っていたことを記憶しているのです。入院中のある日、私が「アイスクリー

5．精神力　精神を動かしているエネルギーは、肉体を動かしているエネルギーと違うということ。

6．生命の根源　自己の生命を燃焼し尽くしたいという、生命的渇望のこと。真の生命は、その「炎」によって支えられている。

7．生命エネルギー　p.39（II）注参照。生命を「創り上げている」エネルギーのこと。宇宙に遍満する「負」のエネルギーであり、ビッグバンに由来をもつ反酸化エネルギーとも言える。生命という物質の「形」を支えている宇宙エネルギーであり、量子論によって説明される。しかし、我々が住んでいる物質世界からは見えることはない。

ムが食べたい」と言った時、医者は「とんでもない。そんなことをしたら、すぐに死にます」と止めました。するとその言葉を聞いた母は「他人の息子をつかまえて、生きるとか死ぬとか勝手に決めないで下さい。自分の息子のことは、母親である私が一番よく知っています。人の命について、偉そうなことを言わないで下さい。この子は、絶対に死にません」と言ったのです。

母は、私を病院の地下の売店へ連れていき、アイスクリームを食べさせてくれました。私は死にませんでした。その後、母は再び医者に対して「この通り、死なないではありませんか」と言ったのです。この母の子供の生命力に対する絶対的な信頼と愛情から、私は巨大な力が生まれるのを感じました。エネルギーが、目に見えたのです。その力は医学や生物学では説明できない力です。この力が、生命エネルギーに根差した私の生命を見つめる思想の基盤であり、私が以降、研究課題としていった、生命哲学へと至る道だったのです。つまり、私は生命力の根源を追及していくことになったのです。

思想面での経緯とはどのようなものだったのですか。

生命力の根源的思想を固めるために研究していったのが、現実に生命を燃焼させて生きた先哲たちの生き方の研究でした。先に話した通り、私は幼くしてほとんど助からない大病をしたことで、なぜ人は生きるのか、そしてなぜ死ぬのかということを真剣に考えるようになったのです。その時、私は子供でした。しかし、これは年齢の問題ではありません。死に直面したことで、そういうことを考えるように導かれたのだと思います。

私は、退院して家に帰ると、父親の本棚にあった、山本常朝[8]の書いた武士道の思想書であ

8. 山本常朝（1659-1719）江戸時代の武士を代表するひとり。佐賀藩士。武士道に関する談話や武士の言行を纏めた『葉隠』を口述した。それを田代陣基が七カ年に亘って筆録。

る『葉隠』[9]を取って読み始めたのです。まだ漢字は読めませんでしたから、母にすべての漢字に振り仮名を振ってもらって読みました。読み終えて、とにかく感動したのです。武士道を貫くエネルギーに、生命力の根源のひとつを見出したと言っても過言ではありません。私はその時から、自分は武士道という思想で生きていこうと決めました。武士道は、死の哲学です。死の本質を求めることによって、生を明らめようとしている。死に向かうことによって、生の意味を問うということです。そのような生き方を「死に狂い」[1]と言います。それが武士道の第一義と言えましょう。そして、武士道を支えている第二の思想が、人間のもつ「忍ぶ恋」[2]の力を信ずることです。忍ぶ恋とは、生命の根源である遠い憧れを想い続ける「精神の力」です。それが、宇宙から負のエネルギーを取り込み、生命の輝きを創り上げているものと感じられてきたのです。もちろん、徐々にです。

後に、私は人類の憧れ[3]を学ぶために、東洋の儒学[4]や西洋のギリシャ哲学[5]を中心に研究し、さらに多くの先哲の人生を研究していきました。そして昔の聖人、偉人たちから人間の生命エネルギーを燃焼させるための方法、法則を学んだのです。それは生命力という「負」のエネルギーを、文明の中で「正」のエネルギー[6]に転換する方法論でもありました。この「生命エネルギーの燃焼法則」が、私の生命哲学を思想面から支える中心軸なのです。後に、その生命哲学はアンリ・ベルクソン[7]の『創造的進化』を中心とする思想、そしてテイヤール・ド・シャルダン[8]の『現象としての人間』や『愛について』などの哲学に出会い、自分なりの生命論が徐々に固まって来たと思っています。

生命の燃焼理論

9．『葉隠』　江戸中期（一七一六年頃）に山本常朝によって口述された武士道の指南書。山本常朝が口述し同藩士・田代陣基が筆録した。全十一巻。

1．死に狂い　自己の死を想い続け、自己の死を厭わず、死ぬ気ですべての事柄に当たる覚悟を言う。『葉隠』の「武士道といふは、死ぬ事と見附けたり」から来る思想。

2．忍ぶ恋　決して成就することのない、清く遠い「憧れ」を目指して生きなければならない。「憧れ」に向かって、それを恋い焦がれて死ななければならない。壮大な未完の哲学と言えよう。もちろん、出典は『葉隠』である。

3．憧れ　p.2（1）注参照。

4．儒学　孔子によってまとめられた、古代中国の哲学体系。東洋哲学・思想の根幹を成している。

医学、哲学や科学についても、かなり研究したと伺っていますが、どのような研究なのでしょうか。

様々な研究をした上で、結果的に私が確信したことは、自分自身の生命力を高める以外に、真の生命論はこの世に存在しないということです。そのことを私は、西洋医学[9]、東洋医学[1]の研究と、膨大な哲学課題の実践的研究を行ない、その結果わかったのです。恐らく、当時世に出ていた生命に関わる思想はすべて研究し試したと思います。生命の神秘を志向して、量子力学[2]や最先端の天文学[3]までも研究してきました。すべては、生命とは何かを究明するためだったと言っても良いでしょう。もちろん、世界中の宗教の研究に没入したのは当然の道筋でした。

また、生命に関する具体的技術としては、鍼灸[4]も整体[5]も黒田式光線[6]などの物理療法も、手当たり次第にやりました。大学を卒業する頃までには、自分の体を実験台にして生命の医学的把握に役立つことはすべてやり尽くしたのです。今でも多くの人から医学的知識や民間の物理療法について質問されますが、すべて私が知っているものでしかありません。名称が違っていても、「原理」はかつて研究したものしかないのです。

このような膨大な研究は、すべて私の肉体の特殊事情から必然的に行なったものです。もしも研究の結果、自分の肉体に有用な解決策が見出せなければ、私は死ぬしかなかったのです。大病の副作用は、間断なく私の生命を脅かし、二十代後半まで続いていたのです。そのような事情が、私にどこまでも研究を行なわせたということです。しかし、既存の西洋医学や健康法の中に、その解決策は見つかりませんでした。私は何か、新しい生命論を自分自身

5. ギリシャ哲学　宇宙論・人間論を中心とする古代哲学の全体。後に西洋世界を樹立する根本となった思想。アリストテレスはあまりにも有名。

6. 「正」のエネルギー　p.39 (1) 注参照。

7. ベルクソン〈アンリ〉(1859-1941)　フランスの哲学者。生命論と科学の融合を目指した。『生の創造的進化』と呼ばれる、生命の哲学化に成功した最初の人とも言える。

8. テイヤール・ド・シャルダン〈ピエール〉(1881-1955)　フランスの哲学者・科学者・神父。キリスト教と科学の統合を考えていた。科学を神学的に捉えたことで有名。『現象としての人間』等。

9. 西洋医学　欧米において発展した医学。外科手術や抗生物質によって、細菌やウイルス性の病気など人体内の異変を根絶することを目的とする。今日に

で構築するしかなかったのです。そして生まれたのが、生命エネルギーの燃焼を志向し、生命の本質論だけに価値と生き甲斐を見出していく生命哲学なのです。その生命哲学が、宇宙的な「絶対負」[7]によって支えられていることも経験知として悟ってきたと言ってもいいでしょう。私は、その哲学に、「生命のもつ理念」を感じていたのです。つまり、宇宙に誕生した生命とは何か、生きるとは何か、我々はどこへ行くのか、ということです。

これはまさに、逆転の発想でした。既存の西洋医学、漢方、物理療法はほとんどが対症療法なのです。対症療法というのは、それ自身がすべて酸化思想[8]であり、病気やその他の体の不調に対し、その症状を抑えるための治療法なのです。従って、病気そのものの治療ではない。また、症状が出なければ健康な状態だとみなすのも、いまの医学や健康法の考え方なのです。明らかに病気だとわかるまで、何もしないということです。つまり、待っている姿勢だと気付きました。そして私は、対症療法は生命的に見た健康観の中心にくるべきではないと考えたのです。中心を生命の燃焼だけに絞ったらどうか、というのが私の出発でした。もちろん対症療法自体が悪いわけではありません。必要に応じて使っていくものです。あくまでも、私の求める生命論は「生命の燃焼である」ということなのです。

例えば、既存の食事の健康法では「あれは体に悪いから食べてはいけない」とか、「これだけを食べなさい」というような、逃げる姿勢、禁止の方向へ向かうものがほとんどです。しかし、現代社会の中で、逃げる姿勢や禁止して絶つような方法では、どこへも行けないことになるのです。それは、公害によって空気も水も汚染され、酸性雨[9]や農薬で土壌もやられ、食品には化学薬品の添加物がすでに多量に使用されているからです。こういう社会状況で、一体どこへ逃げるというのでしょうか。結局はどこかで妥協の苦しみを味わうしかありませ

通じる西洋医学は、ルネサンス期に生まれ、科学の発達とともに発展した。

1．東洋医学　東洋起源の伝統医学。一般に漢方医学や鍼灸医学を含み、人体内の「気」を整えたり、全体のバランスから治療を施す医学。陰陽五行思想から派生した医学である。

2．量子力学（＝量子物理学）　二十世紀初頭に、マックス・プランクそして後にウェルナー・ハイゼンベルクなどによって研究された新しい物理学。原子以下の現象世界をねり上げ、現実からの推測を大きく上回る物質の真実を解明した物理学の新分野。「この世」と「あの世」をまたぐ真の科学と言えよう。

3．天文学　p.37（1）注参照。

4．鍼灸　漢方医学の経絡理論。『黄帝内経』によって体系化されている。

ん。無農薬菜園で自給自足の生活も無理です。本当の自然など、もう地球上にはありません。地球全土を覆う、放射性物質[1]の汚染などは挙げる必要もないでしょう。既に汚れた環境の中で、我々は生きるしかないのです。

生命をただ長らえさせるような消極的な生命観を実行して、たとえ病気にかかることがなかったとしても、私はその状態では、既にその人の生命エネルギーは不完全燃焼のまま終わってしまうと確信しました。この公害や環境汚染の社会の中で、被害者として細々と生きる生き方はしたくなかったのです。そして、生物学者ルネ・デュボス[2]の『健康という幻想』、『人間であるために』に出会ったのです。ここにおいて、私の生命燃焼の理論が形になってきたと言ってもいいでしょう。この生命観を歴史的に支えてくれた理論は、文化人類学者であり民俗学者のクロード・レヴィ＝ストロース[3]の『神話論理』や『野生の思考』でした。私の中にひとつの生命論が徐々に確立されてきたのです。

私は、過去の人たちが血と汗と涙で築き上げてくれた、この工業社会に感謝の気持を抱いています。だから、公害を避けてカナダの山奥へ移住するのではなく、大都市の中で公害と共に生きようと考えています。それが、私が目指す「生命の理念」なのです。逃げたり避けたりするのではなく、自らが自己の生命力を高めていくという概念です。その高まった生命力で、どのような汚染の中でも積極果敢に生きるということが可能になるのです。私はいままでの研究から、人類の食文化の根底を歴史的、科学的に摑むことが出来ました。そして生命の燃焼理論を取り入れれば、生命エネルギーが燃焼していく人生に入ることが出来るのです。

5．整体　野口晴哉によって確立された健康論と技術。体と心の機能の均衡を重視し、それを整える。

6．黒田式光線　生命と光線の波長の研究から生まれた健康論と技術。様々な光線による細胞の賦活《ふかつ》を行なう。

7．絶対負　p.214（II）注参照。宇宙や生命の本質的エネルギーとしての「負」のエネルギーのこと。「正」に対する「負」ではなく、「負」そのものに運動の本質があるもの。反酸化エネルギーでもあり、ビッグバンの残存エネルギーと言うことも出来る。宇宙の空間を満たし、あらゆる物質を支えている実在。

8．酸化思想　生起した「何ものか」に対して発動された考え方。還元ということを「自然」にまかせたまま行なわれる「仕事量」。地球上では、熱量として計量されるものだけをエネルギーと認識する考え方。

酸化思想の対症療法でも、漢方[4]は副作用がないとも聞くのですが。

酸化思想で創られたもので、反動や副作用のないものはありません。漢方にも必ず副作用はあります。漢方の聖典は『神農本草経《じんのうほんぞうきょう》』[5]と呼ばれる古代中国の古典です。その中で体に対する毒性の有無、また毒性の強さ、栄養素[6]か治療薬かなどによって、薬を上品《じょうほん》、中品《ちゅうほん》、下品《げほん》の三つに分けています。いわゆる漢方薬は、この中の下品に属している材料から創られる薬品です。下品は治療薬として用いられ、基本的には漢方医の診断に基づいて使用します。漢方医は患者の状態を見抜いて、必要な薬と投与期間を判断します。それは、副作用があるからなのです。ただし、下品の場合は副作用もありますが、それは必要悪ということです。漢方薬が下品ということは、食事として「下」であるということなのです。それは、特殊なものであり、毎日摂り続けてはいけないもので、気をつけないと悪い作用もあるものだという意味なのです。

　そして、上品というのは、現代で言う正しい食事のことなのです。だから当然副作用はなく、毎日摂れるものです。そして人体にとっていいものなのですから、摂るほどに生命力が増進していきます。そして、中品というのは、期間や作り方を限定して食べれば、何の副作用もないものということなのです。もちろん、私は上品からなる食事を中心とした健康観が必要だと考えています。

菌食思想と生命の燃焼

9．酸性雨　大気汚染物質である窒素酸化物や硫黄酸化物が雨に溶け込んでしまい、弱アルカリ性に保たれていなければならない森林、土壌、湖沼等に深刻な被害を与える公害の一つ。

1．放射性物質　放射性元素を含み、それを放射線として放射し続けている物質のこと。

2．デュボス〈ルネ〉(1901-1982) p.495(I)注参照。フランス系アメリカ人の生命哲学者・生物学者。ロックフェラー研究所に入り、生態学的視点から生命を考察。また人道主義的な人間論に基づく病理学を研究した。

3．レヴィ＝ストロース〈クロード〉(1908-2009)　ベルギー系フランス人の文化人類学者・民俗学者。構造主義の旗手で、パリ大学民族研究所長。人類文化の構造を、言語学を応用しながら明らかにしようとした。アメリカ先住民の神話研究でも有名。『野生の思考』等。

食事理論として確立された思想のひとつである菌食論[7]について伺いたいと思います。

現代という時代において、真に生命を燃焼させるためには、食事の根本を整え直す必要があります。そこに力点を置き、科学的、文化的、歴史的に研究を重ねたものが、私の言う「菌食思想」[8]です。歴史的・文化的にみて、食事は非常に神聖なものでした。なぜ神聖視されてきたのかというと、それが「生命力」を強化してくれる根源だからです。世界中の宗教の儀式は、食事の儀式と言うことも出来ます。古代の人は、生命力を生かす根源のエネルギーを神と考えたのです。だから、「食」と「神」はあらゆるところで重なっています。今でも日本の神道や禅の修業、西洋のキリスト教などでは、伝統的に必ず食事の儀式があります。

私は科学的な研究だけでなく、それ以上に歴史と伝統文化の研究に心血を注いできました。その結果、生命力を高めるための実践的理論として見出したのが菌食理論なのです。菌食の大切さに気付くと、それを支えるための栄養素として、ミネラル[9]の重要性が科学的・歴史的に浮かび上がってきたのです。つまり、人間の食事文化の中で、この二つが非常に重要な意味を持っていることに気付いたのです。また、私の科学的な菌食研究は、『ビールの研究』や『ワインの研究』また『発酵の研究』で知られるルイ・パストゥール[1]の諸文献と、ペニシリン[2]の発見で有名なサー・アレキサンダー・フレミング[3]の諸論文を基礎としていました。それらはすべて「病理学」[4]の研究から枝分かれした学問でした。

私はそのような人体に関する医科学から菌食の研究に入ったことを大変な幸運と感じているのです。自分の事情によってそうなったのですが、病理学から入ったことは、生命の生き

4．漢方　中国から伝来した医術全般。薬のほかに鍼灸、指圧等も含まれる。陰陽五行思想という中国の古代哲学から枝分かれしている。

5．『神農本草経』 p.219（II）注参照。中国最古の薬物書。漢方の古典として知られ、古代中国の伝説上の帝王のひとりである神農が、百草を舐めて医薬を区分けした伝説に基づいて纏められたとされる書。

6．栄養素　物質として計量できる「食物」の総称。科学的には炭水化物と蛋白質及び脂肪・ビタミン・ミネラル等に分けられる。日々の摂取は、各々を穀物食・肉食・菜食・魚介類などから食事として摂っている。

7．菌食論　菌酵素を有するキノコ類や、発酵の酵素効果を食事の基礎として積極的に摂り入れる食養論。また、それらの食品を、生命力を高める根源の食事文化として捉える考え方。

ようとする力を理解するためには、最も大きな哲学的示唆を私に与えてくれたのです。つまり、病気に対する反作用としての「生命力」の本質が、病理学を通して私の思考の中に打ち込まれていったということです。

実際に私が事業として、この菌食とミネラルの製品を製品化してから興味深い事実がわかりました。それは、菌食とミネラルが、二つとも太古の昔から神棚に上がっているものだということだったのです。具体的には、御神酒[5]と塩です。御神酒は発酵食品[6]の代表とも言えるお酒です。また昔の塩は天然の海のミネラルの宝庫でした。菌食とミネラルを、自ら取得した五つの特許に基づき、食品として製品化した私は、古代人の叡智そのものの伝承者であったことに気付いたのです。私は、その時、自分のもつ「運命」[7]に深く感謝の念を抱いたことを記憶しています。

伝統文化を破壊する似非民主主義

> そのような伝統文化を重んじる考え方は現代では薄れてきていると思いますが、この現状をどう感じていらっしゃいますか。

伝統文化というのは、人間が生命エネルギーを燃焼させていくために大切な「様式」[8]です。その精神は、生命エネルギーを回転させる両輪とも言えます。それほどに重要な伝統文化を破壊し、結果的に生命エネルギーを燃焼させにくくした現代の元凶は、似非《えせ》民主主義[9]という思想です。私自身は小学生以来、この似非民主主義と闘ってきました。

ただし、似非民主主義と本来の民主主義とはまったく別なものなのです。現代で民主主義

8. 菌食　p.149（Ⅰ），190（Ⅱ），297（Ⅱ）各注参照。

9. ミネラル　鉱物、無機物の一種。ここでは栄養素として必須とされる微量元素を言う。カルシウム、鉄、コバルト、亜鉛、マンガン等。

1. パストゥール〈ルイ〉(1822-1895)　p.150（Ⅰ），50（Ⅱ）各注参照。フランスの科学者・微生物学者。発酵学の基礎を固めた。また免疫学や微生物学の創始者としても有名。

2. ペニシリン　サー・アレキサンダー・フレミングが、青カビから発見した抗生物質。肺炎、淋病、敗血症などの細菌性疾患に対して効果が著しい。

3. フレミング〈サー・アレキサンダー〉(1881-1955)　イギリスの医学者・微生物学者。微生物由来の「抗生物質」の発見者として名高い。菌培養の方法論を確定した。

を標榜しているのは、もちろんアメリカです。しかし、元々、アメリカで民主主義の価値を提唱した人々は、実は現代流の民主主義者ではなかったのです。アメリカはピルグリム・ファーザーズ[1]と呼ばれる、イギリスのキリスト教信仰に敬虔であったピューリタン[2]たちによって建国されました。そのピューリタンというのは、信仰のためには死をも辞さなかった人間たちです。宗教的信念を持ち、勤勉かつ非常に努力家で、神の前で嘘偽りのない人間たちでした。こういう人間たちが集まったところに真の民主主義が生まれたのです。つまり、宗教的な厳しい戒律や生命に対する真の憧れを守っている人間たちが、自分の考えを持ち、自分の意見を述べ、その正しさを遂行するという真の民主主義の思想を有用に活用できたのです。自由も平等も、宗教的な裏打ちのある道徳観や倫理観をもって、初めて素晴らしいものになっていたのです。

　日本でも同様のことが言えます。民主主義の概念が日本に入ってきたのは明治時代でした。そしてその民主主義は、当時の日本の中でとても上手く機能したのです。それは、明治の世を生きる人々の根底に、徳川三百年の間に社会を支えた朱子学[3]の思想があったからなのです。武士道に支えられたその朱子学の思想があって初めて、民主主義が上手く機能した。アメリカでも日本でも、民主主義がよく機能するためには参画する人間たちが厳しい倫理観と生命観を見つめていなければならなかったのです。

　従って、民主主義が真の意味で機能するのは、最初の一世代だけのものとも言えるのです。それ以降の、生まれた時から民主主義の自由の中で育った世代から、徐々に腐敗が始まってしまうのです。そして現代では、民主主義は狂信的な科学信仰と飽くことを知らぬ物質主義に向かいました。科学を神のごとくに崇め、物質的な豊かさを際限なく求める動物的思考で

4．病理学　医学の一分野で、疾病を分類・記述し、病気の原因や成り立ちを研究する学問。生命を科学的に捉えることによって、初めて成立する学問。

5．御神酒　神棚に祀ってある日本酒のこと。酒は神の宿るものとされていた。

6．発酵食品　食材を菌や微生物等の作用で発酵させた食品。発酵により食材の長期保存が可能となり、味わいの深さが増す。近代に科学的に発酵の仕組みが解明されたが、それ以前から多くの発酵食品が存在している。

7．運命　自己の生命が、与えられたものであることの自覚を言っている。

8．様式　「形」としてこの世に現わされているものを言う。

9．似非《えせ》民主主義　p.307（1）注参照。真の民主主義と、似《に》て非《ひ》なるものということ。民主主義を生み出す、真の苦悩を忘れ

す。人間の魂を無視し、伝統文化を破壊し、生命エネルギーを滞らせるのです。そして、行き着く先は文明の破滅しかありません。
私は、歴史と科学に基づく正しい食事文化を継承する仕事を推進すると共に、思索と進取の気性を特徴とする人間の精神のために、自分の事業を始めました。そのため、時には宗教的と捉えられることもあるかもしれません。また、哲学思想に偏ることもあります。しかし、宗教と哲学は本来無限の科学的叡智を含んでいたのです。そして、科学の中にもまた宗教的叡智が含まれていて、宗教と科学は切り離せない関係にありました。ルネ・デカルト[4]の二元論[5]の哲学以降、科学は宗教からの分離を始めました。そこから一人歩きを始めてしまったのです。つまり、肉体と精神が分けられてしまった。その二元論を超越し、真の人間観に立脚した人物が、内村鑑三[6]と南方熊楠《みなかたくまぐす》[7]ではないかと私は思っているのです。私は内村鑑三から真の人間的民主主義を学んだと思っています。また南方熊楠から真の野性的自然観を教わったのです。

食事と生命エネルギー

現代では食事も科学的、物質的に捉えられているということですか。

そうです。生《いのち》あるものは、他の生を殺さなければ生きられません。生命は栄養素だけで生きているのではないということです。本当に生きている「生命」そのものを食べなければ生きられないのです。その生命を食べているということが、最も重要な食事の意義なのです。新鮮なものが美味しいのは、生命エネルギーの残存量が多いということなのです。世界中の

てしまった民主主義のことである。最近は、物質文明に浸る欧米もそうであるが、特に戦後の日本社会を指している場合が多い。

1．ピルグリム・ファーザーズ　一六二〇年に、メイフラワー号で渡米したイギリス清教徒の一団で、アメリカ建国の父祖たちと呼ばれる。

2．ピューリタン　p.45（II）注参照。清教徒。英国国教会によって迫害された信仰集団。ノックスやクロムウェルが有名。アメリカ開拓の先兵となる。

3．朱子学　南宋の学者・朱熹が古代から続く儒学を総合的に解釈した学問体系。江戸時代の日本の公式学問。

4．デカルト〈ルネ〉(1596-1650)　フランスの哲学者。魂と肉体を分離して考える、近代的思考法を確立した。その二元論によって近代科学の発達の基礎を創った。『方法序説』等。

民族が穀物を主食にしているのは、穀物が刈り取られた後も、生命エネルギーを長く保持することが出来る植物だからです。我々日本人は、米の中の栄養素を食べるというよりも、米の中に存在する生命エネルギーを食べているのです。栄養素は、生命が利用する材料に過ぎません。

生命は、他の生命を殺して食べなければ生きられません。そして、生きるために他の生命を殺すことは、神から許された宇宙の摂理の一つです。菜食主義者[8]で「私は殺生はしない」と言っている人もいますが、それは植物も生きているということを忘れているから言えるのです。生物学的に言えば、植物は哺乳類よりもずっと古い生物です。独立栄養生物[9]と言いますが、生物の中でも他の生物を殺さずに無機物だけで生きられるという意味では、動物よりも高等だとも言えます。

それでは、我々は食事の何を中心に据えたらよいのでしょうか。

食事は、生命エネルギーで捉えなければわかりません。現代は、食事をすべて科学である栄養学[1]で考えているのです。しかし生命エネルギーの重要性は、栄養学ではわからないのです。栄養学はアメリカで盛んに研究されましたが、そのアメリカで完全な栄養食として、宇宙飛行士のために開発された宇宙食というものがありました。しかし、これだけ食べていれば、最も綺麗に死ねる自殺法として有名になってしまったのです。栄養学上は完全食でも、生命エネルギーをほとんど含まないため、食べ続けると体が徐々に衰弱して死んでしまうからなのです。つまり、人間は栄養素だけで生きているのではない、という証明です。

ライオンは、死後二時間以上経過した獲物の肉は食べないと言われています。つまりライ

5．二元論　ある対象を二つの根本原理に分けて考察する理論。デカルトにおいては、人間を精神と肉体の二つに分けて考えた。

6．内村鑑三（1861-1930）p.73（II）注参照。明治最大のキリスト者・哲学者。無教会主義を提唱し、信仰の純粋性を社会に問い続けた。命がけの信仰に生きたと言えよう。『基督信徒の慰め』、『代表的日本人』等。

7．南方熊楠（1867-1941）日本最初の国際的生物学者・民俗学者・博物学者。西洋科学と日本古来の習俗との融合を唱えた。「怪物」と呼ばれ、天才の名をほしいままにした。菌学の創始者のひとり。『南方閑話』等。

8．菜食主義者　植物しか食べないと言っている人々。特にインド思想にかぶれている人が多い。自己の生命の根本を全く誤解していると思われる。完全な菜食だけでは、人間は生きられない。人間は雑食によって、今日まで生き延びてきたのだ。

オンがそれだけ巨大な生命エネルギーを必要としているためなのです。栄養素としては、獲物を殺した直後と二時間以後では違いはありません。しかし、同じ栄養素を摂ったとしても、生命エネルギー的に考えれば、二時間以後のものではライオンはライオンであることが出来なくなるのです。しかし、ライオンが見向きもしなくなった肉を、ハイエナは食べます。これは、ハイエナがライオンほどの新鮮な生命エネルギーを必要としないためなのです。そして、その段階は、腐った後の昆虫やバクテリアまで下がり続けていくのです。それらの段階では、すべての生物がそれぞれに自らにとっての新鮮な食事を摂っていると言うことも出来ましょう。このように、種による生命エネルギーの新鮮度と必要量の違いはありますが、生命が生命エネルギーを必要とすること自体には、何の変わりもありません。

そして、生命は生命エネルギーを燃焼するものだ、ということですね。

そういうことです。生命エネルギーの燃焼がすべてなのです。我々は、他の生命を殺して食べることが許されている以上、自己の生命エネルギーを完全に燃焼させないと生命の真の価値を全う出来ないのです。物質的に生きるのではなく、生命エネルギーを燃焼させるのです。肉体と同様に、自己のうちに生命エネルギーが与えられていることを深く認識し、それを燃焼させることを中心にしなければならないということです。

だから、私は肉体を整えることの大切さと共に、精神を立てることの重要さを唱えているのです。この生命の両輪は、二つともに立てなければ人間の生命を全うすることは出来ません。生命とは、肉体の活動だけではないのです。魂の淵源[2]を志向する「精神」が立ってこその人間なのです。私が、哲学や思想を多く語るのも、そのような理由によるのです。自分の

9．独立栄養生物　ここでは、光合成により、太陽光線と水だけによって生きられる生物のことを言う。

1．栄養学　人間が生きるために必要な「食物」のうち、計量できる物質だけを取り扱った学問。アメリカで発展した。食物の中にある種々の目に見えない要素、例えば新鮮度や生命エネルギーは排除されてしまった。

2．淵源　p.4（Ⅰ）注参照。何かが創られたり、生起したことの初めにある存在。だが、ここでは特に精神的なことの原因を言っている。つまり、精神は宇宙から来たということである。

与えられた生命を愛する者は、生命がもつ物理的機能と共に、生命を真に立ち上げている精神の存在に気付かなければなりません。そして、その両輪を志向し、その両輪に対して、常にエネルギーとしての「食糧」を供給し続けることが、我々の真の生き方と言えるものではないでしょうか。まさに、「人はパンのみにて、生くるものにあらず」です。

それを求める生き方を志向し実践することを、私は「生命の理念」と言っているのです。食事を整えることによって生命エネルギーを高め、そして環境や運命から逃げるのではなく、それと積極的に関わり戦っていくための自らの「精神」を創り上げていくということです。それが生命エネルギーを燃焼させる生き方ということでしょう。そこに私は、人間が営々と文明文化を築いてきた生命の根本を見出しているのです。

第一部　生命エネルギーの本質

2

「宇宙動けば我れ動き、我れ動けば宇宙動く」と、私は信じているのだ。

科学と生命エネルギー

まず生命エネルギー[1]の定義について伺いたいと思います。

生命エネルギーとは、物質を集め、凝縮させ、それを動かす力の総称です。そのエネルギーの本質は、人間や動物に顕著に見られますが、それだけではなく、すべての物質に対してそれ相応に働いている宇宙エネルギー[2]の一種です。金を金たらしめ、銀を銀たらしめ、鉄を鉄たらしめ、虎を虎たらしめ、人間を人間たらしめている力、一輪の花を一輪の花たらし

1．生命エネルギー　p.18(Ⅰ), 39(Ⅱ)各注参照。

2．宇宙エネルギー　p.72(Ⅱ)注参照。宇宙に遍満する「負」のエネルギーであり、宇宙空間すべてを覆っている。ギリシャ

めている力のことです。要するに、生き物に限らず、すべての物質をその物質らしくしている力なのです。

科学でもエネルギーという言葉を使いますが、生命エネルギーは科学で用いるエネルギーと同じ意味なのでしょうか。

生命エネルギーは、科学で使っているエネルギーとは意味が違います。科学で使っているエネルギー、即ち我々が一般にエネルギーと呼ぶものは、熱量[3]のことなのです。カロリー[4]と呼ばれる熱量や仕事[5]の量を科学ではエネルギーと呼びます。生命エネルギーは熱量ではありません。生命エネルギーは、全宇宙に遍満[6]する宇宙エネルギーの一種です。この生命エネルギーが宇宙エネルギーのひとつであるというところに、生命エネルギーの難しさがあるのです。

そもそも、宇宙に遍満する生命エネルギーによって、地球上に存在する物質が集められて生命が出来たのです。そして、その生命は、生命自身を継続的に発展させるために、宇宙に遍満する生命エネルギーそのものをキャッチしやすい形として作られたと言ってもいいでしょう。そのわかりやすい結果が、生命と呼ばれている動物体であり植物体なのです。我々は元々、遍満している宇宙エネルギーをキャッチするアンテナとして作られた物質体なのです。そして、後から作られた物質体である我々が、元々あるエネルギーを論じようとするところに、難しさがあるのです。

我々は、生命エネルギーという宇宙エネルギーに対して従《じゅう》たる存在なのです。人間社会でも、秀れた人間が自分より格下の人間の人格を語るのは簡単です。なぜなら、人間は他人よ

や中世の思想では、それはエーテルと呼ばれていた。このエネルギーが「物質」に作用し出すと、生命エネルギーとして何らかの機能が与えられてくる。

3．熱量　酸素と結合して生起する燃焼によって生まれるエネルギー。地球上では、運動エネルギーとなっていることが多い。

4．カロリー　計量可能な熱量のこと。一グラムの水を一度上昇させる熱量とされている。栄養学においては、摂取した食物が体内で代謝により消費する熱量のことを指す。

5．仕事　物理学の用語。物体が外力を受けて、ある点から他の点に移動したとき、それに必要なエネルギーを「仕事」と呼ぶ。地上では、ニュートンの運動方程式に則っている。

6．遍満　空間を埋めて、ぎっしりと、あまねく浸潤している状態。どこにもすき間なく、びっしりと詰まっているということ。

り一歩抜きん出ると、相手の全貌が見えるからです。生命エネルギーに関して、我々はこれと逆のことをしようとしているのです。従って、生命エネルギーというものは、厳然として存在するものではありますが、説明するのは難しいのです。今、こうして語っていることにしても、生命エネルギーを与えられている従としての私が、主である生命エネルギーを語ろうとしているところに、難しさがあるのです。

> ということは生命エネルギーは科学では説明できないものなのでしょうか。

科学で語ることなど無理に決まっています。科学とは、人間のさらに従たるものなのです。生命エネルギーは宇宙の本質であって、宇宙に従属する我々は、本当はそれを語ることなど出来ません。さらに、我々が今、科学と呼んでいるものは、宇宙から見れば塵のような存在に過ぎない人間の、そのまた従たるものです。従って、生命エネルギーを、人間が作った科学で説明することは出来ません。

だからといって、科学で解明できないから、科学は駄目だという考え方は間違いです。科学は人間にとって金槌と同様、道具であって、元々人間が科学を従者として使うものなのです。科学は物質を解明するための道具であって、悪いものではありません。ただ、元来が道具であるはずの科学で、道具を使う本体である人間を解明しようとしているのが、近代の傲慢さだということなのです。道具は道具でしかない。金槌は、人間がその金槌をどう使うかを考えるものであって、金槌が人間論を論じるものではない、ということです。

だから私は、この生命エネルギーについては、哲学と文学によってその本質に迫り、その理論的支えを現代物理学に頼るという姿勢で、理解を私なりに深めてきたのです。その代表

7．ギリシャ思想　「ギリシャ哲学」p.21（1）注参照。ヘラクレイトスやパルメニデス、そしてデモクリトスやピタゴラスに至る、古代の科学思想。近代西欧科学の基礎となっている。

8．陰陽五行　古代中国の哲学であり科学。一切は陰と陽の二気から生じ木火土金水の五行に分けられるとし、天変地異から人事の吉凶までを判断した。

9．ヴェーダ思想　インド最古の宗教、哲学、文学の源流を成す思想。ヴェーダは元々、宗教文献として残っており、紀元前十数世紀にアーリア族によって書かれた宇宙と自然を讃美した詩篇である。

1．ベルクソン〈アンリ〉　p.21（1）注参照。

的思想と人物を挙げれば、哲学ではギリシャ思想[7]と陰陽五行[8]やヴェーダ思想[9]、そして個人ではアンリ・ベルクソン[1]とテイヤール・ド・シャルダン[2]です。文学ではゲーテ[3]とリルケ[4]そして埴谷雄高[5]、物理学ではハイゼンベルク[6]とアインシュタイン[7]そしてシュレジンガー[8]と湯川秀樹[9]がすぐに思い浮かんできます。

物質と生命エネルギー

地球上には多くの生物や物質が存在しますが、その種類によってそれぞれ別の生命エネルギーが存在しているということでしょうか。

その通りです。宇宙には元々、それぞれの種類の生命や物質を生み出すエネルギーがあるのです。人間も豚も猿も石ころも桜も菜の花も、すべて分解すればＣＨＯＮ（炭素、水素、酸素、窒素）まで分解できます。地球上にある物質はみな、地球の組成[1]で出来ています。そして地球の組成にあるものを、それぞれの種類に仕分けしている「力」が、生命エネルギーなのです。従って、本当は石ころにもすべて生命があるのです。雨や雪や山にも生命があります。その生命を持つものの一部を後から、植物や動物、また、爬虫《はちゅう》類や哺乳類等に仕分けしているのが人間の創った科学というものなのです。

雨や雪は、大気中の塵が中心となって、雨や雪に成長すると言われています。人間や動物にとっても、個々の肉体の中心軸や核になるものが存在するのでしょうか。

人間という生命体の出発となる物質は受精卵[2]です。受精卵に最初の卵割を起こさせる力が、

2．テイヤール・ド・シャルダン〈ピエール〉p.21（1）注参照。

3．ゲーテ〈ヨハン・ヴォルフガング・フォン〉（1749-1832）ドイツの詩人・作家・自然科学者・政治家。ドイツ文学における古典主義を代表する人物。『若きウェルテルの悩み』、『ファウスト』等。

4．リルケ〈ライナー・マリア〉（1875-1926）オーストリアの詩人。プラハ生まれ。二十世紀を代表する詩人の一人であり、生の深淵を歌った。ロダンとの親交は有名。『ドゥイノの悲歌』、『マルテの手記』等。

5．埴谷雄高（1910-1997）作家・評論家。日本で最初の「形而上文学」の確立に挑戦した。つまり、「存在論」の文学化である。生命と宇宙の相互関係の文学的な接近と言えよう。『死霊』、『不合理ゆえに吾信ず』等。

6．ハイゼンベルク〈ウェルナー〉（1901-1976）ドイツの

生命エネルギーなのです。元々ある生命エネルギーによって受精卵が出来ます。そこに、新しい生命エネルギーが来ることによって新たな生命がまた一つ誕生していくのです。新しい生命エネルギーが受精卵に入らなければ、卵割は起こりません。受精卵は、新しい生命エネルギーを捉えて吸い込むための、最小単位の生命エネルギー受容体[3]なのです。生命エネルギーが入った受精卵が核となって、一個の生命体の成長が始まります。

雨も雪も同じです。ある塵に、雪を作るエネルギーが入ると、雪として成長を始めます。その塵に、雨を作るエネルギーが入ると、雨に成長するのです。でもその核となる塵は、物質的に見れば同じ塵なのです。その塵に何のエネルギーが入るかで、雪になるか雨になるかが決まるということです。だから何のエネルギーも入らなければ、塵のままです。もちろんですが、塵は元々塵となるエネルギーによって塵であるということは言うには及ばないでしょう。

科学では、大気の温度や湿度や気圧の関係から、雨や雪の現象を説明しています。しかし、雨雲の付近にある無数の塵の中で、どの塵が雨や雪になるかを究明していくと、必ず壁にぶつかるのです。その現象が「なぜ」起こったのかという本当の「原因」は、科学ではわからないのです。そこから先は生命エネルギーの領域なのです。

生命エネルギーの流れ

生命エネルギーは、宇宙に遍満するエネルギーだということですが、一個の生命体が生まれた時、その肉体にキャッチされた生命エネルギーは、その肉体が滅びるまでそこに留まっ

物理学者。ゾンマフェルト、ボーアに師事し、原子物理学の研究から量子力学を確立した。シュレジンガーの波動方程式と共に二十世紀の量子力学を築いた。

7．アインシュタイン〈アルベルト〉（1879-1955）　ユダヤ系ドイツ人の物理学者。その「相対性理論」によって重力と光の関係を究明したことはあまりにも有名。アメリカの原子爆弾製造計画にも携わった。

8．シュレジンガー〈エルヴィン〉（1887-1961）　オーストリアの物理学者。波動力学を展開し、「波動方程式」を立てた。ハイゼンベルクとは異なるアプローチで共に量子力学の基礎を築いた。

9．湯川秀樹（1907-1981）　日本の物理学者。中間子論を展開し、米・プリンストン高等研究所を経て、京大基礎物理学研究所所長となる。日本で初めてのノーベル賞受賞で知られる。

ているのですか。それとも絶えず流れ出て、新しい生命エネルギーが入ってくるのでしょうか。

両方とも存在します。生命体にとって、最初の卵割の時に入ってきて、死ぬまで留まる生命エネルギーと、あとから身体に入ってくる補助的なエネルギーとがあるのです。そして、生きている間、ずっと宇宙から降り注ぎ続けている燃料としてのエネルギーもあります。

最初に入ってくる生命エネルギーは、その人固有の、「霊」[4]と呼ばれるものです。それは、その生命体の奥深くまで入り込むのです。そしてその生命体を、一生涯に亘って支配するものとなります。生年月日で人の運勢を見るのも、この最初に入ってきた生命エネルギーと、その時の天文学[5]から割り出す宇宙エネルギーとの、相関関係を見ているのです。生命エネルギーは常に存在していますが、時と場所によって、その時その場所の天体の配置などによって、絶えず変化しているのです。最初の卵割の時、その場所の星の配置の下で存在していた生命エネルギーの特性が、その生命体に深く入り込むのです。古来、人間が西洋でも東洋でも星座や天体の運行を、多年に亘って観測し続けたのは、この生命エネルギーと宇宙エネルギーの相関関係を、統計学的に解明するためだったのです。

また、最初に入ってくる生命エネルギーは、死ぬまでその生命体に留まりますが、生命体はそのエネルギーだけでは生き続けることは出来ません。生命エネルギーは、絶えず補給しなければならないのです。このことを、現代物理学の巨人エルヴィン・シュレジンガーがうまく表現していました。その『生命とは何か』において、「生命は、負のエントロピー[6]を食べて生きている」と言ったのです。ここで負のエントロピーと言われているものが、つまり

1. 組成　「物」を作っている基礎的な成分を言う。複数の要素・成分を組み立てて成すことによって、物質は成り立っている。

2. 受精卵　精子と結合した卵子。新しい生命を生むための、遺伝子の活動の条件が揃った状態にある卵子。

3. 受容体　レセプターとも呼ばれ、特定の「対象物」を受け入れるために準備された細胞内器官。

4. 霊　「霊魂」p.52(Ⅰ),98(Ⅰ)各注参照。ここでは、ひとりの人間を創り上げている「力」の総体を言っている。それは、「負」のエネルギーである。

5. 天文学　ここで言う天文学は、ギリシャ以来の古い天文学を言い、占星術として現代にまで伝えられている学問である。その占星術では、太陽系の惑星間に働く引力などの力関係と各星座がもつ宇宙的意味を読みと

は、「負」のエネルギー[7]と私が呼んでいる生命エネルギーのことなのです。生命は、生命を補給しなければ生きることは出来ません。出発が負のエネルギーであった生命は、「負」のエネルギーの補給によって、その生命を崩壊から守っていると言ってもいいでしょう。我々の生命は、宇宙の脈動の力の一環として生き続けているのです。

生命エネルギーの特徴

磁石が鉄を引きつける現象は、生命エネルギーの概念に近いものとみていいですか。

その概念は近いと言えます。磁石という物質を通して、何かを集める力が宇宙から流れ込むということです。その流れ込んでくる力が、磁石の場合は、鉄分子を吸いつけるのです。磁石に鉄分子を吸いつける力を与えているのが、宇宙エネルギーなのです。そして、その宇宙エネルギーこそが磁石にとっての「生命エネルギー」なのです。

磁石とは、宇宙エネルギーを捉えるアンテナとして、人間が作った物質です。そこには生命体と同様に、作られた時からずっと磁石に留まっているエネルギーと、絶えず宇宙から流れ込み、磁力を呼び込むエネルギーとがあるのです。永久磁石[8]は、最初のエネルギーが、長く保たれるように作られたものです。ただし、もちろん永久に磁石であり続けることはありません。そこは、人間に寿命[9]があるのと同じです。

太陽光線のエネルギーと生命エネルギーの間には、どのような関係があるのでしょう。

太陽光線は、人間の生命エネルギーが生み出す「正」のエネルギー[1]を維持発展させるもの

き、それが地球上に及ぼす力学的影響を考慮している。

6．負のエントロピー　エントロピーとは、絶えず崩壊に向かう宇宙的実存の力そのものを言っている。そのエントロピーに、ひとつの「たまり」とも呼ぶべき「渦」が出来ることがある。それが宇宙全体のエントロピーの中で、それにある程度抗しようとする「力」を創り上げる。このエントロピーの逆作用を「負」のエントロピーと呼び、生命の淵源と考えられる。

7．「負」のエネルギー　p.17(1)注参照。我々が認識する正のエネルギーに対する「負」として名づけている。反酸化のエネルギーであり、エントロピーの力そのものである宇宙エネルギーの一環として生まれ活動している。この負のエネルギーのひとつが生命エネルギーを創っている。

8．永久磁石　一般に言う磁石で、電気を通した時だけ磁力を

であり、人体に必要なものです。つまり太陽光線は、生命エネルギーを回転させるために必要なのです。ただ、太陽光線には、人間の生命を生かす働きと殺す働きの両方があります。適量であれば生命を生かす働きをもちますが、多すぎると生命を殺すエネルギーに転じます。元々ある、我々の生命エネルギーを熱量化[2]する「正」の宇宙エネルギーだと思えば良いでしょう。「熱」は適量でなければなりません。

日干しというのは、太陽光線のもつ生命を殺す働きを利用して、有害な微生物を殺しているのです。また、生命エネルギーは、太陽エネルギーと感応[3]して、太陽エネルギーを有用なものにも転換させます。これは一つのエネルギー補給と言えることです。太陽エネルギーなどの恒星による核融合エネルギーそのものは、「負」のエネルギーが充満する宇宙における「正」のエネルギーの代表です。余談ですが、生命エネルギーは、「負」のエネルギーと呼ばれることは先ほど少し触れました。「負」のエネルギーとは、仕事量や熱量とは関係のない宇宙エネルギーの根本なのです。我々が、普通エネルギーと呼んでいるのは「正」のエネルギーです。それに対する「負」ということです。哲学ではよく使われる概念です。

食物と生命エネルギー

魚についてですが、養殖[4]のものに比べるとやはり、天然物の方がおいしいと感じます。これは、生命エネルギーの大きさの違いだと考えてよいのでしょうか。

そうです。つまり我々は、その生命が生きていた時の生命エネルギーの回転係数を、旨味として感じているのです。回転係数とは、生命エネルギーがどれくらい使われ、そして流れ

発する電磁石に対して使用される言葉。

9．寿命　p.47(1)注参照。物質の生命エネルギーが、その物質内に留まって生命力として働いている時間であり、それが「無」となる到達点を示している。

1．「正」のエネルギー　地球上の生命が、酸化エネルギーとして発現するエネルギーとその回転を言う。その分量が多すぎれば、燃え尽きてしまう原因にもなる。その原因となるものが太陽光線として降り注ぐエネルギーにある。

2．熱量化　酸化エネルギーに変換することを言う。

3．感応　p.5(1)注参照。

4．養殖　海産物を人工的に繁殖させ増やすこと。一般的には「いけす」と呼ばれる囲われた中で行なわれている。

ていたか、ということです。養殖の魚に旨味がないのは、生命エネルギーを回転させなくても、目の前にエサがあるからなのです。つまり、養殖のものは生命エネルギーが少なくても生きることが出来た生き物だと言えるのです。

磁石の例でいえば、自然界というのは、我々が自分で磁石を持って歩きながら、必要な材料などを集めるようなものなのです。そして、その拾い集める能力そのものは、最初から与えられています。ところが養殖場では、材料が目の前に揃えられている。従って、大した磁力がなくても、必要なものが得られるわけです。だから、元々あった生命エネルギーすら使わないですむ。ましてや、その増大など考えもしないのです。それが養殖の魚が旨くない理由なのです。

自然界は、いろいろな物質がまばらに存在しているので、強大な磁力がないと、必要なものを集められないのです。従って集められた物質は大した量でなくても、魚でいえば痩せていても、その身体を作るために苦労しているのであり、その苦労の部分を旨味として感じるのです。回転係数とは、そのことを言います。つまり、我々が「おいしい」と思っている感覚には、生命エネルギーが深くかかわっているのです。

> 野菜、肉、魚など普通は何でも新鮮なものはおいしくて、鮮度が落ちるとおいしくないというのも、生命エネルギーの違いですね。

そういうことです。我々が、食べ物として認識するものは、その生物を殺してから生命エネルギーがどれくらい保たれるかによって、いろいろな仕分けをしているのです。穀物を世界中の多くの民族が主食にしているのも、穀物は、刈りとってから生命エネルギーがその物質体からなくなるまでの時間が、最も長い食べ物だからなのです。つまり、鮮度が落ちにくい。

我々が食べ物として認識しているのは、もちろん我々の消化酵素[5]が、分解できるかどうかという問題もあります。しかし消化酵素は、遺伝的なもので、また環境によって変化するものでもあるのです。我々が食べ物として認識する真の基準は、我々の人体を燃やすのに、丁度いい生命エネルギー量であるかどうかということなのです。人間の身体を燃やすのに、丁度いいエネルギー量をもった物質を、丁度いい時に食べることが人間が培ってきた食事文化と言えるのです。

第一章の〈「生命の理念」とは何か〉でも言いましたが、ライオンは、相手を殺して二時間も経つと、もう生肉でも食べません。人間はこれを不思議に思いますが、ライオンをライオンたらしめるには、殺して二時間たった肉では、もう既に生命エネルギー的に低すぎるのです。ライオンにとっては、それはもう「腐っている」[6]と見えるのです。ところが、ライオンにとって腐っている肉でも、人間にとっては腐っていないのです。腐っていないという意味は、人間を生かすための生命エネルギーは、まだ残っているということです。

また人間が腐ったと思って捨てた肉でも、中に蛆虫《うじむし》やいろいろなものがわきます。それは、蛆虫や他の虫にとっては、まだ腐っていないということなのです。蛆虫を生かすには、我々が腐っていると思ったものでも、生命エネルギー的には充分なのです。

腐るとか腐らないというのは、つまりは、それを食べる生物が必要とするエネルギーが残っているかいないかということで仕分けされているのです。腐ったものを食べて、お腹をこわすというのは、発生した細菌[7]による感染や毒素のためもありますが、最も大きな生命的問題は生命エネルギー的に見た場合、酵素[8]が消化できる状態を過ぎてしまって、受け付けら

5．消化酵素　消化は、消化酵素と呼ばれる蛋白質の一種である酵素によって行なわれている。その酵素の違いが、種々の生物の「食物」となるものの違いを作っている。

6．腐る　生物が、自己の消化酵素で消化できない状態になった「食物」を言う。あくまでも相対的なもので、他の生物にとっては新鮮である場合も多い。

7．細菌　原核生物に属す単細胞の微生物。二分裂を繰り返して増殖。生態系の中では、物質循環に重要な役割を果たすほか、ヒトや動植物には病気を引き起こすこともある。単体で生命となっている。

8．酵素　p.305（II）注参照。生体細胞内で作られる物質。細胞の代謝に関わる重要な化学反応は、すべてがこの酵素によって営まれている。

れなくなるためなのです。

果物などは熟した方がおいしくなるのですが、熟すことによって生命エネルギーが上がると考えてよいのでしょうか。

そう考えていいです。鮮度も熟している方が高いのです。その生命体が持っている生命エネルギーの頂点の状態が、「熟す」[9]という言葉で表わされているのです。ただ、エネルギーの大きさは波形を描いて変化しますので、頂点を過ぎると、次の日にはもう腐って食べられないということもあります。例えばメロンなどで、二週間後が食べ頃と書いてあるものは、刈り取られた後もずっとメロンは生きていて、二週間後に生命エネルギーが最高潮に達するという意味なのです。このことは、生命エネルギーの流れが本当に見えるようになるとわかってきます。生命エネルギーの流れは、訓練次第で誰でも見えるようになるでしょう。そのためにも、生命的[1]なものの見方を学んでいってほしいと思います。私もこれらのことはすべて、自分で学び自分で気付いたことなのです。

生命エネルギーと発酵食品

干物や漬物のような発酵食品[2]のもつ旨味は、鮮度の観点からみると、反対の位置付けにあると思われるのですが、生命エネルギーと発酵食品の関係は、どのようなものなのでしょうか。

発酵[3]は、生物界の根底をなすものです。生物界では、実は微生物の力によって、他の生物

9. 熟す　p.196（Ⅱ）注参照。これも生命体の種類によって、それぞれに違った見方になってくる。それぞれの生命体が、自己の食料を最もよく消化吸収できる状態を言う。腐ることと対になった概念であり、生命体の種類別にその時期は違っている。

1. 生命的　p.519（Ⅰ），435（Ⅱ）各注参照。

2. 発酵食品　p.27（Ⅰ）注参照。

が生かされているのです。人間は、人口何億人などといって騒いでいますが、微生物の世界では何億といっても試験管一本分にも満たない。そういう膨大な無数の微生物が地球上の土壌中や大気中そして自分自身の体内にもいて、その総合力で我々は生きているのです。

微生物の総合力で生きているという意味は、食物の持つ生命エネルギーの分解吸収の流れの最後の段階を、微生物が担当しているということです。微生物が最後の流れを担当して、それによって再び最初の流れに入ることが出来るのです。腸内細菌[4]などの微生物が食物を分解してくれるお蔭で、生物は消化吸収をし、生命を維持しています。微生物は、自分自身の生命エネルギーによって食物を極小に分解し、他の生命を生かしている。つまり、陰極まって陽となるのです。還元[5]によって再び酸化[6]が始まるということです。

従って発酵は、その食物に微生物の生命エネルギーを新しく付加するということなのです。だからこそ、体内の微生物によって生かされている我々の人体とも、調和し易くなるのです。元々、我々の人体は微生物の力によって生かされています。そこに、微生物の生命エネルギーを付加され分解された栄養素が補充されてくるのです。発酵は、食物を総合的に、生命力を応援するための材料に変換します。アジの干物は、人間の知恵によって発酵を利用して作った保存食です。生命エネルギーの観点からみて、アジの干物を食べる場合、それはアジの栄養分を食べているだけではありません。それは、そのアジを発酵させている、微生物の生命エネルギーをも一緒に食べているのです。発酵食品が人体にとって秀れていると言われている謂われです。だから、干物にも、干物としてのエネルギーに対する鮮度があることを忘れてはなりません。要は、生《なま》よりは生命エネルギー的に長持ちする、干物という新しい食物になったと思えばいい。

3．発酵　菌の酵素作用とその効果を受けて、有機物が変性し熟成することを言う。その変化が人間に対して有用な場合に用いる考え方。

4．腸内細菌　p.155（Ⅰ）, 191（Ⅱ）各注参照。腸内は、腸内細菌がいなければ、ただの管である。消化吸収など出来ないのだ。腸とは、腸内細菌が活動するために与えられた場所と考えた方が、栄養と健康問題を考える場合は妥当性がある。

5．還元　酸化エネルギーの燃焼の後、元の自然の状態に戻るための「過程」を言う。一般的には、宇宙的混沌の中に吸い込まれて行く過程であり、軽いエントロピーの法則とも言える。「菌」の働きが、地球上の食物連鎖の中で、生命の還元作用を担っている。

6．酸化　地球上で、酸素を媒体として「物質」を燃焼させる

栄養素と生命エネルギー

現代栄養学[7]では栄養素の観点から食べ物を捉えますが、栄養素[8]と生命エネルギーはどのような関係にあるのでしょうか。

栄養素は、生命エネルギーによって活用される素材なのです。もしも栄養学が正しく、栄養素が生命の根本であれば、人間は餓死しない限り永遠に死ぬことはありません。しかし実際には、人間は食べたものを活かせなくなった時が死なのです。生命とは、生命と生命の拮《きっ》抗《こう》作用[9]なのです。だから常に一方の生命が勝ち、もう一方の生命が負けるということなのです。

人間が死ぬということは、人間が食物と認識しているものの生命力に、自分自身の人間としての生命力が負けるということを意味します。人間は自分が死ぬまでは、自分が殺して食べる食物よりも強い生命力を持っているので、それを食べることが出来ます。しかし、段々とそのエネルギー係数が落ちてくると、食べ物つまり他の生命に人間の生命力が負けてしまうのです。そうすると逆に、人間が食べ物に食べられてしまうということになるのです。その結果、食べ物を受けつけなくなって、燃料不足の状態になる。食べ物の中にある「燃料」が、却《かえ》って自己の生命力の敵となってしまうと言っても過言ではありません。

例えば、死ぬ直前の人は、新鮮な刺身などを食べるとすぐに死んでしまいます。それはつまり、自分の生命エネルギーが低くなると、エネルギーの高い食事は毒になるということなのです。病気になると、果物が欲しくなるのも、果物は日本では生命エネルギーが低い食事

ことを言う。それによって得られたエネルギーを、一般的には「酸化エネルギー」と言っている。

7．栄養学　p.30(Ⅰ)注参照。

8．栄養素　p.25(Ⅰ)注参照。

9．拮抗作用　p.508(Ⅰ)注参照。相互依存でありながら、対抗もしている関係。一方が一方を利用するか、されるかの関係。真の競争とも言える。生命は他の生命を食べて生きているので、生命同士はこの関係にある。

だからです。病人は生命エネルギーを減殺《げんさい》された食物でないと、食べて消化吸収が出来ない。リンゴをすり下ろすというのも、すり下ろしてリンゴの生命エネルギーを減殺して、病人でも食べられるようにしているのです。日本人で果物好きな人は、どこか弱い印象があるのはそのためです。日本では、健康な人間にとって果物は必要ありません。

こういうことを、私は病人を観察していて知りました。生命は互いに、エネルギーを食べ合って生きているのです。そしてどちらが強いかという相関関係で、食べる方と食べられる方が決まります。人間関係で相手をのんだり相手にのまれたりするのと同じことなのです。

水・空気・生命エネルギー

生きる上では、食事以外に水と空気が必要ですが、水や空気と生命エネルギーはどのような関係にあるのでしょうか。

水と空気は、生きるための環境条件であって本質的に生命エネルギーとは関係ありません。ただし、必須のものであることは確かです。水と空気は、地球上において生きる生命エネルギーが絶対的な補助として必要とする物質です。地球上で哺乳類として人間が誕生したときの、地球の環境条件ということでしょう。

地球の歴史の中で、酸素と水が地球上でどういう割合で配分され、どういう状態で存在していたときに、人間という生物体が組成されてきたかというだけのことです。そういう科学的条件の話ですので、生命エネルギーとは直接の関係はありません。

もし地球が、放射能の塊のような状態のときに、地上で人間が組成されたなら、放射能は人間にとって生命エネルギーを生かすための、必須の補助物質に変わったはずです。つまり、水も空気も材料という意味では、栄養素と全く同じです。実際、原子炉の中にもたくさんの微生物がいます。その微生物は、原子炉の中の環境条件で生まれたものなので、放射能がなかったら死んでしまう。人間が出現したときに、地球上に酸素がなかったならば、酸素は人間にとって不要であると共に、恐らく猛毒になっていたことでしょう。

ただし、水の中でも例えば「聖なる水」[1]と呼ばれるものがあります。これはただの環境条件としての水ではなく、それ自身の中に生命エネルギーを高める働きがある水のことです。歴史上で、人間が「聖」という字を適用したものは、すべて生命エネルギーを高めるのに役立つものなのです。聖人と呼ばれる人間は、その人間が存在したことによって、他の人間の生命エネルギーが高まった人のことです。同様に聖なる水というのは、その水を飲めば飲んだ人の生命エネルギーが高まる水なのです。要するに、その水は宇宙エネルギーとしての生命エネルギーを、呼び込みやすくする条件があるのです。または、人間の生命エネルギーを高める宇宙エネルギーが凝縮されて入っているのでしょう。その結果、病気が治ることもあり得ます。それは、自己の生命エネルギーの回復に役立ったり、宇宙に遍満する生命エネルギーをキャッチするアンテナが聖なる水によって磨かれる場合があることを意味します。そのための微妙な作用が秀れているかどうかで、聖なる水と呼ぶかどうかを仕分けしているのです。

1．聖なる水　フランスの「ルルドの聖水」が特に有名。ルルドに関しては、中にゲルマニウムという微量ミネラルが含まれていることが証明されているが、それだけのことではないと思う。水に触れたり飲んだりした人間に新しいエネルギーを付加するか、または飲んだ人間のエネルギーの流れを変換させる働きがあるように思われる。

寿命と生命エネルギー

健康と生命エネルギーの関係についてお聞きします。まずは唐突ですが、死ぬことや寿命[2]というのは生命エネルギーとどういう関係があるのでしょうか。

肉体から、生命エネルギーがなくなった状態を死と呼ぶのです。昔から一般に、生命エネルギーが九十パーセント抜けた状態を、死と呼んでいます。それは、心臓を自力で動かせなかったり、瞳孔を開閉できない状態で判断されて来ました。さらに厳密にいうと、肉体から生命エネルギーの九十九パーセントが抜けたら、本当の死なのです。残りの一パーセントは、火葬によってなくなります。火葬するまでは、一パーセントのエネルギーが残っているというのは、肉体がまだ形を留めているからなのです。形を留めている以上、そこには必ずエネルギーが存在しているということです。形あるものはすべてそうなのです。エネルギーなしに、形は存在できないのです。火葬後の「灰」は、多分、〇・一パーセントでしょう。だから、死者の灰は、尊いのです。この考え方は、物理学で言う零点《ゼロ》振動[3]に近い考え方だと言うことも出来るでしょう。その振動を行なうための零点《ゼロ》エネルギー[4]の存在は、現代物理学によって考察されています。

また、すべての生命体には寿命があります。寿命とは、生命エネルギーが作り上げている物質の中で、エネルギーが回転して抜けるまでの時間のことです。回転して抜けるまでの条件によって、その時間は異なるのです。これは金とか銀とか鉄とか、桜の花とか人間、豚、馬などで、全部条件が違います。種類が同じであれば、条件もほぼ同じになります。言い換えれば、生命エネルギーの回転の条件が同じものを種と呼ぶのです。

現代では、人間の死因のほとんどは病死ですが、これは生命エネルギーの観点からみると、

2．寿命　p.39（1）注参照。ある生命体から、それを生かしている生命エネルギーが自然に抜けるまでの時間を言う。または、その「時」を示す。

3．零点振動（Zero-point oscillation）　力学的な意味でエネルギーの最低状態になっても、なお残存している「運動」のこと。量子力学において、ハイゼンベルクが提唱した「不確定性原理」によって考察された。

4．零点エネルギー（Zero-point energy）　零点振動のために残っているエネルギー値を言う。古典力学では「静止」している

誤った捉《とら》え方です。科学を生命に適用しようとするために、主客転倒[5]が起こった結果なのです。人間は科学がなくても、病気がなくても、昔から全員死ぬのです。寿命で死ぬ場合でも、結局最後は心臓が停止して終わります。現代では病気でなくても、医者がきたときに心臓が止まっていたら、その人は心不全という病気で死んだことにされてしまいます。これは、科学の傲慢さの一つの証左と言っていい。

> 現代では、点滴や様々な医療機器によって延命治療が行なわれていますが、これは寿命そのものが延びていると言えるのでしょうか。

寿命が延びているのではありません。それは全くの独りよがり[6]です。ただし、植物人間であっても、生命エネルギー理論では生きているとも言えます。植物人間は、生命エネルギーが八十パーセント以上なくなってしまった状態なのです。あとは九十パーセントなくなるまで延ばすか、八十数パーセントで打ち切るかを、種々の都合で決定するのが現代の生命理論なのです。

昔からの一般概念では、自力で生きられるかどうかで、死を判定していました。ただし、人間には昔から、死んでからも自分の生命エネルギーをほんの少しでも保存したいという欲望はありました。その一例が、ミイラ思想[7]です。王侯貴族が権力を利用して、その欲望を満たそうとしたのです。植物状態になった人間は、豊かになった社会がミイラ思想を万人に適用させたようなものと言ってもいいでしょう。生命を保存したいという人間の欲望には切りがありません。やはり何かの基準が必要となることはやむを得ないことではないでしょうか。生命は必ず死ぬ。その悲しみを抱き締めることが、真に他者を生かしめる思想を生み出して

ものも、量子力学から見れば、「運動」をしているのだ。

5. 主客転倒　p.306（Ⅰ）注参照。

6. 独りよがり　自分で自分を過大に評価し、その評価が他人の判断と全く違う場合に言う言葉。

7. ミイラ思想　人が死んだ後も、生命を再生し永遠に生きられるよう、死体に乾燥・防腐処置を施し保存する習慣を生みだした宗教思想。古代エジプトやアンデス等でも見られる。「永遠」と現世とを同一と見たことから起こった考え方と言えよう。

きたと言ってもいいのです。

> 現代医学は、科学の一分野として生命エネルギーを考慮せずに発展してきていると言えるようですが、何か不都合な点はないのでしょうか。

現代医学は、基本的に外科的処置を必要とする病気や細菌病に対して出来たものなのです。けがをした人や細菌に感染した人が、そのけがによって生命力に損傷を受けたり、細菌の生命力に負けそうな時、外部から補助の手をさしのべたり、細菌を殺す手伝いをするのが現代医学です。現代医学は、外科的病因や細菌病までにしか適用できません。つまり、外的な要因から起こる病気という意味です。

現代の生活習慣病[8]と昔の細菌病などとの違いは、自分の中から腐っていくか、外部からくる敵によるものなのかの違いなのです。外部から来る敵に関して出来たのが、現代医学だと先ほど述べました。それが、自分の内部で、自分が原因となってもたらされる病気も医学で治ると思ったところから、間違いが始まったのです。実は現代人が、病気だと思って嫌がる、痛みや発熱やかゆみなどの症状は、全て自分の生命エネルギーを高めようとしたり、自己が自己以外の他の何ものかを排除しようとする身体の活動なのです。生活習慣病の症状も、同じです。

例えば、糖尿病[9]の人は糖尿病の症状を体内に作り出すことによって、体のバランスをとって生命エネルギーを維持しているのです。その人が静養して、糖尿病の症状がなくなった時、糖尿病が「治った」というのは部分的な見方であり、正しい捉え方ではありません。それは、糖尿病の症状を作り出さなくても、生命エネルギーが維持できる状態に体質が復元したとい

8．生活習慣病　食事、運動、喫煙、飲酒、休養、運動等の生活習慣が発症の原因となる疾患群。つまりは、不摂生と不養生の結果なったもので、人間性の立て直しが先決問題となる。ただし、現代ではそれをすべて「病気」という「他者」のせいにしてしまった。

9．糖尿病　膵臓のインシュリン分泌障害によって、持続的な高血糖と糖尿を伴う代謝異常。症状としては慢性的な疲労、多尿、多飲、多食など。網膜症、動脈硬化を併発し、重症になると尿毒症となり昏睡に陥る。自己の生命エネルギーの量に対して、「過食」していると陥る症状である。

うことなのです。生活習慣病はその病気を治すという概念ではなく、その病気を生み出している体を整え直すことを考えなければなりません。

生活習慣病の症状は、体のどこかが不調であったり、バランスを崩しているという信号なのです。従って、信号の方に気をとられるのではなく、信号を出さなければならない元の身体の方を、考えなければならないのです。薬などで症状だけを強制的に抑えてしまうと、バランスの崩れを調整するために、別の生活習慣病になることもあるのです。

そこには、外部要因である細菌病などとは決定的に違う、哲学的な要因があります。哲学的に全く違うものを、同じ医学で治そうとしているところに、現代医学の矛盾があるのです。しかしだからといって、医学を否定してはいけません。医学も科学と同様に、道具であって必要に応じてどんどん活用すべきものなのです。ただし、医学は生命力を与えるものでは決してないということを、しっかり認識しなければなりません。そのためにも生命エネルギーの観点から、生命観や健康観を摑むことが肝要です。

人間と生命エネルギー

無生物と生物の違いを生命エネルギーの視点からみるとどうなるのでしょうか。また霊長類[1]としての人間と他の生物についてはいかがでしょうか。

生命エネルギーを熱量に変換できるものが、現代科学で生物と呼ばれるものなのです。前にも述べましたが、石にも生命エネルギーはあります。しかし石はその生命エネルギーを熱量に変換することが出来ないのです。我々生物は、生命エネルギーを熱量に変換して、寿命

1．霊長類　動物界で最も進化を遂げた分類群。樹上生活から出発し、森林から生まれたことに特徴がある。後に「人間」の肉体の根本となった。この肉体に「精神」が付加され、人間が生まれたと考えられる。

まで生きる力を作り出すのです。この寿命まで生きる力を、生命力と呼びます。生命力とは、生きるために生命エネルギーを獲得する力であり、生命体各々に個別のものです。

生物と呼ばれるものは、宇宙エネルギー[2]を生命エネルギーとしてキャッチして、自分の中で熱量に変換できる組織体を持つものです。あとは生命体の種類によって、用いる材料が異なるだけです。植物は太陽エネルギーを生かして、水との結合エネルギーを熱量に変えます。光合成[3]とは植物の熱量変換過程です。動物は、生命エネルギーの働きで、食べ物を熱量に変えて肉体を維持し、運動を行ない続けます。エネルギー変換の方法が植物と動物は違うということです。水の結合エネルギーなのか、炭水化物の結合エネルギーなのかが違うだけなのです。

次に人間が霊長類の頂点にいると言われているのは、生命エネルギーに動かされている物体でありながら、神経細胞によって宇宙エネルギーが何であるかを志向できるからです。これが、人間が霊長類の頂点にいると呼ばれる謂《い》われです。自己の意志で、宇宙の本質を志向できる存在は、全物質の中で人間のみです。人間以外にその力があるものはこの宇宙にありません。それは「従」が「主」のことを考えるということなのです。

人間は常に「主」のことを考えてきたのです。人間社会は宇宙エネルギーの再編過程です。人間社会の道徳の中で、太古の昔からどの民族の中でも、重要視されているものがあります。それは、親孝行とか、主君への忠誠心などが美徳の代表になっていることです。すべて主従関係において、従たるものが主に対してどういう態度で接するかということなのです。すべて宇宙を写したものです。

これは主なる神を志向する人間に、特有のものです。人間は生命エネルギーと生命体の関

2．宇宙エネルギー　p.32(I), 72(II)各注参照。

3．光合成　生物のうち、主に植物が太陽の光エネルギーを用いて二酸化炭素と水分から有機化合物を生成すること。

係を、人間社会へも適用させようとしているのです。実は、人間はこの地上に神の国、天国を作ろうと努力[4]している、唯一の生き物なのです。それを司る機能が人間だけにあって、霊魂[5]と呼ばれたり、物質科学では巨大な脳神経細胞と言われているのです。人間の脳や神経細胞は、宇宙エネルギーの本源をキャッチするアンテナなのです。

人間力を高めるための生命エネルギーの捉え方についてお伺いしたいと思います。

生命エネルギーの中の、良いものと悪いもののバランスをとりながら、少しだけ生命が躍動[6]する方向へ導いていくのが正しい生命思想なのです。生命エネルギーは、絶対的に良いものでも悪いものでもありません。絶対的に良いものなど、この世には存在しないのです。

また生命エネルギーの良い部分だけを取り出そうとしても、それは出来ません。良いものを取れば、必ず悪いものもついてくるのです。太陽光線の例についても同様です。太陽光線には、生命を生かす働きもあれば殺す働きもあることは前にも述べました。まんべんなく降り注ぐ太陽光線を全部受けとめ、良い部分と悪い部分のバランスをとりながら、植物は成長するのです。

食べ物についても同様です。現代の食事の中には、生命エネルギーの燃焼のための材料となる物質も含まれていますが、同時に有害物質も含まれています。有害なものだけを取り除こうとすると、良いものも減殺されてしまうのです。両方まとめて摂って、体内で良いものと悪いものを自分自身の体に仕分けさせ、全体として良い方向へもっていくのが、正しい生命観の考え方でしょう。

現代科学や医学についても同様です。科学や医学は、常に絶対的に正しい神のようなもの

4．努力　p.346(I)注参照。

5．霊魂　p.98(I)／「霊」p.37(I)各注参照。自己の生命と宇宙とを結び付けている負のエネルギーで、人間が「神の子」と呼ばれる根本に存在するエネルギー。人間の尊厳を支えているものである。

6．躍動　p.54(II)，467(II)各注参照。生命エネルギーの真の働きを言う。生命は、その活動に意味があるのであって、多い少ないということは一切関係しない。時によっては、善悪、正邪すら超越するものが生の躍動である。

でもなければ、単なる悪魔[7]でもありません。それらは、人間が用いる道具なのです。主体は常に人間です。主体である人間が自己を確立して、良いものと悪いものの両方を正面から受け止め、絶えずバランスをとりながら前進していくのが「生命」なのです。

　宇宙に遍満しながら、体内にどんどん流れ込んでくる生命エネルギーを、最も円滑に肉体の中で回転させ、燃焼させるためのいろいろな考え方や物理的な考え方が真の生命を生かす思想と言えるのではないでしょうか。

7．悪魔　p.126（Ⅰ）／「悪魔性」p.367（Ⅱ）各注参照。

3　生命エネルギーの本質　第二部

生命は、戦うために生まれた。戦うことによって、「愛」[1]の発現を促しているのだ。

細胞の活動と生命エネルギー

> 現代の科学および医学は、生命エネルギー[2]を考慮していないと伺ったことがありますが、臓器移植などで現代医学の大きな課題となっている、他人の臓器に対する拒否反応を示す抗原抗体反応[3]は、生命エネルギーの観点から見てどのように捉えられるのでしょうか。

人体に抗原抗体反応があることが、ひとりの人間を創り生かしめている生命エネルギーの個別性[4]ということの証明なのです。心臓や肝臓や腎臓など、固有の人体を構成する組織は、

1．愛　宇宙の秩序そのものを言う。それは善悪を超越して、真理を体現する宇宙の本質である。過酷であり、また優しいものでもあるのだ。つまり、生命の故郷とも言うべきものであり、人間のもつ真の憧れと言っていい。

2．生命エネルギー　p.18(I), 39(II)各注参照。

3．抗原抗体反応　体内に抗原（自己自身以外の異物）が侵入することによって、抗体（抗原の可否を認識する蛋白質の一

個別に見えても全部で一つだということの証明が、抗原抗体反応だと言えるでしょう。全部を一つに統合している力こそが、自己固有の生命エネルギーなのです。

生命エネルギーを無視している人々は、身体を部品の集合体として考えています。その誤った考えに対して、生命エネルギーの存在を証明してくれているのが抗原抗体反応なのです。自分の腎臓と他人の腎臓は、全く違うものだということなのです。臓器移植[5]というのは、その法則を犯してでもやりたいというところから来ています。それは生命エネルギーという、生命の個別性を無視しています。心臓、肝臓、腎臓という臓器を勝手に個別の部品だと考えて取り扱っているのです。

> 医学では抗原抗体反応を抑えようとしていますが、抗原抗体反応が無くなるとどうなってしまうのでしょうか。

抗原抗体反応が万が一にも無くなれば、人間の個別の生命観はすべて無くなってしまいます。生命は、取り替えられないところに価値があるのです。取り替えられないということだけが、生命の真の価値なのです。

抗原抗体反応が無くなれば、顔を取り替えたり脳を取り替えたりすることも可能になります。そうなると人間の固有価値というものも、すべて失なわれてしまう。秀れた人物になることや、健康な状態で老人になることも、何の価値も持たなくなります。他のものと取り替えることの出来ない固有の生命を、どのように維持し、燃焼させたかということが、生命のかけがえのない価値なのです。

だからといって、輸血なども絶対にいけないと言っているのではありません。血液などは

種）ができるが、この二つの物質の相互作用によって起こる特異な反応。免疫力としての働きもあれば、アレルギーや激しいショック症状が引き起こされることもある。

4．個別性　p.394(Ⅰ), 44(Ⅱ)各注参照。人間の生命は、一人ひとりが独立した別々のものだということ。そして、そこにこそ人間の生命の真の価値があるという意味。この当たり前の考え方が、現代では失なわれている。

5．臓器移植　機能が損なわれた臓器に代わって、自己または他人から正常な臓器を移植すること。そのためには、他人が生きている状態で、その生きたままの臓器を取り出してこなければならない。

再生可能なものですし、多少であれば生命に別状ないからです。今述べたことはすべて、生命エネルギーの観点に立った、生命理論の根本の考え方に基づいた話です。生命の価値とは何かを深く認識しながら、人間が行なってもいい範囲を考え続けることが大切です。それが、未来に対する義務なのではないでしょうか。

抗原抗体反応を抑えようとする試みも、すべて長生きすることに価値をおいているからだと思われるのですが。

真の健康観は、長く生きることに価値を置くのではなく、自己の生命エネルギーを完全燃焼させて、自己固有の人生を「生き切る」[6]ことに価値を置くのが正しいのです。実は人間が死ぬということは、死ぬおかげで助かっていることも多いのです。長生きすれば、必ず立派な業績が残せるというわけではありません。長生きすると、逆にものを破壊しようとする動きになることもあるのです。

実業家でも、長生きして自分で創業した会社を自分で潰してしまう人もいます。人間は、そういう自壊作用[7]というものも持っているのです。そういう自壊作用があるので、抗原抗体反応を抑えて生命を繋いだとしても、今度は繋いだ生命を自ら殺すものが、体内から表出してくるのです。

限られた寿命[8]があるから、幸運な人は病気をしないで健康のまま死ぬことも出来るのです。人間の遺伝子の中には、多くの種類の病気の遺伝子が入っています。それが表面に出ないで済んでいるのは、ある程度のところで死ぬからなのです。長生きすれば、いろいろなものが次から次へと出てくるだけの話であって、それはもう際限がありません。とにかく、長生き

6. 生き切る　p.18(II)注参照。自分に与えられた「生命」を燃焼し尽くすことを言う。燃え尽きて、ボロボロになって死ぬのが生命の本懐である。そうすることが自己に与えられた生命の真の「成功」なのだ。

7. 自壊作用　外力によらず、「細胞」の相互作用が不安定になることによって内部から崩れ去ること。

8. 寿命　p.39(I)、47(I)各注参照。

にあまり執着せず、人間はいつか死ぬという自然の法則から目をそむけずに、今この時を精一杯生きることが大切なのです。

免疫機構と生命エネルギー

次に身体を外敵から守る免疫機構[9]についてお伺いします。免疫機構と生命エネルギーはどういう関係なのでしょうか。

免疫機構は、自己固有の生命エネルギーが持つ外郭的[1]な防御機構です。免疫機構と言っても、元々決まったものがあるわけではありません。外敵の種類や強さなどの外部環境に合わせて、その都度、無限変化をしながら決まっていくものなのです。遺伝学的には、人間が地上に誕生してから何十万年、何百万年という間に、地球の環境によって白血球などの制御システムが出来上がったのです。このシステム自体は、生命エネルギーの本体とは関係ありません。それは、環境遺伝[2]の話なのです。言葉は悪いですが、免疫機構が大掛かりになったものが個人同士の争いであり、個人同士の争いが大掛かりになったものが、戦争と思えばいいでしょう。

ということは、人体の免疫機構と戦争は同じ様なものだということですか。

戦争は、民族的な免疫機構の発動によって起こります。人間同士が争っている状態は、実は免疫機構の通りで、生命の哲理に合っているのです。個別の生命体のエネルギーは、みんな拮抗して戦い合っているのです。人間をはじめ、生命が生きるということは、絶えず自分

9．免疫機構　外部から生体内へ疾病、感染症、異物など、抗原となるものが侵入した際、生体が反応し身を守る機構のこと。特に、再度これらの抗原が侵入した際に、その害を防ぐ機構が生体に確立することを言う場合が多い。

1．外郭的　内部と外部を分けるために、外部に対して張り出されている、外側の囲いのようなという意味。

2．環境遺伝　遺伝子そのものの作用ではなく、与えられた環境が作り出していく根深い習慣。それによって徐々に人間の肉体や性格も変化を来してくる。民族と家族を覆っている。

の固有の生命と違うものを殺しながら生きているのです。従って、戦争というものはなくなりません。日々、戦争なのです。

それは免疫機構から始まって、個人同士の喧嘩から違う民族との戦争まで皆そうなのです。喧嘩や戦争なんて嫌いだと言っている人も、毎日、自分の体内では別の生命体を何百万、何千万、何億と殺しながら生きているのです。生物界とはそういうものの集積であって、それは本当は善悪を問うようなものではありません。他の生命を殺すことに善悪を問うのであれば、免疫機構を停止させなければいけないということになります。なぜなら、誰でも体内で他の生命を殺しながら生きているからです。

菜食主義者[3]の人で「私は生命を殺さない」と言っている人もいますが、彼らも穀物や野菜などの植物や、人間の都合で「病原菌[4]」にされてしまった微生物は殺しているのです。そして、それらも間違いなく生命なのです。菜食主義者は勝手に線引きをして、牛や豚は生命だが、キャベツやコレラ菌は生命ではないと言っているのです。それは人間の傲慢さであって、生命ということでは全部が生命なのです。他のものを殺してはいけないならば、免疫機構を停止しなければなりません。それは、自己の肉体と精神の死を意味することになります。

また戦争は、人間界だけのものではありません。菌界[5]にも、動物界[6]にも、植物界[7]にも戦争はあります。例えば植物学では、太古からの年代ごとに、どの植物が地球上を覆っていたかということが調査されています。裸子植物[8]だったり被子植物[9]だったりしました。日本でも、ブナ林が他の植物を駆逐したと言われていますが、要するにすべて生命同士の戦争なのです。時には環境の応援を受けることもあります。環境の応援も含めて、どの生命体がいま戦争に勝ち残っているかということが、現在の自然界の状態に他ならないのです。

3. 菜食主義者　p.29（1）注参照。

4. 病原菌　病原菌などという「生命」はない。人間の都合で、人間と拮抗の強い微生物を勝手にそう呼んでいるだけである。それらは、菌類という生物なのだ。

5. 菌界　きのこ、かび、酵母の類で食物連鎖のピラミッドの一番下に位置する生物の生息する世界。主に腐敗した動植物の死骸などを土中に還元する機能をもつ。

歴史上のローマ軍やギリシャ軍も、ブナ林と同様に一つの生命体とみなすことが出来ます。ローマ帝国[1]には、ローマ帝国をローマ帝国たらしめていた生命エネルギーがあったのです。国家を組めば、すぐに国家同士の戦争が始まるのです。国家とは一つのエネルギーの集合体だからです。

また、国家がなくなれば戦争もなくなると言っている平和主義者[2]もいますが、それはまったくの間違いです。もしも国家がなくなれば、別のエネルギーの集合体が生まれるだけなのです。人間は国家が生まれる前から家族同士、親子、隣近所、地域同士など、至るところで戦争を繰り返しています。これは生命の法則なのです。この生命の法則に従って、いかに生きるかということが、人間の道であり、文明[3]であり、我々が考えなければならないことなのです。

家族には家族の生命エネルギーがあります。親子の道徳は、その生命エネルギーの法則に従っているのです。親孝行が必要なのは、子供が親の命をすり減らして育ってきたからなのです。親からそれだけ生命エネルギーの応援を付加してもらった以上、親の生命が衰弱する時には、優しく労《いたわ》るというのが人間の道だということです。

自分がどれだけ他の生命エネルギーの恩恵を受けていたのかがわかっていた時代には、年をとった漁師は海に飛び込んで魚の餌に自らなったりもしました。その、海に飛び込む漁師の生き方というものが、親孝行の思想と同じものなのです。白分が今まで散々食べてきたものに対して、自分が報いようという気持です。

戦争は生命の法則だということですが、そうすると世界平和のための運動は生命の法則に

6．動物界　有機物を主な栄養源とし、葉緑素を持たない多細胞生物の生きる世界の総称で、植物との大きな違いである運動と感覚の機能をもつ生物群である。肉食、草食、雑食など、種に依って様々な栄養源を摂り入れている。

7．植物界　草や木など根が地に生えて、固定した生を営む生物界で、緑藻植物、コケ、シダ植物など多岐にわたる。

8．裸子植物　胚珠がその表面上に裸出している植物。マツ、イチョウ、ソテツなど、種類としてはシダ植物と類縁が深い。

9．被子植物　種子植物の中では最も進化した植物と言われ、胚珠が子房で保護されている植物。双子葉植物と単子葉植物に大別される。

1．ローマ帝国　p.463（1）注参照。現在のヨーロッパから北アフリカまで、地中海周辺をすべて支配していた帝国。現代

反するものだということになるのでしょうか。

世界平和が完全無欠に完遂されたら、人類は全員が免疫不全状態になります。人類という種の絶滅した状態が、世界完全平和ということなのです。昔からいろいろな人が世界平和を唱えていますが、それは権力者が自分に都合がいい状態を言っているだけなのです。平和とは、戦いがあるからこそ価値があるのです。

英米を中心とした国連常任理事国、つまり第二次世界大戦の勝者にとって都合のいい秩序が、現在の国連の提唱する世界平和です。私はそんなものは世界平和だとはまったく思いません。その点は、帝国主義[5]の時代から何も変わっていない。最も戦争の強い国が、「我々は世界平和を実現させようとしている」と言っているだけです。他のいろいろな人が言っている世界平和も、自分や自分の国、あるいは白人は白人、黒人は黒人、アジア人はアジア人にとって得になるように、他を隷属させるシステムを世界平和だと勝手に言っているのです。

もちろんそれは、完全な世界平和ではありません。

人類が免疫不全になる状態というのは、アメリカもイギリスもない本当の平和のことで、それが達成されれば人類は滅亡します。戦う力と気力があるから、人類は存続しているのです。絶えず戦い続けることが、生命の哲理です。我々自身も、現在生きているという事実は、他の生命を殺し続けてきた結果であるということを、深く認識しなければなりません。それが、世界平和が免疫不全状態に反するものだということになるのです。

生命の哲理を知らない人間には、本当の涙はわかりません。涙を知る人のみが、生き切ることの大切さと、命の真の尊さを知っているのです。

ヨーロッパの基礎となっている。またキリスト教を国教にしたことによっても歴史に輝いている。発祥は紀元前八世紀に今のローマ市近郊に起こり、紀元四世紀に蛮族の力と内部崩壊の力によって滅びた。

2. 平和主義　真の平和主義は絶対に他者と争わぬということであり、そのためには生きる権利とすべての利益を放棄しなければならない。他者の要求には、無条件にすべて屈することを意味する。もちろん、無理である。従って、現代日本の平和主義は、すべて嘘である。

3. 文明　p.273（I）注参照。

4. 免疫不全　免疫機能が低下している状態のこと。先天的なものと後天的なものがある。この状態になれば、人間はあらゆる菌によって食い殺され、何時間も生きていることは出来ない。また、体内の各組織が内部崩壊を起こしてくることになる。

60

もちろん、宗教的、哲学的観点に立てば、宇宙的な「愛」の力による真の平和と人類の全体化は可能です。それは、私の最も尊敬するフランスの哲学者テイヤール・ド・シャルダン[7]の提唱するところでもあるのです。私の精神は、その理想[8]を信じています。しかし、現在の生命の実存をここでは見据えなければなりません。それが、いかに辛いことであっても、今、我々は生命の歴史が織り成してきた「人類史の素顔[9]」というものを考えなければならないのです。

進化論と生命エネルギー

次に観点を大きく変えて、進化[1]について伺いたいと思います。まず、進化と環境遺伝はどのような関係にあるのでしょうか。

進化とは、人間の人間たる部分を言います。特に、その精神的な活動と関連する部分が大きいのです。肉体的に見ると、環境遺伝の中で、種にとって良い部分のことをそう呼んでいます。環境遺伝の中で、種の存続にとって悪いものは因縁《いんねん》[2]と呼ばれたりすることが多い。ダーウィニズム[3]的な意味としての進化とは、環境遺伝の中の淘汰機構、即ち種を強化し、良くしていく方向の部分のみを言います。つまり、精神の力の強化と言えましょう。この場合の良いということの意味は、人間を例にとると、人類を中心に自分たちの種の力を増進し、人間的特徴を強め、環境適応力を高めるということになります。

進化論では人間の先祖はサルだと言われていますが、生命エネルギー的に考えた場合どう

5．帝国主義　p.369(Ⅰ)，185(Ⅱ)各注参照。

6．涙　p.252(Ⅰ)注参照。人間の生命がもつ真の「悲哀」を言う。それは固有の生命がもつ生きるための過酷さを体感することでもある。自己の生命を愛する者は、この「涙」を抱き締めて生きるのだ。

7．テイヤール・ド・シャルダン〈ピエール〉p.21(Ⅰ)注参照。

8．理想　p.2(Ⅰ)，16(Ⅰ)，40(Ⅱ)各注参照。

9．人類史の素顔　生命の本質を見据えた歴史観。人間の思惑を取り去った歴史の見方と言えよう。

1．進化　人間の精神と魂の問題を言っている。宇宙を志向し、人間の意志のひとつである物質主義を乗り越えて行く過程を表わす。進歩とは違い、人類にとって良いことと言える。

なのでしょう。

サルが進化して人間になることは、絶対にありません。即ち人間の先祖がサルだということは、全くの間違いです。ダーウィニズムでいう「進化」とは物質的変化、いわゆる環境適応のことだけを言っているのです。

ダーウィン[4]が科学的に証明しようとして立てた仮説は、物質的な変化の部分だけです。例えば寒い国、太陽光線の少ないところに長く住んでいると、太陽光線を吸収しやすいように白人になります。太陽光線が多いところに長く住んでいると、何十万年もの間に遺伝子が変化して、メラニン色素[5]が皮膚の表面に合成されて太陽光線を遮断するようになるのです。要するに、それが黒人です。これがダーウィニズムの進化論なのです。

ここで最も重要なことは、これらの変化は物質が変化するだけであって、生命エネルギーの変化は微塵《みじん》もないということです。白人と黒人の話が出たところで、人種差別[6]についてもひと言述べておきます。人種差別とは、生命エネルギー的に人間を捉えるのではなく、ダーウィニズム的な環境適応[7]の結果の違いを、絶対的な違いとして捉えるところから生まれた考え方だということです。生命エネルギーの考え方がわかれば、人種差別はなくなるのです。人間が物質的にどんなに変化しても、人間を人間たらしめている生命エネルギーは、何も変わりません。従って、サルが人間になったというのは論理の飛躍であり、人間を人間たらしめる生命エネルギーと、サルをサルたらしめる生命エネルギーは、本質的に全く違うものだということです。種とはそういうものなのです。生命エネルギーの違いによって種は初めから仕分けされているのです。

2．因縁《いんねん》　p.464（II）注参照。正しくは因縁因果と言い、仏教から出た言葉である。人間の生命が積み重なって出てくる「垢《あか》」のようなもの。人間の現実生活は、この因縁とその結果である因果によって支配されている部分が多い。

3．ダーウィニズム　チャールズ・ダーウィンの研究した進化に関わる様々な現象や概念に対して使われる言葉。人間の肉体だけを扱っていることを忘れてはならない。

4．ダーウィン〈チャールズ〉（1809-1882）　p.363（I）注参照。イギリスの生物学者。人類の進化思想および自然淘汰説の提唱者であり、『種の起源』は代表的な著作として知られる。自然科学者、地質学者でもある。その思想は、白人中心思想を創ったもののひとつである。

5．メラニン色素　動物の組織、細胞に含まれている、黒褐色ないし黒色の色素のこと。太陽光

つまり、サルはサルとしてどんどん環境に適応していくでしょう。その適応を、現代人は勝手に進化と呼んでいます。進化と言っても、要するに環境に対する物質的適応のことに過ぎません。だから、サルはサルとしてどんどん進化していっても、サルが人間になることは絶対にありません。人間も将来、もしも放射能汚染が十万年も続けば、放射能が必須栄養素[8]になって放射能がないと生きていけない人体になるに違いないのです。放射能が必須栄養素である未来の人間が、放射能が毒である現在の人間のことを人間と呼ぶかどうかという問題なのです。私はどちらも人間であると言っているのです。人間は元から人間です。そして未来も人間であり、永遠にそれは変わらないでしょう。ただし、人体に宿る生命エネルギーの質が変わらない限りにおいてということです。

今後、環境遺伝によって人間がエラで呼吸するようになることも大いにあり得ます。それでも、人間は人間です。しかし、サルが人間になることは一切ない。ダーウィンも、サルが人間になったというようなことは言っていません。現代の人が読み違えているだけです。それは現代の考古学[9]的な見方に矛盾があるということです。オーストラロピテクス[1]やピテカントロプス・エレクトス[2]などといって、我々は何百万年前はサルだとか類人猿だったという証拠の骨を集めてきて主張していますが、あれは人間の骨ではありません。人間の骨ではないものを、人間の骨だと言っているだけなのです。

確かに古い人間の骨は、現在残っていません。その理由は私も詳しくはわかりませんが、人間の骨は動物の中でも特別に早く分解されて、土に同化してしまうようです。動物の中でも、骨を構成するカルシウム分か他の成分などが弱く出来ているに違いありません。とはいえ、人間に限らず骨が何十万年も何百万年も残っているという、化石化の方が珍しいのです。[0]

線に抗して集まる習性がある。

6．人種差別　民族の違いや見た目の形状の違いによって、人間に優劣をつける考え方。自然淘汰と環境遺伝を、「種」の本質的エネルギーと捉え違いをした全くの誤り。

7．適応　p.367（Ⅰ）注参照。

8．必須栄養素　人体に必ず必要とされる栄養素のことで、体内では生合成できないために外部から摂取しなければならないものを言う。ビタミン・ミネラル・アミノ酸・脂肪酸などがある。

9．考古学　p.74（Ⅱ）注参照。物質によってのみ、過去を判断する学問。歴史というよりも科学に分類される学問分野。

従って、現在発見されている、人間の祖先のものと言われている骨は、人間の骨ではありません。現在は生存していない、何百万年も前に絶滅したゴリラの類似種か何かです。オーストラロピテクスは、人間の祖先ではなく、絶滅したゴリラ等の類似種なのです。それを勝手に人間だと言われても困る。現在、そのゴリラの類似種が生息していないので、多分人間の祖先だろうと勝手に思っているだけなのです。現在は、確かにあのようにゴリラか人間かわからないような立ち方をする動物は生息していませんが、ただそれだけのことです。サルと人間は、本質的に生命エネルギーが全く違うものなのです。

人類の誕生

ということは、人間は地球上にどのようにして出現したのでしょうか。

ビッグバン[3]以来、人間を人間たらしめる生命エネルギーは宇宙空間に充溢し遍満[4]しているのです。それが何らかの理由で地球に降り注がれた。その瞬間に、地球上のいろいろな場所で、人間が同時に発生したと考えられます。物質はすべて、宇宙にエネルギーがあって、その作用によって初めて生まれるものだからです。従って、詳しい発生の仕方はわかりませんが、人間の生命エネルギーが宇宙空間に発生した瞬間に、同時に発生したのでしょう。その時、地球上の有機物と無機物が、そのエネルギーのもとに集まり人間となったのです。少なくとも、現代の地球の人間はそうであったと考えられます。

その後、各土地の環境によって、形態遺伝が始まったのです。形態遺伝は最低十万年、長いものは何百万年単位で変化するものなので、白人や黒人などの外観の違う人間が現在存在

1. オーストラロピテクス　我々ホモ・サピエンスに至る前段階において、限りなく人類に近いと言われているアフリカ棲息の類人猿。

2. ピテカントロプス・エレクトス　ジャワ原人のこと。一八九一年にジャワのソロ川流域で発見された化石人骨から命名された。脳容積はオーストラロピテクスよりはるかに大きく、進化した種とされる。

3. ビッグバン　宇宙創生時に起こった大爆発のことで、今から百五十億年前に起こったこの爆発を機に現在存在している宇宙が出来上がったとされる。宇宙形成は、現在も続けられている。

4. 遍満　p.33(I)注参照。

するということは、それだけ昔から人間がいたということになります。我々は時間のスケールを、誤解して捉えているところがあります。人間は何十万年、何百万年前から人間ですが、農耕文明が始まってからは、まだ一万年しかたっていないのです。エジプト[5]やメソポタミア[6]などの都市文明からは、五千年しかたっていません。またその中の産業革命[7]以降の工業化社会を考えると、それは人類の歴史の中のほんのわずかな期間なのです。

また、今までに絶滅した生き物の種も何百万種、何千万種といますが、現代の考古学では化石や骨などの物質的な証拠が残っているものだけで、太古の生物の世界を空想で作り上げようとするところに問題があるのです。人類の歴史にしても、現代の歴史学は土器や建物の遺跡などの物質的な証拠が残っているものだけで、古代社会を考えようとしているのです。

これらはすべて、物質主義的な考え方による誤った歴史の捉え方なのです。たとえ化石や骨などの物質的な証拠が残っていなくとも、現在までに何百万種、何千万種という種が発生して絶滅したに違いないのです。実際の観察でも、十八世紀以降の三百年足らずの期間に、七百種以上の動物種の絶滅が確認されています。単純計算でも毎年のように動物種を含めた多くの生物種が絶滅しています。十七世紀以前については博物学が確立されていなかったために、記録が残っていないだけです。化石[8]や骨として発見されていない、無数の絶滅生物がいるに違いないのです。

また、人間の文明や文化[9]についても、同様のことが言えます。たとえ土器や遺跡は発見されなくても、何百万年も前に人間が発生してから古代エジプト文明を経て、現在に至るまでに数多くの文明社会が存在していたに違いありません。いずれにしても詳しいことはわかりませんが、そのように考えるのが自然です。現代物質文明[1]の中に生きる我々は、物質的な裏

5．エジプト　アフリカ大陸の北東部、ナイル川中・下流域に発展した古代文明発祥の地。農耕文明が生み出した都市国家で、死者と共に生活するという、現代にも繋がる文明生活を生み出した。

6．メソポタミア　西アジアにある、チグリス・ユーフラテス両河の間の流域地方において、紀元前三千年頃に起こった世界最古の都市文明やアッシリア・バビロニアの文明が発祥した地である。

7．産業革命　十八世紀の英国で起こった生産様式のひとつの革命。一言で言えば、すべての労力の機械化の推進であり、その出発は石炭を燃料とした蒸気機関の発明であった。この革命により、英国の世界支配が確立していったのである。

8．化石　p.388（Ⅰ）注参照。

9．文化　p.272（Ⅰ）、202（Ⅱ）各注参照。

付けのないことを信じられない人間になっているのです。何十万年も前の人間と、現代の人間は、肌の色や顔の形などの物質的な要素は違っていても、生命エネルギー的には全く同じです。生命エネルギー的に同じであるということは、同じ魂を持っているということなのです。決して現在考えられているように、ゴリラみたいな生活をしていた訳ではありません。現代の我々と全く同じようなことで苦悩し、同じようなことに幸福[2]を感じていたのです。

四大文明と生命エネルギー

> エジプト文明、黄河文明、メソポタミア文明、インダス文明の四大文明[3]と呼ばれるものは、ほぼ同時に世界各地で発生しています。これもエネルギー的に説明できることなのでしょうか。

四大文明も全部エネルギーの問題です。実は、人間の脳は自分で考えているのではないのです。宇宙空間に考える存在がある。この考える存在が宇宙エネルギーの本体なのです。その宇宙エネルギーを脳が感知して、発想源にしているのです。人間の脳の記憶細胞というのは録画装置のようなもので、感知したエネルギーをどんどん記憶していきます。そしてその記憶は、自由に取り出すことが出来るので、自分で考えていると錯覚してしまうのです。

四大文明は、宇宙空間に農耕都市文明を考えるための、発想源の生命エネルギーが発生したときに、世界各地で何人かの秀れた脳が、そのエネルギーを感知することによって生まれたのです。発想源のエネルギーが宇宙に発生したとき、文明もほぼ同時に起こったということです。近代になってからも、秀れた発明や発見が世界各地でほぼ同時に行なわれることが

1．物質文明　物質的豊かさだけを成功であり幸福であると思い込む思想。無限の経済成長だけが、それをもたらす絶対善（神）になっている。

2．幸福　p.2(1)注参照。

3．四大文明　農業が発展して出来た都市文明という、現代に繋がる「文明」の最初期のものを言う。これらの前に、違う形態の文明が多く存在していたことも考慮に入れなくてはならない。

ありますが、全て同じ理由と言えましょう。

ニュートン[4]とライプニッツ[5]と関孝和[6]が、同時期に微積分法[7]を発見したということは、よく知られた事実です。この場合、ニュートンとライプニッツと関孝和の頭が秀れていた理由は、微積分を考え出したからではないのです。微積分の発想源のエネルギーをそれぞれの脳が感知できた、ということなのです。つまり、チャンネルを合わせることが出来たという点で、秀れていたのです。

人類の発生も同じです。宇宙空間に、有機物と無機物の混合体を人間に変えるエネルギーがある瞬間に生まれ、それと同時に各地で人間が発生したのです。そのころ、見かけがサルに似ている、現代ではいなくなった「動物」が地球上にいたのかもしれません。それが人間になったのでしょう。現代人は四大文明やライプニッツたちの同時性の話を、すべて偶然で片付けようとします。また人類の発生も、サルからの突然変異[8]という偶然で考えようとしているのです。しかし歴史上、そんなに偶然が重なることはあり得ません。この点が、現代人の大いなる誤解と誤魔化しの一部になっているのです。

宇宙人と生命エネルギー

以前宇宙人の存在についても、生命エネルギーの理論で説明できると伺いました。その点についてお聞きしたいと思います。

我々が考えている宇宙人などはいません。つまり、地球上の人間に似ている宇宙人ということです。これも生命エネルギーと、生命エネルギーが成すところの物質合成理論によって

4．ニュートン〈サー・アイザック〉(1642-1727)　イギリスの数学者、物理学者、天文学者。万有引力や微積分法を発見。また、光のスペクトル分析法の発明等、様々な業績から近代科学の祖と呼ばれている。

5．ライプニッツ〈ゴットフリート・ヴィルヘルム〉(1646-1716)　ドイツの数学者、哲学者、神学者。政治家、外交官としても活躍した。ニュートンと同時期に微積分学を形成した。モナド論や予定調和説が有名である。

6．関孝和(1640頃-1708)　江戸中期の数学者。初めて筆算による代数学を考案し、方程式論、行列式論などを研究し、微積分法の発想を得ていた。和算の発展に貢献した。

7．微積分法　微分積分学のこと。極大と極小の概念を計算し得る方法論で、近代科学の基礎となるもの。

説明できます。前にも話しましたが、我々が人間と呼んでいるものは、分解するとＣＨＯＮ《チョン》（炭素、水素、酸素、窒素）と少数の無機物まで分解できます。ここでのＣＨＯＮと少数の無機物というのは、地球の構成物質のことです。特に、その「割合」によって形は限定されてくるのです。

宇宙に遍満する生命エネルギーは、地球においてその主要構成物質であるＣＨＯＮ等を組み合わせて、いろいろな種に仕分けしているのです。そして、これは地球での話なのです。その話がアンドロメダ星雲[9]や、他の星々へいけば、主要構成物質がその世界のものへと全く変わってしまうのです。ほとんどが放射性物質[1]であったり、ヘリウム[2]だったりもする。従って、同じエネルギーがアンドロメダの中にあっても、合成されるものは全く違うものになるのです。おそらく、我々が想像することも出来ないものに違いありません。

私が最初にいないと言った宇宙人とは、人間をグロテスクにしたような形の生き物のことです。そういう生き物は地球でしか生まれません。もし存在するなら地球で合成されたものです。火星人の想像図として、タコのような生物が考えられていたこともありますが、タコというのは地球の海の中で生活しやすいように、ＣＨＯＮと地球の海のミネラル[3]を組み合わせて作られているものなのです。そういう生き物が、火星にいるはずがない。生命エネルギーと物質合成の理論から考えればわかることです。

空飛ぶ円盤も、同様に考えることが出来るのでしょうか。

空飛ぶ円盤もありません。もしあれば、それは地球で作っている物です。それは物質合成理論と、空気力学の点から明らかです。よく目撃者がジュラルミン[4]の輝きとか、銀色に光っ

8．突然変異　ある生物種の中で、他の大多数の形質と異なる形質を突然に持つようになること。ＤＮＡやＲＮＡの塩基配列や染色体の数や構造に変化が生じることで起きると言われているが確かではない。また、原因が何かは全く不明。

9．アンドロメダ星雲　我々の所属する「天の川銀河」に最も近い「銀河」であり、将来は合一化されるだろうと言われている星雲。直径十万光年の渦であり、地球から二三〇万光年の彼方にあるとされる。古代日本神話では高木の神と言われていた。

1．放射性物質　p.24（1）注参照。

2．ヘリウム　元素記号はHe。希ガス元素のひとつで無色無臭の気体。水素についで軽い気体。

3．ミネラル　p.26（1）注参照。

ていたとか言っていますが、アルミニウムやマンガンなどからジュラルミンを合成し、利用するということは、現存する人間によって地球でしか出来ないのです。アルミニウムやマンガンなどを金属として利用できるのは、地球だから出来るのです。それらの金属を地層の中から抽出して配合し、加工するためには、ある程度のバランスで地層の中に含まれている必要があります。

実は地球というのは、非常に特殊な物質で出来ているのです。物質の割合が地球と同じバランスの星は宇宙に二つとありません。ジュラルミンやステンレスを作り出すエネルギーがあったとしても、地球以外では作ることは出来ないのです。これが物質合成理論から考えて空飛ぶ円盤がないという理由です。

次に空気力学[5]の点からもそのことは言えるのです。宇宙空間は抵抗がないのです。抵抗というのは、空気抵抗のことです。円盤の形というのは空気力学的に考えたときの、理想型になっているのです。空気力学上、最も速く遠く移動できる形が円盤の形なのです。従って、空気が存在しない場所では、円盤の形である必要はまったくありません。その空気も、地球に特有の存在なのです。広大な宇宙の中の、ちっぽけな地球という惑星の表面をうっすらと覆っているのが空気です。

空気とは、宇宙空間の中で極めて特殊な環境条件なのです。その特殊な環境条件である空気の中を、少ない抵抗で飛行できるというためだけの理由で、わざわざ何万光年もの彼方から円盤の形にして飛んでくるはずがありません。空気がないところでは、円盤は全くの無用の長物なのです。

世界中で空飛ぶ円盤の目撃者は多いようですが、それらは、何かの電気的な自然現象なの

4．ジュラルミン　軽量の合金として、二十世紀初頭に開発された。その後飛行機に使用されるようになり、また多くの用途で用いられるようになった。

5．空気力学　空気中の飛行を理論づけた一種の「流体力学」。空気のない所では、全く必要のない学問。つまり、大宇宙の中で地球表面だけに適用される。

です。もし本当に円盤が飛んでいるのであれば、地球上のどこかの国が作って飛ばしているということです。このように、空飛ぶ円盤の問題も、物質合成理論と地球という星の特殊性、及び空気力学の問題から考えれば簡単なことです。現代社会は情報化社会であり、いい加減な情報に振り回されて人生を失なっていく人も多いので、基本的なものの見方を習得しておくことは大変重要なことです。

生命エネルギーの循環と転換

> 生命エネルギーの循環と転換ということについて伺いたいと思います。科学では運動エネルギーと位置エネルギーと熱エネルギーの間に、「エネルギー保存の法則[6]」が成立しますが、これは生命エネルギーについても成立するのでしょうか。

当然成立します。実は科学で言うエネルギー保存の法則は、元々生命エネルギーの法則のことなのです。生命エネルギーの法則を、人間が物質にあてはめたのが、自然科学のエネルギー保存の法則です。生命体の肉体が朽ち果てると、生命エネルギーは大気中に放散され、それらが遍満した状態になります。しかし、エネルギーそのものは、宇宙からなくなることはありません。

朽ち果てた肉体から離れて、大気中に遍満した生命エネルギーが、他の生命体が生まれるときの生命エネルギーになることもあるのです。これが昔からある、霊魂[7]不滅の考え方なのです。宗教によっては、輪廻転生[8]などいろいろな言い方がなされていますが、生命エネルギーは循環するものであり、これらのこともエネルギー理論から考えると自然なことなので

6．エネルギー保存の法則　「保存法則」p.80（Ⅰ）注参照。熱力学第一法則とも呼ばれる。熱量と力学的仕事に関して、全宇宙でその総量が不変であることが、あらゆる存在の「質量」まで含めて証明されている。

7．霊魂　p.52（Ⅰ），98（Ⅰ）／「霊」p.37（Ⅰ）各注参照。

8．輪廻転生　p.164（Ⅰ）注参照。仏教の思想。古代バラモン教から仏教に導入された。人間が死

す。全宇宙の生命エネルギーの絶対量は不変です。従って、生命体は生きるために限られた生命エネルギーを互いに食い合うのです。

これが戦争のところでも述べた、生命の根本哲理[9]です。現代は人口の増加が問題視されていますが、生命エネルギーの点からみても人口増加は重大な問題なのです。人間を人間たらしめるエネルギーの絶対量は一定なので、人口が増えれば個々の生命エネルギーは弱まることになるからです。

東洋の易学[1]と生命エネルギーの関係についてお聞きしたいと思います。

易学は、東洋の科学です。従って、西洋の科学と同様に、易学を使って宇宙エネルギーである生命エネルギーを説明することは基本的に不可能なのです。易学は伏羲《ふっき》[2]という、伝説上の中国の古代の帝王が考えた自然界の分け方です。易学とは宇宙を陰と陽に分けて、すべての現象を解明しようとした学問です。それは、『易経』という書物にまとめられて現代に伝えられています。

易学が西洋の科学と大きく違うのは、ものを見る見方のその導入の仕方です。東洋の学問は易学から始まって、いろいろなものがありますが、すべて包括論といって全体から個別に分解していく見方をします。一方、西洋の学問は個別から全体を構築していく分析科学なのです。我々は西洋科学の考え方に慣らされているために、東洋科学のようにまず全体を把握してから個別にいくものは、まやかしだと思ってしまう癖がついているのです。

東洋の考え方として漢方薬[3]を例にとると、漢方医は患者の姿を見てまずその体質が陰か陽かを見極めるのです。そして次に、病気が虚《きょ》か実《じつ》[4]か、そしてさらに寒《かん》か熱《ねつ》[5]か、というように

んだ後、他の人間となって、また生まれ変わってくるという考え方。

9．根本哲理　文化伝統に則った、正しい考え方ということ。伝統と自己の固有性の均衡を取るための理論を言う。

1．易学　古代中国で、伏羲によって作られた八卦という陰と陽の対立変転からなる、自然界を見通す易経の体系。今ある易学は、さらに周の時代に文王により六十四卦で構成されたものを指す。

2．伏羲（生没年不詳）古代中国の神話に出て来る神。伝説上の帝王であり、中華民族の祖として崇拝されている。陰陽の思想を創った。

3．漢方　p.25（1）注参照。

4．虚か実か　「虚」とはエネルギーが少ない状態であり、「実」は反対でエネルギーがありあまっている状態。

段々と細かく仕分けしていき、最後にその人の生命の個別性を見極めてそれにふさわしい漢方薬を調合する、という考え方なのです。西洋医学[6]の考え方では、患者の細胞をとって顕微鏡で観察し、一個の細胞の状態を一人の人間の状態に構築し直すという考え方です。または、病気の原因となっている物質（細菌[7]等）を特定して、それを治療するわけです。

つまり、導入口がミクロかマクロかの違いで、西洋の科学はミクロから入る科学思想で、東洋の科学はマクロから入る科学思想なのです。言葉を変えれば、西洋科学は帰納法《きのうほう》[8]的であり、東洋科学は演繹法《えんえきほう》[9]的であるという言い方も出来ると思います。現在は西洋思想が世界を覆っています。その理由の一つに、西洋が戦争と経済において強かったということがありますが、それ以外の理由としてミクロ思想の方が理解しやすいということがあるのです。そして、民主主義に向かう大衆教育に適していたということも上げられるでしょう。マクロから入る方はかなりの修練が必要で、人によって見極める能力に大きな差が生じます。従って、大衆化に向かう時代にあっては受け入れ難いものがあったに違いありません。

要するに、西洋科学は誰にでもわかりやすいのです。いずれにしても、導入口がミクロかマクロかの違いであって、どちらも生命エネルギーを重視した見方ではありません。ただしミクロから入ると、完全な物質主義に陥りやすいのに対して、マクロから入ると、結果的にエネルギーを重視した見方に近くなっていくというのも事実です。最初に全体の本質を捉えようとするからです。

生命エネルギーと人間の運命

5. 寒《かん》か熱《ねつ》か　「寒」とは冷えて行く状態であり、「熱」はその反対に熱くなって行く状態を示す。

6. 西洋医学　p.21（1）注参照。

7. 細菌　p.41（1）注参照。

8. 帰納法　個々の具体的な細かい事実から、一般的な法則を見出そうとする考え方。

9. 演繹法　一般的な基本となる法則から、特殊な個別の事実を見出していこうとする考え方。

易学はよく運勢学と同じ意味として用いられますが、易学と運勢学は同じようなものなのでしょうか。

運勢学とは、易学という東洋の科学を人間の運命にあてはめて応用した学問です。その点で現代人は、運勢学と易学を混同して考えているのです。西洋科学も、人間の運命[1]を考える学問に使えば運勢学にもなります。数学も物理学も、人間の運命を考える場合にあてはめて応用すれば、運勢学になるのです。私もよく人生の試練を、作用反作用の法則[2]を用いて説明しますが、あれは西洋の物理学を運勢学として使っているのです。

運勢と関連の深い因縁因果と、生命エネルギーとの関係はいかがでしょう。

因縁因果は、生命エネルギーとは関係ありません。因縁因果とは、生命エネルギーを回転させる人体構成が、どのように成っているかによって決まるものなのです。人体というのは物質であり、親から受け継いだ遺伝子によって構成されるものです。その遺伝子が生命エネルギーに対して回転しやすいか、高尚なエネルギーを受けられるかどうかなど、そういうものが因縁因果によって決まるのです。

それは体質や環境遺伝などをすべて含んでいます。例えば、親が不摂生な生活をして子供を生めば、子供は最初から少し体質が悪くなります。そういうものを因縁因果と言うのです。従って、生命エネルギーとは関係のない肉体的なものなのです。生命エネルギーの回転を、どれほど滞らせている家系かどうかということです。

不摂生な生活をしている人は、必ず子孫に報いがいきます。因縁因果は、体質と連関して

1．運命　p.27（1）注参照。

2．作用反作用の法則　ニュートンの有名な物理法則。物体に一定の力を加えれば、反対側から同じ量の力で押し返されるというもの。

いる。肉体はアンテナとなり、宇宙に遍満する生命エネルギーをキャッチしますが、体質が変わるとアンテナとしての機能も変わり、キャッチする生命エネルギーの種類も変化します。新しいエネルギーを呼び込むようになるのです。これを運勢変換、または覚醒と呼ぶのです。もちろん、それは良くも悪くも作用するわけです。

だからこそ、そのためには、アンテナを磨かなければなりません。肉体の健康が必要な謂われもそこにあるのです。健康に気づかってアンテナが磨かれると、回りにある今まで気付かなかったエネルギーを感知できるようになります。感知できるようになると、今度はそれを、自分の体内に呼び込むことが出来るのです。つまり運勢変換とは、自分のアンテナが変わっただけであり、生命エネルギーは元々まわりにあるのです。

生命エネルギーと幸福

つまり、幸福は自分の足下にあるという、メーテルランク[3]の『青い鳥』[4]の世界が真実なのです。いつも人を恨んで不幸のどん底にいた人が、自己の生き方や生活態度を改めているうちに、ある日突然、自分には種々の幸福がすでに与えられていたと見えてくる時がある。それを運勢変換と呼ぶのです。

人間もサルも豚も蟻も全部身体はアンテナなのです。このことはテレビやラジオが発明されてわかりやすい概念となりました。テレビやラジオは生命の応用なのです。実際、科学はすべて生命の応用です。

生命理論を研究すると、すべてのことが説明できるようになります。テレビは見たいチャ

3．メーテルランク〈モーリス〉(1862-1949) ベルギーの詩人・劇作家・随筆家。『ペレアスとメリザンド』の悲恋、そして『青い鳥』の幸福論で有名。その作品は、色彩的・感覚的であるため、他の芸術家を刺激してあらゆる分野で現代に伝えられている。

4．『青い鳥』 青い鳥を見つけると幸福を手に入れられるとい

ンネルに合わせれば、そのテレビ局の番組が映る。それはどのテレビ局のチャンネルの電波も、周囲に遍満しているからです。あとはどこに合わせるかという問題なのです。

人体も受信機であり受像機だということです。受信機の中のアンテナの中心部分を脳と呼ぶのです。宇宙エネルギーが伝わっていく所が、神経です。神経とは「神の経《みち》」と書きますが、神とは宇宙エネルギーのことなのです。宇宙エネルギーが通る道だから神経と呼ぶ。昔の人はそのことを直観的に知っていたのです。

何チャンネルに合わせるかというのは、体質や環境によって決まっていきます。自分自身のアンテナを磨くということは、言い換えればより高尚な番組を、くっきりと映し出せるようにすることだとも言えます。テレビの例からもわかる通り、自己の体質の良し悪しと生命エネルギーそのものとは関係ありません。テレビのチャンネルをどこに設定していても、テレビが故障していても、電波は常にまわりに存在しているのと同じです。体質がいくら良くなっても、生命エネルギーの量は変わらないのです。

ただ、生き方と肉体が良くなれば、体内を流れる生命エネルギーを滞らせることがなくなり、流れやすくなるのは事実です。生きるための生命エネルギーは、元々充分に与えられている。生命力が落ちて不活性になっているということは、その阻害要因が人体内にあるわけです。宇宙エネルギーが悪いのではなく、人体内の物質的要因が悪いということです。

何かが滞らせているということなので、その滞りを取り去ろうとするのが積極的な生き方と真の養生[5]観だと言えます。そのように心がけ[6]れば、持続力、意志力、決断力という精神力[7]も強くなります。つまり、人間は元々、精神力のための生命エネルギーを充分に吸収しているのです。後は体内でエネルギーを滞らせなければ、本来の強い精神力になるということで

う話。それを見つけるために主人公は旅立つが、それは元々の家にいたという話である。つまり、「幸福は手のとどくところにある」という哲学を表わす。

5. 養生　自分に与えられている生命エネルギーを、滞らせないための方法論で、貝原益軒の『養生訓』が有名。体に良いことだけではなく、悪いことも含まれている。それは、生命が鍛えられなければ強くならないからである。「毒を食らえ」という思想もまた養生なのだ。

6. 心がけ　心構えとも言う。物事に対する自分の心の持ち方と用意のこと。

7. 精神力　p.18（1）注参照。

す。

　また人体にとって良いものを摂《と》り、悪いものを捨てるという仕分け能力も、生命エネルギーを通して元々与えられているのです。誰もが、体内でエネルギーが滞らなくなれば、本来備わっている取捨選択能力によって、入る機構と出る機構がバランスをとって作動するのです。それがうまくいく人体にしようとして日々努力することこそが真の養生観です。そして、それがうまくいくと生命エネルギーは全回転するようになるのです。

　これらの考え方は、いずれも生命現象[8]の理念[9]を踏まえ、生命の根本哲理やエネルギーの点からものを捉える見方になっています。我々は知らず知らずのうちに、物質的に物を見る癖がついているのです。そういう物質主義から脱却しなければ、物事の本質を正しく把握することは出来ません。

8．生命現象　p.469(Ⅱ)注参照。
生命的な持続の上に築かれた活動を言う。持続とは矛盾を含む生命の運動そのものである。

9．理念　p.16(Ⅰ)注参照。

4　生命エネルギーの本質　第三部

生命とは、哭《な》きいさちる舞踏[1]とも言えるのだ。それは、自己に貫徹する「憧れ[2]」を神に捧げる祝祭である。

真心と生命エネルギー

生命エネルギー[3]と真心[4]の関係について伺います。よく、母親が子供のために握ったおにぎりは、市販のおにぎりと比べて、食べるとより元気になると言われています。これは、愛情のこもったおにぎりの中に、生命エネルギーが付加されると考えてよいのでしょうか。

まったくその通りです。おにぎりを握るときに、子供のことを考えるという行為によって、おにぎりの米の中に生命エネルギーのひとつである愛情のエネルギーが入るのです。米が本

1．哭きいさちる　慟哭の叫び。何ものかを求め、嗚咽《おえつ》するように哭きわめくこと。「スサノヲ」の神の形容に使われる言葉。

2．憧れ　p.2（I）注参照。

3．生命エネルギー　p.18(I),39(II)各注参照。

4．真心　生命的な「愛」に基づく心情。利害損得を超越した生命の本源から出る気持。人間を創り上げているエネルギーであり、宇宙を満たす素粒子群と直接に繋がっている。

来持っている生命エネルギーに、母親が子供を思う気持[5]がプラスのエネルギーとなって、付加されるということです。

母親が家族のために食事を作る場合、特別な愛情を込めようとしなくても、エネルギーは付加されます。特定の誰かのために作っている時は、その相手に対する気持がエネルギーになって食事に入るためです。その入り方、相手に対する気持というものは、日によって少しずつ変化するので、母親の手料理は毎日食べても飽きないということにもなってくるのです。

それに比べて外食は、たとえ一流レストランのフルコースでも、三日食べると飽きてきて、続けて食べられなくなります。それは、その思いのエネルギーが付加されていないためです。どんなに丁寧に作っても、エネルギーが誰かに特定されていないため力が弱くなるのです。狙いを絞った相手が食べてくれることを楽しみにしながら作った料理は、愛情という真心のエネルギーがふんだんに付加されて、おいしくなるのです。

> ということは、おにぎりを握るときの気持によって、米の組成[6]まで変えられるのですか。

そういうことではありません。エネルギーについて論じる時は、組成はまったく関係ないのです。組成は科学の問題です。組成はどうかという話であれば、米は全部米の組成のままです。人間について言えば、聖人も偉人も凡人も悪人も、全員同じ人間の肉体の組成を持っているのです。組成について考え始めた瞬間に、物質科学と民主主義的平等思想に移行してしまいます。

現代の人は、それほどエネルギーに対する感性が鈍っているのです。実際に家族が作ってくれた料理は一生飽きないのに、一流レストランのフルコースは、三日で飽きるという現実

5．気持　想念エネルギーであり、宇宙の「負のエネルギー」を代表する一つとなっている。これが強くなると「念力」ともなる。現在では、量子物理学によって宇宙空間との繋がりが証明されている。

6．組成　p.37（I）注参照。

の体験に直面しながらも、組成の話に戻ろうとする。組成なら、一流レストランの方が上等に決まっています。生命エネルギーの問題は、組成を考える物質科学を突き抜けて、エネルギーを直接捉えようとしなければ、把握できるものではありません。

科学的に生命エネルギーは測定できないということですか。

測定は出来ます。測定できるからこそ、わかるのです。ただ、測定方法が、物質の計量をするために考えられた、物質科学の測定方法とは異なるということです。だから、現代の西洋科学から作られた測定方法は適用できないということです。確かに、物質科学の測定方法を今までの話に適用すると、全部わからなくなってしまいます。生命エネルギーは、物質科学の測定方法では測定できないからです。現代の我々は、西洋科学によって樹立された、物質的測定方法だけを「測定の真実[7]」として世界的に認めさせられてしまっているだけなのです。それも十九世紀までの帝国主義的武力によって思い込まされてしまったのです。それすら、本当の意味ではわかっていません。

しかし先に述べた、母親が作った料理は飽きないが、一流レストランの料理は飽きるという事実によって測定すれば、明らかだということなのです。その比較法そのものが、すでに反科学の立場から見た立派な測定法なのです。物質科学を盲信してしまうと、経験的な常識として誰もが知っていることでも、物質科学的な測定が不可能であれば信じることが出来なくなってしまいます。実際にどうなのかを観察することは、物質科学の測定方法以上に、真に科学的で正確な測定方法なのです。

7．測定の真実　西欧的物質主義から生まれた、現代的で科学的な物質の測定方法だけを「測定」ということだと信じて疑わない精神構造を言う。

例えばバラなどの植物は、毎日語りかけながら大切に育てると元気になっていくと言われますが、これも生命エネルギーが付加されるということなのでしょうか。

そういうことです。心のエネルギーは、植物にも通じるのです。花の育ち方は、育てる人によって違っていきます。花が嫌いな人が育てると、まず駄目です。このことは、会社においては社内の人間関係についても同じことが言えます。社員同士が嫌っていて一緒にいる場合と、好きで一緒にいる場合とでは、精神的な健康面に限らず、すべての点でまったく違っていきます。花と人間の関係も同じなのです。それは、科学的に真実なのです。真の科学は、西欧由来の近代科学[8]だけではないということを知らなければなりません。

愛情や友情は生命エネルギー

愛情や友情は、生命エネルギーが交流している状態だと言えますか。

愛情とか友情というのは、生命エネルギーの発展段階なのです。生命エネルギーは基本的に保存法則[9]があって、お互いに食い合っている。エネルギーの全体量は変わらないので、一方が他方のエネルギーを奪ってしまうのが、一般的な状態なのです。愛情や友情は、お互いの間においてはエネルギーを食い合うのではなく、お互いの生命エネルギーを高める状態に段階を発展させたものなのです。この互いに生命エネルギーを高め合う状態を、共振と呼びます。ただし、一般的な食い合う状態から、共振の方向へ向かうことは非常に数が少ない。その数少ない共振の方向を仕分けして、愛情や友情と呼ぶのです。愛情や友情は、それが少

8．近代科学　ニュートンとデカルトによって樹立された方法論を言う。二元論に基づき、人間の心や物質を構成する「力」を一切考えないで、物質の素材だけに限定しても事を考える思考方法。

9．保存法則　「エネルギー保存の法則」p.70(1)注参照。熱力学第一法則のこと。この法則は負のエネルギーである生命エネルギーにも適用される。

ないから価値があるのです。

良い社会とか良い時代というのは、共振の数が多い社会や時代のことをそう呼んでいます。そして愛情や友情も含めて、共振の方向へ向かうための手法を蓄積したものが伝統文化のもつ良い面なのです。ただし、エネルギー保存の法則[1]がありますから、愛情や友情といえども、その高め合う関係以外に対しては、より多くの反発と食い合いの状態を呈することは言うまでもないことです。

靴や銀食器などの物についても、思いを込めて磨くと輝きが違うと言われます。物に対しても心からくる生命エネルギーは伝わるのでしょうか。

伝わります。物もすべて同じです。例えば、万年筆一本にしても、その万年筆を好きで持っている人の万年筆は輝いています。物に関して言えば、物はそれを作る人の思いや魂によって、作り上げられるものなのです。だから、同じ材料を使っても作る人によって、完成したものは違ってくる。名刀として有名な正宗[2]は、正宗という刀鍛冶の真心のエネルギーが、鉄の中に打ち込まれて生まれたものです。ドイツのある有名な刃物メーカーが、正宗の切れ味の秘密を知ろうとして、正宗の刀を溶かして成分を調べて同じ成分で作ってみましたが、正宗の切れ味は作り出せなかったというエピソードがあります。名刀正宗は正宗以外には作れません。

人に対して常に心から接している人は、顔色も良く健康な人が多いと思うのですが、心から接するという行為が、自分の生命エネルギーの回転に影響を与えているということなの

1. エネルギー保存の法則 p.70(1)注参照。

2. 正宗 鎌倉後期の刀工。また正宗の作った刀。古刀の中でも最も秀逸なものとされている。正宗は、秘伝を伝え相州伝と呼ばれる一派を開いた人物としても知られ、無比の名匠と称されていた。

でしょうか。

そういうことです。心の思いがあればあるほど、生命エネルギーが燃焼していることを意味します。同様に、親孝行をしたり、会社に尽くす献身の精神も、生命エネルギーを強める作用があります。生命エネルギーは元々外部からくるものなので、心が自己の外に向かっている時に降り注いでくるのです。

生命エネルギーを一番弱めるものは、「自己固執[3]」と呼ばれる、自分のことだけを考えている状態なのです。自己固執の状態は、外部から降り注いでくる生命エネルギーを受け取りにくくしています。忠誠心にしても、信仰心にしても、それらは心が外部へ向かうことによって形創られます。その心の状態を通して生命エネルギーが体内に流れ込んでくるのです。

心の状態とは、神経細胞の状態のことです。現代の科学では解明されていませんが、忠誠心や愛情と呼ばれるような、他を思いやる気持が神経細胞の中枢を占める状態になると、大気中に遍満[4]している生命エネルギーが、どんどん流れ込んでくるようになります。外部にある、それらのエネルギーと自己のエネルギー状態が近づくためにそのようになるのです。そしてそれが、前進的な人生と健康な肉体の根本を作り上げていくことになるのです。

昔の人はそういうことを知っていて、人生を切り拓き健康の根本となるような教育の始まりを、躾けと称して、その根本に礼儀[5]や親孝行を据えていたのです。礼儀を弁え[6]、親孝行な人間は、必ず前進的で健康な一生を送ると昔から言われているのは、生命エネルギーを高め、燃焼させられるからなのです。回転エネルギーとしての生命エネルギーは、元々自分以外の外部に遍満するものなので、自分以外のところに魂の置きどころがないと、エネルギーはう

3．自己固執　p.288(Ⅰ)注参照。
エネルギーの方向が、自分の方に向いている状態。生命は、外部の状態に対応するように作られているので、それが反対になるとエネルギーの渋滞を起こし、生命的にも種々の疾患に陥ってくる。

4．遍満　p.33(Ⅰ)注参照。

5．礼儀　p.172(Ⅱ)注参照。
人間関係が円滑にいくように整えられてきた、ひとつの「様式」。これを守ることによって社会性のうち人間同士の関係がうまく作動する。

まく回転しないというのが自然の法則なのです。

今の人は、昔の人に比べてエネルギーが低いと言われています。人生観の持ち方に問題があるのでしょうか。

当然そうです。今の人のエネルギーが低いのは、食糧汚染や大気汚染などの環境条件の汚染に加えて、生きる思想としての民主主義に問題があります。歴史を見ると、民主主義が導入された時代は、すべて国家や民族の生命エネルギーは落ちています。そして、それは必ず文明[7]の爛熟期に生まれているのです。要するに悪平等主義です。

今に始まったことではなく、西洋では古代ゲルマン民族[8]から、日本では縄文時代[9]以前から、何度も何度も繰り返している問題なのです。明治生まれの人にエネルギーが高く健全な人が多いのは、天皇陛下絶対の愛国心で生きていたからです。今の人は洗脳とか思想の汚染だと言っていますが、愛国心によって確実に生命エネルギーは高まります。人間は元々、自分以外のものによって生かされているのです。自分以外のもののために生きる方が生命エネルギーの本質に近いのです。愛国心や武士道、そして真の愛情や友情は必ず自己の生命エネルギーを高める働きをするのです。

共振と生命エネルギー

先程、共振という話が出ました。人間同士で波長が合うということは生命エネルギーを波動として捉えた場合、それは共振現象だと考えることが出来るのでしょうか。

6. 弁え　p.191(Ⅰ), 516(Ⅰ), 67(Ⅱ)各注参照。

7. 文明　p.273(Ⅰ)注参照。

8. 古代ゲルマン民族　コーカサスに発生し、紀元前五～四世紀頃からヨーロッパに侵入を始めたインド・ヨーロッパ系民族。混合民族でフランク、ザクセンなどの多部族から成る。後にローマ帝国を滅ぼし、現在のヨーロッパの基礎を創った民族。

9. 縄文時代　p.121(Ⅱ)注参照。土器文化を中心として、約一万年に亘って日本列島で続いていた文明。前四～五世紀に稲作を中心とする弥生文化が始まる以前の社会を言う。

一般に波長が合うと言う時の波長の意味は、遍満している生命エネルギーのどこに、一番共振しているかということを示しているのです。前に述べましたが、生命エネルギーと人間の関係は、電波とテレビの関係を使って説明することが出来ます。波長が合うというのは、同じチャンネルに合わせている者同士のことです。同じチャンネルに合わせて同じ番組を見ることによって、自分たちだけの世界を形成できるのです。

ところが、波長が合う者同士が見ている番組が、低俗なこともあります。従って、波長が合うことそのものには価値がないのです。遍満している生命エネルギーの、同じ部分に共振しているというだけのことです。昔の教育は、日本では『論語』[1]の素読から始めました。それは、最も高尚なエネルギーにチャンネルを合わせしめようとしたのです。それが、教育の根本だったのです。最も高尚なエネルギーに合わせるために、聖人の言行録を研究した。西洋の学校は、キリスト[2]の言行と、それに生きた聖人たちの言行を基本に教えていました。あれも、最も秀れた人生を送った人の言行に、チャンネルを合わせるための教育だったのです。

波長が合うことではなく、どのチャンネルに合っているかが問題なのです。現代の結婚があまりうまくいかないのは、波長が合うことだけを重視しているからです。人間が社会を形成し、文明を営んでいる限り、生命エネルギーの中には文明にとって良いものから悪いものまで含まれています。その中から、より高尚なものへ合わせようとすることが、文明社会における生き甲斐への道なのです。

> そのためにも、自分のアンテナを磨くことが大切なのですね。

そういうことです。前進的人生観と真の養生[3]によってアンテナが磨かれると、より高尚な

1.『論語』 p.298（Ⅰ），496（Ⅱ）各注参照。

2．キリスト（B.C.4頃-A.D.30頃） キリストとは「油を注がれた者」、即ち「救い主」を意味する。イエス・キリストという呼称は、ナザレのイエスが「神の子」であり「救い主」であるという信仰宣言を含む。また、西暦はキリストの生誕を以て開始したほどに、その存在は西欧文明の根幹をなしている。キリストは各地を伝道で巡り、「神の国」の到来を告げ知らせた。キリストを崇める人々の熱狂がローマ総督、ユダヤ教司祭らの反感を買い、十字架にかけられ死刑となり、墓に入った三日後に、復活する。キリスト教は、

ものに自分を合わせようという働きが自動的に起こります。要するに、自ら自分の人生をつまらないものにしたいと思う人は、少ないということです。つまらなくなっている人の多くは、自分ではそれが生き甲斐を持てる方法だと思っていながら、結果的につまらないものになっているのです。何かを勘違いしているのです。

テレビの受像機でも、故障していて4チャンネルと8チャンネルが逆に映るテレビの場合、自分では4チャンネルを見ているつもりでも、8チャンネルが映ってしまうということです。人間である限り、文明社会の中で自分が健康で生き甲斐のある人生を送ろうと志向するのが普通であり、向上心と健康観に向かってアンテナが磨かれると、高尚なエネルギーに合ってきて生き甲斐を感ずる人生になってくるのです。

> 愛情や友情から生まれる共振の状態は、互いのエネルギーを高め合うということでしたが、エネルギー保存の法則は成立しなくなるということでしょうか。

そういうことではありません。先ほども少し触れましたが、エネルギー保存の法則は、常に成立しているのです。互いの生命エネルギーが高くなっているといっても、互いというのは特定の人間同士だけのことです。互いに高め合っている人たちの周りには、そうではない人間がいるのです。そして、その周りにいる人間のエネルギーは、減衰しているのです。歴史は、従って、エネルギー保存の法則は、全体で考えると成立しているということです。この考え方の国家単位のものと言ってもいいでしょう。

愛情や友情や、互いの献身によって結ばれた人たちは、生命エネルギーの共振によってエネルギーを高め合うことが出来ます。しかし一方で、共振に加わらない人々のエネルギーを

キリストによって罪から解放され、永遠のいのちに導かれると信ずる宗教として現在に至る。

3. 養生 p.75（1）注参照。

減衰させているのです。愛情や友情を高めれば高めるほど、一方で他の人々の生命エネルギーを奪う結果になるということは、純粋な愛[4]で世界平和を実現させたいと願う人々にとっては、直面し難いことに違いありません。しかし、人間を人間たらしめる、生命エネルギーの総量は一定です。この人智[5]を越えた生命の根本哲理をありのままに受け入れ、その上で人間としていかに生きるべきかを考えなければならないということなのです。

> 人智を越えるという点で、心がある人ほど生命エネルギーが燃焼するということも、ありのまま受け止めるしかないですね。

生命エネルギーの本質の中に、愛とか献身とか信仰が基本的に含まれているのです。釈迦[6]やキリストをはじめとして、宗教家の多くはその本質について喝破《かっぱ》しています。実際に完全燃焼すれば、皆そういう境地になっている。従って、生命エネルギーとはそういうものだと考えるしかありません。

生命エネルギーが完全燃焼して生き切った人で、他人のことを憎んだり恨んだりしている人は一人もいないのです。キリストや釈迦が言っているように、元々生命エネルギーは愛という概念で呼ばれているエネルギーに近いものなのです。だから、科学的にはわかりにくい。しかし、宇宙のビッグバン[7]以来、生命エネルギーはこの大宇宙の活動を支えるエネルギーの一つとして存在し続けているものなのです。ひと言で言えば、我々の生命は、すべてその大宇宙のエネルギーの一環であるということに尽きます。我々の生命は、小なりといえども、宇宙の根源と繋がっているのです。我々を生かしめている生命エネルギーは、宇宙を生かしめている力と同じものなのです。このことを証明できるかと言われたら、現実に「そうだ」

4．愛　p.54（I）注参照。

5．人智　人間の知恵や理性として理解力を言う。人間に理解できる限界の事柄を表現するときに用いられることが多い言葉。

6．釈迦（B.C.5C～B.C.6C頃）釈迦牟尼《しゃかむに》。仏教の開祖。現ネパールの地域にあった王国の王子として生まれた。優美な生活を営むも、深く人の生命の意味について悩み、出家し修行を積む。三十五歳で覚者・仏陀となる。八十歳まで教化活動に務めた。厳格なバラモン教の掟からの解放が、その主力の教えであった。仏教は、日本を含め、アジアの国々に多大な影響を与えた宗教となる。

7．ビッグバン　p.64（I）注参照。

と答えるしかない。現実にそうであることが、最も科学的な証明になっているのです。

伝統文化と生命エネルギー

伝統文化と生命エネルギーの関係についてですが、伝統文化に則って生きると、生命エネルギーを燃焼させることが出来るのでしょうか。

その質問に答える前に、伝統文化についての正しい理解が必要です。元々は、伝統文化に従って生きた結果、生命エネルギーが燃焼するということではありません。生命エネルギーを燃やそうとして生きた結果が伝統を創り、それが残って伝統文化が生まれた。昔の人々が、幸福[8]になろうとして精一杯生きた結果残ったものが、伝統文化なのです。人間は、自分たちが成功し幸福になれるもの以外は残さないものなのです。

最初に生命エネルギーの燃焼や生き甲斐を追求する生き方があって、次に結果として伝統文化というものが残ったということなのです。後世の人に幸福になる道を伝えようとして作ったのではなく、自分たちが生き甲斐を感じて作ったものなのです。その結果、伝統文化に従って生きると幸福になる可能性が強まるということになったのです。そういうものを「本物」[9]と呼びます。本物というのは、営々と生きている人間が本気で打ち込んだものと言い換えることが出来るでしょう。

本一冊にしてもそうです。人間が人生をかけ本気で書いた本と、金儲けや名声のために即席で書いた本はまったく違います。本はその内容が正しいか、間違っているのかを問うものではありません。一人の人間が、本気で書いているかどうかを問うべきものなのです。それ

8．幸福　p.2（1）注参照。

9．本物　独創的で、一貫性のあるものという意味。生命エネルギーが充分に打ち込まれ、発露しているものということである。

が、伝統文化の考え方です。本気で書かれた一冊の本は、著者自身の幸福論であり、読む者にも幸福を投げかけるものなのです。

> そうすると古典的な文学、哲学、幾何学などの学問も、現在まで残っているものの研究は、生命エネルギーを燃焼させるのですね。

そういうことです。一例をあげると、幾何学などは、「ユークリッド学」[1]として研究すると研究者に生き甲斐を与えます。ユークリッド[2]は、幾何学の創始者と言われる古代ギリシャの哲学者です。また、「アルキメデス学」と呼ばれる学問があります。アルキメデス[3]の学問は、アルキメデスという一人のギリシャの「賢人」と呼ばれた人が、自分の生命を燃やし尽くしたものの痕跡なのです。だからこそ、研究する価値がある。アルキメデスという偉人の生き方そのものなのです。十九世紀になってから、その一部を抜いて物理学とか数学と呼ぶようになり、伝統的な学問のあり方が崩れ出したのです。伝統や文化[4]も、すべて人間が残したものなので、人間が中心でなければおかしくなるのです。

> 先に礼儀の話が出ましたが、礼儀作法やしきたりは自己を拘束するように見えます。こういうものも生命エネルギーの燃焼に結びつくものなのでしょうか。

礼儀作法や伝統的なしきたりも、すべて人間が幸福になるためのものです。人間が生命エネルギーを燃焼させて生きた結果、出来上がって残ったものなのです。従って、自己を拘束するものに見えるのは、自分がただ単に受け入れる気がないからに他なりません。

日本には「小笠原流」[5]という礼儀作法がありますが、小笠原流の作法を習得すれば、一日

1．ユークリッド学　ユークリッドという人物の人間としてのすべてを「学ぶ」ことを意味している。ユークリッドは幾何学で有名だが、その学問は、ユークリッドの一側面にすぎないことを知らなければならない。

2．ユークリッド（生没年不詳）古代ギリシャの思想家。アレキサンドリアで哲学者・数学者として活躍した。幾何学を証明的学問へと仕上げ、近代科学を担ったデカルト、パスカル、ニュートンなどに大きく影響を与えた。

3．アルキメデス（B.C.287頃-B.C.212）古代ギリシャの哲学者で、数学者、技術者としても有名。シチリア島生まれ。青

中、家の中から一歩も外に出なくても、人体機能を死ぬまで健全に生かすことが出来るのです。立ち方、座り方から、戸の開け閉めの動作を通して、人体の筋肉をバランス良く機能させているのです。最近、ようやく体操と健康の関係について、科学的な研究が行なわれるようになり、小笠原流の礼儀作法も健康的な運動として見直されています。元々、伝統文化として残っていることの意味を考えると当然のことだと思います。

現代科学で証明されていなくても、人間が何千年もの間、幸福を追求して蓄積してきた伝統文化は、一人の人間や時代の流行思想などという浅知恵をはるかに越えた絶対的な真実なのです。科学者や民俗学者と呼ばれるような人々が、伝統文化の中から健康になったり幸福な人生を送るために、参考となることを新しく発見したと言っています。しかし伝統文化として残っていることの意味から言えば、それらは新しい発見ではなく、最初からわかっていたことを現代流に言い換えたに過ぎません。

芸術と生命エネルギー

> 絵画や彫刻、そして音楽や文学などの芸術も、本物と呼ばれるものは、鑑賞する人の生命エネルギーを燃やすものなのでしょうか。

そういうことです。芸術の中でも、生命エネルギーを燃やすのに役立つものが、偉大な芸術作品として今日まで残っているのです。やはり偉大な芸術作品を見ると、魂が震撼して燃え上がるものを感じますが、だからこそ本物の芸術だと言えるのです。そうならないものは、現代の評論家があれこれ理由を並べて、いくらいいと言っても駄目です。

年時代、水力による天球儀を作った。また、らせん構造を使った技術に秀でていた。ユークリッド幾何学を学び、「てこ」の技術へ応用。アルキメデスの原理を発見し、また様々な軍事技術を生み出した。

4．文化　p.272(I), 202(II)各注参照。

5．小笠原流　武家礼式の一つ。京都、信濃の小笠原家に伝承する礼法で、幕府、諸大名が習った流儀。作法が細かく決められ体系が確立されている。

五百年前に作られて現在も残っているような芸術は、五百年の間、その芸術に接した多くの人々の生命エネルギーを燃やし続けてきたのです。そしてそれは、芸術家自身が本気で打ち込んで創り上げたからこそ、そうなった。ただし、本気で打ち込んだものの中でも、芸術家が伝統文化に則って創った作品以外は、後世に残ることはありません。秀れた前衛は、伝統から生まれているのです。

太古の昔から、新しい発明など一つもないということです。強いて言えば、一種の「発見」があるだけと言っていい。新しい発明が、この世には存在しないことを、まず知らなければなりません。ベートーヴェン[6]の交響曲も、ベートーヴェンが誰かの作った音楽を参考にして、それをアレンジしたものなのです。偉大な芸術は例外なくすべてそうです。

音楽を鑑賞するとき、ＣＤはレコードに比べて感動が起こりにくいと言われていますが、これも生命エネルギーと関係するのでしょうか。

関係しています。自然界や宇宙は、連続して変化するアナログの世界で構成されているのです。だから、アナログで音を伝えるレコードの方が、人工的なデジタルで音を伝えるＣＤよりも、生命エネルギーを燃焼させやすいのです。

ＣＤのようにデジタル化されたものというのは、機械文明[7]が人間の生命エネルギーの理論を超越して、頂点に達しようとしている現代に作り出されたものなのです。機械文明の産物の中でも、蒸気機関車などはまだ生命に近い。つまり、人間臭い[8]のです。ＣＤになるとそれがない。まだ、レコードは人間臭かった。自然からかけ離れている間隙が大きいほど、自然物である人間には合わないのです。

6．ベートーヴェン〈ルートヴィッヒ・ヴァン〉(1770-1827) ドイツの作曲家。ウィーンで活躍。ロマン派・古典音楽の巨匠であり、「英雄」、「運命」、「田園」などの交響曲や、ソナタ、「荘厳ミサ」など名曲を残す。晩年は聴力を失いながらも、人間の内面、精神性の美を追求し音楽芸術のひとつの極点に達した。

7．機械文明　p.128（I）, 292（I）各注参照。

8．人間臭い　生命的な情感が残っていることを言う。つまり、効率が悪く、野蛮な佇まいがあるということ。

だからといって、CDは聴かない方がいいと言っているのではありません。それは、空気が汚れているという話と同じことなのです。都会の空気は汚れているかと問われれば、汚れているとしか答えようがない。そこで汚れているなら呼吸しない方がいいと考えるのは、消極的な人間の発想なのです。都会に住む人は、都会の空気が汚れていても呼吸しなければ死んでしまいます。ただ、汚れているという事実を知っておくことは必要なのです。

CDについても、現代の人は雑音も少なく、便利でいいものだと思っているだけの人が多いのですが、その音は自然物である人間には合わないということも、同時に知っておかなければなりません。あとはバランスの問題です。CDの原理を知って必要に応じて聴く人と、CDを素晴らしいものだと考えて一日中、部屋や車で鳴らしている人とでは、人生が変わってくるということです。

現代の人は、現実を知りたがらない人が多い。食品汚染についても、まず今の食品は安全なのかどうかを正確に知ることが大切なのです。そして、安全ではないという現実を知ると、血相を変えてだったら食べない方が良いのかと思い悩んでしまいます。当然のことながら、食べなければ餓死です。現実を認識して、後はバランスをとって、どう生きるかが生命の根本理念[9]なのです。空気が汚れているという現実を知らされた時、だったら息が出来ないなどと悩むような発想をやめない限り、自分の人生を自由に切り拓いていくことは出来ません。何事も兼ね合い[1]です。兼ね合いという言葉は、生命の本質をあらわす言葉のひとつとも言えます。

鉱物と生命エネルギー

9．理念　p.16（1）注参照。

1．兼ね合い　生命活動は、バランスを目指して生きている。それは、善悪を超越した世界だと知らなければならない。すべて、バランスが大切なのだ。昔の言葉で言う、「塩梅《あんばい》」である。

金やダイヤモンドなど、世界中のどの民族も宝物として昔から珍重しているものは、生命エネルギーに訴えるものがあるのでしょうか。

金やダイヤモンドは、偉大な芸術と同様に、それを見ると生命エネルギーが躍動[2]するのです。どうしてそうなるかと言えば、物質科学的に見て、粒子が際立って細かいからなのです。鉱物は、組成が細かく密度は高いほど価値があります。また、生命エネルギーとしての自由度が高まっていくのです。そして「負」のエネルギー[3]に無限に近づいていくのです。生命エネルギーの本源は、その測定不能なほど細かい負のエネルギーそのものです。人間の「精神」はそれに近い。だから共振するのでしょう。

金は鉱物の中で、一番密度が高いものの一つです。人間は粒子が細かいものほど、高貴さや美しさを感じます。なぜなら、先に少し触れたように、人間は宇宙に遍満している生命エネルギーを志向しているからです。生命エネルギーは、細かいものの代表です。物理学的にいえば、クォークと呼ばれる物質の最小単位の、さらにずっと小さいものなのです。フランスの哲学者テイヤール・ド・シャルダン[4]は、それを「精神的量子[5]」(quantum spirituel: クアントム・スピリチュエル)と表現しています。その密度の高さから見ると、物質と呼ばれるものは生命エネルギーに比べてはるかに粗い存在です。従って、密度の高さに価値をもたせると、元々物質にはあまり価値がないということになるのです。しかし、その物質の中でも、密度が高いほど価値が高いと認識しているのが人間なのです。

このことは人間がこの世に存在するものの中で、最もきめの細かい宇宙エネルギー[6]を志向していることの表われです。生命体である人間が珍重するものは何でも、生命の本質に基づ

2. 躍動　p.52(Ⅰ),54(Ⅱ),467(Ⅱ)各注参照。

3. 「負」のエネルギー　p.17(Ⅰ),38(Ⅰ)各注参照。

4. テイヤール・ド・シャルダン〈ピエール〉　p.21(Ⅰ)注参照。

5. 精神的量子　p.292(Ⅱ)注参照。愛の本源である、質量をもつエネルギー粒子の最小のものを言う。粒子と波動の両方を備え、「負のエネルギー」の本体と考えられる。人間の「精神」を形成している本源のエネルギー質量と言えよう。

いて価値を決めているのです。そして、その本質は「精神」に近いものなのです。地球上の物質では、金とダイヤモンドが一番生命の本質である生命エネルギーに近い鉱物なのです。

6．宇宙エネルギー　p.32(Ⅰ), 72（Ⅱ）各注参照。

生命エネルギーとその方向

それでは、一般に、偉い人とか頭がいいと言われる人は、その生命エネルギーの質と量[7]に関係があるのでしょうか。

質と量も多少はありますが、より大きいのは、チャンネルがどこに合っているかということです。人間は、絶対的に頭のいい人や、絶対的に頭の悪い人というのは歴史を見てもあまりいません。頭がいいと言われた人は、自分だけの「方向」を見出した人、つまり生き切った人とも言えます。環境がその人に要請したことに、チャンネルが合っている人ということなのです。会社や国家や時代のもつ本源的エネルギーに、本人のエネルギーが合っていたということです。

7．生命エネルギーの質と量　生命エネルギーは、数学で言う「ベクトル」の性質を持っている。つまり、質量と方向を持っており、その全体の向きによって結果が決まる。一番大切なのは全体が向かう「地点」ということになるのだ。

よく極悪人と極善人は紙一重だと言われますが、どちらもエネルギー量は大きいのです。ただ、その大きなエネルギー量が、どこに合っているかが違うだけなのです。つまり、向いている方向です。会社や国家にとって重要なことは、社員や国民一人一人のエネルギーを、どうやって一つの方向に合わせるかということです。それが合っている係数が大きい時代を、いい時代と呼びます。合っている係数が大きいということは、前に述べた共振の数が多いということです。

歴史を見ると、民主主義が進展した時代ほど社会が退廃し混乱していました。ローマ帝国[8]

8．ローマ帝国　p.59（Ⅰ）, 463（Ⅰ）各注参照。

も、最後は民主主義の思想で滅びたのです。民主主義の思想が、なぜ社会を退廃させ、国家を滅ぼすのかと言えば、その根本思想がエネルギーを合わさせないところに置かれているからなのです。少なくとも、そう誤解される思想なのです。エネルギーを何かの「目的」に合わせないことが、平等を生むと考えてしまうのです。個人の意見を尊重すると言って、親子の関係に至るまで破壊してしまう。民主主義は、必ずそこまで行き着きます。

ローマ帝国も、古代ギリシャのポリスも、中国の古代社会も、そのすべてが家族制度[9]の崩壊と共に文明としての「実体」[1]が崩壊しています。民主主義などは、決して新しいものではなく、歴史的には何の魅力も無いものなのです。歴史好きな人間から見れば、民主主義を賛美する現代の社会は、いかにも不思議で滑稽な社会です。歴史的に見て、人間が生き生きと生きていた時代は、古代ゲルマンの時代も、日本の縄文時代も、すべて身分制です。人間を、その性能によって分けている時代なのです。性能とは何かというと、肉体ではなくその人の持っている、エネルギーの質と量が、どの方向に向かっているかで判別されるものということです。エネルギーを合わせることによって、共振現象を起こし、互いの生命エネルギーを高めながら生き生きと生きていたのです。もちろん、生き生きとは、楽しいとか幸福ということではなく、燃え尽きていたということです。

生命エネルギーの合わせ方

> エネルギーを合わせるということは、具体的にどういうことなのでしょうか。

簡単に言えば、あらゆる分野において、上に立つ人に、すべての人が合わせるということ

9．家族制度　現代流の「家庭」のことではない。強制力を伴う、法的秩序と制度を持った「大家族制度」を言う。

1．実体　物事を創り上げている真の「価値」が存在していることを言う。

です。日本では長《おさ》文化[2]と呼ばれていました。上に立つ人というのは、生命エネルギーも生き方も、すべてにおいて秀れている人が圧倒的に多いのです。すべてにおいて秀れているから、人の上に立てるのです。長文化というのは、縄文時代を創り上げた文化です。上の人に合わせるということは、実はその先に文化があり伝統があって、さらにその先は神にまで到達する道なのです。

現実の人間に合わせることが出来なければ、人間の先にある文化の本質や形而上学[3]をいくら考えても、自己都合という嘘や誤魔化しになってしまいます。ましてや、神や永遠の問題など語れるはずがありません。生きている人間に合わせられない人は、人間を離れたものに対して、すべて自分に都合よく解釈してしまうに決まっているからです。本を読んでも、神にお伺いを立てても、自分に都合よく解釈してしまうだけなら、何にもなりません。伝統的な宗教や文化が、絶対服従を最も重んじていることがよくわかります。

まず一人の人間に本当に仕えることから始まるのです。一人の人間に仕えるということは、仕え方が間違っていると直ちに注意され、正されるということです。それによって自分を修正しながら、何十年も仕えるうちに、その道の本質を正しく理解できるようになるのです。人間から始まらないものは、すべて嘘なのです。

一人の人間に仕えることで、生命エネルギーが燃焼するようになるのですね。

そういうことです。日本では長文化と言われますが、その長に仕えるということから始まりました。日本は支配者という言葉を使わずに、長と呼んでいます。長とは、伝統文化や他のすべてにおいての先達者であり、指導者です。会社の組織でも、社長や部長、課長、係長

2. 長文化　長とは上に立つ者のことで、一群の中で最も優れた者とされる人物を頂点にいただく文化のこと。そして、下のものはすべて長に従って生きることを当然としている社会。

3. 形而上学　現象を超えたその背後に在るものの真の本質とその存在の根本原理を問うもの。絶対存在を思惟・直観によって探究する学問。

といった長という字がついた役職は、指導者という意味なのです。

先程も述べましたが、長の先には伝統文化があり、その先は神にまで通じています。そして、その長が生きている人間の場合は、当然のことながら喋るわけです。人間は喋る相手を介したときに、本物が問われるのです。例えば現代の親子の関係についてみても、同居して毎日顔を合わせている時は仲が悪くても、結婚や仕事の事情等で離れ離れになると仲良くなることが多い。何故なら、親も子供に毎日反対しないし、子供も親に毎日反抗しないからです。さらには相手が死んで喋らなくなって、初めて自分から相手に近づこうとすることもあります。それらからわかることは、相手に反抗する自由がある時に築いた仲の良い関係が、本物の関係なのです。相手に「自由」[4]がない人間関係は、すべてが嘘であり自己都合です。

> 生きた人間とうまく関係がもてなくなったのも、民主主義が大きな原因だということでしょうか。

封建主義[5]が絶対的に民主主義より秀れているのは、すべてが絶対服従から始まるからです。親に対する服従から始まって、絶対服従を実践した人間は、学問にも宗教にも正しく入れるのです。民主主義で育った人が問題になるのは、まず親の言うことを聞いていないということなのです。だから学校にいっても、会社へ入っても、先生の言うことや上司の言うことが何もわからず、挙句の果てにはノイローゼ[6]になってしまうのです。

民主主義時代は、古代国家の時代から宗教が乱れる時代でもあります。例えば、神様のお告げも、自分に都合のいいお告げになってしまう。自分勝手なお告げが欲しい時には、神様の声、即ち宇宙の声や大自然の声は聞こえなくなるのです。やはり、人間が自我というもの

4．自由　ここでは、生命の躍動が完全な状態で行なわれていることを言う。

5．封建主義　人間同士の信頼関係だけに基礎を置く社会。上下の人間関係を中心に恩と義理で結ばれた社会を言う。人間関係だけが、すべての中心になるためその規則が厳しく、非情に傾く面があると同時に、逆に個人の個性は発達した。

6．ノイローゼ　生命の燃焼を極端に抑制した結果、陥る病的

を持って生まれている以上、人に仕える修業を積まない限り、決して大自然の声を聞く状態には到達できません。人に仕えるということは、間違っている時には相手が言ってくれるということです。目上の人に合わせようとすることで、自我の壁を突き破るのです。歴史のある大宗教、例えばカトリック教会[7]や禅門[8]などが、服従の美徳を中心思想としてきた意味を考えなければなりません。その思想のゆえに、正統なるものは数千年に亘り、伝統と思想を維持してきているのです。

> 上に立つ人間は、生命エネルギーも道徳心も高い人だということですが、存在感のある人だとも言えるのですね。

そう言えます。存在感のある人は、宇宙に遍満している生命エネルギーの貫通量が多い人なのです。何人かの人間が集まった時、周りにあるエネルギーを一番多く吸い込んでいる人が、最も存在感のある人です。存在感とは、その人自身が持っているエネルギーと空間に遍満するエネルギーの響き合い[9]だと捉えることが出来るのです。ただし、その質や量だけではなく、方向も存在感に影響します。高いレベルのチャンネルに方向が合っているほど、気高く重厚な存在感になるのです。

また、家でも人が住んでいない家は、冷え冷えした印象があったり、反対に誰もいない部屋でも、先程まで人がいた雰囲気を感じることもありますが、これも生命エネルギーの問題なのです。遍満する生命エネルギーを、人体が磁石のように集めていたものが、しばらく漂っているためです。

人間の迫力も、生命エネルギーの強さから出るものです。ナポレオン[1]や織田信長[2]などの歴

な症状。現代特有のものであり、精神を含めた生命の活動を復活する以外、そこから脱出することは出来ない。

7. カトリック教会　ローマ教皇を頂点に戴く、正統なキリスト教会。キリスト教諸派は、原始教会の流れを汲むカトリックから分派した支流とも言える。

8. 禅門　p.68(II)注参照。仏教のうち、「禅」を主力に置く宗派のことを言う。臨済宗、曹洞宗等がある。

9. 響き合い　相互間に理解力が働き、親和力となって共振すること。

1. ナポレオン・ボナパルト(1769-1821)　フランスの皇帝。コルシカの貴族出身で、砲兵士官としてフランス革命に参加した後、イタリア征討司令官としてオーストリア軍を破る。エジプト遠征の後、第一統領となり、

史上の英雄の伝記を読むと、そういうことがわかります。戦いの時に自ら先陣を切って敵に突っ込んでいっても、矢が当たったり斬られることもありません。これも生命エネルギーが強いために矢が当たらないのです。こういうことは何ら不思議なことではありません。自己にとって良く作用するエネルギーを強く持てば、悪く作用するエネルギーは反作用によって弾《はじ》かれてしまうのです。人類の問題は、すべて生命エネルギーによって解答が得られるのです。

生命エネルギーの仕分け

> 生命エネルギーには生命体にずっと留まっているものと、絶えず補給するものがあるということを前に伺いましたが、今までの話の中からその違いを具体的にお聞きしたいと思います。

まず、肉体が滅びるまで、生命体にずっと留まっている生命エネルギーがあります。受精卵[3]に最初の卵割を起こさせるもので、固有の「霊魂」[4]と呼ばれるエネルギーです。このエネルギーが生命体に宿ってから、回転して抜けるまでの期間を寿命[5]と呼ぶのです。また、死によって生命体を抜け出したエネルギーは、消滅することなく宇宙に遍満し、新たな生命体の最初の卵割のエネルギーになることがあります。このことを霊魂不滅とか、仏教では輪廻転《りんねてん》生《しょう》[6]と呼ぶのです。

次に、絶えず補給する生命エネルギーがあります。この絶えず補給する生命エネルギーはさらに、他の生き物から補給するエネルギーと、宇宙から直接補給するエネルギーとに大き

クーデター政権を確立し、皇帝まで昇りつめる。輝かしい功績を立てるが、のち対仏連合軍にワーテルローにて敗れ流刑後、セント・ヘレナ島にて没。

2. 織田信長（1534-1582）戦国・安土桃山時代の武将。勇猛果敢な武将で、一五六〇年、桶狭間の戦いにて今川義元を破る。諸方を征略して室町幕府を滅ぼす。安土城を築き天下統一を図るも、京都本能寺の変で明智光秀に襲われ自刃した。

3. 受精卵　p.37（Ⅰ）注参照。

4. 霊魂　p.52（Ⅰ）／「霊」p.37（Ⅰ）各注参照。本人だけのものであり、固有の自己エネルギー。

5. 寿命　p.39（Ⅰ），47（Ⅰ）各注参照。

く仕分け出来るのです。

他の生き物から補給するエネルギーは、日々の食事から得るものです。我々は、人間の体で燃焼するのに丁度いい生命エネルギー量かどうかという基準で食べ物を認識し、丁度いいエネルギー量の物を丁度いい時に食べることを料理と呼んでいる。それが歴史的に受け継がれ、特徴のある料理という食文化が形成されていったのです。

絶えず補給する生命エネルギーのうちのもう一つは、宇宙から直接補給するエネルギーです。実は、今までしてきた生命エネルギーの話の大半は、この宇宙から直接補給するエネルギーについての話だったのです。人間を人間たらしめるエネルギーであり、人間らしくさせる力なのです。母親が握ったおにぎりの中には、米のもつ生命エネルギーにプラスして、母親が子供を思う気持を通して、宇宙エネルギーが付加されるという話も、先程したと思います。

この、人間を人間たらしめるエネルギーの総量は一定です。総量の一定のエネルギーを、地球上の人間は分け合って生きているのです。人間一人一人や、家族単位、会社単位、民族単位、国家単位におおよそ割当てられるエネルギー量があるのです。そして、家族や会社や国家を構成する者同士が、団結して一つの方向つまり価値観に合わせると、そこに共振現象が起こり、エネルギー量は増えます。

ただし、エネルギーの総量は一定なので、ある集団のエネルギーが高まるということは、一方でエネルギー量が減少する集団も必ず存在するのです。人口増加が問題なのは、食糧不足になることよりも、一人あたりの生命エネルギー量が少なくなることなのです。世界平和と同様に、全世界の人々がみな幸福になることはありません。あくまでも、幸福は不幸を生

6．輪廻転生　p.70(1), 164(1)
各注参照。

み、不幸は幸福を生み出すのです。生きるとは、そういう悲しみの上に展開される生命の舞踏[7]なのです。

歴史の上でも、常にある特定の国家や民族が団結し、共振して他の国々や民族の分まで、エネルギーを集めて強くなっていく場合があります。会社でも家族でも個人に至るまで、同様のことが言えます。家族が仲良く信頼し共振し合う状態が出来ると、反対に仲の悪い家族からエネルギーが減少して活気がなくなっていくのです。誰かのエネルギーが高まると、必ず他の人のエネルギーが減じます。これが宇宙エネルギーの法則なのです。

現実社会でも試験に合格する人の影に、不合格の人がいるのと同じです。誰かが受かるということは、誰かが落ちなければならないということなのです。社会的地位が高い人や、偉い人と呼ばれる人ほど、謙虚であるとよく言われますが、それはその人たちが宇宙エネルギーの法則を知っているからなのです。自分に多くのエネルギーが注がれているということは、注がれなくなった人がいることを知っているのです。その事実を謙虚に受けとめて責任を感じ、生かされている自己の使命[8]を認識しているので、決して傲慢になることもないのです。いずれにしても、生命エネルギーの仕分けや法則を知ることにより、生命エネルギーに生かされている我々が、いかに生きるべきかがわかってくるのです。

7．生命の舞踏　生命とは、舞うことである。自己の憧れに向かって、いのちの舞いを祭壇に捧げるのである。それだけが、生命の本当の意義なのだ。

8．使命　p.2（1）注参照。

生命エネルギーの完全燃焼とは

よく生命エネルギーの燃焼を蒸気機関車と比較して説明されますが、どういう仕組みなのでしょうか。

蒸気機関車の車体が人体に対応すると考えると、生命エネルギーに対応するのは、エネルギー源としての石炭ということになります。そして、焼《く》べられた石炭を燃焼させるためには、まず点火しなければなりません。これは人間で考えると、「志」[9]を立てることに相当します。志によって、生命は方向が決まり、そのベクトルとしての働きが生まれてくるのです。

ただ、厳密にいうと生きている人は、全員がすでに点火しているから生きているのです。あとはその燃え方の度合いが違うわけですが、我々の生命エネルギーが燃焼していると評価できるのは、だいたい志を立ててからです。また、時代やその人の立場などによって、要求される燃焼の度合いも異なっていきます。昔は、武士と農民でも違いました。現代なら、会社でも地位が上にいくほど、忠誠心や愛社精神や志の深さにおいて、要求されるレベルが上がっていくのです。

次に、石炭が燃焼するには、常に酸素を供給し続ける必要があります。この酸素に対応するのが、水や空気と共に食事に含まれる栄養素[1]です。また、精神的な栄養分としての読書も加えることが出来ます。そして最も重要なことですが、石炭が燃焼し続けたとき、その熱から蒸気を作ってピストンを動かして車輪に動力を伝える仕事をさせなければ全く意味がありません。人間の場合も、このピストンに相当するのが、仕事であり使命や道なのです。

実際に物理用語でも、ピストンが生み出す力を「仕事量」と呼ぶのは、人間の仕事に対応するものだからなのです。元々機械というのは、生命を真似て作られたものです。コンピューターは、人間の神経細胞や脳細胞を真似ようとして発展してきたのです。蒸気機関車は、人間の農業的な能力を真似して出来たものです。

十九世紀に発明された機械は、すべて農業労働からの発想です。二十世紀の発想で生まれ

9. 志　自己の内部に、ひとつの理想を打ち立てること。それを初心とし、その初心に命をかける決意を言う。

1. 栄養素　p.25（I）注参照。

た機械は、すべて工業文明とビジネス社会[2]からの発想です。蒸気機関車を見た時にやる気が起こるのは、そこに日々汗を流して働く農業労働の生き方を見るからに他なりません。機械が生まれる以前の労働を呼び醒まされるのです。

他に例えば「水車の理論」[3]を生命エネルギーの回転と結びつけるとどのような説明となるのでしょうか。

「水車の理論」はあの二宮尊徳[4]が初めて述べたものです。正に生命の働きを表わす中心的な思想の一つです。それを発展させ、私は自己の生命論の核心のひとつと成しています。要するに、人間は自然と一体化しても駄目だし、文明だけを尊重しても駄目だということです。水車の考え方が、人間の文明社会の根本的な考え方なのです。水車の回転を生命エネルギーの回転と考えるのが、私のもつ生命観です。従来の生命観は、すべて自然か文明のどちらか一方に偏りすぎています。正しい生命観とは、自然と文明の両者をまたいで、それぞれを自己の制御下において生かし切ることを言うのです。

自然と文明のどちらに偏っても、人間の生命エネルギーの完全燃焼はありません。エネルギーの回転が滞ってしまうのです。バランスが大切だということです。最適なバランスそのものも、日々刻々変化するものなので、何事に対しても柔軟に思考し、行動できなければなりません。それが自己の生命エネルギーの完全燃焼の条件となるでしょう。

自己のもつ生命エネルギーの、完全燃焼こそが生命の目指す真の目的なのです。そのために、生命エネルギーを自分なりに摑む必要があるのです。宇宙の時間から言えば、人間の一生は塵から生まれて塵に還る、ほんの一瞬のことです。生命エネルギーの完全燃焼は、この

2．ビジネス社会（＝企業社会）p.491（Ⅰ），196（Ⅱ）各注参照。

3．水車の理論　二宮尊徳は、水車の働きを人間の農業労働の理想としていた。人間の生き方は、文明と自然の両方に偏ることなく、またがっていなければならないということである。

4．二宮尊徳（1787-1856）p.143（Ⅱ）注参照。江戸末期の農政家。通称金次郎。積善・倹約を旨とする思想で農民を実践指導し、多くの村の復興に貢献した。

一瞬をいかに煌《きらめ》かせるかということなのです。生命は煌かなければ意味がない。元々、人間の生涯は花火のようなものなのです。花火は綺麗に炸裂するほど価値があります。炸裂して消える。その一瞬にすべての価値が凝縮しているのです。ただし、炸裂した後は、宇宙の大気に吸い込まれることも事実です。吸い込まれる気がなければ、炸裂することは出来ません。つまり、死を考え続けることが、真に生き続けるということに繋がってくるのです。

東洋思想は宇宙の虚空を論じ過ぎ、西洋思想は一瞬にして消える花火が、回りの宇宙を従えているかのように考えてしまう傾向にあります。どちらも極端な考えに陥りやすいのです。宇宙の虚空の中にあって、無限の混沌の虚空の中にあって、初めて花火は価値があるのです。

5　生き切るということ

「火を噴く今」を食らわねばならぬ。存在の常態とは、宇宙が叫ぶその焔《ほのお》[1]に他ならない。

1．焔　凝縮された「負」のエネルギーを言う。その爆発力が、真の生命の躍動なのだ。それは、高貴と野蛮を往還する。

人間が生き切るとはどういうことか

生命には、その捉え方によって多くの定義があると思いますが、生き切るということを考える前提としての生命は、どのように定義できるのでしょうか。

生命とは、その生命に与えられた寿命[2]を目指して燃え尽きることを使命[3]とするものです。親から与えられたその生命を、寿命がくるまで完全燃焼させる過程が「生き切る」[4]と言われていることの意味なのです。人生は、失敗も成功も関係ありません。寿命の長短も関係ない。

2．寿命　p.39（Ⅰ），47（Ⅰ）各注参照。

3．使命　p.2（Ⅰ）注参照。

4．生き切る　p.56（Ⅰ），18（Ⅱ）各注参照。

楽しいか悲しいかも関係ないのです。要するに、完全燃焼、完全に灰になりきって、燃え尽きて[5]、この世に何も無くなるまでやる。これが生き切ることに関する生命の定義であり、生き切るということのもつ唯一の真実です。つまり、生命がもつ真実ということです。

そして、ここで押さえておかねばならない最も重要なことは、生き切るというのは、人生論と生命論の問題であって、生物学や動物学の話ではないということです。生命の定義にしても、生物学的にいえば心臓が動いているというものから、自ら熱を生み出すもの、自己複製能力[6]をもつもの、などという様々な定義があります。それらを踏まえて考えても、生命論的人生観から見れば先に述べた定義となるのです。

生命が完全燃焼するという時の燃焼とは、どういうことなのでしょうか。

自分の持つ「個別の生命」が外界と接し、外界に対して生命として正しく対処していく過程が燃焼です。もう少しわかりやすく言えば、燃焼とは自己の生命の個別性[7]を証明していく過程ということになります。自分の持てる性能をすべて出しきり、自己の個別性を証明し終わったことを燃え尽きたと言うのです。つまり、ドイツの哲学者マックス・シェーラー[8]がその『宇宙における人間の地位』において述べるごとく、「生命を理念化する」[9]ものこそが人間の生き切るということなのです。

その外界というのは具体的にどういうものなのですか。

他者であり、自然であり、周りにあるいろいろなもの。風であり、草であり、花であり、仕事であり、友人であり、家族であり、要するに自己以外のものすべてです。それらの外界

5．燃え尽きる　p.319（Ⅰ）注参照。

6．自己複製能力　生物の定義の一つ。細胞を有する生物は、細胞分裂によって複製を行ない、また生殖細胞を有する生物は、子に対して複製を行なう。

7．個別性　p.55(Ⅰ), 394(Ⅰ), 44(Ⅲ)各注参照。

8．シェーラー〈マックス〉(1874-1928)　ドイツの哲学者。「哲学的人間学」を唱え、自意識の解釈を深く追求した。シェーラーの人間学はドイツ語圏で大きく広がり、日本でも宗教や教育の分野で浸透していった。

に向かって自己を生かすために正しく対処している姿を生き切ると言うのです。人間が人間として生き切ろうとすれば、必ず対象となる物が現われてくるのです。その対象物[1]に向かって完全燃焼している生命エネルギー[2]の姿を「生き切る」と呼ぶのです。

外界というものを環境として捉えると、人間に限らず、すべての生物が外界に対処し、環境に適応して生きていると思うのですが、人間との違いはどこにあるのでしょうか。

人間は生命の個別性を自覚し、各自の個別性を確固たる意志をもって証明するために外界に対処するのです。それが、先ほど言った生命の理念化です。つまり、人間だけが、個別性を自覚することが出来る。人間だけが、意志をもつことが出来る。人間だけが自己の個別性を証明するために生き切ることが出来るのです。言い換えれば、そういう意志をもたなければ、人間として生き切っているとは言えないということです。人間は、人間として生きなければ、生命を燃焼させることは出来ません。ただの肉の塊として、生煮え[3]のまま一生を送ることになるのです。

先ほど、最も重要な点として「生き切るというのは、人生論と生命論の問題であり、生物学や動物学の問題ではない」という話がありましたが、この点をもう少し詳しくお聞きしたいのですが。

人生論は人間論、そして生命論は燃焼論[4]と呼ぶことが出来ます。そしてさらに、人間論は抽象化することによって精神論となり、生命論は生命エネルギー論となります。それに対して、生物学や動物学は、物理・化学的な動物論であって、それが抽象化されても肉体論であ

9．生命を理念化する　自己の生命を宇宙と一体化しようとする意志を持った生き方。生命を生み出した淵源の力を志向して生きること。

1．対象物　ある物質は、自然の循環過程の中に置かれている位置によって、「自己」と関係の深い他の物質が決められている。その関係の中において、物質はそれぞれに価値を持っている。

2．生命エネルギー　p.18(I), 39(II)各注参照。

3．生煮え　肉体が生きているだけの状態を言う。人間特有の状態で、人間だけが意志と肉体の両輪が揃わなければ生命の本質的機能が働かない生命体となっている。その両輪の回転が滞ること。

4．燃焼論　生命エネルギー論と言い換えてもいい。自己の生命の存在意義を認識しなければ人間の生命は燃え尽きることは

り物質論でしかないのです。そして、「生き切る」という問題は、常に動物論ではなく人間論であり、肉体論ではなく精神論であり、物質論ではなく生命エネルギー論だということなのです。

ところが、現代の似非《えせ》民主主義[5]の悪平等思想の考え方では、人間の価値の基準が精神面ではなく肉体面に置かれています。平等とは、肉体を意味する言葉なのです。なぜなら、それだけが物質化されているものであり、物質化されていないものに平等はあり得ないからです。そのため、人生論や燃焼論を考える際にも、動物論的なものの見方になってしまうのです。現代の動物論的な見方というのは、肉体を危険にさらすことは常に間違いであり、肉体の安全が常に正しいとする考え方です。従って、死ぬことや病気になることが、現代では最も嫌われることになります。

このような肉体中心の考え方でいる限り、「生き切る」ことの意味は永遠にわかりません。「生き切る」ことは肉体ではなく、精神の問題だからです。つまり、人間の生命です。極端な例ですが、人間は生き切るために、自ら死を選ぶこともあります。また、病気になることも人間が生き切る上で、とても重要な役割を果たすことがあるのです。それにも拘《かか》わらず、悪とされ危険視すらされてしまうことになったのです。

現代に生きる我々が「生き切る」ということについての理解を深めていくためには、動物論と人間論や、物質論と生命エネルギー論の仕分けをしっかりとしていくのが肝要だということですね。

そういうことです。その仕分けが、自己の中でしっかりと出来るようになれば、人間が

出来ない。ただし、その認識は生命的なものであり、自我の部分では自覚しても無自覚でも、どちらでもいい。生命の真の躍動をさせればその燃焼は自動的に起こるのだ。

5. 似非民主主義　p.27（Ⅰ）、307（Ⅰ）各注参照。

「生き切る」ことの意味を、自ずから感ずることが出来るのではないでしょうか。生き切ることが出来るのは人間だけであって、他の動物にとっては生命エネルギーの燃焼とか生き切るということは、何の関係もないのです。動物は、「環境」の中にただ「棲息《せいそく》[6]」するのみです。しかし、人間は違う。人間は、死ぬために生きる。

動物論と人間論

ここで、動物論と人間論の違いを、もう少し具体的にお聞きしたいと思います。生き切ることが出来るのは人間だけだということですが、動物も観察すると一生懸命生き切ろうとしているかのように見えます。実際はそうではないということでしょうか。

動物には、生き切るという概念はありません。先ほど触れたように、動物は環境によってただ生かされているだけです。「生き切る」という生き方が出来るのは、人間だけなのです。それは、精神の問題であり、死の自覚によるものだからです。

何年も地中で生きて、やっと地上に出てきたセミがサナギのまま死んでしまうこともあります。そういうものを見ると、生き切れなかった無念のようなことを感じるのですが。

全く関係ありません。それらは単なる自然の摂理[7]であって、純粋に生物学的な問題です。従って、サナギのまま死んだセミの幼虫も、別に無念でも何でもない。それを無念だと思うのは、その姿を見た人間が、自分がそうなりたくないから無念さを覚え、そこに「哀れ[8]」を感ずるのです。そして、他の生命に哀れを感じ、そうなりたくないと思う気持こそが、人間

6．棲息　自然環境に対してのみ活動し、餌を獲って死ぬまで生きているだけの状態。

7．自然の摂理　p.140（Ⅱ）注参照。自然の法則だけによって生き、そして死ぬことを意味している。本能と遺伝だけがその生命の意義となっていること、つまり、環境によって生かされている生命。

8．哀れ　同情心に近いもので、人間の精神だけにしかないものである。これによって、人間は神を志向すると言われるのだ。

が生き切る上での原動力になるのです。その気持は、人間しか持っていません。一般に、動物を観察して、そこに哀れだとか生き切っていないと感ずるものはすべて、観察者である人間が自己の人生に投影[9]させてそう感じているだけです。当の動物の方は、別に何も感じてはいません。

別の例として、ライオンに追いかけられているシマウマが、何とか生き延びたいと思ったり、逃げおおせたときにホッとするという気持もないといえるのでしょうか。

そういう気持はありません。厳密にいえばシマウマのことはシマウマにしかわからないでしょうが、動物学を深く研究していけばそういう気持はないと断言できます。動物の行動、即ち本能[1]というものは生物界の序列によって完全に決まっているのです。

例えば、森の中で虎と猪が不意に出会ったときには、どんな状況であっても必ず猪の方が逃げます。たとえ相手の虎が弱っていて、実際に戦えば間違いなく猪に軍配が上がる場合であっても、常に逃げるのは猪の方です。要するに、その時の猪にとって、相手が自分より強いとか弱いといった判断は、一切行なわれていません。猪は虎を見た瞬間に逃げるのであって、そこには逃げようとする意識すら働いていないのです。

ただ、瞬間的に動くだけなのです。本能とは、それ位あらかじめすべてが決まっているものです。つまりは、遺伝です。従って、逃げようと思ったりホッとしたりすることもありません。ただ我々が人間なので、その点が実感できないだけです。我々が動物を見ていろいろ感ずるものはすべて、人間として自分たちが勝手に感じていることだと思えばいいのです。

この点に関して、私はコンラート・ローレンツ[2]や今西錦司[3]の動物学の著作を研究することを

9．投影　他の生命を自己に重ね合わせ、それによって自己を観察できるのは人間だけである。これはあらゆる動物生態学の研究によって明らかとなっている。

1．本能　動物が先天的に持っている、一定の行動様式や性質のこと。外界の変化に対して行なう、その時々に特有な反応。

2．ローレンツ〈コンラート〉(1903-1989)　オーストリアの動物行動学者。動物の行動形態の研究で有名であり、多くの動物の行動の解明を成し遂げた。また、そこから人間存在の在り方を提唱し、哲学的な著作も多い。

強く薦めたいと思います。

そう言えば、ご自身の著書『友よ』[4]の中で高村光太郎[5]の「傷をなめる獅子」やヘルマン・ヘッセ[6]の「荒野の狼」など、動物に関する詩があります。あれも動物の感情などを描いたものではないということですか。

当然、それらは動物のことを歌った詩ではありません。人間の中にある本能を動物に見立てて、比喩として取り上げたものです。

「荒野の狼」という詩は、ヘルマン・ヘッセが、自分の中にある「野獣性[7]」の問題を取り上げているのです。人間も生身の肉体を持っており、当然のことながら、動物学的な特性もすべて兼ね備えています。しかし、人間には動物としての肉体の奥深くに、熱く重く悲しく潜んでいるものがあります。それが、人間精神と呼ばれるものに他なりません。生き切るというのは、その人間精神の問題なのです。人間精神の下に位置する動物的肉体の部分には、生き切るという言葉は適用できません。強いて言えば「生存」という表現になります。

人間が、ともすれば動物礼讃になるのは、動物を通して人間の中にある高貴なる野蛮性を見るからです。しかし、それは人間精神の中にある「生き切る」部分がそうさせているのです。私が虎の生態が好きなのも、私の「生き切る」部分がそうさせているのです。要するに、人間精神としての「生き切る」部分が、動物的肉体を鼓舞しているのです。生き切るためには、動物的肉体が強く健全であることも不可欠だからです。

いずれにしても、「生き切る」ことが出来るのは人間だけです。狼は自分の野獣性を取り上げることは出来ませんし、虎は虎がいかに崇高な動物であるかを認識することは出来ませ

3. 今西錦司（1902-1992）文化人類学者・生態学者。京都大学名誉教授であり、日本の霊長類研究の創始者でもある。独自の視点から動物社会や生態について考察した。

4. 『友よ』 著者自身による他の著作。詩歌を通じての生命論。講談社より二〇一〇年に出版。

5. 高村光太郎（1883-1956）詩人・彫刻家。彫刻家・高村光雲の子。東京美術学校を卒業後、アメリカ・フランスへ留学し、ロダンに心酔。また詩人としてよく知られ、智恵子との恋愛を謳い上げた『智恵子抄』が有名。

6. ヘッセ〈ヘルマン〉（1877-1962）ドイツの作家・詩人。スイスへ移住。二十世紀のドイツ文学を代表する一人。一九四六年にはノーベル文学賞を受賞。人間を深く追求した作品が多く、青春の苦悩を謳った。『車輪の下』、『デミアン』等。

ん。そしてそういう自覚が出来なければ、生き切ることも出来ないのです。

生き切るのは、精神なのだ

> 本能は動物にも、人間にもあるもので、「生き切る」というのは本能の上に築くものだということでしょうか。

そういうことです。生き切るというのは、本能が支配する動物的肉体の上に構築される、精神の部分の中にだけ存在します。だから、本能的なことで問われても困るのです。例えば、人間が生き切ることを問うているときに、本能の中にある「恐怖心」[8]の話をもち出されれば、もうそこですべては終わります。恐怖心は、人間を含むすべての動物に生まれながらに備わっているものであって、そこには議論の余地も選択の余地も何もないからです。恐怖心の話が出された途端に、人生上の葛藤も悩みも哲学も何もかもが意味をなさなくなる。本能に基づく恐怖心は、全生命にとって、正しいに決まっています。それを制御し、乗り越える精神を生き切ると言うのです。フランスの哲学者アラン[9]は、魂を定義して「魂とは、肉体を拒絶する何ものかである」と言いました。この魂が精神のことなのです。だから精神とは、肉体第一の考え方の人には一生わからないものだと言ってもいいでしょう。

現代の似非民主主義の平等思想は、そういう肉体の生存を最重要視する、本能の部分に基準を置いています。そして、それを礼讃している。恐怖心によって誰かを傷つけたり、時には殺してしまっても、現代では裁判でも罪に問われないことが多い。現代人の多くが、人間が生きるということの意味がわからなくなり、生き切ることの価値を見失なっている原因は

7. 野獣性　肉体の奥に備わる自己の動物的本能を言う。ただし、これは人間精神が生み出した動物への幻想に他ならない。動物には野獣性はない。恐るべき野獣性は、本能を精神化した人間にだけあるのだ。これを良く制御すれば高貴性の基礎を作るものともなる。

8. 恐怖心　生命保存の本質を言う。それが文明に展開されたものが、一般の恐怖心となっている。

9. アラン（1868-1951）p.79（II）注参照。フランスの哲学者・評論家。二十世紀のフランスの思想に大きな影響を与え、モラリストと呼ばれた。『幸福論』、『定義集』等。

ここにあります。似非民主主義の価値基準は、人間精神の部分に置かれるのではなく、その下にある動物的肉体の部分に置かれているからです。

そして実は、恐怖心によって誰かを傷つけたり、人を裏切れば、たとえ裁判で勝ったとしても、その人生は腐り果てるのです。人間として生を受けた命は、肉体にこだわれば決して燃焼することなく、生煮えになります。人間として生き切るためには、恐怖心などの本能を、その上に築き上げた人間精神によって制御しなければならないのです。

ただし、それはあくまでも制御であって、本能を否定したり取り去ろうとすることではないということも、肝に銘じておいて下さい。人間が肉体を持つ限り、本能は決して無くすことなど出来ないからです。しかし、生き切るという問題は、その本能の上にあるものなのです。

> これまでの話で、生き切ることが出来るのは人間だけだということがわかってきましたが、要するに動物には命の燃焼や、生の躍動[1]がないということでしょうか。

動物には燃焼も躍動もありません。先ほども言いましたが、動物の行動を見てそこに燃焼や躍動を感ずるのは、我々が人間だからです。動物そのものは、ただ本能の命ずるままに生存している「肉体」にすぎません。生の躍動に関して言えば、動物は何の価値も持たないのです。そこに価値を持たせているのは、人間が人間の生の躍動を投影しているだけです。

ただ、ここでも注意しなければならないのは、動物が価値を持たないといっても、それは人生論として人間が問われるような価値を動物は持っていないということです。自然の構成員としての絶対的な価値はもちろん有しています。動物の価値は、宇宙の価値や自然の価値

1. 躍動　p.52（I），54（II），467（II）各注参照。

と同様、価値があるかないかを問う必要もないほど絶対的な価値なのです。

言い換えれば、価値の有無を問うことが出来るのは、人間の精神性の部分だけであり、それは選択の自由を与えられている部分なのです。そして、「生き切る」という問題はまさに、その価値を問われる部分なのです。「生き切る」ことの意味を知る第一段階として、人間が生きることと、動物が生存することには、決定的な違いがあるということを理解する必要があります。

生き切るとは生命エネルギーの問題

「生き切る」ということについて具体的に伺っていきたいと思います。定義のところで、「生き切る」というのは、生命が完全燃焼して燃え尽きて灰になった状態だという話がありましたが、具体的にどのようになれば生き切ったと言えるのですか。

その質問に答える前に、前提として知っておくべきことがあります。それは、「生き切る」というのは精神的な生命エネルギーの問題だということです。そして、エネルギー燃焼の結果が、現象面にどのような形となって現われるかということは、人によって様々だということです。その点を踏まえた上で言えば、生き切った人というのはまず死ぬのが嫌ではなくなるのです。また、すべてのものが美しく見えてくる、すべてのものに感謝の念が出てくる、早く死にたくなってくる、早くあの世の親や友達に会いたくなってくる、とこういう心の状態に自然になってくればすでに燃え尽きてきたと言えるでしょう。

従って、現代社会のように、皆が死にたくないと思ったり、死が恐怖になっているのは、生煮え状態だということなのです。ただし、これはあくまで一般論であって、生き切った人が全員早く死にたくなるわけではありません。生命エネルギーの燃焼が、現象面にどう発露して、どういう結果を残すかというのはいろいろな場合があるからです。「生き切る」ことはエネルギーの問題であり、それを本当に摑むためには、結果としての現象面にあまり囚われずに、その現象の元になっているエネルギーの部分を見ていくように心がけねばなりません。

今の話と関連すると思いますが、臨終に際して「自分は生き切った」と心から思えれば、その人は生き切ったと言えるのでしょうか。

心からそう思えれば、生き切った人生です。要するに、生き切ったかどうかというのはお金や名声で決まるのではなく、自分がどう思ったかによって決まるのです。従って、心の底から生き切ったと思える感情が出てきて大往生できれば、それは生き切ったということなのです。

もしもその人が、お金と名声にとても大きな価値を置く人生観で生きていた場合でも、生き切ることが出来るのでしょうか。

当然できます。ただ、ここで重要なことは、その人のお金と名声を求める気持が本物かどうかということです。本当にお金だけが欲しい人間なら、金儲けするだけで生き甲斐になり、生き切ることが出来ます。しかし、お金を儲けることが何か他の目的のため、例えばお金で愛情を買おうとした場合などは、虚しい結果に終わるのです。愛情はお金では買えないのであり、初動が間違っていたということであって、その場合には生煮えの人生になります。

本当にお金を貯めたいというだけの人であれば、お金を貯めるだけで生き切ることは出来ます。金儲けは、決して悪いことではありません。要するに、生命エネルギーが燃焼すればいいのです。そして、燃焼しない人というのは、どこかで自分を誤魔化している場合が多い。言い換えれば、何かを求める心が本物であれば、何でも価値になるということです。バルザック[2]の名作『ゴリオ爺さん』[3]のあの悲しいまでの燃焼は本物[4]です。金儲けにいそしみ、その金をすべて見栄っ張りの馬鹿娘に捧げ尽くしたのです。そして、最後は極貧の中で、娘たちにも見捨てられて死にました。しかし、ゴリオは美しい固有の生《せい》を生き切ったことに違いないのです。極端な話をすれば、たとえそれが銀行強盗であったとしても、人間は燃え尽きることが出来るのです。本当にそういう人間がいました。燃え尽きること自体に、善悪はないのです。

> 貧しい生活であっても、その中で何かの価値観を抱いていれば生き切ることが出来る、ということですか。

当然です。例えば貧しい人の中にも、質素[5]な生活が好きで、あえて自分の意志でそうしている人と、望まずに貧しいという人がいます。質素を求める人は清貧な人と呼ばれ、それはそれで人生の醍醐味[6]であり、生き切った人です。しかし、自分で求めていない、嫌がっている貧しさというのは違うのです。本当は金持ちになりたいけれども、なるための努力をしないで僻《ひが》んでいる人間もいます。要するに、お金を持っているかいないかということは、人間の価値尺度ではないということです。

2．バルザック〈オノレ・ド〉(1799-1850)　フランスの小説家。有機的に連関する小説群、『人間喜劇』が有名。社会全体を俯瞰し、同時に人間の精神の深さを描く鮮烈な対比が特徴とされる。後の作家に多大な影響を与えた。『谷間の百合』、『従兄ポンス』等。

3．『ゴリオ爺さん』　一八三五年に発表されたバルザックの代表作の一つ。作品集『人間喜劇』に含まれる。自らの生活はかえり見ず、ひたむきに娘を愛するゴリオの悲喜劇を描いている。

4．本物　p.87(I)注参照。

5．質素　p.458(I)、252(II)各注参照。

6．醍醐味　物事に秘められている本質的な部分に触れる喜びを言う。発酵による旨みを味わうことから始まり、本当の旨み、つまり隠し味を味わうことへと広がった。

貧乏人根性[7]という言葉がありますが、お金のあるなしに関わりなく、心の問題だということですね。

そうです。私はお金がないことで僻んでいる人間は大嫌いです。しかし、同時にキリスト[8]とか、一休[9]とか、道元[1]とか、沢庵[2]のような人たちのことが好きです。あの人たちはお金を持っていない人間たちです。要するにあの人たちは、本物の清貧の人なのです。生き切るか生き切らないかは、この本物かどうかという点が重要なのです。

先ほど「生き切るために自ら死を選ぶこともある」という話がありましたが、生き切るために自ら死を選べば、その年齢が天寿[3]になるということですか。

そういうことです。本人が生き切って死んだとき、それを天寿と呼ぶのです。だから年齢は一切関係ありません。燃え尽きて死ねば、それが天寿です。

生き切ることの意味

「娘の花嫁姿を見るまでは死んでも死にきれない」と言う人がいますが、こういう場合は見れば生き切ったことになるのでしょうか。

そういうことを言っている人は、生き切ることは出来ません。その人は、自己の人生を生きていないと断言できます。娘の花嫁姿を見たら、必ず次に「孫の顔を見るまで」となります。そして孫が喋れるようになると「孫の花嫁姿を見るまで」となるのです。要するに、自

7．貧乏人根性　他人を妬み、世を僻《ひが》んでいる人を言う。基本的には自分よりお金を持っている人に対する嫉妬心が激しい人間ということ。卑しさの極みであり、その卑しさから生まれてくる人間性を言う。

8．キリスト　p.84（1）注参照。

9．一休（1394-1481）　室町時代の臨済宗の僧、一休宗純のこと。様々な説話を残したことから、江戸時代に説話集『一休咄』が作られ、多くの人に親しまれた。

1．道元（1200-1253）　鎌倉時代の禅僧。曹洞宗の開祖。修行の中に悟りがあるとし、ただひたすらに坐わり続ける只管打坐《しかんたざ》の禅を唱えた。『正法眼蔵』等。

2．沢庵宗彭《たくあんそうほう》（1573-1645）　安土桃山時代から江戸時代前期にかけての臨済宗の僧。名利を求めず、権力に屈することのない高潔な生き方が伝えられている。書画・俳諧にも通じていた。

分が死にたくないだけです。それなのにそう言わない卑しさをもつ人だということです。結局、最後は「死にたくない」と言いながら死ぬことになります。娘にとっても孫や他の家族にとっても、迷惑な話です。生き切るためには、自分がしっかりと自分の人生を生きなければなりません。自分の人生です。自己以外の他者に依存しては、自分自身が立ちません。

> 例えば、自分が責任を持っている仕事で「この仕事をやり遂げるまでは死ねない」ということも同じなのですか。

それも同じです。何かを成し遂げない限り、死ぬに死ねないということは、生き切る人生ではありません。それがどのような内容であっても同じです。人生はすべて積み上げであり継続なのです。自分ひとりの人生で完成できるものなどは元々何もありません。みな円環の一部分を担うだけなのです。生き切った人の人生は、すべて「未完」[4]です

自分が一生懸命に働いて、やるだけのことをやって、そこから先は後の人に託して死んでいく。それが出来ない人は、生き切ることは出来ません。自分も生まれてからずっと、先人が残してくれたものを受け継いできたわけです。同じように、自分が死ぬときには、何かを与えて死んでいけばいいのです。何かを「やり遂げる」[5]という考え方は、要するに自分の欲望であり、エネルギーの燃焼を止めるものなのです。

> その点は、現代ではかなり誤解されていると思います。

手前味噌にはなりますが、この継続の精神は、私が創業した会社の経営方針の根幹にもなっています。私の会社では最初から、資本金をいくらにするとか、従業員を何人にすると

3．天寿　p.361（1）注参照。

4．未完　偉大な業績は、歴史的にもすべて未完である。生命とは、未完のうちに咆哮する悲痛のことなのだ。これをメルロ＝ポンティは「生の未完結性」と言った。

5．やり遂げる　何かを完成させることに固執する人間は、要するに自己の名声と卑しい自己満足だけを求めているのだ。

か、売上高をどこまで伸ばすとか、支店をいくつ持つとか、工場をどこに建てるというような目標は、何もないのです。この事業を、やれるところまでやるというだけです。やれることをやる、やれないことはやらない。人の役に立てることがあれば立てる分だけ立つ。最後までやって、死ぬ日まで働く。これが私が創業した会社の経営方針です。つまり、それ以外は、私には何も出来ないのです。私は自己の生命が燃え尽きるまで、自分の立ち上げた事業を推進するだけです。あとのことは知りません。私がしていることに価値があれば、必ずや誰かが引き継いでいくでしょう。価値が無ければ、潰れる。それでいいのです。それが人生なのです。

> では、「志半ばにして斃《たお》れる」[6]ということは、あってもいいのでしょうか。

志は、決して斃れません。人間が生き切ること、生命の燃焼に関しては途中で斃れることなどないのです。元々、死ぬまでしか人間には出来ません。もし、途中で斃れたと思うなら、それは元々志ではなかったということです。恐らくは、単なる自己の欲望だったのでしょう。志は何をやっても斃れない。そのためには死んでもいい、という位の覚悟なのですから、斃れるはずがないのです。ただしそれは、志というものが死んで終わるものではない、という意味です。

我々は全員、元々が先人から受けた魂なのであり、その魂を回転させたまま、次の人間に感化を与えて死んでいけばいいのです。二十歳で死のうが、三十歳で死のうが、挫折でも何でもありません。生き切ることに挫折はないのです。もし、少しでもあると感じているなら、まだ生き切ることの意味がわかっていないということです。そして、志というものは、それ

6．志　p.101（1）注参照。

が本物であるなら、必ず感化を受けた誰かが引き継いでいくものなのです。

生き切ることと健康論

「病気になることは、人間が生き切る上で重要な役割を果たすことがある」という話がありましたが、これはどういうことなのですか。

病気になることによって、宇宙から与えられた固有の生命の存在価値を、深く自己認識できるようにもなるからです。その認識が、自己の個別性を外部に証明していく原動力ともなるのです。

動物と人間は、ともに肉体を与えられていますが、動物はそのことを認識することは出来ません。人間だけが、与えられた個別の生命や肉体を認識できるのです。特に、病気になって身体の調子を崩せば、それを強く認識するということです。

例えば、胃が悪くなれば胃腸が正常に活動してくれる有難さがわかり、歯が痛くなれば健康な歯がどれほど有り難いものかがわかります。人間は病気と闘うことによって、固有の生命の存在意義を知り、人間性が錬磨されるのです。さらに、病気についてもう少し深い話をすると、実は本当の病気というのは人間固有のもの、つまり文明[7]に特有のもので、自然界には元々病気などは存在しないのです。つまり、病気になるのは人間だけで、野性の動植物は決して病気になりません。病気というのは、自然の法則に逆らわない限りならないものなのです。よく見れば、それはわかります。病気になっている動植物は、すべて人間の文明の影響を受けているものだけなのです。

7．文明　p.273（1）注参照。

野性の動物は、自然法則[8]に従順なので病気にならないということですか。

そういうことです。野性動物の本能は、完全に自然法則通りです。従って、動物が本能通りに活動していれば、病気になることはありません。ところが、先ほども少し触れましたが家畜やペットなどのように、動物が文明の中に取り込まれて、本来の動物的本能が鈍くなると、動物も病気になるのです。

一方、人間には自我というものがあって、自分の意志で自由な行動をとることが出来ます。そうすると、その行動が人生を駄目にする要素をもっている時、つまり人間にとっての自然法則を犯すことをした時に、自然から受ける反作用の一つが病気なのです。言い換えれば、人間が何か一つの病気を克服したとき、それと同時にその人が元々持っていた、自分の人生を不活発にする要因の一つを克服していることにもなります。その要因を克服しない限り、病気も克服できないからです。

病気を克服すると、「何か抜けた」[9]というようなことを言われるのは、そういうことです。一概に病気がいいというと語弊がありますが、人間は小さい頃から病気と闘うことによって、肉体や精神を向上させていく動物なのです。歯が痛くなったり、風邪をひいたりしながら、生命の価値と個別性を自己認識し、人間性を錬磨していくのです。これらは、人間が生き切る上で不可欠の要素なのです。

人間にとっての自然法則は、動物にとっての自然法則とは違うものなのでしょうか。

まったく違います。人間は、自然の中における肉体と、地球上の自然環境とは全く関係の

8．自然法則　自然の事象の中に成り立つ法則のこと。因果関係に基礎が置かれ、近代以降は数理的な法則に落とし込む傾向が強い。

9．何か抜けた　肉体的または精神的に、自己の人生を不活性にする習慣や考え方が改まること。それによって、多くの病気は完治する。その気持の実感を言う。

ない精神をもつ動物なのです。だから、人間は動物本能だけで生きると必ず不健康になるのです。またその反対に、動物本能を無くそうとすると、さらにもっと不健康になります。しかし一方で、人間が人間らしく生きようとすれば、また必ず肉体を痛めつけることになるのです。これが人間が生きる上で、最も重要であり難しい部分とも言えるでしょう。つまり、精神がなければ病気はない。しかし、精神を失なえば人間ではなくなるのです。そして、精神が人間にとっての自然法則でもあるのです。ここに、精神と肉体の葛藤の人類史があると言っても過言ではありません。

> 人間は肉体を痛めつけなければ、人間らしく生きられないということでしょうか。

そういうことです。例えば「頑張る」[1]という行為も、肉体にとっては大きな負担となります。また「ど根性」[2]というのも肉体を痛めつけることを前提としています。読書や勉強でさえ、体にとっては悪いものであり、親孝行や子育ても、真剣にやれば自分の命をすり減らすことになるのです。しかし、これらの行為はすべて人間の文化[3]であり、人間が生き切るためには不可欠なものになっています。

> 親孝行はともかく、子育てに関しては、動物の中にも献身的に子育てをするものがあると思うのですが。

動物の子育てと人間の子育ては、その意味がまったく違います。動物の子育ては、言うまでもなく完全な本能行為です。例えば人間から見ると、鳥も献身的に子供に餌を運んでいるように見えます。しかし、ひとたび本能による子育て期間が過ぎれば、子供を置き去りにし

1．頑張る　肉体の自然法則を犯して、何事かをしようとしている状態を言う。

2．ど根性　「頑張る」より強いものであり、肉体を犠牲にして自己の精神力を向上させようとする努力を言う。

3．文化　p.272（I）、202（II）各注参照。

てどこかへ飛び去ってしまったり、ひどい場合には空腹になると卵や雛を食べることもあります。鳥が一生懸命子供に餌を与えているのは、完全な本能行動であり、人間が命をすり減らして子供を育てるのとはまったく意味が違うのです。動物は何もすり減らしてはいないのです。あれは、純粋に遺伝子の問題なのです。

しかし、人間は違います。人間は、動物本能に反して何かをやるように出来ているのです。だから、人間が人間らしく生きて生命エネルギーを燃焼させようとすれば、必ず自己の肉体を痛めつけることになるのです。ここに現代の似非民主主義の根本問題があるのです。似非民主主義の悪平等思想は、価値の基準を肉体に置いています。そのため、現代では肉体を痛めつける行為はすべて嫌われるのです。

近年、社会問題として「人間性の喪失」[4]などと言われていますが、これは似非民主主義社会が続けば、必ず人々から人間性が失なわれることを示しています。人間性を発揮すれば、必然的に肉体を痛めつけることになるからです。それを避けようと考え、結果として人間性を失なうのです。また、自分の親や子供を邪魔者扱いするという現代社会の家庭問題も、同様に似非民主主義の弊害であることがわかるでしょう。親孝行や子育てという人間の文化的行為は、似非民主主義の最も嫌がる自己の肉体を痛めつける行為なのです。

4．人間性の喪失　合理主義が行き過ぎた結果、人間らしさが失なわれること。

人間らしく生きること

人間が人間らしく生きようとすれば、肉体は不健康になってしまうのですか。

肉体を基準にして見るとそう思うかもしれませんが、実はその反対なのです。人間は人間らしく生きれば生きるほど、肉体的にも精神的にも健康になるのです。だから、動物とは違うと言っているのです。ただしその場合、自らの意志で率先して行なう必要があります。

人間は、仕事や文化が身に付けば付くほど健康になります。仕事や文化というのは、言うまでもなく人間性の発露であり、その結果を象徴しているものです。ただ、それを嫌がっていると不健康になるのです。つまり、ストレス[5]です。自らやる仕事は健康の元、嫌いなら仕事は病気の元になるのであって、ここの仕分けを摑めなければ、生き切るということもわからなくなるのです。東洋医学[6]の泰斗であった野口晴哉[7]は、このような考え方を「食わなければ健康、食えなければ餓死」と言っていました。まさに箴言と言うべき言葉です。

人間的な行為は、肉体的には負担となりますが、それを自らの意志で突き詰め、貫いていけば健康になるということですね。

そうです。その自らの意志というものが、健康の元に変わるのが人間なのです。ここが、生きるということに関しての、動物と人間の最も大きな違いであり、生き切ることが肉体論ではなく、生命エネルギー論だと言った理由もここにあります。

現在、過労死[8]の問題が大きく取り上げられていることも、これまでの話からわかるのではないかと思います。似非民主主義のように、肉体に価値の基準を置けば、仕事はやればやるほど肉体を痛めつけるだけの嫌なものになり、労働時間も少ない方が健康になるという間違った考えになってしまうのです。そして、嫌々仕事をするので、当然の結果として病気になるのです。すべては、人間とは何か、生きるとはどういうことかがわかっていないところから生じる問題です。人間的な行動はすべて、動物学と抵触するものであり、肉体を痛めつ

5. ストレス　p.93(II), 294(II)各注参照。カナダのセリエ博士によって提唱された理論。精神や肉体に、その復元力を超えて外部からダメージを受けること。その蓄積が、種々の病気を引き起こす原因となっている。これを回避する方法は自己の生き方と考え方の中にしかない。

6. 東洋医学　p.22（I）注参照。

7. 野口晴哉(1911-1976)「整体」p.23（I）注参照。「野口整体」を樹立した人物。生命の本質に基づく健康論として「全生」を唱えていた。『治療の書』等。

8. 過労死　長時間の残業や休日の取り消しなどにより、肉体的・精神的負担で死に至るとされるもの。最近になって取沙汰されるようになった死因。過労を原因とする自殺なども、過労死の一種とみなされている。生命論においては根源的な誤謬を含む。

けるものです。そして、自ら進んで人間的な行動をすれば人間は健康になるということが、生き切ることの本質論なのです。

> 人間が、人間らしく生きようとすると肉体を痛めつけることになるというところに、養生[9]論の必要性があると考えればよいのでしょうか。

その通りです。西洋でも東洋でも、人間が寿命まで健康を保つためには、どうしても養生論が必要になってくるのです。人間らしく生きれば肉体を痛めつけることになるので、肉体面での健康は養生の思想によって調整しなければ、なかなか維持できないのです。

> 自らの意志で仕事をしていても、養生をしなければ肉体のどこかに支障が出てくるということですか。

そうではありません。先にも述べた通り、自らの意志で率先して仕事に打ち込んでいれば、養生のことを考えなくても人は健康でいられます。打ち込むこと自体が、養生の根本なのです。実際に養生論など何も知らず、興味もなく、ただひたすら仕事に打ち込んで一生健康な人もいます。しかし、一般には常に仕事が好きで好きでたまらず、寝食を忘れて仕事に没頭している状態が一生続く人というのは、ほとんどいないのです。従って、多くの人には養生論が必要となるということです。養生論を身に付けて、肉体の健康バランスをとりながら、人間として生きていくというのが一般的なあり方だと言えます。

> 人間が生き切る上での肉体面で注意をするところは、どういうところでしょう。

9. 養生　p.75（I）注参照。

生き切る上で必要となる「活力」[1]をつけるということです。人間らしく生きようとすれば、肉体を痛めつけることになります。また、活力がなければ人間らしさを出す気にもなれません。活力がなければ、ただ食べて寝るだけの、動物的な生き方しか出来なくなるのです。我々は日々の養生に気をつけ、健康の基盤を作り、活力を高めれば、たとえ病気になってもそれを克服して人間的に成長できるようになります。そして、肉体に多少の負担をかけても、人間らしく生きようとする気持にもなれるのです。

1. 活力　生命が働くための力であり、この力を養うことが生き切る力となる。生命維持のような肉体的な力ではなく、人間的な活動のための力を指す。つまり、生命エネルギーが活発に働く状態を言う。

6 科学と技術

人間の中には、悪魔[1]が棲んでいるのだ。それがわかれば、我々の未来は輝いてくる。

1．悪魔 「悪魔性」p.367（II）注参照。人間が文明を築いたときに、人間の内部に棲み付いたひとつの宇宙エネルギーを言う。

科学と技術の違い

現代は「科学技術」と言うように、科学と技術を結び付けて考えることが多いと思われます。科学と技術は元々共通する部分が大きいと言えるのでしょうか。

科学と技術は本来は全く違うものです。ところが現代は、技術の中に科学が入り込み、科学と技術が渾然一体となって混ざり合っていて、科学も技術も本来のものではなくなってしまっているのです。

科学と技術の違いはどういうところにあるのですか。

それぞれの定義から見ても、両者がまったく別種のものだとわかります。まず、科学とは、自然を観察してそこからある法則を見つけ出すものです。そして技術とは、自然を模倣して人間生活に役立つ道具を生み出すものです。この定義からも明らかなように、技術は必ず人間の役に立つものであるのに対し、科学は人間に役立つも役立たないも無いものなのです。要するに、科学によって導き出される自然法則[2]には、善悪はないということです。それが怖いのです。つまり、自然界には人間にとっていいものもあれば、悪いものもある。一方、技術は人間にとって役立つものだけが技術と呼べるのであり、要するに文明[3]的には常に善なのです。

また科学は、仮説の段階、即ちまだその真偽が確定していないものでも許されますが、技術の場合は完成され本当に人間の役に立つもの以外は認められません。このように、科学は悪いものでも未熟であっても、科学として成り立つものであるのに対し、技術は必ず良いものであり、真実であることが確定していなければならないという決定的な違いがあるのです。

科学のもつ本質的恐怖は、初期の科学書から読み取ることが出来ます。クロード・ベルナール[4]の『実験医学序説』からは科学の表裏がすべて読み取れます。この書物の思想から、ベルナールが正しい科学観をもち、悪の部分を押さえることが科学者の責務であることを強く認識していたことがよくわかるのです。問題は、その遺産を引き継いだ現代の科学者にあると言っていいでしょう。また技術者たちも十九世紀以降、自分たちの技術の基礎として科学を据えてしまったのです。それも、初期の科学者たちの「良心[5]」だけは過去の遺物として

2. 自然法則　p.120（I）注参照。

3. 文明　p.273（I）注参照。

4. ベルナール〈クロード〉（1813-1878）　フランスの生理学者。内部環境の固定性という考え方を提唱する。医学に科学的方法論を導入した先覚者。一八六二年には、ルイ・パストゥールと共に低温殺菌法の実験を行なう。

5. 良心　p.176（II）注参照。ヨーロッパにおける、キリスト教信仰とその道徳を言う。また目に見える自然から決して離れない実証的精神のこと。

捨て去った形としての科学でした。そのような訳で、現代は、科学の概念と技術の概念を混同することによって恐るべき新「技術」が生み出されつつあるのです。

人間の技術は、昔からあったのでしょうか。

当然です。技術というのは人類発祥以来、営々と受け継がれてきたものであり、そういう事実を今は忘れてしまっています。技術は、昔からありました。先ほど言った通り、自然の模倣として営まれてきた技術が、現代では科学を基礎に置くことによって著しく発展したため、本来とは別の姿になっているのです。

昔の技術は、科学を基礎とするものではなかったということですか。

十八世紀までの技術は、科学を基礎に置くものではありませんでした。人間の生活や、修練の中から生まれたものだったのです。弛まぬ技術的錬磨によって作り出されたものが中心になっていました。しかし、科学が技術と一体化してからは、そういう昔ながらの生活の中から生まれる技術は廃れてしまった。昔は科学を基礎に置かない手仕事などが技術の大部分であり、実はそういう技術の方が人間生活にとってはるかに有益だったのです。

機械文明における技術

今の科学の時代を機械文明[6]と呼ぶこともあります。この機械というものと技術とは、どういう関係にあるのでしょうか。

6．機械文明　p.292(1)注参照。文明のひとつの定義とも言える。人間は、自らの労力を減らすた

機械は技術によって作り出されるものであり、機械の中でも簡単なものを道具と呼んでいるのです。従って、技術と同様、人類が誕生して以来、人間は機械を作り続けています。その意味では、機械文明というのは言い換えれば人類史そのものと言えます。人間が石の斧を持った時から、一種の機械文明なのです。人間が他の動物と異なるのは二本の手を持つことだと言われますが、道具を手にしたことが人類の始まりであり、機械文明の発祥なのです。

めに道具を作り続けて来た。その創意工夫の道具の複雑なものを機械と呼んでいる。機械文明が、人間の文明史である。

石の斧も機械だということですが、これは我々がもつ機械のイメージと食い違うように思うのですが……。

それは技術と同様に、機械というものを、十九世紀以降の西洋の科学理論によって組み立てられたものだけと捉えているので、そう感じるのです。そのような、科学を基礎として作られたものだけが機械だと思い込んでいるところに、現代の誤りと悲劇があるのです。

それはどういう意味でしょうか。

実は科学の理論を利用して作られた機械など、人間が文明を築き、文化的[7]な生活を営む上で何の必要もないものなのです。必要ないというだけではなく、人間を破滅の方向へ向かわせる危険性すら持っています。もちろん、本来の意味での技術や機械は、人間の文化的生活にとって必要不可欠なものでした。要するに、西洋の科学が出現する前から、世界中どこにいっても機械や道具があって、技術も各文化圏ごとにそれぞれ持っていたのです。

道具も機械も、科学が導入される前は、ほとんどが人間の手作りによるものだったのです。だから、現在の科学の理論を用いて作った道具のように、まったく同じものを、簡単に、大

7．文化　p.272（Ⅰ），202（Ⅱ）各注参照。

量に作るという訳にはいきませんでした。また、作る人の技量の差も大きく、名人芸から下手なものまで千差万別の道具や機械があり、それが文化的味わいを醸し、生活を豊かにしていたのです。トレド[8]の剣や日本刀などの武具が、名人芸の代表的なものと言えましょう。

十九世紀以降に、昔ながらの手作りによる道具が廃れてしまったというのは、まったく同じものを多く作れなかったということが大きいのでしょうか。

そうです。十九世紀からは、科学理論を用いた規格品が世の中を覆いました。なぜそうなったのかといえば、要するに、戦争をするのに都合が良かったのです。元々戦争は、騎士や貴族階級を中心とする一部の人間たちだけで行なわれるものでした。それが、帝国主義[9]の時代を迎え、植民地の獲得競争に入ってからは、国家総動員[1]の戦争になっていきました。つまり、兵隊の数と武器の量で戦争の勝敗が決まる時代になったのです。そうなると、科学の理論を背景とした、大量生産・大量消費[2]の思想で道具を作った西洋が、圧倒的に強くなったのです。

このことは、昔ながらの手作り中心の技術と、科学を基礎とする大量生産の技術を比較したとき、どちらが近代の戦争にとって都合が良かったかというだけの話であって、手作り中心の技術が科学を基礎とした技術に比べて劣っているということでは決してありません。ただ、戦争をする上で便利だったということから、それ以来、科学と技術が一体化して、それが大変素晴らしいものだと思われるようになったのです。

それは間違った考えということですね。

8．トレド　スペイン中央部の都市。かつての西ゴート王国の首都。古くから鉄製品の生産が盛んで、特に剣の生産で有名。現在でもナイフなどの鉄器具の製造産地。

9．帝国主義　p.369（Ⅰ），185（Ⅱ）各注参照。

1．国家総動員　国家の勢力下にある全ての資源を国家間の戦争遂行の為に投入すること。特に第一次世界大戦や第二次世界大戦では、軍隊の動員のみならず、兵器の生産、輸送や通信などの後方勤務に至るまで全国民が参加することを指す。仏革命後の、ナポレオンの「大軍団」（グラン・ダルメ）にその思想の始まりがある。

2．大量生産・大量消費　現代の世界の文明形態を現わす。こ

もちろん間違いです。大量生産・大量消費という思想そのものが間違いであり、また戦争に勝った方が無条件に素晴らしいと考えるのも間違いです。元々、機械文明は戦争のためにあるのではありません。時には戦争に使うこともあったし、使わざるを得ないのですが、それだけが絶対的な価値ではないということです。機械文明の本来の価値は、人間の労力を減らして文明生活を築くことと、自然環境から身を守ることにあります。

大量生産・大量消費の思想と植民地獲得のための戦争は、根底に同じものが流れているのでしょうか。

そういうことです。要するにその場しのぎの短期的な視点に立った考え方であって、継続して行なうものではありません。国家総動員の戦争で一気に相手を圧倒したり、開拓者が広大な土地を一気に開拓しようとした時に、最も有効な考え方が大量生産・大量消費だったのです。そこでは、ある一定の要件を満たした道具や機械を簡単に大量に作れることが必要とされます。そして職人技や使い込むうちに味わいが出ることなどは不要なのです。また、使い終わったものはその場に捨てればいいのであり、丈夫で長く使えることや、塵芥《ごみ》にならないこと、再利用できることなどは考慮されません。

しかし、植民地戦争やアメリカの開拓期においては有効であっても、ひとたびその時期が過ぎれば改めねばならない思想なのです。ところが、西洋の植民地拡大やアメリカ大陸の開拓が、あまりにも成功したように思えたのです。そして、元々一時的な目的で利用されていた科学を基礎とする技術と大量生産・大量消費の思想が、大変素晴らしいものだと勘違いされていきました。そのような経緯で、戦争や開拓が一段落したあとも、今日に至るまで世界

れは帝国主義にその端を発し、ナポレオンによって始動され、二十世紀のアメリカによる物質文明の確立によって一巡した文明である。現代の我々は、これを民主主義だの豊かさだのと誤解している。真実は、破滅思想である。

の先進国はその思想を貫いているのです。そして終《つい》に、人類の力では解決不可能な、原子力問題まで行き着いてしまったというのが現実の動きでした。現代の悲劇のほとんどすべては、そこから生まれていると言えます。

自然科学の本質

先ほどの「科学の理論によって出来た機械は、人間の文化的生活に必要なものではない」ということについて、もう少し詳しく伺いたいと思います。

言い方を換えれば、今の大量生産・大量消費の社会構造が崩壊して、自然科学を基礎とする工業技術が廃れてしまったとしても、人類にとって何の破滅でも文化の喪失でもないということです。科学に基礎をおく技術がなくなれば、再び昔ながらの手作り中心の技術になるだけです。そして、それこそが人類発祥以来、綿々と続いている技術史なのです。つまり、本来の機械文明史の流れに戻るだけです。技術や機械文明の真の価値は、前述の通り、人間の労力を減らして文明生活を築くことと、自然環境から人間の身を守ること、要するに人間のためになるところに価値があるのです。

ところが、二十世紀に入ってからは、大量生産・大量消費を中心とする現代文明は、人間のためにならないばかりか、人類を大きな危険に曝《さら》しながら暴走しています。それもこれも、科学を基礎に置いたからなのです。元々科学は、人間にとっての善悪に関係はありません。自然の法則の中には、人間に害を及ぼすものも当然あるのです。その善悪に関係のない科学を、善でなければならない技術の基礎に置いたところに、そもそもの間違いがある。科学の中の悪の部分が表面化すれば、人類の役に立つべき技術が、反対に人類を滅しかねません。さらに現代は、科学そのものが本来の枠組みを越えて、暴走しているのです。

暴走とは、どういうことでしょうか。

要するに、科学というのは観察から法則を見出す段階までのものなのです。ところが現代の自然科学は、既に見出された法則を使ってさらに何かをしようとしています。例えば、天文学[3]の場合では、星の運行を観察してその動きから法則性を見つけ出し、公式にするところまでが科学の範囲です。しかし現代の天文学では、ニュートン[4]やケプラー[5]が見出した公式を用いて、実際には測定不可能な宇宙の年齢や大きさなどを決めようとしています。本来の自然観察の姿勢を忘れて、ほとんど空想の世界に入り込んでしまっているのです。

公式が一人歩きを始めたということでしょうか。

そういうことです。その最たる例が、原子爆弾[6]です。物質を細かく観察していき、観察から微細粒子の特性を方程式として表わした人物がいました。この段階までが科学の領域になります。ここで止めておけば、あんな恐ろしいものが生まれてくることはなかったのです。自然を観察してその法則性を見つけるという本来のあり方では、自然界に存在しないものが出来るはずはありません。

ところが次に、観察から生まれた公式や方程式を使って、さらに実用化の理論を深めようとした人が出てきました。公式が一人歩きを始めたのです。公式を元にして頭で考え、机上で計算するうちに新しい仮説が生まれ、その仮説を確かめるために人為的な実験や観測を行

3. 天文学　p.37（I）注参照。

4. ニュートン〈サー・アイザック〉p.67（I）注参照。

5. ケプラー〈ヨハネス〉(1571-1630)　ドイツの天文学者。天体の運行法則について、ケプラーの法則を唱えた。これにより、それまでの天動説よりも地動説の方が正確なものと考えられるようになった。

6. 原子爆弾　p.439(II)注参照。ウランやプルトニウムなどの元素の原子核が起こす核分裂反応を使った核爆弾のこと。一九四五年八月、ウランを用いた原爆が広島に、プルトニウムを用いた原爆が長崎に投下され、人類史上かつてない大惨事をもたらした。

ならようになりました。要するに、観察が先で理論が後だった従来の科学の順番が逆転して、理論が先行して観察や実験はその理論を確かめるために用いられるようになったのです。

観察よりも理論が先行するようになって、微粒子の世界も観察不可能な世界へ入っていき、原子物理学が生まれ、それがさらに進んで原子爆弾を作れるところまで到達してしまったのです。物理学の世界に限らず、化学や生物学の世界でも同様の方向へ進んできました。現在騒がれているｉＰＳ細胞[7]やクローン人間[8]なども同じです。そしてここで最も重要なことは、それらは人類にとってまったく必要のないものであるどころか、百害あって一利なしというものなのです。研究者は、必ず人命を救いたいなどという綺麗事を唱えますが、そのひとり歩きの本当の恐さがまだわかっていないのです。

科学の公式はどうしてひとり歩きしてしまうのですか。

誰でも使えるからです。ひとたび公式として固定化されてしまうと、自然の観察眼がない者でも、式に値を代入するだけで答えが得られるのです。そして人間というものは、出来るとわかると、次々にやってみたくなるものなのです。たとえそれが、人類の役に立たなくても、つい使ってみたくなるのが人間です。要するに、遊び[9]の世界です。こうして技術は、自然科学の公式を基礎にすることによって、必要のないものを次々に生み出すようになりました。現代の我々が、科学技術の今後に危機感をもっているのは、この遊びの部分に対する危機感なのです。今後、人類が自ら生み出した科学技術によって滅びるとすれば、それは科学や技術そのものによって滅びるのではなく、「遊び」で滅びるのです。

7．ｉＰＳ細胞　皮膚などの体細胞に因子を導入・培養することで、様々な組織や臓器の細胞に分化・増殖する能力を持たせた人工多能性幹細胞のこと。二〇〇六年、山中伸弥京都大学教授らが初めて実験に成功。これをｉＰＳ細胞（induced pluripotent stem cell）と命名した。

8．クローン人間　理論上では、クローンの元になる人間と同じ遺伝子を以て、人工的に誕生させる人間のことを言う。人工的につくられた、この胎児が成長、誕生するとクローン人間となるとされるが、倫理上の大きな物議を醸している。

科学の公式を使って何かをするのは遊びということなのですね。

遊び以外の何ものでもありません。ただし、ここでもっと本質的なことを言えば、公式がどうのこうのと言う以前に、本来の科学も含めて学問と呼ばれるものは、すべて遊びであり道楽[1]なのです。従って、科学の時代と呼ばれる二十世紀以降の技術は、道楽を基礎にしているのだと思えば間違いありません。原子爆弾やクローン技術などはその代表的なものです。そして、道楽とは何かと言えば、要するに人類の生存に本当には役に立たないもののことです。先進国を中心に、こぞってこの道楽に走ったのが二十世紀であり、そこから危機が生まれてきたのです。

9．遊び　文明的目的性を欠く、知的活動を言う。科学も技術も、人類を豊かにしていくものでなければならないということが大前提なのだ。そういう思想のない知的活動の恐ろしさを意味している。

1．道楽　真剣に扱ったり悩んだりしたらいけないもの。余技であり知的遊戯。

学問と道楽

学問がすべて道楽だということと、それが危機を生むということについて、もう少し詳しく伺えますか。

元来、学問は知的好奇心と知的道楽として、生活にゆとりのある人間だけのものだったのです。それが大衆化社会と共に、多くの人に拡がりました。そうすれば、大衆にとってはそれがコンプレックス[2]の要因となってしまうのです。コンプレックスは、人間を背伸びさせるという働きがあります。

そのため、コンプレックスがあると、物事の本質が見えなくなります。現代で「私は科学的なことしか信じない」と言っている人の多くは、学問コンプレックスであり、科学コンプ

2．コンプレックス　自分が他者よりも劣っていると思い込む考え方で、それを克服するのではなく、恨みや嫉妬として心の奥に持っている状態。

レックスでもあります。実際に話をしてみると、そういう人に限って科学的知識も乏しく、ただ科学はすごいと思い込んでいるだけの非科学的な人間なのです。つまり、本当にわかっているわけではなく、ただ素晴らしいものだと思い込んでいるだけなのです。本当に学問、科学というものを知れば、それが道楽であることもわかってきますし、また危険極まりないものなのだということもわかってきます。

科学とは、自然を観察してそこから法則を見つけ出すものだと伺いましたが、人類に役立てようとして法則を見つける場合もあるのではないでしょうか。

確かに、人類に役立つことを目的として、学問研究に打ち込んでいる人はたくさんいます。しかしそれは、現代の社会が豊かだからそういうことが出来るのです。つい一昔前までは、学問は裕福な家に生まれない限り出来ませんでした。学問だけでは食べていけないからです。先ほども触れたように、それは言い換えれば、学問が人類にとって必須のものではないということです。つまり、学問は元々道楽なのであり、道楽にいくら打ち込んでも食べていけないということが人間社会の道理なのです。

では、いかなる科学の法則も、元々発見する必要はないものだったということですか。

元々必要ないものです。極端な言い方をすれば、太陽や星の運行は、いつまでも神話の世界の中で、みんなの夢として存在していればいいのです。そもそも、自然の動きを数式に置き換える作業が本格化したのはニュートン以降です。しかし数式化したことによって、遊びの要素に拍車がかかったのです。

太陽が何時に出てくるとか、潮が何時に干潮になるのかということなどは、数式の計算などしなくても、昔から皆知っていたことです。従って科学の法則とか公式を、わざわざ見つけなくてもまったく問題ないのです。数式にしてしまったことによって、次の段階、即ち数式の一人歩きが始まりました。つまり、大衆化です。数式などにしなければ、人類は余計なところまで進むことはなかったのです。

大量生産・大量消費にもならず、今騒がれている環境問題もなく、技術は永遠に名人芸を求めて繰り返すだけだったのです。つまり、還元思想[3]というものです。還元思想に従えば、人類はあと何百世代、何千世代経っても安全な人生をみなが送れるのです。現代は、自然科学の暴走によって今後、人類が安全な生活を送ることが出来ないかもしれないという危機に、初めて直面しています。

この事実に気付くことが出来ないのは、学問コンプレックスであり、日本人の場合はそれに西洋コンプレックスがあるからなのです。私自身は学問が好きで、読書を中心としてがむしゃらに学問をやってきた人間ですが、それが生きていく上で何の役にも立たないことは自分で一番よく知っていました。本質的には人生に必要ないものなのです。私は自分が求めてやっているだけで、これは一つの道楽なのです。

要するに、一行も本を読まなくても、魚も獲れるし料理も出来ます。それが出来る人は、みんな自然科学の法則ぐらい知っているのです。ただ、学問としての自然科学の数式にしていないだけです。それだけのことなのですが、現代の人々はそれを数式化した人たちや、自然科学および学問全体を偉大だと思い込んでいるのです。たとえ仮に、それらが偉大なものだとしても、人間にとって必要かどうかということとは話が別です。偉大ではあっても不要

3．還元思想（＝循環思想）どこまでも上昇したり、直進したりすることに価値があるのではなく、絶えず元に戻りつつ、円環のように運動することに価値があるという思想。無限の運動そのものに価値を置く考え。自然の摂理そのものを言う。

なものもあるのです。また、数式化されていないものは偉大ではないという考えも間違いです。

東洋医学[4]と西洋医学[5]の話にしても、東洋医学の医者の中にも偉大な人は昔から大勢いました。しかし、誰もその治療法を数式化つまり定式化しなかったのです。要するに、薬なら誰が投与しても問題ない形に決める、つまり一般化ということをしなかったのです。だから、一般化されている西洋医学の方が東洋医学よりも秀れていると現代の人は思い込んでいるのです。西洋人は物事を必ず決めたがり、簡単に出来るようにしたがります。科学が西洋で発達したのも、西洋人のそのような特性からきたものなのです。そして、今では我々はすべて西洋的思考の教育を受け、そのように頭の構造がなってしまっていることを知らなければなりません。

4．東洋医学　p.22（1）注参照。

5．西洋医学　p.21（1）注参照。

西洋のセントラル・ドグマ

西洋はどうして何でも決めようとするのでしょうか。

それは、キリスト教という西洋のセントラル・ドグマ[6]の影響です。唯一神とか、絶対神という呼び方に代表されるように、西洋人はすべての面で何かに固定化して決めようとするのです。特に善と悪に二分したがるのも特徴です。そして、歴史上これまで様々なものを決めてきました。その中には、決めたことが却って悪影響を及ぼしたものも数多くありました。しかし、決めたことが良かったものも中にはあり、そういうもので西洋のすばらしさをアピールし、我々日本人の中にも深く印象付けられていることも事実です。

6．セントラル・ドグマ（＝中心教義）　ひとつの文明を、底辺で支えている思想。その文明圏のすべての考え方に浸透しており、知らず知らずにその支配を受けているもの。

しかし、物事を何でも固定化することは、戦争をするには便利ですが、その反面で科学を暴走させる危険を伴っています。ニュートンの伝記を読んでみると、そのことがよくわかります。ニュートン自身も、万有引力[7]の法則や、運動方程式[8]によって自然現象を数式化したことについて、最後まで悩んでいたのです。数式にして決めたことをとても後悔していました。それは一体何故かということです。

数式になってしまうと、誰でも使うことが出来るからですか。

その通りです。ニュートンが数式にする前から、万有引力や運動の法則のことを知っていた人はたくさんいました。しかし、数式にする前と後とでは決定的な違いがあるのです。それは、数式にする前の時代では、かなりの精神修養と人格修行を積んだ人だけが、それらの知識を獲得できたということです。修行を積み、人間性を錬磨した者だけが知り得たということは、それが悪用される恐れが少ないということです。だから歴史的に人類は、現代のような危機を目前にすることがなかったのです。

ところが今は、数式化されて誰でも悪用できるようになっています。実は優秀な子供であれば、中学生でも原子爆弾が作れるのです。この危惧は、このまま時代を経るほどに、一層深刻な問題となって人類が直面していかねばならないでしょう。ニュートンの悩みも、この点にあったのです。

これは極端な例かもしれませんが、中世の錬金術[9]のように、一般大衆から見るとまったくわからない状態のまま、止めておいた方がいいこともあるということでしょうか。

7．万有引力　重力という宇宙を構成する基礎エネルギーのひとつ。これによって星雲と星が創られている。

8．運動方程式　西洋近代物理学のすべてを支配する法則。地球と人間の動きのすべてを数式化している。

9．錬金術　古代エジプトが発祥の、原初的な化学技術。技術が「ヘルメス思想」という深遠な哲学によって裏打ちされている。近世以降の科学が発達する以前には、ヨーロッパ各地で研究され、卑金属を貴金属に変化させたり、不老不死の薬を作り出すことが試みられていた。

そういうことです。錬金術についてよく調べるとわかりますが、錬金術というのはいわゆる職人芸なのです。要するに、一子相伝[1]のような厳しい師弟関係の世界であり、長い人格的修行を伴うものだった。錬金術をマスターすれば、今でいう化学実験を縦横無尽に行なう能力を身につけることになるので、化学分析や化学合成によって、毒物でも何でも作り出せる。従って、それだけの科学知識を持たせる人間を選ぶのですから、教える人間も細心の注意を払って後継者を決定していました。そういう意味でも、人格力と技術力が一体化していたので安心だったのです。

ところが今は、錬金術ではなく「化学」になって、あらゆる化学変化をすべて化学式で表わすようになっています。これにより、道徳観念のない者でも毒物を合成したり出来るようになったのです。この誰でも出来る、誰でもわかるという部分が、ここ二、三百年の間、世界中の人々にとって、とても大きな魅力になっているのです。それが何を生み出したかを見ればわかるように、その魅力というのは要するに悪魔を見出した魅力なのです。人類は、悪魔に魅入られた。これは人間のもつ原罪[2]の一つだと言ってもいいでしょう。現代は、程度の低い「ファウスト」[3]ということです。すでに、中世のファウスト博士がもっていたような心の奥深くにおいて「悪を悩む力」[4]すら失なってしまったとしか思えません。

> これまでの話から、科学の理論というのは本質的に遊びであるということ、そしてその本質的に遊びであるものを基礎にしている現代の技術は、人間にとって危険なものだということの意味がわかってきました。

そこのところがわからないと、機械文明の本来の姿を知ることは出来ません。自然科学も

1．一子相伝　職人などが、自らの培ってきた技術の神髄を、自身が選んだ相続者だけに伝えること。自分の子供である場合が多かったが、必ずしもそうではない。技術の正確な伝承にその中心があった。

2．原罪　p.381（1）注参照。

3．ファウスト　ルネサンス期の伝説的人物。諸学に通じ、医師や魔術師として各地をまわる。神に背き、悪魔メフィストフェレスに魂を売る契約を結ぶ。それによって得た力で冒険と享楽の生活を送る。しかし契約の期間が終わると共に死を迎えた。ゲーテを始め多くの作家により

含めて、総じて学問は道楽です。この点が納得できない人は学問コンプレックスだということです。しかし、学問が道楽であるとわかっていても、そういう知的なものに魅かれるのが人間の性《さが》だということも言えるのです。さらに、キリスト教文明の一面は、物事を決めようとする特性です。この特性が自然科学を生み出したわけですが、それが技術と結び付いて暴走している状態が、今もなお続いているのです。物事を決めようとする特性は、西洋人の宿命ではあっても、東洋人には元々ありません。ところが、西洋の帝国主義の時代を経て、東洋が西洋の力に圧倒されて以来、西洋コンプレックスによって東洋人の価値観の中にも入り込んできたものなのです。いずれにしても、本来の機械文明および本来の技術というものは、常に人間の役に立ち続けるものだということを忘れてはなりません。

技術の本質

これまでの話の中で「自然の模倣」であるとか、「名人芸の繰り返し」と言われてきた本来の技術とは、一体どういうものなのでしょうか。

本来の技術というのは、修錬を積み、均衡をとりながら、円環運動[5]を行ないつつ発展していくものです。まさに、還元思想そのものです。技術が自然の模倣だということの意味は、自然界は常に還元思想を体現して我々に提示してくれているということです。ですから道具を作るときも、本来は自然の還元思想に倣って作るのです。

生命体を含む自然物はすべて、広大無辺の宇宙の中で、均衡をとりながら、それぞれ独自の「偏り[6]」を作って存在しています。そして、偏りが作られると、今度は必ず宇宙からの反

作品化された。もちろん、ゲーテによってその本質が描かれた詩劇『ファウスト』が圧倒的に有名である。

4. 悪を悩む力　自分の中の悪を見つめる力が、真の人間らしさを創りあげるのだ。

5. 円環運動　p.219(II)注参照。どこにも切れ目がなく、無限に連続して繋がっている動き。宇宙エネルギーと生命エネルギーの基本運動である。この思想の哲学的基礎は、F・ニーチェの『ツァラツストラはかく語りき』における「永遠回帰」の思想が最もわかりやすいものとなっている。

6. 偏り　p.219(II)注参照。宇宙において、物質化している存在物はすべてエネルギーが特定の集まり方をして出来ている。その集まり方の差異が種々の物質となっている。その物質化を促すエネルギーを偏りと言う。

作用がくるのです。[7]宇宙は常に均衡を保とうとするので、偏りが生じればそれを元に戻そうとします。その宇宙の反作用をうまく受け止め調整しながら、自分に都合よく偏りを作り出しているのが自然界です。

人間も生物学的には自然物であり、他の自然物と同様に均衡をとりながら肉体を維持しています。技術というのは、これらの自然界における還元思想的営みを、人間が文明的行為として意図的に行なうものです。絶えず均衡を取りながら、人間の役に立つように、人間の労力を軽減し、人間を自然から守る便利な道具を作り出すのが技術です。

これまでも、砂鉄を集めて刃物を作ったり、土を焼いて食器を作ったりして、人間の都合にあわせて新たに自然界に偏りを作り出してきました。偏りを作れば必ず反作用が生じますが、その反作用を熟知して、反作用をうまく調整しながら道具を作り出すのです。人間が何か道具を作ったとき、それに対して宇宙から必ず反作用があります。その反作用を調整しながら道具を作る技術を本当に習得するためには、実は途轍もない人格的錬磨が必要なのです。

また、人間には誰でも寿命[8]があるので、人格的向上を永遠に続けることも出来ません。従って、文明は必然的に、生命の法則に則って、名人芸の繰り返しという円環運動を行なうことになるのです。円環運動であるということは、即ち技術の恩恵を受けながら、何万年何十万年たっても人間が幸福[9]に生き続けられるということを意味しています。これが本来の技術なのです。

ところが、科学の理論を基礎とした十九世紀以降の技術は、反作用のことを考慮せず、または計算によって反作用のない、理想的な道具を作ろうとしました。しかし作用に対しては、必ず反作用があるというのが宇宙の法則なのです。現代の山積している問題のほとんどは、

7．宇宙からの反作用　一般に言うエントロピーの法則のこと。すべての偏りは、また宇宙の混沌の中に吸収されていく運命にある。

8．寿命　p.39（Ⅰ），47（Ⅰ）各注参照。

9．幸福　p.2（Ⅰ）注参照。

これまで蓄積されてきた科学技術に対する反作用なのです。それどころか、反作用を軽減すると称して、もっとひどい偏りが容認されていくという断末魔を呈している。それらが、現代において夥《おびただ》しい公害を生み出し続けているのです。公害の頂点、それが原子力ということになるのです。

反作用について

その反作用ということについてもう少し具体的に伺いたいのですが。

わかりやすいところでは、例えば効く薬はすべて毒だということがわかっていません。薬とは、毒をもって毒を制するものなのです。薬としての作用と毒としての作用は表裏一体です。薬というのは、人体の均衡を崩すためのものです。病気で均衡を崩した人体に、均衡を崩す作用のある薬を投与することによって、崩れた人体の均衡を動かして元に戻すのが薬の役割です。従って、その配合や分量を誤れば薬は直ちに毒となり、ある個所で薬として効いたとしても、別の個所では毒となるのです。殺菌効果のある薬は病原菌[1]も殺しますが、有用な菌も殺してしまい、人体も傷めます。

本当に体にとっていいものは、全身にとっていいものであり、全身の健全な均衡を維持するものです。しかし、そういうものでは対処できない、特別な均衡の崩れが病気なのです。ですから、病気に対して均衡を崩す毒を投与することによって、逆に均衡の崩れを元に戻すのが薬の思想です。従って、効く薬であればあるほどそれは猛毒でもあり、そのような効く薬を処方する人は、毒の部分を熟知していて、また患者の均衡の崩れ方、その個所や程度を

1．病原菌　p.58（I）注参照。

正確に摑んでいなければなりません。

そのような、均衡の崩れを均衡を崩すものによって、再び均衡をとるというのは、本来途轍もない修錬を必要とします。そのために「医者」という特別な職業が生まれたのです。医者の仕事は、道具を作り出すものではありませんが、本来の技術と同じ思想に立った仕事です。つまり、名人芸の繰り返しなのです。医者の場合、道具を作った時の反作用に相当するものが、薬と治療行為のもつ毒の要素です。それぞれ、その反作用と毒がどういうものであるかを熟知して、それらが人間に悪く作用しないように調整するところに医者の名人芸が発揮されるのです。

薬と毒・副作用の関係

薬のもつ毒の部分と副作用と呼ばれるものは、どういう関係になるのですか。

病気による均衡の崩れ方と、薬のもつ毒の要素を照合させたとき、その相違点が副作用の症状になります。従って、もし両者が完全に一致して互いに丁度打ち消し合えば副作用は出ません。しかし、人体はそれぞれ固有の有機体であり、その均衡の崩れ方や平衡条件も千差万別です。そういうことを考えればわかる通り、均衡の崩れ方と薬の毒の作用が完全に一致して打ち消し合うことなど、実際にはあり得ません。だから、両者をどこまで近付けられるかということが、医者の技量になるのです。

その患者が、どういう均衡の崩れ方をしているかを正確に把握する。そしてその崩れが、丁度戻るようにいくつかの薬を配合して量を調節する。それが技量です。量が多すぎる場合や、均衡の崩れが無い個所に薬の作用が及んだ場合には、それらはすべて副作用となって、新たな均衡の崩れを生み出します。それほど、薬の処方というのは難しいものです。従って、もし健康な人がよく効く薬を飲むと大変なことになります。薬のもつ毒がすべて副作用となって、均衡を大きく崩す元凶になるからです。

要するに、副作用というのは薬そのものの中にあるのではなく、患者の均衡の崩れ方と薬の効能との相関関係によって決まるのです。効能とは、毒性のことです。総じて、人間の役に立つ技術というものは、数式や化学式で固定化できるものではなく、躍動[2]する有機体の微妙な均衡の上に成り立つものです。だからこそ、いつの時代においても名人芸の繰り返しになるということなのです。

2. 躍動　p.52(Ⅰ),54(Ⅱ),467(Ⅱ)各注参照。

副作用のない薬を作ろうとしても、それは無理だということですか。

副作用がないということは、要するに効かないということに等しいのです。効く薬には、必ず副作用があります。これは、薬の根本哲理です。薬の効能と薬の副作用は、どちらもその薬のもつ毒の要素、即ちそれが人体の均衡をどう崩すかというところから来るものであり、効能になるか副作用になるかは、患者の状態との相関関係によって決まるのです。

従って、最初から薬はすべて毒であり、必ず副作用があると思って慎重に取り扱わなければなりません。実際に薬の歴史をみても、新薬が出たときに、副作用が無いと言われることもあります。しかし、何年か経つと副作用の症例が見つかっているのです。そして配合を変えたり、製造中止になるということの繰り返しです。今、副作用がないと言われている薬も、いつか副作用の症例が出るのを待っているだけです。このことは、別に悪いことではありません。薬は元々そういうものですから、使う人間が「自分は猛毒を使っている」と自覚しなければならないと言っているのです。

薬が毒であることは、多くの人が考えていないことだと思います。

現代の人間は、薬に関して考え違いをしています。それは一つには、科学の力で何でも出来るという間違った思い込みがあるのです。薬のことであれば、科学の公式を組み合わせて実験を重ねれば、いつか副作用のない薬が出来ると思い込んでいるのです。また、そういう思い込みがあると、副作用が判明した途端にその薬は失敗作だというレッテルを貼られて、今度はまったく使われなくなります。そして、完全な薬という幻想を求めて新薬の開発ばかりに力を注ぐようになるのです。

また、医者の側からみても、次々に新薬が生まれれば、その薬がどういうものか、ということを把握するための修錬を積む暇もありません。そのため、結局は理屈だけの科学者や薬品を売りたいだけの商売人の言いなりになってしまうのです。ここでも科学の盲信によって、本来の技術のあり方が忘れられてしまっているのです。

毒を食らえ

科学の盲信以外にも何か理由はあるのでしょうか。

もう一つの理由は、現代の似非《えせ》民主主義[3]的な善人思想[4]です。現代の人は、毒の部分や、悪の要素を絶対に認めたがりません。綺麗なものや、善いものだけで作られた世界を求めてい

3．似非民主主義　p.27（I）、307（I）各注参照。

るのです。ところが、現実にはそういう世界は存在しません。薬が毒だということからもわかるように、人間には毒もまた必要なのです。私が、生命の燃焼のためには「毒を食らえ」という思想を展開しているのは、この意味なのだと言ってもいいでしょう。悪と毒は、人間生活の潤滑油なのです。まず、薬が毒であることを認め、その毒を使って病気を治すために、細心の注意を払って努力を重ねるのが医者の役目です。

そして、同じことが人間一人ひとりの生き方についても言えます。薬に限らず人間の心の中にも毒の部分、即ち悪の要素が必ず存在しているのです。人はまず、その悪の要素を自分で認識しなければいけません。悪の要素を認識したら、次にその悪を使って善を行なうのが人の道なのです。それが真の柔軟思考[5]です。悪は少しも汚いものでも嫌なものでもない。それこそ、悪も道具であり利用するものなのです。この当たり前のことをわからなくしているのが、似非民主主義の考え方です。現代を混乱させ破壊しているのは、科学文明と似非民主主義を両輪とする経済成長優先の思想なのです。

人間のもつ悪の要素も、薬の毒の部分と同じように活かせばいいということですね。

それが、真の生命の根本です。まずは、自分の中にある悪の部分、人間の行動に対する自然からの反作用を嫌がらず、それを認めるところから始まります。人生そのものが、酸化[6]過程であり汚れていく過程なのです。その汚れていく過程の中に、人生論や生命論があるのです。どんどん酸化していき、いつか必ず死ぬ生命をどう燃焼させるかというのが人生論になります。死んでいく生命を、見つめ続け、愛するのが真の生命論なのです。

人間の中の悪の部分が、行動に移ってしまうのを最小限で抑えようとする努力を説いて

4. 善人思想　「善人」p.56(II)注参照。自分を生来の良い人間と思い込もうとする強迫観念。人間はすべて悪の要素をもっており、それを抑えてたしなみを身につけるのが教育であり、人格形成だということを忘れてしまった。

5. 柔軟思考　自由に考えることであるが、自由が「良い結果」に出た時に使う言葉。悪く出た時は単なる「わがまま」と言う。

6. 酸化　p.43(I)注参照。

いるのが従来の道徳[7]です。人間が文明的生活を営めば必ず自然破壊が起こり、自然からの反作用がある。その量を見極めて均衡をとりながら、文明を築いていくのが本来の技術論なのです。これらの考え方は、すべて根本的に同じものです。その中でも、科学や技術がもつ問題点は、現代の社会を見渡せば至るところで目に見える形になって現われていることに気付かされるでしょう。

7. 従来の道徳　各民族ともに、農業文明の「神話」がこの源泉となっている。仏教やキリスト教などの宗教、そして孔子やプラトンなどの思想もそれを作る基盤となっていた。

7 菌食の重要性

地球においては、「菌」がすべての還元[1]を司っている。その還元エネルギーによって、生物は「生命の燃焼」を支えられているのだ。

菌食の概念

生命の基礎として、ご自身の「菌学」[2]の研究を続けてこられたとのことですが、特に我々人間の生命を直接支えているものをテーマにしてきたとお聞きしています。その執行生命論のうち、「菌食」[3]と呼ばれている菌の食養について伺っていきたいと考えているのです。まず初めに、菌食とはどういうものかということから伺いたいと思います。

菌食という概念は、人類の食物史を支えている重要な考え方です。しかし近年、菌食は西

1. 還元　p.43（I）注参照。

2. 菌学　p.4（I）注参照。

3. 菌食　p.190（II），297（II）各注参照。菌やその酵素を、「食」として積極的に摂る考え方を言う。これによって、人体内における食事全体の活力が増加されることになる。一般にはキノコ類と発酵食品等によって賄われる。

洋科学とその物質理論の進展によって、著しく軽んじられるようになったと考えられます。ここ三十～四十年盛んな、アメリカ式栄養学[4]においては、まったくその価値が見失なわれ、無視されているという現実があるのです。

現況がそのような状態であるため、多くの人々が、その栄養学[5]において価値を認められていない菌食に対して、本当に価値があるのだろうかという疑問を持っているのです。しかし、我々の生命活動にとって本当に価値のあるものは、科学で探求し尽くせるほど簡単で安っぽいものではないのです。もっと遠く深い人類の歴史から紡ぎ出されるものこそが、本物[6]と言えるのではないでしょうか。

今、科学は長足《ちょうそく》の進歩を遂げています。それにも関わらず、科学が進歩すればするほど我々の日常の食生活は悪化し、現代においては、親より健康な若者がほとんどいないという状況になってしまいました。正しい科学的な物の見方とは、科学を中心に据えるのではなく、我々人間が幸福になるために、また自然の循環がうまく運ぶために、科学を活用することにあるはずです。あの科学の巨人パストゥール[7]は、人間に仕えるための科学を提唱していました。今にして、その深い科学的洞察力を私は常に偲《しの》んでいるのです。しかし、不幸にして現代はその逆であり、科学を通して人間やその文化[8]、歴史または自然を見るという、はなはだ本末転倒[9]の事態となっているのです。

菌食は、水や空気と同じ程度に重要なのです。それは、人間が生きるためには絶対に必要なものと言っても過言ではありません。だから、その認識はなくとも、日々の食事の中で、知らず知らずに少しずつは摂っているのです。しかし、現在の科学の研究からは、その真の価値が落とされてしまっている。人間とは面白いもので、自分自身にとって最も重要なもの

4. アメリカ式栄養学　「食」を物質的栄養素だけによって考える学問。蛋白質やビタミンなどの物質だけを人体に必要な「栄養」としている。

5. 栄養学　p.30（Ⅰ）注参照。

6. 本物　p.87（Ⅰ）注参照。

7. パストゥール〈ルイ〉(1822-1895)　p.26（Ⅰ）, 50（Ⅱ）各注参照。フランスの科学者であり微生物学者。医学上の業績も多い。専門の外、真の科学的考え方と技術を確立した人物としても知られている。

8. 文化　p.272（Ⅰ）, 202（Ⅱ）各注参照。

9. 本末転倒　原因と結果や善悪などの、順序が逆になっていること。

には興味が少なく、瑣末《さまつ》的な事柄には大層興味を抱くという習性があるように見受けられるのです。

さて、菌食とは何であるかということです。それはひと言で要約すれば、菌類全体とその酵素[1]作用、そして菌類による有用な作用を受けた食物全体を、我々の生命維持と健康増進のために、明確な目的意識を持って、日々の食事に取り入れるという一つの食文化を意味しています。菌食とは、その食文化に対して私が命名した「食の思想」と言えます。キノコ類全部とその菌糸体[2]、発酵[3]食品[4]、特に味噌、醤油、納豆、ヨーグルト、チーズ等々、また広義には酵母[5]作用を受けているパン、酒、ビール等もこの仲間に入ります。

そのような食品は現在、普通に食べているので、菌食などということを特に言わなくても良いではないかと思われるでしょう。しかし、そこが科学の盲信に冒された現代の悲しさなのです。先ほど、菌食の価値は栄養学から落とされていると言いましたが、現在、食品を選ぶ判断基準が、その栄養学を基本としてなされているので問題が出てくるのです。

確かに味、香り、見た目は、昔の菌食としての有用性がきちんとあるように見えるものは沢山あります。しかし、栄養学で認められていないことが現代社会から真の菌食を駆逐してしまっているのです。つまり、各々が勝手放題な作り方をしているのです。菌食をつくる基準がないことが、このような現状を招き入れていると言えましょう。現代のこれらの食品は、菌食らしきものであって、実際には食品添加物[6]や化学薬品による強制発酵[7]などの化学処理によって人工的に作られているのです。従って、キノコ類も味噌もヨーグルトも、ほとんど本来の菌食の価値が無くなってしまっているのです。

1. 酵素　p.41（I）, 305（II）各注参照。
2. 菌糸体　「菌糸」p.232（II）注参照。キノコ類（担子菌類）の糸状の「根」にあたる部分が網のように広がったもの。菌作用の酵素を多量に含む。
3. 発酵　p.43（I）注参照。
4. 発酵食品　p.27（I）注参照。
5. 酵母　酒類やパンの製造に欠かせない菌類の総称。出芽もしくは分裂によって自己増殖していく単細胞微生物。
6. 食品添加物　p.496（I）注参照。
7. 強制発酵　p.469（I）注参照。

良い菌食とは

良い菌食とは、どういうものでしょうか。また現代は、なぜ良い菌食がなくなってしまったか。詳しくお願いします。

良い菌食というのは、現代人の一番嫌いな作り方をしなければ出来ません。つまり、ゆっくりと時間をかけて、丹念に熟成させなければ良い物は出来ないのです。キノコも、今は人工的に促成栽培されています。菌食は、現代の能率優先、スピード優先、大量生産、コストダウンという時代に、一番合わない食品だと言っても過言ではありません。基準がなければ、やはり人間は安く早く効率的に作ろうとしてしまうのです。

ところが、この菌食が食事の中で桁違いに重要な意味を持っているので、現代の「食」の問題が生じるわけなのです。一番重要なのに、変に科学的に考える現代人にとっては、最もわかりにくい食品が菌食なのです。これは、現代科学が分析定量[8]できる物質にのみ、価値を見出してきたことにその原因があります。菌食の有用性は、分析定量など出来ません。菌食の価値を知るには、まず科学という人類史の新参者で、あまり当てにならない尺度を一度捨てなければなりません。そして、事実としての歴史という厳粛なる物差しで、見直してみる必要があるのです。

人間は本来、穀物食、菜食、肉食、菌食という混合雑食により、その生命と健康を維持してきたのです。その事実は、世界中の各民族の歴史、特にその食物史を見るとよくわかります。この食文化は、歴史のどの時代のどの民族にも、共通していることだと言っていいでしょう。

8. 分析定量　分析とは、あくまでも「物質」に対してだけしか出来ないことを知らなければならない。そして定量は、その物質化されたものの計量、計測だけしか出来ないのである。

その食生活のバランスの取り方を見ると、人間の叡智がもつ「生きようとする力」を強く感ずることが出来るのです。例えば、中世ヨーロッパのように食事の総量から菌食的なものが減っている時代においては、肉をわざわざ表面が自然発酵[9]して臭くなるまで放置し、菌食としての価値を付加した後で食べていたのです。私はこのような文化を、実に興味深く研究してきました。生きるための人間の知恵は、科学盲信に冒されていない限り、完全です。食文化を研究すると、人間の叡智を深く信ずることが出来るようになります。しかし、その叡智もまた科学文明の進展と共に衰退の兆しが見えてきているのです。

　欧州とは反対に、キノコや発酵食品が多く揃っていた日本では、料理の材料が新鮮なまま食されていました。日本は、菌食ということに関して、世界の最高峰に位置していたのです。昔読んだ本の中で、人類史の七不思議として、「酒」を造らなかった民族が、現在も過去もまったく無いということに対して疑問が呈示されているものがありました。このことは、菌食の必須性がわかれば簡単に理解できます。「酒」を造らなかった民族は実際に無いのです。多分、造らなかった場合には、滅びたのでしょう。菌食の代表が「酒」なのです。人類は、菌食を「神」として祀りながらその文明を発展させてきたのです。先ほども触れた、現代科学の樹立者パストゥールは、その研究を、酒石酸[1]やパラ酒石酸[2]の分析から始め、その研究成果を得た後にワインやビールなどのアルコール系発酵食品の病理学的[3]研究を行なっていたのです。すべてが「酒」類と言えるものでしょう。この事実は、人類がいかに「酒」に代表される「菌食」に支えられていたかを物語るものの一つと言ってもいいと思います。パストゥールという天才は、人々が最も関心のある現象だけを研究していたという事実も見逃せません。「発酵」を人類文化の最も大いなるものと認識していたに違いないのです。

9．自然発酵　p.192(II)注参照。腐敗との区別が難しく、食文化とは成り得なかった。その危険を回避して、かつおいしく食べるためにヨーロッパ人は「香辛料」を命がけで求めたのだ。それがヨーロッパの世界制覇を招いた遠因とも言われている。

1．酒石酸　ワインの樽に沈殿する物質の中からパストゥールが発見した有機化合物。パストゥールは酒石酸から光学異性体の概念を初めて示し、その後の化学に大きな足跡を残した。

2．パラ酒石酸　パストゥールが発見した化学的性質として、分子構造が同じでも光学的に左型と右型に分類できる「光学異性体」という概念があった。酒石酸の研究においてこの概念を発見し、自然には存在しない左旋回型の光学異性体をパラ酒石酸と呼ぶ。

3．病理学　p.27（I）注参照。

食物史を丹念に見ると、二十世紀に至るまでは世界中で何千年に亘って、この菌食が厳格に守られてきたことがわかります。このことは栄養素の他に、菌による分解作用が、人間の食生活に必須であることを表わしています。我々は穀物、野菜、肉類によって栄養素を摂取し、菌食による充実した分解吸収作用によって、栄養素を人体に有益なものにしてきたのです。菌食がなければ、栄養素は全く消化吸収されないということに気付かなければなりません。

ところが、現代栄養学は物質偏重の科学であるため、栄養素[4]偏重の考え方に陥ってしまうのです。炭水化物がどうした、蛋白質[5]だ、ビタミン[6]だ、ミネラル[7]だなどと、栄養的側面のあるものばかりの摂取を奨めています。これらの栄養素を、本当に人間にとって生きた有用な物にするために不可欠なものこそが、菌食なのです。しかし、前にも述べたように菌食の価値は科学的に裏付けされていません。そのため、基準がないのをいいことに、安易な業者や学者が増え続け、食品の菌食価値の部分を、特に効率的に促成で、いい加減に仕上げた食品として作り出しているのです。

酸化と還元

> 科学的思考によって、現在の食品問題が深刻化しているようです。

現代の食品問題の重要点は、このような偏ったほとんど狂信とも言える栄養信仰の上に樹立された、食生活に対する態度にあるのです。しかし、何と言っても現代人は科学信仰[8]が強いので、ここで簡単に「食物と人間」に関する私の培った科学的な見方を述べておきたいと

4．栄養素　p.25（Ⅰ）注参照。

5．蛋白質　生物体を構成する有機化合物。窒素を含み、アミノ酸・核酸・リン酸・糖・脂質などから成る。人体にとって重要な栄養素の一つ。

6．ビタミン　p.263（Ⅱ）注参照。生体内で物質代謝を調節するのに不可欠な有機化合物で、ホルモンとちがって外部から摂らなければならないものが多い。

7．ミネラル　p.26（Ⅰ）注参照。

8．科学信仰　p.376（Ⅰ）注参照。

思います。
科学とは、小さな事柄を捏《こ》ねくり回すのではなく、人間を常に考え、前後左右をよく見ながら研究するものです。我々人間は、太陽と大地の恵みにより、呼吸をし、水を飲み、食物を食べて生きています。では食物は、どのように我々を生かすかというと、まず血となり、肉となり、エネルギーを生むために、多くの栄養素として日々摂取されているのです。これが穀物、野菜、肉や魚貝から得られる栄養分であり、活動のための酸化エネルギー[9]を司るものです。

酸化[1]があれば還元がなければなりません。そうしなければ、自然の循環は動かないのです。この還元が少なければ、肉体は不調となり、自然界では公害が出て来ます。食物も同じで、酸化エネルギーはその材料を日々どんどん食べているのですが、さて、還元はどうするのかということです。酸化と還元の両方が、物質代謝[2]の最重要なことだというのは科学の常識です。それにもかかわらず、科学は酸化だけを扱い、還元の問題はいつでも自然に任せてしまうのです。

取り入れたもの、作り出したものをどうやって仕分けして、有用なものと、廃棄物に分け、どうやって処理過程を行なうのか。解答を言えば、人間の場合は、すべて腸内細菌[3]がやってくれているのです。その腸内細菌も広義の意味では菌食の概念に入ります。そして、腸内細菌の強化こそが還元を強める菌食の一番重要な働きなのです。人体は、その菌食の働きによって、何とかバランスを保っているのです。

問題は、腸内細菌だけでなく、生体内で還元の働きにとって有用なものを積極的に摂り入れ、酸化の分だけ還元もすれば、最も良いバランスを維持することが出来るということです。

9. 酸化エネルギー　酸化によって得られるエネルギーの総称であり、人間は、細胞内のクエン酸サイクルの活動により、日々のエネルギーを得ている。この活動エネルギーを酸化エネルギーと言う。また、そのサイクルを回転させる材料が酸素と食事から得られる栄養素となる。

1. 酸化　p.43(I)注参照。

2. 物質代謝　寒と熱や、濃と薄などの「差」によっておこる、生命エネルギーの流れ。これによって、肉体も精神もその活動を続けられる。それは、また熱量や電気量を引き起こすこともある。

3. 腸内細菌　p.43(I), 191(II)各注参照。人間の腸に生息し、すべての食の分解吸収を行なっている細菌。この存在がいつでも最低量の「菌食」効果を人体にもたらしている。人間は腸内細菌によって生きることが出来、食物も初めて食料としての働きが出来るのである。

菌食とは、主にこの還元のバランスを取るために、人類文化が長年に亘って蓄積してきた叡智なのです。自然界でも、土はすべてを還元すると言いますが、それも実際には土中細菌[4]がやっているのです。だから、自然界で菌食の効果を出そうとすれば、土中細菌を強める働きのあることを推進するしかありません。

　この酸化と還元という考え方によって、菌食の重要性がわかって頂けたかと思います。要するに、人体も自然も、酸化と還元のバランスをいつでも考えながら、科学知識を参考として使っていけば問題はないのです。現代の食品問題は、このバランスをまったく無視した、偏った科学盲信の所産なのです。

　現代では、このように自分の体のバランスは自分で取るという、基本的なことを忘れてしまい、自分たちには処理することの出来ない放射性物質[5]を、全地球にばらまくような人類になってしまったのです。しかし、何事があろうと、正しい菌食による精神と肉体の強化だけが、我々の行く道を切り拓いてくれると私は信じているのです。

4．土中細菌　土の本質的価値を生み出しており、すべての生物体の還元作用を行なっている。地球上の「生物」の主人公と言ってもいい。

5．放射性物質　p.24（1）注参照。

8 生命エネルギーの循環と菌の働き

小さな生命が、大きな生命を支えているのだ。それがわからなければ、生命がもつ真の「愛」[1]は、ついにわからないであろう。

1. 愛 p.54（Ⅰ）注参照。

生命エネルギーの本体

現代科学では、生命の誕生とは精子と卵子が結合し、卵割が起こるところから始まると言われています。しかし以前に、単に受精するだけでなく、その時にある種のエネルギーが貫通しないと卵割が始まらず、生命は誕生しないことを伺いました。そして、その最初に貫通するエネルギーが生命エネルギー[2]であり、生命エネルギーにはこの卵割の時に入る根源的な生命エネルギーと、後から取り込んでいく生命エネルギーがあるとも伺っています。そこ

2. 生命エネルギー p.18（Ⅰ），39（Ⅱ）各注参照。

で、まず受精卵[3]に貫通する生命エネルギーとは、具体的にどのようなものかをお聞きしたいと思います。

受精卵に卵割をさせる生命エネルギーは、一つのエネルギーではなく、天空から降り注ぐエネルギーと地底から立ち昇るエネルギーが合体したものです。この生命エネルギーは、この世に二つとないエネルギーであり、だからその人をその人たらしめているエネルギー、個別性[4]のエネルギーと呼ばれるのです。この合体エネルギーは、一番最初に受精卵に入って卵割を起こし、それからずっと体内に留まってその人が死ぬまで回転しています。つまり、そのエネルギーが抜けるまでが、その人間の寿命[5]になっているのです。

現代の科学では、細胞のミトコンドリア[6]がエネルギーを作り出していると言われています。これは生命エネルギーとは別なものなのですか。

科学的に、生命エネルギーを説明することは出来ません。ミトコンドリアがエネルギーを作っているというのは、科学でわかっている範囲内のことに過ぎないのです。しかし、実際にはミトコンドリア自体も他の人体の構成物とまったく同じで、原初の生命エネルギーの貫通で創り上げられたものなのです。ただし、ミトコンドリア自体は、初めは独立した微生物の「菌」であった。それが人体細胞に取り込まれ、人間のエネルギーを供給する役割をどのような過程で担うことになったかは正確には解明されていません。現在言えることは、そのような組織になってからは、科学で理解できる熱エネルギー生産の役割を受け持たされているということなのです。

3. 受精卵　p.37（Ⅰ）注参照。

4. 個別性　p.55(Ⅰ), 394(Ⅰ), 44(Ⅱ)各注参照。

5. 寿命　p.39（Ⅰ）, 47（Ⅰ）各注参照。

6. ミトコンドリア　細胞内小器官の一つ。真核生物の細胞質中に多数分在している。動物はミトコンドリアを細胞内に得たことにより、酸素を利用して細胞のエネルギー生産を可能とした。

この熱エネルギーについては科学的に測定できるので、科学ではミトコンドリアが熱エネルギー変換をしているということになっているだけで、生命エネルギー自体とは別な話なのです。つまり、科学では生命エネルギーによって肉体が創られた後の、物質的な現象を見ているに過ぎません。現代科学の生命論は、物質的な肉体の研究に限定されているのです。今、生命現象[7]と呼ばれているもの、現代人がそう思っているもの、研究を重ねているものは、すべて生命エネルギーによって集められた後の「物質の動き」なのです。だから、どこまでいっても現代科学は、実際に物質を動かしている生命エネルギー自体のことはわかりません。

生命エネルギーは、地球にある材料を集めて蛋白質[8]や脂肪やその他の肉体の素材を作り出し、それらを構築して機能させている根底にあるものなのです。例えば、ミトコンドリアにしても、現代科学ではどのようにミトコンドリアの材料が集められ、なぜあのような機能をしているのかということは説明できません。特にミトコンドリアが、最近の学説でもある、細胞内に寄生した別の「微生物」であるとして、何故、それが細胞内に寄生したかということとの意味は科学ではわかりません。わかるとすれば、それは生命を愛する心から生ずる「祈り[9]」だけが解明していくでしょう。つまり、物質の研究は出来ても根本的なもの、大本の説明は現代科学では出来ないのです。その大本のエネルギー、言い換えれば宇宙的な「愛の意志[1]」とも呼ぶべきものが生命エネルギーなのです。

生命エネルギーが、何かの意志や秩序であるということなのでしょうか。

そういうことです。生命エネルギーは、宇宙に遍満[2]しているエネルギーであり、星を運行させ、太陽を燃やし、宇宙を法則通りに動かしているものなのです。そのエネルギーの本体

7. 生命現象　p.76(I), 469(II)各注参照。

8. 蛋白質　p.154(I)注参照。

9. 祈り　生命の原故郷を慕う、生命がもつ本源的思考。

1. 愛の意志　宇宙の生成そのものがもつ本源的過程を言っている。それは、自己燃焼の無限運動である。

2. 遍満　p.33(I)注参照。

を、キリスト[3]は「愛」と呼んだ。そして愛の意志の根底を、昔の人は「神」と呼びました。地球上のすべての生物の中で、人間だけが「愛」と呼ばれるエネルギーの本体を志向できるのであり、だからこそ人間は神に近いと言われているのです。その他の動物や植物は、「愛の法則」によってただ生かされているだけです。ただ人間だけが、愛の法則によって生かされながら、愛について考えることも出来るし、また反発することも出来る存在なのです。愛について理解したい人は、科学の研究も実に大切なものですが、ドストエフスキー[4]の文学とテイヤール・ド・シャルダン[5]の哲学そして道元[6]の思想に親しむことを私は強く薦めます。

愛について、文学者や哲学者そして宗教家が議論し続けてきたということも、もちろん人生にとって最も重大な中心課題だからなのです。愛に近づけば近づくほど、生命エネルギーも上がっていくことが出来るのです。生命はもちろんのこととして、宇宙全体が愛の意志によって動いており、意志があるからこそ、秩序もあるのです。星が規則正しく運行しているのも愛の意志があるためです。もしも宇宙に秩序というものが存在しなければ、星の運行も滅茶苦茶になり、すべての生命は生きてはいけません。そういう一つ一つのことをよく見てみれば、宇宙に秩序があるということはよくわかります。

エントロピーの法則[7]ということが、一時期騒がれていました。その法則とは、宇宙は本来的に無秩序に向かうものであり、やがては熱死という何も動かない状態に向かっているというものです。しかし、そのような虚無的な「法則もどきのもの」では、今現在も一定の法則に則って動いている天体や、生命の複雑で規則正しい構造や活動など、どれ一つをとっても説明できません。生命には「破滅」よりももっと大きな「憧れ[8]」のようなものがあるのです。誰でも知っているように、宇宙には秩序があり、その意志の根底が「愛」と呼ばれているの

3. キリスト　p.84（I）注参照。

4. ドストエフスキー〈フョードル〉　p.315（I）注参照。

5. テイヤール・ド・シャルダン〈ピエール〉　p.21（I）注参照。

6. 道元　p.116（I）注参照。

7. エントロピーの法則　熱力学の第二法則とも呼ばれる。宇宙における物質はすべて、「熱エネルギー」の移動と共に崩れ去る運命にあるという法則。

8. 憧れ　p.2（I）注参照。

です。そこから、生命エネルギーの本質を紡ぎ出さなければなりません。

また、同じ「意志の根底」というものを、中国では儒教[9]の徳目の一つとして「仁」[1]と呼び、日本では武士道で「義」[2]と呼んでいるのです。それが、一人の人間の徳目となるとき「智」[3]と呼ばれるのです。人間同士が連関している「世の中」での徳目となれば「信」[4]も、同じく「意志の根底」のことを指しているのです。さらにそれら「愛」、「仁」、「義」、「智」、「信」等を円滑に動かすための方法論として、人間文化の中で発展してきたものが「禮（礼）」[5]ですが、この「禮」もまた、同じく「意志の根底」であり、すべての徳目に回転エネルギーをつけるものなのです。そして、それら「愛」、「仁」、「義」、「禮」、「智」、「信」という徳目に向かって志向していくことが、古来、人間の中で最も高い価値とされてきたのです。少し難しい話になりましたが、これらの人間的価値のすべてが、生命エネルギーから生み出されているのです。だからこそ、生命エネルギーを理解するためには、これらの思想も考えながら話さなければならないということです。

生命エネルギーと個別性

受精卵を卵割させる生命エネルギーは、すべて個別なものになると、以前に伺いました。宇宙に遍満している生命エネルギー自体が個別なものということなのですか。

それは、仕分けの仕方で変わることなので、何とも言えません。例えば、背の高い人と低い人とか、白人と黒人とか、物質的な仕分けであれば幾らでも出来ます。しかし、本来は生命エネルギーについては、そのような仕分けでなく理解する必要があるのです。このあたり

9．儒教　孔子を祖とする思想・信仰の体系。紀元前の中国に興り、漢代に成立した。四書五経を教典とし、アジア各国で二千年以上に亘り、強い影響を及ぼしている。学問的な面では儒学とも言う。

1．仁　儒教において五常と呼ばれる、人の常に守るべき五つの道徳のうちの、最高峰の徳。孔子の提唱する道徳倫理。礼にもとづく自我の抑制と、他者への思いやりの心を重んずる、君子のもつ最高の徳とされている。忠と恕《じょ》の両面をもつとされる。

2．義　儒教における五常の一つで、義は、「正しい、良い」とされる概念で、欲望を追求する「利」の対立概念とされた。革命を志向する生命の躍動。

3．智　儒教における五常の一つ。「ものごとを理解し、善悪・是非を分別する」ことを指す概念。文明を生み出した力。

の話が非常に難しいのは、物質的な仕分けでしか生命エネルギーのことを現代人に語ることが出来ないためなのです。

私が以前に、生命エネルギーが個別であると言ったのは、生命エネルギーが受精卵に貫通して卵割が始まった時、つまり天から降り注ぐエネルギーと地底からくるエネルギーが合体した瞬間から、もう他人とは絶対的に違うエネルギーになるということなのです。物質的に言えば、その瞬間に合体したエネルギーが集めてくる地球の材料に違いが出て来ますし、そこから展開する機能の仕方も違うので個別の人間になるということです。ですから、一度生まれた生命というのは、二度と同じものはありません。人類史が始まってから、生まれて死んでいった人間の中で、ただのひとりとして同じ生命エネルギーの人間はいないのです。

生命エネルギーについて理解するには、現代の物質論を捨てなければいけないのですね。

そういうことです。現在の科学の生命論は物質論であって、卵割が始まって生命エネルギーが肉体を作り上げる材料を集めてからの話なのです。しかし、物質論というのは突き詰めていけば、人間がただの肉の塊、骨の塊と言っているだけなのです。現代人は物質論の考え方に慣れてしまっているため、なかなか物質を集めて動かしている大本のエネルギー的な考え方は受け入れられません。もちろん、科学が悪いということではなく、物質的な現象は科学でどんどん解明していけばいいのです。しかし、エネルギー的に生命を捉えようとする時には、物質論を捨てて「生命現象」をそのまま受け入れなければなりません。

卵割をさせるエネルギーについて説明しますと、受精卵というのは現代科学で言う「活動エネルギーを作り出す機能」も存在していない時なので、本来は活動できませんし、何かを

4．信　儒教における五常の一つ。「友情に篤く、誠実である」ことを指す概念。何ものかを信ずる心である。これなくしては、生命も文明もない。

5．禮（礼）　仁を具体的な行動として表わしたもの。これによって人間同士の間に文明が行き渡り、愛が実行されることになる。

始めようがないのです。しかし、確実に卵割は運動として進展しているのに現代人が思う「エネルギー」はない。だから、そこに何らかの別のエネルギーがあると思うほうが普通です。ものが動くということは、現代物理学も認めているように、必ず何らかのエネルギーが必要です。何もエネルギーの無いところでは、ものは決して動きませんし、ましてや生命のように複雑で秩序立ったものを創り上げることなどは出来ません。しかし、実際には卵割を始めるわけで、ここで何か細胞学を超えたエネルギーが入っているということなのです。

卵割が科学的には解明できない純粋な、エネルギー的な現象なのだということがわかれば、生命エネルギー的な考え方もわかります。昔から言われている言い方では、このエネルギーは神のエネルギーなのです。だから、究極的に突き詰めていけば人間はすべて神の子とも言えるし、人間論というのは最後に神の問題にまで行き着いてしまうのです。

生命エネルギーの循環

受精卵を卵割させたエネルギーは死ぬまで体の中に留まっているということですが、死んだ後はどうなるのですか。

肉体の中に合体して留まったエネルギーは、死ぬと基本的には合体が解けて、再び天空と地底に戻っていきます。これを宗教的な言い方をすれば、成仏《じょうぶつ》[6]と言うのです。しかし、中には合体しているという錯覚のまま浮遊する場合もあり、これがいわゆる幽霊[7]とか言われているものです。一人の人間が人生を燃焼させて、生命エネルギーの回転が高まったまま死ぬと、いい形で宇宙に放散していきます。しかし、人生で苦しんだり悲しんだりしたまま、生命エ

6．成仏　ひとりの人間を生かしていた生命エネルギーが、その人間の死と共に宇宙空間に綺麗に放散されることを言う。宇宙の混沌と一体となり、次の「星雲」を生み出すエネルギーと成っていく。もちろん、新たな肉体を生み出すためのエネルギーとなることもある。成仏したエネルギーで出来た肉体は、輪廻ではなく、新しい生命ということが言える。

7．幽霊　死後も、生命エネルギーが死んだことを理解できずに、肉体を持っていると錯覚したまま浮遊している状態を言う。必ずしも悪いものとは限らない。良い意志が残ることもあり得る。ただし、そのエネルギー本体は宇宙的な意味では苦しみ続けることになる。固まっていて放散できないのだ。

ネルギーの回転が滞って死ぬと、合体が解けないまま残って浮遊するのです。
この状態は基本的には、エネルギー的に非常に苦しい状態です。しかもエネルギー的に合体が解けるためには、宇宙的時間と言われる、百万年とか千万年というような膨大な時間がかかります。または、合体を解くためのエネルギー作用、例えばキリスト教でいえば愛のエネルギー作用が外部から働きかけなければ合体は解けません。この外部から働きかける方法が「供養[8]」という名の愛なのです。もしも供養などで外部から合体を解くためのエネルギー作用がなければ、膨大な時間を苦しんだまま漂うしかありません。

その間にも、合体したままのエネルギーには人間としての欲望と同じ想念[9]がそのまま残っているので、違う肉体を使ってその欲望を成し遂げようともするのです。そういうエネルギーが肉体に入った状態が、宗教的な言い回しでは憑依《ひょうい》[1]などと呼ばれている現象なのです。

> 宇宙に放散したエネルギーが、再び受精卵の卵割をさせるエネルギーになるということなのですか。

そのような場合もあるということです。そういう生命エネルギーの循環が、宗教的な言い方では輪廻転生《りんねてんしょう》[2]と呼ばれているものなのです。人間は、ずっとこの受精卵への貫通と、宇宙への放散を繰り返してきたのであり、それは星が壊れて再び別の星が創られるのと同じことなのです。星団や星雲もそうですし、銀河系も誕生と崩壊を繰り返してきています。人間の場合には、宇宙の天体に比べてサイクルが短いというだけで、基本的には天体とまったく同じ宇宙の秩序、即ち愛の意志で動いているのです。

8. 供養　死者の成仏を願う、真の慈悲から出た祈りを言う。

9. 想念　生命の内部から発する電磁波で、波動と粒子を生み出すが熱エネルギーとはならないもの。ただし、他の生命を貫徹する波動エネルギーとしての力がある。

1. 憑依　死を理解していない生命エネルギーは、なお生き続けようとして他者の肉体に入り込むことがある。その現象を言う。憑依はそのほとんどが悪い作用を表わすが、稀《まれ》に良いこともあり得る。

2. 輪廻転生　p.70（1）注参照。仏教やインド哲学、東洋思想において、死後に霊魂がこの世に何度も生まれ変わってくることを言う。西洋でも古代エジプトやギリシャ思想の中に見られる。

3. グノーシス派　ギリシャ末

生命エネルギーと輪廻転生

宗教によっては、輪廻転生を認めていないものもあると思いますが、これは何か理由があるのですか。

輪廻転生という言い方自体はもちろん宗教によって違いますが、生命エネルギーが肉体を作り上げたり、抜けたりということを繰り返しているのは事実なのです。宗教的に輪廻転生を認めていない理由としては、政治的な方面から認めないという場合があります。

例えば現代のキリスト教では輪廻転生を認めていませんが、グノーシス派[3]やマニ教[4]など異端とされたキリスト教の宗派では、輪廻転生を認めているものもあるのです。そして、カトリック教会[5]が輪廻転生を認めなかったのは、実は輪廻転生を認めてしまうと、政治的に統制がとれなくなるためだったのです。輪廻転生の考え方には、悪く出ると人間に無責任な人生を送らせたり怠け者にしてしまう一面もあるのです。

例えばインドでは輪廻転生を認めていますが、そのために今生[6]、現世に対してあまりやる気がなく、厭世的な人間が多くなってしまったという歴史的事実があります。つまり、今を一生懸命に生きなくても、来世[7]でもっと安楽な環境に生まれ変わればいいとか、または今生が悪いのは前世[8]が悪かったせいなので今生でいくら頑張っても無駄に決まっているとか、そういう考え方にどうしてもなってしまうのです。

一方キリスト教では一回の人生しかなく、今の人生の生き方で天国に行くか、地獄へ落ちるかが永遠に決まるという教義です。この教義によって、政治的な統制をとり、勤勉な国民を生み出したのです。

期の宗教の一派。神秘的直観により神との融合や神の認識を可能とする霊知に重きをおく。

4. マニ教　ササン朝ペルシャ時代のマニを開祖とする宗教。ユダヤ教・ゾロアスター教・キリスト教・グノーシス主義などを基本に、徹底した二元論の教義を説いた。

5. カトリック教会　p.97(1)注参照。

6. 今生　仏教の三世のひとつであり、今自分がいる人生、世界のこと。今生の生き方によって、来世が決まるとされている。

7. 来世　仏教の三世のひとつであり、死後に魂が経験する次の人生、世界のこと。

8. 前世　仏教の三世のひとつであり、今自分が生きる世界の前の人生または世界のこと。現在の自分の境遇などは、前世の自分の生き方の影響を受けているとされる。

大体、輪廻転生を認めているのは温暖な気候で作物が育ちやすい地域が多いです。多少怠け者で一生懸命にやらなくても、そこそこに作物が穫れて食べていける土地では、輪廻転生を認めても何とか生きてはいけるのです。反対に、ヨーロッパなどの環境が厳しい地域では、汗水流して働かなければ作物が出来ないので、どうしても勤勉にならざるを得ないし、今生を捨てられたら困るのです。

しかし、キリスト教で輪廻転生を認めていないということについても、キリスト教のことをよくよく考えてみればわかりますが、実は輪廻転生の考え方は含まれているのです。キリスト教では人間全部が「神の子」であると表現していますが、これは輪廻転生があることを本質では認めていることを示しています。もう少し詳しく言えば、インドなどでは輪廻転生を個別的に捉えているのに対して、キリスト教では輪廻転生を集団的、包括的に捉えているということです。つまり、「神の子」という集団と「人間」という集団との間で、輪廻転生があるというところまで暗に認めてはいますが、個別な輪廻転生は認めないという曖昧さを含んだ考え方なのです。今話したように、個別な輪廻転生を認めると悪影響が出るために、キリスト教ではこのような形で輪廻転生を含めるしかなかったのですが、実際にはもちろん個人のレベルで輪廻転生はあるのです。そして、キリスト教が個別の輪廻転生を認めなかったのは、何よりも「一回性のキリスト」の価値を支えたかったからだと私は思っています。

一般に輪廻転生というと、個人の魂が次々に生まれ変わるという考え方だと思っていましたが、死ぬと生命エネルギーが放散するということですね。そうすると人間の持っていた各々の記憶というのは死んだ後はどうなるのですか。

個人の記憶はすべて消え去ってしまいます。人間の記憶というのは脳細胞に入っているものであり、録画されたビデオテープのようなものです。従って、本人が死んで脳細胞が死滅してしまえば、当然納められていた本人の記憶も消滅してしまうのです。だから、よく前世の記憶を持っているという人もいますが、あれはほとんどの場合は、自分でそう思い込んでいるだけです。ただし、様々な事象を起こしたエネルギー自体はずっと残っているので、中にはそういうエネルギーを感知して、事象を再現して構築できる人というのは実際にいるのかもしれません。ただし、それはあくまでも再構築なのです。

例えば、誰かが交通事故に遭ったとして、その時の痛みや見舞いに来てくれた人に感謝したという個人の記憶は、その本人が死んでしまったら失なわれてしまいます。しかし、事故を起こしたエネルギーや見舞いにいくという愛情や友情のエネルギーというのはいつまでも残っているのです。そういうエネルギーを感知して、そこから演繹していって事象や愛情や友情の心などが理解できるという人はいるでしょう。しかし、それは本人の持っていた記憶とは、別なものだということです。

生命エネルギーの循環について菌食[9]との関わりを伺いたいのですが、菌食は生命エネルギーに対してどのように関連しているのですか。

菌食は、エネルギー的には生命エネルギーの回転を良くするという働きがあります。普段の食事として菌食を多く摂っていくことで、体全体に貫通している生命エネルギーの回転を上げて、寿命がきて生命エネルギーが抜ける時には、非常にいい形で宇宙に放散することが出来るのです。さらに言えば、いい形で放散した生命エネルギーは、またいい形で次の肉体

9. 菌食　p.149（Ⅰ），190（Ⅱ），297（Ⅱ）各注参照。

に入っていきます。だから、先ほど成仏するという表現をしましたが、成仏するためには生命エネルギーの回転を上げていく必要があり、菌食が欠かせないのです。

卵割の後に入ってくる生命エネルギー

受精卵を卵割させたエネルギーは、一生体内に留まるということですが、それ以外にも後から入ってくる生命エネルギーがあると伺っています。具体的にどのようなものがあるのですか。

例えば、毎日の食事から摂る他の生物の生命エネルギーがあります。また、強く憧れる他人がいれば、それは憧れのエネルギーとして自己に貫通する生命エネルギーと成ることが出来るのです。その他、易学[1]で言う年回りのエネルギー、方位[2]のエネルギー等の、暦[3]に出ているものなど様々な地磁気の生命エネルギーがあるのです。そういう生命エネルギーが宇宙には遍満していて、絶えず湧き上がり降り注いでいて人間に様々な影響を及ぼしています。

もちろん、様々な生命エネルギーの中でも、人間にとって最も影響が大きいものというのは、卵割の時の生命エネルギーです。例えば、易学で天中殺や空亡[4]などと言われるのは、この最初に入る生命エネルギーと、その時の天体や地磁気との相関関係から判定しているのです。生命エネルギーは波動なので、強まる時、弱まる時があり、四柱推命[5]でも算命学[6]、奇門《きもん》遁甲《とんこう》[7]でも、また西洋の占星術[8]でも、すべて最初に入る生命エネルギーの年回りと天体、地磁気との相関関係の状態で強弱や様々なことを判断しているのです。

1. 易学　p.71（1）注参照。

2. 方位　自己の生命エネルギーと、地磁気との相関関係を観ることによって、読み解かれた吉凶に分類された方位のこと。生年月日など、暦の要素から、方位が見極められる。

3. 暦　天体の運行と気象によって読み解かれた、一年の運気や方位などを記したもの。

4. 天中殺／空亡　十干と十二支を組み合わせて運勢のエネルギーを観るのが算命学である。その時、十干に対して十二支が

易学でも西洋占星術でも誕生日が基準になっているというのは、最初に入る生命エネルギーを判定するためなのでしょうか。

そういうことです。東洋でも西洋でも、誕生日を基準にした考え方というのは、すべて最初に貫通した生命エネルギーの影響が最も大きいためなのです。ただし、東洋と西洋とでは誕生日の考え方自体に違いがあります。例えば、東洋では数え年で誕生日を数え、西洋では満年齢で数えています。これは、東洋では生まれた日ではなく、受精した日を基準にしていることを示しています。数え年について、生まれて間もなく一歳になるのはおかしいという人もいますが、受精卵に生命エネルギーが貫通した日を基準にしているのでこういうことになるのです。

この違いというのは、まず西洋では昔から何でも物質的に物事を捉えようとしているので、人間についても受精した日ではなく生まれてから目に見えた時を基準にしているということです。それに対して東洋では、目には見えなくても生命をエネルギー的に捉えてきたので、母親の胎内にいる時からすでに考えているのです。そして東洋のようにエネルギー的に現象を捉える方が、真実に近いということが言えるでしょう。

死者との対話

よく過去の人と対話するという表現がありますが、これも生命エネルギー的に捉えた現象を示しているのでしょうか。

二つ余ることになり、そこに運勢の間隙が出来る。その部分が「天中殺」または「空亡」と呼ばれ、運勢の最もよくない時期とされる。

5．四柱推命　生まれた年・月・日・時間の四つの要素を干支・五行に応用して運勢を占う占い。

6．算命学　人の運勢を生年月日の干支によって占う運命学。陰陽五行から成る一種の占星術。

7．奇門遁甲　中国で構築された、占術。干支などから算出されるものを基に、特殊な盤を作成して占う体系。主に戦術に用いられた。諸葛孔明がこの達人だったと伝えられている。

8．占星術　星の位置や動きによって人や国家の運命・動向を見通す占い。中世に発達し、近代の天文学を生み出すもととなった。古代バビロニア・ペルシャ・インド・アラビアで発祥し、ギリシャ・インド・ヨーロッパなどで発展した。

もちろんその通りです。それは実際に過去の人間が目の前に現われて、話をするということではありません。ただ過去の、ある人間を生かしめていた生命エネルギーというものはずっと残っており、人類が誕生してから何百万年もの間ずっと存在してきたものなのです。そうしたエネルギーを感知するということはありますし、過去のある人間に貫通していた生命エネルギーが細かくわかるようになれば、あたかも過去に生きていた人そのものとして感じられるようにもなります。例えば、織田信長[9]という人間について、詳細に織田信長に貫通していたエネルギーがわかって感知すれば、織田信長の思考と情感が再現できるのです。

また、そういう生命エネルギーを感知するのは、その人物に感動するということから始まることが多いのです。そして誰でもその人物自身に感動していると思っているのですが、実は感動しているのは人物そのものではなく、その人物に貫通して生かしめていた生命エネルギーの方に感動しているのです。さらに言えば、もし少しでも感動したならば、感動した自分の中にもそれと同じ生命エネルギーが、微かにでも通っているということにもなるのです。

つまり、西郷隆盛[1]なら西郷隆盛に感動するとか興味を持つ人というのは、西郷隆盛そのものではなく、西郷隆盛を生かしめていた生命エネルギーに感動し、興味を持っているのです。そして同時に、その人の中にも西郷隆盛と同じ生命エネルギーがあるのです。だからもっとよく知って、もっと好きになって、もっと感動するようになれば、憧れの人に流れていたものと同じ生命エネルギーの貫通量が増えていって、段々と憧れの人間に近づいていきます。人間を貫いている生命エネルギーは決してなくなることはなく、いつでも宇宙に遍満しているので、質的に同じ生命エネルギーが貫通することは大いにあるのです。

また、もちろんいいエネルギーばかりではなく、悪いエネルギーも遍満しています。例え

9. 織田信長　p.98（I）注参照。

1. 西郷隆盛（1827-1877）p.69（II）注参照。明治維新の立役者で薩摩藩士。明治を創った元勲だが、急速な欧化をする政府と対立し、西南戦争を起こし敗退した。城山で切腹した後も、日本人の心の原点として歴史に輝き続けている。

ば、文句ばかり言っている人間というのは、言えば言うほど人類史上ずっと存在している膨大な「文句エネルギー」とでもいうようなものに取り込まれて、どんどん堕ちていきます。昔から躾けの基本として「文句を言うな」というようなことをよく言われますが、これは口に出していくうちに、いずれ大変なことになっていくからです。

こういう文句、隠し事、信頼への裏切りというのはいつの世の中でも止められてきていますが、これらは昔から人間がどんどん取り込まれていってしまったという現実があるためなのです。どんな時代でも悪人と呼ばれる人間がいて、彼らがどういうことを好んで、どういうことをするのかという根本がいつも同じだということでも、今話したように同じエネルギーに取り込まれていくということがわかります。

人間は、貫いているエネルギーによって動かされています。だから、悪人を貫いているエネルギーは、いつも大体同じような昔ながらの下らないエネルギーだということです。昔から子供の教育には偉人伝を読ませることが多かったのも、偉人に憧れれば憧れるほど、いつの世でも存在している偉人を貫いていたエネルギーに近づいていき、真っ当な人間になっていくためなのです。

写真に写る生命エネルギー

写真などを見て憧れていくということもあると思いますが、そういった場合は写真に生命エネルギーが貫通しているということなのですか。

写真には、写っている人間に貫通している生命エネルギーと同じものが入っています。写真に限りませんが、その人のことを表わしたり表現したりしているものには、すべてその人に貫通していた生命エネルギーが入るのです。写真などは特にその人の姿自体を写しているわけで、形を構築するのも生命エネルギーなのですから、そういう意味でも同じ生命エネルギーが貫通していると言えるのです。

私自身の例で言えば、私は子供の頃に家にあった、第一次世界大戦のドイツ空軍の撃墜王マンフレート・フォン・リヒトホーフェン[2]男爵の写真を見て憧れを抱きました。そして、部屋にその写真を掲げた。その後、いろいろとどういう人物なのか調べていって、騎士道精神で生きていたことなどを知り、ますます好きになりました。そして私が事業を起こした後で、私家版で出版されていたリヒトホーフェンの手記を見つけたのです。憧れてから三十年が経っていました。そして驚いたことに、その本を読んでみるとリヒトホーフェンの食事の嗜好から、友人や家族に対する考え方や人生観などまで、私自身のそれとすべて合致していることがわかったのです。

食事の嗜好に至るまで、人間というのは貫通している生命エネルギーが選んでいるわけで、やはり憧れていくとその人間に貫通していた生命エネルギーが似てくるのです。だから人間の問題というのは、生命エネルギー的に言えば宇宙に遍満している生命エネルギーのうち、どの生命エネルギーをどのように吸い込んでいくか、またどんな生命エネルギーと感応[3]するかということの問題なのだと気付いてくるのです。

菌食を摂ることで、生命エネルギーに対するアンテナが磨かれるというお話を前に伺いましたが、それは生命エネルギーに感応することと関連しているということですか。

2．リヒトホーフェン〈マンフレート・フォン〉(1892-1918) ドイツのユンカーと呼ばれる貴族であり男爵であった。軍人となって、第一次世界大戦に出征し、陸軍飛行大尉として、最高の撃墜記録（八十機）をもつ撃墜王となった。自機が赤かったことから「レッド・バロン」、「空の赤い男爵」と恐れられていた。弱冠二十五歳にして戦死。ドイツで英雄と讃えられた。

3．感応　p.5（1）注参照。

アンテナを磨くことは、言い換えれば生命エネルギーに対する感知能力を上げるということです。そして、これも菌食の働きの一つなのです。だから両親が十分に菌食を摂っていれば感知力が上がるので、受精卵に入る生命エネルギーも、当然いい生命エネルギーが入って来ます。この感知力が上がっていなければ、いくら偉人に憧れても偉人に貫通していた生命エネルギーは絶対に入って来ません。感知力が上がっていれば、生命エネルギーは卵割の時でも、日々の食事からも、憧れた偉人からも、他人から受ける愛情や友情も、それらすべてからいい生命エネルギーが受けられるのです。

浄化と菌食

なぜ宗教の修業の中心には、必ず菌食が据えられているのでしょうか。

まさに、精進料理[4]には菌食が実に多く入っています。それは、菌食が新陳代謝[5]を促進して不純物を排泄し、必要なものを摂り込むことで肉体と神経を浄化するからです。このことで、肉体的にもエネルギー的にも浄化が進むので、宗教の修行[6]に欠かせないものとして修行の根本に菌食が据えられているのです。そして、ここが肝心なところですが、浄化は必ず肉体から行なわなければならないのです。器である体の方を先に浄化し、健康にし、その後にエネルギー的な浄化が始まるのです。この順番は決まっていることで、エネルギー的な浄化を先にやろうとしても絶対に無理です。

器の浄化というのは、生命エネルギーに対する感知力を上げるということです。喩《たと》えて言えば空気清浄機のフィルターを綺麗に掃除するようなものです。フィルターが汚れていれば、

4. 精進料理　仏教の戒律に基づいて、殺生や煩悩への刺激を避けるように調理された料理。主に植物性の食材が中心。肉・魚介類は用いないため、穀物・海藻・豆・木の実なども多く使われる。そして、それらの材料を発酵させたりして菌食化している場合が多い。

5. 新陳代謝　p.209(II)注参照。生物が必要な物質を体内に取り入れ、不要な物質を体外に排出すること、またその作用。肉体的な生命力の根源を司る。

6. 修行　体得のための経験知を重んずる考え方と行動。

汚れた空気しか入りません。だから、自分がいくら崇高な生命エネルギーに感応したいと願っても、フィルターが汚れていれば絶対に無理なのです。しかしフィルターが浄化されれば、それまで汚れたエネルギーを吸い込んでいたとしても、少しずついいエネルギーにも感応していけるようになるのです。フィルターが綺麗になっていれば、貫通するエネルギーはその人の心がけ[7]一つでいくらでも変わるものです。

　昔の人が、芸術でも学問でも壮大な作品や実績を残しているとか、貴族階級から市民にいたるまで、それぞれに幸福[8]で生き切った人生を送っていた人が多かったというのは、昔は肉体を浄化[9]する菌食が十分に摂られていたということが根本にあるからなのです。昔の人の生き方に「躍動[1]」があるのは、アナール派[2]の歴史書などを読めば実によくわかります。反対に、現代人がやる気があってもどうしても先に進めないとか、気持[3]を入れ替えて心機一転人生に取り組んでいくことが出来ないとか、壁にぶつかって挫折してしまうというのは、昔の人に比べて圧倒的に菌食が少ないのでフィルターが汚れていて、いい生命エネルギーを取り込めないためなのです。だから、どうしても現代人は物事を始めようとか、取り組もうとしても、なかなかそのスタートが切れない。エネルギーの滞りによって起こる「ノイローゼ[4]」なども、現代特有の病気となっています。

　元々人間というのは、この世に創られた時には清浄な状態で、崇高な生命エネルギーを受け入れて回転が高まるように出来ていたのです。そういう本来の姿に戻るために、菌食は欠かせないものとして歴史的に途絶えたことが無かった。ただし、その菌食を充分に摂り、器としての肉体の掃除をするということは人間にとって基本中の基本なので、特別に意識されていなくても食事の中心に菌食が据えられていて、その形が伝えられてきたのです。宗教の

7．心がけ　p.75（Ⅰ）注参照。

8．幸福　p.2（Ⅰ）注参照。

9．肉体を浄化　天台・真言宗の密教の修行食や修験道の携行食、及び禅宗の食事を調べれば、いかに発酵食品などの菌食が多いかがわかる。

1．躍動　p.52（Ⅰ）,54（Ⅱ）,467（Ⅱ）各注参照。

2．アナール派　現代フランスの歴史学の主流となった学派。旧来の歴史学に対し、民俗学などの成果を取り入れ、より人間社会の深層を、全体的、構造的に解明しようとした。フェルナン・ブローデル、ジョルジュ・デュビーに代表される。

3．気持　p.78（Ⅰ）注参照。

修行であれば経典を理解したり奥義を会得したり、また信仰心を強めたりということが本質です。しかし、それらの本質を実行するには、必ず最初に菌食によって肉体を浄化し、生命エネルギーの回転を上げていく必要があったのです。

そうすると宗教の修行以外で職人の修業などでも、今まで特に意識はされてこなくても、菌食が根本に据えられていたということでしょうか。

すべての修行（修業）には菌食は欠かせませんでした。ただ、あまりにも当たり前すぎて、あらためて記録に残っていない場合も多いのです。しかし、よくよく職人の生活などを調べていけば、必ず菌食があったことがわかります。職人であれば、名人と呼ばれる人は体の機能の正確さが要求されます。そして、その正確さというのは食事が根本にあったのです。

昔は徒弟制度[5]でしたから、すべてそういうものは日常生活で当たり前にあって、次の世代にも伝えられていったのです。親方の家で掃除洗濯をさせられながら、給金も貰《もら》えない最初の修業時代であっても、充分な菌食を含んだ食事だけは、親方からきちんとしたものを貰えた。しかしながら、その基本の菌食、食事の部分というのは絶対に必要ではあっても、名人芸そのものではありません。ですから現代のように菌食が失なわれてしまうと、名人芸の部分だけを求めても誰も辿りつけないのです。

そういう中で、私が提唱している菌食の重要性というのは、基本的すぎて実感が湧かないと言いますか、本来は意識もしないようなことなのです。例えば、偉大な宗教家が言っている人生の深い真実というのは、もし本当に会得できたとすれば人生にとって有意義であることを実感しますし、極端に言えばその宗教家に感謝もする。しかし菌食の話というのは、そ

4. ノイローゼ　p.96（1）注参照。

5. 徒弟制度　後継者の養成と技術継承のための制度。親方・職人・徒弟という身分秩序によって、修業による技術の上達を目指した。徒弟は親方や職人の身の回りの世話をすることから始めることが多かった。その中に、生活から生まれた真の教えがあったのだ。

の宗教家が言っていることを会得するために必要な、元になる体を作ることなのです。これはある意味では、誰も有用性を感じないことなのかもしれません。それでも私は現代社会においては、最も重要なことと考えています。

そもそもどんな職業でも、修業時代を経て一人前になることが、最高の人生なのです。例えばキリスト教でも、特にプロテスタント・カルヴァン派[6]などでは世俗の職業に熟達することが最高の信仰者だと言われています。これがキリスト教で言う愛の実践であり、生命エネルギーの根源である神を志向する道なのです。営業マンであれば、自分の営業を通して商品を買ってくれたことで、その人に幸福になってもらうことが愛の実践です。すべてのどんな職業の人でも熟達することで愛の実践が出来ます。そのためには必ず菌食が根底になければならないのです。努力[7]の継続には、感知能力の高い正しい肉体が必要なのだということです。

腸内細菌と菌食の関係

> 菌食が腸内細菌[8]の活動を助けるということは伺っているのですが、もう少し詳細にお聞きしたいのですが。

菌食を摂ることによって、腸内細菌が行なっている、どの栄養素を分解して体に吸収すれば良いか、またどの栄養素[9]や不要な物質を排泄すれば良いかという精度が上がるのです。この点について、腸内細菌が脳と連絡を取り合っていることは、科学的にもある程度証明されてきています。腸内細菌は、人体にどういう栄養素が不足しているのかを常に把握しているのです。

6. プロテスタント・カルヴァン派　プロテスタントの宗教改革者として名高いカルヴァンの唱えた改革派の教理を保持し、実践する宗派。予定説を説えたことで知られている。

7. 努力　p.346（Ⅰ）注参照。

8. 腸内細菌　p.43(Ⅰ), 155(Ⅰ), 191（Ⅱ）各注参照。

9. 栄養素　p.25（Ⅰ）注参照。

その情報を脳に送って、どういう食べ物を食べたくなるのかという欲求を起こさせてもいます。そしてそのような連携の精度を上げているのが、菌食の酵素[1]なのです。菌食の酵素が、腸内細菌を強める栄養源ともなり、また腸内細菌の補助として働くのです。ただし、この菌食の効果というものは、科学的にはいくら研究してもわかりません。

例えば栄養学[2]では、人間の体を物質的に分析してみて蛋白質や脂肪、ミネラル[3]があるので、人体にはどういう栄養素が必要かということは科学的にある程度はわかります。しかし菌食効果というのは、どんなに人体の構成要素を切り刻んで分析しても一切出てこないため、物質を研究する科学では決してわからないものなのです。その性能は、生きている人体内の「生合成」[4]の働きに近いものがあるのです。

今の科学で、人体の構成要素を究明していくことは出来ます。しかし、それを動的に捉えること、つまり日々刻々、どのように摂取すればいいのかということはわからないのです。逆に言えば、わからないのに必要な栄養素を決めようとしているから、栄養学に則って食事をしていくと健康を害する場合もあるのです。食事のバランスというのは、日々刻々と変化しているのです。今必要な栄養素というのは、次の瞬間には不要になってしまうこともある。このような微妙で動的な変化に対応しているのは自己の腸内細菌だけなのです。だからこそ、菌食によって腸内細菌の活動を活発にするしかないのです。

> 腸内細菌は人体とは別なものですが、なぜ人体にそれほど重要な働きをするようになったのでしょうか。

そこに大変重要な示唆があります。確かに現代科学から見れば、腸内細菌と人体とは別な

1．酵素　p.41（Ⅰ），305（Ⅱ）各注参照。

2．栄養学　p.30（Ⅰ）注参照。

3．ミネラル　p.26（Ⅰ）注参照。

4．生合成　p.201（Ⅱ）注参照。生きている人体内の酵素やホルモンの生成、及び化学反応を言う。この反応によって、生命はその個体特有の必要物質を自ら生み出している。生きている人体は、検査や分析を行なった途端に、自然の状態ではなくなってしまう。生合成のメカニズムを科学的に解明することは、永遠に出来ないのだ。今、出来ているのは「想像上」の生合成でしかないことを知らなければならない。

生き物です。しかし、腸内細菌がいなくなれば人間はいくら食べ物を口から入れても、まったく吸収できずに死んでしまうのです。胃も腸もただの管になってしまい、口から入れたものがそのまま出てしまうだけです。人体というのは、それだけの能力しかないと言うと語弊がありますが、とにかく人体だけで生きているのではありません。だから、機能的に見れば、腸内細菌は人体の「細胞」と考えることも出来るのです。しかし、物質科学では別のものになってしまう。

その腸内細菌と言われているものは、一体どれくらい存在しているのでしょうか。

腸内細菌と一括《くく》りに言われている菌は、約一〇〇〇種ぐらいあります。そして、その数は約一〇〇〇兆個とも言われているのです。我々の人体の細胞が約六〇兆個ですから、この十五〜二十倍の数になります。実に、驚くべき数字です。人間が生きているという状態の主役は、実は腸内細菌だと言っている人もいるぐらいですが、そのような考え方も全くよくわかります。この一〇〇〇兆個の腸内細菌を仮にすべて集めて重さを量った場合、約一・五キログラムから二キログラムになると考えられているのです。それだけの細菌が我々の腸の中で、我々の生命を生かすために活動しているのです。そのようなことすら我々はよく考えていません。

また、私の考えでは、腸内細菌と人体細胞の数の比較と、腸内細菌の重さの比は宇宙物理学的にも面白い現象であり、相似象《そうじしょう》[5]の「形」を呈《てい》しているものと言えます。ここに私は生命と宇宙の相関関係を強く感じているのです。これも今後の生命研究の面白い分野と言えましょう。そして、つけ加えれば、よく一般的に言われる善玉菌と悪玉菌の比率ですが、善玉

5．相似象　宇宙空間に、二つ以上の「現象」が同時に、また同一の比例や反比例で存在している状態を言う。ユークリッド幾何学の「相似形」に近いが、質量やエネルギーをもち、量感を有する存在物を言うときの表現形態と成る。

二に対して悪玉が一、そして健康状態によってどちらにでも動く中間的な日和見《ひよりみ》菌が七の割合が一番良い配分だという研究結果が出ています。腸内細菌が良く活動するためには、悪玉菌も必ず一割はなくてはならないということは面白い事実です。人体を考える科学的事実としてこのことは知っておく必要があるでしょう。

菌のネットワーク

> 腸内細菌の方が人体細胞よりずっと多いとは驚きですね。確かに、菌の働きを見直すことになりますね。

私の考えでは、腸内細菌は人体そのものだと言えるのです。そして、菌食がその腸内細菌の働きを活発にしているので、菌食を摂らなければ腸内細菌の活動が鈍くなり、結果的には腸内細菌がない状態と変わらなくなるのです。現実に歴史を見ても、どの国でも菌食を作らない民族はありませんでした。寒さで菌食が出来にくい北極圏のエスキモー[6]は、アザラシやセイウチの腸の内容物や苔と一緒に肉を食べているのです。苔などの腸内物質は、膨大な菌食効果があるのです。菌食とは、言い換えれば、腸内細菌の栄養素ということも言えるのです。人間の栄養ではない。だから、わかりにくいのかもしれません。

さらに言えば、人体にとって腸内細菌だけが連携をとっているのではありません。ここからは私の研究の結果ですが、人体は腸内細菌だけではなく、すべての活動が何らかの菌によって動いているのです。原初の細胞まで遡れば、ミトコンドリアも体外の菌の一種であったことも最近になって詳しく解明されるようになりました。この理論は、四十年前から私の

6．エスキモー　グリーンランド・カナダ・アラスカ・シベリア東端部の極北に居住する民族。漁労・海獣猟等に従事しながら生活する。夏は皮製のテント、冬は雪製のドーム型の家やツンドラの土で覆った家に住む。イヌイットとも呼ばれている。

菌食研究の中枢を占めている問題なのです。その他にも、例えば肝臓や膵臓、胆嚢から消化酵素[7]が出て、栄養素を分解していると言われています。しかし、私の考えでは肝臓や膵臓、胆嚢の中にもある種の菌が存在していて、その菌が栄養素を分解しているのです。もっと端的に言えば、現代科学で肝臓や膵臓、胆嚢の消化酵素と言われているもの自身が、人体の「細胞」同然と成っている「生き物」だという考え方なのです。まだ科学的には細菌[8]とかリケッチャ[9]とかウイルス[1]とかに分類されていないだけで、ああいう生き物が人体の生命エネルギーの活動を高めるために、お互いに連携してネットワークを作り、人体を制御し、動かしているのではないかということです。

大体、細菌とかウイルスという区別にしても、現代科学では単に大きさによって大きい順に細菌、リケッチャ、ウイルスと呼んでいるだけです。しかし大きさが違っていても、すべて菌としての活動をしていることに変わりはありません。また、人体をよくよく調べれば、様々な種類の病原菌[2]と呼ばれている菌が人体内にいることもわかります。そしてもちろん、病原菌ではない菌も膨大にいるのです。

つまり、我々が人体と思っているものは細菌やリケッチャ、ウイルス、その他の「何々菌」の巣窟なのです。そうした無数にいる菌の中で腸内細菌については科学的に存在が確認されていますし、ある程度は活動も確認されているというだけです。実はああいう「細胞」と化しているような生き物が腸内だけではなく、各臓器や体のあちこちにいて、人体を精妙に調整しているのです。例えば、米を食べて、それを肉にしてしまう機能とか、そういう生合成の大変換は、間に何らかの生き物が媒介となって指揮をとっていなければ絶対に起こりません。そして、それらの生き物すべてが、腸内細菌と同様に人体の生命エネルギーの回転

7. 消化酵素　p.41（I）注参照。

8. 細菌　p.41（I）注参照。

9. リケッチャ　リケッチアとも言われ、通常の細菌より小さく、ウイルスより大きい微生物。細胞内に寄生して増殖。発疹チフス・発疹熱などの病原菌もそれに当たる。生物と無生物の中間と言われている。

1. ウイルス　p.427（II）注参照。遺伝情報をもった核酸と外囲の蛋白殻から成る微粒子。宿主細胞に寄生し増殖。宿主生物に種々の疫病を起こす。宿主細胞をもって、初めて完全な生命となる。

2. 病原菌　p.58（I）注参照。

を高める活動の燃料として必要としているものが菌食なのです。

生命エネルギーと現代科学

やはり生命エネルギーに関わる方面の研究というのは、現代科学では説明できないものなのでしょうか。

生命エネルギー関係については、現代科学では説明することは不可能です。もちろん、量子論[3]では可能ですが、その量子論自体がある一線を越えた所からすでに現代科学ではなくなっているのです。それは本来の真の科学の一つですが、現代ではまだあまり認知されていません。通常の現代科学と言われているものは西洋科学から派生したものです。西洋科学というのは、元々物質を対象とする方法論なのです。私が、この方面の研究を説明する時に漢方的な言葉を使うことが多いのは、東洋では物質ではなく相互の機能の連関作用で物事を見ていくためなのです。これに対して西洋科学は物質が中心で、だから生命エネルギーについては説明できないのです。

例えば脾臓《ひぞう》[4]（西洋医学[5]でも解剖学で言う「脾臓」は存在するが、漢方[6]で言う「脾臓」とは別なもの）という臓器が昔の中国の解剖図に書かれていて、現代の西洋医学の人々はそこにそんな臓器はないと言って馬鹿にしています。しかし、実は「物質」で見ていく西洋医学的な解剖図と、「機能」で見ていく昔の中国の漢方的な解剖図とは、根本的に違うのです。もちろん昔の中国人も脾臓という臓器が物質的に体内にあるとは始めから考えてはいません。あくまで漢方的に、機能の連関作用を形として象徴的に表わすやり方で脾臓を書いているの

3．量子論　マックス・プランクによって提唱されたエネルギー量子仮説を契機とする、量子の現象を扱う科学。

4．脾臓　西洋医学では横隔膜・腎臓・胃に挟まれた位置にある、そら豆状の臓器。免疫機構に重要な関わりがあり、また漢方では造血作用を中心として血液に深く関わるとされる組織の機能の全体を言う。

5．西洋医学　p.21（I）注参照。

6．漢方　p.25（I）注参照。

です。

西洋の解剖学での脾臓というのは、膵臓や胃や十二指腸などの腸の一部がある辺りにあるとされています。しかし漢方では、造血機能[7]やそれを制御している機能を脾臓と呼び、そこで解剖図のようなものに機能として脾臓と書き込んだのです。見方は西洋とはまったく違いますが、生命として動いている人体の物質は単体では動いていないので、漢方の捉え方の方が生命的[8]と言えるのです。

そして私は菌食の研究もしているわけですが、菌食学というのは今まで誰もあらためてやったことがない分野です。というのも、当たり前すぎると言いますか、考える必要がないほど重要なものが菌食だったからなのです。しかし、これからは学問としてきちっと研究しなければ、放射能汚染まであるこの公害社会を生き抜いていくことは出来ません。

また、食べ物は地域差があって、その土地ごとに違っています。例えばヨーロッパではミネラルが土壌に多いから、食事の中で特にミネラル分を摂る必要はないというようなことになっています。栄養素に関しては、そういう地域によって違いがあるのです。しかし菌食については地域差はなく、地球上のどこにいても必ず摂らなければ絶対に生きられないほど重要なものなのです。だからこそ思考の段階に上がって来ないもの、空気や水と同じ命の本源に近いものだったのです。


ここまで、生命エネルギーの循環の話、生命エネルギーと菌食の関係、また腸内細菌と菌食の関係についてお話を伺ってきました。菌食というものが生命エネルギーと切実に関わっていることがよくわかりました。

7．造血機能　新しい血液（血球）を作る機能。古い血球はマクロファージなどによって次々に消滅するので、骨髄の造血幹細胞により、常に新しい血液が造られる必要がある。

8．生命的　p.519(Ⅰ), 435(Ⅱ)各注参照。

とにかく生命エネルギーというものは、受精卵に卵割をさせる時に貫通し、寿命がきて放散するという循環をしていること、またこの他にも日々の食事や周りの人間、また憧れた人物や土地の磁場[9]や年回り等、あらゆるものから生命エネルギーを日々刻々と受けています。そして、それぞれの場面でどのような生命エネルギーをどれだけ受けるかという問題は、菌食を十分に摂っているかどうかということで決まってくるのです。

そして個人的に生き切った一生を送れるかどうかということももちろんですが、これまで人間が歴史を現在まで紡いで来られたのも、菌食が途絶えることなく伝わってきたということと同義なのです。そういう人間の歴史の根幹に関わってきたということを踏まえて、今一度、菌食の重要性を認識して頂ければと思います。菌食の思想は、生命論の中枢に位置する文化の概念なのです。

9. 磁場　磁気の作用する空間のこと。ここでの意味は、その土地における地磁気の作用の強さのこと。

9　順番を問う

秩序の中には、神がいるのだ。だから生命は、秩序に哭《な》き秩序の幸福を味わわねばならぬ。

「順番」の概念

たびたび、物事の「順番」ということの重要性を語られています。そこで、どうして順番を考えることが重要なのかということから伺っていきたいと思います。

私が順番を重要視するのは、すべての宇宙現象に決められた順番というものがあるからです。それは、宇宙の秩序であり、生命の秩序であり、すべての物事が決められた順番通りに動いていくことで、宇宙と生命は成り立っているということです。例えば、惑星が決められた軌道で、決められた速度で太陽の周りを回っていること。それによって地球上では環境が定められ、春夏秋冬があり、生命が生まれ、また死んでいくこと。このような決まった順番で、すべてのものが動き進行していくという、この宇宙が誕生した瞬間から決まっている事実を深く認識することが、文明生活を理解するためにも役立っているのです。もちろん、我々人間もこの決められた順番の中で人生を送っているのであり、すべての伝統文化もこの順番に則って成立し、引き継がれてきたものです。そして、順番を知るということは、我々が自己の生命を燃焼させ、人間として最も人間らしく、幸福に生き切る[1]ために欠かせないことなのです。

1. 生き切る　p.56(I)，18(II)各注参照。

すべての宇宙現象に順番があるということですが、これは絶対に動かせないものと理解してよろしいのですか。

順番は絶対に動かせません。順番とは、言い換えれば宇宙のすべてに貫通している真理なのです。もしも、惑星一つでも勝手な所を回るようになったら、この宇宙というものは崩壊します。膨大な時間の中で星が死に、また新たな星が生まれて太陽系を作り、さらに銀河系を構成していくという宇宙の決まった動きには、すべて秩序、真理というエネルギーが貫通しているのです。この宇宙には、何らかの秩序を保って順番通りに運行していくエネルギーがあるのです。それを宗教家は神と呼び、愛[2]とも呼んでいるのです。宇宙を存在せしめ、生命を生かしめているエネルギーです。

2. 愛　p.54(I)注参照。

以前に「人間は神を志向する動物である」と伺っていますが、これは人間が順番を感じられる存在だということなのでしょうか。

その通りです。すべての生命体が順番によって生かされ、また死んでいく存在だということとは、人間も動物も変わりません。その中で、人間だけが順番というものを感知できる存在なのです。だから、人間の作り出してきた伝統や文化、道徳というものもすべて、宇宙に貫通している順番に合ったものだけが残ってきたのです。ヨーロッパでも日本でも、伝統や文化や道徳には価値があると言われています。そして、その価値とは神を志向する、神と一体化するという価値なのです。この神を志向するということが、つまりは宇宙の本源を志向していくということになるのです。

人間社会というのは、もともと人間が宇宙に貫通する順番というものを感知し、それを模倣して作っているのです。だから、社会の秩序である伝統や文化や道徳というものに合わせるほど、当然模倣した元の順番、つまり宇宙の本源に自分も合っていくのです。同じく芸術でも仕事観でも、美学[3]というものはすべて宇宙に貫通する順番を表現し、体現したもののことなので、その順番に合わせれば合わせるほど宇宙の本源に近付くことになるのです。

昔の人が、宇宙に存在する順番に気付いて、それを運行しているものを神と呼んだわけですが、もうその時に宇宙を支配している順番が完全無欠であると気付いていました。同時に人間がどう生きるべきか、どこへ向かって進むべきかは、その本源が示す順番に則っていけばいいのだということもわかっていたのです。

順番と人生

3．美学 p.127（II），303（II）／「ダンディズム」p.116（II）／「滅びの美学」p.498（II）各注参照。美しさとは、宇宙と生命の秩序を体現することなのだ。人間は、秩序と真理を美しいと感ずる。その美しさを慕い創り出そうとする生き方に「美学」がある。

大きなところでは星の運行から、生命体の生死まですべてのものに順番があるということですが、この順番が人間の人生にどのように関わってくるのでしょう。

人間の一生は、順番に則れば則るほど幸福になっていく。言い換えれば、人間が抱えるすべての悩みというのは、順番に逆らうところから生じている。例えば、夏が来て暑くなれば薄着をします。そして冬になって寒くなれば今度は厚着をします。人生は、自然現象の順番に合わせていけばいいのです。もしも、夏の暑い盛りに厚着をしていれば苦しいのと同じように、人間は自分で順番に逆らって、自分自身を苦しめているのです。順番とは完全無欠なものなので、逆らっても無駄です。逆らえば不幸、順ずれば幸福ということが言えるだけなのです。

すべてのどんな悩みも、順番に逆らうことが原因になっているのでしょうか。

そういうことです。どんなに自分が正当だと思っていても、必ずどこかで順番を踏み外しているのです。私はこれまで膨大な数の人から様々な相談を受けました。その話の内容を聞いてみれば、必ずその人が順番を踏み外すことで悩んでいることがわかるのです。そしてその順番を踏み直すことで、悩みは消える方向にいくのです。

例えば、会社の上司との折り合いが悪いという話を聞きます。この場合、上司には従うというのが順番なのです。口うるさい上司であろうが、無能に見える上司であろうが、性格が悪かろうが、上司である限り従って、仕えることが順番なのです。それを嫌だという所が順番を踏み外している部分です。

さらに言えば、私がこれまで見てきた膨大な事例の中で、非難されている上司よりも非難している部下が、能力的に秀れているということは、ただの一件もありませんでした。そしてよく話を聞けば、必ず上司の方が正しかったのです。例外はありません。要は、人間の組織というものも、宇宙を貫く順番に則って出来上がっていくものなので、上に立つ人間は、下にいる人間よりも秀れているのです。上司が自分から見て、どう見えようとも、第三者的な判断つまりは科学的な判断では、上司の方が有能だから上司をしているのです。「本当に」無能なら、正式に取り替えられています。それがわからないなら、要は本人が傲慢だというだけのことに過ぎません。悩みはすべて、順番を踏み外すことから始まっています。もしも何かで悩んだ時には、自分がどういう順番を間違えているのかを考えていけばいいのです。

> 順番に逆らうことが悩みになるのであれば、逆に順番に合わせると健康にも幸福にもなるということでしょうか。

当然です。順番ということでわかりにくければ、伝統文化と言ってもいいのです。伝統文化は、人類が長大な歴史の中で培ってきたものであり、すべて宇宙を貫く順番を研究し、試行錯誤し、整え作り上げられてきたものなのです。いつ、どこで、どのようにして何をすればいいのかという順番が伝統文化なのです。食事の文化一つとってみてもそうです。

例えば、フランス料理のフルコースというものは、出てくる料理の種類も、順番も作法も何もかもが決まっています。食前酒が出て、前菜が出て、スープがあって、メインディッシュがくる。そして最後にデザートが出るというような、あの順番は人体の動きに沿ったものなのです。食前酒は、胃腸の血行を良くして消化を促しています。また、最初は消化しやすい前菜やスープによって膵液《すいえき》[4]や胆汁《たんじゅう》[5]そして腸液[6]の分泌を促し、次に肉がくるという順番、これは人体の消化酵素[7]の分泌される活動の順番に食事の順番を合わせているということがわかります。

逆に、勝手に組み立てた食事の順番に人体の消化活動を合わせようとするのは、順番を踏み外し、人体に有害なことになります。たとえば、朝起きてすぐに大量の肉を食べれば、胃にもたれるのは当たり前です。肉には肉というものが持つ生命エネルギー[8]や栄養という面と、一方では消化するためには他の食べ物よりも、先ほども挙げた膵液や胆汁そして腸液などの消化酵素が必要だという面があるので、胃腸を十分に活動させておいてから食べなければならないのです。そのことが、難しい言い方をすれば肉というものに入っている秩序、順番というものを知るということなのです。

そういうことを踏まえた上で、人間は肉を食べるには胃腸の活動をどのように活発にすればいいのか、何と一緒に食べればいいのかなど様々な段取り、順番をうまく組み合わせて食事文化を築き上げてきたのです。このように、肉を食べるということ一つとっても、順番が合えばいいものになるし、順番が合わなければ悪いものになるということです。だからこそ、食事文化という順番を定めた文化があるのです。すべてのものは、この組み合わせの順番によって良くも悪くもなる。だから順番を知るということは健康にもなり、幸福にもなるということなのです。

躾けと弁え

4. 膵液　膵臓で分泌される消化液。膵管から十二指腸へと出る。
5. 胆汁　肝臓で絶えず生成され、胆のうに蓄えられる体液。胆汁酸によって脂肪を乳化し消化を助ける。
6. 腸液　腸粘膜の中から分泌される消化液のことで、炭水化物・蛋白質・脂肪を分解する消化酵素を含む。
7. 消化酵素　p.41（Ⅰ）注参照。
8. 生命エネルギー　p.18(Ⅰ), 39(Ⅱ)各注参照。

順番というのは、今の世の中では意識されていないのではないかと思います。ご自身は、どのようにして順番の重要性を感じられたのでしょうか。

私の場合は、まず親の躾けです。特別なことではなく、昔はすべての人が、まず躾けによって順番の重要性を身につけていたのです。現在は躾けの場としての家庭が崩壊し、親子の絆が結ばれなくなってきています。そのため、躾けがきちんと行なわれなくなり、人生と生命燃焼に大きな影響を及ぼす順番について何もわからなくなっているのです。

躾けとは、すなわち子供を親に従わせることなのです。わがままを通すのではなく、自分以外の何かに従うことを教えるということです。だから、親の言うことが正しいか、間違っているかということすら関係ありません。間違っていようが、とにかく従わせることを教えればいいのです。そういう躾けをされた子供は、必ず社会に出て世の中の順番を理解し、生き甲斐のある人生を送ることが出来ます。

例えば、私の家では父親が帰って来た時には、必ず家族全員で玄関に出迎えるということが決まっていました。だから、自分が何をしていようが、父親が帰って来たら絶対に玄関にいなければなりません。勉強をしていようが、食事の途中だろうが、トイレに入っていてさえ父親が帰ってくれば私は玄関にいたのです。私は、両親のお蔭でそういうことが当たり前の人間になることが出来ました。そして、世の中では自分以外の決まったものに、合わせなければならないということを学び、社会に出てからも決まった順番というものに、自分を合わせることが出来たお蔭で、これまで自分なりの人生を楽々と送って来られたのです。

現代では、多くの人がこうした自分以外のものに合わせるということがわからないまま社会に出てしまいます。だから、みながとても苦労しているように見えます。自分のことを中心にしか考えられないということが、自ら苦労を招き寄せているのです。そして肝心なことは、順番に合わせるということは、実は大変楽なことなのだと知ることなのです。だからこそ昔から各家庭で躾けによって、子供に順番の重要性を教え込んできたのであり、それが親の愛の証だったのです。

自分以外のものに合わせるには、まずどのようにすれば良いのでしょうか。

まず、自分の立場を「弁《わきま》える」[9]ということです。自分が何者で、どのような立場にいるのかということを、自分自身でわかっていなくてはなりません。昔から言われている、「分限《ぶんげん》[1]を弁える」ということです。分限というのは、自分が生まれた時にすべて与えられているという考え方です。分際《ぶんざい》という言葉もあり、同じ意味になります。

生まれた瞬間に、自分の中にも周囲にも、秩序が整っており、順番が示されています。どのような家系に生まれたのか、両親はどういう人間なのか、社会的地位はどのくらいなのか、自分は親のどのような体質を受け継いだのか。兄弟はいるのか、どの国に生まれたのか、そしてそこはどのような歴史を持つ土地なのか、近所には何があるのか、自分は男なのか女なのか、もうすべてのことが決まっているのです。

このように、一つ一つ考えてみれば、決まっていないものなど何一つとしてないということがわかるでしょう。それらを、きちんと認識することが、分限を弁えるということです。もしもわからないとすれば、決められた順番を無視して、わがまま勝手に生きていたいということなのです。現代人の多くの人が特にわかっていない項目は、自分の方が後から社会や

9．弁え　p.516（Ⅰ），67（Ⅱ）各注参照。世の中の道理を知り、それに従うこと。分別とも言い、世間の秩序と自分の置かれている立場を見極める力。

1．分限　p.455（Ⅰ）注参照。世間における自分の位置と立場。世間から見た自分の第三者的な評価。分際《ぶんざい》とも言う。

自然界に入れてもらった存在なのだという認識です。自分が生まれるずっと前から、社会や自然界、宇宙という秩序がきちんと整えられていて、そこへ後から自分が受け入れてもらったのだということを、深く考える必要があります。もし、それが気に入らないのであれば、努力[2]して少しずつ評価を是正していくしかありません。よく考えなければ、このような基本も、現代ではわからなくなっているのです。分限は、似非《えせ》民主主義[3]の平等思想が最も嫌った考え方なので、現代人はほとんどがそれをわからなくされています。

分限を知る

> 分限を弁えるということは、言われてみるとよくわかるのですが、普段は自分では意識していない気がします。

分限を弁えるということは、本来は当たり前過ぎて、普通は語られないのです。自分が何者なのかを知らない人間はいません。しかし、現在は似非民主主義が横行していて、先ほども言ったように基本的なことであるはずの分限を弁えるということがわからなくなってしまっているのです。それが、現代のすべての社会問題の元凶なのです。前に触れたように、自分が何者なのかが本当にわかれば、自分は次に何が出来るのかも決まっていることがわかるのです。そうすれば、あとはその選択肢の中から自分の好きなものを選べばいいというのが人生なのです。

現代人は、この当たり前の選択が、まるで自分の人生が限られてしまうように感じているようです。しかし、そんなことを言ってもどうにもなりません。宇宙現象のすべては決まっ

2. 努力　p.346(I)注参照。
3. 似非民主主義　p.27(I)、307(I)各注参照。

ているのだから、自分が出来ることも決まっているのです。男に生まれたのに、女になりたいというのは無理なのです。宇宙と生命の事実は受け入れるしかありません。そして、そこから本当の人生が始まるのです。つまり、自己の生命の燃焼過程に入るのです。

逆に分限というものを受け入れれば、人生が楽しく、幸福になっていくということでしょうか。

そういうことです。それだけが本当の人生の楽しさなのです。今の人はわがままを通すことが楽しいと感じていますが、それは動物的な快楽[4]を楽しみと誤解しているのです。人間的な、真の楽しさや幸福というものとは違います。歴史的なことで話せば、道徳とか礼儀[5]とか伝統文化と呼ばれているものが現代まで残っているということは、それが人間を幸福にする源泉だからなのです。現代人も、もう少し人間というものを信用しなければいけません。自分たちを不幸にするようなものが、何百年も何千年も残るはずがないということです。

一時的なことでは、世の中にいろいろなものが出てきて、中には人間を不幸にするようなものも出て来ます。しかし、あくまでもそれは一時的であり、やがて消えていきます。永い歴史を通して、それに従った方がいいと言われているものならば、必ず人間を幸福にするのです。

そして、現代人も実はそのことは実感しているのです。動物的な快を楽しいと感じているとしても、そこに人間的な「不快」を感じています。実は、それが現代のノイローゼ[6]社会の根本原因なのです。家族問題ひとつとってもそうです。戦前までの日本は、家族制度[7]が世界で最も確立していたと言われています。父親が家族の中で一番中心になり、父親が死んだら

4．動物的な快楽　動物本能に根ざした脳の神経細胞間の活動における快楽のこと。食欲・性欲・睡眠といったものが代表。これらは快・不快の電気信号なので、何の蓄積もされず刹那的にただ過ぎ去ってしまう。

5．礼儀　p.82（I），172（II）各注参照。

6．ノイローゼ　p.96（I）注参照。

7．家族制度　p.94（I）注参照。

長男が家長となり家を継いで、次男、三男は長男に従う。

こういう家庭を嫌だとしたのが、戦後の似非民主主義です。それでは、戦後に家族がどうなったかというと、そのほとんどが崩壊しているのです。家族の各々が好き勝手にし、誰にも従わないということを正しい形としたのです。しかし、いいもののはずなのに、実際には家族が崩壊してしまった。現代の「仲良し家族」などは、要は真の絆がないので喧嘩も出来ないというだけなのです。反対に、戦前までの家族は現代人から見ると自由を束縛され、家族みんなが辛そうに生きているように見えます。しかし、家族は崩壊しないばかりか、きちんと調べればすぐにわかりますが、本当に家族全員がそれぞれの立場で生き生きと暮らしていたのです。家族みんなに自分の「居場所」[8]があった。現代人はこの「居場所」を失なってしまったのです。そして、そういうことを自分自身でもどこかで感じている。本来家族なら、家族の中で自分の分限を受け入れれば、「居場所」が出来ます。そういう順番で構築されているのが、家族というものなのです。

8. 居場所　立場を弁えることによって、出来上がる自分独自の役割と位置。それがあれば、そこが自己の生命活動の基地となり得る。

自分の居場所とは

> 自分の居場所というのは、いつでも与えられているものだということでしょうか。

そういうことです。生まれたばかりで、自分一人では何も出来ないばかりか、一日ですら生きられない存在だった自分を生かしてくれたのは親です。この世に生まれてきた人間というのは、親から自分の居場所というものをまずは与えられ、生きていけるように準備万端整えてもらって生まれてきたのです。そして、赤ん坊の時には昼夜構わず勝手に泣いて騒いで、下の世話までしてもらって、さらに成人するまで育ててもらっているのです。もちろん事情によっては、親がそうした準備を整えていなかったという人もいます。しかし、そういう人は誰かが親の代わりに同じことをしてくれたはずなのです。誰もしなければ、すでに生きてはいないので、ここで議論することではありません。

いま生きている人は、すべて誰かのお蔭で生きているということです。つまり、出生と同時に、人間にはこの世で生きていける道が整っているのです。そして、すべての人に幸福な生き方が出来るような準備が整えられています。その準備というのが分限のことです。あとは、その認識の問題になります。分限さえわかれば、世の中は死ぬまで明確に、楽に生きられるような順番が組まれ出来上がっているのです。家族だけでなく社会も同じです。やるべきことをやっていけば、世の中はいつでも自分のために居場所を作ってくれるのです。その居場所の中で自由に生きていくのが人間の真の喜びです。

反対に、現代人はわがままを通して動物的な快を求めています。そのため、自分の居場所というものをなかなか築けない人が多くいます。さらに現代は、似非民主主義によって、わがままを通すこと、つまり動物的な快を求めることが幸福だと錯覚させられているのです。そういう悪循環が世を覆っています。

似非民主主義が順番、特に出発点である分限というものをわからなくさせているということですか。

その通りです。我々は生命連鎖[9]の中で生きているのであり、宇宙の構成要素の一環なのです。だから自分の位置がわからなければ、何も発動しない。似非民主主義というのは、この

9．生命連鎖　全生物に貫通する食物連鎖と共に、各々の生物が共生や、様々な活動によって互いに影響し合う関係にあることを言う。生命はお互いにその生命エネルギーを「食い合う」つまり補完し合って生きている。それ自体が自己の生命の真の分限ということになっているのだ。そして連鎖とは、自己の置かれている順番に他ならない。

最初の位置となる分限を弁えるということや、物事の秩序である順番というものが嫌だという主義なのです。または、他人に与えられている順番や分限や他人の運命[1]というものが欲しくなり、横取りしたいという主義です。もちろん、それを人権[2]だの自由だのという言葉で誤魔化しているのです。

この似非民主主義について話しますと、これも順番の話になるのです。日本では、民主主義というものが自然には生まれませんでした。民主主義は、戦後になってアメリカが無理矢理に押し付けたものです。ですから日本人が自ら作ったものではないし、日本の伝統文化の中から生まれてきたものでもありません。つまり、日本人が本当に血の底からこうしたいと思った主義ではないので、日本人の初心[3]というものが戦後の似非民主主義には入っていないのです。

これに対して、ヨーロッパでは歴史と伝統の中から民主主義というものが生まれたのです。だから、民主主義を生み出した時の初心が人々の中に残っていた時には、民主主義の価値が社会に幸福をもたらしたのです。しかし、日本では初心がないので、民主主義の中にある価値も出ませんし、何も積み上がらないばかりか、民主主義の中にある害毒だけが出ているのです。初心がないものは、何百年続いても、なんの価値も生み出せない。初心とは、歴史が紡ぐ必然性のことを言っていると思って下さい。初心はすべての考え方の第一歩の、一番目の順番にあるものなのです。

順番ではまず最初に分限を弁えるということが重要だということはよくわかりましたが、そのためには必ず躾けというものが必要になるのですか。

1. 運命　p.27（1）注参照。

2. 人権　人が生まれながらにもつ、生来の人間的な権利。この権利の前には全ての人間が平等である。

3. 初心　物事の最初に抱いた、純粋で美しい憧れを言う。この初心が、すべての物事の経過に価値をつけているのだ。そして価値は、初心の続く限り続いて行くことになる。初心がなければ、価値のあることは何も始まらない。初心とは、初めにあたっての自己の「覚悟」に近いけじめである。

4. 鉄扇　武士が刀を携帯出来ない状況で、護身用として用いた鉄製の骨で出来た扇。そこか

自分の分限を知るためには必ず躾けが必要です。躾けというのは、つまり自分の立場を知ることであり、宇宙のすべての事象を貫いている順番を感知できるようにすることなのです。この躾けをきちんと受けていないで順番を感知できる人間というのは、私が知っている限り歴史上でも一人もいません。しかしながら、古来、宗教家たちは人間は仏性、神性というものを生まれながらに備えており、順番というものも自然に感知できると言っています。しかし、そう言っている宗教ほど、途轍もない厳しい規律を強いているというのが現実なのです。

例えば、禅の規律は大変厳しいものです。上下関係一つとっても絶対です。先輩後輩の区別、師匠へは絶対服従です。食事の順番も、歩く順番も、何か発言する順番までも厳格に決められています。そして、もしもその順番を誤れば、昔であれば鉄扇[4]で殴られ、命を落とすようなこともあったのです。

また西洋でも、キリスト教のイエズス会[5]なども規律が大変に厳しかった。イエズス会を創ったイグナチウス・デ・ロヨラ[6]の言葉として文献にも残っていますが、ロヨラは「我々はローマ法王に服従する団体です。ローマ法王は神の代理人であり、絶対です」と言っています。その時に弟子の一人が質問して「もしもローマ法王が狂ったらどうしますか」と尋ねましたが、ロヨラは「ローマ法王が狂ったら、狂った方が正しいのです」とこう答えたのです。こういう中から、ロヨラやフランシスコ・ザビエル[7]が誕生したのです。

自分の分限、立場を知るためには、このような絶対服従が必要なのです。躾けというのは子供の頃にこの絶対服従というものを叩き込むことなのです。そして絶対服従が身につくと、そこから宇宙を構成する一環としての自己の存在がわかってくるのです。それによって順番というものを感知することが出来るようになる。自分の分限がわかれば、絶対服従は少しも

ら、武士以外の帯刀出来ない人間も使い始めた。武器として用いるため、扇子の機能の無いものも多かった。

5．イエズス会　一五三四年に、イグナチウス・デ・ロヨラとその同志によって結成、その後ローマ教皇に公認を得た反宗教改革の修道会となる。教育と宣教に大きな力を発揮した。日本においてはその修道会士として、フランシスコ・ザビエルが有名。

6．ロヨラ〈イグナチウス・デ〉（1491-1556）スペインの宣教師。ザビエル等とともにイエズス会を創立。清貧・貞潔及び聖地巡礼等の誓願を立てる。反宗教改革に情熱を燃やした。

7．ザビエル〈フランシスコ〉（1506-1552）p.451（Ⅰ）注参照。一六世紀のイエズス会士であり、宣教に命をかけていた。日本にキリスト教を初めて伝えた人物。スペインのバスク地方の貴族出身で、イグナチウス・デ・ロヨラの親友としても知られている。

嫌なものではありません。順番で言えば当たり前のことだからです。

順番と人間

そう言えば、探偵として世界的に有名なシャーロック・ホームズ[8]とエルキュール・ポアロ[9]の二人は、「順番がすべて」、「順番が大切」ということを事件を解いていく時に何度も口にしています。名探偵であることと何か関係があるのでしょうか。

シャーロック・ホームズもエルキュール・ポアロも、普通の人にはわからない順番を感知できる能力が秀れているので、名探偵と言われているのです。物事の順番を推理する力に秀れ、二人を分けているものはその思考法の違いだけなのです。順番を辿《たど》っていく道すじが二人とも違う。それが、それぞれの魅力になっているのです。ホームズもポアロも、必ず事件の現場で何かを発見しています。例えば、なぜここにこんなボタンが落ちているのかということから、持ち主は誰か、その人のアリバイはあるかなどということです。そして、それぞれの方法に従って類推していき最後には事件の犯人がわかるのです。物事、事象には必ず順番があるからです。その順番の解析能力が秀れている人が探偵であれば名探偵と呼ばれる人なのです。

これは、職人やその他のすべての職業においても言えることで、微妙な順番の調整の出来る人が、職人ならば名人と呼ばれる人なのです。料理人であればどの食材を何と一緒に、どのくらいの量をどのくらいの温度で何分間煮るのか、という段取りの順番が正確な人です。他の料理人には感じられない微妙な加減が出来る人が名人なのです。また医者であれば、患

8. シャーロック・ホームズ p.432（1）注参照。アーサー・コナンドイルの小説に出て来る主人公の英国人探偵。直観による把握から、個々の事実に理論が広がって行く演繹的な思考が魅力である。

9. エルキュール・ポアロ イギリスの推理小説家アガサ・クリスティの推理小説シリーズの主人公。ホームズと同様に、世界中に多くのファンを持つ。親しみのある独特な魅力の主人公・探偵ポアロが、様々な事件を鋭い推理で解決していく。科学的な事実の積み上げによって、一つの法則を導き出す帰納的な推理が魅力である。

者を見ただけでどういう原因で病気になったのかがわかり、今度はどのような薬をどれくらい調合すればいいのかがわかる人が名医なのです。こういう名人という人たちも、鍛練によって順番というものを身に付けていっただけなのです。ただ、その身に付けている順番が普通の人よりも正確で多いということなのです。

海外で日本の武士というものが素晴らしい人間たちであったことが褒め称えられます。映画にも多く登場して、必ず威厳のある存在として扱われます。こういうことも、順番というものが関わっていることなのでしょうか。

関わっています。武士道は順番そのものです。武士道ほど順番が絶対であった文化は少ない。「歩く順番」とでも言うべきものが武士なのです。順番のためには、命をも投げ出すのが武士道です。だから、鎖国[1]が解けて日本の武士が西洋世界に乗り出していった時には、世界中が驚いたのです。

アメリカの詩人ホイットマン[2]は、日米修好通商条約[3]の締結記念のためにアメリカにやってきた日本の武士を見て大変な衝撃を受け、感動してひとつの詩[4]を書いています。それが彼の詩集『草の葉』に収録されているのです。その詩の中でホイットマンは、武士の集団を、これまで見たことのないほどの威厳に満ちている人々と表現しています。ホイットマンはアメリカを代表する詩人の一人ですが、彼ほどの感性を持っていれば姿を見ただけでわかるのです。ホイットマンは、武士の威厳のある振る舞いに感動しましたが、その威厳というのが順番を守る厳しさなのです。立ち居振る舞いから、その人間を支えている文化、つまり順番というものを感じ取ることが出来たのです。

1. 鎖国　江戸幕府が出入国および貿易を徹底管理した外交政策。朝鮮・琉球とは通信、中国・オランダとは許可制の通商関係があり、それ以外の外国との関わりを断った。

2. ホイットマン〈ウォルト〉(1819-1892)　アメリカの詩人。アメリカ民主主義を代表する詩人として名高い。自由な形式で、民主主義・平和・進歩や、自然・民衆をテーマに歌った。詩集『草の葉』、文学論『民主主義展望』等。

3. 日米修好通商条約　一八五八年（安政五年）に日米間で締結された。列強各国が日本を狙う帝国主義の中、江戸幕府は勅許の無いまま独断で条約を締結した。このことが幕末の混乱を加速させた一因となった。

また別な例では、明治のキリスト者で思想家であった内村鑑三[5]は、武士の家系に生まれました。そしてキリスト教に出会い、それ以来キリスト者として生涯を送った人です。この内村鑑三が、キリスト教と武士道はまったく同じだということを言っているのです。だから、キリスト教徒になった時に何の違和感も無かったと。武士道で忠義[6]を尽くす中心となる「主君」という言葉を「イエス・キリスト[7]」という言葉に置き換えれば、まったく同じだということに気付いたというのです。

そして内村鑑三は、アメリカのアマースト大学[8]に留学したのですが、周りにいるのはもちろん親子代々キリスト教徒で、生まれながらにキリスト教の教育を受けてきた人間ばかりです。それにも関わらず、内村鑑三はそのアマースト大学を優等で卒業したのです。つまり、このことからも昔の米国のクリスチャンの熱心な信仰心というものが、武士道と同じだったということがわかるのです。だから、内村鑑三は生来のクリスチャンと何ら変わらず、キリスト教の中の順番がすぐに理解できたのです。つまり、キリスト教の本質がわかったということです。

自然界と順番

> この順番というのはまた、人間文化の中だけではなく、自然界の中でもあるということでしょうか。

そうです。自然を相手にした場合の順番ということでは、南極点の初踏破を目指していた時代がわかりやすいと思います。

4．ひとつの詩　『草の葉』に収録されている詩のこと。ホイットマンは一八六〇年にニューヨークに着いた日本の遣米使節一行の壮麗な行列に接し、「A Broadway Pageant（ブロードウェイの壮麗な行列）」と題する詩を書いた。

5．内村鑑三　p.29（I），73（II）各注参照。

6．忠義　恩を受けた目上の者に、真心から仕えること。その真心だけが恩に報いることであり、それを忠義と言う。

7．キリスト　p.84（I）注参照。

8．アマースト大学　アメリカのマサチューセッツ州にある私立大学。一八二一年創立。全米トップの大学でありリベラルアーツに秀れている。世界中から優秀な学生を迎えてきた歴史がある。そのため、入試が国内で最難関であると言われている。

9．帝国主義　p.369（I），185

当時は、ヨーロッパ各国が帝国主義[9]に覆われていた時代です。どの国が人類未踏の南極点を制覇するかが国際社会での発言力に大きく影響していたのです。その中で様々な探検家が挑戦しようとして断念し、最後に残ったノルウェーの探検家アムンゼン[1]とイギリスの軍人スコット大佐[2]の二組がほとんど同時に南極点へ向かった。そして結果としては、アムンゼン隊が先に南極点に到達し、全員生還しました。しかし、スコット隊は遅れて到達した後、帰路に遭難し、全員が死んだのです。この二つの隊の違いというのは、もちろん順番に対する取り組み方の違いなのです。

誤解しないで頂きたいのは、スコット大佐という人物は人間社会の中では非常に秀れた人格者であり、大人物だったのです。誰からも尊敬され、好かれ、信頼厚い人間だった。しかし人間社会の中ではそれでよくても、自然を相手にする場合には人間社会の順番を超えた、もっと高度な自然界の順番に自分を合わせなくてはならないのです。アムンゼンの方はその自然界の順番に照準を合わせていた。人間社会というのは自然界の一部なのであり、その自然界も地球の自然界、太陽系の自然界、銀河系の自然界、宇宙の自然界と重層構造になっているのです。上の世界に向かうには、上の順番に合わせる必要があるということです。自然界の順番というのは上の世界から下の世界へ向かって上の世界の相似形で降りて来ていますが、下へいくほど形は同じでもその厳しさが緩和されているのです。

従って、人間社会は地球の自然界を少し優しく緩和して出来上がっています。アムンゼンにはそのことがわかっていたのですが、スコット大佐は大英帝国[3]の栄光という人間社会の順番に囚われてしまったのです。そのために南極点に到達するという目標をまっすぐに見ることが出来なかった。大英帝国というのは確かに偉大な国家ではあったが、地球の自然界の方

(Ⅱ)各注参照。

1．アムンゼン〈ロワール〉(1872-1928)　p.188(Ⅱ)注参照。ノルウェーの探検家。一九一一年に世界初の南極点到達に成功する。北極へも探検を三度行ない、最期はノビレ少将の北極探検の遭難を救助に行き自身も遭難した。

2．スコット〈ロバート〉(1868-1912)　イギリスの海軍軍人・探検家。一九一二年にアムンゼンに次いで南極点に到達するが、帰途に遭難し死亡した。スコットは馬と最新の雪上車による移動を試みたが、極寒の気候で馬は次々と死に、雪上車も隆起の激しい地形で役立たなかった。

3．大英帝国　ここでは、十九〜二十世紀初頭の英国を言う。七つの海を支配し、世界最大の植民地を持っていた。また、そのポンドは世界に君臨し、世界経済を牛耳ってもいた。すべてに一番でなければならないという「命題」に生きていたのが当時の英国人である。

がずっと上にあるのです。探検家というのは常にそういう順番の入れ替えが可能でなければ駄目なのです。

日本の探検家の植村直己[4]も、犬ゾリ[5]で北極を横断したりしていますが、その冒険の前には必ず現地の人々と生活を共にしていました。北極横断の前にはイヌイット[6]の部落で生活し、北極での自然に対する生き方、つまり自然界の順番を学んでいたのです。その上で、初めて実際の冒険に出かけた。その順番を間違えた時、探検家は死ぬのです。これは自然を相手にする人間の宿命[7]です。いくら人間界での順番を身に付けても、自然にはそのままの形では通用しないのです。

善悪と順番

今までの話で、すべての物事が順番によって価値を与えられたり、逆に人間を悩ませたり誤らせることになるとわかりました。では、順番によって様々なものが善にもなり悪にもなると言えるのでしょうか。

当然、順番がすべての価値を決めるのです。物事には絶対的な善とか絶対的な悪というのはありません。何が正しくて何が正しくないかというのは、すべて順番によって決まってくるのです。人を殺すということですら、順番によって善悪が決まるのです。

例えば、西部劇などを見ていればわかりますが、あの当時は先に拳銃を抜いた方がとにかく悪だったのです。先に拳銃を抜いて相手を撃ち殺したら殺人罪だし、反対に先に抜いた人間を後から撃ち殺しても何の罪にもならなかった。こういうことは幾らでも前例があって、

4. 植村直己（1941-1984）登山家・冒険家。世界中の山を踏破し、エベレストを含む、世界初の五大大陸最高峰登頂者となった。その後犬ゾリによる南極点踏破にも挑戦した。アラスカでマッキンリー冬季単独登頂を果たした後、消息不明。

5. 犬ゾリ　馬に代表される運搬使役動物の活動限界を超えた高緯度地方において、寒さに強い犬によってソリに荷物や人間を乗せて運搬する方法。アラスカやカナダのエスキモーたちは、昔から犬ゾリを利用し、狩猟や移動をしていた。

6. イヌイット（＝エスキモー）p.179（I）注参照。

7. 宿命　p.318（I）注参照。

暴徒が押しかけてきた時に、先に暴徒へ発砲すれば大量虐殺の大悪人です。しかし、暴徒が先に発砲した後で応戦すれば、暴徒から人々を守った英雄となるのです。二〇〇〇年製作のアメリカ映画「英雄の条件」[8]は、そういう「どちらが先に発砲したか」ということが焦点になっている作品として名画と言えましょう。暴徒に襲われた大使館を守った海兵隊の男の軍事裁判がストーリーの中心になっています。人を殺したかどうかではないのです。順番によって、その殺人が正しいかどうかが変わる、ということなのです。

日本では昭和十一年に青年将校たちが政府の要人らを暗殺して政変を画策した二・二六事件[9]がありました。あの事件も順番によって善悪が変わるということですか。

二・二六事件については、私は悩み抜きました。秩序と情感の間《はざま》に心が揺れ動き続けたのです。小学生から三十歳になる位までそうであったと思います。そして、今言えることは、あの青年将校たちは暴徒なのだということなのです。当時は、日本が貧しく、地方では借金を払うために農家の娘たちが売られていくことが多くありました。青年将校たちは、そういう現状を嘆いて政変を起こそうとして決起したのです。心情的には、私は青年将校たちの言っていることも理想[1]としたこともよくわかるし、共感もしているのです。正しいことだと思っている。しかし、彼らは組織を無視してやろうとしたことで悪になったのです。つまり、順番を違えたということです。

軍隊というのは、絶対に上からの命令でしか動いてはなりません。その指揮命令系統が、軍隊の生命なのです。その順番が軍隊の美学であり、その命令のために、命すら投げ出すことに軍人の生命的価値があるのです。その順番を無視してしまえば、軍隊というのはたちま

8.「英雄の条件」二〇〇〇年公開のアメリカ映画。ウィリアム・フリードキン監督作品。極限状態で暴徒に発砲を命じた軍人と、彼の正義を信じる戦友との苦悩を描く法廷サスペンス。

9. 二・二六事件　一九三六年二月二十六日に勃発した、日本陸軍皇道派の青年将校らによるクーデター未遂事件。天皇を手中にし、皇道派が実権を握り国家改造・統制派打倒を目指した「昭和維新」の実現のため決起し、重鎮たちの多くを暗殺した。しかし昭和天皇により賊軍と断じられ、鎮圧された。軍部独裁の端緒と成った。

1. 理想　p.2(I), 16(I), 40(II) 各注参照。

ち世の中で最も恐ろしい武力集団と化してしまうのです。だから、命令を受けずに兵を動かした青年将校たちは、どんな理由があろうとも悪であり、その軍隊はただの暴徒となってしまうのです。その重大な真理のために青年将校たちは処刑された。このようにどんな理由があろうと、理想があろうと、多くの人の共感を得てさえ、順番を誤れば悪になるのです。善も悪もすべて順番によって決められるということなのです。

順番によって善悪が決まるとすると、宇宙に存在するあらゆるものの中には善と悪の両面が在るということですね。

そういうことです。宇宙のすべてのものは、順番によって善悪どちらにも成り得ます。例えば、古代から太陽は生命にとって非常に大切なもので、太陽を神と見なす宗教もたくさんあります。太陽は東から昇り西に沈む。それによって昼と夜とが一定の決められた順番と長さで繰り返していて、生命の活動と休息のリズムが保たれているのです。また一年間で地球が太陽の周囲を一周することは誰でも知っていますが、これもいつも変わらない周期で繰り返していることで地球上では四季が生まれ、我々人間も農作物を毎年変わらずに育て、食べられるのです。

このように、太陽は生命や人間にとって非常に有り難いものなので、古代から世界中で太陽を神と崇める太陽神信仰[2]というものが出来たのです。この太陽神信仰の本質というのは、地球から見て太陽が一定の位置にあって、決まった時間に、決まった位置から昇り、決められた動きをして、同じく沈んでいくという順番が決まっていて、我々を裏切らないからこそ出来た信仰なのです。もしも、これらの順番が決まっていなくて突然違う動きを始めたら、

2．太陽神信仰　太陽を神と崇める信仰のこと。エジプト神話「ラー」、ギリシャ神話「アポロン」、インド神話「ヴィシュヌ」、日本神話「天照大神」等々、多数の宗教で太陽神が存在する。

我々地球の生命体は太陽の恩恵を受けられないばかりか、太陽は生命を死滅させる悪魔に変わるのです。現に歴史上で農作物の量が減って大飢饉[3]になったことは何度もあり、氷河期[4]という極寒の時期も数十万年や数百万年単位で繰り返しています。この飢饉や氷河期も、宇宙の大きさから考えればほんの少しだけ地球の軌道が変わっただけなのです。一定の順番、秩序があるから太陽は神になるのです。

宗教における順番

> 先ほど、宗教の話がありましたが、人間を幸福に導くための宗教といえども、順番が違えば悪になるということもあるのでしょうか。

宗教も順番によっては悪になってしまいます。先ほど、宗教は本当は絶対服従から始まると言いました。この絶対服従ということがわからない人は、宗教に近寄ってはならないのです。特に今の日本人は戦後になって宗教を忌み嫌う傾向があり、宗教教育というものを避けてきました。だから、正しい信仰心というものを持っていない人がほとんどなので、宗教から悪影響を受ける場合も多いのです。

中でも、絶対服従ということを抜きにして宗教を始めてしまえば、必ず人生を狂わせてしまいます。絶対服従ということが、宗教を始める場合の第一番にくる順番なのです。この順番を外して宗教を始めれば、必ず自分の欲望やわがままを通すために、神を利用する人間になってしまうのです。例えば、自分勝手に神のお告げだと言って、自分のしたいことを押し通そうとする。どんなに無茶なことでも、神のお告げという都合の良い解釈で、正しいこと

3. 大飢饉　江戸時代には四つの大きな飢饉の記録があり、それぞれ、寛永、享保、天明、天保の大飢饉と呼ばれている。中でも浅間山噴火の影響でおきた冷害による天明の飢饉は甚大な被害を及ぼした。

4. 氷河期　地球の気温が長期間に亘って寒冷化する期間を言う。少なくともこれまでに四回の大規模な氷河期があったとされ現代も氷河期の中に含まれるが、中でも比較的温かい間氷期にあると言われている。

のようにすり替えてしまうのです。要するに、本来は人間が仕えるはずの神を、自分の使用人にしているという、本末転倒[5]の状態です。

本当に神を絶対の存在として崇めるのであれば、崇高な神が、卑小な人間になど話しかけるものではないということがわかるはずです。これが正しい宗教観です。そういう正しい宗教観を得るためには、最初に絶対服従というものが必要になるのです。

師や先輩などの、目上の人の言うことに絶対服従することで、正しい神と自分の関係というものがわかってくるのです。そして神のお告げなどではなく、師や先輩から「お前は神の教え通りの人間に近付いてきた」と言われた時、初めて自分がその道を歩んでいることがわかるのです。それ以外は、自分が神の教えの通りに生きているかどうかはわかりません。絶対に、自分では判断できないということが重要です。すべて、目上の人間から言われることだけなのです。

私自身は、有り難いことに小学生の頃から親が入れてくれた学校がキリスト教系の学校でした。ですから、子供の時から宗教教育を受けることが出来たのです。そのため、これまで宗教から悪影響を受けることはありませんでした。また、現在でも信心深い家庭で育った人間であれば、宗教に狂わされることもないでしょう。しかし、今の多くの日本人は宗教に関して何の備えもないので、順番というものが十分に身につかない限り、近付かない方がいいということは言えるのです。とは言っても、本来宗教というのは人間を幸福にするためのものなのであり、順番さえ間違わなければ大変有用なものであることは間違いありません。

健全な肉体に健全な精神が宿る、とよく言われますが、これも順番なのでしょうか。

5．本末転倒　p.150(1)注参照。

そういうことです。心を正す前に、まず体を正すというのが生命体の順番です。体が正されていなければ、正しい思考を身につけることは出来ません。だから常に体の錆を落とし、体に磨きをかけて本来持っている能力を発揮させることは重要なことです。しかし、人間には自我という自由が与えられているので、最終的には決めるのは自分自身だということは言えます。順番に則るかどうか、順番を無視して自分のわがままを通すのかどうか、これが神から人間に与えられている自由なのです。誰にも強制は出来ません。

しかしながら、人間は神を志向する生命体として存在しているのです。だから、神である宇宙の摂理としての順番を身に付ければ付けるほど、自己の生命が躍動[6]するように創られているのです。反対に、わがままを通している限り、宇宙を支配する順番から、自己の生命活動は外《はず》れていき、そこから先の生き甲斐はありません。

6. 躍動　p.52(Ⅰ),54(Ⅱ),467(Ⅱ)各注参照。

10　個性を考える　第一部

個性とは、憧れ[1]に向かう「生命の慟哭《どうこく》」である。そして、生命のもつ悲哀だけが、それを知っているに違いない。

1. 憧れ　p.2（1）注参照。

個性の誤解

個性とは何かを、具体的な例に則しながら伺っていきたいと思っています。よく個性的な服装とか個性教育など、現在でも個性という言葉は一般によく用いられています。現代人は個性を正しく理解していると言えるでしょうか。

現代人は、個性を誤解しています。個性を、わがままと混同していると言えましょう。個性とわがままとはまったく別な考え方です。本来の意味での個性には、そういう子供じみたわがままは含まれません。個性は、却って子供にはないものです。子供にあるものは、生来の性格というものでしょう。個性は性格などではありません。真の性格を創り上げるものです。個性が生まれるには、逆にわがままを抑えなければならないのです。それは、辛いものであるかもしれません。現代社会で言うなら、民主主義の根源を問う姿勢が、一人ひとりの個性というものです。

民主主義へ向かう近代市民社会の草創期に、英国の哲学者トーマス・ホッブズ[2]は、その『市民論』において、各人の個性によって創り上げられる市民社会の最大の「悪人」というものを定義しています。それは、「成長したのに子供のままの者、または子供じみた精神を持った人」と言っているのです。つまり、民主主義の最大の美徳を担う個性の敵は「わがまま」ということになるのです。だから、わがままを無くすほどに個性が出て来るのです。個性の敵は、わがままだと思えば間違いありません。

個性の敵がわがままだということであれば、個性は個人から離れたところにあるということですか。

そういうことです。個性は個人のものではありません。個性は、文明[3]や文化[4]に根差した思想の中にあります。わがままというのは、人間に備わっている動物的本能[5]であり、文明の敵、文化の敵なのです。そして、何よりも真の民主主義の敵なのです。個性という言葉の中に「個」という漢字が使われているので誤解されやすいですが、個性は「個」の中にあるのではなく、文明や文化の中にあるのです。従って、文明や文化を身につければつけるほど、個性的な人だと呼ばれることになります。言い換えれば、個性とは他人が自分を判断するとき

2. ホッブズ〈トーマス〉(1588-1679) p.396(I)注参照。イギリスの哲学者・政治学者。自然状態では人間は〈万人の万人に対する戦い〉の状態にあるが、これを克服するには〈契約による絶対主権〉を兼ね備えた国家を作り、万人がこれに従うことで平和が確立されると説いた。つまり、近代最初の民主主義の政治的定義のひとつと言えよう。

3. 文明 p.273(I)注参照。

4. 文化 p.272(I), 202(II)各注参照。

5. 本能 p.109(I)注参照。

の、自分の長所だと考えることも出来ます。この点も誤解されやすいのですが、他人から見たときの、長所というのは自分が身につけた文明や文化の部分なのです。決してわがままから出るその人の性格ではありません。

個性的な服装

まず服装について伺います。よく制服には個性が無いと言われることがありますが、この点はいかがですか。

制服は、個性の代表的なものです。もし制服に個性がないと思う人がいれば、それはわがままが個性だと勘違いしているのです。制服がなぜ個性的かと言えば、そこに文明と文化があるからです。学校でいえば名門校の制服を着ている人を見たとき、その制服の中に込められた名門校の文明と文化を他者が個性的だと感じるのです。もともと制服は、その学校の創設者の理念[6]や哲学に基づいて決められています。名門校の創設者は文化と文明の体現者であり、強い個性の持ち主だったのです。その強い個性の持ち主が、自己の理念と哲学に基づいて決めたものが校風や制服なので、当然、個性的になるのです。

制服は、個性的ではない人が着ても個性になるのでしょうか。

着る人の心がけ[7]によって個性になります。制服を着るということは、その制服を作った人の個性を受け入れることを意味するからです。つまり師弟の関係になるのです。

例えば、慶応には慶応の校風があり、慶応の考え方があります。創設者である福沢諭吉[8]か

6. 理念　p.16（Ⅰ）注参照。

7. 心がけ　p.75（Ⅰ）注参照。

8. 福沢諭吉（1834-1901）明

ら始まって、後に小泉信三[9]に受け継がれていった精神が慶応の制服を形創っています。慶応幼稚舎の制服に至るまで、そうやって決まっているのです。慶応の創設精神の中にある、経済性や利便性や効率性から生み出された制服です。慶応の校風の特徴として、いい意味で伝統に囚われないで科学的、効率的に工業社会を生きていこうという精神があります。そして、そのためにはどのような服装や帽子がいいかと考えられて生まれたのが慶応の制服です。それが個性なのです。

そこには福沢諭吉の意志と哲学があります。その哲学を深く引き継いだ人だけが塾長のような高い地位に立てるのです。小泉信三はその代表でした。小泉信三のような人物が福沢精神を引き継いで、慶応はかくあるべしという思想に基づいてすべてを決めたのです。帽子についても慶応は丸帽ですが、他の学校はそれまで角帽が一般的でした。慶応がなぜ丸帽にしたのかということにも、すべて意味があります。それは慶応という学校の、この世での存在《レゾン・》理由《デートル》[1]（raison d'être）を示しているのです。

慶応の幼稚舎に入ってその制服を着ると、福沢諭吉や小泉信三などの伝統的な慶応人が考えた、これからの日本人はこうあるべきという一つの哲学、つまり個性を受け入れることになるのです。そして、そのときに慶応の制服を愛し、その制服が似合う人間になろうとするほど慶応人になり、慶応的個性が出てくるというわけです。

> ということは学生服を着崩したり、帽子をかぶらないというようなことは、個性にはならないということですか。

当然です。着崩したり、ボタンをはずしたり、帽子をかぶらないというような行為は、す

治時代の思想家、教育家。蘭学を学び幕府に重用され、遣外使節に随行し欧米を視察。維新後は政府に仕えず民間で活躍した。独立自尊と実学を鼓吹し、近代的合理主義をその思想とした。慶応義塾大学の創設者。『学問のすすめ』等。

9．小泉信三（1888-1966）経済学者、教育者。慶応義塾大学を卒業後、同大教授、のちに塾長として大きな社会的影響力をもった。敗戦後には、皇太子明仁親王の教育にあたる。古典派経済学を研究し、マルクス主義を批判。

1．存在理由　p.94（II）注参照。二十世紀の実存哲学における、レゾン・デートル(raison d'être)のことである。人間存在の真の価値を、「精神」と外界との相関関係に置いていることがその特徴。

べてわがままであって個性の敵なのです。制服はきちんと着ることで個性になります。もしも制服や校風に不満があるなら、その学校を辞めればいい。その学校に入っていながら帽子をかぶらないというのは中途半端で卑屈な考え方です。それこそ、わがままの代表になるのです。本人は個性的なつもりかどうかは知りませんが、ただ見苦しいだけのものです。かつ、卑怯で弱虫です。

実は個性という言葉を誤解はしていても、わがままから出ている服装に対しては、現代の人も個性的だとは思っていません。そして制服には個性がないと主張していても、憧れの職業や学校の制服を見ると個性的ですばらしいと感じるのもまた事実です。言葉の意味は混乱していても、人は本質的に個性とわがままを見分ける力をもっているのです。この見分ける力をうまく活用することが、個性に対する誤解を解く鍵にもなります。

> 英国紳士[2]の服装は一般に個性的だと言われていますが、これは真の個性ですか。

英国紳士は、まさしく個性の代表です。英国紳士が個性的なのは、自分の意志と哲学を持っているからです。意志と哲学から生まれ出たもののことを個性と呼ぶのです。だから、その服装がもつ個性は、英国紳士そのものに個性があることを示しています。彼らは「英国紳士はかくあるべし」という哲学を持っていて一生同じ服を着ているのです。定番の生地で、同じ店で同じ職人の手になる同じ仕立ての服を、一生に亘って注文することが多かった。ワイシャツの番手まで決まっていて、何もかもが決まっていることが個性なのです。

個性があるから、決めた服しか着ないのです。一生同じ服を着るという点からいえば、英国紳士の服装はほとんど制服と同じです。根底に意志と哲学があって、それに則った服装を

2. 英国紳士（＝ジェントルマン） p.222（1）注参照。英国自由主義を代表する人々。多くはオクスフォードかケンブリッジ大学を卒業し、キリスト教の総合教育を受けた。自由な信念の養成と、それに殉ずることを人生観の柱としていた。

しているのです。英国流の「自由主義」[3]とは、その意志と哲学に関して、制約がないというものなのです。英国紳士とは、自由な思想をもち、その思想に殉じる生き方が生み出すものなのです。

では、英国紳士に憧れて同じ服を着ようとするのは間違っているでしょうか。

意志と哲学をもつことに憧れて着るのであればいい。それは、制服の場合と同じように精神性を受け入れることになるので、着れば着るほど英国紳士の個性が出てくることになります。ところが、見栄や社会的地位があるように見せかけたいという理由で英国紳士の服を真似ても、笑われるだけです。十七世紀以来のイギリスの小説で、笑い者の題材になっているのは、そういう紳士の真似事をする田舎者でした。そのような人々が「スノッブ」[4]と呼ばれて軽蔑されていたのです。自分が本当に紳士になろうとして着ているのか、それとも見栄で着ているのかということは、他人から見ればすぐにわかるものです。現実というのは誤魔化しのきかない厳しいものなのです。

精神に憧れるのか、打算的に考えるかの違いは制服の場合も同じなのでしょうか。

同じです。先ほどの慶応の例でいえば、慶応を出れば社会的に有利だろうと考えて慶応にいく人間は、英国紳士の真似だけをしている田舎者と同じです。そうではなく、福沢諭吉や小泉信三のような道を歩みたいと自分が思って慶応に入った人間は、必ず個性的になるということです。

3．自由主義　トーマス・ホッブズやジョン・ロック、そしてアダム・スミス等によって樹立されて来た思想を言う。徹底的な個人の責任による生き方を生む。底辺に深くキリスト教の支えがあることによってその価値は輝く。

4．スノッブ　元々は紳士を気取った俗物のことであり、またそこから知識をひけらかしたり、見栄をはる人間や、権威に媚びて他人を見下す嫌味な人物を指すようにもなった。

職業と個性

次に職業と個性の関係について伺います。例えば、銀行に勤めている人が他人から「見るからに銀行マンらしい人だ」と言われたとき、その銀行マンは個性的だと言えますか。

個性的です。服装から髪型、言葉遣いや身のこなし方、笑顔に至るまで、どこからみても銀行マンと言われるほど個性的な人間ということです。ただし、その人が銀行に勤めている場合であることは言うまでもありません。本当は魚屋なのに銀行マンに見えたら、それは個性的ではなくただの笑い者になるだけです。ここが個性を論じるときの重要な点です。

銀行に勤めていて銀行マンらしく見える人は、自分が銀行マンであることを自己の存在理由として受け入れ、銀行マンはどうあるべきかという哲学を体現[5]しようとしているのです。その心を、他人がみると個性的に感じるのです。それに対して、銀行に勤めていないのに銀行マンに見える人は、自分の仕事に正面から取り組んでいないことを証明しているようなものです。銀行に勤めているのに銀行マンに見えない人も同じです。

最近は銀行に勤めていながら、わざと銀行マンらしくない服装や髪型や話し方をして、自分は個性的だと思っている若者も多いようですが、大きな勘違いがあります。それを、単なる無知なわがままと言うのです。そういう人は、何年勤めても他人から見て何の個性も感じられない人間のまま終わります。銀行に勤めたら、自分のいろいろなところが変わっていき、人からも「だんだん銀行マンらしくなってきた」と言われるのが個性の蓄積なのです。

職業によって、個性的な職業と個性のない職業というのは存在するのですか。

5. 体現　p.290（1）注参照。頭だけでなく体で覚え、それを全身で表現できること。要は、本物であり、身に付いているということである。日本の「禅」と、ヨーロッパの「キリスト教」が最も重視する本質的価値観。

職業の種類と個性はまったく関係ありません。個性は人間に当てはめる問題です。昔から続いている職業であろうと、最近生まれた職業であろうと、個性には関係がないのです。個性は古さでも新しさでもなく、その思想の中にあるものです。社会の中で、ある職業が職業として成立するということは、その職業に社会的な必要性、役割があるということになります。そして、社会的役割があれば、必ずその奥に文明や文化に則って、この職業はどうあるべきかという哲学が存在するのです。個性はその哲学の部分にある。職業の外面ではないのです。ただし、自分が選んだ職業の深部に存在する哲学を仕事を通して体得すれば、それが個性と呼ばれるものになります。従って、職業の「種類」と個性は関係ないのです。

個人が就職する場合、仕事に対する適性と個性は関係しますか。

それも関係ありません。仕事に対する適性というのは主として遺伝的、肉体的なものだけです。例えば、筋力もなく小柄な体形をしているのに相撲取りやプロレスの選手になろうとしても、それは無理だということです。また、目が悪いのにパイロットになろうとしてもなれません。パイロットは、普通の人間が見えないものまで見えるくらいの視力が必要だからです。そういう物理的に無理な枠があるだけで、普通に職業を選びさえすれば、職業の選択に何の問題もありません。あとは仕事に打ち込めば打ち込むほど、自分の中から個性が光り輝いてくるのです。

ということは、自分の個性に合った職業は存在しないということですか。

そういうものは最初からありません。自分の適性に合った職業ということであれば、何か強いて言えるものもあるかもしれません。例えば人並み外れたものがあれば、そうでしょう。また多少の指先の器用さというようなものも、適性と言ってもいいかもしれません。しかし個性に合った職業となると、そういう考え方にはならないのです。それは個性を誤解しています。個性というのは、自分が何かに合わせた後から出てくるものであり、自分自身に備わっている個性など存在しません。まず、自分が選んだ仕事に打ち込んでいくと、他人はその人間に個性を感じるということです。仕事を選ぶ場合に、個性のことを考える必要はまったくありません。また、適性についても自分よりも他人の方がよくわかるものなので、会社に入ったら命じられた仕事をしていればいいのです。大抵の場合、その人に一番合った仕事を命じられていきます。

個性教育

次に個性の教育について伺います。戦後の教育の方針として、子供の個性を伸ばそうとする教育が重視されてきました。個性は教育できるものなのですか。

個性は教育できません。教育できるのは、わがままを抑えることだけです。それが教育の根本なのです。現代では、西洋も日本も教育の根本そのものがわからなくなっています。教育というのは、ある人が持っているわがままや悪い癖を叩きなおすことなのです。

昔は家庭でも学校でもそれだけが教育でした。今のように個性教育などが重視されていなかったので、結果的に個性のある人が多かったのです。なぜなら、昔は躾《しつ》け[6]という、わがままを抑えることが教育だったので、わがままの反対の概念である個性が自動的に伸びたということです。わがままを抑えた結果、その人から出てくるものが個性なのです。

わがままや好き嫌いを無くすのが真の教育だということですか。

そういうことです。食べ物の好き嫌いに関しても同じことが言えます。子供の時に嫌いなものばかり食べさせられて、食べ物の好き嫌いを無くす訓練を受けていれば、大人になって味を見分け、食文化に則った自分独自の本当に好きなものが出来、楽しい食生活が出来る人間になるのです。それが個性なのです。親からみれば、子供が将来どのような食生活をするかはわかりません。ただし、小さい頃に好き嫌いを無くしておかないと、本当の意味で食生活を楽しめる人間にはなれないのです。従って、親に出来ることは、子供に将来の食生活の楽しみを教えることではなく、好き嫌いの無い子供に躾けることなのです。それが教育というものです。そうしておけば、個性はあとから備わってくるでしょう。

一人一人それぞれ違う個性というものを学校教育で伸ばそうとしているところに、現代の間違いがあるのではないかと思われます。

そういうことです。もともと学校教育とは画一化[7]のことです。また、それでいいのです。個性というのは、文明と文化が人によってそれぞれほんの少しだけ変えられたものなのです。従って、個性は人それぞれ少しずつ違っているので画一的な学校教育で教えることは出来ません。学校は、あくまで画一です。それが秀れた学校教育を創り上げるのです。

個性教育の現状を見ると、子供のわがままを肯定し、増長させる行為がなされています。その根底には、似非《えせ》民主主義[8]の汚染思想があります。似非民主主義は、わがままを増長させ

6．躾け　人の道を中心とした教え。主に礼儀作法を柱にして、人間関係を円滑に行なうための「心がけ」を体に叩き込んだ。文明人の文明人たる謂われを創る教育。体得させるために、体に痛みを通して叩き込むことが多かった。

7．画一化　p.210(II), 246(II)各注参照。同じ考え方、同じ程度の知識を持った人間を、一定数創り上げるシステムのこと。近代社会の思想と帝国主義の時代要請によって生まれた教育システム。

8．似非民主主義　p.27(I), 307(I)各注参照。

る考え方だからです。誤った教育とその根底にある似非民主主義、さらにマスメディアの影響が加わって、人間性の総画一化の現象が進行しているのです。北海道から沖縄まで、全国の中学生や高校生が同じスポーツ選手やアイドル歌手に憧れるという異常な現象が起こっています。真の学校教育は知性と体育だけなのです。人間性の教育などは本質的に学校では無理なのです。もちろん、社会教育でも無理です。それをやろうとすれば、無個性な「世代ごとの集団[9]」が創り上げられるだけでしょう。

昔は躾けによってわがままを抑えられた結果、自分の楽しみの領域ではそれぞれが独自の考えを持っていました。そこには各自の哲学があったのです。個性の根底には、必ず意志と哲学が存在します。自分は何者であり、どう生きるのかということが哲学であり、そこから個性が生まれるのです。

> 江戸時代には個性的な人が多かったと思いますが、これは封建主義であったことと関係しますか。

当然関係します。封建主義[1]は上下関係に厳しい社会なので、その結果わがままが抑えられたのです。もちろん、個性教育という考え方も封建主義にはありません。親子関係や年長者や主従の関係などの、序列に対して厳しいのが封建社会でした。小さい頃からわがままが抑えられて、その結果として個性が光ってきたのです。その個性の光こそ、実は人間の存在理由なのです。言い換えれば、個性とは自己の存在理由であり使命と言えます。自分がこの世に生まれてきた存在理由と使命[2]のことを個性と呼ぶのです。

9．世代ごとの集団　現代人の姿と言える。地域や家または個人ごとの違いではなく、時代の価値観を共にする、五年から十年単位の同一世代だけしか話し合うことが出来ない社会。マスメディアによる画一教育によって生み出された現代的病巣と言えよう。

1．封建主義　p.96（I）注参照。

2．使命　p.2（I）注参照。

小・中学生のうちはオール5を目指すべきだと伺ったことがありますが、これもわがままを抑えるということなのですか。

その通りです。理科系がいいか、文科系がいいかなどということは、本当は大学を卒業するまでわかりません。なぜなら、学校で勉強する範囲の内容では、そこまでの能力を必要としないからです。まずは全部勉強してみて、それから徐々に決まっていくものです。

小学生や中学生で不得意課目だと思っているものは、単に勉強していないというだけです。それは決して自分の才能や向き不向きの問題ではありません。好き嫌いの問題であり、要するにわがままということです。食べ物の好き嫌いと同じ話で、小中学校で不得意課目を無くしておかなければ、本当に自分に合った学問の道にも進めません。現代的な英才教育のような特定の分野を伸ばそうとするのは、個性教育と同じく結果的に子供の個性を閉ざすことに繋《つな》がるでしょう。

日常的な個性について

同じ物を持っていても、人によって印象が違います。人間でも生物でもない、「物」にも個性はあるのでしょうか。

あります。ただし、それは個性を備えた人間が関与した場合です。つまり、個性的な人が何かの物を持てば、その物にも個性が生まれるのです。持つ人によって、物の個性は大きく変わります。名門校の制服にしても、英国紳士の服装にしても、身につける人の意志や哲学や精神性によって個性にもなるし、笑いの対象になる場合もあるのです。江戸時代の武士が刀を差せば刀は武士の個性の象徴になります。しかし、暴力団などが刀をもてば、それはただの凶器になってしまうのです。物は持つ人によってまったく違うのです。

物そのものは、個性と関係ないということでしょうか。

服や刀そのものは、個性とは関係ありません。ただし、刀が武士の精神の象徴であることも事実です。この点は人間と物との相関関係から決まることです。人間の精神が、物に何らかの「作用」を及ぼすことは、ほぼ間違いありません。いずれにしても人間の哲学が存在しなければいかなる物も、それだけでは個性にはなりません。

武士が刀を差し、英国の紳士がサヴィル・ロー[3]で仕立てた背広を着るのも、その根底に哲学があって行なっていることなのです。そこには深い意味があります。人間は哲学に基づいて、自ずから決まった動きをとるようになります。人が自由な行動をとるとき、その人が何を求めるかによってその人の意志と哲学、すなわち個性が現われるのです。本の蔵書にしても、ある個人の集めた本を見ればその人の思想がわかります。要するに、本そのものに何かがあるのではなく、集めた思想に価値が現われるのです。それが個性と呼ばれるものです。

そうすると、個性的な人が作った物には個性があるとも言えますか。

当然そうです。制服の話のときに、福沢諭吉から出た思想が慶応の制服に表現されていると言いましたが、それと同じです。灰皿でも彫刻でも何でも、人間が作ったものの中には作った人間の思想が表現されています。その思想の部分が個性なのです。

3. サヴィル・ロー（Savile Row）ロンドン中心部のメイフェアにあるストリートの名称。オーダーメイドの名門紳士服店が多数出店している。日本では「背広」という言葉の語源になった。

動物には個性があるのでしょうか。

ありません。個体の差はあっても、人間が個性として論じているものは、動物にはない。今まで話してきた個性というのは、人間中心の視点に立ち、人間の存在理由に根差したものだけを取りあげているのです。つまり、精神です。そういう意味における個性というものは動物にはありません。しかし視点を変えて、自然の摂理[4]に基づく生物学的な存在意義という点から見れば、動物は人間以上に存在価値を持っています。それは自然界の法則に従った、食物連鎖[5]の一環としての存在価値なのです。

生後間もない赤ん坊の個性はいかがでしょうか。

遺伝的なものはあります。特に、宗教的感性の違いが民族を創り上げている本質の一つになっているように思います。その民族の深い個性は、受け継いだ宗教心の違いによると私は思っているのです。この考え方が私に芽生えたのは、社会学者エミール・デュルケーム[6]の『宗教生活の原初形態』を読んだ時だと記憶しています。宗教的潜在意識こそが、個性の根本を創っている一つなのではないでしょうか。また、家柄や家系などから作られる、家風と呼ばれる個性を、生まれながらに遺伝的に受け継いでいる場合などはあるのです。例えば音楽でいえば、父親と同じ作曲家が好きになるのも、環境遺伝[7]だったり生まれつき受け継いだものである場合があります。ただし、ここで注意を要するのは、好き嫌いの中にはわがままからくるものと、個性になるものの両方があるということです。一般に、動物的な感情に基づく好き嫌いはわがままであり、文化的なものに対する好き嫌いは個性に繋がっていくと判

4. 自然の摂理　p.108（Ⅰ）,140（Ⅱ）各注参照。

5. 食物連鎖　生物が自然の中で互いに「食うものと食われるもの」の関係で結び付いた生物間の繋がりを言う。その連鎖の複雑さによっては、食物網とも呼ばれる。自然界においては、食物連鎖が単一で存在することは稀で、ほとんどが相互に関連して食物網を形成している。この連鎖の一環として、すべての生物に価値がある。

6. デュルケーム〈エミール〉（1858-1917）　フランスの社会学者。社会的事実を個々人の心理や意識を超越した存在として捉えることで、社会学の客観的な方法論を確立した。現代に通じる民俗学を生み出した人物のひとりとして知られている。マックス・ウェーバーとともに現代社会学の定立者としても有名。

7. 環境遺伝　p.57（Ⅰ）注参照。

断すればよいでしょう。

次に他人と比較しながら生きていると、個性のない人間になると言われていますが、そういうことなのですか。

他人との比較は必要です。個性というのは、自分の中ではなく宇宙や文明や文化の中にあるので、そのエネルギーを自分の中にどう流すかという問題になるのです。そのための生き方が、真の人生哲学なのです。エネルギーの流し方は、先人を尊敬して真似《まね》ることによって確立していきます。だから、当然他人との比較が必要になるのです。ただし、形だけを真似たり、優越感に浸《ひた》るために比較すると、まったく逆の作用になり個性は閉ざされてしまいます。比較するときには、何のために比較するのか、学ぶためなのか、見栄のためなのか、誰と比較するのか、どの部分を比較するのか、精神なのか外見なのか、比較した結果をどういうふうに受け止めて今後どう生かすのか。そういう様々なことによって、個性になったり、ならなかったりするのです。言うまでもありませんが、先哲の精神を学びそれに一歩でも近づこうとする精神は、特に個性に繋がっていくものです。

英国紳士は個性的だということでしたが、そうするとイギリス自体も個性的な国だと言えますか。

イギリスそのものに個性はありません。歴史的にみて、十七世紀から十九世紀にかけてのイギリスは、ジェントルマン[8]と呼ばれる社会階層を輩出しました。その当時のイギリス、即ち大英帝国[9]は確かに個性的な国であったと言えます。しかしその個性は、イギリスという国

8．ジェントルマン（＝英国紳士）p.212(1)注参照。十九世紀の最盛期に、約二万人いたと言われている。その二万人が社会の各分野の主流を占め、あの偉大な「大英帝国」が成立したのである。

9．大英帝国 p.201(1)注参照。

にあったのではなく、ジェントルマンという社会階層にあったのです。

イギリスのジェントルマンは、何よりもまずキリスト教的な道義心[1]に富んでいました。道義心を持つ人が運営を行なっている国を個性的な国と呼び、そういう時代をいい時代と呼ぶのです。十七、八世紀のイギリスという国にジェントルマンを輩出する土壌があり、それが大英帝国の成功の元になったということです。日本でも、武士と呼ばれる武士道的な道義心に富む階層を養成できたことが、江戸三百年の平和な国家を築く源となりました。また、日本はその基盤があったために、帝国主義[2]の時代になっても欧米の植民地になることはありませんでした。イギリスにしても、日本にしても、国家を運営する立場にいる人々の倫理観、道徳観が道義心に富んでいるかどうかによって、国全体が個性的になるかどうかが決まるのです。

先ほども話の中で出てきましたが、「自分の個性」という表現は間違っていると言えるのでしょうか。

その表現は間違っています。個性は自分で認識できるものではありません。個性は他人が感じるものなのです。自分で認識できるのは、自分の哲学だけです。その自分の哲学に対して、他人が感じるものが個性ということです。

この点が、個性と哲学の仕分けのポイントになります。例えば、個性的だと言われている俳優がいたとき、その俳優が持っているのは、自分の信念[3]と哲学です。「演技とはこうあるべき」という哲学を持っていて、その哲学を実践している姿を他者が見て、個性的だと感じるのです。哲学の実践面に対して、人は個性を感ずる。哲学を実践し、体現し、形にしたも

1. 道義心　献身の思想が主流となっている哲学。忠義の念に篤く、正義のためには命も投げ捨てる考え方。

2. 帝国主義　p.369（Ⅰ），185（Ⅱ）各注参照。

3. 信念　自己の信ずる道を貫き通すこと。

のを人は個性と呼ぶのです。

個性が似ている人というのはいるのですか。

個性がまったく同じ人はこの世に一人もいませんが、似た人は大勢いるのです。何度も話に出ているイギリスのジェントルマンの階層などは、似たような個性を持つ人の集まりの典型的な例です。また、個性が似た人同士が集まった社会集団を階層と呼ぶのです。

個性が似た人同士は、当然心が通じやすくなります。同じような哲学で生きているからです。ジェントルマンは、道義心に富んだ人たちが集まった階層であり、武士は武士道に生きている人たちによって形成された階層なのです。武士であれば、武士道を自分の生存エネルギー[4]の中で、どのくらい生かせたかが個性になるのです。

「わがままを抑えれば個性が出る」ということでしたが、哲学書や宗教書の中には「わがままを捨てよ」とか「自己を滅却せよ」という言葉をよく見ます。しかし個性という言葉が出てこないのは何故でしょうか。

そういう本の中では、ほとんどの場合、個性という言葉の代わりに「人間らしい生き方」とか「真に幸福な人生」というような表現が用いられています。言葉は違っても、ここで言う個性とまったく同じことを重要視しているのです。個性というのはそれほど大切なものなのです。個性がなければ、宗教も学問も何も全く身に付くことはありません。

4．生存エネルギー　生命の、生きようとする力そのものを言う。精神と肉体の、両方に亘る均衡がその回転の正否の鍵を握っているのだ。

献身や忠誠心、孝行、勇気[5]などの世界共通の美徳というのは、個性とどのような関係にあるのですか。

それらの美徳は、個性を築き上げる根本哲学と繋がっています。個性は意志と哲学であると述べましたが、その哲学の中心に勇気や献身などの美徳がなければ個性にはなっていきません。それらの美徳は、個性の材料です。そういう美徳をどんどん受け入れていくと、個性が育っていくということです。それが嫌な人は、個性的な生き甲斐のある人生は送れません。

気品[6]と呼ばれるものも個性と関係があるのですか。

個性は必ず気品を伴うものです。真のジェントルマンは気品を持っています。真の武士、武士道精神の体現者も気品を伴っているのです。従って、気品を伴わない個性らしきものがあれば、それはわがままのことを個性だと勘違いしていると思って間違いありません。

個性の仕分け

これまでの個性の仕分けをまとめたいと思います。まず服装や教育などに関して個性という言葉が誤解されて用いられている点がありました。

服装に関しては、人と違った服を着ることが個性だと思っている人がいます。また、考え方にしても、人と違った発想をすることが個性的だと思っている人もいるようです。しかし、これらは大きな誤解なのです。そういう人は、意志も理想[7]も持たずに個性や存在感を出そう

5. 勇気　勇気とは、決断する力であり、それは自己を忘れなければ出来ない。つまり、何かに対する愛を持たなければならないのだ。

6. 気品　真の人間に備わる人徳から香る凛々しい匂い。

7. 理想　p.2(I), 16(I), 40(II)各注参照。

としているのでしょう。しかし、他人から見ればすぐにわかるものです。それらは、全く個性などではありません。

また、個性は教育できません。現在行なわれている個性教育というものは、わがままを増長させる教育になっています。わがままを増長させるほど、個性は閉ざされてしまうのです。わがままは個性の敵です。職業について言えば、自分の個性に合った仕事というものはありません。表現そのものが間違っています。個性は仕事に打ち込んで開花した結果、人からみて個性的だと感じられるものなのです。いずれにしても、個性という言葉を誤解しているときは、わがままと混同していることが多いです。わがままを増長させる似非民主主義の世の中では、意識して個性について考える必要があるでしょう。

これまでの話によって、個性が人生においてとても大切なものだということがわかりました。

個性は、人間の存在理由であり使命なのです。また別の表現をすれば、人間らしい生き方とか真に幸福な人生と呼ばれるものが個性です。つまり個性は、人間にとって付属的、装飾的なものではなく、生命エネルギー[8]の完全燃焼に直結した、最も重要なものなのです。ただし、個性は自分で意識することが出来ません。意識した瞬間に、わがままになってしまうのです。自分自身が精一杯生きて、悲痛と苦悩、そして充実と幸福を体感したときに、他人からみて個性的な人になっているのです。ですから自分の個性に目を向けるのではなく、人から個性的だといわれるかどうかによって見分けることが出来ます。

8. 生命エネルギー　p.18(I), 39(II)各注参照。

今の話の中にもありましたが、個性は本人の意識によって一瞬のうちにわがままに転じてしまうような、相対的、流動的なものだということですか。

そういうことです。個性は、常に人間の意志と環境との相関関係で決まります。これが個性だと決めた瞬間に個性でなくなってしまいます。服装でも職業でもないのです。家業を例にとると、親の遺志を継いで商売に励んでいれば、人から「あの二代目は個性的だ」と言われます。一方で、自分は継ぎたくないのに後を継いで商売をしていると、人から「もっと個性を出せ」と言われるのです。

この例からもわかる通り、家業の何かの商売そのものに個性があるわけではありません。個性的だと言われるのは、その商売を行なっている意志と理想です。つまり「うちの商売はどうあるべきか」というものがはっきりしている時に個性が輝くのです。そして、その理想の根底に、二代目ならば、親孝行という世界共通の美徳があるので、人が見ると素晴らしい個性になっているのです。

また、その親孝行というものに関しても、個性的な人が「親を大切にしなさい」と言うと「あの人は個性的だ」と思われます。しかし、個性のない人が同じことを言うと「あの人は嫌味な人だ」と思われてしまうのです。個性とはそれほどに微妙なものです。武士も武士道に近づくほど個性的になりますが、何も特別なことはしていません。紳士も個性的な人ほどいつも同じ恰好をしている。この一見捉えどころのない部分が、人生の最重要項目である個性をわかりにくいものにしているのです。

個性についてもっとよく知りたいと思った場合、どのように心がければよいのでしょうか。

具体的な例をもとに、一つ一つ仕分けしながら把握するしかありません。個性は、相対的なバランスのもとに光り輝くものなので、論理的に突き詰めることは出来ないのです。今までの話で、個性という言葉が誤解されていることは、わかって頂けたと思います。個性は一見捉えにくいようですが、人は生まれながらに他人の個性を見分ける能力を持っています。このことも、個性が人間の本性に近い証拠です。人間らしい生き方、真の幸福、そして真の悲痛と苦悩を意味する個性が、論理的に突き詰められないところに人生の面白さ、素晴しさがあると言えるのです。

11　個性を考える　第二部

個性は、歴史の上に現出しているのだ。歴史とは、人間の個性の記憶に他ならない。

英国紳士と個性

英国紳士[1]は、自分の意志と哲学をもった「個性」の代表だと伺いました。英国紳士の個性について、何か具体的な例があれば伺いたいのですが。

わかりやすい例として、一九六三年制作の映画で「北京の五十五日」[2]と一九五六年制作の「八十日間世界一周」[3]というアメリカ映画があります。どちらも、デヴィッド・ニーヴン[4]という俳優が主人公の英国紳士を深く演じています。その行動や言葉の中に、個性的な英国紳

1．英国紳士（＝ジェントルマン）p.212（I），222（I）各注参照。

2．「北京の五十五日」一九六三年のアメリカ映画。北京に押し寄せた義和団に対し、包囲された八カ国連合軍が籠城して五十五日間を戦った物語を描いている。

士の特徴がよく表われているのです。

「北京の五十五日」という映画は、義和団事件の話ですね。

そうです。義和団事件という歴史上の史実を映画化したものなのです。非常に個性が表われているシーンは、義和団[5]が攻めてくるというので、北京在住の各国の公使たちが逃げようとしている場面です。その時に、デヴィッド・ニーヴンが演じている英国の公使サー・アーサー[6]だけが、絶対に逃げないと言って踏みとどまるのです。「大英帝国は脅迫では絶対に屈しない」ということを断固とした姿勢で示すのです。それでフランスやドイツや日本などの他の国の公使たちも、一緒に協力して自衛団を組み、五十五日間、籠城して味方の援軍がくるまで戦いました。あの時の英国公使の行動が、英国紳士の個性そのものなのです。

脅迫に屈するところには個性はないということでしょうか。

当然です。脅迫に屈する行為の中には、動物的感性しかありません。そして、もし動物的感性のことを個性だと言うのであれば、全動物に個性があることになります。そうなれば、他の動物に比べて動物的感性の鈍い人間は、最も個性的でない存在になってしまうのです。しかし、個性は動物的感性ではなく、人間性の問題です。つまり、精神ということです。籠城を決意する映画の冒頭の場面は、個性が「肉体」ではなく「精神」の中にあることのわかりやすい例と言えましょう。

義和団が攻めてくるから逃げようとするのは、動物的感性からみれば当然の行動です。そして皆が「ここにいれば殺される」という時に一人、英国公使のサー・アーサーだけが絶対

3．「八十日間世界一周」 一九五六年のアメリカ映画。八十日間で世界を一周できると発言したフォッグ氏が、自らそれを証明すべく、二万ポンドを賭けた旅に出る物語。

4．ニーヴン〈デヴィッド〉(1909-1983) イギリスの俳優。スコットランドの軍人の家系出身。士官学校に学んだが、一九三五年にハリウッドへ渡り、映画界デビューした。イギリス紳士役がよく似合う俳優として有名。「旅路」でアカデミー賞受賞。

5．義和団 日清戦争後の一八九九年、キリスト教および列強国の中国侵略に反抗すべく組織された反帝国主義運動の半宗教団体。山東省で蜂起し、翌年北京に入城。各国公使館区域を包囲した。これに対し、日・英・米・露・独・仏・伊・墺の八カ国が連合軍を組織し、鎮圧した。

6．サー・アーサー（アーサー・ロバートソン卿） 映画「北京の五十五日」に登場する英国公

に逃げないと言って動かないのは、その時点で既に動物学に反しています。個性の問題を論ずるときには、命が助かるかどうかは関係ありません。なぜ動かないかと聞かれれば「大英帝国は脅迫では動かない」ということであって、それが個性なのです。

他の国の公使にも、それぞれ「自分の国を戦争に巻き込みたくない」という理屈があると思います。そういう理屈も個性には関係ないということですか。

まったく関係ありません。ただし、その理屈もまた真理なのです。理屈の最たるものは「命あっての物種」という言葉になりますが、それもまた一つの真理です。ただ、真理ではあるが、個性ではありません。それは動物学的にみた真理なのです。

現代民主主義の人命尊重や、人権[7]尊重というのも、すべて動物学の問題です。人類の精神史や個性の問題ではありません。英国公使のような姿勢が個性的だというと、必ず「人命尊重に反する」とか「人権侵害」という批判をする人もいます。その批判も現代の似非《えせ》民主主義[8]的、動物学的にみればまったく正しいものです。従って、それ以上の議論は出来ません。互いに立脚点が違うのです。

自己保存本能[9]に基づく動物学的な立場で議論するのか、精神性、個性の問題として議論するのかということを、はっきりさせる必要があります。そして、今は精神性、個性について論じているのです。個性について考えるとき、大英帝国の公使の姿勢は最も個性的で、最も精神的な姿勢だということになります。

敵が来ても動かないという、不動の姿勢が個性なのでしょうか。

使。「大英帝国は脅迫では絶対に屈しない」という信念のもと、北京に踏みとどまり、義和団と戦う。当時実際に英国公使だった、クロード・マクドナルドがモデルと言われている。

7．人権　p.196（I）注参照。

8．似非民主主義　p.27（I），307（I）各注参照。

9．本能　p.109（I）注参照。

動かないから個性的だということではありません。歴史的背景を考えたときに、今回の英国公使の発言が個性的だったということです。歴史的な背景もなく、ただ動かないというのは単なる頑固者です。今回の場合は、脅迫に屈しないということが個性になっているのです。清王朝の西太后[1]は、合法的に駐在している列強各国の公使たちを疎ましく思っていました。だから義和団の乱を利用して、公使たちを追い出そうとして脅しをかけてきた。そういう経緯であったので、脅しには屈しないということで、英国公使は動かないと言ったのです。

逃げた方がいい場合もあるということですか。

逃げるべき時は逃げた方がいいのです。大切なのは、その時に逃げてはいけない道理があるかどうかです。何の義もないところでは、日本の武将であっても、例えば織田信長[2]も徳川家康[3]も一目散に逃げることが何度もありました。ところが、田楽狭間《でんがくはざま》の戦い[4]の時の織田信長や、三方ヶ原《みかたがはら》の戦い[5]の時の徳川家康は、力では圧倒的に不利でしたが、命を捨てる覚悟で立ち向かっていった。それは、そこに逃げてはならない道理があったからです。

三方ヶ原の戦いでは、家康は織田家への恩義があったので逃げるわけにはいかなかった。たとえ負け戦になるとわかっていても、そこで逃げれば卑怯者になるのです。その底辺にあるものが重要になります。それが義と呼ばれるものであり、個性とは義に感応する心と言っても過言ではありません。

英国紳士は、道義心[6]に富む人々が集まった社会階層だという話がありました。

道義心に富むということと、義[7]に感応[8]するということはまったく同じ意味であり、個性の

1．西太后（1835-1908）　清の咸豊帝の側室であり、同治帝の生母に当たる。咸豊帝の死後、全権を一身に集め、政治を独裁した。一九〇〇年には義和団の戦を清朝の自己保全に利用しようと画策するが、結果として清朝の滅亡を早める結果となった。

2．織田信長　p.98（1）注参照。

3．徳川家康（1542-1616）　江戸幕府の初代将軍。今川義元の配下にあったが、織田信長と結んだのち、豊臣秀吉に与す。秀吉の死後、一六〇〇年に関ヶ原の戦で石田三成らを破り、一六〇三年征夷大将軍に任ぜられて江戸幕府を開く。一六〇五年から駿府に隠居するも大事は自ら決し、大阪の陣で豊臣氏を滅ぼし、幕府二百六十余年の基礎を確立させる。

絶対条件です。イギリスに、ジェントルマン階層と言われた二万人足らずの人間がいた時代に、大英帝国は世界に進出したのです。これは、個性が人間にとっていかに重要なものであるかの証明と言えるでしょう。そして現在もなお、人類の文化[9]や経済は英米を中心に動いているという事実があります。大英帝国がなぜ大英帝国かという理由がそこにあるのです。それは英国紳士と呼ばれる階層がいたからです。彼らは自分たちが出世することには何の興味もありません。

「北京の五十五日」の映画の最後で、義和団を追い払った後でサー・アーサーが仲間から「将来、何がしたいのか」と聞かれます。その時に、「田舎で犬と遊んで読書をして暮らすつもりだ」と言っている。これが英国紳士なのです。

いい意味で欲がないということですか。

そういうことです。当時の英国紳士は、現役を退いた後に田舎で家族と一緒に暮らすというくらいの夢しか持っていませんでした。今の人のように、金を儲けたいとか、出世したいとか、有名になりたいという望みは持っていない。金銭や出世や名声に対する欲望は、要するに義でもなく個性でもないということです。

仕事観について、人間は死ぬまで現役で仕事をするものだと伺っていますが、引退して田舎で犬と遊んで暮らすということは矛盾するのではないですか。

死ぬまで仕事をすることと、田舎で犬と遊んで暮らすことは、根底は同じものです。引退して田舎で犬と遊んでいても、国家の大事があればいつでも駆けつける準備が出来ているの

4．田楽狭間の戦い　別名桶狭間の戦い。一五六〇年、今川義元と織田信長との、尾張桶狭間における合戦。信長の奇襲が功を奏し、義元を討ち大勝。これを機に信長は大きく勢力を拡げ、天下統一に向かう。

5．三方ヶ原の戦い　一五七二年、遠江の三方ヶ原で行なわれた武田信玄と徳川家康の戦い。家康軍と織田信長の援軍を三方ヶ原に誘いだした信玄が大勝利をおさめた。家康は浜松城に命からがら敗走した。

6．道義心　p.223（I）注参照。

7．義　p.161（I）注参照。

8．感応　p.5（I）注参照。

9．文化　p.272（I），202（II）各注参照。

です。遊んでいるとは、「待機」しているということなのです。歴史上の偉大な人はみなそうです。

『三国志演義』に出てくる諸葛亮孔明《しょかつりょうこうめい》[1]も、草深い庵で一人学問に打ち込んでいました。そして劉備玄徳[2]の三顧の礼[3]に応じて、歴史の舞台に登場したのです。乃木希典[4]も現役を退いた後は、那須で畑を耕しながら穏やかな生活を送っていましたが、日露戦争[5]という国家の危急によって、再び軍の指揮をとったのです。またドイツの軍人ヒンデンブルク[6]は、軍隊を退役した後、ハノーヴァーの田舎で犬と遊んで暮らしていました。そして、第一次世界大戦が勃発すると再び現役に復帰し、司令官として東プロシアのタンネンベルク[7]でロシア軍を包囲、殲滅《せんめつ》したのです。

みんなそういう生き方です。その中に個性の根本があるのです。こういう偉大な人たちの生き方を学ばなければなりません。要するに、我が無い[8]ということです。

田舎で穏やかに暮らすことが目的ではない、ということですね。

そうです。今も言ったように、我が無いのです。我が無い人は、国家、社会が自分を必要としていない時は、田舎で読書でもしようと思うのが普通です。反対に、必要とされていないのに頑張っている人は、何故頑張っているのかを突きつめていくと、結局は金銭欲や出世欲などの我欲に到達します。個性の敵は欲望であるということは何度も繰り返し述べてきていますが、引き際の美しさからもそのことはわかるのです。

先ほど聞いた「八十日間世界一周」の映画の中から個性について伺っていきます。その映

1. 諸葛亮孔明（181-234）中国、三国時代の蜀の軍師にして政治家。劉備より三顧の礼（劉備が諸葛亮の廬を三度訪れ軍師になるよう懇願したこと）をうけ感激、臣従して蜀漢を確立した。劉備の死後は、その子、劉禅を補佐し、功績を上げ出師表（臣下が出陣する際に君主に奉る文章）を奉った。五丈原で、魏軍と大戦中に病死。死して後も、計略により敵将を翻弄したことで有名。

2. 劉備玄徳（161-223）中国、三国時代蜀の初代皇帝。関羽・張飛と結び、諸葛亮を参謀として、孫権と結んで魏の曹操を赤壁に破る。さらに四川を平定して蜀漢をたてた。

3. 三顧の礼　故事成語の一つとも成っている。目上の人が、自分より格下の者に対して三度も出向いてお願いをすること。劉備が諸葛亮を迎えるために三

画は、確か最初に八十日で世界一周できるかどうかという賭けが行なわれたことから話が展開していったと思います。

あれは賭けが行なわれたのではありません。十九世紀が舞台であり、他の人間が八十日間で世界一周は出来ないと言ったので、デヴィット・ニーヴン扮する英国紳士のフォッグ氏が「回れる」と言ったのです。フォッグ氏は、自分の人生経験から八十日間で世界を回れると判断して、そういう意見を持っていたのです。だから「回れる」と自分の意見を言ったところ、他の人間が「回れるわけがない。お金を賭けてもいい」と言ったので、「いいですよ」と受けただけです。それも確か当時の二万ポンドです。今の価値にして五十億〜六十億円になるでしょう。尋常の「信念」[9]ではありません。ジェントルマンのフォッグ氏といえども、全財産であり、まさに命がけなのです。しかも、自分から賭けを申し出て旅に出たのではありません。この順番が大切です。この順番が逆になると、馬鹿なギャンブルを個性だとして正当化することにもなります。

映画やテレビからでも学べる人と、いくら本を読んでも、先輩や上司の仕事を熱心に見ていても学べない人の違いはそういう順番を押さえないところにあるのでしょうか。

そういうことです。つまり、順番をしっかり押さえる人は、相手の行動の奥にある精神や魂、人生や仕事に対する姿勢を学ぼうとしています。そして順番を押さえない人は、表面的な言葉や行動に囚われている人だとも言えます。学ぶというのは相手の精神を学ぶことであり、自己の思考軸を相手の思考軸に合わせようとすることなのです。つまりは、それが骨《こつ》という

度訪ねたという故事に由来する。その心に報いようとすることから、本物の仕事が生まれるのだ。

4. 乃木希典（1849-1912） 明治の陸軍大将。西南戦争で軍旗を奪われた失態を切腹によって償おうとしたところ、明治天皇に命を救われ忠義を心に誓う。日露戦争においては、難攻不落の旅順要塞攻略の指揮官として、自身の子息二人を本戦役で亡くした中、戦い続け最後には勝利した。明治天皇の大喪の日に、妻・静子と共に切腹殉死した。

5. 日露戦争 p.297(1)注参照。

6. ヒンデンブルク(1847-1934) ドイツの陸軍軍人・政治家。普墺戦争・普仏戦争に従軍。第一次世界大戦では、参謀総長や軍司令官として戦争を指導。一九二五年、ワイマール共和国第二代大統領。一九三三年一月、ヒトラーを首相に任命する。

ものでしょう。あの空海[1]が言った「古人の跡をもとめず、古人のもとめたる所をもとめよ」ということに尽きると思います。

> なるほど、歴史を人生に適用するということの意味が何かわかるように思います。さて、映画の内容に戻りますが、フォッグ氏が結果として賭けを受けるのを見て、心配して止めに入った友人に対して、フォッグ氏は「英国紳士に二言はない」と答えています。このフォッグ氏の言葉の中に個性があると言えますか。

その通りです。その発言は完全に個性の発露であり、個性が無い人間にそんなことは言えません。ここで「英国紳士に二言はない」といったときの「二言」というのは、賭けを受けたことに対してではありません。八十日間で世界を回れると言ったことに対して「二言はない」という意味です。フォッグ氏は、確かに八十日間で世界を回れると思ったのでしょう。そしてそう思った「自己を信じる力」が強い人間なのです。

自己を信じる気持は、正々堂々と人生を送った人間以外は持つことが出来ません。不安感に駆られる人間は、結局、自分を信じられない人です。フォッグ氏のように正々堂々と人生を送っている人は、自分自身の人生の中からいろいろな考えが出て来るのです。その考えの根拠となる人生そのものが個性なのです。

> 映画の中で、人からタバコを勧められたときに「私には決まったタバコがある」と言って断わる場面があります。あれも個性の表われですか。

フォッグ氏のような人生から出てきた言葉であれば個性です。だから他の人が真似をして

7. タンネンベルク　東プロイセン（現・ポーランド）にあり、第一次世界大戦の古戦場として有名。第一次世界大戦初期の一九一四年八月に、この地で行なわれた戦いは、ドイツ軍がロシア軍を包囲、全滅させた為、包囲戦術の模範として有名になった。時の独軍司令官がヒンデンブルクであり、参謀長はルーデンドルフであった。この二人の関係は、上下関係の「理想」の姿と言われている。

8. 我　p.449（I）注参照。

9. 信念　p.223（I）注参照。

1. 空海（774-835）　各地に伝説を残す弘法大師のこと。日本に真言密教をもたらし、高野山に金剛峯寺を開いた。最澄と並び、平安時代の仏教を隆盛に導いた大宗教家。

も、個性にはなりません。タバコの銘柄が決まっているからといって、個性的とは限らないということです。単なる悪趣味という場合もあります。要するに、自己の人生、生き方から出てきたものかどうかが問題なのです。自分の人生を信じている人間が、自分の人生から出てきたものを信じて行動すればすべて個性になります。だから、あの場面ではフォッグ氏が勧められたタバコを吸っても、それは個性になるのです。個性的な人生を送っている人の行動は、すべて個性的なのです。

> 英国紳士がいつも同じ服装をしているのも、すべて人生の中から出て来たということですか。

そういうことです。英国紳士は服装にしても、家では何を着て、食事の時は何を着て、外では何を着るかというのも全部決まっています。それは全部が決まるような生活をしているということであり、服装を決めることが重要なわけではありません。服装を決めるための人生哲学が重要なのです。

> フォッグ氏は暴風雨の日でも、帽子が飛ばないようにあごひもを結んで帽子を押さえ、甲板で読書をしていました。あの行動も個性だということですね。

当然、個性です。それこそが個性と言い換えてもいいでしょう。毎日、同じ船の同じ場所で同じ時間に読書をすると決まっていて、何があっても「読む」のです。暴風雨だからといって読まない人間は、元々読む気のない、やる気のない人間なのです。だから、あそこで読まなければもう英国紳士ではありません。元が違うのです。その哲学こそが個性なのです。

そしてあとはその哲学に自分を合わせて決めるだけなのです。死んでも「読む」、それが英国紳士です。

> 映画の中で移動手段として、気球に乗ったり、トロッコに帆をかけたり、船の燃料が無くなると船のマストまでも壊して燃やしたり、という工夫がどんどん出てきます。こういうことも、個性に関係があるのですか。

当然あります。やる気があれば、工夫をするのが人間です。だから工夫がなければ、やる気もないし個性もないということになります。フォッグ氏の工夫はその証左だと言えます。本当にやりたければ、人間は無限に頭が回転するものなのです。フォッグ氏の場合も、八十日で世界一周できるということが元々個性に根差した意見なので、次から次へといろいろなことを思いつくのです。もしも個性に根差したものではなく、ただの強がりであれば、頭は停止していて何も思いつかなかったでしょう。意志と哲学をもち、義に感応して何事にも工夫をこらし、柔軟に対応していくのが個性なのです。

武士道と個性

> 西洋の個性の代表として英国紳士が挙げられるとすれば、日本人の個性の代表は歴史的には武士になると思います。一般に武士の鑑《かがみ》として有名な、「忠臣蔵」[2]についてお聞きします。大石内蔵助《くらのすけ》[3]を筆頭とする赤穂浪士[4]は個性的な武士の集団だといえるのでしょうか。

あれは個性的な武士ではありません。わがままな逆恨みです。要するに、我であって武士

2. 忠臣蔵　赤穂四十七士の仇討ちを主題とする物語・浄瑠璃・歌舞伎狂言の総称。太平を貪る元禄の世を震撼させた事件として、長く歴史にその記憶が留められている。

道でも個性でもありません。私も、忠臣蔵についてはいろいろと歴史的に調べましたが、その行動基準はまったく武士道的ではありません。その一例として、赤穂浪士たちは討入りをした後に、すぐに切腹せずに幕府からの沙汰を待っていました。それは心のどこかで助けてもらえるかもしれないと思っていたということです。もちろん結果としては、幕府の命令で切腹させられましたが、そういう行動一つを見ても武士とはいえません。切腹をしないでも済むかもしれないという望みは、動物的な感性に根差すものであり、人間性の中にある個性とも、当然異なるものです。または、大石内蔵助には何か深い計略があったのかもしれません。しかし、もしそうであったとしても仇討ちに計略などを持ち込むこと自体が武士道ではないのです。

そうですか。それではもし大石内蔵助が武士道の個性の中に生きていたとすると、主君の浅野内匠頭《たくみのかみ》[5]が切腹した時にどういう行動をとるべきだったのですか。

殉死の切腹です。太平の世の中で、武士がその道を貫くのはそれしかありません。ただし、忠臣蔵に関して言えば、主君である浅野内匠頭があまりにも武士にあるまじき人格でした。ですから、殉死する以外にも、取り潰された藩の人々を何とかして救うことに生涯を捧げれば武士の面目は保てたでしょう。いずれにしても、殉死の切腹によって武士道の個性は貫かれたことは確かです。

吉良上野介《きらこうずけのすけ》[6]には、非はなかったのでしょうか。

吉良上野介は史実を調べてみても悪い人間ではありません。吉良は道理を説いた人なので

3．大石内蔵助（1659-1703）播磨国赤穂藩の家老。名は良雄《よしたか》。藩主浅野長矩《ながのり》が、吉良上野介を江戸城内で傷つけ、切腹・封地召上げとなったことをきっかけに仇討ちを決意。四十七人の同志との結束のもと、一七〇三年吉良邸に討入りを断行しその後、切腹。

4．赤穂浪士　一七〇三年、仇討と称して、江戸本所松坂町の吉良上野介邸を襲い、上野介を襲撃した四十七人の武士。江戸泉岳寺に墓所があり、江戸庶民の間では忠義の「義士」として讃えられた。

5．浅野内匠頭（1667-1701）赤穂藩主。名は長矩《ながのり》。一七〇一年、勅使接待役となるが、吉良上野介に叱責・侮辱をうけたことで逆上、江戸城殿中で上野介を傷つけ、即日切腹、城地を没収された。

6．吉良上野介（1641-1702）名は義央《よしなか》。江戸時代の名門の高家筆頭。忠臣蔵では、専横なふ

す。一方、浅野内匠頭は、自分中心のわがままな人でした。自分の思い通りにならないと、我慢できなかったのです。

事の発端は、塩の問題です。江戸は元々、吉良上野介の領地から塩を主に買っていたのですが、浅野内匠頭が自分の領地の赤穂の塩を不当な値引きをして江戸に入れようとしたのです。そこで吉良上野介が浅野内匠頭に、商売には商売の筋道があるのでその筋道を通すように諭したり、その他いろいろと注意を与えたところ、それを根にもって逆恨みしたのです。吉良上野介が諭した商売の筋道や与えた注意は、すべて道理でした。それを恨みに思って、ましてや松の廊下という江戸城の中心で刀を抜いて斬りつけるなどというのは、まったく言語道断です。

通常であればその場で手討ちにされるところです。切腹にしてもらえたのは、大名ということへの温情であり、武士の情けというものです。そういう事情に対して仇討ちを企てるというのは、大きな間違いです。

忠臣蔵は当時から庶民にとって人気のあるものですが、これは忠臣蔵の中の個性と感応したものではないということですか。

庶民は赤穂浪士に同情しただけです。庶民感情[7]は、個性にも感応しますが、また一方で弱い者や負けた者に対する同情の念も強いのです。庶民感情とはそういうものであり、それでいいのです。忠臣蔵の場合は特に、物語の作者が庶民の同情の念に訴えかけるように物語を創作しています。現代に通じる「マス」の始まりとみていいでしょう。ですから、当時から今日まで人気が高いのです。大衆向けの演劇の題材としては非常にいいのかもしれませんが、

るまいの敵役として描かれているが、領地の三河国吉良荘では黄金《こがね》堤築造、饗庭《あえば》塩の生産、新田開発などを通じて、領民の評価はすこぶる高かった。史料からみて、確実に名君に列する人物と言えよう。

7. 庶民感情　権力に阿《おもね》り、流行だけによって生きる姿勢から生まれるもの。個性の反対である。弱いもの、負けたものが「好き」なことが特徴。

個性とはほど遠いものです。

仇討ちは武士道ではないということですか。

現代人は仇討ちは武士道だと思っているかもしれませんが、仇討ちそのものは武士道ではありません。現代社会に法律があるように、当時の仇討ちには主家の許可が必要でした。主家の許可、即ち上意があって、はじめて仇討ちが出来たのです。上意のない仇討ちは、現代でいう法律違反の私的制裁であり、逆恨みの犯罪行為です。逆に上意によって仇討ちを命じられたならば、何が何でも討たなければならなかったのです。そしてここが最も重要ですが、武士道というのは上意に対して忠実だということなのです。従って、仇討ちそのものではなく、主家の命令に従うということが武士道になるのです。だから、上意に基づく仇討ちは武士道の行為になります。そして、武士道という価値観に自分を合わせることで、上意に従って仇討ちをする武士に個性が生ずることになります。上意に忠実な行動の中に、苦悩から生まれ出づる個性が光るのです。

それでは忠臣蔵は武士道でもなく、個性的でもないということになりますか。

そういうことです。赤穂浪士の仇討ちは上意がない逆恨みというものだったのです。上意のない仇討ちは我から出る行動であって、個性の反対です。しかも、赤穂浪士の場合は浅野内匠頭が切腹になった時に、幕府から仇討ちをしてはならないという命令が下っていました。幕府の決定は現代でいえば最高裁判所の判決であり、その判決に不満をもって、密かに準備を進めて仇を討ったことは、武士道であるはずがありません。武士道とは決して無謀、無茶なものではなく、しっかりと筋道の通ったものなのです。武士道の筋道に自己を合わせて、君命に絶対服従する武士の行動をするからこそ、武士には重く荘厳な個性を感ずるのです。

大石内蔵助は、仇討ちの計画を隠して生活していました。あれを秀れた作戦とみる向きもありますが、ああいうことは個性とは違うのですか。

個性的ではありません。個性とは、さっぱりした潔い印象を与えるものです。大石内蔵助の場合は、元々君命による仇討ちではなかったので、どうしても誤魔化さなければならなかった。だから他人からみても、わかりにくい生き方になってしまったのです。赤穂浪士の仲間の内でも、大石の行動を理解できない人間もいました。

同じ仇討ちでも、君命に則った仇討ちは、堂々と仇討ちをすることを明言した旗を立てて歩いていました。そして、仇を討つ時には奉行所へ届出て、当日は白装束に着替えて、待ち合わせの場所へ行き対決したのです。それが正々堂々とした武士道の仇討ちです。武士が堂々としているのは、君命があるからです。君命がないものは武士道ではありません。

君命がなければ、どうしても誤魔化そうとするのが人間です。サラリーマンでも、上司の命令ではないことを自分勝手にする時は、隠そうとしたり、言い訳をしたりして誤魔化そうとするものです。個性は、命令に忠実に従った、正々堂々とした行動の中に存在するのです。

武士道と個性のもう一つの例として、生麦事件についてお聞きしたいと思います。この事件は幕末期の横浜で、薩摩藩主　島津久光[8]の行列の前を横切ったイギリス商人を、無礼を働いたということで供頭《ともがしら》の奈良原喜左衛門[9]らが斬り捨てた事件ですが、これは個性的な武士の

8．島津久光（1817-1887）幕末、維新期の大名・島津家を代表する人物。島津斉彬の異母弟。兄の死後、藩主忠義の実父として実権を握り、朝廷と幕府の間を取り持ち公武合体を推し進めた。志を遂げられず、明治になってから煩悶のうちに生涯を閉じる。

行動だと言えるでしょうか。

当然言えます。これは、人を斬ったことの善悪の問題ではありません。イギリス商人が行列を横切り、これを当時の「法」に則り無礼な行為と見なした島津久光が「斬れ」と命じたのですから、斬るのが武士道であり、そこには武士の個性が光り輝くのです。

ここで最も重要なことは、島津久光から命令が下っているということです。もしも島津久光が命令していないのに斬ったのであれば、武士道ではなくただの感情的な傷害事件です。武士道というのは、一つの個性です。武士道という一つの個性に生きている人間にとって、君命は絶対なのです。奈良原喜左衛門はそれに従ったのであり、それは最も個性的な行動と言えます。一方、赤穂浪士の大石内蔵助はそうではありません。上意は仇討ちは駄目だと言っているのですから、要するに我欲であり逆恨みなのです。

生麦事件を歴史的に見たとき、この事件をきっかけとして薩英戦争[1]に突入しました。「北京の五十五日」の場合もそうでしたが、結果的に戦争になったとしても、個性的な行動は価値があるのですか。

個性的な行動だけが、歴史的な価値を生み出します。今の質問は、戦争が絶対的に悪いものだという前提に立っています。しかし、それは違う。義のための戦争は、人間として避けられないのです。人間は動物と違って、命よりも大切なものがあります。それと同時に、動物と同じ自己保存本能も持ち合わせているので、そこに葛藤が生まれるのです。しかし、現代の似非民主主義では自己保存本能だけを重視しているので、戦争は絶対的に悪いものとみ

9．奈良原喜左衛門(1831-1865) 幕末の薩摩藩士。島津久光に仕え、生麦事件で行列を横切ったイギリス人を斬りつけたとされる。忠義と剛勇に生きた真の薩摩武士。

1．薩英戦争 一八六三年七月、鹿児島湾に進入した英国艦隊と薩摩藩との間で行なわれた戦争。「砲艦外交」と言われた欧米の植民地思想との戦いであった。生麦事件に関する英国側の責任所在を追求する求めに対し、薩摩藩が拒否。英艦が来襲、市街を報復砲撃した。これが当時の欧米のやり方であった。しかし、それによって薩摩藩は近代的軍事力の重要性を知り、藩論を攘夷論から開国論へと転換させていった。

なしているのです。たとえ侵略戦争といえども、人間は、やらなければならない時には、やらなければならないのです。それが個性というものです。

薩英戦争はイギリスから見ると、阿片戦争[2]と同じようなものであって、生麦事件を戦争を仕掛ける口実に使ったのです。それはイギリスの軍艦の破壊力を日本に誇示するためのものでした。アジアの他の国々は、西洋の持つ破壊力を見せつけられると、あっさり降参して植民地となっていました。しかし、日本は薩英戦争によって西洋の軍事力の強さを実感するとただちに、それまで対立していた薩摩藩と長州藩は手を結び、尊皇攘夷運動[3]に拍車がかかり、そこから明治維新へと繋《つな》がったのです。

また生麦事件[4]は、西洋に対して日本は他のアジアの国々とは異なり、武士という義のためには命も惜しまない社会階層が存在することを印象づける結果にもなりました。つまり、生麦事件という一つの個性的な行動によって、日本は西洋の支配を免れることに繋がったと言えるのです。今日の経済社会における日本と、他のアジアの国々との違いも、日本にかつて武士と呼ばれる個性的な階層がいたことと無関係ではありません。このことからも、歴史的に価値のある行動はすべて個性から生まれるということがわかるのです。

> 生麦事件の当事者である奈良原喜左衛門たちが、将来の日本のことを考えてイギリス人を斬ったとは思えないのですが。

当然そうです。個性的な行動というのは、その時その瞬間の義によって動くだけです。そこには、将来の利害損得に対する計算など一切ありません。また、損得を考えた瞬間に、個性の輝きは消えるのです。

2. 阿片戦争　一八四〇～一八四二年、清朝の阿片禁輸措置をめぐり、イギリスと清国の間に起こった戦争。結果は清国が大敗。列強との不平等条約締結、中国の半植民地化が始まることになる。十九世紀の欧米帝国主義を象徴する戦争と言える。

3. 尊王攘夷運動　幕末の反幕府運動。「水戸学」に根を持ち、天皇の権威を至上のものと考える思想。その結論として、排外思想を生み出していた。勅許なしで、西洋列強と条約を結んだ幕府に対立し、開国に反対する天皇の権威の絶対化を唱え、倒幕へと進んで行った。

4. 生麦事件　一八六二年薩摩藩の大名行列が神奈川の生麦を通過した時に起こった。その大名行列の前を、横浜にいた英国人たちが横切ったため、それを薩摩藩士 奈良原喜左衛門が島津久光の命によって斬りつけた事件。その当時の世界が震撼した。

ただ、私の見方では、将来の利害損得の計算など一切なく、その時その瞬間の義によってとった行動は、すべていい結果を生んでいるということです。いい結果というのは、まわりの人々に生き甲斐のある人生を提供し、多くの人々が人間らしい生活をすることにも貢献しているということです。つまり、生命の燃焼はそのような歴史の集積を知ることから生まれてくると思われるのです。そして、それを見つめ、自己の基底に据える。

ただし、その行動そのものに対する評価は、社会の変化と共に変わります。民主主義の現代からみれば、生麦事件などは外国人が前を横切っただけで斬りつけるなんて野蛮だとか残酷だというでしょう。ところが、それらの批判は実は本心からのものではない。

> 頭の中の理屈では批判していても、心の中では憧れ[5]ているということですか。

そういうことです。頭の中で考えることは、時代や教育によって洗脳された知識でいくらでも変わるものです。しかし、人間の心はいつの時代も変わりません。武士のことを野蛮だといって批判していても、日本人はみな、武士のことが好きなのです。テレビの時代劇でも、主人公はほとんど武士です。いくら民主主義の平等思想に汚染されていても、旗本退屈男[6]を筆頭に、大岡越前[7]や遠山金四郎[8]など、恰好いい役はすべて武士なのです。つまり、みなが武士に憧れているということです。そして、その憧れる心は、武士道が生み出す、燃える個性と感応しているからなのです。

> 個性的な武士は、武士道をそのまま実践しているだけで、何の変哲も変わり映えもしない人だということでしたが。

5．憧れ　p.2（1）注参照。

6．旗本退屈男　佐々木味津三原作の時代小説に登場する主人公・早乙女《さおとめ》主水《もんど》之介《のすけ》の異名。武芸や軍学に通じた徳川家の直参旗本として登場。清廉潔白で慈悲深く、悪人をずばずばと叩き斬る。小説・映画・テレビドラマで人気を博した定番。

7．大岡越前（1677-1751）　名は忠相《ただすけ》。江戸中期の幕閣を占めた人物。徳川吉宗が進めた享保の改革の頃、江戸町奉行となり江戸の市中行政に携わる。公正な裁判と優れた市政で名奉行と称えられる。寺社奉行に転じた際、大名に列した。法律運営の理想的人物とされている。

要するに、武士道の中に個性があるのです。そして、個人について言えば、個性は何らかの思想を受け容れたその個人の人生哲学に関係するのです。つまり、個人が武士道や紳士道のような、個性的なものに自ら殉ずるという人生哲学で生きていれば個性的な人間になるということです。個体としての人間が殉じているかどうかです。殉ずるという行為は、人からみると何の変哲もない単純明解なものにもなります。

諸葛亮孔明も、西郷隆盛[9]も、乃木希典も、ヒンデンブルクも、みなそれぞれ田舎で隠遁生活を送っていて、国家の要請があればいつでも応じるという生き方でした。それは、現代の人から見れば何の変哲もない人生の一幕です。戦争も起こらず、国家の要請がなければ、一生隠遁生活をしているだけですが、それはそれでいいのです。サー・アーサーや、乃木希典そしてヒンデンブルクのような人は、歴史の中でたまたま大きな運命に出会ったということに尽きるのです。しかし、それと同じように生きても、何の変哲もない人生の場合も多くあります。大きな運命の事件がなければ、個性を感じられないならば、個性の問題はわかりません。

現代の人が個性だと思っているものはすべて、名声欲や金銭欲などの我欲を追求するものであり、我のことを個性だと思っているのです。しかし、本来は生き方そのものに存在するものが個性なのです。

信念と頑固の違いについて

信念を持つことで、物事に柔軟に対応できると伺ったことがあります。そうすると、信念は

8. 遠山金四郎（生年不詳-1855）名は景元《かげもと》。江戸後期の町奉行。若い頃は酒を好み娼家に出入する放蕩息子だったが、のちに悔悟して家督を継ぐ。小普請奉行等を経て町奉行となる。大岡越前と並び、名奉行として知られ、また〈遠山の金さん〉として講談、浪曲などの物語がつくられた。「江戸っ子」の心意気を代表する人物として歴史に刻まれている。

9. 西郷隆盛　p.170(I), 69(II)各注参照。

個性と同じものだと思えます。

信念と個性は同じです。信念とは一つの根本哲学を堅持し貫くことです。そして信念を抱くと、他の一切に対して柔軟に対応できるようになります。これは、まさしく個性のことになります。ですから、個性的な人間は柔軟思考[1]を発揮することになるのです。具体的には「八十日間世界一周」のフォッグ氏の行動がそのわかりやすい例です。八十日間で世界を一周できるという信念に基づいて、その他一切のことについては柔軟に対応していることがわかります。気球に乗ったり、船を壊したりするのも、すべて柔軟思考です。つまり、信念と頑固という言葉を使えば、信念は個性と同じであって頑固は我と同じだと言えます。つまり、似《に》て非《ひ》なるもの[2]です。

例えば英国紳士の服装が決まっているということは、服装は妥協を許さない根本哲学に属するということですか。

英国紳士の服装は根本哲学です。十九世紀には既に、英国紳士の服装はこうあるべきであるというものが確立していました。だから、フォッグ氏が着ていた服もフォッグ氏が自由に選んだ訳ではありません。三百年、四百年かけて、英国の歴史が生み出した服装なのです。従って、英国紳士が生活の中から服装を決めていく場合に、根本哲学に則って限られた生地の中から種類や番手を選ぶだけになります。フォッグ氏が自分で選んでいないからこそ個性が輝くのです。

1．柔軟思考　p.147(1)注参照。

2．似て非なるもの　本質が違うが外見の見かけが似ていることを言う。似非《えせ》〜という表現をとる場合が多い。

服装という点についていえば、アッシジの聖フランシスコ[3]は、修道士として、一生涯同じ一枚のボロ布をまとって過ごしたと言われています。この場合は、そのボロ布の中に哲学があったということですか。

そういうことです。私から見れば、アッシジの聖フランシスコとフォッグ氏は同じ人物なのです。この二人が同じだということがわからない人は、要するに表面の物質的なものに囚われていて、心が見えない状態なのです。そういう人には、人間の心の問題はわからないでしょう。

個性と我との違いというのは、どのように見わければよいのでしょうか。

その人間が憧れているものの美しさの違いです。個性は美しく清く高い。そして、我は醜く卑しい。対象のものに華麗さ、美しさ、恰好良さというものがあるかどうかが、個性と我を見分ける上でのわかりやすい基準になります。人間が美しいとか恰好がいいと感じるのは心の部分であって、大脳の理屈が入り込む余地の少ない領域だからです。先ほどの、日本人は全員武士が好きだという話がその一例です。時代の風潮や教育による洗脳で、正しいとか間違っているという大脳の理屈の部分は汚染されることもあります。しかし、美しいとか恰好がいいという心の部分は今も昔も、西洋も東洋も、人間であれば共通の基準があるのです。そして世界共通の美しさを感じさせるところに個性が存在しています。

信念のある人間は感化力もあると伺っています。そうすると個性のある人間も感化力がある

3．聖フランシスコ（1182頃-1226）　イタリアの聖人で、アッシジの出身。一般に、アッシジの聖フランシスコと呼ばれている。フランシスコ修道会の創立者。謙遜と服従、愛と清貧の生き方の実践者。自然を神の創ったものとして称える「太陽の賛歌」と呼ばれる祈りの言葉を創作する。

と言えるのですか。

その通りです。信念や個性には必ず感化力があります。我や頑固にはそれがありません。だから、フォッグ氏を直接知っている人はみなフォッグ氏のことを好きになるのです。たとえ世間の評判では変人扱いされていても、その人に個性があれば直接知っている人からは理解されるようになります。噂として聞いただけでは個性なのか我なのか、あるいは信念なのか頑固なのかの見分けはつきません。しかし直接知れば、その違いは明らかになるのです。つまり、その人間性に触れればということです。

それが個性の一つの仕分け方法になります。個性とか信念は人間性そのものに根差しているのです。「北京の五十五日」のサー・アーサーが、撤退しないと言えば他の公使もみんな賛同しました。要するに、あれが感化力ということです。あそこでどうしてみんなが残ったかと言えば、サー・アーサーに「我」がなかったからです。自分の名声や出世のために言ったのではないことがわかったのです。もし、自分の我から撤退しないと言っていたならば、必ず一人で孤立していたでしょう。個性なのか我なのかは、接した人の心の感覚によって識別できるものなのです。

また歴史の話になるのですが、明智光秀[4]が本能寺で主君である信長を裏切って討った時、協力を求めた娘婿の細川忠興[5]にも見放されたということがありました。あれは感化力のなかった例になりますか。

明智光秀が見放されたのは当然です。あれだけ織田信長の世話になった恩[6]を仇で返すよう

4．明智光秀（1528頃-1582）戦国・安土時代の武将。織田信長に重用され、近江国坂本城主となり、丹波攻略などに活躍。その後、信長を京都本能寺に襲撃、自害させるが、豊臣秀吉に敗れ、敗走中に農民に殺される。三日天下と呼ばれ、裏切り者の代表とされる人間。信長の恩を、終生に亘り理解することが出来なかったのだ。

5．細川忠興（1563-1645）安土桃山・江戸初期の武将。織田信長に仕え、丹後宮津城主となる。本能寺の変の際、妻、細川ガラシアが明智光秀の娘であったため光秀に招かれたが応ぜず、豊臣秀吉に従って妻を幽閉した。秀吉の死後は徳川家康に従い、一六〇〇年の関ヶ原の戦で活躍し、豊前国中津藩の藩主となる。恩と義理を弁えた人間の例として歴史に残る。自己の武士道を最後まで貫いた人物。

6．恩　p.318（Ⅰ），161（Ⅱ）各注参照。

な人間は、我の強い頑固者に相違ありません。本人は気付いていないでしょうが、信長のおかげで出世して城の主になれたのです。つまり、結局は信長に甘えていただけの人間です。

明智光秀と対照的なのが、豊臣秀吉です[7]。主君の信長が討たれたと聞くと、取るものも取りあえず一目散に遠征先から引き返し、それを待ち構えて布陣している明智勢に向かってがむしゃらに突進して仇を討ったのです。あの行動は真心[8]からのものです。歴史上は豊臣秀吉が勝ったので、庶民感情からみれば、豊臣秀吉はうまい作戦を立てたと言われています。しかし、あの時の豊臣秀吉の立場を実際に想定してみると、並大抵の勇気[9]と意志力では同じ行動はとれません。負けるとわかっている所へ突入したのです。

結果的には、秀吉側に味方する武将がどんどん増えて、戦いは圧勝に終わったので、歴史小説などでは豊臣秀吉が作戦を練って勝ったように作られています。しかし、遠征先から引き返した時に秀吉に従ったのは、僅か数十騎でした。実際に味方の人数が増えていったのも、豊臣秀吉の真心から出た感化力に多くの武将が後から感応したのです。個性的な行動は必ず人を感化する力をもっています。

個性のある人間となるために、どのようなことを心がければいいのでしょうか。

美しい心を作り出す生活が重要です。人間は、美しい思い出[1]や美しい行為が積み重なって意志力が作られるのです。だからこそ、人間は自分が自分自身を信じることの出来る過去を持つことが大切なのです。信じることの出来る自分自身を作っていくための、生活様式が重要です。それがなければ意志と哲学は出来ません。

だから、恋愛体験にしても純愛[2]でなければならないと言われているのは、そういう正直で

7. 豊臣秀吉（1536頃-1598）戦国・安土桃山時代の武将。草履取として織田信長に仕え始め、次第に頭角を現わす。やがて羽柴秀吉と名乗り、本能寺の変後には明智光秀を滅ぼし、天下を統一。一五八三年大阪に築城。八六年太政大臣を賜り豊臣姓を名乗る。九一年には関白を養子秀次に譲り自らを太閤と称す。明征服の野望を抱き朝鮮に出兵するも、戦半ばで病没。一世の風雲児であり、英雄の代表。最後には「我」に捉えられたが、天下統一までは信念による柔軟思考の見本とも言える人物。

8. 真心　p.77（I）注参照。

9. 勇気　p.225（I）注参照。

1. 思い出　時間が過ぎ去り、切り取られた「時間」となっているもの。今に全力を投入することによって、この「時間」が生起すると言える。それは自分

純粋な体験が思い出の中で自己を形成していくからです。打算的な行為や、他人や自分を誤魔化そうとするものは、自分の思い出の中に悪いものを増やすことになります。弱い自己を生み出すのです。そして、結局は自分自身を破滅させてしまうのです。

何かを成し遂げる人間というのは、他人から馬鹿にされようが何と言われようが、自分の信じる道をまっしぐらに進んでいる人です。実はそういう人生が、自分を信じることの出来る思い出をどんどん作り出すのです。人に騙されてもいいから、自分だけは誤魔化してはいけない。個性の根底にある、美しい心を育てる生活が、人間にとって非常に大切なものとなるのです。

美しい心が積み重なって意志力になり、美しい心が発展して哲学になる。そしてその意志と哲学によって個性が生まれるのです。

の選択できる「時間」となる。だから、思い出が良いか悪いかは、その人の人格の問題である。

2．純愛　心の底から、真に「他者」を愛することを言う。美しく清く高いものに憧れ、それに向かって行く姿勢である。すべてを相手に捧げ、他者のために、自己の人生をなげうつ愛情を持つ人生観と言えよう。宇宙の本質であり、従って人間の本質となっているもの。

12　個性を考える　第三部

人間の個性が、宗教と芸術を生み出したのだ。そこから滴《したた》る涙[1]が文明のすべてを創り上げてきた。

音楽家バッハにみる個性

個性に対する理解を深める上で、第三部では芸術の観点から伺っていきたいと思います。

芸術は人間の躍動[2]そのものです。人間がもつ個性の発露の中で、その時代ごとの代表的な人間の躍動が音楽、絵画、彫刻などの芸術作品を創り上げています。たとえば、音楽家のバッハ[3]は、歴史的にどの時代の人からも偉大であり天才だと言われています。だから「バッハはとても個性的な人だ」と言えば、誰もが同意するでしょう。

1．涙　p.61（Ⅰ）注参照。人間の生命が本源的にもつ、悲哀と悲痛を言う。人が生きるとは何ものかを忍ぶことである。生命の輝きは、それによって生まれてくるのだ。

2．躍動　p.52（Ⅰ）,54（Ⅱ）,467（Ⅱ）各注参照。

3．バッハ〈ヨハン・セバスチャン〉（1685-1750）ドイツの作

この、バッハを個性的だと思うときの「個性」ということが、これまで話してきた真の個性なのです。我《が》[4]から生まれる、現代流の誤解された個性ではないということを、あらためてしっかりと押さえておく必要があります。個性について話していると、現代ではすぐに我と混同して考えられてしまうのです。バッハの偉大さ、深遠さの中に感じる個性が真の個性なのです。

> 確かにバッハは偉大だと言われていますが、人はなぜバッハを偉大だと考え、個性的だと感じるのですか。

これは話せばきりがないことですが、ひと言でいえば歴史によって流されることのない普遍的な音楽を作ったからです。バッハは、普遍的で価値のある音の配列を作り上げることを成し遂げたのです。どの時代の人も、どの国の人も、生活様式や価値観が大きく変わっても、誰もがバッハの音楽を聴いて、すばらしいと感じます。そういう普遍の音の配列がその音楽の中にあるということです。それがバッハの偉大さであり個性なのです。

> バッハはどのように普遍的な音楽作りを成し遂げたのでしょうか。

まず、生まれつきの才能があったことも確かです。そして、才能に加えて勉強量と日頃の心がけ[5]という点で、バッハは他の音楽家と大きく違いました。バッハはヨーロッパの過去の音楽を集大成しました。それは、過去の音楽様式をことごとく身に付けたからこそ出来たのです。自分の先祖も含めて、過去の人間が行なった所業をすべて自分の血肉とし、当時生きていた自分の親や先輩たちの音楽や演奏法をがむしゃらに学んだ。バッハは、過去の音楽で

曲家。中世とバロックの音楽を集大成したことで知られる。また当時のオルガンの即興演奏の大家としても有名。その功績と偉大さゆえ、音楽の父と称される。ライプチヒなどで教会のオルガン奏者、宮廷楽長、音楽監督などを歴任する。代表作に「マタイ受難曲」、「ブランデンブルク協奏曲」、「フーガの技法」など。

4. 我　p.449（I）注参照。

5. 心がけ　p.75（I）注参照。

あるバロック[6]と呼ばれる約百五十年から二百年に及ぶ様式、そしてそれ以前のルネサンス[7]と呼ばれる約百五十年の様式の合計で約三百年間の音楽様式を自家薬籠中のものとしていました。さらに、中世キリスト教音楽に始まり、ドイツではコラール[8]と呼ばれていた千年の歴史をもつ多声音楽を徹底的に研究したのです。

要するに、バッハは過去千年以上のヨーロッパの音楽様式を、歴史上最も熱心に研究した人間だと言えます。このことは、過去からしか未来が生まれないということの最もわかりやすい証左ともなっています。バッハに限らず当時はどんな仕事も徒弟制で、必ず親方から「過去」を叩き込まれた時代でした。中でもバッハは、その時代の他の音楽家に比べても桁違いに過去について勉強したのです。そういう過去の膨大な音楽の研究によって、バッハは稀《まれ》に見る個性的な音楽家となったのです。

バッハは心がけも他の音楽家と大きく違ったということですね。

そうです。先祖を中心として、過去の人を崇拝し、尊敬しながら研究したということです。他の音楽家の多くは、恐らくただの研究材料として過去の音楽様式を学んだのでしょう。しかし、バッハは過去の楽聖たちを心から崇拝し尊敬していました。そして、バッハの様々な発言や伝記を読むと、過去の楽聖たちと魂の「言葉」で対話をしていたことがわかります。その深さは、あのマルチン・ブーバー[9]が『我と汝』の中で展開した、孤独から生まれた完全なる魂の合一であることが私には感じられるのです。

崇拝し尊敬して研究している人と、研究材料として研究している人の間には、その心がけに決定的な違いがあります。そして、その心がけの違いが、作る曲の上にも決定的な差を及

6．バロック　十六世紀から十八世紀にかけて、ヨーロッパ全土を風靡した芸術様式。古典的な調和と均整を理想とするルネサンス美術に対して、動的・劇的な迫力に満ちた性格をいい、絵画、建築、音楽など芸術の多分野に渡る。近代を生み出すための「生みの苦しみ」と言える。

7．ルネサンス　十四〜十六世紀、イタリアを中心に全ヨーロッパに波及した学問・芸術・文化上の革新運動。現世の肯定、個性の重視、感性の解放を求めた。この運動が、神中心の中世文化から人間中心の近代文化への転換のきっかけとなった。

8．コラール　ドイツ語で歌う、ルター派プロテスタント教会の伝統的な讃美歌。グレゴリオ聖歌を踏襲し、それをルターがドイツ語の聖歌に作り直したものが最初となる。

9．ブーバー〈マルチン〉(1878-1965)　ウィーン生れのユダヤ人哲学者。著作『我と汝』にお

ぼすのです。実際にフーガ[1]に代表されるようなポリフォニー[2]的なバッハの曲は、過去の音楽様式の規則を組み合わせたものです。また、当時の他のバロックの音楽家も、すべて過去の規則通りに曲を作っているのです。ところが聴き比べてみると、バッハの方がはるかに偉大です。魂の合一の程度が違うのでしょう。この違いは、心がけの違いであり魂の違いとしか言いようがありません。そして個性に関しても、バッハのように過去の楽聖を崇拝し尊敬する心がけが強烈であればあるほど、自己自身の個性との繫《つな》がりは大きくなるのです。

> バッハはひたすら過去の音楽様式を研究した人であり、バッハの曲は過去の様式を組み合わせたものだということですが、バッハが自分で創作したのではないということですか。

当然です。過去の様式に自分を合わせるところから、偉大な音楽が生まれるのです。その反対が、自分で作っている音楽なのです。作曲家が自分で作った音楽で、偉大なものは一つもありません。中にはメロディが綺麗な場合もありますが、何度か聴くうちにだんだん飽きてしまいます。そこには、バッハの曲のような深遠な個性はありません。

バッハの曲の深遠さは、様式に合わせるところから生まれたのです。そして、様式に合わせている人間の、心の状態や人間性のことを個性と呼ぶのです。様式に合わせるための不断の努力の過程、その人間の姿や心の状態が個性です。この点は現代人が個性を大きく誤解しているところでもあります。様式に合わせて作ったものは、自分独自の作品ではないと思うのが現代人の間違いです。

音楽に限らず、絵画や彫刻でよく知られているミケランジェロ[3]やレオナルド・ダ・ヴィンチ[4]も様式に則って創作しています。様式どおりに作ったものは、ミケランジェロが作ったも

いて、人間のもつ関係を「我―汝」「我―それ」という二つの根源語に二分し、前者によって信仰や愛の世界が存立するとした。この思想は、神学・哲学の枠を超えて精神病理学や精神分析学にも大きな影響を与えた。

1．フーガ　西洋音楽における楽曲形式の一つ。一つの声部が示した主題に対し、別の声部が対応しながら追いかけるように展開する。バッハの作曲法の主力のひとつであり、「フーガの技法」に典型が見られる。

2．ポリフォニー　多声音楽あるいは複音楽。複数の声部が互いに独立的に進行し、横の線的な流れを重視。その起源は宗教的声楽曲にあり、声楽ポリフォニーの最盛期はルネサンス時代で、パレストリーナが代表。バロック時代になってからは、バッハがその頂点を極め、対位法、和声法原理を集大成した。

のではないという考えが現代病なのです。様式を守って、それに自分をどこまでも合わせようとする姿勢が個性でないなら、バッハは世界中で最も個性のない音楽家の一人になるでしょう。

ところが、実際に聴き比べてみると、様式を無視した音楽家が感覚やひらめきで作った曲よりも、バッハの曲の方が明らかに偉大です。この、言われてみれば当たり前の事実を目の前にしながらも、現代は個人の感覚やひらめきの中に個性があると思っている時代なのです。

様式と個性

> 実際にバッハの曲を聴くと、そこにバッハらしさやバッハの個性を感じるのは、いくら様式に則って合わせようとしても必ず人によってどこかに違いが出るということなのですか。

人間である限り、当然のこととして少しの違いが出来ます。例えば、我々は全員、起きて、食事をして、寝ていますが、それが全員違っているのと同じです。様式というのは、そういう日常の行動パターンのような基礎のことです。そして、様式の集積が多ければ多いほど、偉大になっていきます。同じ様式と個人が対面しても、対面の仕方が人によって微妙に違うのです。そしてその微妙な違いの部分を個性と呼ぶのです。バッハは膨大な様式と対面したことで、その個性が大きく育ち、偉大と感じられるようになったのです。

> 音楽に限らず、様式が確立しているものはすべて同じなのでしょうか。

3．ミケランジェロ・ブオナロッティ（1475-1564）イタリアの彫刻家・画家・建築家・詩人。ルネサンスを代表する芸術家であると共に、バロック芸術の先駆者とも呼ばれる。ギルランダイオに絵を学び、のちにメディチ家の保護のもとに彫刻を多く手がける。彫刻の代表作に「ピエタ」、「ダヴィデ」等。絵画ではローマのシスティナ礼拝堂の天井画や「最後の審判」等。

4．レオナルド・ダ・ヴィンチ（1452-1519）イタリアの画家・彫刻家・建築家。トスカーナ地方のヴィンチ村生れ。代表作に「モナ・リザ」、「最後の晩餐」、「聖アンナ」など。ルネサンスを代表する芸術家であると同時に、自然学、工学、音楽など多方面に才能を発揮した。万能の天才の代名詞でもある。

すべて同じです。例えば、剣術にしても流派によって刀の動かし方は決まっています。その中でも、宮本武蔵[5]のように一番強い人から一番弱い人までいるのも、個性の差なのです。そして流派の研究をすればわかることですが、一番強い人から一番弱い人まで、刀の抜き方から、抜いた刀がどう動いて、どう振り下ろし、どういう角度で戻して鞘に収めるかということまで、全部決まった通りに動いており、その型は同じです。

あの有名な旗本退屈男[6]もよく、「諸刃流青眼崩《もろはりゅうせいがんくず》し[7]の腕の冴《さ》えを見せてやる」と言っていますが、この諸刃流青眼崩しというのが様式なのです。流派によって様式が全部決まっていても、強い人もいれば弱い人もいて、それが心がけの違いであり個性の差なのです。ここで現代人が知っておかなければいけないことは、強い人も弱い人も刀の動かし方は同じだということです。刀を振り下ろすタイミングや角度の違いが、強さの差ではないことを知った上で、強い人と弱い人の違いを追求していけば、個性とは何であるかがわかってくるでしょう。

現代は様式の表面的な部分に囚われすぎているということですか。

そういうことです。個人と様式の関係でいえば、バッハの音楽も同じなのです。フーガの形式もポリフォニーの複数の音の構築方法も、楽典を見れば素人でもわかるくらいに、どう展開して、どういう装飾音をつけるかということまですべて決まっています。ところが、バッハがそのフーガやポリフォニーの様式と対決したときに散る火花[8]と、他の音楽家が対決したときに散る火花とでは、火花に大きな違いがあるということです。様式と自己が対決したときの火花の散り方が、魂の感応度合い[9]であり、個性そのものなのです。バッハの曲を聴いて偉大だと思い、バッハを個性的だと感じるのは、この火花の部分に感応しているという

5．宮本武蔵（1584頃-1645）江戸時代初期の剣豪。諸国を遍歴しながら己の武道を追求し、二刀流を案出。また、巌流島で佐々木小次郎と決闘し勝利したことは有名。晩年は肥後熊本藩士細川家の客分となる。著作に『五輪書』がある。また現代において、吉川英治が小説にしたことによって、国民的な剣豪となった。

6．旗本退屈男　p.245（I）注参照。

7．諸刃流青眼崩し　小野派一刀流から出た流派。青眼の構えから袈裟掛けに相手に斬りつけながら体を崩し、そのまま抜き胴に到る一連の動作。

8．火花　p.46（II）注参照。宇宙の混沌と、生命の雄叫びが交叉したときに生ずる量子の強烈な振動と炸裂。生命のもつ宇宙的意義と言えるだろう。

ことです。

楽器の演奏についても、同じことが言えるのでしょうか。

まったく同じです。ヴァイオリンにしても、構え方から弦の押さえ方、ボウイング[1]の仕方に至るまで、どうすればいい音が出せるかということはすべて決まっています。剣術と同じ様にいくつもの流派がありますが、同じ流派の中で超名人の天才ヴァイオリニストから、下手な人までみんな弾き方は同じなのです。ヴァイオリンも名人級の人は個性があると言われていますが、そのような場合の「個性」が真の個性なのです。

ところが、現代の人は、ヴァイオリンの弾き方を新しく考え出そうとしています。様式そのものを新しくしようとしているのです。しかしヴァイオリンの様式は、もうすべて確立されているのです。弾き方が同じであれば、違いが出なくて面白くないという人もいます。そういう人は、実際に全員違うという事実に目を向けようとしていないのです。

二人のヴァイオリニストが、同じ曲を伝統的な演奏手法に則ってどれほど忠実に演奏しても、人間である以上は必ず違いが出ます。その違いが個性なのです。そして、伝統的な様式に忠実であればあるほど、自己を合わせれば合わせるほど、個性は際立ってくるのです。

人はなぜ、様式の中に個性を感じるのですか。

それは、「様式」というものが過去にこの世を生きた膨大な人間の心と、精神の集積だからです。武士道も騎士道もバロック様式も、それに命懸けで取り組んだ人間たちが、何人も何人も失敗に継ぐ失敗を積み上げていって、段々と定形化されたものだからなのです。様式

9. 感応　p.5(1)注参照。

1. ボウイング　ヴァイオリンなどの、弓を用いる弦楽器における弓の運弓法。この良否で音の質と量が決まる。

を確立するということは実に大変なことです。それは、文明の血であり涙なのです。
様式に合わせ、様式に殉ずる行為は、その先人の霊魂[2]の全部を受けとめることを意味します。膨大な霊魂を受けとめるためには、自己の小さな枠など無くなってしまうのです。先人たちが命懸けで作り上げた心と精神の集積が様式であり、人間であれば誰でもその霊魂に共鳴し、それを個性的だと感じるのです。

現代では様式を大切にするという考え方も、大きく変わったと思われます。

要するに、科学に導入されている際限の無い発展思想を中心にしていることが、そもそもの間違いなのです。たとえば、フーガの形式に則った音楽を、ルネサンスの頃から現代に至るまで、それぞれの時代の人が作り続けて、膨大な数のフーガが出来上がっています。そして、その全部が違う曲になっているのです。ところが現代は、科学の発展思想を芸術にも適用させて、フーガ形式はあの時点で終わり、それからはロマン派音楽で、今は現代音楽の時代だと決めつけてしまっています。この考え方は、バッハを過去のバロックの世界に閉じこめて、バッハの時代は終わったのだから、現代的な新しい音楽を「発明」しようと努力しているのです。こうした科学思想によって芸術が破壊されてきたのです。

人間の生命は、太古の昔から「様式」と対決して火花を散らしてきたのです。そこから芸術は生まれました。ところが科学の発展思想を持ち込んだ現代が、バッハはバロック様式の人だとみなし、バロック時代はもう既に過去のものとして終わらせてしまったのです。そのために、今は誰もバロック様式と対決する人がいなくなりました。

私から見れば、バッハはバロックの人ではありません。一人の偉大な音楽家であり芸術家

2. 霊魂　p.52（Ⅰ），98（Ⅰ）／『霊』p.37（Ⅰ）各注参照。

です。現代ではベートーヴェン[3]は古典派なのかロマン派[4]なのかということを一生議論している人もいますが、そんなことはどうでもいいのです。ベートーヴェンは一人の偉大な音楽家なのです。この点が深くわからなければ、個性の問題はわかりません。

歴史というものが、人間の魂を扱うのではなく、科学思想で考えるようになってから、歴史区分が勝手に設けられました。誰はバロック、誰はロココ[5]、誰は古典派、誰はロマン派というように、偉大な音楽家たちを歴史区分の中に封じ込めてしまったのです。そうして過去の芸術を一つずつ終わらせてしまいました。

バロックの頃までは、ポリフォニーの音楽で古典派からはホモフォニー[6]の音楽という具合です。そして現代音楽ではホモフォニーはもう古いと言っているのです。この「もう古い」という一言に、現代の間違いが象徴されています。この言葉の中に先人の遺産を否定し、常に新しいものがいいと考える科学の発展思想があります。しかし過去を無視した科学思想の先に芸術はありません。芸術とは、伝統的な様式と人間のぶつかり合いによって生じる火花だからです。

> バロック様式とルネサンス様式は、現代では別の様式だと見なされています。バロック様式はルネサンス様式がだんだんと変化して出来たものだと言えるでしょうか。

もちろん、文化的な変化であり、時代の変化でもあります。それは、無限の流動変化であり、区切ることなど出来ません。人間であれば、その中に自己自身を投げ入れることしか出来ないのです。そして、文化や時代によって、人間と様式とのぶつかり方が変化していき、様式の方もどんどん積み上がっていくのです。従って、人間が様式を変えようとする必要は

3. ベートーヴェン〈ルートヴィッヒ・ヴァン〉p.90（I）注参照。

4. ロマン派　ロマン主義。ロマンティシズム。十八世紀末から十九世紀にかけて、ヨーロッパに展開された芸術思潮。古典主義・合理主義に抗して、理想的・神秘的な世界への憧憬が強く、個性・空想・形式の自由を強調した。音楽ではシューマンやワグナーに代表される。

5. ロココ　十八世紀ヨーロッパ、特にルイ十五世時代のフランスを中心に流行した装飾を重んずる芸術様式。装飾では渦巻・花飾・唐草等、繊細さ・優美さなどが特徴。音楽においては、装飾のほか軽快さが特徴で、クープランやラモーに代表される。

6. ホモフォニー　多声音楽のうち和声的な働きの強い音楽とその様式を言う。一般的なポリフォニーの対概念。ポリフォニーが水平的な音の流れを重視

ありません。人間が様式とぶつかっていくうちに、様式はさらに積み上がって変化していくからです。個性の代表である芸術は、人間と様式のぶつかり合いの部分であり、それが生命の躍動を生むのです。

躍動するものである芸術を、現代の科学は歴史区分の中に閉じ込めて動かないようにしたということですか。

そういうことです。そして、現代のバッハ研究家は、歴史区分の中に閉じ込めたバッハを知るためには、実際にバッハが使用したとされる楽器を製造し、当時の音を再現すべきだといっています。バッハの時代のチェンバロ[7]やヴィオラ・ダ・ガンバ[8]などの古い楽器を作って演奏して「これがバッハだ」と言っているのです。そんなものは芸術でも何でもありません。

　バッハを知るためには、楽器などどうでもいい問題です。現代なら現代の、百年後なら百年後の楽器を使って演奏すればいい。バッハという音楽家とそのときの自分、百年後なら百年後の人間が、バッハの作品と対決することを芸術と呼ぶのです。一方、楽器にこだわるのは物質主義なのです。実際、バッハも時代の進展と共に使用する楽器をどんどん変えていました。バッハ自身にとっても、楽器は関係なかったということです。

　様式と対決して、火花を散らすことが重要課題だったのです。いずれにしても、現代の音楽家は物質科学の思想によって、様式を新しく作ろうとしたり、楽器にこだわって、本来の芸術や個性から遠ざかっています。新しく出来上がったばかりの様式もどきなどには、芸術的に何の価値もありません。様式の価値は、何百年もの間、その様式とぶつかって殉じていった多くの人間の心と精神の集積の中にあるのです。

したことに対し、ホモフォニーは垂直的な結びつきを重視。特定の声部が主旋律を担当し、他の声部が伴奏する形が典型。

7. チェンバロ　別名ハープシコード、クラブサン。鍵盤楽器の一つ。グランドピアノに似た形をしているが音の出し方は異なり、鍵を押すと羽軸または堅皮の爪（プレクトラム）が弦を弾き、音を出す。

8. ヴィオラ・ダ・ガンバ　十七～十八世紀に、ヨーロッパで用いられた弦楽器。チェロの前身であり、両足の間に挟んで奏する。

出来たばかりの様式には、まだ「人間の精神」が積み上がっていません。今後二百年、三百年もの間、何万人、何十万人もの人がその様式に挑戦し、ぶつかり合って火花が出れば、そこでようやくその様式は芸術となり、個性の軸となります。そういう意味では、新しい様式を考え出すことはまったく無駄なこととも言えませんが、それをすぐに芸術だと考えてしまう現代の科学思想は、まったくの間違いなのです。

昔は、新しい様式を作ろうとする人はあまりいなかったということですか。

当然です。そんな無意味な発想をする人は昔はいません。対決し、ぶつかり合って火花を散らすことの出来る古来の様式に目を向けずに、芸術でも個性でもない、新しい様式作りに取り組もうなどとは誰も思いませんでした。現代において、新しい様式作りに取り組んでいる人は、新しいものが最も秀れていると考える、科学の発展思想の影響もあるでしょう。しかし、根底には過去の天才に対する嫉妬や僻《ひが》みもあるに違いありません。同じ土俵ではとてもかなわないので、足場を変えようとしているのです。ほとんどの場合、新しいものには「卑しさ[9]」が潜んでいます。

現代と昔の芸術家の違い

現代の演奏家や芸術家の顔を見ると、昔の人に比べて個性を感じません。

それは当然です。現代の芸術家の顔に個性を感じないのは、芸術的な意味でバッハやベートーヴェンの作品と魂の合一へ向かう対決をしていないからです。研究している対象が魂で

9．卑しさ　p.413(I), 309(II)各注参照。

はなく物質だからです。歴史的な考証をしたり、当時の楽器をいくら調べてみても、人間的な魂の躍動や作品と格闘するときのような苦悩はないのです。苦悩がないので、顔にも深みが出て来ないということです。

　現代の芸術家は、追い求める対象が物質なので、努力の方向が金銭や情報収集だけの問題になってしまうのです。現代の科学思想では、バッハが何歳でどの曲を作曲したかを調べ、そのときはどういうチェンバロを使っていたかを正確に再現することを重視しています。そして、実際にチェンバロを作ったらバッハの権威だと呼ばれるのです。そしてそのチェンバロでバッハの曲を弾いて録音した時点で、バッハの研究は完成したとみなしています。

　それ以降は、他のチェンバロで演奏している音楽家は、「それは本物[1]のバッハではない」と言われ、ピアノでバッハを弾こうとして編曲している音楽家は、「バッハを冒瀆している」とまで言われて非難されているのです。この物質科学汚染の風潮こそ、芸術を破壊する元凶です。現代の芸術家は、物を相手にしているので、時間と金銭と情報をかけるだけでいいのです。だから、悩むことも少なくなり、その結果として顔も幼稚で浅くなるのです。

　それに対して、少し前の時代に活躍した、ケンプ[2]やバックハウス[3]、ルビンシュタイン[4]などの偉大なピアニストたちは、バッハの作品をピアノで弾くことしか考えていませんでした。バッハと魂の対話をしながら、バッハの作品と対決して一生を悩み続けたのです。それが本来の芸術の姿なのです。従って、当時の音楽家たちの顔はすべて深遠で個性的です。バッハの作品と自己が対決し、ぶつかり合い、火花を散らした跡が顔に刻まれているからです。そして、それが個性の輝きとして感じられるのです。現代の物質科学によって音楽は死滅の危機に瀕しています。現代の音楽はもう音楽ではありません。歴史学であり、科学になってし

1．本物　p.87（Ⅰ）注参照。

2．ケンプ〈ウィルヘルム〉(1895-1991)　ドイツのピアニスト。祖父・父・兄ともにオルガン奏者という家庭に育ち、ベルリン高等音楽学校で学ぶ。ドイツ古典派・ロマン派の演奏に優れ、即興演奏でも知られる。

3．バックハウス〈ウィルヘルム〉(1884-1969)　ドイツのピアニスト。生地のライプチヒ音楽院に学んだのち、E・ダルベールに師事。十六歳でソリストとしてデビュー。ヨーロッパ・南北アメリカ等、世界的に活躍し〈鍵盤の獅子王〉の異名をもつ。

まったのです。そしてこのことは音楽に限らず、絵画や彫刻など芸術全般に言えることです。

個性の代表的なものである芸術が科学思想によって破壊されているということですが、科学思想は現代の似非《えせ》民主主義[5]と何か関係があるのですか。

似非民主主義という、悪平等社会で他者を支配しようとした時に用いられるのが科学思想なのです。先ほど例に出したバッハの曲をピアノで弾こうとする音楽家に対し、「バッハを冒瀆している」と非難する考え方が科学思想です。つまり、バッハ研究の唯一の方法は、バッハと同じ時代の楽器を使わなければいけないというような、物質的に固定した論理で他者を支配しようとする思想なのです。簡単に言えば、新しい「価値観」を創り出せば、自分が一番になれるのです。

それは人間が持つ魂、生きるという意味の魂を軽視する思想でもあります。芸術はその反対で、人間が生きるということを問い続ける生命の躍動そのものです。ピアニストにはピアニストのバッハがあり、ギタリストにはギタリストのバッハがあり、そこに芸術があります。生命の躍動である芸術と真向から対立するのが、似非民主主義と結び付いた科学思想なのです。

また科学に導入された発展思想は、何でも新しい方がすぐれているという考え方であり、だから親や先生を否定できる思想なのです。先ほど言った、自分が一番になれるという思想と同じです。古いという一言で、年長者や過去の偉人すべてを自分よりも下に位置付けられるのです。これが似非民主主義の悪平等と結びついて、これまで述べてきたように、個性の代表である芸術を破壊したのです。

4．ルビンシュタイン〈アルトゥール〉(1887-1982)　ポーランド系ドイツ人のピアニスト。一〇歳でベルリンに学び、一九〇〇年ヨアヒムの指揮でモーツァルトの協奏曲を弾きデビューした。輝かしい技巧と洗練された解釈で知られ、ショパンをはじめベートーヴェンやフランス近代、ロシア音楽など幅広いレパートリーでその名声を高めた。

5．似非民主主義　p.27(Ⅰ), 307(Ⅰ)各注参照。

偉大な芸術は、それを鑑賞する人の生命エネルギーを高め、躍動させる力をもっています。なぜなら、数多くの先人たちが命を懸けて築き上げてきた様式だからです。また、人間の命が燃え上がった生命エネルギー[6]の積み上げによって出来た様式に対して、偉大な芸術家がそれとぶつかり合い、格闘して生まれた結晶だからです。

偉大な芸術には、悶え苦しんだ過去の生命エネルギーが含まれています。その芸術が、科学思想と似非民主主義によって破壊されていくのは本当に見るに耐えません。芸術の破壊は、人間の歴史が刻んだ生命エネルギーを衰退させ、人々から希望を奪うものです。個性について、現代においてなぜ個性が誤解されているかを考えるとき、そこには途轍もなく根深い問題があるのです。バッハの音楽などはそのわかりやすい例の一つと言えるでしょう。

能楽とドン・キホーテにみる個性

様式に合わせるほど個性的になるということを伺いました。では、日本の能楽なども個性と深く結びついていると言えるでしょうか。

当然言えます。能においては観阿弥[7]、世阿弥[8]以来の様式美を学べば学ぶほど名人に近づき、個性的だと呼ばれるようになります。世阿弥は能の大成者とみなされていますが、その生きる姿勢はバッハと同じです。古代から庶民の中に生きた、猿楽と呼ばれる八百年以上の伝統をもつ芸能の様式を、室町時代に世阿弥が学んで深化させ集大成したものが、能として今日に伝えられています。室町時代以降、さらに今日の能の様式が出来るまで、四百年以上に亘って能に生きた人々の叡智が、注ぎ込まれ続けているのです。

6．生命エネルギー　p.18(I), 39(II)各注参照。

7．観阿弥（1333頃-1384頃）南北朝時代の能役者・能作者。名は清次で、楠木正成の甥にあたる。観世流の流祖。当時まだ雑芸にすぎなかった大和猿楽の芸統に日本的禅をとり入れ、芸術に向かう能楽を創成した。代表作に「自然居士」、「卒都婆小町」等。

8．世阿弥（1363頃-1443頃）室町初期の能役者・能作者。名は元清。観阿弥の長男として生まれ、父の教えと足利義満の庇護により能を大成する。禅を深め、能を深淵な芸術へと完成した。数多くの能楽論書を著し、中でも『風姿花伝』における〈花〉の理論が有名であり、日本の武士道にも多大な影響を与えた。

現代の能は、猿楽を世阿弥が集大成して、それからまたさらに発展してきたものです。世阿弥は、猿楽師であった父親の観阿弥によって、子供の頃から猿楽のいろいろな役柄の形を教えられ、その動作を厳しく仕込まれたのです。観阿弥の真似をすることだけが修業でした。ここに個性の秘密があるのです。つまり、どんなに同じ形を覚えようとも、世阿弥は観阿弥ではないので、まったく同じになることはありません。従って、何も変える必要もなければ、何も変わらなくてよいのです。同じになろうとすればするほど、世阿弥の個性は益々輝きを増していったと言っても過言ではありません。自分なりに何か変えようとすることが間違いなのです。世阿弥と観阿弥は違う人間です。自分なりに、何かを変えなければいけないというのは、深刻な人間疎外であり現代病と言えます。

同じ制服を着ていても全員が違うのが人間であり、違うというその部分の中に個性の芽生えがあります。一人一人の人間そのものの存在を無視する科学思想の汚染によって、制服のボタンをはずさなければ個性的にならないと考えてしまうのが現代です。人間はむしろ、決まったものを着て決まったことをすればするほど、個性的になってくるのです。能の場合には能の様式をどんどん覚えて、様式に則って舞えるようになればなるほど個性が輝いてくるのです。

世阿弥は個性のことを「花」という言葉でたとえました。個性という、表面的な物や形では表現できないものを、花と名付けたのです。世阿弥の主著『風姿花伝』[9]の中の有名な言葉に、「秘すれば花なり、秘せずば花なるべからず」というものがあります。ここでいう花こそ、個性なのです。同じことをしていながら、その中に花のある人と、ない人がいるということです。そして、「秘すれば花」というのは、花は出そうとしても出るものではないとい

9.『風姿花伝』世阿弥による能楽論書。俗称「花伝書」。能の修行・演出に関する芸術論から、年齢別の教育論まで広範囲の内容を含む。観阿弥の教えを基に世阿弥がもつ芸道の解釈を加えたもので、日本最古の能楽書。

1.幽玄　言葉には表わすことの出来ない、奥深く量り知れない世界。味わい深い趣きが尽きない現象を言う。

うことです。却《かえ》って隠そうとした方が花は輝くのだということでしょう。それは、個性を出そうとしても個性にはならないということと同じです。はじめから人と違うことをするのはただの目立ちたがりで、花や個性に関しては問題外です。まったく同じことをしていても、花のある人は名人と呼ばれ、それが個性になります。その花の底辺を支えているものは何かといえば、世阿弥はそれを「幽玄《ゆうげん》」[1]の世界と呼んでいます。幽玄の世界は、まったく変わらないように見えるものの奥にある花を真に生かす世界です。花は、一見して変わらないものの奥深くに必ずあるのです。つまりは、あのマックス・ピカート[2]の言う「沈黙」[3]の部分の違いなのです。その沈黙の世界において、人間はそれぞれが、すべて宇宙で唯一の存在なのです。

続いて、文学作品と個性の関係についてお聞きしたいと思います。以前に『ドン・キホーテ』[4]の偉大さの中には、それが書かれてから今日までの何百年もの間に、『ドン・キホーテ』を読んで感動し、物語と共に生き、物語と対峙した多くの人たちの思いの集積があると伺ったことがあります。これは、個性や様式の話と同じだと考えてよいのでしょうか。

まったく同じです。『ドン・キホーテ』という文学が偉大な芸術作品になっているのは、内容自体の素晴らしさも確かにあります。しかしそれとは別に、それが出版されて今日までの四百年近い年月が、『ドン・キホーテ』を様式美にしてきたのです。その間に、子供から大人までの幅広い読者によって読み継がれ、多くの研究者の研究対象になってきたことが、あの文学の価値になっています。

従って、現代の作家がどんなにすばらしい作品を書いたとしても、それは『ドン・キホー

2. ピカート〈マックス〉(1888-1965)　スイスの思想家・哲学者・医師。ドイツ・シュヴァルツヴァルトに生まれ、ハイデルベルク大学に学ぶ。ミュンヘンで開業した後、スイスに移り、文筆活動を続けた。『沈黙の世界』、『神よりの逃走』等。

3. 沈黙　p.16(1), 289(1)各注参照。

4. 『ドン・キホーテ』　スペインの作家セルバンテスの長編小説で初版は一六〇五年（前編）に出版。主人公はスペインの田舎の郷士で、騎士道物語を読みすぎて夢と現実を取り違え、自ら騎士となって痩せ馬ロシナンテにまたがり、従士サンチョ・パンサを伴い遍歴の旅へ出る。理想に向かって生きる人間の姿を謳い上げた名作。ドン・キホーテは、ユリシーズやハムレットと並ぶ世界文学史上の最も有名な人物像であり、人間性それぞれの典型のひとつを表わす。

テ』の価値とは比べものになりません。現代に作られたものは四百年後に同じように価値をもつ作品になるかもしれませんが、今の時点でその価値を主張するのは間違いです。

音楽でも文学でも何でもそうですが、三百年、四百年の年月を重ねてきたものの偉大さは、現代に作られたものが凌駕できるわけがありません。それがわかっていれば、積み上がった様式の価値の大きさもわかるはずです。

文学も音楽も、新しく作ったものはまだ時間的価値が積み上がっていないのです。『ドン・キホーテ』にしても、それが書かれた当時はただの大衆小説でした。現代の人の中には、あの偉大な文学が、当時はただの大衆小説だったことを知って、当時の人に理解力がなかったと言う人もいます。しかし、それはまったくの間違いです。著者であるセルバンテス[5]自身も、大衆小説として書いたのです。読者もそれを面白いと思って読むうちに、その小説が人生の悲しみや喜びに覆われていることに気付いていきました。そして年月とともに、いろいろな人が人生の中で『ドン・キホーテ』を気に入って何度も繰り返し読み、学者は学者で研究していくうちに、偉大な文学作品になっていったのです。

それが、文化を生み出す自然の流れです。時間の淘汰[6]を経て残ってきたものは、すべて偉大です。ただし、作品が残るかどうかは、作者が決める問題ではありません。結果的に偉大な文学作品になったものを書いたセルバンテスを、現代からみて偉大な個性だと言うだけです。しかしセルバンテス自身は、ただの大衆小説を書いただけなのです。現代の人は、偉大なものが突然生まれるという錯覚をしています。これは、ダーウィン[7]の進化論にある突然変異[8]という科学思想を、すべてのことに適用させた間違いです。突然変異はありません。

5. セルバンテス〈ミゲル・デ〉(1547-1616)　スペインの作家。貧しかったため正規の学校教育は受けなかった。イタリアに渡り枢機卿の侍僕となったが、一五七一年レパントの海戦で左手を失なう。その後帰国の途中海賊に襲われ五年間捕虜となるが、後帰国。そしてグラナダ王国の収税吏になるが、会計上の誤りで入獄。獄中で『ドン・キホーテ』の前編を書いたと伝えられている。

6. 時間の淘汰　p.460（I）注参照。

セルバンテスの生き方

ドン・キホーテや、サンチョ・パンサ[9]という、とても個性的な主人公を生み出したセルバンテス自身も個性的だと思います。セルバンテスのどのような点が個性に繋がったのですか。

生きる量が多かった、ということです。セルバンテスは人間として真剣に生き、いろいろなことに悩み、スペイン人として苦しんだり悲しんだりして生き切りました。その生きる量が、普通の人よりも大きかったのです。戦争で片手の自由を失なったり、海賊に襲われて五年間の捕虜生活を送ったりしながら生きた。牢獄にも何度入ったのか数え切れません。セルバンテスは、自己の生命エネルギーを極限まで使い切ったのです。その生きる量に感応した人が、四百年間、世界中にいたということです。

現代は個性も大きく誤解されている時代ですが、現代社会で新しく作り出されたものが何百年かの後に、歴史的、文化的価値をもつものもあると考えてよいでしょうか。

当然あります。ただし、二十世紀、二十一世紀は、後世に残る文化的なものが最も少ない世紀になるでしょう。文化として残るものは、過去に連なり伝統文化に則ったものだけです。しかし現代は、科学の発展思想と似非民主主義によって過去を否定する時代です。ですから、音楽も美術も文学も、技術的なものも含めて、人類の文化としてはほとんど残らないでしょう。

ただし、人間が全員違っている以上、世界中のいろいろな所で、現代の風潮に染まらず、

7．ダーウィン　p.62（I），363（I）各注参照。

8．突然変異　p.68（I）注参照。

9．サンチョ・パンサ　『ドン・キホーテ』の登場人物で、主人公ドン・キホーテの従者。無学だが、諺《ことわざ》を得意とする世故にたけた農民で、物語冒頭では、ドン・キホーテとは対照的な現実世界を象徴する人物として登場するが、次第に主人の影響を受け、ドン・キホーテのような夢想家になっていく。

伝統に則ったものを作り上げている人たちがいるはずです。その中には、何百年も後まで残っていくものもあるでしょう。しかし、どれが残るかは現時点ではわかりませんし、そんなことはどうでもいい問題です。

> 『ドン・キホーテ』を読んで感動し、勇気[1]がわくと感じるとき、生命エネルギーが読者に注ぎ込まれていると考えていいですか。

いいです。先人たちを深く尊敬している人であれば、四百年間に『ドン・キホーテ』に注ぎ込まれた先人たちの生命エネルギーを、あの小説を読むことによって感じることが出来るのです。そして、感じれば、それは自己の生命エネルギーに付加されることになるのです。

セルバンテスがあの小説を書いた当時は、まだエネルギーが蓄積されていないので、大衆小説としてしか読むことが出来なかったのです。ただ、現代においても先祖や文化に何の関心もない人は、『ドン・キホーテ』を読んでも何も感じません。それは作品に込められた先人の生命エネルギーと共鳴できないからです。そういうことがわかっていれば、それを人生問題として深く感じることが出来ます。当時はただの大衆小説だったものが、今は人生の本質を考える書になっていることを不思議に思っている人も多いですが、別に今の人の方が真面目に人生を考えているというわけではありません。歴史の変遷が、一つの大衆文学を人生の書物に作り変えたということです。読めば、そのエネルギーが自己に降り注いでくるのです。

だからでしょう。「希望」を哲学化した、あのエルンスト・ブロッホ[2]は、『ドン・キホーテ』を世界最大の「希望の文学」として位置づけました。それは、ドン・キホーテのもつ「狂

1．勇気　p.225（1）注参照。

2．ブロッホ〈エルンスト〉（1885-1977）　ドイツのユダヤ系哲学者。ユダヤ教的終末論とマルクス主義を融合。『ユートピアの精神』、『希望の原理』等。

気」が、真の希望を引き寄せるために必要な「聖なる無用性」[3]と感じられたからに違いありません。その中に、歴史的な多くの人間の人生の悲哀を感じ取っていたのでしょう。

『ドン・キホーテ』のもつ価値はわかりましたが、個性との関係をまとめると、どのようになるのでしょうか。

作品と個性の関係を考えるためには、当然のことながらその著者であるセルバンテスを中心に考えなければなりません。セルバンテスは、『ドン・キホーテ』という偉大な文学を作り上げた天才であり、偉大な芸術家です。そして、個性という見方からすれば、セルバンテスは音楽家であるバッハや、能の大成者の世阿弥と同じです。西洋の騎士道の伝統を集大成して、文学作品として結実させたのがセルバンテスです。バッハが中世・ルネサンス・バロックの音楽様式を集大成して作曲したり、世阿弥が猿楽の伝統を集大成して能の様式を確立させたのと同じなのです。

セルバンテスは、自分自身が騎士道に則ってどこまでも行動しようとして、騎士道に殉じた人でした。バッハや世阿弥と同様、歴史上で最も個性的な生き方をした一人だと言えます。騎士の道にどこまでも自己を合わせようとし、過去において騎士道と対決して火花を散らした多くの先人の生命エネルギーを受けとめた人です。だから、個性的なのです。言い換えれば、個性は人間らしい生き方のことだと言えます。その意味で、セルバンテスは最も人間らしい生き方をした人であり、我々が模範として憧れ、目指すべき人なのです。

『ドン・キホーテ』という作品そのものと、個性の関係はどうなりますか。

3. 聖なる無用性　不合理を愛することから生まれる生命の根源の力。カントの言う、生命に根差す「目的のない合目的性」は、役に立たないからこそ、却って真実の目的に近づくことが出来るのだ。真の希望は、生命の本源から生まれ、合理性からは決して生まれないということを表わす。

『ドン・キホーテ』という文学作品と対決して、火花を散らすところに自己の個性があります。火花を散らせば、読む者はセルバンテスの個性と感応し、作品の主人公であるドン・キホーテの個性が自分の中に入ってくるのです。そして、自己の個性は輝きを増すことになるでしょう。これは、ピアニストのケンプやルビンシュタインがバッハをピアノで弾こうとして曲と対決したり、能の演者が世阿弥以来の能の伝統様式と対決して火花を散らすのと同じです。自己の人生の中で、作品と対峙することです。そして、セルバンテスやバッハや世阿弥が、真に偉大な個性の持ち主だと言われるのは、古の先人たちが作り上げた様式美を一身に受けとめ、集大成して、一般人が読んだり聴いたり観たりすることによって、一般人でもそこに個性の火花を散らす生き方が出来るようにしたことなのです。

仕事の個性

> これまでいろいろな例から個性とはどういうものかを伺ってきました。次に実践的な点からお聞きしたいと思いますが、仕事についての個性はどのように考えたらよいのですか。

仕事において輝く個性を、私は「仕事の美学」[4]と名付けています。仕事の美学は、規律、命令、服従、献身という伝統によって成り立っています。それが、文化[5]から生まれた組織という文明[6]の様式です。従って、規律、命令、服従、献身に忠実であればあるほど、個性的になります。会社やその他の人間集団によって形成される組織というものは、実は人類の文明の一つなのです。人間が単なる烏合の衆[7]ではなく、何かの目的のために、集団が一致協力して事に臨むために生み出された文明の産物が組織なのです。そして、規律、命令、服従、献

4．美学　p.186（Ⅰ），127（Ⅱ），303(Ⅱ)／「ダンディズム」p.116(Ⅱ)／「滅びの美学」p.498（Ⅱ）各注参照。

5．文化　p.202（Ⅱ）注参照。ある種の差別化によって生まれた、人間精神の発露。雑多なものから、洗練されたものと成った事柄。

身は、組織という文明の根底にあって、それを個性的に生かすための様式なのです。
家族から始まって、人間は集団で何かを成し遂げようとすると、必ず組織論が入ってきます。誰が最終決定者であるかとか、誰の責任なのか、どういう序列になっているのかというようなことが決まらなければ、集団の目的を達成することは出来ません。そして、集団の規律と自己のぶつかり合いの中から、個性が生まれるのです。

規律というのはどんなに厳しくてもいいものなのですか。

規律の厳しさは、組織の目的によって変わってきます。例えば、新選組などは「鉄の規律」[8]と呼ばれるほど規律が厳しいものでした。あのような、倒幕軍と命がけで戦う集団は、現代の企業の社則などとは比べものにならないほど、厳しい規律が必要だったのです。新選組では、違反者はその場で切腹か、または局長の近藤勇[9]や副長の土方歳三[1]に斬られました。それくらい厳しくなければ、徒党を組んで攻め上って来る倒幕軍と対決できなかったのです。
新選組は現代でも個性的な集団だと言われており、中でも近藤勇や土方歳三などは特に個性的で、今でもよく小説の題材とされています。そして新選組は、鉄の規律で何から何まで決まっていた。近藤勇や土方歳三は、新選組の中でも最も規律に忠実でした。ここに個性の秘密があります。自己を規律に合わせ、規律との相関関係の中に個性が生まれるのです。会社でも社則に従えば従うほど、個性的になります。仕事が出来る人間は、みな個性的なのです。

一般に官僚主義[2]と呼ばれる、仕事の形式化や事務処理のマニュアル化も仕事の様式と言え

6. 文明　文化の集積を統一運営しながら、人間のもつ文化的価値を目的に向かって合理的、集約的に統合した組織力の全体を言う。

7. 烏合の衆　規律も統一もなく寄り集まった人々。群衆とも呼ばれる。

8. 鉄の規律　命のやり取りを行なうための組織は、最も厳しい組織論が適用される。それは、逃げの部分と綺麗事の部分を取り去った純粋の組織である。組織の本源の姿とも言える。

9. 近藤勇（1834-1868）幕末の新選組局長。天然理心流の剣術を学び、その宗家となる。一八六三年幕府の浪人募集に応じて浪士隊に加入。後に新選組局長として、池田屋事件など反幕派志士の取締りで名を揚げ幕臣となる。鳥羽・伏見の戦のあと江戸に戻り、新政府軍と戦うも敗れ、斬殺された。

るでしょうか。

それは違います。官僚主義的な形式化は、人をただ拘束するためのもので、組織という文明の様式とはまったく異なるものです。そしてその違いは、根底に美意識があるかどうかということです。何事も美しくなければいけません。人は建設的で有意義な人生に繋がる、個性的なものに対して美しいと感じるのです。

現代の官僚主義は、自分の保身とか、他人を縛りつけたいとか、権益などといった、およそ美とは反対の概念によって生まれたものです。従って当然、機能性もなく、無駄な書類の山になるだけです。仕事の美学も官僚主義的な形式も、規則が積み上がるという意味では同じです。しかし美意識において、決定的に違うのです。私が美というものの大切さを常に強調しているのも、美しいものは個性であり、高貴性と生き甲斐に繋がるからです。美しいということは、それほど重要なことなのです。

社会のルールと個性

著書『友よ』[3]に掲載されている白楽天[4]の「鶴」[5]について伺いたいと思います。この詩の第一段に「人《ひと》各ゝ《おのおの》好《この》む所《ところ》有《あ》り」とありますが、この好む所というのは個性に関することですか。

その通りです。ただし、現代の人にとっての好む所とは意味が違います。現代の人が好むのは、我から出るものであることが多いのです。だから、社会のルールを守らずに、好き勝

1. 土方歳三（1835-1869）幕末の新選組副長。一八六三年、幕府の浪人募集に応じて、近藤勇と共に浪士隊に加入。京都に上り芹沢鴨を含む三人で新選組を組織した。鳥羽・伏見の戦では、病気の近藤に代って隊を指揮するが敗走。榎本武揚に従い新政府軍に抗戦するが、函館五稜郭で戦死。

2. 官僚主義　文明的な組織が、悪く機能したときのことを言う表現。文明も組織も、もちろん善悪両面がある。その良い面が個性を作り、悪い面が官僚主義という形式主義を作り出してしまうのだ。

3. 『友よ』p.110（1）注参照。

4. 白楽天（白居易）（772-846）中国、唐代の代表的詩人。若くして科挙に受かり政治に意欲を燃やすが、要路の者に忌まれ次第に情熱を失なう。晩年は洛陽

手に生きることを指して「好む」と言っています。

本来好むという言葉は、社会のルールに反することには使いません。社会のルールをすべて守りながら、いかに自由に生きるか、言い換えれば、社会のルールとどう関係を保ち、どういう姿勢で対していくかということが「好む」という言葉の本来の意味です。社会のルールとは、法律はもちろん、社則や礼儀作法、慣習やしきたりなどのすべてが含まれます。それらは、人間が集団で社会を形成していく上で、必要に応じて作り上げられてきた文明の様式なのです。

そのような、個人と社会のルールの相関関係の中に、個性が輝くのです。会社であれば、全社員が社則を守っても個人個人は違っています。そして社則や会社方針に則れば則るほど個性的な活躍が出来るのです。社会のルールを守らなければ、いくら頑張っても何も積み上がりません。

白楽天がこの詩を書いた時代も、社会のルールを守るのは当然のことでした。当時は唐の皇帝を頂点とする絶対帝政時代であり、また家族主義が強く、親の命令に従うことが前提の社会だったのです。そういう前提条件をふまえて詩を鑑賞しなければ、自分の我を正当化してしまう恐れがあるので注意しなければなりません。

> ではもう一つ、次の第二段の「物固《ものもと》より常《つね》の宜《よろ》しき無《な》し」というところは、個性とどういう関係があるのですか。

社会のルールが時代と共にどのように変化しても、個性には関係ないということです。個性とは、その時代、その時代の社会のルールと人間の相関関係の中にあります。封建時代に

に居を定め、詩酒を友とする生活を送る。「秦中吟」、「新楽府」等の社会を批判する詩や、「長恨歌」等の晩歌が愛誦されている。日本においては、『白氏文集』が平安時代の物語文学等に大きな影響を与えた。

5.「鶴」
人各ゝ好む所有り、
物固より常の宜しき無し。
誰か謂ふ爾能く舞ふと、
閑立する時に如かず。

は封建時代のルール、民主主義には民主主義のルールがあり、そのルールと人間がどう関係していくかということです。要するに、自分が社会のルールに合わせていけばよいのです。これまでにも述べたように、確かに現代の似非民主主義思想は我を増長させるものであり、個性的な人間が出にくい社会であることは事実です。だからといって、現代社会のルールを守れば個性が失なわれると考えるのは間違いです。社会のルールに反するところに個性はありません。要するにルールを守りながら、それとどう関係を保っていくかが重要なのです。

個性と生命の躍動について伺いたいと思います。これまでも、個性は生命エネルギーを生かす生き方そのものだと伺っていますが、もう少し詳しく説明して頂けますか。

個性とは、元々が生命の躍動そのものに対する名称なのです。人間の人生において、生命の躍動の部分を個性と呼ぶのです。現代の人は、伝統的な様式を身につけるための鍛錬をしなくなったので、生命の躍動がなくなってきています。勉強であれば基本項目を暗記して、初めて活用できます。その暗記の部分が鍛錬であって、また活用の部分が躍動であり個性なのです。基本項目を暗記する努力をしなかったり、暗記するのがやっとの状態では、とても活用して躍動させるところまではいけません。

服装にしても、英国のジェントルマン[6]は、若いうちに自分の「生き方」が確立するので、それに則って服装も決まってしまうのです。だから、あとは躍動するだけなのです。様式が確立してから躍動に入り、個性が出るのです。一生自分に合う服を探している人は、死ぬまで洋服の奴隷であって、躍動するところまでいけません。

人間は、自己が確立するほど自由になり、生命が躍動します。そして細胞レベルにおいて

6. ジェントルマン（＝英国紳士）p.212（I），222（I）各注参照。

も、生命が躍動している人ほど生命エネルギーも増進するのです。従って、個性的な人ほど生命が躍動していて、生命エネルギーが燃え盛るのです。

現代の似非民主主義社会は躍動しにくい社会だと言えますか。

言えます。現代の似非民主主義は、人権[7]の中心が動物的な日常に合っているのです。つまり、人類の文明の根源がないがしろにされているということです。根源とは、文明的価値観です。従って、根源を特別に習得して、さらに躍動までもっていく必要があるという大変な社会なのです。

また、生まれた時から全員が平等の価値を付けられているので、過去の時代のように自分の生命を躍動させて、自分が何者であるかを証明する必要もありません。ただ食べて寝ているだけで、仕事をしなくても全員同じ価値であるという社会なのです。従って現代は、鍛錬と呼ばれる様式の習得過程にも入らない人が多いのです。確かに、封建制度[8]には封建制度の欠点があり、封建制度の欠点を改善し、特に弱い者を救済しようとして生まれたのが本来の民主主義でした。その点からいえば、決して悪いものではありません。ところが、封建制度の欠点ばかりを見て、悪いものを止めようとして、良いものも、生命の躍動も、すべて止めてしまったのが現代の似非民主主義なのです。そして生命理論からいえば、躍動を止めることは間違いなのです。生命を躍動させながら、良いものは良い、悪いものは悪いとして、全体として少しでも良い方向へ向かおうと努力し続けるのが、人間の本来とるべき姿勢だと言えます。

7．人権　p.196（Ⅰ）注参照。

8．封建制度　封建時代の社会制度は、恩と義理によって人間同士を組織編成している社会だということ。つまり、法よりも他人との絆という信頼関係に、すべての制度が依存していたのだ。

尊敬心と個性

> やはり現代は自己の中に様式を持とうとしないことが、個性的な人間を少なくさせているのですね。

そういうことです。一つの様式を身につけていると、その様式との比較によって他の様式もわかってくるのです。そして一つの様式を身につけることは、それほど難しいことではありません。例えば私の場合、音楽に関していえば、指揮者はブルーノ・ワルター[9]、ピアニストはアルフレッド・コルトー[1]、ヴァイオリニストはフリッツ・クライスラー[2]を若い頃に徹底的に聴いていました。彼らの持っている様式を、自己の体感として身につけていったのです。

いずれも私の父親が好きだった音楽家であり、家に多くのレコードがあったのです。そして、身につけた様式との比較によって他の様式もわかるようになりました。ピアノ演奏であれば、コルトーとの比較によって、弾いているのがフランス人か、ドイツ人か、ロシア人かということも聴き分けられるようになりました。それもコルトーの持つ様式を体感として身につけているからです。様式と言うと堅苦しいですが、要するに好きなら身につくのです。鍛錬とは、実は最も楽しいことだと言えましょう。

現代の人は、様式を一つ一つ身につけていくという鍛錬をしません。大変だと思い込んでいるのです。その考えを改めなければなりません。例えば、指揮者であればカラヤン[3]しか聴かないと決めて何年も聴くことも一つの鍛錬になります。そうすれば、カラヤンの持っている様式が身についてくるのです。何事も一人の人を徹底的に研究することによって、その人のもつ様式が自分に入ってくるのです。

9. ワルター〈ブルーノ〉(1876-1962)　ユダヤ系ドイツ人の指揮者。シュテルン音楽院で学び、ハンブルク市立歌劇場でマーラーの助手をつとめる。マーラーの招きでウィーン国立歌劇場の指揮者となり、後にミュンヘン宮廷音楽監督、ベルリン市立歌劇場の指揮者等を歴任。モーツァルトの演奏で名声を得る。一九三九年ナチスから逃れ渡米、のち帰化。ニューヨーク・フィルハーモニー管弦楽団なども指揮。

1. コルトー〈アルフレッド〉(1877-1962)　フランスのピアニスト。パリ音楽院を卒業したのち、ワーグナーに傾倒。また、チェロのパブロ・カザルス、ヴァイオリンのジャック・ティボーと〈トリオ〉を結成。音楽学校エコール・ノルマル・ド・ミュジックを創立し、次世代の育成に努める。仏近代音楽に詩情あふれる名演を残し世界的名声を得た。

文学においても同じです。文豪と呼ばれる人は皆、若い頃に自分が尊敬する一人の人、例えば夏目漱石[4]なら夏目漱石、志賀直哉[5]なら志賀直哉の文章を、ひたすら書き写して研究したと言っています。誰も文章読本のような、多くの人の美文ばかりを集めたものを読んで研究してはいません。現代の人は一人の人だけ研究すると真似になって自分のスタイルにならないと考えているようですが、何度も言っているように、人間は全員違うのですから、まったく同じになることは絶対にありません。どんなに真似をしても限界があるということです。

一人の人を研究することで様式が身につくということですが、やはりその研究の姿勢は、バッハが様式を身につけた姿勢を見習えばよいのでしょうか。

当然です。バッハのように先人を尊敬して学ぶ姿勢がなければ、様式は入って来ません。私もワルターのレコードをかける時は、スピーカーの前で正座をして聴き、終わればスピーカーに向かってお辞儀をしていました。そういう気持で何年か聴いているうちに、様式が身についたのです。尊敬心なしに研究しても表面的なことしか学べず、様式を受けとめることは出来ません。様式を習得してやろうと思って研究しても無駄なのです。尊敬心がなければなりません。そしてこの点が、似非民主主義の時代によって出来なくなったのです。人間はみな平等だということを間違って解釈しているため、人を尊敬することが出来ないのです。

現代は情報量が多いので、一人の人に絞ることが難しくなっています。

そのことも、現代人が様式を身につけられない原因です。情報量の多さと、時代が豊かなことによって、かえって様式の習得が難しくなっています。例えば、近年の著名な音楽家は、

2. クライスラー〈フリッツ〉(1875-1962)　オーストリアのヴァイオリン奏者。ウィーン音楽院、パリ音楽院で学ぶ。一八八九年のベルリン・フィルハーモニー管弦楽団との共演によりソリストとしての地歩を築く。ナチスから逃れてアメリカに亡命。ウィーンの伝統を身につけた最後の大ヴァイオリン奏者といわれる。「ウィーン奇想曲」、「中国の太鼓」、「美しいロスマリン」等。

3. カラヤン〈ヘルベルト・フォン〉(1908-1989)　オーストリアの指揮者。ウィーン音楽院、ザルツブルクで学び、ベルリン国立歌劇場等の客演指揮者となる。音楽祭で成功を収め、ベルリン・フィルハーモニー管弦楽団の指揮者となる。指揮者の大御所的存在として君臨した。

ロシアや東欧などの旧共産圏の出身者が多いです。これは、それらの国々では何かで成功するまでは、とても貧しい生活をしなければならないことが、一つの要因となっていました。貧しくてピアノも買えず、レコードも手に入らず、有名な先生につくことも出来ない。そのため、地元の村で一番うまい演奏家の演奏を繰り返し聴いて、一枚のレコードをすりきれるほど聴いて研究するうちに、自己の中に一つの様式が確立したのです。

スペインの名チェリストのパブロ・カザルス[6]も、二十歳になる頃までは名演奏というものを聴いたことがなく、地元でチェロが一番うまい人の演奏を聴いて様式を身につけたのです。工業文明と資本主義経済の発達などによって豊かになった国々では、若い頃から多くの名演奏をレコードやCDで聴いたり、コンサートに行ったりすることが出来ます。しかし、そのことが逆に、自己の中に様式が確立しなくなる原因になっているのです。名盤を何枚聴いても自分の好きな曲は出来ないのです。判断基準としての様式が、自己の中にないからです。

情報が多いことは、それを活用できる人にとっては有用ですが、取捨選択の基準が自己の中に確立していない人にとっては、害毒以外の何物でもありません。会社の経営にしても、今はいろんな経営学の本が出版されています。それが却って、経営を難しいものにしています。私は経営に関しては、出光佐三[7]という一人の人間を尊敬し、その著作だけが自分の経営の指針となっているだけです。他の経営学の本はまったく読んでいませんが、今日まで困ったことはありません。

様式を身につけるためには、様式を体得している人間を尊敬して研究する以外に方法はないのです。様式を現実に生かしている人を研究することによって、その人のもつ様式が自分の中に入ってきます。そして、その様式を軸にして個性が発露するのです。

4．夏目漱石（1867-1916）明治・大正期の小説家。森鷗外と並び、明治を代表する文学者。少年時代は漢詩文に親しみ、正岡子規を知り俳句を学ぶ。東大英文科卒業後、教職を経て一九〇〇年に渡英。帰国後、一高・東大各講師となってすぐ『吾輩は猫である』、『坊っちゃん』を発表。朝日新聞に入社し『三四郎』、『それから』、『門』等を同紙に発表し作家としての地位を確立。

5．志賀直哉（1883-1971）大正・昭和の小説家。武者小路実篤らと雑誌『白樺』を創刊。優れた短編作家として知られ、また鋭い感性の緊迫したリズムの文体で長編の私小説作家としても活躍した。『暗夜行路』、『和解』等。

6．カザルス〈パブロ〉（1876-1973）スペインのチェロ奏者。バルセロナ音楽学校とマドリード音楽院に学んだ後、パリで演奏家として出発。チェロの演奏表現に画期的な変革をもたらす。

個性を阻害するものとして、現代の「何でも学校で教わろう」とする姿勢もあるのではないかと思います。

その通りです。今日のように学校教育が浸透した時代は、何でも教えてもらうのが当然だと思っている人が多くいます。しかし、そういう受け身の姿勢では、決して個性は生まれません。個性は生命の躍動であり、能動的な部分だからです。

現代の人は、英語を勉強しようと決めると、まず英会話学校を探し始めます。これが受け身の姿勢ということです。あくまでも誰かに教えてもらおうとしているのです。英語を勉強したければすればいいのです。学校に行ってもいいのですが、学校に行かなければ学べないということはありません。留学する必要もありません。身の周りにあふれている英語を、片っ端から覚えていけばいいのです。

学校制度は、それが制度化された時には、国民全体の教育水準を高めるのに有効だったのかもしれませんが、今は多くの点で問題が出てきています。特に芸術は、学校制度によって破壊されたとも言えます。歴史を見ても、西洋で音楽学校が整備されてから、偉大な音楽家が出なくなっています。これは学校教育によって、音楽家が過去の様式と対決し、苦悩し、火花を散らすことがなくなったからです。確かに音楽家にとっては、ピアノなどで指の使い方の訓練もある程度は必要なので、学校で体系的な訓練を施すことは有効でもあります。そのために音楽学校が整備されていったのです。

しかし、学校は教えてもらうという受け身の姿勢になりやすいので、生命を躍動させて能動的に様式と対決して火花を散らすことが少なくなったのです。その結果、偉大で個性的な

そのバッハの「無伴奏チェロ組曲」の演奏・研究は世に有名。スペイン内乱後フランスのプラドへ移住。音楽祭を主催。プエルト・リコに移住し、その地で死去。

7．出光佐三（1885-1981）昭和期の実業家。福岡県生まれ。神戸高商を卒業後、酒井商会に入ったが、後に自身で出光商会を設立した。一九四〇年には出光興産の社長に就任し、石油会社を興こした大実業家である。門司商工会議所会頭、貴族院議員もつとめ、国内外の美術品を収集し、出光美術館を開設した。

音楽家が急速に減ってしまったと言ってもいいでしょう。

個性についてのまとめ

最後に個性について総括して頂ければと思います。

個性とは、昔はあるのが当たり前のものであり、個性という言葉すらありませんでした。現代の個性に対する誤解は、個性という言葉を作り、個性とは何かを決めようとしたことに始まっています。つまり個性とは、これが個性だというように決められないものなのです。人間が人間として、自分はどう生きるかという意志と哲学があれば、その生き方は全員違うものになり、その違いが個性なのです。人間が生きようとする姿勢と、その時代、その社会、文明と文化の様式がぶつかり合って生命が躍動し、火花が散る。そこに、人は個性を感じます。

現代は、個性教育という言葉に象徴されるように、個性を何か別の、特定のものとして取り出そうとしたところに間違いがあります。本来、全員違うものであり、決められないものである個性を無理に引き出そうとして、実際に引き出されたのは、人間の我という個性とは正反対のものでした。ここに個性を理解することの難しさがあるのです。

個性という、本来定義できないものを主題に取り上げているので、個性とは何かを理解しようとして読むと、誤解する恐れがあります。ただ、現代は誤解される恐れがあっても、主題として個性を取り上げなければならないほど、この言葉の使い方が乱れているのです。個性は人間の生命の躍動であり、人生の根本です。言葉の使い方は乱れていても、現代のサラリーマンの中にも、社会のルールを守って仕事をしている個性的な人はたくさんいます。ここに語られた言葉にしても、「個性とは何か」を自己の中で規定しようとして読むのではなく、ここに展開された内容が当たり前だと思えるようになることが、真の個性的な生き方、人間的な生き方に繋がるのです。

13　言語能力と生命

宇宙には、意志があるのだ。その意志が、我々の言語を創り上げたのである。

言語能力の根本

現代の日本人は、日本語の言語能力が昔に比べて低下しているということが言われます。それは例えば、高校生や大学生が基本的な漢字を知らないというようなことを指しているのでしょうか。

そうではありません。言語能力は、漢字を知る知らないということではありません。漢字を知らないというようなことは、言語能力のうちの非常に瑣末《さまつ》的な話なのです。言語能力とは、一つの単語なら単語、概念なら概念について、どのくらい意味を深く知っているかということです。だから単語の意味一つでもその知り方が非常に浅い人と深い人、歴史的なことまで詳しく知っている人と知らない人と、いろいろ分かれてくるのです。

そして、言語能力の根本は、人間と人間が意志や心をやり取りする人間関係を深められるかどうかということに繋《つな》がってくるのです。人間関係が深いとは、話している言葉の意味や概念が深いということを意味しています。つまり、言葉が人間関係を決するすべての要因なのです。

人間は、人間として生きるために必ず人間関係が必要であり、他の人間と意志をやり取りしたり、お互いに協力し合って何かをするためには、言葉が必要なのです。だから、より密接な人間関係を結ぼうとすれば、より高度な言語能力が必要になり、その関係が複雑で繊細になればなるほど、表現力というものが必要になってくるのです。もちろん話す言葉だけではなく文章力というものも必要で、多くの語彙《ごい》を持っているとか、文章にしても構成能力があるなど、より複雑で繊細な表現力が必要になるということです。つまり、現在の日本人の言語能力の低下の問題は、人間関係を結ぶことがそれだけ無くなってきたことが、その大きな原因なのです。

今は一般的に言語能力が低下しているのは学校教育の問題ではないかと言われていますが、そうではないということですか。

言語能力と学校教育は本来は関係ありません。現代人の誤りは、言語能力が学校教育で養われるものだと考えていることです。言語能力というのは、元々親子関係から始まる人間関係によって養われていくものです。実際に昔は学校に通っていない、小学校も出ていないという人がたくさんいましたし、世界中で十七〜十八世紀頃までは、公教育そのものがありませんでした。しかし、そういう時代の人たちの方が、残された文献を見るだけでも、今よりずっと一つ一つの言葉の意味、概念が深く、重みがあったし、表現力も豊かだったのです。ということは、言語能力が学校教育ではないところで養われているということを示しているのです。

言語能力と人間関係

昔は人間関係が深かったので、言語能力も高かったということですか。

そういうことです。人間関係なくして、言語能力はない。先ほども言ったように、言葉は、他の人間に自分の意志を伝えたり、他の人間と協力して何かを行なうためのものです。つまり、本来的に神事を除けば、人間関係のためにあるものなのです。だから、人間関係が必要な社会ほど、言葉は複雑になり、語彙も増え、微妙なニュアンスまで伝えられるように言語能力も高まっていくのです。その証拠に、昔の人は普通の農民や町人であっても言語能力は非常に高かったのです。そういうことは、その時代の普通の人々が書いた手紙などを読んでみても、言葉の使い方、表現が大変多彩で深みがあることがわかります。

また、特に江戸時代の武士や学者といった人々は、言語能力が現代人と比べて桁違いでした。もう十歳になれば、みな漢詩を作るという人間たちで、そういう人たちの文章を読めば、その高度さというものを必ず感ずることが出来ます。それもすべて、昔の人の人間関係がそれだけ深かったということであり、微妙な機微まで表現する必要があったため、言語能力が高くなっていったのです。

各国の、秀れた文学や記録文を見ると、言語に統一性が無く、地方色の濃い方言的表現が強く残っている時代ほど、高度な文章表現があるのです。古代ギリシャでも統一が進み、コイネー[1]という統一言語が出来てからは、もう大文学も大思想もほとんど生まれなかったと、歴史家ランケ[2]はその『世界史の流れ』において語っています。また、英語や仏語にしても、規格統一が進んでいないときの方が偉大なものが生まれているのです。つまり、地方色と地域性が強い時代ほど人間関係も濃密であり、その分、言語表現の能力が強かったと見る見方が正統だと思えるのです。

なぜ昔の人の人間関係は深かったのでしょうか。

親子関係が、まずしっかりとあったことが挙げられます。人間の基本は、やはり親子関係なのです。極端な話ですが、山奥で母親と二人きりで育ったとしても、母親との絆が強く深くあれば、言語能力は非常に高くなるのです。その他にも、昔は今とは比べようもないほど人々が協力し合うことが必要な社会で、そうしなければ生きていけないということもありました。生活の中の家事にしても仕事にしても、何でも家族や近所の人、仕事場の人たちがお互いに協力し合わなければ出来なかったのです。

また、字を習うということであっても、学校教育はなかったので、近所の学識のある人や寺子屋[3]などで教えてもらっていました。そうすると、またそこでもしっかりと人間関係があって、魂の交流があり、知識と魂とが一体になっていたのです。要するに、何をするにも

1. コイネー　古代ギリシャにおいて、アレクサンドロス大王がマケドニア帝国を築き、それを継承したヘレニズム諸国での共通ギリシャ語。

2. ランケ〈レオポルト・フォン〉(1795-1886)　近代ドイツを代表する歴史家。実証主義を説き、科学的な歴史を目指した。後の欧米の歴史家に多大な影響を及ぼした。『プロイセン史』等。

3. 寺子屋　江戸時代に、庶民の子供に読み書きや算盤、道徳を教育した民間施設。日本中で営まれたことで、日本人の識字率は世界最高水準となっていた。

そこに必ず深い人間関係があったので、自然と高度な言語能力が養われていったということなのです。つまり、地域の閉鎖性が、言語的能力の発達には非常に有利に働いていたことが想像できるのです。

人間関係がなくなれば、言語能力もなくなっていくものなのでしょうか。

当然です。よく今でも自分の殻に閉じこもるとか、自己固執[4]という言い方をしますが、そうなれば言語は必要なくなるのです。自分のことはすべて自分でわかっているので、それをわざわざ表現したり伝える必要がないためです。そして、人間関係がないということは、最終的には動物と同じになるところまでいくのです。動物は言葉を持ちませんが、それは他者と関係を持つ必要がないためです。あるのはただ痛いとか寒いというような本能的なことだけです。要するに、快不快の動物的な電気反応だけです。人間が人間として生きていくためには、必ず他者と意志をやりとりし、協力し合っていくことが必要であり、そのためには言語能力が必要になるのです。言語は、人間であることの証です。そして人間は、協力し合うことが、その存在の証となっているのです。

言語能力と文明・文化

言語能力が人間関係と関わっているという話を伺ってきましたが、これは言い換えると、人間関係がなくなり言語能力も低下すれば、さらにますます人間関係がなくなっていくということでしょうか。

4．自己固執　p.82（1）注参照。すべての関心が、自分の心を中心とした内部に向かうこと。人間の五感は、本来は外部に開かれているものなので、内部に向かえばエネルギーの停滞状態を呈することになる。

そういうことです。つまり、今は人間関係と言語能力は互いに低下し合うという悪循環になっているのです。そして実は、この問題は人間が人間として生きるための、文明や文化の問題とも繋がっているのです。

文明[5]や文化[6]と繋がっているというのは、どういうことなのでしょうか。

愛情や友情、信頼、恩[7]や義理[8]など、人間は様々な文明や文化を築いてきました。しかし、これらの文明や文化は、人間同士が人間関係を深めるためにあるもので、つまり言葉によって支えられている概念なのです。人間同士、お互いに「沈黙[9]」の中でその交流が行なわれたとしても、その沈黙を支えている内部は「言語」なのです。この話はわかりにくいかもしれませんが、例えば動物は、腹が立ったら相手を威嚇して噛み付くだけです。しかし、文明や文化を持った人間は、腹が立っても腹を立てていることを言葉で伝えたり、「この人なりに苦労をしているんだ」と相手のことを思いやったり、また自分で「こんなことくらいで腹を立ててはいけない」と考えているのです。こういう交渉や思いやりや戒めというものが、文明や文化の土台を創っているのです。そして重要なことは、この時に考えることはすべて「言葉」で考えていることなのです。つまり言葉で相手を思いやり、言葉で自分を戒めているのです。だから文明や文化は言葉であり、文明や文化の程度は言語能力にかかっているということが言えるのです。

そうすると、言語能力が高い人が多いほど、文明や文化も発達しているということですか。

そういうことです。言語能力が高いほど、様々な表現が出来るし、一つの概念についても

5. 文明　p.273（I）注参照。
6. 文化　p.272（I）, 202（II）各注参照。
7. 恩　p.318（I）, 161（II）各注参照。
8. 義理　社会の上下関係から生まれる、果たさなければならない義務。体面を保つための道でもある。
9. 沈黙　p.16（I）注参照。口に出る言葉に成る前の、心にある言葉の量。自己の体験なども、言葉として自己の中に蓄積している。これが口から出る言葉に真の「力」をつける沈黙と言われる部分を形成する。

より深く理解できる。つまり、高い文明や文化を体現[1]することが出来るということです。実際に、文明や文化が進んでいる国の言葉はみんな複雑で、それを使って微に入り細にわたり様々な表現が出来、微妙なニュアンスまで伝えられるようになっています。

例えば、フランスはずっとヨーロッパ文化の中心でした。そのフランス人と言えば、言語能力が世界で一番高いと言われた民族だった。そして、そういう国の言葉を覚えようとしたら、大変複雑で深遠なので、一生涯勉強しても、どこまでも拡げ、また掘り下げていけるのです。そして、完全に習得することは誰にも出来ない。英語やドイツ語、中国語など高い文明や文化を築いてきた国の言葉は、同じように非常に複雑で、多岐多彩な言語になっています。もちろん日本語も同じです。しかしその一方で、あまり文明の発達していない国では、行く、帰る、あっち、こっちというような簡単な言葉しかなく、単語の数が全部で数百種類ぐらいしかないという言語も実際にあります。そしてそういう国でも、文明や文化が発達してくるとどんどん語彙も増え、言葉も複雑になっていくのです。

一般に、日本語は難しい言葉だということが言われると思うのですが、これは日本語が複雑な言葉のためなのでしょうか。

日本語は複雑な言葉ですが、難しい言葉だという言い方は間違いです。言語は、難しい易しいという問題ではありません。文明が発達している国の言葉は複雑だということだけです。あとは、その言葉にどれだけ深く精通していくか、という問題だけです。日本語は確かに複雑な言葉です。例えば、日本では平安時代や室町時代には染物などの色の分け方が非常にたくさんあって、赤という色だけで何十種類も表現があったのです。弁柄《べんがら》[2]色、紅絹《もみ》[3]色、今様《いまよう》[4]色、

1. 体現　p.214（1）注参照。知識として知るだけでなく、経験知という肉体に浸み込んだ知恵として発露出来る真の知性。

2. 弁柄色　酸化鉄顔料であり、インドのベンガル地方産のものを輸入したため、「べんがら」と名づけられた。赤錆の色。旧石器時代から用いられる最古の色のひとつ。

撫子《なでしこ》色[5]など、ざっと調べただけで五十種類以上あります。それだけ言葉があるということは、一つ一つの色の微妙なニュアンスまで表現できたことを意味しています。

これは、その言葉を使う人間同士が、お互いに大変膨大な思想の概念を持っていることを示し、それらの言葉を駆使して細やかな表現や意志のやり取りが出来たということです。だから、もしも着物を作ろうとすれば、素晴らしい多彩な着物がいくらでも出来たということなのです。要するに、昔はそれだけ高度な文明、文化を持っていたことになる。本来、日本語はそういう複雑な言葉でした。ところが今では、赤という色は数種類の区別しかなく、それだけ概念が少なくなってしまっています。それは、昔のようには意志のやり取りが出来なくなっていることを示しています。

日本語は、欧米の言葉に比べて国際性がないということも言われます。これは、日本語が欧米に比較すれば、文明や文化が低いということになるのでしょうか。

そんなことはありません。日本語は確かに国際性がない言葉です。しかしこのことは、本来の文明や文化の度合とは関係ありません。日本が、ヨーロッパの列強国[6]のような、帝国主義的な発展をしなかったということを示しているだけです。逆に、国際性が高いと言われている欧米諸国の言葉は、それだけ他の国を侵略して植民地にしてきたから、通じる国が多いということです。つまり、いま言われている国際性というものは、どれほど他の国に暴力を振るい、自分たちの言葉を押し付けてきたかという歴史を証明しているだけで、別に威張ることでも何でもありません。

だから、日本語が世界に通用しづらいことは、日本がそういうことをあまりしてこなかっ

3. 紅絹色　クチナシの黄に紅花を重ねた、黄色がかった紅色。小袖や振袖の裏地によく使われ、茶色や鼠色が流行する江戸中期以降、裾さばきで鮮やかな紅絹色がのぞく対照の美が愛された。

4. 今様色　紫がかった紅色。「今様」とは「現代風の」「流行の」という意味であるが、平安時代に流行し、この名前がついた。天皇家の人間しか使えない濃紅を淡くした色で、高貴な身分の女性が好んで身につけた。

5. 撫子色　撫子の花のような紫がかった薄紅色。古くから伝統色の一つとされ、平安時代には若者の色とされるほど、親しまれていた。

6. ヨーロッパ列強国　「西洋列強諸国」p.370（I）注参照。

たいうことです。国際性とは、そういうことなので、もちろん文明や文化の発達とはまったく関係ありません。文明や文化の発達度合というのは、要は言語能力の質的な高さだけなのです。

言語能力と近代化

> 言語能力が低下しているということは、最近になって言われ始めた問題だと思います。これは戦後になって始まったことなのでしょうか。

言語能力の低下は、戦後の問題ではありません。すでに明治の頃からある問題なのです。いわゆる近代化が始まり、民主主義と機械文明[7]が出てきてから言語能力が低下してきたのです。それ以前は、文明の発祥と言われるエジプト[8]、メソポタミア[9]、インダス[1]、黄河[2]の四大文明以来、農業文明から工業文明に推移してくるまでは、多くの国で一貫して言語は発展し続けて複雑化してきたのです。産業革命[3]が起こるまでは、どこの国も「地域社会」の拡大が国の拡大であったのです。自己完結型の文明圏であった古代ギリシャ・ローマなどの例外を除いて、そのような状況は、大体十七、十八世紀くらいまで続いて来ました。

その後、ヨーロッパで産業革命が始まり、民主主義と機械文明が出てきてから言語はどんどん衰退してきた。だから、言語能力の低下という問題は日本だけの問題ではなく、英米もドイツもフランスも、近代化を経てきた国はすべて、この問題に突き当たっているのです。日本ではそれが、民主主義と機械文明が西洋から入ってきて近代化が始まった、明治以降ということなのです。

7. 機械文明　p.128(I)注参照。ここでは、産業革命以降の行き過ぎた機械文明を言う。

8. エジプト　p.65(I)注参照。

9. メソポタミア　p.65(I)注参照。

1. インダス　インド、パキスタン、アフガニスタンのインダス川流域で栄えた文明。紀元前二三〇〇年から一八〇〇年の間に栄えたとされている。

2. 黄河　中国の黄河流域で栄えた文明。紀元前三〇〇〇年から二〇〇〇年頃とされるが、黄河以外にも様々な中国国内の大河流域で遺跡が発見されている。

先ほども言いましたが、フランスは世界で一番言語能力が高いと言われていました。しかし、今ではフランス人でもフランス語の綴り[4]一つ正確には書けない人が大勢いるということで、大変な問題になっているのです。

民主主義や機械文明が、言語能力の根本である人間関係を破壊してきたということですか。

そうです。これは民主主義と機械文明はどちらも、他の人間との関わりをなるべくしないで済ませられる社会を創ろうとするものだからです。例えば、民主主義は個人を尊重する考え方であり、人間同士が意志をやり取りしたり、協力し合ったりする人間関係を、思想的に破壊するものなのです。また機械文明は、それまで人間同士が協力し合わなければ出来なかったことを、機械を導入することで一人でも出来るようにしてしまった。言い換えれば、これらの近代化というのは合理化[5]、合理主義[6]というものになります。「合理主義」は「関係」の破壊によって成り立つのです。つまり、人間関係は、「集団」に価値を置く文明において発達し、個人尊重になるほど衰退します。言語能力もそれに伴って消長します。

人間の言語能力というのは、こういう合理主義とは反対のところにあり、昔のように人間同士が協力し合ってやらなければ出来ない社会の方が、高まっていくものなのです。つまり、言語能力は人間同士の絆のあるところに存在する。具体的には、民主主義も機械文明も歩調を合わせて発展しているものなので、どちらがより言語能力の低下の原因として大きいかという説明をするのは難しい。しかし、この二つが出てきてから、言語能力の低下が始まっているのは確かなことなのです。日本でもイギリスでもフランスでもドイツでもアメリカでも、民主主義と機械文明が出てきて近代化を推進し出してからは、物質的な生産量は増えても、

3．産業革命　p.65（1）注参照。

4．フランス語の綴り　ヨーロッパ語は綴りの中にその言葉の概念と歴史が入っている為、正確に書けなければならない。

5．合理化　効率や利潤を重視し、余剰の設備や人員を削減し、組織や集団を効率よく運営し労働生産力を増進させること。その過程において、人間性の排除が必要条件となってくる。

6．合理主義　感覚や経験的な判断ではなく、理性や論理に依拠する態度のこと。また生活のあらゆる面で合理性を貫くこと。従って、面倒くさい人間関係などは特に軽視される。

言語能力については下がる一方なのです。

反対に、近代化が始まる前は、言語能力は非常に高かったということでしょうか。

近代化が始まる前は、どこの国も非常に高い言語能力を持っていました。近代化以前の人たちの文章で、今も残っているものを読んでも、いずれも非常に素晴しいものです。これらは、みなが高い言語能力を持っていたことの証です。例えば、ドイツの職人でカール・ツァイス[7]というレンズ作りの職人がいました。今ではツァイスのレンズと言えば、世界最高峰のレンズとして有名ですが、当時はただの職人で普通の市民だったのです。このツァイスの手記や手紙や書き残した文献が今でも残っています。それらを読むと、若い頃に書かれたものでもツァイスがすでに途轍もない言語能力を持っていたことがわかります。日本でも同様で、日本の場合は江戸時代が言語能力的においては頂点で、普通の人々も非常に高い言語能力を持っていたのです。

なぜ日本では江戸時代が頂点だったのですか。

それは、江戸時代が安定した社会で、しかも人間関係が一番濃密で複雑だったためです。知っての通り、江戸時代というのは世界史上でも類例がない、三百年間も平和が続いた時代です。こういう社会では、隣近所の家[8]が三百年間ほとんど動かず変わらないということも多かった。そうなると、人間関係も大変な複雑さで、微妙な入り組み方をしてくるのです。そしてそういう中では、自然と言語能力が鍛えられていくものなのです。日本は江戸時代に世界に冠たる言語能力が養成された国ですが、近代化の始まった明治時代以降は下がる一方で

7．ツァイス〈カール〉（1816-1888）　ドイツの技術者。一八四六年、イェーナに精密機器工場を設立、カール・ツァイス社（p.489(1)注参照）の基礎を作った。光学ガラス研究者の協力を得て、レンズや顕微鏡製作に科学的手法を導入したことで知られる。

8．隣近所の家　江戸時代には原則として、生産者である農民の移住は厳しく禁じられていた。移住を願い出て許可が下りることもあったが、そうでない者は「無宿人」とされ、取締りの対象となった。また、武士も商人も身分や職種によって住む場所もすべて決められていた。近所とは、生活と仕事を共にする者たちの閉鎖社会だった。

す。このままいけば、いずれは言語能力も枯渇してしまうでしょう。要するに、明治以降は江戸時代の遺産を食い潰している状態と言えます。このように、言語能力は人間関係が複雑になるほど高度になっていき、近代化が始まり人間関係をあまり取らなくて済む社会になると、どんどん低下していくのです。

考える力と言語能力

いまは、世界中で近代化を経た国が言語能力の低下の問題に突き当たっているということですが、これから我々が言語能力を高めていくにはどうすればいいのでしょうか。

人間関係を深めて、思索を繰り返していくしかありません。先ほどから言っているように、言語能力は人間関係が深ければ深いほど、密接になればなるほど、発達するのです。だから、家族でも職場でも人間関係を深めていくしかない。また現代人は、特に思索する、考え続けるという習慣がありません。ですから、考えるということを心がけてやっていく必要があります。考える習慣が、言語能力を伸ばしていくのです。考えること自体が、言語の力なのです。

なぜ、考えることが言語能力を伸ばすのですか。

ものを考える時には、これは当然のことですが、みんな「言語」で考えているのです。日本人は日本語、イギリス人やアメリカ人は英語で考えている。そして、その言語における言語能力の高さが知性の高さ、考えの深さということになるのです。だから、いまよりも社会が複雑で不便であったために常に考える必要があった時代は、途轍もない知性や知恵が次々と生まれていました。いまの教養人とか知識人と言われている人でも、昔の小学校も出ていない人間より頭が悪いということは、実はたくさんあるのです。言語能力が低ければ複雑なことは思索できないし、他人にも表現できないためです。反対に、言語能力が高まっていけば、どんどん複雑な概念も自在に扱えるようになり、本当に知性のある人間になっていくのです。

そうすると、江戸時代までは知性の高い人が大勢いたということになりますか。

そうです。江戸時代の日本人は、親子関係を中心に人間関係がしっかりとあり、さらに物事を考えるということに関しては、現代人には想像もつかないほど高いレベルでした。だから江戸時代の人は、もう実際に音声として発する言葉の必要すらなくなるという段階に入っていたのです。言語能力は、突き詰めていくと音声に発する必要もなくなるのです。

例えば「以心伝心」[9]とか、「あ・うんの呼吸」[1]という言葉があります。あれが言語能力の極致なのです。もちろん音声は発しませんが、お互いの中には高度な言語があり、それを口に出さずにやり取りしているのです。これは、深い絆で結ばれている人間同士が、互いに相手のことを考え、思いやっていて初めて出来ることなのです。本当は、日本人の言語能力はその極致の域にまでいっていたのですが、明治に入ってから徐々に自ら崩してしまったと言えるでしょう。

それでもまだ、江戸時代を引きずっていた東郷平八郎[2]が、日露戦争[3]の時に連合艦隊司令長官をしていた時までは、日本人の沈黙の能力は世界一であったと言えるのではないでしょう

9．以心伝心　文字や言葉、音声を使わずに、お互いの心と心で通じ合うこと。元々は禅宗の言葉で、師から弟子の心へ伝えることを意味した。「心を以て心に伝う」。

1．あ・うんの呼吸　「阿吽《あうん》」であり、サンスクリット語から来ている。「阿」は口を開いて発音することから「吐く息」であり、「吽」は口を閉じて発音することから「吸う息」を示す。それを合わせる、即ち息を合わせることから、お互いの気持や調子がぴたりと合うことを示す言葉となった。

か。東郷と言えば、あのバルチック艦隊[4]を殲滅《せんめつ》した日本海海戦[5]の英雄です。東郷は、二時間に及ぶ海戦の最中に、一言の言葉も発しなかった。敵前において、右手を右上から袈裟懸《けさがけ》に左下に降り下しただけでした。それであのT字戦法[6]が展開され、歴史的な大勝利を日本にもたらしたのです。日本は、まだそれほどに言語能力が高かったのです。言葉がほとんどいらないほどに、全将兵の意識が司令官の心と一つになっていたということです。この事実は、言葉と沈黙の本質を表わす、歴史的な事例だろうと私は思っています。

昔は、子供の頃から『論語』[7]などを読んでいた人も多かったそうですが、ああいうことも言語能力を養うことに繋がっているのでしょうか。

もちろんその通りです。昔は、子供も大人も関係なく、本の数は少なかったが、名著や歴史的な価値のあるものを読んでいたのです。『論語』は知っての通り、中国の春秋時代[8]の儒教[9]の祖 孔子[1]の言行を、弟子たちがまとめたものです。大変な歴史的価値のある書物です。昔は子供の頃からそういう『論語』などを読んでいましたが、はじめはもちろん何もわからないことばかりです。しかし、簡単にはわからないものだからこそ、考え続けるということが出来るのです。そして、考え続けることで言語能力を養い、さらに複雑で高度なことを考えることが出来るようになっていくのです。今は、子供にもすぐにわかるように、易しい本を読ませることが普通になっています。実は、それでは考える習慣はつかないのです。考える人間になるには、「難しい」ということが重要なのです。そういう意味で、『論語』などは子供も大人も一生考え続けることが出来るものだったので、昔の人は一生涯、言語能力を高めることが出来たということなのです。

2．東郷平八郎（1847-1934）海軍軍人・元帥。薩摩藩士に生まれた。後に、日露戦争で連合艦隊司令長官を務め、ロシアのバルチック艦隊を日本海海戦で撃滅させたことで有名。

3．日露戦争 一九〇四～一九〇五年にかけて、満州と朝鮮の支配権を巡って日本とロシア帝国の間で戦われた戦争。日本にとっては、明治国家の存亡の危機であった。日本の勝利に終わり、米国のポーツマスで和平条約が結ばれ終結した。

4．バルチック艦隊 日露戦争において、ロシアは旅順港に封じ込められた東洋艦隊を助けるため、バルト海に駐留する艦隊から新たな艦隊を編成した。これがバルチック艦隊と呼ばれ、日本海において日本の連合艦隊と激しく衝突し、壊滅的打撃をうけた。

よく、頭がいいと言われる人はみんな文学の造詣が深いという話を耳にします。これも言語能力と関係していることなのでしょうか。

当然です。文学作品を好きな人は、要するに「言葉」と「考えること」が好きな人なのです。これは言葉を楽しみ、考える力や表現力を楽しむということで、そういう人が文学作品を読んでいる。だから、必然的に文学が好きな人は言語能力が身に付き、考える力がどんどん高まっていって、結果的に頭がいいと言われる人間になっていくのです。

また、いまは医者になるとか、数学者になる人には文学はいらないと考えている人も多いようですが、それが間違いなのです。勝手に現代人は理系とか文系と言って、理系には文学はいらないと思っていますが、何をやるにも文学は絶対に必要なのです。医学部にいく人も、数学科にいく人も、文学部、法学部にいく人も、頭がいい人は全員が文学好きというのが歴史的な事実です。文学によって言語能力を養わなければ、考える力も高まっていきません。

学校教育と言語能力

最近、日本語を見直す[2]という内容の本がたくさん出ていますが、これはなぜなのでしょうか。

もちろん、日本人の言語能力が低下していることを、多くの人が実感しているためです。ただし、内容的には学校教育的なものが多く、本来の人間関係を軸にした言語能力の養成ということはどの本も言っていません。だから、あまり意味がないと思われます。日本語を見

5. 日本海海戦　日露戦争において、一九〇五年五月、日本の連合艦隊とロシアのバルチック艦隊が繰り広げた海戦。世界海戦史上で唯一の敵艦隊全滅という戦果を残した。このことにより、司令長官であった東郷平八郎は世界の海軍関係者の尊敬と崇拝を集めた。

6. T字戦法　東郷平八郎が日本海海戦で示した戦法として有名。敵艦隊の進行方向を遮るように艦船が展開し、進行する敵艦隊と遮る味方艦隊が「T字」になることから、この名称がついた。この戦法によって敵バルチック艦隊に多大な損害を与えることが出来た。

7.『論語』 p.496（II）注参照。四書の一つ。孔子の言行、孔子と弟子達との問答等を収録した書。全編を通し、孔子の日常生活に即した実践倫理の思想が貫かれており、その全哲学を最もよく伝える。漢代に集大成され、孔子・儒教研究の書物の中では最重要の経典とされている。

直すことは、日本人が失ないつつある人間関係を問題としなければなりません。今出ている多くの本は、学校の国語教育の見直しということを言っています。しかし、国語教育の再編成という問題は、根本的な人間関係とか社会の密接な関係を再編成する方向に向かわなければ意味をなさないのです。いくら国語の授業内容やカリキュラムを変えようとしても、それは無駄です。本質的には言語能力の問題は人間関係の問題なので、学校の授業の問題ではないことを、まずは認識する必要があります。

いまは、教科としての国語が、言語能力を養っていると思い込んでいるということですか。

そういうことです。学校教育と言語能力は関係ないと言いましたが、これは深い問題を含んでいます。実は、現代人が国語の教科に囚われていることが、さらに言語能力の低下を招いているのです。要するに、多くの人が国語の授業を受けていれば言語能力が身に付くと思っています。だから、本当に重要な人間関係によって、言語能力を養おうという努力をしなくなっている。学校がやることだという考え方です。

　これは重要な問題で、この勘違いを無くさなければ、本来の人間関係を築こうという方向にいけません。例えば、明治時代に尋常小学校[3]が出来た時には四年生までありました。しかし現実には、卒業するまで通い続ける人はあまりいなかった。さらに上の中学校に進む人は少なく、高校、大学まで進む人は一％にも満たなかった。それでも、そういう時代の方が今よりもずっと言語能力が高かったし、そういう学校制度が出来る前の江戸時代までの人の方が、さらに言語能力が高かったという事実があるのです。

8．春秋時代　紀元前七七〇年の中国、周の東遷から紀元前四〇三年の韓・魏・趙の三氏の独立に至る時代。周の力が徐々に衰え諸侯が互いに争い、戦争が絶えない時代の始まりとなった。

9．儒教　p.161（1）注参照。

1．孔子(B.C.551-B.C.479)　中国の春秋時代に活躍した人物。古代からの学問である五経を大系づけ、儒教とあらゆる学問の根源を創り上げた人物。その言行録は『論語』として今に伝わる。

2．日本語を見直す　この当時、美しい日本語を求めるブームがあり、文化庁が編纂した『美しい日本語のすすめ』や、その他多くの日本語を解説・考察した書籍が出版された。

3．尋常小学校　明治維新から国民学校ができる昭和十六年までの初等教育機関。尋常小学校が義務教育期間とされ、その上に高等小学校を置いた。

日本では明治以降に学校教育が始まってから文盲率が下がったと言われています。そういうことは言語能力とは関係ないということなのですか。

文字が書けるかどうかは、言語能力とは関係ありません。そのような、文字が書けると言語能力が上がったという考え方も、学校教育に囚われていることによる勘違いなのです。文字そのものはただの記号であり、言語能力の中ではあまり重要なものではありません。言語能力の本質は、表現力、想像力であり、極端に言えば文字などまったく書けなくてもいいのです。自分の意志を表現でき、相手に伝えられればいい。実際に、昔は字が書けない人が大勢いました。しかし言語能力に関しては、みんな非常に高かった。言語能力と学校教育とを切り離して考えられるかどうかが、現代人には非常に重要なことになっています。

言語能力と表現力

言語能力は表現力だということですが、そうすると音楽や絵画などで表現することも、言語能力に関わっているのでしょうか。

当然、その通りです。実は音楽も絵画も映像も彫刻も、すべてあれは言語なのです。要は文章で書くのか、音楽で表現するのか、絵で描くのかという違いだけで、言語能力はそれぞれの基にあるものだということです。だから文字が書けなくても、言語能力さえあればいくらでも表現することは出来るのです。

私と親しかった洋画家の戸嶋靖昌[4]は、現代人の絵画の表現力が非常に幼稚化されていること

4．戸嶋靖昌（1934-2006）秋田県の素封家に生まれ、武蔵野美術大学を卒業。後にスペインへ渡り、約三十年間スペインで制作。「ひとの像―バレリーの像―」、「魅せられたる魂―執行草舟の像―」等。

とを嘆いていました。そして、その理由として、いつでも「現代の画家には、文学が足りない」と言っていたのです。文学、つまり言葉の力です。そして、何よりも人間としての思索そのものでしょう。

また、日本画家の安田靫彦[5]という人は、十六歳にして遣唐使[6]の絵を描いています。これは本当に驚くべき素晴らしい絵で、描かれているそれぞれの人物の「言葉」すら「絵」で表現されているのです。安田靫彦がいかに言語能力が高いかということを示している絵です。安田靫彦は運命[7]的に絵を描くことになり、そして自分の中に表現したいという気持があり、それが言葉ではなく絵で表現されたのでしょう。そして、その自分の中にあった気持は、必ず言語の形を取っているのです。

言語能力が高ければ、それによって表現されるものも、当然素晴らしいものになるのです。要するに、言語能力とは表現力、想像力、ものを見る眼、感じる心ということなのです。

> 言語能力があれば、あとは何で表現するかという違いだけだということでしょうか。

そういうことです。だから人間の文明や文化は、すべて言語だと言っているのです。例えば、現代人は意識していないでしょうが、数式なども実は言語なのです。数学の数式は、自然科学をわかりやすく説明する言語として、世界共通言語となったものなのです。世界共通の言語なので、日本人でもイギリス人でもアメリカ人でもフランス人でも、同じように数式を扱えるし、数式を使ってお互いに意志のやり取りも出来る。このように数式も言語ですし、音楽も美術も道徳も人格も、文明や文化と呼ばれているものはすべて言語と言ってもいいのです。少なくとも、すべてが言語に通じています。すべての根底にある、表現する能力とし

5. 安田靫彦(1884-1978) p.471(II)注参照。大正~昭和期の代表的な日本画家の一人。特に歴史画の大家とされ、小堀鞆音に師事。日本美術院の中心画家として活躍。「黄瀬川陣」等。

6. 遣唐使　国際情勢や大陸文化を学ぶために、日本から唐へ派遣された公式使節。奈良時代から平安時代にかけて、派遣されたが、八九四年、菅原道真の提議により廃止された。

7. 運命　p.27(1)注参照。

ての言語能力さえあれば、あとはそれを何で表わすかだけの問題になります。その表わされたものは、言語能力に応じて、それ相応の価値が出てくるということです。

人格も言語ですか。

当然、人格も言語です。言語能力に付随しているのが、魂や心と呼ばれているものなのです。それが、言語を支える「沈黙」です。だから、言語能力の発達度合いが、その人の心の育まれた度合いになります。そして、人格者と呼ばれる人は、言語で自分を戒めてきた人なのです。人間は言語が無ければ動物と同じです。言い換えれば、言語能力が人間を動物から離しているものに他なりません。そして、動物から離れるほど人間的になり、一定の距離になれば、それが人格者ということになるのです。

そのためには、誰でも持っている動物体の部分を戒める必要があり、それが言語能力にかかっている、ということなのです。言語能力の高い人は必ず人格者であり、情も深く、要するに人間らしい人間になっているのです。「初めに言葉があった。言葉は神であった」とヨハネ福音書[8]にあります。その意味は、言葉が、すべての価値を作り上げてきたということなのだと思います。神を志向する動物としての人間の価値は、まさに言語にあるのです。それをヨハネは、このように表わしたのだと思うのです。

> 言語能力が、人間の多くの部分と関わっていることがよくわかりました。本当に人間らしく生きるためには、言語能力を養っていかなければなりません。

最初に述べましたが、言語能力を養うためには、必ず複雑な人間関係が必要なのです。こ

8. ヨハネ福音書　マタイ、マルコ、ルカに続く四つの福音書のひとつ。ルターはこの福音書を高く評価し、プロテスタント各派へ影響した。

れは要するに、自分の内部ではなく外部に向かう関係ということです。厳密には、人間関係の他にも自然との関係もあります。深く自然を観察し、見て、感じていけば言語能力はどんどん上がっていくのです。現代社会は、人間関係を中心に、みんなの心が外へ向かっていないことが、一番の問題なのです。心を外へ向け、自分以外のものと関係を結んでいこうとすれば、必ず言語能力は高まっていくのです。

14　生命的仕事観

仕事は、文明と自己との対話である。つまり、それは現実と憧れ[1]とが織り成す葛藤の中にこそあるのだ。

1．憧れ　p.2（1）注参照。

仕事観とは何か

仕事観とはどういうものなのか、その概念を伺いたいと思います。

仕事観とは、我々人間が人間として、人間らしく生きるための概念です。人間として生きるために、遠い憧れ[2]を目指し、実社会と呼ばれる文明と深く強い交流を得るための思考と行動の様式[3]と言えましょう。つまり、人間が霊長類[4]として生きるために必要なものと言えます。霊長類とは、神を志向するために創造された動物であるということです。霊長類としての人

2．遠い憧れ　宇宙や生命の存在理由を問い、我々が生まれた原故郷を慕う詩的心のこと。

間は、ただ肉体として、生物体として棲息[5]しているのではなく、魂を持った生物であり、すべての生命の中で唯一、自らの意志で神を志向できる存在なのです。また、神を志向するとは、宇宙における生命の存在の意義を考えることを意味しています。霊長類としての生命の意義を考えるために、我々が仕事と呼ぶものがあるのです。初めは野生の木の実や獣を狩って生きていた人類が、徐々に文化[6]を築き、それがある程度まで文明[7]として蓄積されてきた時に構築されたものが仕事観なのです。だから、仕事観こそが、人類の築き上げた文明の中を生きる生命としての、我々の存在意義を形成していると言っても過言ではありません。

　時代によって仕事観の解釈は異なりますが、根本的なものとして常に貫かれているのは、「自分は何のために生まれてきたのか」という意味を見出すことです。つまり、宇宙から形創られてきた、我々人類の文明社会において、「何が自分なのか」[8]を証明するために行なうものが仕事である、と言えます。

　現代では、生活のため、給料のために仕事をして、あとは遊んだり自由にしたいという人間も多いですが、これはまったく虚しい考え方です。もしもその考え方が正しいとするなら、もっとも自由であったのは、オーストラロピテクス[9]やシナントロプス・ペキネンシス[1]などの類人猿[2]ということになるでしょう。何しろ、目の前を泳ぐ魚を捕ったり、近くにある木の実を採ったりするだけで、自分の生命の維持だけをして、秩序を立てて働かなくても良かったのですから。しかし我々は、生まれてきたからには、自己の「生命」を肉体と精神の両輪にわたって「燃焼」させなければ人間としての存在意義はありません。そのために行なうものが文明社会における「仕事」なのです。仕事は、ただ食べることや生活、まして自分の遊び[3]のためにに行なうものではありません。

3．様式　p.27（I）注参照。

4．霊長類　p.50（I）注参照。

5．棲息　p.108（I）注参照。

6．文化　p.272（I），202（II）各注参照。

7．文明　p.273（I）注参照。

8．「何が自分なのか」　我々が生まれた文明社会の中には種々の価値観がすでに存在している。それらの中で、自分が生き方として採用する価値観を早く確実に見つけ出し、それを習練することが有意義な人生を生むことに繋がっているのだ。

9．オーストラロピテクス　p.64（I）注参照。

1．シナントロプス・ペキネンシス　オーストラロピテクスより少し時代が下ってアジア大陸に出現した類人猿の一種。

現代の不幸は、仕事を通じてお金を受け取るということを主客転倒[4]していることにその淵源[5]があります。お金のために仕事をするのではないということがわかっていないのです。仕事とは、文明社会を生きる自己の生命の燃焼のためにするものなのです。そして、その結果として肉体を生かすための金銭というものを受け取ることになるのです。つまり、自己の生命燃焼が、他者の役に立つことにより、その代価として金銭を受け取るのだということです。その、仕事の本質とお金の法則との関係を主客転倒してしまったことが、現代の不幸なのです。

逆に、仕事の中に真の仕事観があった時代、すなわち仕事が神を志向する行ないであるという考えが生命に刻印されていたことで、人間は生命の幸福[6]を感じていたと言えるのです。職人であれば、名人と呼ばれる人間は、みなこの考え方を持っている人たちです。名人と呼ばれるようになった人間で、お金のために仕事をしているという人物はいません。名人というのは、仕事が信仰になっている人間なのです。大工であれば、いい家を建てる仕事が信仰なのです。そこに喜びを見出しているのです。仕事とは、その信仰を通して神、宇宙、生命の摂理[7]に近づくための手段であり、やればやるほど生命の本源に近づいていくものなのです。このような考え方を、私は「生命的[8]仕事観」と呼んでいるのです。

仕事の選択について

現代では自分で仕事を選ばなければなりません。仕事の選び方の基本的な考え方を伺いたいのですが。

2. 類人猿　肉体的には人類の祖先と言われている。しかし、我々ホモ・サピエンスの特徴である「精神」の芽生えは無いと思われている。動物と人類の中間に位置する存在と言われている。

3. 遊び　p.135(I)注参照。

4. 主客転倒　主と従を取り違えること。その順番を間違え、大切なものを軽く扱い、軽く扱うべきものを重んじてしまうこと。

5. 淵源　p.4(I), 30(I)各注参照。

6. 幸福　p.2(I)注参照。

7. 摂理　「自然の摂理」p.108(I)注参照。宇宙や生命を支配している「本源的意志」、または「本質的法則」。

8. 生命的　p.519(I), 435(II)各注参照。

自己の生命の燃焼の視点に立てば、いかなる種類の仕事でもいい。現代では、今の仕事が本当に自分に合っているのかどうかを悩んでいる人が多いですが、本当は仕事を選ぶために人間は頭を悩ます必要はないのです。戦後になって似非《えせ》民主主義[9]が導入される以前は、ほとんどの人は仕事の選択に悩んではいませんでした。本来、自己の生命燃焼のためにある仕事が、人間を悩ませるようになったことが似非民主主義の生んだ悲劇なのです。多くの人々が、自分のわがままな考え方で仕事を選択するようになり、そのために多くの不幸が生まれています。

産業革命[1]以前まで遡れば、その当時の人々には、もともと仕事を選ぶという概念はありませんでした。自分で仕事を選ぶという考えは、十九世紀から少しずつ出てきて、二十世紀に定着したものなのです。それ以前は、親や目上の人生経験を積んだ人間が、子供や部下の仕事を決めていました。そして、それで上手くいっていたのです。仕事を続ける決意という意味においても、その時代には一生仕事を続けることは当たり前と考えられていました。だから、実際には決意などという大仰なものもありません。どんな仕事に就くのかに悩むことなく、また仕事を当たり前に一生続けていたので、結果論として多くの人が自己の生命を燃焼させた人生を送っていたのです。今は仕事を選ばなければならず、また決意して仕事を続けなければならないので、本当に不幸な時代と言えます。つまり、「自分に合った仕事」を選ぼうという考え方に、不幸の根源があるのです。

自分で自分に合った仕事を選ぶことは、本来は出来ないということですか。

自分にどのような仕事が合っているのかを、自分で判断することは大変に難しいことです。

9. 似非民主主義　p.27（I）注参照。民主主義の本質をゆがめ、そのいいとこ取りをした「甘え」の考え方。アメリカの占領政策によってもたらされた、戦後日本の取って付けたような「民主主義」を言う。

1. 産業革命　p.65（I）注参照。

現代に限らず、昔であってもそれは同じです。人生経験の無い若い人間が、自分で仕事を選ぶ能力は乏しくて当然なのです。だからこそ、親や目上の人間に選択してもらうのが、最も確実だったということです。また、仕事の選択に限らず、人間は自分のことはわからず、他人の方が却ってよくわかっている場合が多いのです。あとは本人がその人の指示に従うかどうかです。

ただし、ここで誤解のないように言っておきますが、他人の指示に従うというのは、自分が決めたことなのです。だから、自分の意志が無いとか、責任が無い、自由が無いというようなことにはなりません。その指示に従ってから後の責任は、全部自分が負うべきものです。自分が従うことを決めた、ということです。

好きを超えろ

自分が仕事を選択する場合、似非《えせ》民主主義の思想に冒されていると、どうしても自分の好悪の感情が主体になってしまいます。ですから、自分が好きなものが自分に合っている仕事で、嫌いなものは合っていないという判断になります。しかし、「下手《へた》の横好き[2]」という言葉もあるように、大体好きなものなど、本人に合っていない場合が多いのです。結婚生活にしても、ただ「好き」という感情が結婚の決断になっていると、後で離婚することが多いのは昔から言われ続けていることでもあるのです。好き嫌いというのは、何かの判断基準としては取り入れてはいけません。

現代人は好きな人を、立派な人だと考えています。でも、その人物が立派かどうかは、自

2. 下手の横好き　本能や能力のない事柄については、何かの価値を見る場合、表面の魅力だけしか見えないので面白いと感じてしまう。反対に、自分に適している場合は、やる前から価値の中に潜む嫌な部分も見えてしまうので敬遠するようになる。つまり、人間とは自分に能力のない事柄に魅力を感じてしまう習慣があるということ。

分の好き嫌いとはまったく関係ありません。立派な人物というのは、自ずと社会的に確定されていくということです。別に立派な人を好きにならなくてもいいわけですが、そのような人を好きでないのなら自分の人間判断力に問題がある、というだけのことです。

それを読書で言えば、「名著」[3]ということになるのです。私は名著を読むことを好みますが、それはその本が名著だから好きだということなのです。つまり、私は歴史的にも社会的にも、その本が秀れた本であり、価値があるとされている人類の文明的遺産を受け入れている、ということです。しかし現代人は、自分が面白いと感じたかどうかが基準になるのです。感じなければ、価値が無いと思ってしまう考え方に冒されています。

名著を読んでも、最初はほとんど理解できないかもしれません。しかし、そこでその名著が自分に合わないとか、つまらないと考えるのではなく、自分の能力が低くて理解できないだけだとわかればいいのです。そうすれば読み返すとか、考え続けるという展開が始まるのです。そして次第に内容を理解できるようにもなるし、面白くも感じていけるのです。つまり、自己向上の過程に入っていく。卑小な自己を基準にして、そういう自分が面白く感じるかどうかで判断するのは、まったく身勝手としか言いようがありません。これも似非民主主義の汚染の一つなのです。

仕事の摂理

もう一つ、現代人の仕事の選び方の誤りとして、給料額や休暇の日数、また人気のある仕事かどうかで仕事を選んでいるということがあります。そこには生命燃焼のための仕事とい

3. 名著　長い時間の淘汰を受けても残っている書物。一般に言う古典のこと。

う考え方はなく、いかに楽をして高い給料をもらうかなどといった、邪《よこしま》な心があります。本当に自分に合った仕事とは、自分が生まれながらに持っている生命の本質が、どのような価値観を追い求めているのかということを知ることから始まります。そして、その生命の本質から生まれる躍動が、仕事に内在する価値と合致しているかどうかということなのです。西郷隆盛[4]の言行をしるした『大西郷遺訓』にもあるように、正道には上手も下手もありません。仕事が正道に則っており、自分の生命を躍動させたならば、それが自分に合った仕事ということなのです。それを自分が、自分の意志で創らなければなりません。

> 現在の仕事が、自分の生命の躍動[5]と合っているのかは、よくわからないのですが。

よくわからなくても、それが自分に合わない仕事ならば、必ず切り替わる巡り合わせの機会が来ます。生物学的な宇宙の法則では、生命は自分に合ったものを必ず志向するようになっているのです。例えば、自分に合った仕事は、子供の頃に憧れていた仕事であることがあります。これは、生物体が元々自分が何を志向しているかを知っていることの証明です。自己の仕事が変遷を重ねて、そのようになることも多いのです。しかし、確かにそのような人間が本来持っているメカニズムが狂うこともあります。

では、なぜそれが狂うのかといえば、それは機械文明[6]、似非民主主義が狂わせているのです。また見栄や思い込みもありますし、時代の流行というものもあるでしょう。しかし、そういう狂いはあっても、今でもまだ、自分に合った仕事に自然に変わっていくという摂理は働いているのです。仕事を続けることで、その人が本来志向しているものが、徐々にはっきりしてくることになります。もし、そうならないのならば、現在の生き方に自分自身が打ち

4．西郷隆盛　p.170(Ⅰ), 69(Ⅱ)各注参照。

5．躍動　p.52(Ⅰ),54(Ⅱ),467(Ⅱ)各注参照。

6．機械文明　p.128(Ⅰ), 292(Ⅰ)各注参照。

込んでいないからです。嫌いで、間違っている仕事でも、全身全霊で打ち込めば、必ず自分にとっての正しい道は拓けてくるのです。それが生命の本質だと信じなければなりません。

仕事観の体得

> 仕事を身につけるために、昔はどの国でも丁稚奉公《でっちぼうこう》[7]というものがありました。丁稚奉公には、どのような意義があったのでしょうか。

丁稚奉公は、頭ではなく、体で仕事を体得することにその本質があります。だから、出来うる限り人生の早い時期から始めるのが良いとされていました。それは、人間が本来、何かを体得するには十七歳までしか出来ないということに起因しています。十七歳以降に覚えたものは、頭で覚えたものでしかないということです。そして、頭で覚えたものは理屈なので、都合が悪くなるとすぐに自分の中で反対意見が出てきて、それが屁理屈や言い訳になるのです。

しかし体で体得しているものには、それがないので強いのです。現代でも、例えば楽器演奏やスポーツなど手先や体の仕事に関しては、現実に小さい頃から仕込まないとものにならないと言われています。また、この問題は思想的なものも同じなのです。思想も、実は早い時期に入ったものでなければ「体得」は出来ないのです。商人であれば、商道というものを子供の頃から徹底的に叩き込まれました。だから昔の商人は正しい商売が出来たのです。つまり、商道[8]を体得していたためです。

7．丁稚奉公　職業を覚えるために、職人または商家に年季奉公する年少者の働き手のことで、多岐にわたる雑役を受け持ち、通常給与は無く衣食住だけが保障された。

8．商道　正しい商道は、江戸時代以来、「石門心学」と呼ばれ、石田梅岩により体系化されている。心学という名の通り、名誉に向かう心を最も重んずる経営論である。日本の武士道に基づき、真の社会的活動が説かれている。

大人になってから、その時点で正しい仕事観を体得していなかったならば、もう正しい仕事観を身につけることは不可能なのでしょうか。

人間はいつでも、「死ぬ気」[9]で物事に臨めば、どんな仕事観でも何歳からでも身につけることは出来ます。先ほどの話は、自然的な人生の経緯での話ということです。ただし、大人になってからでは、「死ぬ気」でなければ何も身につきません。「死ぬ気」でやれば、ホルモンと酵素[1]の代謝[2]を幼児の頃まで逆戻りさせることが可能なのです。「死ぬ気」になれば、肉体と神経は信じられぬほどの柔軟性を取り戻すことが出来ます。その体質の変換によって正しい仕事観を身につけることが出来るのです。この遡及《そきゅう》は、禅の言葉で言えば「全機」[3]というものが開くためにそのようになると思えばいいでしょう。

仕事とその報酬

仕事とその報酬については、どのように考えればいいのでしょうか。

昔は、仕事が決まったら、丁稚奉公から始めるという話はしました。そして、その丁稚奉公では給料は支払われなかったのです。食べ物と寝場所だけが与えられたということです。一人前になるまでは、金銭での報酬はありません。本来の仕事の報酬というのは、そういうものです。一人前になって初めてもらえるものが真の報酬なのです。だから、仕事の能力によって金額が違うことは当然のことです。しかし現代では、仕事に関係のない、年齢や勤続年数によって給与体系が組まれていることが多い。また、それが世間相場になっていて、誰

9. 死ぬ気　自分の肉体の安全を省みず、全身全霊で物事にあたる覚悟。

1. ホルモンと酵素　人体はこの二つの物質の働きによって、あらゆる事象に対処している。これらの物質の働きが「本能と習慣」によって肉体に打ち込まれるものと思われる。

2. 代謝　生命維持のために体内で起こるエネルギー確保や成長に必要な生化学反応のこと。

3. 全機　理屈を超えて、体の全体で感じた事柄。また、それから出てきた行動を言う。一種の「悟り」に近いもの。

もがそれでいいと考えています。

　昔は人間一人に幾ら、という決め方はしていませんでした。能力によって決まったのです。もちろん、受け取る側も、自分に能力がないことを自覚していれば、無給で納得していました。つまり、能力がなければ生きていけない世の中であり、だからこそ真面目に仕事に取り組んだということも言えるのです。

　しかし、能力がない人間も普通に生きていけるようにしようと考え、それがいき過ぎてしまったのが、現代似非民主主義の世の中なのです。似非民主主義でない世の中では、確かに能力を磨かなかった人間に犠牲者[4]が出たことはあります。しかし現代のように仕事の価値を破壊してしまい、全員が犠牲者となることはなかった。仕事が出来ても出来なくても、報酬が同じということは、明らかな間違いです。それならば、仕事をしなくても良い、ということになるのは当然と言えましょう。

　本来、人間の価値は、その生命エネルギーの燃焼に存しています。そして、生命エネルギーを燃焼できる人間が一人でも多いほど、その社会には価値があるのです。しかし、現代は燃焼しない人間に照準を合わせてしまいました。仕事をしないで生きたいという人も、本当にいるのです。生命エネルギー[5]を燃焼させようとする人間にとっては、非常に生きにくい世の中と言えます。

仕事とは無限を見つめること

仕事は一生取り組んでいくものだと伺っています。そのことをもう少し詳しく聞かせてい

4. 犠牲者　生命の燃焼が阻害された状態を言う。生命は燃え尽きなければ、生命を生み出す宇宙の力に対して、自己の生命が犠牲となったのである。そして、それは全て自己の責任なのだ。生命的には、犠牲となることそのものが「悪」となる。

5. 生命エネルギー　p.18(1), 39(1)各注参照。

ただけますか。

仕事とは、自分がどこまで出来るかなどと考えるものではありません。自己のすべて、自己の一生をかけて取り組むべきものなのです。生命の燃焼が出来ない人間というのは、要は損得勘定で生きているのです。例えば学者であれば、最初から自分が出来そうなことを決めて取り掛かろうとします。つまり、自分が成し遂げて成功して、自分なりに満足したいということであり、名声やお金が欲しいということなのです。

そうではなく、無限の荒野[6]、遠い星[7]へ向かって生きる人間が、自己の生命の燃焼をしている人間なのです。無限の大海原へ乗り出さなければなりません。その途中で死ぬかどうかは、どうでもいい問題です。世界中の名作と呼ばれる文学や、偉人の仕事で完結しているものはありません。昔から偉大な学者と言われる人は、壮大な、無限のテーマに挑んできました。自分の一身上の命の問題などはどうでもよいのです。

だから、もちろん途中で終わっているわけですが、その途中のものが偉大なものとして残っているのが人類の文明であり文化なのです。ところが今の人間は、自分の一生を考えて、その中で出来そうなことだけを主題に選んでいます。そういうものだから、その研究課題は、卑小であり、面白くもなく価値も少ないというものになってしまうのです。いわゆるマイホーム的な、小さくてつまらないものばかりです。そして、何よりも卑しさが出てしまうのです。

哲学者でも、西田幾多郎[8]や和辻哲郎[9]といった明治の哲学者がなぜ偉大なのかと言えば、挑んだ「問題」が桁違いに大きいからなのです。気宇壮大です。西田幾多郎の哲学論文を読む

6．荒野　未開拓で荒れ果てた「現実世界」に存在する原野。それは、人跡未踏の地であり、自分だけの孤独の道でもある。人間という生命が歩む、真実の道。

7．遠い星　生命が求める、宇宙的ロマンティシズム。あらゆる現実の「存在論」が追い求め探求するものとも言えよう。人間の生命は、そこを目指すために生まれた。

8．西田幾多郎（1870-1945）p.3（I），465（I）各注参照。京都帝国大学哲学科教授。西洋思想と日本思想の融合に挑戦した。その始まりが『善の研究』であり、その根本は一生貫かれた。

とわかりますが、書きながら考え、考えながら書いて、その志[1]に導かれながら、壮大なものへ向かっています。それが「西田哲学」なのです。そしてこれも、完結はしていません。また、文学ではドストエフスキー[2]の『カラマーゾフの兄弟』や埴谷雄高[3]の『死霊』を例に出すまでもないでしょう。これらは、その人物が初めから壮大なことに挑戦し、そして未完[4]で終わった「生命の痕跡」なのです。そして、それは取りも直さず、『バガヴァッド・ギーター』[5]に言われる「私は火であり、供物である」ということに尽き果てることになるのです。

仕事観の基本

> 仕事の内容や事業の理念[6]などは様々だと思いますが、すべての仕事に共通する仕事観の基本というものはあるでしょうか。

仕事観の中心に流れているものは、規律、命令、服従、献身の四つの文化です。この四つの文化は、仕事の遂行には必ず必要なものです。この四つの相互関係が、人類の文明を築いてきたと言っても過言ではありません。今、このような言葉を使うと軍隊的だと批判されるかもしれません。しかし、もともと軍隊というのは、文明が生み出した仕事の代表的な職業なのです。そして、何よりもこの四つの文化を体得することによって、人類的文明を生きる人間というものが誕生するのです。

ある、一つの目標に向かって多くの人間が命をかけながら働く集団が軍隊です。命に関わる仕事なので、綺麗事は通用せず、規律、命令、服従、献身の四つを徹底的に教育する。これがなければ負けてしまう。軍隊が負けるということは、自分たちが死ぬことと繋がってい

0．和辻哲郎（1889-1960）東京帝国大学哲学科教授。あらゆる「現象」の奥深くにある「精神」を探求した。そのために古今東西の「哲学」に没入していったと思われる。『古寺巡礼』、『日本精神史研究』等。

1．志　p.101（1）注参照。

2．ドストエフスキー〈フョードル〉（1821-1881）十九世紀ロシアの文学者。革命へ向かうロシア社会における、人間の情念と思想を描いている作品が多い。暗く重い、生命の本質に迫る名作と言えよう。『罪と罰』、『カラマーゾフの兄弟』等。

3．埴谷雄高　p.35（1）注参照。

4．未完　p.117（1）注参照。

5．バガヴァッド・ギーター　古代インドのバラモン教の聖典。『マハーバーラタ』の一部であり、人間存在の淵源へ迫る詩篇。

るのです。また、軍隊が存在する意味そのものと、国を守るということが達成できないということです。

仕事は、ある意味で勝ち負けの問題であり、自分たちのアイデンティティ[7]を問うものです。例えば、台風が来た時に、消防団が組織的に動くことも一つの仕事です。負ければ被害が出て、人命が失なわれることもあります。だからその中で、規律、命令、服従、献身をどれだけいき届かせるかが、仕事の根源となります。例は悪いですが、銀行強盗なども仕事という点では同じです。だから規律、命令、服従、献身が徹底されているほど、成功すると言えるのです。しかし、こういう悪徳を仕事とした場合には、たとえ成功したとしても、必ず報いがあります。欲望で集まった集団なので、疑心暗鬼[8]が起きて、集団そのものが崩壊するのです。キリスト教でも仏教でも、悪徳を禁じているのは、それが結果的に生命エネルギーの燃焼に繋がらないためなのです。

仕事は、本質論と仕事観を合わせることが重要です。つまり、社会の役に立つことと、それを価値として認識することです。最初からこの二つを備えている会社、つまり人間としての正道に則り、四つの文化がいき届いている会社では、そこで仕事をするほどに社員の生命は生き、会社の生命も発展していくのです。また、もしも四つの文化が不足していたとしても、自分がそれを体現すればいいことなのです。

仕事に生きる

仕事に生きたいという人は多いと思いますが、そうなるためにはまず、どのように考えて

6. 理念　p.16（1）注参照。

7. アイデンティティ　自己の主体性。自分が自分であるために必要な事柄。それは民族や国家にもまた、広げられる。

8. 疑心暗鬼　人間同士の疑いの心であり、伝染病のように広がる。生命エネルギーの良好な回転を阻害する、裏のエネルギー現象。

いけばいいのでしょうか。

失敗を失敗として認め、その失敗を次に生かすということです。仕事は、ある意味で失敗の連続です。失敗なくして、次の成功はあり得ません。だから失敗を隠したり、言い訳をしている人間は、自分でも気付かないうちに前向きにやっている人間との差が開いていくことになります。自己正当化というものが、仕事の上達を停滞させる最大の要因なのです。失敗はそのまま受け止めて、反省するものです。

昔から言われているように、失敗の多い人間ほど、仕事は上達していきます。ところが似非民主主義の現代では、失敗は減点法という考え方によって、反省の材料にならなくなってしまっています。現代人が失敗を隠したがるのは、そういうこともあるのです。減点法とは、人間が生まれてきただけで百点だと考える思考です。もちろん、人権[9]のはき違えです。その世界では、人間として生まれれば、後は何もしなければ、百点のままだということになります。だから現代人は何もしたがらないのです。つまり、仕事をする人間を、それ以前の思想によって潰してしまっているのです。

人間は、本来は加点主義で考えなければいけません。昔の考え方はそうだったのです。人間は生まれただけでは何の価値もなく、何かを身につけながら向上していく者が、その向上の分だけ認められる。だから失敗を恐れずに仕事に真剣に取り組み、失敗したらそれを反省して生かす。そういうことを積み上げていける人間だけに、仕事の向上がもたらされるのです。つまり、その人物の人間としての生命が燃焼するということです。

9. 人権　p.196（1）注参照。

15　普通に生きる

自己の宿命[1]に立てば、生命自身が燃え尽きるのだ。燃え尽きるために、生きる必要はない。

1．宿命　自己固有の運命のうち、生前の遺伝と環境、そして自己の過去によってすでに決定されてしまっている運命を表わす。

「普通に生きる」とはどういうことか

「普通に生きる」という生き方をひと言で定義すれば、どうなるのでしょう。

「普通に生きる」とは、まず自分に与えられた環境、自分に与えられた宿命、自分に与えられた財産、そういうものを基盤とする自分独自の生き方をいいます。与えられているものこそが、自分の自分たる謂《い》われを創る最初のものたり得るのです。そして、自己の生命が燃焼するために、恩[2]と縁[3]を頼りに足元を固めながら、死に向かって生命の無限成長を目指して

2．恩　p.161（II）注参照。自分を育んでくれた、すべてのものに報いようとする精神。恩返しが人生の根本を創る。その始まりが親。

生きていくということに尽きるでしょう。ただし、ここでいう財産とは、物や金銭に限ったことではなく、むしろ友人や隣人、さらには人生の上で出会ったすべての条件や環境そして人々が財産なのです。そういうものと助け合い、友情を結び、恩と縁を大事にしながら生きていくのが「普通に生きる」生き方であり、それが人生の根本となるのです。「普通に生きる」生き方をすれば、誰でも自分独自の自分だけの道が明確にあることがわかります。それも、生き甲斐、やりがいのある道であり、そういう道がすべての人に用意されているのです。

恩や縁を頼りに足元を固めていく、ということですが、恩や縁というものと普通に生きることの関係をもう少し詳しく伺いたいのですが。

自分に与えられた環境や財産や宿命を、自分自身で理解するために必要な条件が、恩と縁を重んずるということなのです。恩と縁を大切にしていれば、自分に与えられているものが見えてきて、足元が固まっていきます。そして足元が固まれば、自分に与えられた、自分にとって最高の人生を歩むことが出来るのです。それが「普通に生きる」ということなのです。人生の目的は、自分に与えられた固有の人生において、自己自身が燃え尽きる[4]ことにあります。充分に生き切って、燃え尽きることが出来れば、その人の人生は充実するのです。そして、そのための材料は全員に与えられています。恩と縁を大切にしていると、燃え尽きるのが人生の目的だということもわかってくるのです。

燃え尽きるとは、自分独自の道を歩むということです。そして、自分独自の道を歩む人間は、自分独自の「言葉」を持つようになるでしょう。私が尊敬して熄《や》まぬ人物に文学者の亀井勝一郎[5]がいます。亀井は、「自分の言葉を持って初めて、白分が生まれるのだ」と言って

3．縁　自己に対する恩の系譜に連なるもの。与えられた環境や条件や人間のことが多い。その始まりが家族。

4．燃え尽きる　自己に与えられた生命を完全に使い尽くすこと。そのためには、人間の生命の淵源である「悲哀」を受け止め「理想」へ向かわなければならない。それは、自分だけの道である。

5．亀井勝一郎（1907-1966）文芸評論家。東京大学を中退し、プロレタリア運動に参加。日本人の歴史と実体を研究し、特に親鸞の研究へ傾倒。著に『大和古寺風物誌』、『日本人の精神史研究』等。

います。この言葉は、自己固有の恩とその縁からしか発生しないのです。

人生は恩と縁によって、すべてが決まるということでしょうか。

そうではありません。恩と縁を感じなければ、自分の足元が見えないということです。自分に与えられた道を知るためには、恩と縁を感ずる生き方をしなければならない。恩と縁を通して、初めて自分に与えられた道が見えてくるのです。

恩や縁は、昔からある価値観だと思います。これはどのようにして獲得されるものなのでしょうか。

基本は、家庭の躾け[6]によって恩や縁を感ずる人間になります。自分が生きていくために与えられるものの中で、まず最初に与えられるのは親です。従って、親に恩を感ずるのが人生の始まりになります。恩がわかれば、人生のことはすべてが見えてくると言っても過言ではありません。人生では、自分を育ててくれる人が、最初から与えられているのです。そのように人生はすべて、自分がうまく生きていくために都合よく出来上がっています。親に恩を感ずるようになれば、自分の人生に必要なものはすべて与えられているということも見えてきます。そして、親に恩を感ずる人間になるためのものが、文化[7]であり、家庭の躾けなのです。

わかりやすい例では、子供がよその家の子供のことを羨《うらや》ましがった時、昔は「他人様《ひとさま》のことは関係ない、うちではこうするんだ」と言って叱りました。そういう躾けによって、恩と縁を感ずる人間になっていくのです。今は、テレビを観て育ちます。テレビでやっていることはすべて、「他人様《ひとさま》」のことであることに気付かなければなりません。テレビから流れる

6. 躾け　p.217（Ⅰ）注参照。

7. 文化　p.272（Ⅰ），202（Ⅱ）各注参照。

言葉は、自分にとって縁もゆかりも無い赤の他人の言葉なのです。

各人の「普通に生きる」

「普通の生き方」というのは、各人に固有のものだという認識が重要なのですね。

その通りです。「普通の生き方」は、自分の生きるべき場所で生きるということです。他人のことは関係ありません。自分の「言葉」で語る、自分固有の生き方のことなのです。普通に生きられない人は、必ずと言っていいほど、自分の生きるべき場所に不満があります。人の人生を羨んでいるのです。しかし、「普通に生きる」というのは、他人の人生の真似をするのではなく、自分に与えられた生き方をすることなのです。そして、与えられているものは全員違います。従って、他人と自分の人生を比較して、他人の人生を羨ましいと思えば、結果として自分に与えられていないものを欲しがることになるのです。しかし、他人のものは自分のものではないので、手に入りません。そうして、当然のことながら不平不満とストレス[8]の状態になるのです。

普通の生き方には、誰にでも当てはまる、一般論[9]のようなものはないのでしょうか。

そういうものはありません。与えられた人生は、人それぞれまったく個別であって、一般論というものはないのです。普通に生きるということは、こういう仕事に就いて、こういう家に住んで、こういう家庭を持つというような、決まったものは何もない。各人が、それぞれ自分に与えられた、自分にとって最も生きやすい形をとりながら、燃え尽きていく過程が

8. ストレス　p.123(I), 93(II), 294(II)各注参照。

9. 一般論（＝常識）　昔は言い伝えや秀れた人々の「言行」であったが、今日ではテレビを中心とするマスコミの扱う事柄や論調に取って代わられた。

「普通に生きる」ということなのです。「普通」という言葉の意味を、「一般的」という言葉と同義だと考えないように注意しなければいけません。

普通の生き方に一般論はないということですが、普通に生きることと平凡[1]に生きることは違うということでしょうか。

まったく違います。普通に生きた結果、会社の社長になる人もいれば、普通に生きているうちにスター俳優になる人もいます。社長になる宿命をもって生まれてきた人が、普通に生きれば社長になります。スター俳優になる宿命をもって生まれてきた人が、普通に生きればスター俳優になるのです。宿命として与えられているものは、人それぞれ違うので、どうなるかはわかりません。

ただ、スター俳優になる宿命に生まれていない人は、どれだけ憧れても、どれだけ努力しても、絶対にスター俳優にはなれないのです。なろうとするほどに人生が歪《ゆが》む。だから、最初からなりたいなどと思わないことです。逆に、スター俳優になる宿命をもって生まれてきた人が、平凡な生き方がしたいと思って引退しても、不幸になるだけなのです。自分に与えられた道を進むのが普通の生き方であり、それぞれ個人個人の幸福[2]もその中にしかないのです。普通とは、自己に与えられた「生命」が目指しているものという言い方も出来るでしょう。その見分けが、恩と縁の中に潜んでいるのです。そして、人間の生命は、絶えざる自己の超克[3]をその本質としていることを忘れてはいけません。だから、普通とは、無限の生命の燃焼に身を預ける生き方でもあるわけです。つまり、生命を憧れ[4]に捧げ尽くすのです。

1. 平凡　平均的ということ。悪い意味の一般的生き方である。人間の精神を低く見ているときの言い方。

2. 幸福　p.2（I）注参照。

3. 自己の超克　精神の無限成長のこと。人間的完成を目指す。自己の生命エネルギーの旅を言う。これが生命の真の姿なのだ。

4. 憧れ　p.2（I）注参照。

普通の生き方といえば、平凡な「マイホーム主義[5]」的な生き方と考えていました。

マイホーム主義というのは現代の単なる流行であって、普通の生き方とはまったく別のものです。マイホーム主義こそ、人間の生き方に一般論があるという、間違った思い込みの典型なのです。人生の一般論化とは、つまりは生命の死滅を意味しています。マイホームが幸福なのだと思い込んでいる人々は、「家族と共に夕食をとらなければいけない」とか、「休日は家庭サービスしなければいけない」というように、現実と離れていても「そうしなければならない」と思い込んでいます。だからストレスになるのです。

マイホーム主義は、戦後の似非《えせ》民主主義[6]が作り出した、マスコミ的な人生の一般論なのです。しかし、前にも述べた通り、人間らしい普通の生き方には一般論などありません。人それぞれ、固有の人生航路を与えられているのです。マイホーム主義は、現代における単なる流行であり、昔から流行を追いかける人間は軽薄だと言われている通り、マイホーム主義者は軽薄な人間なのです。

マイホーム主義的な生き方は、歴史的な見方をすれば、日本人の生き方の上では、多くの人にとって「異常な生き方」であって「普通の生き方」の反対です。だからこそ、現代はノイローゼ[7]社会になっているのです。流行を追い、本来の自己固有の生き方が出来なくなっているためです。だから、マイホーム主義の考え方は、人間の生命を堕落させていると言っているのです。そして、マイホーム主義から生まれるものは、愛情という隠れ蓑に包まれたエゴイズム[8]でしかないと知らなければなりません。

5．マイホーム主義　p.483(I)注参照。マスコミによって作り上げられた、現代の誤った家庭観。実体は、自分の家族だけのエゴイズムを美化したものとなっている。

6．似非民主主義　p.27(I), 307(I)各注参照。

7．ノイローゼ　p.96(I)注参照。

8．エゴイズム（＝原罪）「原罪」p.381(I)注参照。自己本位だけの自我。人間がもつ「原罪」と呼ばれるものに近い。文明自体が、それとの戦いと言ってもいい。現代はエゴイズムが勝っている。

努力と宿命

先程、スター俳優になる宿命をもたない人は、どんなに努力してもなれないという話がありましたが、憧れて努力を重ねて、スターの座を手に入れた人もいるのではないのでしょうか。

努力だけでは、ある程度の俳優にはなれても、スター俳優にはなれません。スター俳優になれるのは、その宿命をもつ人だけです。スター俳優の人を評価する言葉として、「生まれながらのスター」とか、「まるでスターになるために生まれてきたような人だ」というものがあります。まさにその言葉どおり、生まれた時からそういう宿命をもっているのです。

「身のほどを知る」[9]という言葉を悪く考えているのが現代の悪平等なのです。この言葉は、自己固有の人生を送るための人間の叡智が生み出した、真の哲学です。つまり、自己を真に生かすための「修身」[1]の根源を支えている考え方とも言えましょう。

基本的に、無理に努力してなるもの、なるために苦難の努力を要するものは、その人に本来与えられた道ではありません。そして、与えられた道でない場合には、努力してなれたとしても、なった挙句に不幸になることがほとんどです。普通の生き方というのは、たとえそれがどういう職業であり、どういう人生であったとしても、必ずその人が幸福になれる生き方なのです。

努力することはあまり良くないことなのでしょうか。

そうではありません。人間は、努力すべきところでは努力しなければなりません。しかし、

9．身のほどを知る　分限や分際を弁えることを言う。人には、それぞれ身についた独特の生命が与えられているということ。現代はこれを悪く捉えているが、生命を生かすには、これほど大切な考え方はない。

1．修身　自分の身を修《おさ》めるということ。つまり自分の自分たる謂われを知るということに繋がる。これがあって、初めて他の知識や物を運用することが出来る。

それは自分に与えられた道を歩んでいるという前提においてのことです。そうでない場合は、大抵、努力すればするほど不幸になります。努力というものは、恩と縁を通して自分の足元が見え、それが固まった人になって、初めて努力することに価値が出てくるのです。そのときは、努力を努力と思わなくなります。だから、いくら努力してもそれを自己認識したり、ストレスになったり不満に思うこともありません。

現状に不満があったり、ストレスが溜まるうちは、まだ普通に生きているとは言えないのですね。

まだ普通の生き方にはなっていません。現状に不満があったり、ストレスが蓄積する場合には二通りあります。一つは、自分に与えられた道ではない道を進もうとしている場合です。またもう一つは、自分に与えられた道の上にいるにもかかわらず、恩がわかっていない場合です。そのときは、足元が固まっていません。いずれにしても、恩と縁を恃《たの》みとして、足元を固めることから始めなければなりません。足元を固めて普通に生きていれば、努力すればするほど、その中に喜びがあり幸福があるのです。

自分に与えられた道を歩んでいて、何かの仕事に就けば、その仕事を一生続けることになるのでしょうか。

それはわかりません。自分に与えられた道を進んでいても、どこかで大きく方向転換して、まったく違う仕事に就くこともあります。与えられた道は全員が違うので、それぞれの道がどのように進んでいくのかは予測できません。ただ、足元を固めて自分の道を進んでさえいれば、方向が変わるときも自然に変わっていくのです。基本的に、「自然」[2]なものは自己の道と考えて間違いありません。従って、現在の自分が、自分に与えられた道の上を歩んでいるかどうかわからない場合でも、これから恩と縁を大切にして足元を固めて生きていけば、いつか必ず、自分に与えられた道の上を歩くようになります。恩と縁は、人生という未知の航海における道しるべの星であり、燈台の灯火なのです。

すべては、恩と縁から始まるということですか。

そういうことです。すべては、最初に恩と縁がわかっているかどうかで決まります。恩と縁を大切にしながら人生を積み上げていくことを、普通の人生と呼びます。恩と縁を重んじて考えていけば、答えは自ずと出てくるのです。そこから考えていけば、足元が固まり、しっかりと自己の生命が積み上がっていきます。また、積み上がっていくうちに、道の方向が変わっていくこともあります。しかし、どんなに方向が変わっても、それはそれで普通の生き方なのです。

普通の生き方をしていて途中で道が変わることがあるということですが、思い出したことがあります。『三国志演義』の中で諸葛亮孔明[3]が、三顧の礼[4]に動かされて軍師[5]となったのも、その代表的な例だと言えるでしょうか。

その通りです。諸葛亮孔明は恩や縁をとても重んずる人でした。そして、軍師になることが自分の宿命であり、与えられた道であることを確信するまでに、劉備玄徳[6]の三回の来訪が必要だったということです。皇帝自ら三回も訪ねてきて請われたことによって、「天命」[7]だ

2．自然　文明社会の中の「自然」とは、自己固有の恩と縁の中から生まれてくる。

3．諸葛亮孔明　p.234（Ⅰ）注参照。

4．三顧の礼　p.234(Ⅰ)注参照。

5．軍師　主将の脇に侍り、軍機を司り戦略をめぐらす人。軍帥、軍司ともいう。

と悟ったのです。当然のことながら、諸葛亮孔明の生き方も普通の生き方であり、恩や縁を重んじて生きていれば、そのように自ずから道が拓けていくのです。

言い換えれば、自分から軍師になりたくてなるような人間にはろくな者はいません。軍師になりたくて自己宣伝して歩くような者は、三流四流の軍師もどきです。会社の社長やスター俳優の例も同じで、社長やスター俳優になりたくてなった人など本物[8]ではありません。歴史上、偉人と呼ばれる人はすべてそうです。みな、それぞれ恩や縁を大切に生きているうちに、いろいろな兼ね合い[9]から、結果的にそういう道を歩んでいっただけなのです。それが、普通の生き方なのです。

それは、サラリーマンでも同じなのでしょうか。

何でも同じです。会社にしても、入ってすぐに辞めたいと思っても、紹介してくれた人の顔を立てて、もう少し辛抱してみようと思う。そうしているうちに、いつの間にか何十年も続いて、いい人生を送れたというのが普通の生き方の一つの例です。また、何かの事情でどうしても転職しなければいけないこともあります。そこに自分のわがままというものが無く自然であれば、それもまた普通の生き方なのです。ただし、その場合は辞めること自体が自然にうまく運びます。そういうサラリーマンの生き方と、諸葛亮孔明の生き方は、普通の生き方という点でまったく同じなのです。もしも、孔明よりも自分がかなり劣っていると感ずるならば、それはすでに比較の人生を歩んでいるのです。つまり、普通の生き方をしていない。

6. 劉備玄徳　p.234（Ⅰ）注参照。

7. 天命　自らの生命を捧げ尽くす真の「宿命」。

8. 本物　p.87（Ⅰ）注参照。

9. 兼ね合い　p.91（Ⅰ）注参照。

破滅への道

自分に与えられた道を踏み違えて、破滅するということもあるのでしょうか。

もちろんあります。その見分け方は簡単で、破滅の道へ進む際には、必ず恩と縁を踏みにじる行為をとります。人生とはそういうものです。自分に与えられた道の通りに生きれば、決して恩と縁を踏みにじるようなことは起きません。元々、与えられた道というのは、そのように経路が生命的に出来上がっているのです。与えられた道の中には人の縁も含まれているのです。親から始まる、与えられた恩と縁の系列が、人生航路上にちりばめられているということです。

宗教などでは、恩と縁を踏みにじれば神罰[1]が下るといわれます。実際にそういうことが起こるのです。つまりそれは、その人の人生が幸福に送れるようにと元々用意され、与えられているものを、自分のわがままな欲望によって、踏みにじる行為になるからです。そんなことをすれば、元々与えられた人生航路の運行機能が、うまく作動しなくなります。つまり、不幸と破滅が襲いかかってくるのです。

自殺に等しいようなことですね。

まさにそうです。つまり、その人の人生が幸福になるために元々与えられた道というのは、その人が生まれてから死ぬまで、休まず動き続けるように準備された自己の肉体と同じようなものなのです。すべての人に、死ぬまで動き続ける肉体が与えられているのと同様に、すべての人に、その人の「生命」が幸福になるための個別な道が与えられているのです。そし

1. 神罰　宇宙と生命の法則を犯したことの報いを言う。文明社会にあっても、文明そのものが宇宙と生命を真似たものなのでその通りになるのだ。

て、恩や縁を踏みにじる行為というのは、せっかく用意されている自分の道を自らの手で閉ざす行為です。肉体で言えば、せっかく動いている心臓に、自分の手でナイフを突き立てる行為と同じなのです。

人体ならば、もしそんなことをすれば、機能は直ちに停止して死んでしまいます。それとまったく同様のことが、運命や人生においても起こるのです。恩と縁を踏みにじる行為は、自分の心臓にナイフを突き立てるような自殺行為と同じものであり、人生は破滅するのです。

だから、「普通に生きる」ということは、肉体でいえば養生[2]の話になります。一人ひとりに、生まれながらに与えられた個別の肉体をいたわり、慈しむことを養生と呼びます。それと同じく、人生において一人ひとりに与えられた個別の運命[3]の道を、恩と縁を恃みとして足元を固めながら生きるのが、普通の生き方です。私は、この肉体と人生の二つを一つのものとして考えています。そして、ひとつの生命哲学として創り出した概念が、常《つね》を養うという考え方なのです。つまり、養常[4]の哲学です。

現代の人は肉体に関しては、生まれつき必要なものはすべて準備されているとわかっています。しかし、人生もまったく同様だと言われると、途端にわからなくなるのです。それは、似非《えせ》民主主義の教育によって、自分の人生は自分の好きなように変えられると勘違いしているからです。平等の意味を誤解しているのです。

平等思想の間違いと断念

平等の意味を誤解しているとは、どういうことですか。

2．養生　p.75（Ⅰ）注参照。

3．運命　p.27（Ⅰ）注参照。

4．養常　p.343（Ⅱ），434（Ⅱ）各注参照　著者の造語であり「常を養う」と読む。生命エネルギーが燃え尽きるための生き方。燃え尽きる生命とは、文明的には「詩」なのだ。その非日常的な詩を、普通の日常と化するような生き方を育てていくことを言う。

似非民主主義では、なりたいと願って努力すれば、誰でも会社の社長になれることが平等だと思っているということです。しかし、既に述べた通り、社長になる人はそういう宿命を持つ人であり、そうでない人はなれません。平等とは、誰でも望みが叶うという意味ではありません。人間が、それぞれに与えられた道に従って生きれば、誰でも固有の幸福な人生を送れるという意味で平等なのです。

似非民主主義の現代の人が嫌いな一例をあげます。会社の社長になる宿命をもって生まれた人と、平社員として一生を終える道を与えられた人とがいたとします。この場合、与えられた道に従って社長の勤めを果たした人と、平社員をまっとうした人の人生は、まったく同じ価値を持つのです。どちらも人生の充実を得た者であり、幸福な生涯です。このことをわからなくしているのが、現代の間違った平等主義なのです。

アメリカの陸軍士官学校に[5]、名教官と呼ばれたマーティ・マー軍曹[6]という人物がいました。アイゼンハワー[7]大統領やマッカーサー[8]元帥を育て上げた人物で、後にジョン・フォード監督[9]がこの軍曹をモデルとして「長い灰色の線」[1]という映画を創り上げました。マー軍曹はウェストポイント陸軍士官学校で一教官として一生を過ごしますが、学歴が無いため階級はずっと軍曹のままでした。それがマーに与えられた道だったのです。その道を大事にして貫いた結果、マー軍曹は上官や卒業生や家族、その他、誰からも尊敬される一生を送ったのです。そして、人間として最も魅力のある人生を送った。つまり、実話として「映画にも謳われる生涯」を送ったということです。生命とは、そのようなものなのです。

同じようにそれが会社であれば、平社員のまま生涯を終えても、それが与えられた道、与えられた仕事において役割をまっとうしたのであれば、誰からも尊敬されるのです。軍人で

5. アメリカ陸軍士官学校 ウェストポイントと呼ばれ、米国を代表する軍人エリートを養成する学校。民主主義の代表である米国最高のエリート校が、学力の他、上院議員等の推薦がいるという入試をとっている。エリートは、米国の上流からしか作らないという条件である。日本人は一考を要する。

6. マー〈マーティ〉(1876-1961) アイルランド系アメリカ人。一八九八年にアメリカ軍に入隊すると同時に陸士に奉職。一九二八年に軍を退いたのちも、ウェストポイント陸軍士官学校の名教官をそのまま続け、その半生を過ごした。

あれば、別に元帥にならなくても尊敬されます。またその反対に、自分に与えられた道を無視して、裏工作かなにかでむりやり出世して、みなの軽蔑の的となって、結局破滅するというような話も歴史上たくさんあります。普通の生き方をしている人の中には、人から尊敬されたいと願いながら生きている人などいませんが、結果的に皆から尊敬されるということからも、その生き方の正しさがわかるのです。

普通の生き方をしていると、ものごとを断念することも多いのでしょうか。

当然そうです。恩と縁を大切にしていると、断念しなければならないこともいろいろと出てきます。普通に生きる上で断念が必要なのは、断念しなければ人は自分の道ではない所に足を踏み入れてしまうからなのです。世の中には、常にそういう誘惑がたくさんあります。そういう誘惑を断ち切ったとき、自分の道がより一層確固たるものになり、すばらしい大道になるのです。

例えば結婚において「この人が生涯の伴侶だ」と誓った後も、魅力的な異性が次々と目の前に現われるのが人生なのです。また、会社でいえば、今よりも給料が高いところから誘われるというようなこともあります。世の中には多くの誘惑があるのです。そして、もし誘惑の方へ足を踏み入れれば、大抵の場合は恩と縁を踏みにじることになり、人生は破滅へ向かいます。いろいろな道が目の前を横切るものですが、もしそれが自分に与えられた道ならば、恩と縁を大切にすることを貫けば、自然に交叉《こうさ》して繋《つな》がっていくはずです。自然にそうならないなら、その道は自己の道ではないのです。

7．アイゼンハワー〈ドゥワイト〉(1890-1969) アメリカの軍人・元帥。米合衆国第三十四代大統領。第二次世界大戦時に在欧連合最高司令官、戦後はNATO軍最高司令官を務める。反共政策とともに平和共存も説いた。

8．マッカーサー〈ダグラス〉(1880-1964) アメリカの軍人・元帥。大東亜戦争開始時の極東軍司令官。戦後は、連合国軍最高司令官として日本占領に当たる。

9．フォード〈ジョン〉(1895-1973) アメリカの映画監督。アイルランド系の自身のルーツやアイルランド魂を謳った西部劇などの作品が多い。「怒りの葡萄」、「わが谷は緑なりき」等。

1 「長い灰色の線」一九五四年のアメリカ映画。監督はジョン・フォードで、陸軍士官学校の名教官マーティ・マーが送った半生を描いた作品。その家族や生徒達との心の交流を謳いあげた。

なぜ普通の生き方が出来ないのか

普通の生き方は、特に戦後の日本において失なわれてしまったということですが、それはどうしてでしょうか。

根本的な原因は、戦後の似非民主主義によって平等の意味を取り違えているということです。また、環境的な要因としては、情報の発達があります。自分独自の普通の生き方を最も困難にするのが、「他人」に関する情報を知りすぎるというものだからです。他人の情報がたくさん入ってくると、ついつい他人の人生が気になり、他人と自分の人生を比較し、他人の人生を羨《うらや》ましいと思い、他人の人生を欲しがってしまうのです。

人は、それぞれ与えられている道が全員違うので、他人の人生を欲しがったら最後、人生は破滅するのです。情報が発達すると、本来知らなくてもいい他人の情報が絶えず目の前を流れていきます。それが誘惑となって、普通の生き方をしにくくしているのです。そういう意味で、戦前までは、他人の情報がほとんど入ってこなかったので誘惑も少なかったため、「普通に生きる」人の割合が多かったと言えます。

誘惑が少なかったために、特に迷うこともなく、自分に与えられた生きる場所で生き切る[2]ことが出来たのです。そこには何かをあきらめるという気持さえも無かった。商家の子供に生まれれば、何の疑問ももたずに商人になったのです。本来は、そういう社会をいい社会と呼ぶのです。要するに、いい社会というのは、普通の生き方をすることが、ごく当然のこととして、人々の常識になっている社会文化のことなのです。

2．生き切る　p.56(Ⅰ), 18(Ⅱ)各注参照。

仕事についていえば、現代では「食べるために働く」[3]という考えが強いと思うのですが、これは普通の生き方に反するものなのでしょうか。

食べるために仕事をするという考えは、間違いではありません。仕事は基本的に、各人それぞれが他人の役に立つという「お互い様」[4]の関係によって、物々交換の仕組みを社会全体で作り上げることによって成り立っています。社会の構成メンバーが、仕事を通してそれぞれの役割を果たすことによって、全員が食べていけるのです。

現代においても、その根本の原理は同じです。会社に入って、そこから給料をもらって生きていくという仕組みになっています。従って、食べるために仕事をすると考えるのは正しい。ただし、食べることが出来ればどんな仕事に就いてもいいと考えるのは間違いです。そのように考えてしまうのは、恩と縁の概念が無い、自分の足元が見えていない状態なのです。足元が見えれば、仕事に選択の余地はありません。つまり、自分の「やるべきもの」が自分の正しい仕事なのです。そして、もっと本質的なことを言えば、実は人生の中で、選べるものなど何もないのです。生命は、必然によって動くのです。

人生の中に、選べるものなどないということですが、人間は日々の様々な選択が積み重なって、人生が築き上げられるということではないのでしょうか。

確かに、人生は日々の選択によって築き上げられています。しかし、「人生において選べるものなど何もない」ということは、言い換えれば、足元が見えて固まってくれば、選ぶべきものはすべて自ずと決まってくるということなのです。よく、「親は選べない」と言われ

3．食べるために働く　現代社会では、金銭を稼ぐことが出来る仕事をするという意味になる。分業で成り立つ文明社会においては、これが正しい仕事のあり方と言える。その中にあって、自己を磨いて行くことが肝要となる。

4．お互い様　お互いに同じであることを言う。自分も我慢しているのだが、相手も自分に我慢してくれているということ。

ますが、それは親に限ったことではありません。親を選べないのと同様に、人生で選べるものなど本当は何もないのです。つまり、それが生命の法則なのです。

「親は選べない」ということはわかるのですが、そのことと「人生で選べるものは何もない」ということが、なかなか結び付かないのですが。

その結び付かないところが、似非民主主義による汚染なのです。自分の足元が見えていません。恩と縁を大切にしながら、自分の足元を固めている人ならば、言われなくてもわかることです。また、足元が固まりつつある人も、たとえ最初はわかっていなくとも「親を選べないことと同じだ」と言われれば、「ああ、なるほど」という具合にすべてがわかるはずです。

人間はその人生のスタート地点において、この世で最初に深くかかわるのは親であり、その親を選ぶことは出来ません。また親だけに限らず、生まれた時の環境によって、幼少時の生き方は決まってしまいます。そして物心がついて、恩と縁を感ずるようになれば、その後の人生においても、自分がどの方向へ進めばよいのかということが、自ずと決まっていくのです。普通の生き方において人生に選択の余地はありません。次々と、恩に報いていけば、自ずと道は繋がっていくのです。親に恩を感ずれば、縁を大切にするようになります。縁を大切にすれば、その縁が自分の行く道を示してくれることになるでしょう。

ただし、たとえ選択できなくとも、すべての人が必ず幸福な人生を送れるように、それぞれの道が与えられていることも事実なのです。実際に幸福になった人たちは、自分に与えられたものを充分に活かした人なのです。親は選べませんが、言い換えれば、すべての人に親が与えられているのであり、その点でみな平等なのです。たとえ、どんな親であろうと、自分の人生が幸福なものとなるために最初に与えられているのが自分の親なのです。普通の生き方をしていれば、自分の両親以外の親からは生まれたくないと思うようになるものです。

自分の道とは

夢や憧れをもつことは、大切なことだと言われています。人生において選べるものは何もないということと、夢をもつということはどういう関係にあるのでしょうか。

真の夢や憧れというのは、自分に与えられた道の延長線上にあるものを言うのです。それが本当の夢であり、憧れなのです。自分の道の延長線上にないものは、すべて空理空論の単なるわがままか、誇大妄想であって、夢ではありません。すなわち、恩と縁を感じて、自分の足元が見え、足元が固まり、自分の道がわかるようになって初めて、夢を抱き、夢を語ることが出来るということです。自分の足元が固まらないうちは、夢を持つことなど出来ません。言い換えれば、足元が固まってさえいれば、自分の道の延長線上に、多くの夢や憧れをもつことが出来ます。また、それらが生きていく上での大きな原動力となり得るのです。

わかりやすい例では、「早く自分の両親に楽をさせてあげたい」という夢は、まさに自分の道の延長線上にあるものです。本物の夢なのです。恩と縁から導かれる、自分の道の延長線上にあるかどうかが、夢になるための大前提です。夢に限ったことではありません。生きていく上で、一般に大切なもの、価値のあるものと言われているものは、すべてそれらが自分に与えられた道、およびその延長線上において発動されなければ何の値うちもないものです。「他人《ひと》のために尽くしたい」などという漠然としたものは夢でも憧れでもないのです。それは自己の生命を燃やすための何の原動力にもなりません。

現代の人の中には、ためになる話をどれだけ真剣に聞いても、良書をどれだけ読んでも、まったく身になっていかないという人が多いのは、ここに理由があります。自分の足元が見えていないのです。自分の足元が見えず、足元が固まらないので、何を聞いても何を読んでもまったく人生に活かせません。

努力にしても同じです。自分の道において努力しなければ、何にもなりません。他人の人生を欲しがり、そのためにいくら努力しても、結局ノイローゼになるだけです。意志力が大切だといっても、意志力そのものを自分に与えられた道を歩むために使わなければ、意志力が強いほど悪く作用することになります。意志力が強いほど、悪いことも出来るのだということを忘れてはなりません。大切なものは、意志力そのものではないのです。

親孝行は自分の親に対してするものであって、他人の親に対してするものではありません。別に、他人の親へ親切にするなということではありませんが、まずは自分の親だということです。愛情は、自分の夫や妻や子供に対して注ぐものであって、決して他人の夫や妻や子供に注ぐものではありません。勤勉さも、自分が給料をもらっている会社の自分の仕事に対して発揮すべきものであって、他の会社のために発揮するものではないのです。

努力にしても、意志力にしても、愛情も勤勉もすべて、自分の宿命、自分に与えられた道およびその延長線上において発動させなければ、何の意味もないものなのです。そして、自分の道は、恩と縁を感ずる人間となり、恩と縁を大切にして生きていれば必ず見えてきます。人間恩と縁を深く感ずることによって、自己の宿命を感知するアンテナが磨かれるのです。

は、宿命がわかれば運命を受け入れることが出来るのです。そして、自己固有の運命を愛すれば、自己の生命は憧れに向かって燃え尽きていくのです。

16　病気と文明

文明[1]の中に、病気が潜んでいる。しかし、その文明こそが人間を人間たらしめてもいるのだ。

健康と病気の定義

まず、健康と病気はどのように定義されるものなのでしょうか。

病気とは、人体内の気と呼ばれる生命エネルギー[2]の流れが滞って、恒常性[3]および自然治癒力[4]の均衡を崩し、日常生活に支障を来《きた》す状態のことです。従って、健康というのは、反対に生命エネルギーの流れがよく、恒常性や自然治癒力の均衡がとれている状態と言えます。ひと言でいえばこのようになりますが、健康と病気の概念は、とても深遠かつ複雑であり、そ

1．文明　p.273（Ⅰ）注参照。

2．生命エネルギー　p.18(Ⅰ), 39(Ⅱ)各注参照。

3．恒常性　ホメオスタシスと呼ばれ、人体の諸器官が、気温

の全容を摑むことはなかなか容易ではありません。
ですから、ここにおいては、あくまで概要の範囲を越えるものではないということを、あらかじめわかって頂きたいと思います。また、健康と病気の概念の複雑さを多少なりとも実感してもらう上でも、定義や言葉そのものの意味について掘り下げる前に、病気の原因が何であるかを押さえておくとよいと思います。

健康と病気の概念はとても深遠かつ複雑なもの、ということですが、それは病気の原因についても、いろいろな要素が複雑にからんでいるためですか。

そういうことも言えますが、もっと本質的なことがあります。病気の原因は、一般にウイルス[5]や細菌[6]の感染そして栄養の偏り[7]など、また生活環境や生活習慣にあると考えられていますが、実際はそれだけではありません。病気になるか、ならないかを決定する最も大きな要因は、実は本人の認識にあるのです。つまり、自分が病気だと思うかどうかという、精神的な問題なのです。自分が病気だと思えば病気になり、病気ではないと思えばそうではない。たとえ、科学的には病気だとみなされても、本人はまったく病気だと思わない場合も多いのです。

その判断に最も大きな影響を及ぼすのが、その時代を覆っているセントラル・ドグマ[8]と呼ばれるような大思想なのです。すなわち病気というのは、その時代を覆っている社会の思想や個人の生活習慣、および公害問題や伝染病の流行などの生活環境が、相互に複雑に影響を及ぼし合いながら、それらすべての総合力の影響下に作られていくものと言えるでしょう。時代を覆う社会の思想、個人の生活習慣、および生活環境のすべてが原因であり、しかも最

や湿度そしてストレスなどの外部環境の変化や自身の姿勢・運動の変化に応じて体内環境を一定に保つこととその機能を言う。

4. 自然治癒力　生体が本来もっている回復機能によって病気やケガを治す力。免疫力とも呼ばれている。

5. ウイルス　p.180（Ⅰ）, 427（Ⅱ）各注参照。

6. 細菌　p.41（Ⅰ）注参照。

7. 偏り　p.141（Ⅰ）, 219（Ⅱ）各注参照。

8. セントラル・ドグマ（＝中心教義）p.138（Ⅰ）注参照。

終的には自分自身が病気だと思うかどうかが病気になるかならないかを決定するところが、病気の概念を複雑で難しいものにしているのです。

病気と社会の思想

「時代を覆う社会の思想が病気の原因になる」という点は非常に難しいのですが……。

別に現代に限らず、いつの時代においてもそうなのです。社会の思想がどれほど強く人間に影響を与えているのかということを、その時代に生きている人々が認識するのはとても難しいのです。それを知るためには、歴史を深く学ぶ必要があります。歴史を学ぶことによって、過去の人々がいかに強く当時の社会を覆う思想の影響を受けていたかということがわかれば、それとまったく同じことが現代にも当てはまると考えればいいのです。

それは例えば、中世ヨーロッパの人間はキリスト教の思想に覆われていた、というようなことですか。

そういうことです。中世ヨーロッパは、キリスト教の思想がすべての価値観の中心でした。そして、中世ヨーロッパのキリスト教思想に相当するのが、現代では科学思想です。それらの思想は、それぞれの時代において、病気の重大な要因にもなっているのです。

中世ヨーロッパといえば、ペスト[9]の大流行が知られています。そういうことも、当時を覆っていたキリスト教の思想と関係があるのですか。

9．ペスト　ペスト菌の感染によって発生すると思われる急性感染症。ネズミに通常発生するペスト菌が、ノミを介して人へ伝染。高熱と脱水を起こす死亡率の高い病気で、古来、欧州で大流行を繰り返した。皮下で血流が凝固して黒い斑点となるため、黒死病の異名がある。

大いに関係があります。十四世紀の中頃にヨーロッパでペストが猛威を奮いました。都市部では全人口の三分の二以上が死んだと言われていますが、ここまでペストが拡がった背景には、キリスト教の終末論[1]が関係しているのです。

当時、ペストは中央アジアからヨーロッパへ運ばれたと言われていました。ヨーロッパ以外の諸地域でもペストの流行はありましたが、人口の大半が死亡して、ほとんど絶滅寸前にまで陥ったのはすべて、キリスト教の文化圏なのです。ペスト菌の伝染力から考えて、ヨーロッパのキリスト教圏であれだけ猛威を奮ったのであれば、ほとんど全世界的に大流行してもおかしくはないのです。しかし、結果的にはキリスト教文化を共有する地域だけが、壊滅的な打撃を受けたのです。

これらのことから、病気が社会の思想と深く関わっているということがわかるのではないでしょうか。当時の文献によれば、人々はペストの流行を目の当たりにして「神の怒りが人間を滅ぼそうとしている」のだと思い込み、恐怖におびえていました。そういう気持が、さらに病気を生み出すのです。

日本でもコレラ[2]が大流行したのは、幕末から明治維新へ向かう時期です。その時代は、徳川幕府の力が弱まり、また度重なる飢饉で生活も苦しく、一揆も多発した時期です。江戸末期に広範な地域の民衆に広まった「ええじゃないか[3]」という踊りの流行からもわかる通り、人々はある種、投げやりな気持になっていました。つまり、西洋の終末論に近い思想が社会を覆っていたのです。

このように、病気の文化史を詳しく調べていくと、思想的なものと病気の関係がよくわかります。そして現代は、時代を覆う科学思想が病気を生み出す大きな要因となっているので

1. 終末論　p.383(1)注参照。

2. コレラ　コレラ菌の経口感染による急性腸管感染症で、激しい下痢、嘔吐をひきおこす。強い脱水症状で死亡する率が高い。

3. ええじゃないか　一八六七年に、日本の近畿・四国・東海地方で起こった騒動で、世直しを訴える民衆が「ええじゃないか」と叫びながら神札を撒き、踊り狂った。

す。

科学思想が病気の原因になるというのは具体的にどういうことなのですか。

最も多いのは、検査数値によって病気になる「検査病」です。日常生活には支障がなくても、現代は検査の結果によって病気だと診断されることがあります。その診断が、すべて間違いだと言っているわけでは決してありません。しかし、検査の結果で病気だと言われることによって、元々健康だった人、または何かの原因で少し体調を崩している程度の人が、本当に病気になってしまうことがとても多いのです。

それは、科学というものを絶対的に正しいと信ずる気持が根底にあるために、その成果の一つである検査技術や数値による病気判定法の結果を、そのまま信じて受け入れてしまうからです。検査数値は、あくまでも参考にするものなのです。病気を判断する方法は、他にもいくらでもあります。検査数値はその一つにすぎないということが、わからなくなっているのです。なぜわからないかと言えば、現代人が科学病[4]だからです。その結果、元々健康であっても自分は病気だと思い込み、本当に病気になってしまう。これが、科学思想が病気の原因となる代表的な例です。

科学思想は、すべてのものを、誰でもわかる形に固定化しようとする傾向があります。このことは病気についても例外ではありません。すなわち、科学思想によれば、先の例であげたペストやコレラはペスト菌やコレラ菌という細菌がその原因のすべてであり、検査の数値によって多くの病気が誰でも正確に判定できることになるのです。一方その反対に、これまで述べてきたような、社会の思想が病気の原因になるということや、本人が病気だと思えば

4. 科学病　科学を妄信している状態を言う。洗脳であり、一種の精神病である。現代の世相を表わす言葉でもある。

病気になるというような考え方は、科学思想の下では最も理解し難く、受け入れ難いものとなっているのです。

病気だと思えば病気になる

「本人が病気だと思えば病気になる」というところを、もう少し詳しく伺いたいのですが。

中世ヨーロッパの例でいえば、ペストが大流行したとき、ペストにかかった人を見て恐怖におののいたり、自分もうつると思った人の多くは実際にうつっています。または、それらの病気を「神の怒り」と捉えた人々がうつり易かったと伝えられています。その一方で、有名な医者であり予言者としても知られていたノストラダムス[5]などは、毎日何人ものペスト患者を担いで歩き、介抱していましたが、絶対にうつりませんでした。そして、本人自身も、自分はペストには感染しないと信じていたという記録が残っているのです。ノストラダムスはユダヤ人であり、キリスト教を冷静に見ていたことも、大きな要因であったと私は思っています。

他にも、キリスト教の神父やシスターたちも、毎日多くのペスト患者の世話をしながらも、その終末論ではなく「救い」の方を信ずる比重が大きく、自分は絶対にうつらないという信念を持っていた人々は、事実そのほとんどがうつらなかったのです。このような例は、枚挙に暇《いとま》がありません。近年では、ドイツの医学者ペッテンコーファー[6]が、学会の席上で、「こんなもので感染するはずがない」と言って大量のコレラ菌を飲んでも、コレラにならなかったという有名な話があります。彼らは皆、自分は絶対に感染しないと思っていたのであり、

5．ノストラダムス(1503-1566) フランスの医師・占星術師。リヨンにおけるペスト流行の際、治療に献身して人望を高め、シャルル九世の侍医を務める。一五五五年に『諸世紀』を刊行し、独自の信念に基づき世界終末の幻視等を記述。

6．ペッテンコーファー〈マックス・フォン〉(1818-1901) ドイツの衛生学者。ミュンヘン大学教授。ミュンヘンの上下水道の土木工事によって腸チフスを根絶したことで知られる。また、通風・換気について研究。コレラ菌以外のコレラの原因も追求した。

感染しないと思っていれば、ほとんどの場合本当に感染しなかったのです。このような人間と文明、そして病気との相関関係に興味のある人は、ハンス・ジンサー[7]の『ネズミ・シラミ・文明』やジャレド・ダイアモンド[8]の『銃・病原菌[9]・鉄』を読むことを強く薦めたいと思います。それらは、全くユニークな文明論であり、私に新しい文明の見方を提供してくれました。

　また現代においても、検査の数値など気にしない人は、病気になりにくく、検査の数値に振り回されている人は、病気になりやすいのです。人間は自分が病気だと思えば病気になり、病気ではないと思えばならない。社会を覆う思想の影響も含めて、人間の精神面は最も大きな病気の要因となっているのです。

　二十一世紀に入ってからの日本は、国民の総幼稚化が急激に進んでいることは、誰の目にも明らかだと思います。そして、幼稚化が、一つの社会思潮として病気の「質」を変化させているのです。つまり、現代では子供の病気が大人にうつるということです。今の日本では、子供から始まった感染症[1]の病気が、ほとんどの場合、看病をしている親に感染しています。昔は、子供の看病で感染する人はほとんどいませんでした。それは、子供の病気と大人の病気では「質」が違っていたからなのです。両者の体質の違いが感染症の種別も分けていたと言えましょう。それが、総幼稚化によって崩れています。現在、「小児科」という診療科が減っているのは、そのような理由も多いのです。ところが、大人と子供で分ける必要がなくなり、すべての国民は、普通の内科と外科ですむようになったのです。このような社会現象も、実は病気と社会の思想との関係が、その深くに隠されていることに気付かなければなりません。

7．ジンサー〈ハンス〉(1878-1940)　アメリカの細菌学者、免疫学者。スタンフォード、ハーバード大学教授。アレルギーの量やウイルスの大きさを測定した。また発疹チフスの原因を解明したことで知られる。『細菌学』等。

8．ダイアモンド〈ジャレド〉(1937-) アメリカの生理学者・進化生物学者。ハーバード、ケンブリッジ大学で学ぶ。カリフォルニア大学教授で数々の科学賞を受賞。『文明崩壊』等。

9．病原菌　p.58(I)注参照。

1．感染症　p.524(I)注参照。

個人的にも、民族的にも、病気がどのように影響をおよぼし、展開していくのかは、いろいろなパターンがあります。ここでは、その中でも特にわかりやすい例について概略的に述べましたが、人間の精神面と病気との関わりという問題は、科学思想の中で生きる我々にとって、とても大切な項目です。いずれにしても、病気になるかならないかを決定する最も大きな要因は、本人が病気だと思うかどうかという精神的な問題です。そして、その判断に最も影響を及ぼすのが、その時代を覆っている社会の思想であるということを、病気について考える際に、常に念頭に置く必要があるのです。

病気と生活習慣

続いて、病気と生活習慣の関係について伺いたいと思います。「人間が人間らしく生きようとすれば、必ず肉体を痛めつけることになる」という思想を伺いましたが、そのことは、生活習慣が病気の原因になることと関係があるのでしょうか。

大いに関係があります。人間らしい生き方、すなわち文明的な生活習慣のほとんどすべてが、病気の原因になり得るといっても過言ではありません。人間の築いた文明的生活は、必ず自然の摂理[2]に反するものを含んでいます。そのような、自然の摂理に逆らうことによって生ずる歪みが、積み重なって病気になるのです。従って、病気になるのは人間だけであり、動物は決して病気にならないということなのです。動物の生活はすべて、自然の摂理通りだからです。

ただ例外として、家畜やペットのように、人間の文明的生活の中に取り込まれた動物は、

2. 自然の摂理　p.108(Ⅰ),140(Ⅱ)各注参照。

病気になることがあります。このことは、言い換えれば、病気というものの原因が人間の文明や文化の中にあることを示しているのです。また、野性動物が水銀[3]汚染などの影響で、その生態に異常が生じているというのもまったく同様です。要するに、人間が作り出した文明が原因で、病気になっているのです。野生動物といえども、人間の文明に知らず知らずに近づけば、必ず不幸が襲ってくるのです。その一つが病気と言えるのです。

人間の文明生活は、必ず病気を生み出します。これは、文明そのものが自然の摂理に逆らって築かれるものだからであり、人間の宿命[4]とも言えます。従って、人間が人間らしい生活を営みながら病気にならないためには、そのための努力[5]が必要であり、それが「養生[6]」と呼ばれるものなのです。

動物は、努力しなくても病気にならないということですか。

そういうことです。実は、努力という行為そのものも、自然の摂理に反するものであり、人間特有のものなのです。動物の場合は、神から与えられた本能[7]通りに生きます。そうすると、寿命[8]が来るまで自然の摂理に逆らうこともなく、従って病気になることもありません。ところが、人間の場合には、元々人間的生活そのものの中に自然の摂理に逆らう要素があるのです。また、一人一人の生活習慣にはそれぞれ癖があって、自然の摂理に逆らって生ずる歪みが大きい人と小さい人が出て来ます。そして、その歪みが蓄積してある段階を越えた人が、病気になるのです。

例えば、動物は疲れれば必ず寝ます。寝ることによって、歪《ゆが》みを残さないように本能的に調整しているのです。ところが、人間は疲れても頑張って寝ないこともあり、人間らしく生

3. 水銀　金属元素の一つで常温で液体である唯一の金属。合金をつくるのに有用だが、溶解の際に出る蒸気は有毒。火薬や顔料そしてメッキ製品などをつくるのに使われる。

4. 宿命　p.318（I）注参照。

5. 努力　努力は精神の問題であり、文明的価値観なのだ。その思想は、肉体を維持する本能とは抵触する。

6. 養生　p.75（I）注参照。

7. 本能　p.109（I）注参照。

8. 寿命　p.39（I），47（I）各注参照。

きる上で、そういう無理が必要な場合もあるのです。しかし、疲れているのに寝ないという行為は、自然の摂理に反するものです。それによって歪みが蓄積され、その蓄積がある段階に達すると病気になる。病気になるかどうかは、いわゆる善悪とはまったく関係ありません。善人であっても自然の摂理に逆らう度合が大きい生き方をしていれば病気になり、たとえ悪人でも自然の摂理からはずれる度合が小さければ、病気にならないのです。

病気の原因

生活習慣にはそれぞれ個人差がありますが、自然の摂理に逆らう度合の大小によって、病気になる人とならない人が決まるということですか。

そうです。偏食[9]を続けて病気になった人は、生活習慣の代表である食生活が、自然の摂理に逆らうものだったということです。その歪みが蓄積して、病気になったのです。病気はすべて、広い意味での生活習慣から起こるということが言えます。先に述べた時代を覆う思想についても、その思想の影響を受けた人の日常の思考パターンそのものが、一つの生活習慣だという見方も出来るのです。

現代の多くの人は、コレラはコレラ菌が原因だと考えていると思います。ところがこれまでの話では、病気の原因のほとんどは精神的なものや、生活習慣の中にあるということですから、科学思想の考え方とはまったく違うようです。この違いは一体どこから生まれてくるのでしょうか。

9. 偏食　p.502（I）注参照。

科学思想では、病気の最終段階を見て病気の原因を決めているのです。また、その病気の患者に共通する、誰でも簡単にわかるものを原因とみなしています。例えば、コレラにかかった人は、コレラ菌が産み出す毒素によって、激しい下痢の症状が起こり、脱水症状となってやがて衰弱して死にます。その状態はコレラにかかって死ぬ人ならば、全員同じです。科学思想というのは、その状態を見てコレラの原因はコレラ菌だとみなすのです。それに対して、これまで私が述べてきた病気の原因というのは、その病気になるかならないかという分かれ目の段階での話なのです。

つまり、コレラにかかる人の中には、自分もコレラで死ぬと強く思い込んでいたためにかかる人もいれば、不規則な生活が続いて抵抗力がなくなってかかる人もいるということです。そういう状態のときに、体内のコレラ菌が繁殖を始めるのです。そして、精神面が原因でコレラになった人も、生活習慣が原因でなった人も、どちらも最終段階での状態は同じなのです。科学思想は、その最終段階を見て、コレラ菌が原因だとみなしています。特に、最終段階だけを科学的に確証したのがローベルト・コッホ[1]の法則です。

もし、本当にコレラ菌が原因のすべてであるなら、コレラ菌が体内に入った人は全員かかるはずです。そして、何よりもすべての人間が感染します。ところが実際は、コレラ菌が体内に入っても、コレラになる人とならない人がいます。さらに言えば、なる人の方がずっと少ない。従って、原因は他にもあるということなのです。

病気の原因についていろいろと伺ってきましたが、一般的にもたれている概念とはかなり違うことがわかりました。

1．コッホ〈ローベルト〉(1843-1910) ドイツの医学者。近代細菌学の祖。一八九一年、伝染病研究所の初代所長となる。細菌の純粋培養に成功し、結核菌、コレラ菌を発見。ツベルクリンの発明など、近代医学創設者の一人としても知られる。一九〇五年ノーベル生理医学賞。

もちろん、一般的に病気の原因だと思われているものも間違いではありません。ただ、それがすべてではないと言っているのです。確かにコレラ菌がいなければ、コレラにかかることはありません。しかし、コレラ菌に触れたときにコレラになる人とならない人がいる。それでは、どういう人がなって、どういう人がならないのかという話をしているのです。その原因には、社会の思想や、個人の生活習慣、及び衛生面などの生活環境という多くの要因が複雑に関係しています。そうした様々な要因の複合で、結果的に病気になるかならないかが決まるのです。

大きな概念の話になっていますが、ここでは病気の原因は多くの要素が互いに影響し合っていること、そしてその中でも特に精神面での影響が大きいことを知っておいて頂ければと思います。

病気の意味

病気の定義で「人体内の気と呼ばれる生命エネルギーの流れが滞って、恒常性および自然治癒力の均衡を崩し、日常生活に支障を来《きた》す」ということでした。この定義は、すべての病気にあてはめることが出来るものなのですか。

すべての病気に言えることです。つまり、感染症のような細菌性の病気であっても、細菌が生体活動の恒常性の均衡を大きく崩して、日常生活に支障を来す段階からを病気と呼ぶのです。例えば、結核菌[2]は多くの日本人の体内に生息しています。しかし、それが日常生活に支障を来すところまで増殖発展しなければ、結核とは言わないのです。日常生活に支障があ

2. 結核　結核菌による慢性伝染病。ほとんどあらゆる臓器に病巣をつくるが、大部分を占めるのは肺結核である。一九三〇年代後半～一九四〇年代の日本で、死因の一位であった。

るかどうかが、病気かそうでないかの判断基準です。このことは、病気について考える上でとても重要な点です。

恒常性の均衡を崩しているかどうかを、病気であるかないかの判断基準にすることは出来ないのですか。

それは出来ません。なぜなら、恒常性の均衡を崩していない人は一人もいないからです。この点が、科学思想に冒されている人はわからなくなっているのです。恒常性の機能が常に完全な状態の人などは一人もいません。従って、恒常性の均衡が崩れた人を病気と呼ぶなら、健康な人は一人もいなくなるのです。だからこそ、恒常性の均衡がどれだけ崩れているかによって、病気かどうかを判断することになるのです。そしてその判断は、慣習的に日常生活に支障があるかどうかが、その基準とされているのです。

完全な体の人は一人もいないのですか。

一人もいません。完全な体、少しの歪みもない体の人などは存在しないのです。例えば歯並びがわかりやすいと思います。歯医者にいくと、よく理想的な歯並びの模型が置いてあります。私は何人もの歯科医に「あの模型どおりの歯並びをした人を見たことはありますか」と尋ねてきましたが、誰一人として、見た人はいません。つまり、理想の歯並びの人などいないということです。もしも、理想の歯並びでない人は歯を矯正する必要があるということになれば、全員が矯正しなければならないのです。

そもそも、歯の矯正というのは、顎の上下の噛み合わせがうまく合わなくて、ものが食べられない人のために生まれた技術です。それが今では、特にアメリカでは、多くの人が歯を矯正するようになりました。これは理想の歯並びを求めているためであり、そうなれば全員が矯正しなければならない、ということです。

これと同様のことが、病気についても言えます。すべての機能が完全無欠な人など一人もいません。だから精密検査をすれば、必ずどこかに問題が見つかるのです。そしてその問題の個所を気にしすぎると、日常生活に支障を来《きた》すほどの、本当の病気になることも多いのです。そういうことで、病気の判定は日常生活を基準に考えなければいけないのです。

病院にいくほど、病気になるということですか。

その通りです。科学思想の考え方は、何でも病気と結びつける傾向があるのです。だから現代では、寿命で死んだとしても、すべて病死だと判断されています。元々、寿命と病気というのはまったく別な概念です。ずっと健康だった人でも、寿命が来ると生命エネルギーの回転が弱くなって滞るようになり、恒常性の均衡が大きく崩れて、結果としては何らかの病気の症状が出てきます。現代では、その症状を診断して病名を付けるので、全員が病気で死んだことになるのです。

しかし、それは本来の意味での病気とは区別すべきものなのです。ただここで難しいのは、寿命というものは目に見えないものであり、たとえ若くても寿命の場合もあるということです。例えば、二十歳でペストになった場合でも、それが寿命でなった場合もあれば、自分でなると思い込んでなった場合もあります。しかし、どちらも症状はまったく同じなのです。

古代ギリシャの医聖であるヒポクラテス[3]の書物を読むと、古代の医者は、その患者が本当

3. ヒポクラテス（B.C.460頃-B.C375頃）　古代ギリシャの医師。医学の祖・医術の父と称される。病人についての観察や経験に重きをおき、当時の医術を集大成した。その「誓い」は、科学思想を乗り越えて、現代でも現場で働く医師たちの根本哲学となっている。

の病気なのか、寿命なのかを見分ける能力を養成することが、徒弟修業の最大の課題だと書かれています。そして、さらにヒポクラテスの言うところによれば、寿命の場合には手を付けてはならない、寿命の者に手を付けるのは、神に対する冒瀆《ぼうとく》だということでした。ヒポクラテスは、手当てをするのは本当の病気や事故の場合だけだと明言しています。このヒポクラテスの考え方が、本来の正しい病気観であり、医療のあり方なのです。

病気は、人間が自然の摂理に逆らって生じた歪みが積み重なって起こるということでしたが、それぞれの病気に特有の症状には何か意味があるのでしょうか。

もちろんあります。病気というのは、基本的に生きようとする力なのです。恒常性の均衡が大きく崩れれば病気になります。しかし、人体は病気になることによって、均衡を元に戻そうとしているのです。すべての病気がそうなのです。病気という症状は、体を元の状態に戻したいからなっていると思って間違いありません。このことは、ガンのような不治の病と呼ばれているものにも言えることです。ガンにしても根本は、体を立て直そうとしてなっているのです。岐阜大学教授であった千島喜久男博士[4]のように、ガン細胞には血液の浄化作用があると言っている学者もいるほどです。ガンという病気は、元々血液が濁ってくると起こる病気なのです。人体がガン細胞を作って、そこに血液の濁りを蓄積させることによって、全身の血液を綺麗に保とうとしているという学説です。

だから、千島博士は、もしもガンの特効薬が作られてガンを短期間で治したりすれば、濁った血液が全身を巡り、敗血症[5]と呼ばれる別の病気になってすぐに死ぬだろうと言っていました。その学説を葬り去るのは簡単なことです。しかし、この学説は日本的な科学思想の発

4．千島喜久男（1899-1978）生物学者・医学博士。岐阜大学農学部教授。腸造血説を中心とした革新的医学である「千島学説」を提唱。現代医学の発想と異なる思想を説いた。

5．敗血症　血液およびリンパ管中の過度の汚濁や、病原菌の

想から生まれたものです。多くの実績に支えられた考え方である以上、その考え方もひとつの見方として取り入れることは重要だと考えています。私は自己体験に基づいて、千島学説には多くの真実が含まれていると思っています。特に「ガンの疫学」[6]と「腸造血説」[7]は、生命の発生学の観点から見ても、非常に妥当性のある理論だと考えています。人体には、多くの神秘が隠されているのです。幅広い視点で考えなければ、真実に迫ることは出来ません。

ここが人体の難しさ、医学の難しさなのです。血糖値にしても、血糖値が高くなるのは、高くないと細胞が活動できない状態だからであり、それを強引に下げると別の問題が起こるのです。血圧も同じです。血圧が上がるということは、血圧を上げなければ脳の末端にまで血液を送ることが出来ないからです。そのために、人体が血圧を高めているのです。

血圧降下剤を長年飲み続けると、呆《ぼ》けると言われるのも、そのためです。血圧を強制的に下げることによって脳の末端まで血液が届かなくなるからです。病気は生きようとする力であり、病気の症状は人体の崩れた均衡を元に戻そうとするものです。従って、医学はその点をふまえて治療しなければならないので難しいのです。その見極めを誤ると、逆効果になります。

病気への対処

これまで伺った中で、均衡ということが重要なことと感じました。しかし、均衡を崩して病気になった場合は、どのように対処していけばよいのでしょうか。

基本的には、生活習慣を改めて、歪みが蓄積しない体に徐々に変えながら、病気に対処し

侵入によって、頻呼吸・頻脈、体温の変動、白血球の増減を引き起こし、重症になると、循環障害、敗血症性ショックをおこして死亡することも多い。

6. ガンの疫学　ガンを免疫の一環として捉えている。ガンを人体の敵として見ていないのだ。細胞学的及び免疫学的に観て、非常に妥当性を有している。

7. 腸造血説　血液が腸によって作られているという説。現代の骨髄造血説と異なる。人体は腸管から発達したことが発生学上知られている。その学説からすれば、骨よりも腸の方が造血の主力として妥当性がある。

ていくべきです。病気の症状というのは、それまでの生活習慣を見直して、体を元に戻さないと大変なことになるという、警告の信号でもあるのです。高血圧[8]の症状は、「血圧をここまで上げないと、脳の末端まで血液を送ることが出来ない体になった」という警告です。だから、血圧をそんなに上げなくてもいい体に戻さなければならないのです。そのために日々の養生があるのです。

養生というのは、食事と運動を中心とする日々の生活習慣を整えることです。そうすることで、恒常性の均衡をなるべく健全な状態に戻し、その状態を保つのです。それは食事であり、睡眠であり、ものの考え方であり、ストレス[9]にうまく対処して平安な精神状態を作り上げることなのです。

医学と養生はどういう関係になるのですか。

基本はあくまで養生であり、医学は応急処置のためにあるものです。人間は生身であり、時には緊急の処置を要する事態も起こります。その時に用いられるのが医学なのです。医学は、応急処置のための学問として、人類に多大な貢献をしてきました。しかし、あくまでも応急処置のためのものであることを忘れてはいけません。緊急の処置を必要としない場合は、病気に対しても正しい食事や日々の生活習慣の見直しによって、体を根本から立て直すことが基本なのです。

病気は、人体の崩れた均衡を元に戻そうとする動きの現われという点からいえば、「闘病[1]」という言い方は不適切ということでしょうか。

8．高血圧　生活習慣病の一つで、血圧が常時正常値よりも高い状態にある病気。自覚症状が無いことも多いが、心臓病や脳梗塞、腎不全の発症リスクを高めるとされる。

9．ストレス　p.123(Ⅰ), 93(Ⅱ), 294(Ⅱ)各注参照。

1．闘病　病気と対決する姿勢を言う。

病気の本質的な役割からいえば、闘病という表現は不適切です。病気とは闘うものではなく、病気を引き起こした自己の生活習慣を反省し、恒常性の均衡を取り戻そうとしている人体の働きを応援するのが、病気に対する正しい姿勢です。また、そういう姿勢で病気から回復すれば、人間性も向上するのです。病気になったことを一つの機会と捉えて、それまでの生活習慣を反省し、悪い部分を改めることになるからです。精神を正せば、人間力が向上するのは当たり前のことと言えましょう。

病気の概念

> 病気になったことを反省するという点で考えれば、重い病気も軽い病気も同じということになりますか。

そうです。病気が重いか軽いかの判断は、人間の勝手な価値観で決めるべきではありません。人間は病気に対して、治療技術があるかどうかなど、人間側の都合によって病気の軽重を決めています。

例えば、近視という病気があります。もちろん、現代で、近視が病気だなどと思っている人はほとんどいません。しかし、もしも眼鏡というものが発明されておらず、現代が狩猟社会[2]ならば、近視は死病なのです。近視になれば、獲物を捕えることが出来ずに餓死するしかないからです。実際に野性の動物が目を悪くすれば、天敵にやられるか、食べものを獲れないかのどちらかで、すぐに死んでしまいます。現代では、眼鏡というものが発明されたことと、狩猟社会でないという外部要因によって、近視は死病どころか病気ですらなくなってい

2．狩猟社会　主に狩りを中心とした社会で、動物をとらえ食糧としたが人類史の大部分がこの社会形態であった。人類史を五百万年と見た場合、農業社会という文明に突入してからは、まだ一万年も経っていない。その発展型である工業社会に至っては二百年弱である。我々の常識を改めて考えなければならない。

ます。人間側の都合によって、病気かどうか、重病かどうかを勝手に決めつけているのです。同様のことが、他の多くの病気についても言えます。ここで重要なことは、病気の軽重を人間の勝手な都合で決めるのではなく、恒常性の均衡をどれだけ崩しているかという観点から判断しなければならないのです。すなわち、人体の健康論からいえば、下痢などの胃腸の病気であっても、ストレスであっても、人体の重大問題なのです。それらは、体の恒常性の均衡をどんどん崩していくものだからです。

ところが、現代の人はガンのような不治の病だけを恐れて、胃腸の病気やストレスなどを甘く見る傾向にあります。しかし、実際には胃腸病もガンも、どちらも人体の歪みから起きるものであり、生活習慣の中に改めるべきところがあるということに違いはありません。そして、体の歪みの蓄積が、結果としてガンになるか胃腸病になるかは、誰にもわからないのです。

従って、何度も言っていることですが、胃腸の病気やストレスといえども、決して軽く見るのではなく、生活習慣を見直して、歪みが蓄積しないように生活を改める必要があります。このことを深く理解して、一般に軽い病気だと見られているものになった時にも、きちんと養生を心がければ、ガンや糖尿病[3]のような病気にもなりにくい体になるのです。

病気についての概要を伺ってきましたが、全体を摑《つか》むのは大変難しいと感じました。

冒頭でも述べましたが、病気というものの概念は、とても深遠かつ複雑なものであり、その全体像を摑むことはなかなか容易ではありません。ただその難解さは、現代の医学界が抱えているような、ガンやエイズ[4]という不治の病に直面したときの難解さとは、大きく意味が

3. 糖尿病　p.49（I）注参照。

4. エイズ＝後天性免疫不全症候群

異なるものです。

病気の概念は、病気になるかならないかという分かれ目において、その原因が遺伝や体質も含めて、多種多様であることからも難解なものとなっています。また、病気そのものが生きる力であるということによっても、その対処法の難しさが浮かび上がります。さらに、完全な人体をもつ人などいないということから、病気かどうかを判断するのが難しいと言えます。そういう、どちらかといえば抽象的、概念的、動的な病気の本質を、簡単に捉えることは難しいでしょう。ここでは、自己の中に病気というものの大きな概念を確立し、それによって生命観をより確固としたものにするための、一つの問題提起として捉えて頂ければと思います。

17　進化という思想　第一部

人間は、永遠に人間である。崇高を目指し、また卑しさに哭《な》き続ける焔《ほのお》[1]なのだ。

進化思想の定義

> 進化[2]という言葉は普段当たり前のように使われていますが、そもそも進化ということをどのように考えるべきなのでしょう。

まず、言っておきたいのは、現代人は「進歩」と「進化」とを完全に混同しているということです。進歩と進化は本質的に違う[3]ものなのです。しかし、それを語るとあまりにも哲学的になってしまうので、ここでは両者の混合をひとつの「社会思想」として捉えて話を進め

1．焔　p.104（Ⅰ）注参照。

2．進化　p.61（Ⅰ）注参照。

3．進歩と進化の違い　著者による他の著作、『根源へ』（講談社）「進化と進歩」に詳しい。

ていきたいと思っています。
現代人が進化という言葉を使うとき、その奥には一つの思想があります。それを進化思想と呼びます。その思想の中に、すでに進化と進歩の混同も入っているのです。進化思想はあまりにも深く現代社会に浸透しており、ほとんど無意識のうちにその発想をしてしまっていることも多いのです。現代に生きる上で、進化思想を知ることはとても大切なことになります。

進化思想という言葉は、あまり馴染みがないと思われるのですが、進化思想とはどのようなものなのでしょうか。

進化思想とは、新しくなければならない、発展しなければならない、大きくならなければならない、量が増えなければならない、豊かにならなければならない、以前よりもっと強健にならなければならない、などと思い込む思想のことです。要するに、強いほどいい、体の機能なら完全なほどいい、歯並びなら綺麗なほどいい、丈夫なほどいいと考えること、これらはすべて進化思想の考え方なのです。この進化思想に反対した偉大な人々が、十九世紀の大人物であったにもかかわらず現代では葬り去られている人たちに多く見受けられるのです。英国の哲学者トーマス・カーライル[4]やフランスの哲学者イポリット・テーヌ[5]などがその代表格と言えるでしょう。カーライルの『衣裳哲学』は、十九世紀に進展した進化思想に対して強い警鐘を鳴らしている哲学と私は思っているのです。また、テーヌの「環境」哲学は、進化のもつ危険性を我々に知らしめてくれるのです。

4. カーライル〈トーマス〉(1795-1881) イギリスの思想家・批評家。ヴィクトリア朝時代を代表する言論人の一人。『衣裳哲学』、『フランス革命史』等、多数の著作がある。山路愛山、内村鑑三、新渡戸稲造等、明治期の教養人に多大な影響を及ぼした。

5. テーヌ〈イポリット〉(1828-1893) フランスの哲学者・文芸史家。エコール・ノルマルに学び、リセで教鞭をとった後、様々な著作を書くようになった。人種・環境・時代の三要素によって人間や文化を読み解こうとした。『現代フランスの起源』、『芸術哲学』等。

現代、正しいと思われている多くのことが、実は進化思想からのものだということになりますか。

そういうことです。他にも例えば若さが価値を持ち、若さに憧れ、年寄りが若者の真似をしたりするのも進化思想です。進化思想がない時代には、どこの社会でも人間は年を取っているほど価値があったのです。ところが、今は日本でも若さの方に価値を持たせています。このような考え方が、進化思想なのです。そしてこのような進化思想の考え方は、すべて間違いなのです。

人間の価値は若さにあるのではなく、老化、即ち老いる過程の中にあります。経済は成長することに価値があるのではなく、循環に価値があるのです。食べ物はたくさん食べることに価値があるのではなく、日々適量を食べることに価値があるのであって、要するに循環思想[6]で考えることが正しいのです。

進化思想の考え方はすべて間違いだということですが、それを深く知っていくことが重要なのですね。

進化思想をよく知る意義というのは、進化思想を根本的に取り除かない限り、真の人生も健康も得られないということを深く理解することなのです。確かに進化思想は根本的に間違った思想であり、研究対象としても不適当なものです。研究対象というのは本来、価値のあるもの、美しいもの、崇高なもの、人間を幸福[7]にするものを選ばなければならないからです。

6. 循環思想（＝還元思想）p.137（I）注参照。

7. 幸福　p.2（I）注参照。

ところが、これはもう近代の悲劇だと言うしかありませんが、進化思想というものを深く知っていないと、何をやっても必ずその進化思想という病魔に取りつかれてしまうのです。病魔について語ることは私としても心苦しいのですが、知らない限りはそれを取り除くことも出来ないので、こうして取り上げているのです。

進化思想の考え方は、本来の正しい人生観や健康観と対立しているということなのでしょうか。

根本的に対立しています。例えば健康について言えば、進化思想で健康を考えると、健康状態がどんどん進展して発展していかなければならないという考え方になってしまうのです。この考え方は、本当に体を大切にして、養生[8]を心がけることを重んずる本来の健康観と根本的に違うのです。本来の正しい健康観というのは、日々の養生を心がけ、適度な食事と適度な運動などを中心として寿命[9]まで体を「もたせる思想」です。

要するに、与えられた体を最後まで養っていくのが健康観であり、人生においては元々持っている個々の性能が、完全に燃焼しさえすればいいと考えるのが人生観なのです。つまり、健康においては天寿[1]、人生においては個性[2]を活かし切った生き方が最も秀れているということです。人生は、何も発展し続ける必要などなく、この点で進化思想とは大きく抵触しています。進化思想というものをよく理解していないと、ストレス[3]やノイローゼ[4]によって人生や健康を台無しにする恐れがあるのです。

ストレスやノイローゼも、進化思想が原因だということなのですか。

8. 養生　p.75（Ⅰ）注参照。
9. 寿命　p.39（Ⅰ），47（Ⅰ）各注参照。
1. 天寿　与えられた寿命。それが尽きるまで、「生き切る」のが人間の義務とされる。そのことを「命《めい》」と言い、天寿を深く認識することにより生ずる意識である。
2. 個性　「個性を考える」第一部〜第三部 p.208-283（Ⅰ）参照。
3. ストレス　p.123（Ⅰ），93（Ⅱ），294（Ⅱ）各注参照。
4. ノイローゼ　p.96（Ⅰ）注参照。

その通りです。大げさに聞こえるかもしれませんが、実は進化思想が出て来てから、ノイローゼやストレスという病気が生まれたのです。ストレスなどという「考え方」も、十九世紀に入るまでは存在していません。これらは民主主義と連動した進化思想によって生まれた人生苦であり、別の言い方をすれば、誤った近代的自我[5]の苦しみです。近代の悩みというのは、すべて進化思想と連動していると言っても過言ではありません。

進化思想とストレスやノイローゼの関係について、もう少しお聞きしたいのですが。

要するに進化思想というのは、進まなければならない、増えなければならない、大きくならなければならない、良くならなければならない、という思い込みなのです。学問もどんどん業績を上げなければならない。薬もどんどん新しいものを作らなければならない。経済成長もどんどんしなければならない。売り上げもどんどん伸ばさなければならない。現代はもうすべてが進化思想なのです。つまり、発展というものにとり憑かれた亡者です。

これらの進化思想の思い込みが、ある種の強迫観念[6]になって、その強迫観念がストレスとノイローゼを作り上げているのです。そして、この考えは十九世紀から二十世紀にかけて、あまりにも深く全世界全人類の心の中に浸透してしまいました。

進化思想は、現代の強迫観念だということでしょうか。

そういうことです。近代、つまり十九世紀後半から二十世紀にかけての、人間生活のすべての分野に渡る一つの強迫観念として、人々の心に横たわっているものが進化思想なのです。

5．近代的自我　エラスムスに始まる、西欧個人主義の思想。キリスト教からの精神的独立を志向している。神を失なうため、余程の修練がない限り、不平不満の人生を作り出すことになってしまった。

6．強迫観念　間違った考え方が、潜在意識に定着して起こる思い込みによる焦り。絶えず責め立てられているような錯覚に追われている状態。

進化論と進化思想

次に進化論と進化思想の関係について、伺いたいと思います。進化思想という言葉はあまり馴染みがないものであるのに対して、進化論という言葉は、ダーウィン[7]によって唱えられた科学的事実として学校でも教えられます。進化思想と進化論というのは一体どういう関係にあるのでしょうか。

進化思想を生物学において、まるで科学的に証明したつもりになっているのが生物学上の進化論です。進化思想はすべての分野にまたがるものですが、それをあたかも科学の分野で証明したかのような言い方をしているのがダーウィンの進化論なのです。ダーウィンの進化論をひと言でいえば、生命は下等動物から高等動物まで段階的に発展してきたというものです。その理屈で言えば、要するに時代としては現代が最高であり、生物の中では人間が最も優秀であり、その人間もまた、未来の人間は今の人間よりも秀れているというものです。勝手に系統樹[8]などという図を書いて、過去のものはすべて今のものより劣っていると主張しているのが進化論なのです。

ダーウィンはそのような仮説を立てて、これを生物の世界にあてはめ、材料を拾い集めて来て、繋ぎ合わせて出来た本が、『種の起源』なのです。しかし、実はダーウィン以前に、すでに進化思想が社会を侵食し始めていたのです。当時、白人中心の考え方として流行し始めていた進化思想を生き物に適用して、進化思想が生物の世界でも正しい、ということを証明しようとしたのがダーウィンの『種の起源』とも言えるのです。

ところが、もう今ではわかっている人も多いですが、『種の起源』は進化思想に基づいて、

7．ダーウィン〈チャールズ〉（1809-1882） p.62（１）注参照。イギリスの自然科学者。『種の起源』によって、すべての生物種が共通の祖先から長い時間をかけて進化してきたことを提唱した。ダーウィンはこの過程を「自然選択」と呼び、説明できない所は「突然変異」と名づけた。これが、今でも進化生物学の基盤となっている。

8．系統樹　進化生物学において用いられる進化の様子を示した図。共通の祖先から種が分岐していくことが、樹木の枝分かれのようになることから、系統樹と呼ばれる。この考え方でいけば、新しく分かれたものほど秀れていることになるのだ。

都合のいい材料だけを好きなように拾い集めただけの話なのです。まず中心に進化思想があって、次にその中心の思想に合う化石[9]を探し集めて出来たのが『種の起源』だったということです。

社会の流行を追認するために出された理屈が、進化論ということですか。

そういうことです。進化思想を生物の世界で証明しようとした。そういう学問的な動機によって、ダーウィンは進化論を作成したのです。いつの時代にもその時代の風潮というものがあり、ダーウィンはその時代の風潮を応援する学問的基礎を与えたということです。その点ではマルクス[1]やフロイト[2]と同じです。

もっとも、十九世紀に成功した学者というのは、ほとんど進化思想を応援する学説を唱えた人です。要するに、いつの時代もその時代を肯定する学説を与えた人間が、学者としての名声と地位を得ているのです。

進化論の間違い

生命は微生物から次々に枝分かれして、哺乳類等の高等生物に連続的に移行していき、現在のように多種多様な生物が地球上に存在するようになったという系統樹の考え方というのは間違っているのでしょうか。

根本的に間違いです。系統樹が示すような、生物が下等なものから高等なものになっていくという考えは、ダーウィンの進化論の中心をなすものです。しかし、その考え方は進化思

9．化石　p.388（I）注参照。

1．マルクス〈カール〉（1818-1883）　ドイツの思想家・経済学者。イギリスで活動し、『資本論』を著した。資本主義の高度な発展は共産主義社会に帰結するという思想はマルクス主義と呼ばれ、二十世紀以降の国際政治や思想に多大な影響を及ぼした。

2．フロイト〈ジークムント〉（1856-1939）　オーストリアの精神分析学者。精神科医として、神経症などの研究を続け、様々な精神の理論を提唱した。その理論は性欲を中心に展開され、後に精神医学や臨床心理学の基礎となったのみならず、他の多くの分野に影響を及ぼした。

想そのものであり、根本的に間違っています。中心になっているものが進化思想そのものであり、それ自体が間違っているからです。生物というのは進化するというものではなく、共存共栄のものであり、地球の上で生存と破滅を繰り返しながら循環しているものなのです。ただし、循環のためには環境に対する順応変化[3]は必要です。しかし、順応変化は当然「進化」などではなく、また「発展」でもありません。

進化論の中心思想のひとつだと思うのですが、偶然の突然変異[4]によって新たな種が生まれるという考えは、これも間違いなのでしょうか。

間違いです。そんな偶然などありません。偶然の突然変異については、すでに科学的にどれくらい少ない確率かは、もう調べ終わっています。その確率は何億兆分の一もありません。そのような確率による偶然が重なって、結果的に何百万もの種を生んだなどということは、絶対に無いのです。それに最も重要なことは、生命が偶然発生して突然変異で次々に進化してきたということを、科学的に実験した人は誰もいないということです。要するに進化論は科学でも何でもないのです。つまり、進化論は最高に評価したとしても、進化思想に則ったダーウィンの仮説だったというだけです。実際には何の科学的方法[5]も取られていないにも関わらず、それを確定された科学理論だとしている点に問題があるのです。

ダーウィン自身は、自分の述べたことが単なる仮説であって科学的なものではないという自覚はあったのでしょうか。

もちろんありました。だから、私はダーウィン自身を否定しているのではありません。

3．順応変化　生物の個体が、その生態系における変化に対応し、気温の変動、食糧の入手、その他のストレスを乗り越えて生き延びられるようになること。

4．突然変異　p.68（1）注参照。

5．科学的方法　科学は実験によって証明されなければならない。再現性である。それが出来なければ科学ではない。その方法論の古典は、フランスの生物学者クロード・ベルナールの『実験医学序説』である。

ダーウィンは一人の思想家だったと言っているだけなのです。そういう考えもあるのか、というだけです。現代の生物学や生命科学の最大の間違いは、科学でもなんでもない一人の人間の進化思想に則った論説を、科学的事実としてユークリッド[6]の公理のようなものとみなし、生物学の研究をスタートさせたことにあるのです。これが現代の混迷を招いているのです。

ここから先ほど話した健康観にも繋がっていき、薬の作り方に至るまで、すべてが進化思想になってしまったのです。進化思想に冒されなければ、薬なども元々ある材料を使って、その配合と投与法を深く研究していくというものになっていました。医学の根本姿勢は、何も変わっていなかったはずです。医者や薬剤師は、絶えずそういう修業をしていけばよかったのです。

しかし、薬の世界では現実に次々と新薬が開発されることによって、多くの病気が治ってきたのではないのですか。

そう思うのは間違いです。漢方薬[7]の歴史を研究すればわかりますが、昔からある漢方薬の原料だけで、実際にどんな病気も治してきたという事実があります。要するに、配合と投与法の研究なのです。ペニシリン[8]にしても、本当は使い方次第で実に様々な用途に、今でも充分用いることが出来ます。

ところが実際は、使い方の研究もしないで次の薬が出たらペニシリンを廃棄してしまうというのが現状です。従って、使い方もわからないまま、その薬はもう効かないと見なされてしまうのです。使い方に熟達する前に、新しいものに取り替える時代ということです。

6. ユークリッド　p.88（I）注参照。

7. 漢方　p.25（I）注参照。

8. ペニシリン　p.26（I）注参照。

では、生物がその環境に適応するために、どんどん形を変えていくという考え方が進化論の中にありますが、これは正しいのですか。

それは正しいことです。ただし、それは進化ではなく順応変化という適応[9]なのです。環境に対する適応は、生物であれば次々にしていくものです。例えば、人間の中でも白人と黒人と黄色人種などがいるのも適応であり、それから体格の大きさが違うのもまた適応なのです。何十万年、何百万年単位で、紫外線[1]や暑さ寒さなどの環境の違いに適応して、人間もどんどん変わってきたのです。そしてこの変化は進化思想ではなく、前に述べた循環思想なのです。

循環思想だということは、今後現在の白人が黒人になったり、黒人が白人になる可能性もあるということなのでしょうか。

当然あり得ます。例えば、今のアフリカの気候が変わらないと仮定した場合、数万年もすればアフリカに住んでいる白人は全員黒人になります。ただ、実際はアフリカの気候も変わるので、どこが暑くなってどこが寒くなるかということは誰にもわかりません。

先ほど、進化論の系統樹の考えは間違いだと伺いました。ということは、今学校で教えられている、人間の先祖はサルだということも間違っているのでしょうか。

全くの間違いです。サルはサルで今でも適応変化[2]をしていますし、人間は人間として適応変化しています。今後もその時代の環境の変化によって、将来の人間がどのような形になるかはわかりません。場合によっては、今のような姿ではなくなるかもしれません。

9. 適応　生物がもつ本質的能力。これがなければ、「種」の保存は出来ない。しかし、高度な工業化と民主主義が、自然や社会に順応出来ない人間を生み出しつつある。

1. 紫外線　波長が1-400nmの光線。赤外線が熱的な作用を及ぼすのに対し、紫外線は化学的な作用が著しいという特徴がある。そのため、「化学線」とも呼ばれる。地上に到達する紫外線が皮膚にメラニン色素を生成させたり、また殺菌効果のあることが知られている。それ以下の短い波長の紫外線は、オゾン層によって遮られているが、もしも地上に到達すればあらゆる生物に破壊的な影響を及ぼす。

2. 適応変化　p.382(1)注参照。

例えば、食料がこの世からほとんどなくなれば、何万年という単位で体がどんどん小さくなって、我々人類の背丈も数センチ位になるかもしれない。つまり、少ない食料で体を保持できるようにするためであり、そういうことが適応変化なのです。そして何万年後の、その数センチの人間が、今の我々のことを同じ人類だとは思わないかもしれません。しかし、私は同じ人類でありそれが適応変化した結果であって、進化ではないと言っているのです。従って、その数センチになった人間が、我々よりも秀れているわけでも劣っているわけでもないということです。

進化論と帝国主義

進化論の考え方の中に、白人が人間の中で一番偉い、という説があると聞いたことがあります。

それはここ二百年来、産業革命[3]以降の思想です。結論からいえば、先ほど述べたように、黒人白人というのも環境適応による結果であり、人間の優劣とは関係のないものであって、進化でも何でもないということです。白人が秀れているという説は産業革命以降のもので、歴史時代を通じても白人が東洋人やアラビア人にコンプレックス[4]を感じていた時代もあるし、それはその時代その時代の力関係によって決まってきたものです。

産業革命以降、白人が力を持つようになって、そのような考えが生まれてきたということですか。

3．産業革命　p.65（I）注参照。
4．コンプレックス　p.135（I）注参照。

そういうことです。そしてこのことは、進化論や進化思想の本質を示しているのです。つまり、進化思想というのは、人間のもつ罪や罪悪感を正当化する思想なのです。どこの文化圏にもある考え方ですが、キリスト教文化圏がその罪の意識が最も強く、キリスト教の影響が大きかった西洋において、特に発展したのだと私は思っています。そして、その進化思想を裏打ちするための科学理論だと思われているものが、ダーウィンの進化論です。実際は科学的でも何でもないのですが、生物学的な表現がとられているので科学的に見えるだけです。

ただし、これはダーウィン以降の人間がしたことであって、ダーウィン自身は一人の思想家として、自分の考えをまとめただけです。ダーウィン自身は人間がサルから進化したとも言っていません。後世の人間がそう勘違いしているだけなのです。だから、ダーウィンが悪いわけではなく、当時の白人にとって便利な思想だったためにダーウィンの思想が利用されただけなのです。自分たちがやりたいことを肯定する理論、罪の意識をもたなくても済む理論として都合がよかったということです。

それは、例えば白人の帝国主義[5]政策を指しているのですか。

その通りです。ヨーロッパの白人は、帝国主義政策を推進するために進化論を使ったのです。ただし、それは進化思想の本質を知る上でわかりやすい例ですが、ただほんの一例です。現代においてはすべての分野で同じように、自己正当化などのために進化思想が使われているのです。

その過去における一つの例として、帝国主義の植民地政策があります。黒人とアジア人は白人より劣っているから、自分たちが支配するのは当たり前だという考えを裏打ちする思想

5．帝国主義　p.185(II)注参照。自国の利益のために、軍事力を背景に他の民族や国家を侵略することを是認する思想。十八、十九世紀に欧米各国が世界中に植民地を獲得していったことを主に示す。資源や領土、また労働力を搾取していった。

に、ダーウィンの進化論、すなわち『種の起源』が使われたのです。その中で白人の方が秀れている理由として挙げられているのが、例えば鼻が高いということでした。鼻が高いということは、それだけ発展したという理屈になったのです。これは、進化論によればサルが人間の先祖なので、サルのように鼻が平らなところから進化と共にだんだん鼻が隆起してきて、人間の価値も同時に高まってきたと考えることになるのです。そうすると、白人が一番秀れていることになり、アジア人と黒人は、白人とサルの間だという結論になるのです。

　この理論は、当時はとても便利なものだったのです。アジアとアフリカから、どれだけ搾取しても罪悪感を感じないで済む理論だったからです。秀れた人種が、劣った人種を支配し、訓育するのは当たり前であり、その代償として「搾取《さくしゅ》」してあげているということになったのです。普通なら、人道的に誰もが罪悪感を感じるものを、進化論のために感じないで済んだのです。当時の白人にとって進化思想はとても便利なものであり、この構図がその後も進化思想を拡げていく要因となったのです。

　今から考えれば、当時の白人の理屈が間違っていることは明らかです。帝国主義の時代も一万年前も、十万年前であっても、アジア人や黒人が人種として劣っていたり秀れているということはありません。黒人の中に優秀な人もいれば劣った人もいます。アジア人も同じ、白人も同じで、頭がよい人もいればよくない人もいますし、人格者もいればくだらない人間もいるということです。これが人間の普遍的な事実です。このように、十九世紀から起こった西洋列強諸国[6]の一連の動きは、ダーウィンの進化論が白人の武器となり裏打ちとなったために拡大したのです。

6．西洋列強諸国　植民地をたくさん持っているほど大国としてのさばっていた。英米仏露などがその代表格。

そのように考えてくると、日本で今でも進化論が正しいと教えられているのはおかしな話ですね。

まったくその通りです。アジアに住む我々日本人が、進化論を後生大事に科学的だと思っているのは、私から見れば本当にどうかしているとしか思えません。自分たちが白人より劣っているという系統樹の理論を守り抜こうとしているのですから。白人がダーウィンの進化論を好む理由は、自分たちにとって都合がいいということから考えればわかりますが、アジア人が守ろうとするのは理解できない。私は『種の起源』を読んで進化論の考え方を知ったとき、白人があまりにも自分たちに都合のいい理論を主張して、自己礼賛、自画自賛しているのに呆れ果てました。いずれにしても、ダーウィンの進化論は科学だと思われていますが、実はそれは人種差別[7]に繋がるものなのです。人種差別を正当化する理論であって、特に帝国主義の時代にはとても都合が良かったのです。

人種差別といえば、現代民主主義においても真っ先に排斥すべきものだと言われていますが、現代を覆っている進化思想が、人種差別を正当化するものだったということになるのでしょうか。

そういうことです。かつては進化思想によって人種差別を正当化することにより、その罪悪感を取り去ろうとしました。現代ではもちろん人種差別は罪であることを認めてはいますが、進化思想は帝国主義の時代とは比べものにならないほど、広く深く全世界を覆う存在となり、あらゆる分野で人間の差別意識やわがままに正義を与えているのです。

7. 人種差別　p.63（I）注参照。

進化思想の本質

「進化思想は人間のもつ罪や罪悪感を正当化する思想」であり、「あらゆる分野で人間の差別意識やわがままに正義を与えている」ものだということですが、これが進化思想の本質的な姿だといえるのですね。

そうです。帝国主義の時代も現代も、進化思想の本質は同じものです。ただし、本質は同じですが、近年になればなるほどその現われ方がわかりにくく、根深く、陰湿なものになって来ているということに注意しなければなりません。その一つの例が、原子力の正当性を主張する根拠に使われているというものもあります。

もしも進化思想がなかったら、あの白人の帝国主義の時代も訪れなかった、ということですか。

そういうことです。進化思想がなかったら、産業革命から始まって帝国主義に向かうあの西洋の歴史はありません。白人も人の子であり、発展のためには何をしてもいいという考え方にはなれなかったに違いありません。ところが進化思想があれば、自分たちは秀れているのだから劣っている人間から搾取してもいいし、彼らを支配して教導してやるのが白人の役目であるという考えに至ることが出来たのです。

進化思想が起こる前は、ジンギスカン[8]のように自分たちは征服者だという自覚をもって他民族を征服していました。これは進化思想とは全く違い、単なる人間同士の強弱の問題です。

ところが進化思想が出てきてからは、それまでと違って征服することが人道的正義になったのです。なぜなら、相手はサルだったからです。

現代で、例えば商売において、売り上げをどんどん伸ばさなければならないという考え方も進化思想だということですね。

それも進化思想です。会社の価値を物質的な量だけで測るのが進化思想なのです。売上高や売り上げの伸び率によって、会社の価値を決めようとするものであり、それは当然間違いです。会社の価値、商売の価値というのは、昔から商品の社会的価値、すなわち人間に貢献する度合いや品質で決まるものなのです。

それを量で測ろうとする考えが、進化思想から来るものなのですね。

進化思想から来るという言い方は正しくはありません。進化思想は、量で測ろうとする考え方を正当化するための理論を提供しているのです。売り上げだけを求めることは、実は後ろめたい気持があるものなのです。例えば、利潤を上げるために、質を犠牲にしなければならないとか、社員や他者を食いものにしなければならないとか、すべて共存共栄の商売を目指す商道[9]の反対になるのです。従って、本質的に悪いことを行なうことになるので、そこに何か正義の思想が必要になってくるのです。それが進化思想なのです。帝国主義時代に搾取を正当化したのと同じように、悪いことをしてでも売り上げを伸ばし続けることを正当化しているのです。

8. ジンギスカン（成吉思汗）（1162頃-1227）　モンゴル帝国の創設者。元の太祖。モンゴル高原の遊牧民を統一し、一二〇六年、一大帝国を築いた。中国、また遠くヨーロッパまで進軍し、各地を攻略した。井上靖『蒼き狼』にその生涯が描かれている。

9. 商道　p.311（1）注参照。

学問の世界でも同じようなことがあるのでしょうか。

ありますす。次々に新しい理論を作らなければならない、また新しいものほど価値があるという進化思想の考え方によって、先人を否定したり、恩を仇で返す[1]行為を正当化しているのが現代の学問の世界です。「確かに恩を仇で返すような形になってしまったが、それによって学問は進歩することが出来た」などと嘯《うそぶ》いて平気な顔をしているのです。まったくもって自分勝手な話です。

学問の世界について、その歴史を冷静に見れば、自分の先生を凌《りょう》駕《が》しようなどという考えそのものが、十九世紀まではありませんでした。先生は先生、弟子は弟子、親は親であり子供は子供であって、その関係は永遠に変わりません。ところが進化思想では、親よりも自分の方が偉くなってしまうのです。その始まりが、親よりも金持ちになるという産業革命以来の進化思想に冒された思想なのです。昔からの道徳律や倫理観を覆す行為を正当化する理論を、進化思想は正義として提供しているのです。この正義というところが問題なのです。悪いことは、あくまでも悪いことだと思っていなければなりません。思ってさえいれば、限度を弁える[2]のです。

過去よりも現在の方が秀れていると考えるのは、進化思想の典型的な考え方だと思いますが、これはまったくの間違いだといえるのですね。

間違いです。実際に歴史を見れば、そのような考えは間違いだということがわかります。昔より今の方がいいなどと決まっているわけではなく、人類の歴史も良くなったり悪くなっ

1. 恩を仇で返す　他者から受けた「愛」を利用して、その愛を与えてくれた他者自身を蹴落とし足蹴《あしげ》にすること。また、その他者を踏み台にして自分が利益を得て、のし上がることを言う。

2. 弁え　p.191(I), 516(I), 67(II)各注参照。

たりと、交互に繰り返しているのです。昔より、今の方が良くならなければならないと思い込んでいることがおかしいのです。人間は、何も発展していません。ただ何を発展と捉えるかという問題がありますが、人間というのは人間らしく生きることを人生の目的としているのです。そういう意味では、生まれては死ぬということを繰り返しているように、進化思想に冒された無限の前進ではなく、循環で捉えなければなりません。新しい人間が古い人間よりも、全員が秀れていることなど断じてないのです。

過去にも秀れた人から愚かな人までたくさんいて、現在においても秀れた人もいれば愚かな人もいるということです。その点では何も変わりません。価値のある人生を送った人と、虫けらのような人生を送った人がいるのです。しかし、そういう事実は現代民主主義の社会では皆が最も認めたくないのです。現代に生きる人は、現代に生まれただけで、過去のすべての人より全員が秀れていると思いたいのです。何の苦労もなく優越感だけは得られるという無意味な思想です。

> 古代の遺跡が発見された時などに、「当時の建築技術もなかなか高水準だった」というようなコメントがなされるのも、進化思想の発想だと言えるでしょうか。

まさに進化思想です。そういう発言からもわかるように、現代はすべて進化思想からものを見ているのです。縄文時代[3]の遺跡が発見されたときなどよく、「あの縄文時代にこんなことが出来たのか、大したものだ」とか、「法隆寺[4]より古い時代に、法隆寺と同じようなものを建てていたなんて、なかなかどうして立派なものだ」などと言っています。その前提において、当時の人々を馬鹿にしているのです。

3. 縄文時代　p.83(I), 121(II)各注参照。

4. 法隆寺　奈良県の斑鳩にある、七世紀に建築された世界最古の木造建築。聖徳太子によって建造された。

私が言っているのは、いつの時代も、人間には秀れた芸術も文化[5]も今と同じようにあったということです。優秀な人もいれば愚かな人もいたということも、当時も今も同じです。現代では学者の発言もすべてそうですが、「あの時代にしては」などという言い方そのものが、もう当時の人々を馬鹿にしています。「あの原始社会め」とか「縄文人のくせに」という気持が心底にあるのであって、現代に生きているだけで、自分が優秀であると思っているのです。それが進化思想なのです。

進化思想による世界観

進化思想というのは一つの世界観[6]だと考えることも出来るのでしょうか。

その通りです。それくらい大きな思想的問題です。現代は民主主義と科学信仰[7]と進化思想が結び付いて一つの世界観が出来上がっているのです。そのような世界観が出来る前は、宗教心と循環思想と道徳論が人生観であり世界観でした。そしてその中で、最も高尚なものが宗教心だったのです。つまり人間というのは、太古の昔から現代に至るまで、人生の抱えている生き方も悩みも皆同じなのです。そういうものはすべて循環なのです。循環だということは、「質」を磨くという考えであって、学問も何もかもやることは決まっていて、それを循環させるだけでした。

ところが、現代は道徳と宗教で人生を考えていくことから、進化思想で考えることに変わったのです。進化思想で考えることの便利なことは、後先を考えずに何をやってもいいということの肯定にあります。進歩さえしていればいいということであり、その進歩したかど

5. 文化　p.272(Ⅰ), 202(Ⅱ)各注参照。

6. 世界観　人類のあり方や世界の常識について、特定の考え方を持つこと。正義の根拠となるものとも言える。

7. 科学信仰　科学を狂信し、それを神の代替品としていることを言う。それは、科学ではなく、科学を利用した新しい宗教形態である。

うかという判断さえも自分たちで勝手に決めているのです。要するに目新しければいい、量が多ければいいということであって、現代の問題や悩みもそこから生まれているのです。

進化思想による人生観は、宗教と道徳による人生観に比べて現代人にとってどのような魅力があるのですか。

進化思想の人生観は、誤魔化しがきくのです。宗教と道徳を中心として人生を考えた場合は、誤魔化すことが出来ません。悪いことは悪いし、親は親だし、先生は先生なのです。私は宿命[8]と言っていますが、進化思想で考えるとその宿命から脱せられると思えるのです。信ずる力にしても、宗教的、道徳的な人生観では必ず「勇気[9]」を伴う信ずる力を要求されます。しかし、進化思想の人生観では後先かまわず狂信できるのです。循環思想の道徳観では自己の行動の結末から目をそらすことは出来ません。自分の失敗は失敗であり、親不孝は親不孝であって、明らかな事実として人間はそこから逃れることは出来ないのです。しかし、進化思想では親不孝をしても、結果的に進歩さえすればそれでよし、とすることが出来るのです。つまり、結果が良ければそれでいいということになる。そして、その結果の良否も自分で判断するのです。

今では国の財政まで進化思想で考えられています。今伸びれば後のことは考えなくていいといって、赤字国債[1]を発行する考えも進化思想なのです。進化思想がなければ、我々はもっと将来のことや子供のことを真剣に考えるはずです。ところが、進化思想では人類は進歩さえすれば、それですべてが良くなり解決するのですから、「塵芥屑《ごみ》」もすべて未来に回してしまおうと考えるのです。進化思想では、進歩こそが「神」なのです。だから国の財政が悪

8．宿命　p.318（I）注参照。

9．勇気　p.225（I）注参照。

1．赤字国債　国の財政の赤字を補てんするために発行される国債のこと。現代の日本は、毎年のように赤字国債が発行され続け、現在では債務総額はおよそ一三〇〇兆円にも上っているとも言われる。このため、日本は世界最大の債務国となっている。つまり、困難を先延ばししただけの借金地獄の国が日本だということ。

化すれば、国債を乱発して平気でいられるのです。

十九世紀の後半の頃は、まだそこには夢がありました。塵芥などもいくら捨てても捨て場所はまだたくさんあったからです。進化思想が出来る前は、塵芥は必ず自分たちの手で処理していたのです。塵芥は処理しないと溜まるからです。ところが、塵芥の山をどれだけ作っても何とかなると考えているのが進化思想なのです。その考えは、ついに処理不能の放射性物質[2]の無限生産を生み出すまでになってしまいました。

> 未来の進歩した人たちが必ず何とかしてくれると考えているのでしょうか。

そういうことです。以前にテレビの特集で、「このままだと人類はどうなるのでしょうか」という質問に対して、ある学者が「人間は馬鹿じゃないから、将来必ず解決する人が出る」と答えていました。あれが進化思想なのです。進化思想とはそういういい加減で無責任な考え方なのです。また、未来の人間が「神」のごとくに秀れているに決まっていると狂信しているのです。

民主主義・科学信仰・進化思想

> 先ほど、「現代は民主主義と科学信仰と進化思想が結びついて一つの世界観が出来上がっている」という話がありましたが、似非民主主義、科学信仰、進化思想の三つは互いにどういう関係になっているのですか。

互いに擁護し合いながら、密接にからみ合って社会の隅々にまで影響を及ぼしています。

2. 放射性物質　p.24(Ⅰ)注参照。

つまり、互いに切り離して役割を明確に断定することは出来ないのです。簡単に結論付けて固定化しようとすると、反対に呑《の》み込まれて科学信仰や進化思想の奴隷になってしまうのです。民主主義・科学信仰・進化思想の連合体は、それほど強力なものであり、その強力さが、とりもなおさず混迷する現代社会の問題の根深さになっているのです。この問題は切り離して固定化するのではなく、根本を摑むようにしなければなりません。

似非民主主義・科学信仰・進化思想の三つは互いに擁護し合っているということですが、その中で民主主義と進化思想はどのように関連し合っているのでしょうか。

民主主義の原理を保持するためには、進化思想の前提が必要なのです。つまり、無限に発展していくとか、無限に豊かになるという進化思想の前提がなければ現代の民主主義は成立できないのです。国債も発行できない。つまり、すべての社会保障が頓挫するのです。実際には、人間は豊かな人間と貧しい人間、成功する人間と不幸な人間が常に存在します。しかしそうすると、この世は不平等だという現実を認めなければならなくなってしまうのです。民主主義の原理に反するのです。

循環思想からみれば、そういうものが常に循環していると考えるのです。世の中は循環であって浮き沈みがあると考える。だから人生でいい時期もあれば悪い時期もあり、遺伝的にいい人もいれば悪い人もいるということです。そういう現実を否定する方向へ向かっているのが、似非民主主義です。そして現実を否定する民主主義を正当なものとするためには、人類が絶え間なく発展し豊かな社会へ向かっているという進化思想の前提が必要になるのです。進化思想の裏付けによって、似非民主主義者は今も豊かで平等な社会という正義を推進していけるのです。

その二つの思想に、科学による進歩で豊かな社会にしていける、ということが関わっていくのですね。

そういうことです。そういう思い込みがない限り、民主主義が理想に挙げているような、科学的にも生物学的にも無理なことを推し進めることは、人間には到底できないのです。産業革命以降の科学技術の発明、発見によって、このまま科学は永遠に発展し続けるという進化思想と科学信仰が合体して一人歩きをはじめたのです。民主主義の唱える平等な理想社会も、無限の科学技術の発展によってより確実なものになると思い込もうとしているのです。

民主主義という思想と科学技術を組み合わせると、理想的な社会になると人々は思ったということでしょうか。

人々は心からそう思いたかったのでしょう。ところが、実際には民主主義の理想と当時の科学万能の思想は根本的に間違っているものなので、いくらそのように思い込もうとしても、どこかに必ず不安がつきまとっていたのです。その不安を否定して、解消させるものが進化思想だったということです。不安を持っていた人々に対して、心配ないからどんどんやっていいと言ってくれたのが進化思想なのです。未来は、進歩しているのだからすべて解決できると思い込まされているのです。進化思想によって、民主主義と科学信仰をやりたい放題やってよいという「許可」が出されたのです。

やりたい放題やってよいということが、前の話にあったわがままの正当化と繋がるのでしょうか。

そうです。進化思想は、太古の昔から人間が原罪[3]として持っているわがままを正当化する思想なのです。恩を無視してもいいとか、好き勝手なことをやりたいというわがままは、聖書の中にも古い文献を読んでも出てきます。要するに、勝てばいいとか、強いものがいい、やればいい、金はあるほどいいという思想であり、それらは進化思想が出てくるまではすべてが罪でした。従って、みんな後ろめたい気持で隠れながらやっていたことなのです。

ところが、進化思想が出てきてからは、それまで罪だったものが、それでいいと考えられるようになった。それを進歩と呼ぶことによって、後ろめたい気持を切り捨ててしまった。現代人は進歩という言葉の響きから、それを何かとてもいいものだと思っています。しかし、進歩というのは実は親の否定であり、恩師の否定であり、過去の否定であって、過去を否定するということは恩を仇で返す行為に繋《つな》がるのです。昔もそういう人はいましたが、みんな後ろめたさがありました。その後ろめたさを綺麗さっぱり取り去ったのが、進化思想なのです。

3．原罪　「エゴイズム」p.323（二）注参照。キリスト教における人類の祖が起こした罪。人類はみな、その罪を背負って生まれてきたという思想。聖書の創世記に記述があり、神の楽園にいた最初の人類であるアダムとイブが、神が食することを禁じていた知恵の実を食べたことを指す。神に対するこの不従順により、アダムとイブは楽園を追われ、地上に出た人類は、普遍的に罪を生まれながらに負っているとされる。

18 進化という思想　第二部

進化[1]とは、精神の問題なのだ。精神、つまり宇宙の本質である。

1. 進化　p.61（I）注参照。

進化論の誤り

ダーウィン[2]の進化論というのは科学ではなく、一つの思想であり仮説だという話を伺いましたが、その点についてもう少し深く伺っていきたいと思います。

要するに、生物が自然環境に合わせて、いろいろな機能を改良したり衰退させたりしているのは、生物の進化ではなく適応変化[3]ということなのです。ところが、その変化を高等生物へ向かう無限の進化過程だとみなすのがダーウィンの進化論なのです。実はダーウィンは、

2. ダーウィン〈チャールズ〉 p.62（I）, 363（I）各注参照。

3. 適応変化　生物が移り変わる環境の中で、生存率や繁殖率を向上させるために行なう変化のこと。長期的には遺伝子的な

キリスト教神学で言われている「神に向かって無限に発展する人類」という終末論[4]の思想を、勝手に生物学に適用してしまったのです。キリスト教では、この無限の魂の発展だけを進化と呼んでいるのです。そして、それは魂つまり「精神」の問題を言っているのです。だから、その生物が「時間の経過と共に」高等になっていくという思い込みは間違いということなのです。

今、進化だと言われているものは、変化のことであり適応なのです。適応変化には良いも悪いもありません。例えば人間の身長にしても、食料が豊富で全体的に大きくなっていく時代もあれば、貧しくて小さくなる時代もあります。すべて環境との相関関係による適応変化であって、進化ではないのです。

ダーウィンの理論の大きな特徴として、種が分岐する[5]ということと、分岐するたびに、より高度になっていくという二点がありますが、どちらも間違いなのですか。

どちらも間違いです。分岐も間違っていますし、高度化も間違いです。それは現実に生物界を見渡せばわかることです。現在まで地球上には何百万種という生物が存在し、人間の仕分けで言う高等動物もいれば、下等動物もいるのです。

なぜこのような膨大な数の種が存在するのかと言えば、それは、生物の種の数だけそれぞれの生命エネルギー[6]が存在しているからなのです。ただし、現在の分類学上で別種だとみなされているものでも、同じ生命エネルギーによって生きているものもありますので、生命エネルギーが何種類あるかということを具体的にいうことは出来ません。

そういう点も考慮した上で、生物は太古の昔から現在に至るまで、宇宙に遍満[7]する生命エ

変化によるものを指すことも含まれている。

4．終末論　「最後の審判」を信ずる思想。「この世が終末を迎えるとき、一人ひとりの人間は神によって裁かれる」というキリスト教思想。終末論では、そのときにキリストが復活、再臨し千年王国を統治すると言われている。またこの時、全ての死者が甦り、審判をうけるものとされている。そして、神を志向していた魂だけが真に救われることとなる。最後の審判の前に世が乱れ、災害が多く起きると言われており、社会が不安定になったり大災害が起きると、終末論が度々浮上して来た歴史がある。

5．分岐　下等な種から高等な種へ枝分かれする、系統樹の考え方を言う。

6．生命エネルギー　p.18(I), 39(II)各注参照。

7．遍満　p.33(I)注参照。

ネルギーの数だけ、種が存在するということです。人間は、宇宙に人間を人間たらしめる生命エネルギーが出来たときに生まれました。つまり、最初から人間なのです。私が、このような思想を抱くに至った刺激となった理論は、発生学[8]で名高い三木成夫《みきしげお》[9]の生命形態学[1]の考え方と言っていいでしょう。特に、その『生命形態の自然誌』と『生命形態学序説』からは、測り知れない影響を受けたのです。

> 現在の分類学上では別種だとみなされていても、同じ生命エネルギーによって生きているものもあるということですが、例えばオーストラリア大陸に生息する有袋類[2]のフクロモモンガ[3]は、ユーラシア大陸に生息する有胎盤類[4]のモモンガ[5]と、同じ骨格や習性をもっていて、この事実は進化論の突然変異[6]では説明できないと言われています。これらは同じ生命エネルギーによって生きていると考えていいのでしょうか。

そう考えていいと思います。有袋類とか有胎盤類というのは、環境適応による形状変化の違いであって進化とは関係がありません。人間における白人と黒人の違いと同じことです。ユーラシア大陸はオーストラリア大陸よりも生存競争が激しかったので、有袋類のような活動に支障のある機能を備えていては生き延びていけなかったのです。環境に適応するために、生物はとてつもない形状変化をしていくものです。そしてその変化は適応変化であり、進化ではないのです。

> 適応変化には、生存競争の原理が働いているということですか。

当然です。環境適応の変化は、弱肉強食の競争原理に従って起こるものです。そしてここ

8. 発生学　生物学の一分野で、主に生物の個体発生を研究する分野。受精卵の発生と分化や、胚から生物が形成される過程等も発生学研究の一つ。

9. 三木成夫（1925-1987）　解剖学者・発生学者。東京大学解剖学教室から東京藝術大学教授となる。独自の理論により、発生学・生物学に突出した業績を残した。『生命形態学序説』等。

1. 生命形態学　ゲーテの「変容」を基礎とする形態学の流れからくるもの。生命エネルギーの存在を理解するために最も必要な学説の一つ。

2. 有袋類　胎盤を持たず、子宮内で子供を育てず腹部にある袋状の育児嚢《のう》で育てる哺乳類。未熟な状態で生まれた子供は、授乳もその内部にある乳頭によって摂取し、成長する。オーストラリアに棲息するカンガ

で注意しなければならないのは、ダーウィンの進化論にもこの競争原理が使われていることです。進化論では生存競争に勝ち残るために、生物はどんどん進化していくと考えます。ところが進化して、より高度になった生物が生存競争に勝ち残るとは限らないのです。自然界では常に強いものが勝ちますが、進化と適応する力は関係のないものであり、逆に退化することによって強くなることもあるのです。その時代の自然環境との相関関係も含めて、総合的に強い方が生き延びていくとしか言えないのです。

自然環境における強さとは

自然環境との相関関係を含んだ総合的な強さとは具体的にどういうことなのですか。

例えば、恐竜に代表される爬虫類と哺乳類を比較すると、戦えば爬虫類の方が個としては断然強い。しかし一方で、爬虫類は温度変化に弱いという弱点がありました。そのため、恐竜はかつて地上を覆っていましたが、氷河期[7]などの地球の大きな温度変化によって滅びてしまったのです。そして哺乳類が現在まで生き延びているということは、総合的には哺乳類の方が強かったということなのです。要するに、恐竜と哺乳類の生存競争において、哺乳類が自然環境に適応して恐竜に勝ったということです。

生存競争には直接の戦いの場合もあれば、自然環境への適応という場合もあります。いずれにしても、競争に勝った方が生き延びるのです。そして競争に勝つことと進化とは、何の関係も無いと言っているのです。進化論でみれば、温度変化に適応できる生物の方が進化していると見なしますが、そういうことはありません。自然環境の変化自体が予測できないも

ルーやフクロモモンガなどがその例。

3. フクロモモンガ　オーストラリアやインドネシア付近に棲息する。有袋類であり、雌は子供を育児嚢で育てる。飛膜を有し、これを使って何十メートルも滑空する。

4. 有胎盤類　現生する哺乳類の大半が、この子宮を有する有胎盤類である。また、有袋類がオーストラリア付近の分布に留まるのと違い、全世界に分布している。

5. モモンガ　フクロモモンガと同じく飛膜を有し滑空するが、子宮を持っているために育児嚢はない。フクロモモンガと育児嚢以外の体長、器官や生態はほとんど同じ。

6. 突然変異　p.68（1）注参照。

7. 氷河期　p.205（1）注参照。

のであり、後にどうなっていくかは誰にもわからないのです。
哺乳類が爬虫類との競争に勝ったことを自慢したとしても、期間からみれば恐竜が地球を覆っていたのは数億年という単位であり、哺乳類全盛の時代になってまだ何百万年です。そういう点からみても、哺乳類が恐竜よりも秀れた生物だということは出来ないのです。また、もしも地球の温度変化がもう少し緩やかなものであったならば、恐竜との生存競争で哺乳類が絶滅していたかもしれません。言い方を変えれば、哺乳類はたまたま氷河期に入ったので生き残れただけなのです。

恐竜の一部が、環境適応の変化によって哺乳類になった訳ではないということでしょうか。

恐竜が哺乳類になったのではありません。なぜなら恐竜の時代の中で、すでに哺乳類が存在していましたし、それ以前にも形は違っても太古の昔から存在していたからです。恐竜は絶滅し、恐竜が絶滅したことによって、それまで逃げまわっていた哺乳類が地上に増えていったのです。哺乳類は哺乳類として、恐竜の時代もそれ以前からも形を変えながら存在していたということを忘れてはいけません。
恐竜と哺乳類は、元々生命そのものが違うのです。生命自体が最初から違っており、恐竜が分岐したり適応変化して哺乳類になったのではありません。環境適応による形の変化と、進化論に基づく分岐の考え方は根本的に違うものです。この点をしっかり区別して把握する必要があります。そのためには生命エネルギーを中心に据えた生物の見方を身に付けなければなりません。

種の起源と生命エネルギー

哺乳類は哺乳類として、形は違っても太古の昔からいたというのは、具体的にどういうことなのでしょうか。

例えば、現代の人は原始の海にいたアンモナイト[8]などを、ただの貝だと勝手に思い込んでいますが、原始の海の中でたとえアンモナイトのような貝の形をしていたとしても、その時点ですでに将来哺乳類の形になるものと、恐竜の形になるものとがはっきりと分かれていたということです。同じような貝の形をしていても、適応変化をして哺乳類になる貝と、恐竜になる貝があったのです。それは最初から別々の生命だったのであり、「貝」という生命が進化して恐竜や哺乳類になったのではありません。それぞれの貝はそれぞれ別の生命エネルギーで生きていたのです。

原始の海で有機物が合成されて最初の細胞が作られた時に、すでにその細胞が将来何に適応変化していくのか決まっていたということですか。

そういうことです。最初に合成された細胞一個の段階で、すでに恐竜に適応変化していくものと、サルに適応変化していくものと、人間に適応変化していくものに分かれていたのです。将来人間に適応変化していくことが決まっている細胞は、原始の海を漂っている一個の細胞の時からすでに人間であると私は言っているのです。従ってアンモナイトが進化して人間に成ったわけでも、サルが進化して人間に成ったわけでもなく、人間は最初から人間であって何の進化もしていないのです。

8. アンモナイト　古生時代から、およそ三億五千万年もの間棲息し、多様な種を生み出し繁栄した生物。平板な巻貝の形をしており、アンモナイトの化石は地質学的に非常に重要な「示準化石」としても使われる。

原始の海でも単細胞生物[9]の時からすでに人間だったのですね。

今でも人間は一個の細胞から始まって、細胞分裂を繰り返して人間になっているではありませんか。それと同じだと考えればよいのです。細胞分裂を繰り返して今の人間の形になっていく細胞は、卵割を始める受精卵[1]の時点ですでに人間だと言えるのです。それと同様に、将来、適応変化して人間になっていく細胞は、原始の海の中で有機物の合成によって生まれた時点ですでに人間だったのです。その時、その有機物の合成を起こさせたものが、人間を人間たらしめる生命エネルギーであり、それは人間の受精卵に最初の卵割を起こさせる生命エネルギーとまったく同じものであって、そこから何の進化もしていません。人間は太古の海の中に、すでに存在していたのであって、何億年もの間、肉体的には地球の弱者として逃げ隠れしながら生き延びてきたのです。

現代では化石[2]に基づいて進化の過程を証明しようとしていますが、そういう外見からでは判断できないということでしょうか。

厳密にいえば外見からは判断できません。細胞レベルにおいて、その細胞がどういう生命エネルギーによって生かされているかどうかで判断しなければならないのです。中心に置くのはエネルギーであって、形ではありません。形は環境によってどんどん変わってしまうものなのです。

人間が環境に適応して白人と黒人に分かれるまでに数万年かかると言われていますが、数万年といっても地球の歴史からみればほんの一瞬です。ほんの一瞬でそれだけの外見の違い

9．単細胞生物　単一の細胞から成る生物で、細菌などの原核生物、鞭毛虫類、繊毛虫類等がこれにあたる。

1．受精卵　p.37（1）注参照。

2．化石　一般に生物が地層の中で石化して発見されるもの。また生物の遺骸以外に住居、足あとなど石化していなくても様々な形で残された生物の痕跡も含まれる。冷凍マンモスなど、現存しない生物等の遺骸も化石と呼ばれる。適応変化の過程を探る上での手がかりとされる。

ないのです。が出来てしまうのが形の世界であり、そのようなものを追求しても真相を掴むことなど出来

考古学[3]的な見方だと形が違うと生物の種類が違うと考えてしまいますが、これも現代人の思い込みだということでしょうか。

そういうことです。太古の昔、地球の表面がすべて海だった時代には、どんな生物もすべて魚や貝のような形をしていたのです。恐竜の生命エネルギーを与えられたものや、人間の生命エネルギーを与えられたものも、当時は魚や貝の形をしていました。だから魚が進化して恐竜になった訳ではないのです。魚としての生命エネルギーを元々与えられていたものは、地表に陸地が現われて海の面積が小さくなってからも、その小さくなった海で暮らしているのです。

今の進化論で言われているように、陸上の生物の方が高度だということは言えないわけですね。

陸上生物の方が海洋生物よりも高度だと考えること自体が、典型的な進化思想の発想なのです。陸に上がった生物というのは、見方を変えれば、狭くなった海の中での生存競争[4]に負けた弱い生物なのです。海の中にいれば、いずれ絶滅するので、適応変化して活路を陸上に求めたということです。ところが、自然界の循環バランスから考えると、海中で生存競争に勝った生物は、海が無くなると同時に絶滅する運命にあり、一方で海中での生存競争に負けて陸に逃げた生物は、結果的に生き延びるというようなことが自然界には多いのです。何が

3．考古学　p.63（Ⅰ），74（Ⅱ）各注参照。

4．生存競争　弱肉強食の自然界における、生命を維持するための生物種間の戦い。

良くて何が悪いということなど決められません。陸上の生物の方が強いということも言えないし、生存競争に勝った方が秀れているとも言えないのです。それぞれの生物が精一杯生きているだけであり、あとはバランスをとりながら、変動する自然環境に応じて発展したり衰退したり、滅亡したりしているだけです。

進化論と人口論

マルサス[5]の『人口論』[6]では人口の増加に食料の増加が追いつかないと言っています。ダーウィンはこの『人口論』を読んで、進化論のヒントを得たと言われています。進化論は人口論と深い関係があるのでしょうか。

人口論は進化論とは関係ありません。ダーウィンが強引に結びつけただけです。マルサスの『人口論』は、十九世紀の社会の循環の一面を的確に捉えた論説です。人間に限らず野性の動物にしても、食料の数と自分たちの数が丁度いい状態になることはなかなかなくて、常にどちらかが多かったり少なかったりしています。でも、このバランスは必ず何らかの形で調整されると言えます。

人間の人口にしても同じです。現在の食料事情と人口の伸び率は、バランスがとれていないことは誰の目にも明らかです。しかしそれは、いつかバランスが合うようになるということなのです。マルサスが調べた時点で、もうすでに食料生産に対する人口の増加が、昆虫などに見られる異常増殖の状態でした。今はさらに拍車がかかっていて、一九六五年、私が中学生の時に二十五億だった世界の人口が、今は七十五億になっています。

5. マルサス〈トマス・ロバート〉(1766-1834)　イギリスの経済学者。『人口論』で知られる。人口と貧困を統計学的に考察した思想は、後にダーウィンの自然淘汰という進化論の骨子に多大な影響を与えた。この『人口論』や明確な理論によってマルサスは知られるようになる一方、台頭する民主主義思想によって、その論の非人間的な部分に多くの批判も集まった。

6. 『人口論』　マルサスによる、人口問題の古典的著作。「人口は制限されなければ等比級数的に増加するが、食糧生産や生活資源は等差級数的にしか増加しない」という命題を提示した。

ダーウィンが、マルサスの学説を強引に進化論に結び付けたというのはどういうことなのでしょうか。

生存競争と進化を混同させて結び付けたのです。食料は等差級数的[7]にしか増やせないのに対して、人口が等比級数的[8]に増えていけば、いつか食料が不足して生存競争が起こり、進化した方が生き残るというのが進化論の考え方なのです。しかし恐竜と哺乳類の話のところでも述べた通り、この考え方は間違いなのです。それが起きたところで、それは適応変化した適者生存にすぎません。

生存競争に勝って生き残ることと進化とは何の関係もありません。秀れた方が生き残ることもあれば、劣った方が生き残ることもあるのが自然界です。ところが、進化論では生存競争に勝つのは必ず進化した方であると主張しています。この進化論の考え方が、前にも述べたように、ヨーロッパの帝国主義[9]政策を正当化したのです。進化論を適用すると、戦いに勝って征服する側の民族は進化した民族、秀れた民族、正しい民族であり、戦いに敗れて征服される側の民族は劣った民族、悪い民族ということになるのです。そしてそのことをさらに裏付ける証拠として、白人の方が黒人や黄色人種よりも鼻が高いことを挙げていることは前にも言いました。

進化論では、人間がサルから進化することにより、鼻の低いサルからだんだん進化するに従って鼻が高くなっていき、一番鼻の高い白人が最も進化した秀れた存在であると考えるのです。進化した白人が、劣った黒人や黄色人種を支配するのは当然だという、自己都合の理屈なのです。よく恥ずかしくなく言えるものだと思います。全く呆《あき》れる理屈ですが、なぜ人

このことから社会的貧困を是正するには、出産の制限が必要になるとされた。

7. 等差級数　各項がその直前の項に一定数を加えて得られる数。足し算で増える。

8. 等比級数　各項がその直前の項に一定数を掛けて得られる数。掛け算で増える。

9. 帝国主義　p.369（I），185（II）各注参照。

間が進化思想を好むかを理解するためにも、何回でも思い起こして考えなければならないものなのです。

帝国主義と同様に、生存競争に勝つのは必ず進化した方だとする進化論の考え方は、近代のアメリカ型ビジネスの実業家たちによっても大いにもてはやされています。弱小企業をどんどんつぶして、自分の会社を大きくすることを正当化できる思想だったからです。進化論を適用すれば、企業間の競争に勝つのは必ず優秀な会社、正しい会社であり、負けるのは劣った会社、悪い会社だということになります。ところが現実はそうではない。正義が必ず勝つとは限らないのです。悪が勝つこともあります。生存競争に勝つことと優劣は関係ないのです。下らない物の方が秀れた物よりも、よく売れるなどということは商売上はいくらでもあることなのです。

進化思想と理想主義

進化思想は理想主義[1]や平等論に結び付くという話がありましたが、進化思想と理想主義や平等論の関係を、もう少しくわしく伺いたいと思います。

理想主義や平等論というのは、進化思想のいき着く先、すなわち到達点なのです。それらは、人間の社会がどんどん進化するという前提の上に築き上げられた理論であり、人間の理性が限りなく進化して、いつか神と呼ばれるものと同じレベルまで到達するという幻想から成り立っています。その思想の発端はヴォルテール[2]に始まるフランス啓蒙主義であり、代表的な思想家がルソー[3]です。それまでキリスト教の教えの中で唱えられていた神の国とか天国

1．理想主義　民主主義や科学信仰を生み出した考え方。地上を神の国に出来るという錯覚によって発生して来た。実際の理想は精神と魂の問題であり、宗教的覚醒と宇宙的本質論の話である。

2．ヴォルテール（1694-1778）フランスの哲学者、啓蒙思想家。

と呼ばれる魂の理想郷を、進化した理性によってこの地上に築き上げることが出来ると考えたのです。

すべての人間が持つ様々な欲望まで、理性の力で完全に無くすことが出来ると信じ、理性の進化によって全人類が一人残らず完成された人格をもつようになると考えられました。進化思想の到達点である平等論が唱える理想社会というものを分析すれば、その根本にある進化思想がいかに空虚で間違ったものかということがわかるでしょう。

その平等論が唱える理想社会というのはどのような社会なのですか。

全員が何もかも同じだという社会です。わかりやすいえば、全員がノーベル賞[4]を取れる社会、全員が社長になる社会、全員が東大に入れる社会、全員が百歳まで生きる社会、全員が金持ちである社会、全員が美男、美女の社会です。毎日心地よい音楽が流れていて、労働もせずに美食に囲まれている社会、それが進化思想のいき着く先にある平等論が唱える理想社会の姿なのです。

では実際に、現実の問題として想像してみるとよいでしょう。全員同じ、持っているものも同じ、顔も同じ、考えも同じ、何もかもが同じだとしたら、それが本当に天国であり理想の社会なのかどうかということを。そのような社会は、はっきり言って地獄そのものに他なりません。現実に一人一人違っているから、人間には価値があるのです。太古の昔から理想主義者は必ず現実社会の批判者であり、評論ばかりしている人間であり、コンプレックス人[5]間なのです。現実と現状を否定する上で、最も綺麗な理屈が理想主義であり、平等論です。

百科全書派の学者の一人として活躍した。人間の理性を信頼し、自由に大きな価値を置く啓蒙思想は、多くの人間に影響を与えた。

3. ルソー〈ジャン＝ジャック〉(1712-1778) フランスの思想家・哲学者。百科全書派の一人であり、啓蒙主義時代のフランスで活躍した。『社会契約論』で知られ、原始的な自然状態に人間の自由な在り方を見出し、社会形成が人間の堕落を招いたと主張した。ルソーは人間の理性が、抑圧する社会を変え得ると説いた。

4. ノーベル賞 科学者アルフレッド・ノーベル(1833-1896)の遺言により一八九六年に創始された世界的な賞。物理学、化学、生理学・医学、文学、平和、経済学の六つの部門がある。

5. コンプレックス p.135(1)注参照。

現実の社会は、いつの時代にも必ず歪みがあるということでしょうか。

歪みではありません。個別性[6]です。人間は全員違うのです。人間に限らず動物もすべて、生きているものはみな個別なのです。虎とウサギがいたとき、虎はウサギを食べてウサギは虎に食べられるという現実を見て、虎とウサギは不平等だと思えば、もう自然の法則がわからなくなります。人間ももちろん個別です。このことがわからなければ、循環法則もわかりませんし、真の平等のこともわかりません。不平等に見えるから、生命には価値があるのです。そして個別性が、全生物の中で一番強いとされる人間が最も尊いのです。

西洋で理想主義が出てきたのは、ちょうど産業革命[7]によって工業化社会が始まった頃にあたります。少数の資本家が利益を独占して、労働者は過剰労働を強いられているという状況が間違っていると主張しているものですが、これはどのように解釈すればよいのでしょうか。

当時の労働者を不幸だと見るのは、歴史を小さな一面でしか捉えていない見方です。理想主義がでてきたのは、農業社会から工業社会への転換の時期であり、日本で言えば江戸時代から明治にかけての時代になります。先ほど、マルサスの人口論の話が出ましたが、日本の人口も明治以降、等比級数的に増加し始めました。江戸時代の三百年間、三千万人で変わらなかった日本の人口が、明治から大正にかけて五千万人になったのです。

この二千万人の増加が、いわゆる『女工哀史』[8]の過酷な労働を生み出し、それが理想主義者の攻撃目標になったのです。ところが、この『女工哀史』を不幸の話だと見るのはある一

6．個別性　p.55（I），44（II）各注参照。生命は個別だから価値がある。肉体にも個別性があるが、精神において個別性は飛躍的に高度化する。だから、人間が全生物の中で最も尊いとされるのである。

7．産業革命　p.65（I）注参照。

8．『女工哀史』　細井和喜蔵の著書で一九二五年発刊。過酷な労働・貧困・虐待など、紡績業の女子労働者の実態を描き、社会に衝撃を与えた。近年では他に女工を描いた書物としては山本茂実の『あゝ野麦峠』が有名である。

面から見たものであり、彼女たちは幸福だったと見ることも出来るのです。

江戸時代の三百年間で人口が変わらなかったのは、食料の自給量と人口が均衡を取っている農業社会だったからです。日本の場合は三千万人で人口が打ち切られていた。実際には江戸時代に人口が一定だった理由は、「間引き」[9]によって強制的に一定に保たれていたためなのです。明治になって、女工哀史が生まれたのは、江戸時代なら間引きされていた人間が全員生きられるようになったからなのです。貧しくとも、生きられるような社会になったという見方が正しいのです。西洋の技術が入ってきたことによって、日本はそれだけ豊かになった。江戸時代であれば存在しなかった人々が女工哀史を作ったのであり、それを悲劇だと捉えるかどうかは、学問的にも疑問視されています。

産業革命の技術を実用化して生産効率を上げ、多くの人を養う力をもつ人間が工場の経営者になりました。理想主義者たちはそれとは別に、欠点の部分だけに目を向けているのです。労働条件が厳しいから悪だと決めつけるのは偏った見方であり、社会の現実を正面から捉えていません。循環思想の考え方から言えば、女工哀史の歴史は、そこに善悪を問うものではありません。それを悪だと決めつけているのが、進化思想の平等論なのです。

実際には人口も循環しているのでしょうか。

当然です。人口は絶えず増減しています。このことは中国の歴史などを調べるとよくわかります。中国は歴史上、何度も人口の増加と減少を繰り返しているのです。ただ、その周期の単位が数百年という、非常に長いものなので、感覚的に摑みにくいのです。ただ確実に、数百年単位で「億」という数字の人口が増減しているのです。中国では孔子[1]が活躍した戦国

9．間引き　人間の数と食糧との関係によって、各村とも一定の生存可能な人数があり、それ以上は生まれてすぐに「正式」に殺されていたことを言う。そうやって人口調整が行なわれていたのだ。

1．孔子　p.299（I）注参照。

時代に、人口増加に伴う大きな社会問題が起こり、次に貧しい時代となって多くの人が死んでいます。

このように人口は増える時期と減る時期があり、ある程度まで増えれば環境とのバランスによってまた減っていくのです。従って、増えたり減ったりすることを特別に問題視する必要はありません。現在は人口が世界的に増え続けているのでわかりにくくなっていますが、やがて人口がピークを迎え、減り始めるときが必ず訪れるので、循環思想[2]の意味も理解しやすくなるでしょう。

2. 循環思想（＝還元思想）p.137（Ⅰ）注参照。

誤った平等思想がもたらすもの

これまでの話から、進化思想の到達点である平等論は、本来なら個別性だとみなすべき現実社会における境遇やその他すべての違いを、改善すべき歪みだと見てしまうところから間違いが始まると言えるのでしょうか。

まさに、その通りです。生命はもともとすべて個別なのであり、人間も含めて生物界には常に違いが存在します。だからこそ、個々の生命に価値があるのです。ところが、理想主義者の平等論では、その違いを歪みだと捉えるのです。歪みだと捉えれば、それは不都合なもの、改善すべきものとなり、そこから歪みのない理想社会を目指す理想主義が生まれるのです。そして実は理想主義を中心になって推進している人間は、他人の幸福を妬んでいるのであり、言葉は悪いのですが、突き詰めれば育ちが悪いということなのです。

一方、産業革命当時の思想家の中でも、トーマス・ホッブズ[3]やデヴィッド・ヒューム[4]そし

3. ホッブズ〈トーマス〉(1588-1679) p.209（Ⅰ）注参照。イギリスの哲学者、政治学者。『リヴァイアサン』、『市民論』等。

てエドマンド・バーク[5]などは、人間が本当に自由に生き切る[6]という真の自由主義[7]思想をもっている思想家です。そういう人たちは皆、人間の個別性を認め、悪を認め、世の中には常に善と悪の両方が必ずあるという真実を認めています。そして真の自由主義思想をもつ人たちの人生を調べると、みんな愛情の豊かな家庭で育っています。愛情豊かな家で育つということが何を意味するかといえば、世の中には有能な人と無能な人がおり、善も悪も、酸いも甘いも、何でもあるのだということがわかっているということだけなのです。

その反対に、当時の理想主義者の代表的人物はルソーですが、ルソーの人生を調べると、彼は浮浪児で、孤児で、いろいろなところを転々としながら子供時代を過ごしています。そういう子供がどういう思いをしたかもわかるし、確かに個人的にはかわいそうだと思います。しかし、大人になってからは女遊びに明け暮れ、あちこちに私生児をつくり、友人たちを裏切り、あげくの果てに唱えたのが平等論であり、理想主義の思想なのです。

ではなぜそういうことを言ったのか。要するに、自分が一番だと言っているだけなのです。自分が一番だということを認めてくれない社会が、憎くて憎くてしようがなかったのです。人間というのは、現代でもそうですが、「自分が」とは言えないのです。自己主張をしたいときには、必ず人のため、社会のためという言い方をします。ルソーは子供の頃からとても頭が良かったのですが、ただ世の中の見方が歪んでいたのです。

進化思想は人間のもつ罪や罪悪感を正当化するものだと伺っていますが、ルソーの主張はまさにそうだと言えるのですね。

その通りです。理想主義の根底にあるものは、他人よりも自分の方が優位に立ちたいとか、

4．ヒューム〈デヴィッド〉(1711-1776)　イギリスの哲学者・歴史家。従来の形而上学に批判を加え、実体・因果法則などの観念は習慣による主観的な確信にすぎないと主張した。『英国史』等。

5．バーク〈エドマンド〉(1729-1797)　イギリスの思想家・哲学者。真の「保守思想」の基盤を作った人物。ずば抜けた「良識」をもつ思想家として知られる。『フランス革命の省察』等。

6．生き切る　p.56(I), 18(II)各注参照。

7．自由主義　p.213(I)注参照。

仕事を怠けて出世だけしたいとか、遊びながら金を儲けたいというような、人間が昔からもっている原罪[8]であり、その原罪の欲望に火をつけるのが理想主義であり進化思想なのです。

ルソーの著作は当時、カント[9]やナポレオン[1]にも愛読されたと言われていますが、それほど美しい理論だったのでしょうか。

わかりやすく言えば、人間は生まれながらに平等だと言っているだけです。そんなことは当たり前のことであって、読んだ人は誰でも素晴らしいと思うのでしょう。でも、ただそれだけのことです。私は人間は生まれながらに平等であるが、その平等の基盤の上に、それぞれ異なる個別の人生が存在すると言っているのです。

人間は、肉体をもち全員寿命[2]があって、いつかは死ぬという点では平等でありますが、寿命があって死ぬという平等な条件があるからこそ、限りある人生をどう生きるかという点で個別性が生まれるのです。ホッブズやヒュームそしてバークも言っていることですが、一体この世の中のどこが不平等だというのか。現実社会が不平等だと見る方がおかしいのです。私から見てもまったく平等です。人間は皆、自分とその家系の行ない通りの結果になっています。理想主義者の唱える平等理論も、目を凝らして現実をみればすでに平等な社会は実現しているのです。ルソーの言うように人間は生まれながらに平等であり、その理論には誰もが納得するでしょう。問題はその次なのです。

その次というのは、現実の社会が平等かどうかということですか。

そういうことです。理想主義者は現実を不平等だと見ており、私は平等だと言っているの

8. 原罪　p.381(Ⅰ)注参照。

9. カント〈インマヌエル〉(1724-1804)　ドイツの哲学者。認識は対象の単なる模写ではなく、各々の主観の働きで諸感覚が秩序づけられることによって成立すると主張し、近代社会の基盤を確立。認識論における、いわゆる「コペルニクス的転回」をもたらす。著書に『純粋理性批判』、『実践理性批判』等。

1. ナポレオン・ボナパルト　p.97(Ⅰ)注参照。

2. 寿命　p.39(Ⅰ), 47(Ⅰ)各注参照。

です。出世したければ頑張って働くしかありません。親がどうしようもない人間だったとしても、親を変えることは出来ないのです。貴族の家に生まれた人間の苦労は、ルソーのような浮浪児にはわかりません。反対に、浮浪児には浮浪児にしかない楽しみもあるのです。そういう意味でどんなに環境が違っていても現実社会において人間は平等なのです。このことは他人の人生を欲しがらなければ、また自分の個別性を大切にする限り、誰にでもわかることです。

人間の社会がすでに平等であるなら、進化思想で考えるように、社会を改革して進化させ、いつの日か完全な平等社会を実現させようとする必要はないということですか。

当然そうです。人間は生まれながらに平等だという考えは正しいかどうかと聞かれれば、当然正しいものです。しかし同時に、すでに太古の昔から産業革命の時代を経て現代に至るまで、現実の社会は常に平等なのです。仕事を怠けている社員が、どうして出世しないのか。それは上司が平等に見ているからです。怠けている社員を重役にする方が不平等なのです。

もしも私がサラリーマンで、仕事を怠けていて出世しなかったとしても、出世している人と自分を比較して不平等だとは思いません。もしも私がひどい顔をしていて女性にもてなくても、もてる人と自分を比べて不平等だとも思いません。むしろそれが当然であり、現実はすでに平等なのです。何も進化する必要などはないのです。

理想や平等は主義ではない

平等思想とか理想主義という呼び方の方が、不適切だということになるのですか。

そういうことです。私は理想主義という呼び方そのものが嫌いです。理想は主義などになるようなものではないのです。現実の社会はすでに平等なのです。そして、理想[3]とは「個人」のレベルで挑戦するものであり、横並びで考えるものではありません。理想とは、憧れ[4]なのです。理想は、遠く悲しいものです。そして、清く切ない。つまり、他人を引き連れて行くようなものではありません。

現実の社会では、強い者が勝ち、努力[5]した人間が出世し、姿もよく女性の扱いがうまい男がもてるのは当たり前のことだと言っているだけです。まさに理想社会ではないでしょうか。不養生な人間が病気になる、健康に気遣って体を大事にしていれば段々立ち直る、一体どこが不平等なのか。それが不平等に思える人は、先ほども言いましたが、最後は育ちの問題になるのです。その点から見ると、カントがルソーに共感したのは、その肉体の面だけに限られていると考えられます。また、カントは純粋さのあまり、ルソーの本性に気付かなかったのでしょう。ルソーが、人間の個別性を歪みだと見なして、世の中を不平等だと訴えることにより、自分が一番だということを世間に認めさせようとしているなどとは夢にも思わなかったのです。人間は生まれながらに平等であるという点に、純粋に共鳴したのです。

ナポレオンもカントと同じだったのでしょうか。

ナポレオンは違います。ナポレオンは周知の通りフランス革命[6]の申し子です。極端な言い方をすれば、ルソーなどの思想が大衆のコンプレックスに火をつけ、それが爆発して起こっ

3. 理想　p.2(Ⅰ), 16(Ⅰ), 40(Ⅱ)各注参照。

4. 憧れ　p.2(Ⅰ)注参照。

5. 努力　p.346(Ⅰ)注参照。

たのがフランス革命です。ナポレオンは、その流れに乗って出世した。ただそのことと、ナポレオンが過去の英雄たちを尊敬し、憧れてその生き方に連なろうと努力を重ねたこととは別の問題です。ナポレオンは自己の生き方を貫く上で、時代の流れを活用したのです。従ってナポレオンにとってみれば、理想社会を作るとか作らないとかいうことは極端に言えばどうでもいい問題だったのです。決してルソーの思想に心酔したわけではありません。

6．フランス革命　一七八九〜一七九九年、フランスに起こった市民革命。フランス王権に対する貴族の反抗に始まった擾乱が、自由・平等・博愛などの理論的スローガンのもとに次第に全社会層を巻き込む大規模な革命となった。

これまで、進化思想のいき着く先にある理想主義や平等論についてかなり詳しく伺って来ましたが、それらは結局、現実社会を歪んだ見方で見ているものであり、従ってその根底にある進化思想も間違いであるということがよくわかりました。

人間社会も人間の理性も、進歩などしないということです。昔からずっと、人間社会はいい社会と悪い社会が循環しており、人間の欲望や原罪も五千年前も現在も何も変わらないのです。そしてさらに言えば、進化思想のようなものの考え方が社会を覆っている時代は、社会の循環サイクルの上から見ても悪い社会の方に属するのです。信仰心や尊敬心などの人類共通の普遍の美徳が失なわれた社会だからです。現代に生まれたというだけで、過去の人よりも秀れていると思い込み、先祖を無視し、年長者を軽んじ、親を否定するのが進化思想なのです。

進化思想とストレス

ダーウィンの進化論及び理想主義という切り口から進化思想について伺って来ましたが、

最後にストレス[7]と進化思想の関係について伺いたいと思います。進化思想がなかった時代には、ストレスやノイローゼ[8]は存在しなかったという話の中で、進化思想の思い込みがある種の強迫観念[9]となってストレスになるということがありました。これは理想主義や平等理論とも関連性があるのでしょうか。

もちろんあります。進化思想的な平等の考え方をもっているからストレスになるのです。向上や人生を積み上げること、即ち一人ひとりの人間が人格的にも能力的にも死ぬまで積み上げを続けていくことは、当然価値のあることで、昔から道徳や文化[1]の根本に位置付けられていたことです。ですがここで重要なことは、人間の積み上げの度合いは個別のものであり、人によって大きな差があるという事実を認識するということなのです。

人間の積み上げには早い人もいれば遅い人もいて、また大きく成長する人もいればそれほど変わらない人もいます。歴史に残っている人は、非常に大きな積み上げをした人たちとも言えます。しかし、人間の幸福というのは積み上げた量とは関係ないのです。自分の人生の事実をそのまま受け入れられるかどうかということだけなのです。このことがわかれば、限りある人生の期間に大きな物事を成した先人たちの偉大さもわかり、尊敬して憧れるようにもなるのです。

ところが、進化思想の平等観をもっている人間は、自分が成長しなければ落ち込むのです。落ち込むということは言い換えれば、本当に人生の壁を乗り越えて成長した人を尊敬しないということです。つまり、人と自分を対等な立場に置いて、相手の方が秀れていると嫉妬して落ち込むのです。それが現代のストレスやノイローゼの原因になっているのです。

7．ストレス　p.123(Ⅰ), 93(Ⅱ), 294(Ⅱ)各注参照。

8．ノイローゼ　p.96(Ⅰ)注参照。

9．強迫観念　p.362(Ⅰ)注参照。

1．文化　p.272(Ⅰ), 202(Ⅱ)各注参照。

つまり、人生で積み上げていくことは人間である限り当たり前のことですが、「成長しなければならない」と思い込むのは進化思想であり間違いだということですか。

そういうことです。積み上げ、継続するための努力は必要ですが、大きく成長する人としない人が必ずいるのです。その現実を自分で認識すればいいのです。この仕分けがわからない人は「成長しなければならない」と思い込む進化思想を捨てた途端に「何にもしなくてもいい」という虚無思想になってしまうのです。

物質文明[2]や科学文明の批判者の多くが、ヒッピー[3]のように仕事もせずに遊んで暮らすようになるのと同じです。虚無思想も進化思想と同様に、単なる現実逃避であり間違いなのです。人間の誠意や創意工夫、努力というものは、文明[4]であり文化であって、最も尊いものです。人々の営々とした努力の積み重ねの結果、発展したり衰退したりしているのが人間の歴史なのです。

実はヒッピーのように「何もしなくていい」という虚無思想に陥る人は、自分では進化思想や物質科学の間違いに気付き、それを否定したつもりになっています。しかし、結局のところ自分の中から進化思想を取り去ってしまうと、生きる原動力まで失なってしまうほど進化思想に冒され切った人間なのです。

先哲を尊敬し、その生き方に一歩でも近づこうとする努力をしない人間を、西郷隆盛[5]は、最も卑怯な人間だと言っています。人間である以上、我々はあくまでも自分なりに判断力を積み上げていく努力を怠ってはなりません。ただし、人間には個別性があるので、努力の度合いとその成果は人によって異なります。そのことを自覚すれば、ストレスにもならず、充

2．物質文明　p.66(I)注参照。

3．ヒッピー　一九六〇年代後半、アメリカの若者の間に生まれた、既成の社会体制や価値観を否定し、自然への回帰を主張した人々、また、その運動。ベトナム戦争への反対に端を発していると言われている。愛、平和、自由を主張する一方、マリファナ等の麻薬の使用も蔓延し反社会的行動をおこした。また、労働を拒否し、コミューンと呼ばれる共同体の中で生活をしていた。

4．文明　p.273(I)注参照。

5．西郷隆盛　p.170(I), 69(II)各注参照。

実した人生を送ることが出来るのです。そして、真の生命の燃焼の過程に突入していくのです。

19 進化という思想 第三部

生命と向き合うとき、人間には使命[1]が生まれる。それを忘れるとき、人間は傲慢と向き合うことになるのだ。

1. 使命 p.2（1）注参照。

創造的再生産

芸術と進化思想の関係について伺いたいと思っています。音楽や美術、そして建築などの芸術の分野においても、進化思想の影響によって、現代は新しいものを求める傾向があると言えますか。

その言い方には危険が潜んでいます。「新しい」という言葉が、具体的にどういう概念を意味しているのかを明確にしなければなりません。というのも、新しいものを作っていくことは、人間として当然のことだからです。ただし、進化思想の求める新しさと、本来の意味で新しいものを作るというときの新しさは、まったく違うものなのです。

その違いは、どこにあるのですか。

進化思想の求める新しさというのは、何もないところから新しい理論を作り出したり、それまで誰も知らなかったことを発見するという意味での新しさです。それに対して、本来の意味、すなわち循環思想[2]における新しさというのは、創造的再生産[3]の新しさなのです。つまり、創意工夫です。ひと言でいうとこのようになりますが、この違いは決定的です。この違いが本当にわかれば、進化思想の呪縛からも解き放たれるでしょう。

芸術に関して言えば、新しい芸術の理論を作り出すことは、本来の芸術ではないということになりますか。

当然そうです。芸術とは、人間の生きる喜びや悲しみ、人間が「生命」[4]を象徴的に表現したものの中で、特に表現力において秀れているものを芸術と呼びます。つまり、人間が生きることの象徴が芸術であり、人間が生きるということに何の進歩も発展もあるはずがないのです。

哲学の分野でよく、人間はプラトン[5]やアリストテレス[6]の考えた人間観から一歩も進歩していないと言われますが、実はプラトンやアリストテレスというのは過去の哲学を集大成した人物であり、それが記録として残っているということなのです。哲学はさらに何千年も何万年も遡《さかのぼ》った時代からあって、少しも進歩していないし進歩する必要もありません。時代の変

2. 循環思想（＝還元思想）p.137（I）注参照。

3. 創造的再生産　生命の循環を軸に据え、その時代や環境、または必要性に合わせ無限の創意工夫を繰り返すこと。

4. 生命　ここでは、人間の存在がもつ根源的な悲哀が生命の本質を形創っていることを言っている。

5. プラトン(B.C.427-B.C.347)　古代ギリシャの哲学者。ソクラテスの弟子。肉体的感覚の対象である個物は真の実在ではなく、霊魂の目で捉えられる個物の原

遷と共に、古典的哲学を何度も何度も練り直していくのが、本来の意味での「新しい」ということなのです。そして、それこそが生命の無限の躍動[7]を生み出すのです。

ところが進化思想は、まったく新しい人間観を作り上げようとするものであり、作り上げなければならないと思い込む思想なのです。芸術においても、これまで無かったまったく新しい思想に基づく音楽や絵画を作り上げなければならないと思い込んでいるのが進化思想なのです。

古典的なものを時代の変遷に応じて練り上げていくのが、先ほど言われた創造的再生産というものなのですか。

その通りです。再生産そのものが実は真の創造なのです。人を愛することと同じです。人を愛するということには完成も何もない。人を愛する気持は、人類誕生以来、人類が滅びるまで何度でも創造的再生産として繰り返すのです。永遠の憧れ[8]の彼方に向かって、我々人類は愛[9]を求め続けていくでしょう。新しい愛し方を発明などする必要はありません。

ところが現代の人は、愛し方を発明しようとしています。その結果、愛する心そのものの本来の姿までわからなくなってしまいました。だから、これからの男女の付き合いはどうあるべきか、などと言っているのです。そのようなものはありません。人を愛する気持の再生産、創造的再生産を毎世代、何世代にも亘って繰り返すのが文明社会というものです。そして、その繰り返しの生活のためには、人間の絶え間ない創造力が必要とされるのです。

永遠に続く創造的再生産

型たるイデアが真の実在であると説いた。このイデア論に基づき、道徳・国家等を論じ、現実世界をイデア界（理想世界）に近づけることが、哲学者の任務だとした。

6．アリストテレス(B.C.384-B.C.322)　古代ギリシャの哲学者。プラトンの弟子。存在の本質を理性によって認識される実在、イデアとしたプラトンに対し、アリストテレスはそれを個物に内在する形相、エイドスと名づけ、事物の本質とした。アテネにリュケイオンという学校を開き、論理・自然・社会・芸術等あらゆる方面の研究を行なった。

7．躍動　p.52(Ⅰ), 54(Ⅱ), 467(Ⅱ)各注参照。

8．憧れ　p.2(Ⅰ)注参照。

9．愛　p.54(Ⅰ)注参照。

繰り返しということは、現状維持[1]になってしまう恐れがあります。

現代の人が考えるような、固定化した現状維持ではありません。現代は、作り上げられたものを工業製品の一つの規格品のように考えていて、一度出来れば当たり前のように何度でも出来ると思い込んでいます。そういうものではないのです。価値のあるもの、同じものを何度も作るためには大変な努力[2]を要します。絶えず創意工夫をしなければ、同じものは作れません。

例えば、漢方薬[3]などは、自然物の中でどういう材料を使えば良いかということは昔から決まっています。つまり、原材料は固定されているのです。あとはその組み合わせの研究になるのですが、原料としての薬草を最良の状態で育て続けるだけでも弛《たゆ》まぬ創造的努力が必要なのです。ある時代の環境に応じて作り上げられた薬と同じ効能のものを、次々と変化していく時代と自然環境に合わせて作り続けようとすれば、これは不断の創造性を必要とします。

実際に、二千年前に調合された薬と同じ効能のものを、今では誰も作れません。しかし、それを作ろうとするのが本当の薬学[4]の研究なのです。そのためには、弛まぬ創造活動が必要なのですが、現代はその観念がなくなってしまいました。

進化思想から見ると、まったく新しいものを作ることだけに関心を持ち、一度出来上がったものを時代に合わせて作り続けることなどは価値が無いと考えているのです。だから現代は、家庭も崩壊し、真の友情も築けなくなったのです。愛情も友情も毎日毎日、繰り返し築き上げるものであり、創造的再生産によってのみ維持し、発展することが出来るものだからです。新しい愛情や友情などは、この世にはありません。

1．現状維持　宇宙には、破壊力としてのエントロピーの力が絶えず働いている。現状を変えないということは「成長」しているということなのだ。創造力がなければ現状維持は出来ない。

2．努力　p.346（Ⅰ）注参照。

3．漢方　p.25（Ⅰ）注参照。

4．薬学　薬品を研究・開発・試用する学問。昔は西洋・東洋ともに組み合わせの調合が主力であった。現代は新しい薬品の「発明」のみに走っている。

創造的再生産というものは、永遠に続けられるものなのですか。

続けられます。なぜなら、創造的再生産の対象となる要素は自然物だからです。現代は自然と科学の関係そのものがわからなくなっていますが、科学とはそもそも自然の模倣であり代用物なのです。機械は人間の代用物であり、人間が作る化学物質は自然物の代用物なのです。

つまり、機械は人間が出来ることを人間に替わってやらせるものであり、化学薬品などは自然物質に替わって化学物質を代用しているだけなのです。従って、科学の産物にはその対象となる自然物がすでに存在しているということです。あくまで自然物の代用であり、そこに新発見などありません。自然の模倣が科学であり、科学は自然に対する一つのアプローチ[5]であり方法論にすぎないのです。

この根本的な見方が働けば、永遠の創造的再生産が可能となります。創造的再生産は自然そのものを対象とし、科学は必要に応じて使うだけなのです。愛情や友情のあり方にしても、薬草にしても、人間にとって価値のあるものはすべて自然界の中に決まったものがあります。ただし、自然は常に動いているので、たとえ決まったものであっても、それを現実の世界に具現化するためには、不断の創造的再生産が必要なのです。言い換えれば、創造的再生産の要素が自然物であることによって、永遠の創造的再生産の活動が可能となるのです。

芸術における進化思想

5. アプローチ　接近するという意味。主題・問題への迫り方。

例えば音楽に関しても、現代の音楽家と呼ばれる人は新しい音楽理論を作ろうとしているということですか。

そういうことです。音楽の場合だと、これまでに無い、新しい音の組み合わせや音楽理論を作らなければならないと思い込んでいることが進化思想なのです。先ほども述べましたが、芸術はそういうものではありません。人間の生きる喜びや悲しみを象徴的に表現して、生命を震憾させるものが芸術です。そして、人類の歴史において人間の生命、魂を震憾させる要素は太古の昔から自然界に存在しており、新たに発見するものなどはないのです。

音楽にしても、人間の体細胞や魂にとって快く響く音の組み合わせや音階は、世界中ですでに決まったものがあるのです。従って、昔も今もすでに出来上がっている音の組み合わせや音階を材料として、それらを再構成することによってのみ、芸術としての音楽が創造されるのです。言い換えれば、まったく新しい音の組み合わせを美しいと感ずるためには、人間が人間でなくならなければならない。だから、人間が人間である限り、音楽はすでにある音の組み合わせによってしか生まれないのです。

「人間が人間でなくならなければ」というのはどういうことなのでしょうか。

例えば、ネズミやコウモリには人間と違う音が聞こえると言われています。つまり、聞こえる可聴域の周波数の範囲が人間と違うということです。ですから人間が人間でなくなるというのは、言い換えれば人間がネズミやコウモリのような聴覚を持つということです。それは聞こえる音が変わるという意味であり、そうなれば新しい音の組み合わせが芸術になることもありえます。
ところが我々が人間である以上、人間に聞こえる周波数の範囲内で、鼓膜と脳細胞に快く響く周波数の組み合わせは決まっているのです。芸術としての音楽はその組み合わせによって出来上がっています。しかし進化思想では、新しい周波数の組み合わせを発見しなければならないと思い込んでいるのです。それは、すでに出来上がっている人間の体そのものを作り変えようとすることに等しい間違った思想なのです。

「これが現代の新しい音だ」と主張する前衛音楽家の人たちは、進化思想だと言えますね。

進化思想です。まだ発見されていない、人間にとっての快い音があると思うことそのものが間違っています。人間の肉体、細胞にとっては雑音でしかない音を、新しいという理由だけで認めさせようとしているのです。彼らの主張の中には、「モーツァルト[6]やベートーヴェン[7]も生前は前衛音楽家だったではないか」というものがあります。これも断じて違う。
モーツァルトやベートーヴェンは今でいう前衛音楽家などではなく、伝統的な音楽を受け継ぎ、それを社会の必要性に応じて再編成して大いに発展させた、創造的再生産の偉大な芸術家なのです。新しい音の組み合わせを作った訳でも、新しい音楽理論を作った訳でもなく、あくまで伝統を継承して過去の偉大な音楽家と同じものを求めたのです。

進化思想の音楽

具体的な例として、十二音音楽[8]を作ったシェーンベルク[9]は進化思想だということですか。

6．モーツァルト〈ヴォルフガング・アマデウス〉(1756-1791) オーストリアの作曲家。ウィーン古典派三巨匠の一人。幼少より楽才を現わし、全生涯で六〇〇曲以上の作品を書いた。十八世紀ドイツ・フランス・イタリア諸音楽を整然たる形式に総合し、ウィーン古典派様式を確立した。代表作に「魔笛」、「レクイエム」等。

7．ベートーヴェン〈ルートヴィッヒ・ヴァン〉 p.90(1)注参照。

そういうことになります。シェーンベルクは、実は音楽家ではありません。シェーンベルクは音楽学者なのです。音楽を科学的な学問として見た場合、シェーンベルクは大変価値があり、また興味をそそられるものがあります。私もシェーンベルクの「音楽」は随分研究しましたが、音楽学の観点から見れば感心することもあるのです。要するに、あれは学問なのです。シェーンベルクは学者であって芸術家ではありません。このことはシェーンベルクに限りません。二十世紀は、学者のことを芸術家だと思っていることが多いのです。

シェーンベルクの音楽理論で作った曲は、決して芸術にならないということですか。

絶対になりません。たとえ、秀れた音楽学になったとしても、芸術にはなりません。シェーンベルクの音は、人間が快く感じる自然の共振波[1]の質と範囲をすでに逸脱しているのです。従って、人間の体が自然物ではないものにならない限り、芸術としての音楽にはならないのです。

ところが、現在教養があると言われている人で、シェーンベルクを素晴らしいと言っている人はたくさんいます。それは頭で考えているからなのです。頭で考えると、シェーンベルクは素晴らしいものにもなります。つまり、人間は二十世紀の初頭から芸術を頭で考えるようになって来たということです。なぜそうなったのかと言えば、それは進化思想があったからなのです。どんどん新しい音楽理論を作ることが人類の発展であり、「新しい」音楽理論をいいと言う人が芸術のわかる人だと思い込んでいたのです。またそこは、モーツァルトやベートーヴェンに対するコンプレックス[2]もありました。そして、従来とは違う方法論で彼らをしのごうとする「卑しさ」[3]が隠されてもいたのです。

8．十二音音楽　オクターブ中の十二の音を平等に用いることを原則とする音楽。一九二〇年代初頭にシェーンベルクが案出したものを、弟子のベルク、ウェーベルンらが展開させた。第二次世界大戦後は世界中に広まり、メシアン、ブーレーズらの音楽に発展した。

9．シェーンベルク〈アーノルド〉(1874-1951)　オーストリアの作曲家。二十世紀音楽の方向を決定づけた作曲家の一人で、無調音楽、ついで十二音音楽の作曲技法を創始。音楽を学問で創り上げた学者。一九三三年アメリカへ移住。「月に憑かれたピエロ」等。

1．共振波　同じ波長の電磁波同士が干渉して出来る大きなうねり。同調エネルギーの合体や合一によって生ずる。

2．コンプレックス　p.135(1)注参照。

3．卑しさ　p.309（II）注参照。新しいという考え方には、正統性に対して、脇道から接近する感覚がある。正々堂々とせず、「うまいこと」やりたいという考えがあるのだ。それを卑しさと言う。

芸術に限らず色々なものにつけられる形容詞として、「現代的な」とか「最新の」という表現があります。このような形容詞にプラスのイメージを持つこと自体が、進化思想に冒されているということですか。

それは違います。基本的な考え方や材料が逸脱していなければ、新しいものの中にも、いいものはたくさんあります。何も古いものを作り続けろと言っているのではないのです。ただ新しいということで、すべての古いものよりも秀れていると考えるのは進化思想であり、明らかに間違いです。新しい材料を使うのは自由ですが、今まで誰も使ったことのない材料を使ったということと、その作品に芸術的価値があるかどうかはまったく関係ありません。

例えば、建築の芸術的価値はデザインと景観と機能がすべてです。ところが、二十世紀に偉大な建築家だといわれている人の中には材料を変えただけの人も多い。ビル全体をガラスで作ったという理由だけで偉大だと呼ばれている人もいるのです。そういうものは本来の芸術ではありません。強いて言えば科学であり、学問の領域なのです。

新しい材料を使うことと芸術性とは関係ないのですね。

そういうことです。新しいものを作っていくことは必要です。環境や社会の変化に合わせて、デザインもどんどん新しくていいものを作り出していかなければなりません。しかし、それはその時にある材料で普通に作っていけばいいのです。ところが進化思想になると、同一線上で次々に新しいものを創造的に生み出すのではなく、ただ材料を変えただけで素晴らしいと思い込んでいます。

その理由は「これまで誰もやったことがない」というものなのです。先ほどのビルの例で言えば、二十世紀になって初めて強度のあるガラスが工業的に作れるようになりました。そしてそのガラスで壁面を覆っただけで偉大な建築家だとみなされたことが進化思想なのです。しかし、昔は強度がなくてガラスでビルを作れなかっただけであり、そのことと建築家の偉大さは別なのです。

バッハとピアノ

> 今の話で思い出したのですが、以前に、バッハ[4]の時代にピアノがあれば、バッハもピアノで作曲していたと伺ったことがあります。

当時ピアノがあれば、バッハはピアノを使って作曲していたに違いありません。実際にバッハは新しいオルガンが出れば、それを使って作曲しています。新しい楽器が出来て、その楽器の音階が拡がれば拡がった分だけ、バッハの作品の音階も拡がっているのです。そのような取り組みが、創造的再生産ということなのです。そしてバッハの偉大さは新しいオルガンを使ったところにあるのではなく、あくまでも人間の魂を震憾させる音楽を作ったところにあるのです。

近代建築にしても、建築家がガラスを使って「素晴らしい建築物」を建てた場合に偉大なのです。しかし、進化思想では材料であるガラスを最初に使っただけで偉大だとみなします。そこが間違いであるということです。

4．バッハ〈ヨハン・セバスチャン〉 p.252（Ⅰ）注参照。

現代にあてはめて考えると、例えばバッハをピアノなどの現代の楽器で演奏するということに挑戦していくのが、本来の芸術の姿勢だということでしょうか。

そうです。バッハに関しては、演奏する楽器などはどうでもいい問題です。現代人は現代の楽器で、現代人が理解しやすいようにバッハを弾けばいいのです。芸術とはそういうものです。だから逆に楽器をバッハの時代のものに戻しても、現代はバッハの時代ではないのですから、当時の音楽を再現できるわけがありませんし、再現する必要もないのです。

ところが今は実際に、バッハが当時使用した楽器を再現して、その古楽器[5]で演奏したものだけが本物のバッハの音楽だと主張している人までいるのです。実はこれも進化思想なのです。彼らの主張は「世界で初めて当時のバッハの〈音〉を再現させた」というものであり、先程のガラスでビルを建てたというのとまったく同じことなのです。

芸術界を見ると、芸術的才能の劣っている人が、芸術的に秀れている人を進化思想と科学によって攻撃することも多く見受けられます。しかし、バッハが当時使用した楽器を研究するのは、「音楽学」または「芸術学」という学問であって「芸術」ではありません。

また、バッハの楽譜や音符を忠実に再現しようとすることも学問なのです。そこで、ケンプ[6]やルビンシュタイン[7]のような偉大なピアニストがバッハをピアノで弾くと、古楽器信奉者たちは「それは本物のバッハではない。バッハを冒瀆するな」と言い、カザルス[8]のような偉大なチェリストに対しても「あなたの演奏はバッハの楽譜に忠実ではない」などと言って批判しています。二流三流の芸術家や批評家が、巨匠と呼ばれる超一流の人を一撃でけなせるのが進化思想であり、それがまた大きな力になって拡がっているのです。

5．古楽器　現代に至る演奏史上で廃れた楽器、もしくは改良や変更を受ける以前の古い様式の楽器のこと。日本では、雅楽に使われるもの等を中心として指し、ヨーロッパではルネサンス・バロック期に使われた楽器類を指すことが多い。

6．ケンプ〈ウィルヘルム〉p.263（Ｉ）注参照。

7．ルビンシュタイン〈アルトゥール〉p.264（Ｉ）注参照。

8　カザルス〈パブロ〉p.280（Ｉ）注参照。

大衆文化と進化思想

現代の音楽を別な角度から伺いたいと思います。現代の音楽は大衆文化の時代だと言われています。これは進化思想と何か関係はあるのですか。

大いに関係があります。現代は正統の音楽教育を受けた人が、進化思想に冒されることによって道を間違えてしまっています。結果的に言えば、音楽的才能が少ない人の音楽の方が却って良くなっているということです。大衆文化というものは、バッハの時代にもそれ以前にもありました。そして芸術は、大衆文化の中で最も秀れているものをそう呼んできた歴史もあるのです。だから、その人間自身は自分が芸術家という意識はなくて、後世にそう認識されることが多いのです。今は、高度な音楽教育を経て芸術を目差す人が進化思想によって道を誤り、結果的に芸術と呼べるものが少なくなってしまいました。進化思想によって、音楽教育が科学的思考になってしまっているのです。だから、進化思想の影響をあまり受けない大衆文化の方が、却って芸術性が勝っているようになってしまったのです。

芸術家という職業は元々ないということでしょうか。

昔は、ありませんでした。それぞれの分野で、人間の魂に最も衝撃を与えたものが後に芸術と呼ばれるものになっただけであり、後世で芸術性の高さを認識された人が、結果的に芸術家と呼ばれているのです。従って、もともと音楽に大衆音楽もクラシック音楽もないのです。現在の大衆音楽家、例えば映画音楽の作曲家や歌謡曲の作曲家と同じ線上に、バッハもベートーヴェンもいたのです。バッハもベートーヴェンも、現在で言えば映画音楽や歌謡曲のようなものを作っていたのです。もちろん、その中において頭抜《ずぬ》けて秀れており、高度だということです。

実際にバッハが使っているアルマンド[9]やブーレ[1]、そしてメヌエット[2]やパッサカリア[3]などという形式も、当時のダンス曲です。ところが同じダンス曲でも、バッハがダンス曲を作ると、要するに価値が違うということです。今でも、それだけのものを作れる才能をもつ人はいるでしょう。しかし、現在ではそれだけの才能をもち、音楽の基礎的修練をしっかりと積んだ人は皆、進化思想によって学問の道、音楽学者への道へ進んでしまうのです。

音楽を進化させなければならないとか、新しい音楽理論を作ることが現代のモーツァルトになる道だと思い込み、その思い込みによって自分が音楽家であることを忘れて、科学的発明の方向へ向かってしまうのです。何物かを発明しなければならない、新しい音楽理論を発見しなければならないと思ってしまうのです。

大衆音楽が進化思想の影響をあまり受けないのはなぜなのですか。

それは、名声ではなく金銭を求めているからです。生活のために音楽を作っていると、変な思い込みがない。バッハもベートーヴェンもモーツァルトも、伝記を読めばわかる通り、どうして音楽を作っているかといえば、今の芸術家と言われる人たちと違って、言い方は悪いですが要するに食べるため、生活のためだったのです。それが生きていく術であったということです。モーツァルトなどは特にわかりやすいと思いますが、金を稼ぐために作曲していた。その点においても、現代の大衆音楽家と同じ線上にいたことがわかります。ただし、

9．アルマンド　ドイツ起源の舞曲の一つ。ゆるやかな四分の四拍子の曲で、西欧でバロック時代には組曲の一つとして用いられた。

1．ブーレ　十七世紀フランスで流行した舞曲。速い二拍子系の踊りで、器楽曲として古典組曲などに取り入れられた。

2．メヌエット　フランス起源の舞曲。優雅な三拍子系の曲で、ルイ十四世期の宮廷で用いられるようになってから、ヨーロッパ各地の宮廷舞踊として流行した。

3．パッサカリア　十六世紀、スペインで始まったゆるやかな三拍子の舞曲。一般的に、同じ音型の低音旋律が繰り返される形式をとる。シャコンヌとほぼ同じ形式。

モーツァルトは進化思想に冒されておらず、またものすごい才能の持ち主だったというだけです。

学者になった芸術家

今は、芸術の素養を持った人が学者になってしまうということですね。

最も真面目に修練し、教育を受けた芸術の素養を持った人が音楽の学者になってしまうのです。秀れている人ほど、学問に吸収されているのが現代なのです。その道で優秀な人が学者になり、優秀でなかった人が学者以外の職業に就くという時代になっています。これは、学問や科学と結びついた進化思想が時代を覆っているためなのです。

現代は巨匠[4]がいなくなったと言われるのと関係しているのでしょうか。

現代は巨匠と呼ばれる人が出にくい時代です。巨匠になる素養を持つ人は今もいますが、そういう人はみな学者になってしまうのです。不幸な時代と言わざるを得ない。でも、一つの文明の末期というのはこういう状態になるのです。

西洋でキリスト教社会が崩壊する時も、崩壊直前の、それこそ十九世紀の初めぐらいまで、フランスの教育機関であるリセ[5]やドイツのギムナジウム[6]でも、秀才という秀才は全員キリスト教会に吸い上げられてしまっていました。当時は教会の牧師や神父になるのがエリートコースだったのです。

あの細菌学[7]の巨人ローベルト・コッホ[8]の伝記を読んでも、当時のことがよくわかります。

4. 巨匠　名人のうち、真の人間的大きさを伴った大人物のことを言う。

5. リセ　フランスの国立中等学校。ナポレオン時代、学校制度の中枢的存在として確立、古典的教養を重視した。最終学年は哲学、科学、数学の各課程に分かれた。一九七五年、教育改革によって後期中等教育の名称となった。

ギムナジウムの優等生だったコッホは、神学部にいかずに哲学科に所属していた科学コースを選んだ。すると両親や先生の落胆たるや大変なものでした。その両親や先生の落胆を乗り越えて、コッホは続けて医学の道へ進んだわけです。これは、当時の社会から見ればコッホは要するに自ら進んで「落ちこぼれ」になったということなのです。本来ならローベルト・コッホのような秀才は、大学の神学部へ進み、そのままキリスト教ルター派の牧師になって、当時でいうエリートコースを歩むことを両親も先生も望んでいたのです。

現代はそれが「宗教」ではなく「学問」や「科学」になっています。西洋の分析科学的な学問の手法がすでにいき詰まりを見せているにもかかわらず、今でも優秀な人が科学的学問分野に投入され、芸術は崩壊しかかっているのです。

医学と進化思想

現代では、多くの人が科学と共に医学は目覚ましい進歩あるいは進化[9]を遂げたと信じています。その根拠として、以前は不治の病だった多くの病気が治療出来るようになったと言われていますが、これも進化ではないということでしょうか。

それは進化とは呼べません。元々不治の病だったものに対して、次々に治療法が見つかり不治の病でなくなるというのは、人類誕生以来人間がずっと行なってきていることです。そして、不治の病がなくなればなくなるほど、新しい不治の病が出てくるというのが人類史なのです。

別に、現代の科学や近代医学が、これまでにないほどに秀れているわけではありません。

6. ギムナジウム　ドイツにおける、伝統的なエリート養成の中等学校。原形は十六世紀に始まり、十九世紀に大学予備門として確立。ギリシャ語・ラテン語中心の人文主義的教育を特色とし、近代語・自然科学も重視する。現在でもその名称と機能はほぼ存続している。

7. 細菌学　病原となる細菌の種類および性質、そして対策を研究する学問として発達。細菌は、病気のほか発酵など人間生活と深い関わりをもつが、十七世紀後半、顕微鏡の解像能力が向上するまで発見されなかった。パストゥールやコッホなどによって発達し、医学、畜産獣医学、農学方面に応用された。

8. コッホ〈ローベルト〉　p.348（1）注参照。

9. 進化　p.61（1）注参照。

それは、病気というものが生活の歪みから生まれるものだからです。こちらの歪みを取ればあちらが歪み、あちらの歪みを取ればこちらが歪むというような、要するに繰り返しなのです。人類誕生以来、不治の病が存在しない時代はありません。その時その時の不治の病に対して研究し、治療し、克服してきたのが人類の医学史であり、克服してもまた違うところに歪みが出るというのが現実なのです。

それは人類の宿命[1]のようなものですか。

そういうことです。わかりやすく言えば、人間はいつか必ず死ななければならないということです。だから、ある方法で死ななくなれば、別のもので死ぬのです。その移り変わりが、不治の病と呼ばれてきただけです。昔はほとんどが感染症[2]、特に肺炎や結核[3]やコレラ[4]などで死ぬ人が多くいました。抗生物質[5]の発見によって人間が細菌の感染で死ぬことは少なくなり、現代では感染症ではなく、生活習慣病[6]というもので死ぬわけです。ガンなどがその代表で、不治の病と呼ばれています。今後人類がこのガンなどの生活習慣病を克服すれば、また別な不治の病が出てきます。いずれにしても、生命が死ぬという運命[7]に変わりはありません。

ということは、今の医療が特別に進歩したのではなく、これまでもずっと人間はそのようにしてきたということですか。

その通りです。今は「科学的に克服」した病気だけを取り上げて過大評価しているのです。ちょうど十九世紀に人類が最も困っていた病気は確かに科学によって克服されました。そのことに異常に高い評価を与えているのです。しかし、実際には同じようなことを十八世紀以

1. 宿命　p.318（I）注参照。
2. 感染症　p.524（I）注参照。
3. 結核　p.349（I）注参照。
4. コレラ　p.341（I）注参照。
5. 抗生物質　p.426(II)注参照。フレミングのペニシリンの発見によって生まれた、二十世紀を代表する「新しい薬品」。菌によって菌を征服するという考え方。
6. 生活習慣病　p.49（I）注参照。

前までも、ずっと繰り返してきたのです。紀元前の時代もそうです。それまで困っていた病気をすべて克服し、人間はここまで来ています。ところが現代は、科学によって克服されたということを強調して評価しています。科学に対する狂信であり、要は科学病[8]だということです。

実際には現代でも克服されていない病気が膨大にあります。また病人の数で言えば、人口比で見ても十九世紀に比較してずっと増えています。もしも本当に科学が秀れているのであれば、病人の数は減っていなければおかしい。でも現実に病人の数は世界的に増え続けています。

十九世紀という期間だけを見れば、当時最も困っていた病気は確かに科学によって治療できるようになりました。そしてちょうどその当時の科学の発展と、時代を覆っていた進化思想との相関関係によって、「科学の勝利」、「科学は万能」という思想が社会を覆ったのです。現代は「科学の成功の歴史」という言い方をよく用いますが、実は「科学の失敗の歴史」は成功の歴史の何十倍、何百倍もあるのです。その失敗の方は少しも取り上げられません。要するに、我々は洗脳されているということです。

社会全体が、そういう思考法になってしまっているということですか。

そういうことです。このことは先ほどと同様に、中世ヨーロッパの歴史と比較するとわかりやすくなります。現代の科学に相当する権威が、当時ではキリスト教なのです。中世ヨーロッパでは、キリスト教の失敗は一切取り上げられませんでした。病気の治療についても、キリスト教の名において神父が手を当てたり、その他いろいろな治療法を行ないました。そ

7．運命　p.27（I）注参照。
8．科学病　p.342（I）注参照。

の結果、治れば神の御加護であり、信仰心が篤かったからだと言われていたのです。そして、それが特に難病であった場合には、キリストの奇跡だとも言われたのです。一方で治らなければそれが神の御意志であるか、または信仰心が足りないとか、心がけ[9]が悪いとも言われたのです。

　キリスト教で救われないものは、運命かまたは元々本人が悪いとされたのです。現代は科学が当時のキリスト教の位置にあります。ですから科学で治ったものは大きく取り上げ、治らなかったものは一切取り上げないのです。科学の失敗は取り上げない一方で、科学ではないもの、例えば医学的なもので言えば東洋医学[1]から食事療法[2]まで含めて、そういうもので一人でも治らなければ、「いんちき」だとか言って大騒ぎになります。

　ところが病院にいきながら実際に治らずにどんどん死んでいても、現代科学についてはまったく取り上げられません。中世のキリスト教社会では今と反対に、科学の失敗はすべて取り上げられました。失敗した科学者は火あぶりです。

　ガリレオ[3]にしても何度か失敗したことがあり、その失敗をキリスト教会は絶対に許しませんでした。ところが教会の方は病気治療から貧民救済まで、どんなに失敗してもそれに関しては一切取り上げられなかったのです。現代はそれの科学版です。そしてその根底には、現代科学と結びついた進化思想があるのです。

　人間がいつか必ず死ぬことに変わりはありませんし、それまでの間に手当したり治療することはもちろん正しいことです。それが文化です。人類は誕生以来、そのことを繰り返してきているわけで、長い目で見ればキリスト教の奇跡も科学の勝利も関係ないと言えます。

9．心がけ　p.75（I）注参照。

1．東洋医学　p.22（I）注参照。

2．食事療法　食事の摂取の仕方によって健康を増進し、病気を治療したり症状を軽減させる目的で行なわれる療法。

3．ガリレイ〈ガリレオ〉（1564-1642）　イタリアの天文学者・物理学者・哲学者。近代科学の父。功績として、力学上の諸法則の発見、太陽黒点の発見、望遠鏡による天体の研究等。また、コペルニクスの地動説を是認し、宗教裁判に付された。

本来の医者とは

医者というのは、昔から目の前の病気に取り組んできただけだということですか。

そうです。本来は、医者も不断の創造的再生産があるだけなのです。現代のような科学時代なら、科学の成果を縦横無尽に使いこなして病気を治すのが医者の仕事です。医者が科学者になるのではなく、科学を使う医者でなければなりません。これが正しい医者の定義になります。あとは、病気を癒す力がどの程度あるかどうかで腕前というものが決まるだけです。医学というのは、英語では今でもそう呼んでいますが、アート[4]なのです。つまり、学問ではなく技術であり、その中でも名医と呼ばれる人は芸術家なのです。

昔からそうだったのでしょうか。

古代ギリシャのヒポクラテス[5]もそうですし、進化思想に覆われるまではずっとそうでした。その時代その時代の総合知識、例えばヒポクラテスの頃は薬草や心霊の知識も必要でしたが、それらを総動員して病人を治すのが医者だったのです。それらを縦横無尽に使える人が名医であり、その修業が医学の修業です。ただその結果、やぶ医者[6]から名医までいて、名医のことを芸術家と呼ぶのです。

音楽家の場合と同様、現代は名医の素養がある人ほど本来の医学の修業に入らないということになるのですか。

残念ながらその通りです。なぜ医の道に入らないかと言えば、やはり進化思想に呪縛され

4．アート（＝art）　技術的・技能的な事柄を表わす。その秀れたものとして芸術が認識されていた。

5．ヒポクラテス　p.351（1）注参照。

6．やぶ医者　藪《やぶ》の中にいるように、暗中模索で何もわからない医者を言う。腕の悪い、下手な医者のこと。

ているからです。要するに、何か新しいものを発明しなければならない、医学を進歩させなければならない、進化させなければならないと思い込んでいるのです。また社会的に見ても創造的再生産という本来の医者の道を歩んでいる人は、何の名声も得られないのが現状なのです。

実際に修練を積んで、目の前の病気と取り組んでいる優秀な人を私はたくさん知っていますが、誰も社会的な評価を受けていません。評価を受けている人は、病人など触ったこともないような大学の教授で、何か科学的な「新しい理論」を出して学界で反響を呼んだ人なのです。

> 医学教育の実状をみても、アートというより科学的な捉え方が強いと思われるのですが。

一人前の医者になる訓練よりも、最先端の遺伝子工学や大脳生理学や臓器移植[7]の研究をするのが、今後の医学部のあり方だと思っているのです。これは明らかに進化思想の影響に相違ありません。一人前の医者になることよりも、最先端の業績をあげることに専念しているのです。新しいものを生み出さねばならないという強迫観念[8]に囚われて、音楽家と同じように、医者ではなく医学の科学者になろうとしているのです。

ただし、科学そのものは決して悪いものではありません。私が言っているのは、科学の研究をする人と、音楽家や医者は、元々職業と生き方が違うということです。ところが現代は、音楽家も医者も進化思想によって科学者になろうとしているのであり、それが問題だと言っているのです。

医者という職業は昔から、科学者や宗教家が研究した成果を、病気治療のために応用する

7. 臓器移植　p.55（Ⅰ）注参照。

8. 強迫観念　p.362（Ⅰ）注参照。

アーティスト[9]だったのです。だから自分が科学研究をするわけではありません。医学部の教育にしても、本当は最先端の科学論文が読める程度の科学知識を与えるだけでいいのです。現代の医学部で行なわれている生命科学の研究は、理学部の生物科学の専門家にまかせればいい。彼らが掘り下げた生命科学の成果の中から、病気治療に使えそうなものを選んで使う職業が医者であり、その使い方がアートだということです。

名医とは何か

今は病院でも機械による検査が中心になっていますが、本来の名医というのは患者を診てすべて正確にわかったものなのですか。

当然です。「診《み》て」わからなければ人体はわかりません。そのために日々の修業が必要なのです。診てわかったことを念のために確認するためのものが機械です。機械の検査だけで複雑怪奇な人体構造を知ることなど、基本的に無理なのです。

一般には機械の方が正確だと思われていますが。

そんなことはありません。機械がどういうものかがわかれば、すぐにわかります。例えば、毒物にしても、どういう毒物があるのかを経験的に知っていなければ毒物の検査は出来ないのです。患者の症状から何の毒に冒されているのかを診て判断できなければ毒物検査は出来ないのです。砒素《ひそ》[1]毒に冒されている症状が見られれば、そう推測をし、問診によってそういうことを特定するのが医者なのです。そして砒素であれば砒素を測定する機械にかけて、初

9．アーティスト　現代は、芸術家という意味に使われているが、元々は技術的、技能的な職業に携っている人を指していた。その最も高い地位に「医者」がいた。

1．砒素　原子番号33、Asで表わされる元素。天然には遊離状態で存在し、また硫化物としても産出する。大量に摂れば、猛毒となる。

めて砒素が発見されるのです。つまり、まず症状と問診から得た推測に基づいて、実際に定量検査を行なうときに使うものが機械なのです。

だからどういう毒物なのかが特定できなければ、元々機械で分析など出来ません。砒素を分析するために、砒素の分析をする機械を使うのです。従って、機械検査で何かが見つかるという言い方も本当は間違いであり、実はその前に人間が見つけているのです。多分、砒素だろうと思っている人が、砒素を分析するために機械を使うだけです。

これが機械の基本であり、分析するのは医者です。機械は特定のことしか出来ない、特定のものしか調べられない道具なのです。道具を使うのは医者の仕事です。病気であれば大体その病気がどういうものかを医者がわかっていて、患者を診てそれではないかと目星をつけるのが医者の能力なのです。名医と呼ばれる人はその目星のつけ方が、他の医者たちよりも一段と秀れた人なのです。

個人差を認めなければならない

そういう意味では芸術家や音楽家もそうでしたが、医者という職業も個人差が大きいと言えますね。

とても大きいです。そして、進化思想と結び付いた民主主義の信奉者が最も嫌がるのもそこです。現代の人は病気になったときに、「医者がこう言った」という言い方をしますが、昔の人でそういう言い方をする人はいませんでした。「医者が」ではなく、「誰が」つまり「何という先生が」言ったのかが重要なのです。その医者が「やぶ医者」なのか「名医」なのかで、その言葉には雲泥の差がある。

ところが現代の人は基本的にそういうものが嫌いです。現代に生きているというだけで、過去のすべての偉人よりも自分たちの方が偉いと思い込める進化思想に冒されているからです。

例えば、こういうことを書いている本もあります。「現代の医者は、医学部を最低の成績で出た人でも、戦前の名医が治せなかった病気が治せる。従って、現代の医者は戦前のいかなる名医よりも秀れているのだ」と。これが進化思想なのです。そして、この考え方がみんな大好きなのです。ある意味で平等思想とも繋がっている。その魅力が、進化思想を現代人が絶対に捨てない理由なのです。何もしなくても、またはごく普通の人間でも、すべて秀れている自分になれるからです。

しかし、この間違いに気付けば、進化思想の恐ろしさもわかるでしょう。進化思想というのは、とにかく今の我々、現代を生きている自分が最高で、過去の人間全部が馬鹿ということになります。そこに魅力を感じているのです。これが十九世紀から延々とこの世を覆っている思想です。現代は西洋の分析科学、戦後民主主義、そして進化思想の複合汚染なのです。

現代に生まれただけで、当然の権利のように自分が優秀だと考えるということですか。

そういうことです。今は一昔前と違って、みんなから「やぶ医者」と言われて馬鹿にされる医者もいなくなりました。現代に生まれたというだけで、過去のいかなる名医よりも秀れていて、医者だというだけで価値を持つようになったのです。要するに「医者がこう言った」という世界なのです。

現代は、人間の個別性[2]を無視した進化思想の世界です。進化思想で考えると、現代人は五百年前の人よりも全員が利口になっているのです。そしてその理由として、あの『随想録』で有名なモンテーニュ[3]は微分方程式が解けなかった、というようなことを平然と言うのです。たとえモンテーニュが微分方程式を解けなくても、モンテーニュは現代最高の知性をもつ人と同等かまたはそれ以上に頭がいいのです。現代の人にはそれがわからない。進化思想の悪魔[4]的な魅力によって、歴史も何も見えなくなってしまっているのです。

> 進化思想に冒された現代において真の医者の道を歩もうと思えば、どういう覚悟で臨めばいいのでしょう。

医学部の大学教育を受けて免許を取ったら、あとは病人を治し続けて犬死に[5]する覚悟で臨めばいいのです。そうしなければ、進化思想にのみ込まれてしまうのです。病人を治しながら生き切れば、真の医者になれます。しかし、そのことを現代の進化思想の価値観をもった人に伝えるには、犬死にせよと言うしかないのです。現代の価値観からみれば、どうしてもそういう表現になります。私は決して医学や医者を否定しているのではありません。進化思想と科学病によって、医者が本来の医学の道を歩まなくなったので、こういう話をしているのです。現在の医学界を苦難の状況からもう一度立て直し、真の医者の道を進むための話をしているのです。

ただこれは医者や芸術家に限ったことではなく、すべての職業に言えることです。伝統を継承し、それに自らの創意工夫を重ね合わせ、連綿たる創造的再生産の歴史に立ち帰るべき時に来ているのです。つまり、生命というものを中心に考えなければならないということです。

2. 個別性　p.55(Ⅰ), 394(Ⅰ), 44(Ⅱ)各注参照。

3. モンテーニュ〈ミシェル・ド〉(1533-1592)　フランスの思想家。古今に亘る広い読書体験と、鋭利な自己省察に基づく深い人間洞察により、人間の尊厳を重視した人生哲学に到達。特に、主著『随想録』は国を越えて後代の知識人に大きな影響を与えた。

4. 悪魔　p.126(Ⅰ)／「悪魔性」p.367(Ⅱ)各注参照。

5. 犬死に　何の成功も名誉も得られずに、無駄に死ぬこと。

20　断念について

断念が、出発なのだ。そこから、生命の燃焼が始まる。

断念の意味

人生における断念の必要性について伺いたいと思います。何かを断念するという行為は、人生を拓《ひら》く上で必要不可欠なことなのでしょうか。

その通りです。我々はすべて、断念の経験がなければ、決して価値のある人生を築くことは出来ません。断念とは、人生においてそれほど重要なものなのです。何事かを断念した経験がなければ、生命が燃え上がることは、ついに無いでしょう。

断念という行為は、人生にどのような作用を及ぼすのですか。

断念したものが、自分にとって大切なものであればあるほど、また好きなものであればあるほど、断念によって方向が変わったときに、断念そのものが自己の底力に変わるのです。人間は、代価を支払わなければ何事かを成し遂げることは出来ません。だから本当に好きなものを断念すれば、断念によって生じた新たな方向が、今度はとても大切なものに成っていくのです。「あれだけのものを断念したのだから……」という気持になる。従って、断念そのものが大きいほど、方向転換して得るものも大きいと言えるのです。本当の断念は、自分自身の「運命[1]」を自己の面前に示してくれるものです。それを「生命の現前性[2]」と言うのです。断念によって、運命を掴むことの出来る自己が確立すると言っても過言ではないでしょう。

ところが、現代のように似非《えせ》民主主義[3]の豊かな社会では、何かを断念させられるということがほとんどないので、何をするにしてもエネルギーが回らないのです。しかし、歴史的に言っても何かを成し遂げる人間、強い人間というのは、断念によって大きな代価を払った人に決まっていました。代価が大きいほど、価値のある生命が拓くのです。

現代では、人間は好きなことに打ち込んだ方がやる気が出ると言われています。それは間違いだということですか。

物事を成し遂げるにあたり、やる気があるかどうかなど大した問題ではないということです。やる気など出ても何も出来ません。人間を本当に動かしているものは、もっと奥深くに

1. 運命　p.27（Ⅰ）注参照。

2. 生命の現前性　自己の生命の本当の意味が、経験として目の前に示されること。自己に認識できる形で現わされることを言う。

3. 似非民主主義　p.27（Ⅰ），307（Ⅰ）各注参照。

ある暗く重いものであり、その力は断念の涙[4]を経ることによって自己の奥深くに生まれてくるのです。そして、その「悲しいもの」が高く清いものを求めるのです。つまり、価値のあるものということです。

4. 涙　p.61(I), 252(I)各注参照。

> 人間は、好きなことでは底力が出ないということですか。

そうです。ただし、自分の夢や好きなことは出来るだけ大きいほど、出来るだけ明確なほど、それを断念したときの底力も大きくなります。従って、夢は大きくなければならないのです。ただ、その夢はどこかで打ち砕かれなければ、自己の生命は燃焼しないのです。ここが、断念の意味をわかりにくくしています。小さい頃から人生に冷めていて、夢もないような人間には何も出来ません。しかし、その夢はまた、打ち砕かれなければ何の力にもならないのです。

断念と挫折

> 断念と同じような言葉に、挫折があります。断念と挫折の違いをひと言でいえばどのようになりますか。

断念が、人生にとって良く作用するか、悪く作用するかという見方をした時、悪く作用する場合を挫折と呼ぶのです。しかし人生において、必ず悪く作用する断念などこの世に存在しません。結果的に、悪く作用したとすれば、それは自分が悪くしたのです。実は、生命論的には人生に挫折などはありません。ただ、断念があるだけなのです。もし、挫折だと感じたなら、それは幻想であり、自分の言い訳とわがままがそう思わせています。断念は、人間的深みを与えてくれる最大のものです。別の言い方をすれば、禅でいうところの放下《ほうげ》[5]と同じであり、何かを捨てて飛躍するためのものなのです。

自分が進もうとした道で上手くいかなくなった場合も、断念になるのでしょうか。

それに本気で取り組んでいたなら、断念になります。何かに打ち込んでそれが上手くいかなくなった時、上手くいかなければいかないほど、それは次に方向転換した時の底力になるのです。例えば、ドイツの細菌学者ローベルト・コッホ[6]や、シャーロック・ホームズ[7]を生んだサー・アーサー・コナン・ドイル[8]などは、もともとは開業医として成功したいと考えていました。しかしそれが上手くいかずに、別の道へ進んだのです。そして、二人とも医者としては成功しませんでした。しかし、その失敗を別の道へ進むときの底力に出来たことによって、コッホは細菌学者として、ドイルは作家として、あれだけのすばらしい業績を残せたのです。

また、現代の科学文明はニュートン[9]以後に発展したと言われています。しかし、思想的には、ニュートン以前に科学文明に決定的に大きな影響を与えたのがデカルト[1]です。そのデカルトの思想も、断念の力によって作り上げられたのです。デカルトが生きていた時代は騎士の時代であり、騎士の社会では剣の強さが重要な位置を占めていました。ところが体が弱かったデカルトは、剣の世界では立場も弱かった。騎士の時代には剣の勝負に勝った方には神が味方しており、即ち正しいとされていたのです。そして、負けた方は間違っているとみなされた。それほどに剣の強さが重要な時代だったのです。家柄も良く頭も良かったにもか

5. 放下　自己の情念という本能のエネルギーを、宇宙空間に放散させて消滅させること。何かを得る前に、必ず通らなければならない生命エネルギーの宇宙法則である。

6. コッホ〈ローベルト〉　p.348（I）注参照。

7. シャーロック・ホームズ　p.198（I）注参照。英国の作家、コナン・ドイルが生んだ世界で最も有名な探偵小説の主人公。相棒ワトソン博士と難事件を次々と解決していく。パイプと帽子にマント姿でおなじみ。

8. ドイル〈サー・アーサー・コナン〉(1859-1930)　開業医から作家に転じ、シャーロック・ホームズが活躍する探偵小説を世に送り出す。他に歴史小説、戯曲などの作品も残す。

かわらず、デカルトは騎士の道を断念した。そして、剣の強さに替わる新しい価値観として、科学的なものの見方こそが、真実で正しいとする思想を構築したのです。そこに、デカルトの起死回生の生命の燃焼があったのです。

その思想自体の善悪はともかく、デカルトは自分の剣の弱さを挫折の方へ持っていかずに、方向転換したときの底力として断念を生かしたのです。このように、人生は上手くいかなければいかないほど、方向転換したときに大きな力になります。物事にはまじめに取り組まなければいけないと言われます。これは、真面目に取り組んでいれば、たとえ失敗したとしても、次に方向転換したときの底力になるからなのです。

シュリーマンの人生と断念

トロイア[2]の遺跡を発見したドイツの考古学者シュリーマン[3]の生涯と断念の関係について伺います。シュリーマンは、子供の頃からの夢を最後まで捨てずに持ち続け、一生かかって夢を実現させた人生の成功者だと伝記などで紹介されています。シュリーマンは断念のない人生だったと言えるのですか。

シュリーマンの人生、つまりその生命は断念の連続でした。伝記をよく読めばわかりますが、断念に継ぐ断念の人生で、本当にやりたいことをほとんど何も出来なかったのです。例えば、語学ひとつを取り上げてみても、シュリーマンは子供の頃、古代ギリシャ語[4]のあまりの美しさに心を打たれています。しかし、実際に本格的にギリシャ語を勉強できたのは、四十歳を過ぎてからでした。それまで彼は、貧乏だったこともあって貿易商として金を稼ぐ

9. ニュートン〈サー・アイザック〉p.67(1)注参照。

1. デカルト〈ルネ〉p.28(1)注参照。

2. トロイア　トルコ西部ヒッサルリクの丘の遺跡。エーゲ文明の中心地のひとつ。ホメロスの叙事詩『イリアス』に描かれるこの地は古代ギリシャと十年もの間、攻囲戦を展開。巨大な木馬に兵を潜ませる奇計を用いたギリシャに敗れ、街は破壊された。

3. シュリーマン〈ハインリッヒ〉(1822-1890)　ドイツの貿易商、考古学者。少年時代にホメロスの叙事詩に魅せられ、長じて事業で成功し、その資金を遺跡発掘に注ぎ込む。トロイアをはじめ、エーゲ文明の遺跡発掘に貢献。自叙伝『古代への情熱』。

ことに専念しなければならなかったのです。シュリーマンは語学の修得能力に秀でていて、バルト海[5]を中心とする貿易の仕事に必要な言語を十ケ国語以上、独学で勉強して自由に使いこなせるまでになっていました。しかし、最も好きなギリシャ語には手をつけることが出来ませんでした。後に貿易商として大成功をおさめ、充分な蓄えも出来てから、ようやくギリシャ語を学べるようになったのです。

一番やりたいものが、どんどん後回しになっていくことも断念なのですか。

もちろんそうです。後回しになっていることが、断念になっているのです。だから、もしも貧しくて貿易商にならなければ食べていけないという理由から、ギリシャ語を辞めてしまってもいいのです。それは断念であり、その場合は「諦めた」と言うのです。諦めることは別に悪いことではありません。それどころか、とても大きな価値があるのです。ただし、すべてが本気ならということです。

シュリーマンのように、将来再び一番やりたかったことに立ち戻ることが、必ずしもいいとは限りません。そのまま諦めてしまってもいいのです。シュリーマンが、ギリシャ語やトロイア遺跡発掘に対する夢をきっぱりと捨ててしまったとしても、それはそれで、すばらしい人生なのです。

実現させたところに意義があるとみなすのは間違いなのでしょうか。

間違いです。現代の人は、子供の頃に持つ夢が非常に重要なものだと思い込んでいます。思い込んでいるから、シュリーマンの価値をそこに持っていってしまう。シュリーマンはト

4．ギリシャ語　古代ギリシャにおいて用いられていた言語。あらゆる芸術、学問の基礎文献の宝庫である。アレキサンダー大王のマケドニア帝国以降、ラテン語と共にヨーロッパの文化を支えている。

5．バルト海　ヨーロッパ大陸とスカンジナビア半島の間にある海域。バルチック海。

ロイアなどに関係なく、一人の人間として生命を燃焼させ、立派な人生を送ったということがわからないのです。子供の頃に夢をもつことはもちろん大切なことです。しかし、その夢を大人になってから持ち続けることよりも、断念することの方が人生上の価値は大きいのです。

さらに、現代人の多くが、シュリーマンがトロイアの発見によって得た富とか名声を素晴らしいものだと思っていることも、シュリーマンの真の価値がわからない原因になっています。当時において、北欧のバルト海を中心として、あれだけの商人になったということ自体がすばらしいことなのです。だから、本当はトロイアなど関係ありません。

ただ、シュリーマンがトロイアの夢を現実のものにしたことも、貿易商として成功をおさめたことも、どちらもシュリーマンが本当にやりたいことに、安易に飛びつかなかったからこそ成し遂げることが出来たことは確かです。それが、断念のもつ力なのです。シュリーマンという人間は、現代人のように何でも好きなことをやればいいという人生観ではなかったということです。

シュリーマンの偉大性も、その断念の中にあるということなのですか。

その通りです。シュリーマンの人生で魅力があるのは、実はトロイアへ行く前なのです。トロイア遺跡の発見後は家庭問題が噴出し、あとは金持ち三昧の生活をしていただけで、人間的には何の魅力もない生き方になってしまっています。これは断念がなくなったからなのです。

断念すれば人生は拓け、しなければ不幸にもなるということですか。

そうです。シュリーマンがトロイアを発見できたのは、もちろん、それまでの断念によって身に付けた底力によるものです。しかし、実際に子供の頃からの夢の世界に入って、ギリシャ語を学んだりトロイアへ行ってからのシュリーマンは、古代ギリシャの格好をして生活する、ただの変なおじさんになってしまった。人間としての魅力がなくなってしまったのです。

伝記を読むときには、そういうところをよく見極めれば、断念が人生をどれだけ偉大なものにしてくれるかがわかります。恐らくシュリーマンは、ギリシャ語やトロイアに対する夢をきっぱりと捨てて、あのまま商人としての道を貫いていれば、一人間として、もっと偉大な人生を送ったに違いありません。シュリーマンの魅力のすべては、夢を断念して貿易商の仕事に専念していた時期に凝縮されているのです。

小さい頃の夢などは、むしろ叶わない方がいいということですか。

まったくその通りです。トロイアの財宝を発見してからのシュリーマンは、先ほども言ったように、家の中で古代ギリシャ人の格好をして過ごしていました。それは別の例でいえば、現代の日本で武士の真似をして、ちょんまげを結ったり、軍人に憧れて軍服を着て悦に入っているのと同じです。

ところがよく考えてみると、古代ギリシャ人になりきって生活するという発想は、実にシュリーマンが子供の頃に抱いた夢そのものなのです。子供じみた行動は、子供の時の夢がまさに現実のものとなった姿そのものです。要するに、小さい頃の夢が叶えば、ろくなものにはならないということです。

現代は二つの大きな誤まった見方によって、シュリーマンという偉大な人物を捉え間違えています。一つは有名になったり富を築くことに人生の大きな価値があると見なす誤りです。そしてもう一つは、子供の頃の夢を大人になって実現させることは素晴らしいと考える誤りです。シュリーマンの偉大性は、子供の頃に抱いた大きな夢を断念して、貿易商として生きた点にあるのです。

もし、シュリーマンに興味を持つ人がいれば、エミール・ルートヴィッヒ[6]が著わした『シュリーマン伝』を読むことを薦めます。これは、稀《まれ》に見る面白い本であり、また断念を遠い憧れ[7]にまで繋《つな》げていく生命論の真実が巧みに描かれている本なのです。

断念の条件 ―― 実力と感化 ――

映画を題材にして、具体的に伺っていきたいと思います。まず一九六六年製作の邦画「あゝ海軍」[8]という映画についてですが、この映画は断念について非常にわかりやすく描かれていると伺ったことがあります。それはどういうものなのでしょうか。

主人公が心の底から憧れた道を断念し、海軍軍人という新たな人生に雄飛する姿が描かれている、ということです。それも、初めに抱いた夢を叶える実力と実績を充分に備えながら、運命を受け入れて真実の人生を手に入れていく主人公の生き方がすばらしいのです。映画の内容を話しますと、主人公は貧困に苦しむ人々を救いたいという夢を持って、現在の東大教

6. ルートヴィッヒ〈エミール〉(1881-1948) スイスの作家。ユダヤ系としてドイツに生まれる。その後キリスト教に改宗し、スイスに移住。一九三二年にスイスに帰化。作家としては新ロマン主義の戯曲から出発し、後にゲーテやベートーヴェンなどの伝記を発表する。

7. 遠い憧れ p.304(I)注参照。

8. 「あゝ海軍」監督は、村山三男。出演に、中村吉右衛門等。将来は政治家となって国家の役に立ちたいという希望を持つ若者がその夢を断念し、軍人の道を歩む姿を描いた作品。

養学部の前身であった一高に進んで政治家になることを考えていました。しかしその夢を断念して、海軍兵学校[9]を出て立派な軍人になっていくのです。その断念の経緯、そしてそこから始まる人生の素晴らしさというものが、わかりやすく描かれているのです。

政治家になる道を断念したことが、軍人として生き切る[1]エネルギーになったということですか。

そういうことです。わかりやすく言えば、次の方向へ向かう時の「何クソッ」という気持が、断念によって生まれるということです。そしてその気持は、主人公の平田が本当に勉強が出来て、一高に入って将来どうしたいかということが明確だったからこそ、強く持つことが出来たのです。言い換えれば、どうみても不可能であったり、または明確になっていない夢を諦めても、断念にはならないということです。

このことは、断念においては非常に重要なことです。そして、現代人に誤解されやすい点です。平田にはそれだけの実力があり、また真剣に夢を抱いていたからこそ、その夢が砕かれたとき、それが「何クソッ」という底力になり、海軍の軍人として立派に生き切るための奮発心として、すべてのエネルギーが転換されたのです。夢が叶うための実力が無い場合は、断念するとは言いません。また何となく思っているようなことも断念にはならないのです。

それだけの実力があったなら、政治家になったとしても立派な政治家になれたのではないかと思うのですが。

それは違います。だから断念の問題は難しいのです。あそこで兵学校を辞めて一高へ進み、

9．海軍兵学校　旧帝国海軍の将校養成校であり、瀬戸内海の江田島にあった。海軍のエリートとして、知性の他にも洗練された教養と身だしなみを要求された。水兵を指導し他人の上に立つため、地方訛りは許されなかった。

1．生き切る　p.56(I)，18(II)各注参照。

政治家になれば、彼は段々と汚れて駄目になっていったでしょう。最初にも述べた通りなのです。人間というのは、元々好きなものは踏ん張りがきかないのです。だから好きな道に入った人間は、誰もが流されていくのです。好きな道に入れば、初めは夢と希望に溢れていても、気が付くと自分でも驚くほど流されてしまうのです。「どうしてこんなになってしまったのだろう」と思うものなのです。断念することもなく、人生がスムーズにいった人は必ず流されてしまいます。流されずに踏みとどまる底力は、断念によってのみ得られるものだからです。

映画の中で、主人公は自分の進みたい一高への道を、海軍兵学校の教官に止められて諦めます。ああいう、誰かに止められての断念ということでもいいのでしょうか。

それでいいのです。人間は、一人では断念することは出来ません。そこにいろいろな友情や、師弟愛などの人間関係が介在してくることによって、はじめて断念して、次にそれを飛躍に繋《つな》げていくことが出来るのです。歴史を見ても、断念が最も大きな効果を生むのは、誰か他の人間によって強制的に断念させられた場合です。断念とは、人格的な感化力なしには成し遂げられないほど、大きなエネルギー転換[2]なのです。

そのような感化というものは、特別な能力を持った人からでなければ難しいのですか。

特別な能力ではありません。そういう力よりも、むしろ人格力によるところが大きいのです。相手の資質を見抜く力がなくても、自分自身が断念を底力にして生きてきた人であれば、感化力を持っているのです。あの映画であれば、あの教官もそうやって人生を生きてきた人

2．エネルギー転換　生命エネルギーの方向は、それ自身では変わることは出来ない。生命エネルギーは宇宙エネルギーのひとつだから、宇宙法則に支配されているのだ。ベクトルの方向が変わるには、他の力が作用する必要がある。その力こそが、愛と呼ばれる。

間だということです。映画ではその点は語られていませんが、だからこそ主人公に対してあれだけの感化力を持っていたのです。真の断念は、真実の他者による感化力によってしか起こらない。つまり、愛[3]の力ということです。

「赤ひげ」にみる断念

同じような観点で、山本周五郎[4]の小説である『赤ひげ診療譚』[5]について伺いたいと思います。あの作品の中で、最初は御殿医[6]となることを夢見ていた保本という若い医師が、赤ひげのもとで働くことを決めたことも断念といえるでしょうか。

あの文学は、私も大好きです。史実に基づいているので迫力があり、生命の奥深くをえぐられる名作です。黒澤明監督が映画化し、それも名画として有名です。しかし、やはり文学の方が私には味わいがあります。質問に戻りますが、あれは断念といえます。保本は長崎で西洋医学[7]の修業を積み、御殿医として職を得るつもりでした。そして、その実力も充分に備えた人物だったのです。それが小石川養生所[8]の赤ひげの下で働くように言われ、最初は反発します。しかし、赤ひげの医者としての生き方に感化され、最初の夢を断念するのです。そこでは、実力を持った本人が他者からの感化によってその断念をなすことが、わかりやすく描かれています。

小説の話は途中で終わっていますが、断念のエネルギーがいい形で転換しているのがわかるので、保本はその後立派な医者になるに違いありません。断念が新たな人生の出発点[9]になっているのです。そしてその断念は赤ひげの人格力、感化力によってなされている。赤ひ

3．愛　p.54（I）注参照。

4．山本周五郎(1903-1967)　小説家。山梨県生まれ。封建時代の武士や庶民の哀歓を巧みに描き、大衆文学の中で地位を築き上げる。一九四三年には直木賞に推されたが辞退する。『赤ひげ診療譚』の他、『樅ノ木は残った』等。

5．『赤ひげ診療譚』　江戸時代中期の小石川養生所を舞台に、赤ひげこと医師　新出去定の患者を救う為に最善を尽くす姿と、青年医師保本登の医師としての成長を描いた作品。

6．御殿医　江戸時代の幕府や大名のお抱え医師。

7．西洋医学　p.21（I）注参照。

げの人格力が触媒になって、断念が次の方向への底力に転換された。また、赤ひげ自身も能力からみればいくらでも地位や名声を得られたはずです。しかし、出世の道に入らずに養生所にいるということは、同じく若い頃に赤ひげも出世を断念し、そのことであぁいう素晴らしい人生に入った人間だとわかるのです。赤ひげ自身が断念してきた人だからこそ、保本も感化されたのです。

> 地位や名声のようなものでも、断念すれば大きな底力になるのですか。

もちろんなります。歴史上の偉人の多くは、若い頃に地位や名声を断念した人間たちであることが多いのです。ただ、ここでもう一度繰り返しますが、地位や名声が断念になる人は、地位や名声を得られる人だということです。現代人は、この点を誤解しやすいので、注意が必要です。もともと地位や名声を手に出来る力もない人間が「私は地位や名声を得ることを断念した」と言ったり、女性にもてない男性が「私は女を断っている」などと言っているのが現代なのです。それは単なる言い訳や誤魔化しでしかありません。

　この小説について言えば、赤ひげにしても保本にしても、もし本気で地位や名声を追求したなら、その当時において最高の地位や名声をもつ医者になるだけの実力があるということです。それだけのものを断念したからこそ、そのエネルギーが方向転換して彼らの底力になったのです。

　ここでもう一つ言えることは、どんなにつまらないことであっても、一生懸命まじめに挑戦することは価値があるということです。出世にしても、権力にしても、それを求めてがむしゃらに頑張[1]ることには価値があります。ですから出世欲や権力欲も強ければ強いほどいい

8．小石川養生所　一七二二年（享保七年）に小石川薬園（現在の小石川植物園）内に幕府が設置した無料の医療施設。享保の改革における下層民対策として八代将軍徳川吉宗と町奉行大岡越前守が主導。

9．出発点　真の人生における出発点は、断念によって自己の中に「立ち上った初心」の力にあるのだ。希望や夢などは初心にはならない。

1．頑張る　p.121（1）注参照。

のです。

ただし、いつまでもそのままでは人生は駄目なのであって、出世欲や権力欲が簡単に叶ってしまうと、あとは権力をもてあそび、汚職して遊び呆ける、という展開になってしまいます。出世欲や権力欲は人生のどこかで断念し、別の方向へ向かう底力にする必要があるのです。

> 物語の最後の方で、すっかり改心した保本に向かって赤ひげが、「御殿医になってもいいのではないか」と言うくだりがありました。あそこで保本が御殿医になったとしても、立派な医者になったと言えるでしょうか。

それはなりません。あの経験をした後では無理なのです。保本にとっては、元々御殿医になることは夢であり好きなことだった。だから、真実を感じた後に、もしあそこで再び御殿医の道へ進んでしまったら、挫折した人間となり、必ずどこかで流されて本来の道から外れてしまったでしょう。

ただ、赤ひげのように自分が数多くの断念を経て、苦労を重ねてきた人間というのは、他人には出世してもらいたいと思うものなのです。人間は、そのようになっています。だから、自分と共に小石川養生所で働けば、今後も苦労の連続になることは目に見えているので、御殿医の道が開かれているならそうさせてやりたいと思った。あれは、赤ひげの愛情からの言葉だったのです。保本の将来を案ずれば、そう思うのが普通です。

断念の条件 ——主体性——

話がちょっと飛びますが、バチカン宮殿[2]にあるシスティーナ礼拝堂[3]の天井画は、時のローマ法皇ユリウス二世[4]が、天才彫刻家ミケランジェロ[5]に無理矢理に描かせたものだったという史実が伝えられています。ああいうことも断念のひとつと言えるのでしょうか。

そう言えます。ミケランジェロは自分が彫刻家であることに自負を抱いていました。だから、絵を描くということを最初は断っていたのです。しかし、あれが断念であったことは、実際に現存している見事な天井画を見ればわかることなのです。あれは最初は強制的な命令であったのかもしれません。しかし、現存のあの芸術を見れば、ミケランジェロ自身があの天井画を自らの意志で制作しようと考えたことは、明らかなのです。

断念で重要なことは、断念には主体性[6]が必要であるということです。他人から強制されて嫌々行なうものは、本当の断念ではありません。断念はいつでも、受け取る側の人間が主体的に受け取らなければ意味を成さないのです。ミケランジェロのその史実を知れば、なぜ昔のほうが偉大な芸術家が多いかがわかります。それは、一番やりたいことをやらせてもらえなかったからなのです。

音楽家にしても、昔は作曲する内容から何から、すべて決められていました。しかし、その時代のほうが偉大な音楽家が多く出ているのです。要するに、一番やりたいことを断念しなければならなかった分だけ、底力が出てきたということです。現代のように、やりたいことを自由にやれるようになってからは、偉大な芸術家が出なくなりました。偉大な芸術は、断念の連続によって生み出されるものだからです。ミケランジェロが生きていた時代には、画家は描きたい絵を一枚も描くことが許されませんでした。雇い主の指定通りに描くしかな

2．バチカン宮殿　イタリア・ローマ市西端、バチカン市国にある教皇宮殿のこと。世界のカトリック教会の総本山として存在する。

3．システィーナ礼拝堂　ローマ教皇庁にある礼拝堂。シクストゥス四世によって建立。

4．ユリウス二世（1443-1513）ローマ教皇在位一五〇三～一五一三。教皇の権威と影響力の強化をはかる。特に軍隊を率いて戦地に赴くこともあった。一方で芸術をこよなく愛し、ブラマンテやラファエロ、ミケランジェロの保護者となり、ルネサンス文化の最盛期を迎えた。

5．ミケランジェロ・ブオナロッティ　p.256（1）注参照。

6．主体性　他者の言葉を、自己のものとして受け取る自分自身ということ。決断は、常に自己の責任である。

かった。

ということは、自分の創作したいものが明確にあって、しかも才能があればあるほど、断念によって大きな力が生まれるということでしょうか。

その通りです。才能があればあるほど、それが断念に繋がった時に「だったら、ものすごいものを創ってやろう」という気持が出てくるのです。底力である「やってやろうじゃないか」という意気込みが生まれるのです。

ミケランジェロはローマ法皇から指示された内容そのものではなく、もっと複雑な、今の現存している天井画の構想へ変更したそうです。そういうことが、断念によるエネルギー転換なのですか。

そうです。最初はローマ法皇の命令だったのですが、途中からは自分の中にそのエネルギーを転換させて「すごい作品を仕上げてやろう」という主体性が生まれてきたのです。「あゝ海軍」でも「一高へ進めないなら、立派な海軍軍人になってやろう」という意気込みになっていきました。あれが断念によるエネルギー転換なのです。

いつまでも、命令だから仕方がないというのは断念ではないということですか。

そういうことです。仕方なくやる、というのは単なるロボットです。武士道でも、忠誠心でも何でも、自分から価値観として抱かなければ、それはただの奴隷でありロボットなのです。武士が仕方なく仕えれば、殿様の奴隷でしかありません。ところが、殿様の命令通りに行動するということが自分の意志になれば、真の武士道の体現者になるのです。

断念を主体的なものに転換させる過程において、感化力が必要になるということですね。

そうでなければ、なかなか転換できないのが人間というものです。そこに他者の人格力の作用がないと、なかなか上手くいきません。それだけ大きなエネルギー転換だということです。人格力による感化がなければ、どうしても「私はやらされている」というような嫌々の行動になってしまう。従って、ローマ法皇ユリウス二世の感化力がなければ、偉大な芸術家ミケランジェロの壮大な天井画は誕生していなかったのです。だから、あの作品は真実においては「共作」なのです。

断念の強さ

人間は、哲学的な信念や、宗教的な信仰心から断念するということもあるのでしょうか。

もちろんあります。例えば、一九二四年のパリ・オリンピックに、エリック・リデル[7]というイギリスの陸上選手がいました。彼はもともとは一〇〇メートルの選手であり、その俊足によって英国のオリンピックの代表に選ばれたのです。そして、パリに行ったのですが、オリンピックではその競技が日曜日に行なわれることがわかったのです。リデルは非常に敬虔なプロテスタント[8]のキリスト教徒でしたので、安息日の日曜日には競技が出来ないと言い出すことになった。ずいぶんと周囲から説得もされたようですが、彼は信仰を曲げることはせずに、突然の変更で四〇〇メートル競技に出場することになったのです。この史実は、信仰

7．リデル〈エリック〉（1902-1945）英スコットランドの宣教師。パリ・オリンピックでは陸上のイギリス代表選手として、四〇〇メートル競走で世界新記録で優勝。同大会の二〇〇メートル競走では銅メダルに輝く。その後宣教師として中国に渡り、第二次世界大戦末期同地において生涯を閉じる。

心がそのままいい意味での断念に繋がって、方向転換のエネルギーに変わっていったすばらしい例です。やりたくて仕方のないことを、もっと強い信仰心によって断念したのです。やらされたのではなくて、自己の信ずる信仰のために、自分自身の決意によって一〇〇メートルの出場を断念したのです。その真心[9]が、また周囲の人々を動かしたのです。

当初は短距離から中距離へ急に変えても成果は出せないと誰もが思っていました。しかし、実際にはリデルは四〇〇メートル競技で金メダルを獲得したのです。この種目変更には、その競技に出場するはずであった人物が、その権利を譲るという友情があったことも断念を生むエネルギーを理解する上で重要なことと思います。またこの物語は現在「炎のランナー」という名画になっていて、いつでも観ることが出来るのです。

四〇〇メートルで優勝できたのは、断念の力によるものですか。

そうではありません。別の種目で優勝したのは信仰による断念とは関係のないことで、私が話しているのは「精神」というものなのです。金メダルなど、どうでもいいのです。だから、もちろん信仰による断念によって、優勝したということではありません。断念によって生まれる底力というのは、もっと心の底辺に入るものです。リデルは、それによって本物[1]のリデルつまり「自分自身」[2]になったことが重要なのです。だから、断念の思想からいえば、彼は、あのまますべての種目を辞退してもこの話の価値は変わらないのです。ここがわからないと断念はわかりません。

シュリーマンの例でも話しましたが、断念の価値は何かを断念することによって金や名声を得たりするものではなく、断念する生き方そのものに価値があるのです。断念によって人

8．プロテスタント　宗教改革によって、カトリック教会から独立し生まれた新教。北ヨーロッパで盛んであった。

9．真心　p.77（I）注参照。

1．本物　p.87（I）注参照。

2．自分自身　自己の生命エネルギーが真に燃焼している状態を言う。

間的深みが増し、重層構造が構築されたその底辺に、力が蓄積されていくのです。

リデルが出場を辞退した時に、周囲の人間が説得したということですが、リデル自身も出場を望んでいたのでしょうから、国を代表する名誉として引き受けても良かったのではないかとも感じるのですが。

それが現代の「好きなこと」は絶対に良いことだという考え方の怖さなのです。つまり、彼がスポーツマンとして成功したければ、いくらでも理屈はあるということです。国のためとか、お世話になった人への恩返しだとか、いくらでも自分を正当化できます。その誘惑を、問答無用[3]の信仰によって断念したから価値があるのです。

断念とはそれだけ尊いものです。好きなことをやり続けていけば必ず道を誤るのです。好きなことは、たとえ間違っていてもいくらでも理屈が付くからです。それに対して信仰というものは、好きでやっているわけではないので強いのです。生まれながらのクリスチャンというのは、好き嫌いに関係なく、最初からすべきことが決まっている問答無用の世界です。だからこそ強いのです。信仰には選択の余地がありません。選べないからこそ貫けるのであり、強いということです。

それに比べて選べるものは弱い。特に「好きなこと」はそうなのです。スポーツマン精神などというものも、いつの間にかなくなってしまいます。エリック・リデルの史実などは、信仰心からなされた断念がいかに強いものであるかということ、また同時に好きなものはいかに弱いかということが、非常にわかりやすい歴史的な事例です。

3．問答無用　文明的理屈の一切を入れないこと。自己の生命エネルギーを宇宙の法則に合わせることを言う。

断念出来ること、出来ないこと

断念では自分の大事に思っているものを手放すということもあるのではないかと思います。例えば、子供の進学費用のために、先祖から受け継いできた土地を売るということなども、断念になるのでしょうか。

それは断念ではなく、現代人特有の間違った選択です。断念には出来ることと、出来ないことがあるのです。今の例のように、自分たちの都合で先祖から伝わるものを手放すというのは断念ではありません。それは現代の似非民主主義の悪徳であり、今は多くの人間に、その悪徳が浸透しています。

先祖から伝わるもの、家系の夢というものは、基本的に子孫にどうこうする権利はありません。自分が勝手に変えられると思うことが間違いなのです。そういう考えを、御都合主義というのです。人間が自分で決められるのは、自分に与えられた時間と自分の所有物だけです。だから、例えば進学でお金が必要であるなら、今の自分たちの家庭にそれにふさわしい財産があるかないかということに尽きるのです。言い換えれば、進学に値する学力と財産が今の状態であれば、親も子供も大学に行くか行かないかを、その条件によって自分で決められるということです。自分たちのものだけで打開できないのであれば、進学を断念すればいいのです。この考えは、私は先祖だけでなく、他人の助けも国家の助けも借りない方が良いと思っています。それが、「自己自身」という人物を立てる根本の思想なのです。

子供が家庭の事情を察して進学を諦めると言っても、現代の親は子供の夢を優先したいと考えるのではないでしょうか。

それが現代民主主義の誤りなのです。そういう親の間違った考え方が、子供の中に理屈というものを構築させるのです。そうやって進学しても、後に子供は大学を出てからただの出世主義者になるか、つまらない理屈人間になってしまうのが落ちでしょう。

自分のしたいことを続ければ駄目になるということですね。

そういうことです。断念というのは、自分がしたいことに対してするものなのです。先祖代々の夢などのような、自分が決める権利のないものは断念の対象にはなりません。だからもし、子供が行きたくて仕方がなかった大学を、家庭の事情を考慮して断念していれば、それはまさに良い型の断念です。息子は将来、「立派な人間」[4]になるでしょう。断念は、自分の好きなことに対してするものだということをしっかり押さえなければ、断念のことはまったくわからなくなるのです。

「あゝ海軍」にしても、一高に入って政治家になることが本人の本当にやりたいことだったから、断念になったということですね。

そうです。あれがもし、一高に入って政治家になることが、死んだ父親のたった一つの夢だったとしたら、まったく違う話になります。要するに、断念というのは、それによって自分の「我《が》」[5]が抑えられ、次に方向転換した時にそのエネルギーが道理と信念に則った、巨大なものに成長していくということなのです。とにかく、好きなものというのは我が入ってい

4. 立派な人間　真の「経験」を積んだ、「涙」を知っている人間ということ。自己の生命を真に活かせる人間を言う。

5. 我　ここでは、自己中心の自我意識を言う。

るのです。我が入っている限り、都合のいい理屈はいくらでも立ちます。従って、「あゝ海軍」の場合は、一高に入ることが我だった訳ですから、諦めて留まった海軍兵学校で海軍魂という伝統と信念に生きられたのです。

もし反対に、海軍軍人になるのが自分の熱望した夢だったなら、今度は海軍軍人としての生き方に我が入るのです。そうなれば、自分の権力や保身を考える人物になったでしょう。いざという時に、自分が生き残ることを考えるのです。生き残るための理由などいくらでもありますから。例えば「死ぬまで守れ」という命令が下れば、理屈によって「そもそも、そんな非人間的な命令は間違いだ」という理屈が構築されます。

東郷平八郎[6]も言っていますが、特攻命令などは元々命令そのものが間違っているのです。そして、そのことを誰もが知っていました。間違った命令など、いくらでもあるのです。だから実際に、最初から海軍軍人になりたくてなった人の多くは生き残った。普通の学生の多くが戦死したにもかかわらず、職業軍人の多くが生き残って平然としている戦後がそのようにして生まれたのです。平田という男は海軍軍人になりたくてなった訳ではなかったので、軍人としての伝統と信念に則ることが出来た。だからこそ、最後は死ぬとわかっていながら自ら沖縄へ行きました。これがもし、一高へ進んで政治家になっていたなら、夢と希望にあふれて最初は張りきっていたでしょうが、やがてだんだんと現実に対する理屈によって変わっていったはずです。政治家に成りたかったという、我がそうさせるのです。

6．東郷平八郎　p.297（1）注参照。

結局、「好きなものは我」であり、それを断念することによって、我の入らない伝統や信念に則った生き方へエネルギー転換できるということですね。

そうです。これまでの話も、断念の対象は自分が好きなものであり、それには我が入っているというところを押さえて見ていけば繫がっていくでしょう。シュリーマンの話にしても、シュリーマンは貿易商をしていた時は、一切の我がなかったのです。だからいい意味で科学的であり、信念があって、商人の本道に則っていたのです。ところが、長年の夢だったトロイアへ行ってからは、人間的に魅力がなくなってしまった。トロイア遺跡の発掘は、学問的にみても、文化的に見ても、すばらしいことです。しかし、たとえそれがどんなに崇高に見えるものであっても、好きなことであったならば、それは我なのです。その証左が、シュリーマンの晩年とも言えるでしょう。

我は、必ずどこかで理屈をつけて、感情に流され、人間を本道から外させてしまうのです。ここが、生命の難しいところです。どんなに素晴らしいものでも、それが好きなら我なのです。だから、宗教家になりたい人は決して立派な宗教家にはなれません。歴史上の偉大な宗教家の中で、最初から宗教が好きでなった人はいません。フランシスコ・ザビエル[7]にしても、イグナチウス・デ・ロヨラ[8]にしてもそうです。ロヨラも最初は騎士になりたかった。しかし戦場で傷ついて、騎士としては戦えなくなった。それで、騎士を諦めてキリスト教の信仰に生きるようになりました。信仰の騎士に生まれ変わったのです。断念とは、そういうものです。最初から宗教家になりたいと思っている人は、結局は生臭坊主《なまぐさぼうず》になってしまうのです。生臭坊主になっていく正当な理由などは、いくらでもあるのです。

7. ザビエル〈フランシスコ〉(1506-1552) p.197(I)注参照。イエズス会の宣教師。もともとはバスク人の血をひくナバラ王国の貴族。イグナチウス・デ・ロヨラとともに宗教改革に抗し、カトリック教会回復のためイエズス会を設立。一五四九年、日本へ初めてキリスト教を布教した。

8. ロヨラ〈イグナチウス・デ〉p.197(I)注参照。

たとえそれがどんなに崇高なものであっても、好きなら駄目だということですか。

好きなら駄目です。これはもう人間の性《さが》なのです。だから、似非民主主義の政治が、絶対に上手くいかない理由もそこにあります。自分が政治家になりたい人は、絶対に駄目なのです。ところが、民主主義は基本的に立候補制なので、制度的にどうしても上手くいかない。諸葛亮孔明[9]の三顧の礼[1]の話からもわかる通り、立派な政治家になる人は、政治家などになりたくない人です。いい政治をする人は、政治家にはなりたがらないのです。なぜなら、政治家の仕事は身を捨てて人のために尽くす公僕であり、損しかしないからです。本当はなりたくないけれども、いろいろな人のために仕方なく立ち上がるのが政治家というものです。従って、元々立候補などというのは、制度的に間違っています。

要するに、好きなものは我であって、それを断念することによって我のない生き方に入れるということが、断念を考えるための主眼なのです。ただし、その我の部分も大きければ大きいほどいいとも言えます。元々我のない人間は、使いものにはならないものです。しかし、我を押し通しても、自己の生命は破滅する。このどちらかに決めることの出来ない、物理学でいう不確定性理論のようなところが、生命の難しさであり面白さとも言えるのです。

9. 諸葛亮孔明　p.234（Ⅰ）注参照。

1. 三顧の礼　p.234（Ⅰ）注参照。

21　倹約の意味

倹約とは、創意工夫の日常化である。それは、理想[1]に向かって大いに惜しみ、また大いに使う生命の雄叫びなのだ。

1. 理想　p.2（Ⅰ）, 16（Ⅰ）, 40（Ⅱ）各注参照。

倹約の定義

> まず倹約とは何かという定義を伺いたいと思います。

倹約の根本的な意義は、物を愛する気持、物を大切にする気持です。だから、何かを我慢することではないし、いわゆる「けち」[2]でもありません。強いて言えば、何も考えなければ十必要なものを七で止める力、三必要なものを二で済まそうとする力、そうしようとして創意工夫する人間の叡智を倹約と呼ぶのです。だから、倹約とは理想に向かって生きる者にし

2. けち　自己中心的な性格であり、他者に対して「与える」ことを極端に嫌う心情。それは金銭だけでなく、労力、愛情、親切などにも及んでいる。

て、初めて出来ることなのです。自分がもつ理想のために、けじめとして身を削ることを言うのです。理想とは、自己を離れた大いなる目的なのです。だから、人生における何らかの目的がなければ倹約は簡単に出来ることではありません。今は、そういうことがわからなくなっているので、必ずけちとか吝嗇《りんしょく》[3]と間違えられてしまいます。生活でも、切り詰めることそのものは倹約ではありません。

すると、何が何でも切り詰めようとするのはけちなのでしょうか。

けちと、切り詰めることとは違います。このところが難しい概念ですが、他人に対して何もあげたくない、損をしたくない、舌も出したくない、という人をけちと呼ぶのです。つまり、自己中心のエゴイストです。だから言い換えると、けちほど自分自身のことになれば贅沢です。例えば、人には何もしないのに、自分では大豪邸に住んで、純金風呂に入っているようなタイプが多い。そういう欲が深い人間をけちと言うのです。だから、けちは粉砕すべき悪徳ということになります。

けちと貧乏性の違いは何でしょうか。

けちとは、金銭だけでなく、何ものをも他人のために惜しむという、その性格を指しているのです。つまり、エゴイズム[4]の現実的展開の姿とも言うことが出来ましょう。自分の人生観が貧しいために、他人に何も出来ない人はけちとは言いません。これは貧乏性と言います。要するに「育ちが悪い」というタイプですが、これは人間性が悪いというわけではありません。貧乏性というかわいそうな人生観なのです。だから貧乏性はけちまではいきません。た

3．吝嗇　「けち」と同じ語感であるが、吝嗇の場合は「意志をもって〈けち〉な生き方を行なう」という感じが強い。

4．エゴイズム（＝原罪）　p.323 (1)注参照。

5．何ものか　目には見えないが精神に感ずるものを言う。

だし、貧乏性はその卑しい行為によって他人には嫌われます。それらに引きかえ、倹約は自己以外の「何ものか」[5]のために生きることによって成り立つ習慣なのです。他者の役に立つために生きれば、人間は自ずから自身の生活では節制を心がけてくるものと言えましょう。

それでは、衣・食・住のそれぞれについての倹約思想を伺う前に、家庭における倹約の根本をお聞きしたいと思います。

根本は分限[6]（分際）を弁《わきま》え[7]ることです。倹約とは、自己の分限の通りに生きることと同じなのです。昔は子供への教育の根本が、まず自分の分限を弁えるということでした。つまり、己《おの》れを知るということです。戦後の似非民主主義[8]の教育はここを破壊したので、現代人にはなかなかわからなくなっています。似非民主主義が間違ったのは、上下関係や各々の立場を明確にする分限を「差別」[9]のように錯覚してしまったことです。しかし、これは差別ではありません。これがわからなければ、人間は何も始まらないのです。

例えば、会社なら誰が上司で誰が部下なのか、また家庭ならどちらが親でどちらが子供なのかということです。自分が何者でどういう立場であるのか、それを把握することから人間関係は始まるのです。子供には、それをわからせる教育が必要なのです。具体的な例を言えば、子供が自分の部屋の電灯を点《つ》けっぱなしでいるから「使わない時は、自分の部屋の電気を消せ」と言う。そういう時に私は、子供に分限を教えるために、わざと自分の部屋の電気を点けておくのです。すると子供は分限を弁えていないので、「お父さんだって点けているではないですか」とこう言います。ここが教育の根本なのです。私はここで、「私はいい、お前は駄目だ」と言います。「私は父親、お前は子供」、「私は養っている人間、お前は養わ

6．分限 p.191(Ⅰ)注参照。分際とも言い、あらゆることに対して、自分の時々の「立場」をよく知ることを表わす。「立場」がわかれば、人間はその時々に、もっともふさわしい言動をとることが出来るようになる。従って、昔はしつけの根本にあり、人間の一生を通しての最大の生きた「幸福論」とされていた。

7．弁え p.191(Ⅰ), 516(Ⅰ), 67(Ⅲ)各注参照。

8．似非民主主義 p.27(Ⅰ), 307(Ⅰ)各注参照。

9．差別 他者を蔑む考え方を言う。これは最大の悪であり、人間として為してはならぬことである。しかし、現代は、文明や文化にある、あらゆる「立場」の違いや良い意味の選別や区別までを差別と混同してしまった嫌いがある。差別を正しく理解しなければ、人間の正しい生き方はわからない。

れている人間」という関係なのだということを教えるのです。分限は、不合理と矛盾[1]を強いることによって身につくものなのです。ところが今の教育では、「じゃあ、お父さんも消して皆も消そうね」ということになるから、分限を弁えない似非民主主義人間が出来上がるのです。

分限を弁える

そうですか。現代人が分限を弁えるのは、かなり抵抗があると思います。それではそういう考えを踏まえて、生活面から倹約を考えていきたいと思います。まず、倹約思想の観点で衣服を選ぶ時の基本は何でしょう。

それはもう、分限通りの服装が基本です。そうでない人間は、貧乏性か、けちか、贅沢の、何かの悪徳にはまっています。一般社員が、社長と同じ服装をしていれば贅沢になります。課長なのに、一般社員と同じ服装をしていれば貧乏性ということです。そこを弁えるのが分限というわけです。服装は、対外的には礼儀[2]であり、自己に対しては人生哲学であることを知らなければなりません。

身分相応の服装を心がけるということですね。卑近な話ですが、高いものを安く買いたいというのは倹約と言えますか。

例えば、バーゲンセールは、根本的には人間を退廃させるものです。それは、分限を弁えないものを欲しがって、バーゲンに行きたがる気持があるからです。無理をして、ブランド

1. 不合理と矛盾　この二つが人生の真実と言っても過言ではない。分限を知るには、この二つの概念を自己の奥深くに「受け入れる」ことである。それを早く受け入れ、自分の中で早く摑み取り消化することが、人間としての真の成長に繋がっていく。

2. 礼儀　p.82(Ⅰ), 172(Ⅱ)各注参照。

品の高い服をバーゲンで買うより、無名でもきちんとした服を分限を弁えて買えばいいのです。もともと安い物を探すのは別に構いません。バーゲンの考え方で悪いのは、本当は一万円するものを五千円で手に入れたいという卑しい気持なのです。それは倹約ではない、損得の考え方なのです。定価が千円の物でも、それが自分の分限であれば堂々と着ていればいいのです。どんなに安い物でも、分限通りならば、ある種の清潔感が醸し出されてくるのです。服装こそが、人生観だということを忘れてはならないのです。

いつもきちっとした服装をされていますが、休日など普段はどうされていますか。

私には休日などはありません。従って遊び着などという考えもありません。私の父親の世代で、遊び着などを持っている人などはいないのです。休日らしきものに着る服装は、背広の古くなったものにアスコット・タイ[3]などをしているだけです。別途に普段着を買うなど、考えたこともないのです。元々、服装とは、他者のために整えるべき「礼儀」なのです。自分のための服という考えは、現在まで持ったことがありません。

洋服や靴が長持ちする人は、倹約思想を心がけているからでしょうか。

倹約思想とは物を大切にする思想ですから、当然そういうことが言えるでしょう。背広のクリーニングでも、普通は毎シーズン必要なところを、何とか二年に一回、三年に一回で済む位に、綺麗に着ようと心がけることが倹約になります。それにクリーニングに出せばそれだけ服を傷めることになりますので、結局、背広も傷まないということになります。

3. アスコット・タイ　スカーフ風に結ぶ、幅広いネクタイ。十九世紀英国において、アスコット競馬場に集まる上流階級の紳士たちがモーニングコートに合わせて着用し始めたことが起源。日本では、紳士がくだけた服装の時に使用する。

分限にあった服を大切に着ることが、倹約の思想ということですね。よく「自分は食費だけはけちらないで高いものを食べます」という人がいますが、この考え方についてはどうでしょうか。

そう言っている人ほど、大したものは食べていません。要するに、人間の土台が出来ていない人なのです。食事をきちんと摂ることの意味が、わかっていない人の発言です。食事は基本的には無理をして粗悪なものを食べてはいけません。しかしそうすると、今の多くの人の頭の中では、高級料理や、高い素材を食べれば良いという判断になるのです。食事は高価なものがいいものではありません。そういう発想自体が、物質主義的な発想なのです。そういう人に限って食事を作るのに手間暇をかけていません。

昔の人が食べていた食事というのは、原材料費から言えば今の人が食べている何十分の一かも知れません。しかし、現在の食事よりもずっと良いものを食べていたのです。農薬に汚染されず、新鮮で生命エネルギー[4]の高い食品です。しかも自分の住む場所の近くでとれたものを多く食べていました。今の高級料理や食材というのは、希少だから高価なだけです。良い食品だから高いわけではありません。また食材以外の経費がかさんだ結果の値段なのです。

ここで、食事の基本思想を知っておくといいでしょう。それは、「自らは質素[5]に、そして他者には良いものを」ということです。それが、昔の教養人の常識であり、また、食関係の商売をしている人たちの基本的な考え方だったのです。家族や友人、そして関係ある人たちにはなるべく良いものを食べてほしいが、自分はその余りもの程度で良いと思う「心」が食事の根本哲学を作っていたということを思い出してほしいと思います。

4．生命エネルギー　p.18(I), 39(II)各注参照。

5．質素　p.252(II)注参照。倹約の思想が身に付くことによって生まれる、美徳のひとつ。質素は、すべてのよきものを生み出すと言われている。

食事にも哲学があるということですね。それを踏まえてお聞きしたいと思います。腹八分[6]が養生[7]の秘訣とよく言われます。これを倹約という観点で見ると、必要なものを八分目で押えようとする工夫が、養生になるということでしょうか。

そういうことです。だから、倹約の思想が身に付くと、それ自身が養生観にもなるのです。お金も食事も同じことでちょっと低いところで済ませようとする叡智が重要なのです。食事に関しては、無理をして量を抑え込んではいけません。しかし、食べ過ぎても体を壊すのです。その兼ね合い[8]で最も体にいいのが、自分が満腹する手前の、八分目がいい、ということです。つまり、倹約とは大きく削ることではないのです。食欲であれば、完全に欲を消そうということではなくて、一歩下がる気持が大切です。人間は欲がまったく無くなったら昇天です。欲を持ちながら、一歩を退くように工夫するのです。それが、健康と成功の秘訣だと、昔の人はみなそう言っていました。いま思い出すだけでも、恩[9]を受けた懐かしい人たちの顔がいくつも浮かんできます。こんなことはわりと日本人の常識だったのです。そして、この倹約の思想が、人間としての礼節にも適《かな》っているということなのです。つまり、人間の生命の燃焼のためになるのです。

倹約と質素

倹約を普段から心がけることについて、貯金という観点から伺えますか。

貯金をするという、その思想の中に倹約の思想があります。だから、貯金する金額の多寡

6. 腹八分　これは割合とか量の問題ではない。もう少し、あと一口という最後で最大の欲望をおさえることに意味がある。その「精神」によって、体は快調となり、生命は燃焼へと向かう。
7. 養生　p.75（Ⅰ）注参照。
8. 兼ね合い　p.91（Ⅰ）注参照。
9. 恩　p.318（Ⅰ），161（Ⅱ）各注参照。

は関係ありません。毎月の収入をいくらか残そうとすればいいのです。収入が一万円でも百万円でも、必ず残して貯金をするという人生観に価値があります。貯金をなかなか出来ない人は、みな絶対額を問題にしています。一ヶ月に千円ずつ貯めても、十年たっても何も買えないと。そういう人間は、物事の道理、人間が生きる道理が何もわかっていません。特に、生命のもつ燃焼と躍動[1]の意味がわかっていないのです。毎月、少しずつでも貯金していくという生活態度の中から、人間は本当にいろいろな価値観を身につけることが出来ます。その少額の積み上げそのものの中に、人生の真実が含まれているのです。その少額の倹約の中に、自己の生命の輝きが潜んでいることに気付かなければなりません。生命は、自分独自の価値を志向しているのです。そして、少額といえども、断固として行なう貯金は、その人物の生命から滴る涙[2]なのです。つまり、生命そのものの真の価値です。

倹約によって、道理もわかっていくということですね。

そうです。だから、昔から残っている思想というのは、いいことばかりなのです。そこには、時間の淘汰[3]があるからです。また、何千年間に亘って実際に生き残ってきている価値ですから、様々な価値とお互いに連関しているのです。また、価値観そのものが、それほど多くの数はないのだから、本当に取り組んでどれか一つの壁を打ち抜くと、全部が連関して次々わかっていくのです。要するに、倹約の価値だけに絞って毎日工夫していても、質素や他の違う価値も全部身に付いていくのです。

住宅についての倹約の思想にも関心があります。これも要点は、分限を弁えた住宅選びと

1. 躍動　p.52(Ⅰ),54(Ⅱ),467(Ⅱ)各注参照。

2. 生命から滴る涙　その人の生命が持っている、本当の輝き、本当の喜び、そして本当の悲しみから生まれてくるもの。それは、人間の生命が持つ生の悲哀をすべて乗り越えた結果として与えられる「恵み」のことを言っている。

3. 時間の淘汰　最も科学的で確実な物事の「選別方法」である。どんな最新科学も、時間の前にはなす術がない。

いうことでしょうか。

当然そういうことです。五億円の家が買える場合は四億円にしておくということです。三億円の家しか買えない人から見ると、贅沢な家に見えるかもしれません。しかし、それは全然贅沢とは違うことなのです。自分の分限の問題なのです。ただ一つ付け加えると、住宅は長い期間に亘って住むものですから、最初は無理があることも多い。だから住宅ローンは、現在の自分の収入に、将来昇給していくことを見込んで組むこともあります。自分の希望している一段か二段下のところを考えていくのが、分限を弁えたということになるでしょう。

それは、質素ということに通じているのでしょうか。

質素というのは、倹約の思想が完全に身に付いている人間の生活の様式から生まれた「価値」を指すのです。倹約が常《つね》の状態になると、生活の様式[4]一般が質素という考え方に基づいて整うのです。質素と倹約は両輪となって一つの価値を生むのですから、質素だけでは間違えると貧乏性になってしまいます。質素と見すぼらしいのは違います。要は、その人間の社会的地位や財産や、いろいろな観点からみて非常に倹約していれば、それが質素なのです。

例えば、日本の天皇は世界的に見ても大変に質素だと言われます。しかし、当たり前ですが庶民から見れば、天皇は広大な敷地の中に住んでいて、衣食住は非常に高い水準にあります。それでも世界の王室で一番質素と言われているのは、天皇という歴史的、社会的地位からしての見方なのです。天皇のもつ歴史的意義、そしてその存在の本質から言って日本の天皇は驚くほど清貧でありまた質素なのです。私は、それゆえに天皇を慕っているのです。

4．様式　p.27（Ⅰ）注参照。

また私の尊敬する人物に、第一次世界大戦のドイツの撃墜王であった「レッド・バロン」ことマンフレート・フォン・リヒトホーフェン男爵[5]がいます。リヒトホーフェンは、何しろ男爵ですから住んでいる場所も何もかも、ハンカチ一枚に至るまで素晴らしい特製品でした。しかし、多くの人の思い出では、リヒトホーフェン男爵ほど質素な人間は見たことがないと言われていたのです。その人生は、国家への忠義[6]と祖先の栄光に恥じない人間としての生き方でした。その誇りが、質素な生き方を可能にしていたのです。

倹約と社会問題

今の日本の多額な負債なども倹約の思想から見るとどうでしょう。

もちろん、今の日本の姿は倹約どころではなく、破滅的に贅沢な国家運営に突入しています。何しろ、百兆円の国家予算のうち税収に基づく実収入は四十兆円程度しかありません。だから、日本国民はすべて、実質の収入より六割も水準の高い「生活」をここ数十年以上に亘ってしているのです。つけは、当然のこととして責任を取る人もなく、年ごとに来年度へ投げうたれているのです。特に社会福祉関係は、天井知らずの「贅沢」から離れることすら出来ません。また、日本は国民医療費の割合が異常に高いことが知られています。健康保険は、国が医療費の大部分を肩代わりするというものですが、そういう制度が国民の卑しさを誘っているのです。自分が病気になっても国が負担するからいいという甘さを誘い、自分の健康を自分で養うという、当たり前のことをしなくなりました。また、自分も健康保険料を支払っているので利用しなければ損をするような感覚の人もいます。つまり、ひとりの「人

5. リヒトホーフェン〈マンフレート・フォン〉 p.172(I)注参照。

6. 忠義 p.200(I)注参照。

間」として破壊されているのです。

反対に、先ほども述べましたが、倹約思想が身に付けば健康になっていくのです。つまり、倹約とは「自力」の思想だからです。だから、健康保険制度は一見優しい思想に見えて、実は人間をどんどん腐らせていくものなのです。人間から自力を奪い、他者に頼る生き方を招き入れてしまうのです。

するとと今の社会保障の考え方は、根本的に間違ったものを含んでいると言えますか。

根本的に間違っていると思います。ローマ帝国[7]以来、文明はすべて社会保障制度によって潰れているのです。一つの文明圏が発展して爛熟期を迎えると、豊かになって贅沢が始まり、そして最後に出てくるのが人間のわがままを体現した社会保障制度なのです。ローマ帝国はヨーロッパの基盤を築いたほどの大帝国でした。そのために、多くの研究書が書かれています。特にすばらしいものはテオドール・モムゼン[8]の『ローマの歴史』とエドワード・ギボン[9]の『ローマ帝国衰亡史』です。そういう本を読んでいくと、ローマが爛熟した後は、ローマ市民はそのほとんどが働いていなかったことがわかります。ローマ市民権を持っていれば、住居も食事も、生活全般をすべて国が保障していました。だからローマ市民は、毎日娯楽を楽しんでいただけでした。現代の社会保障制度よりも進んだものと言えましょう。社会保障制度など、少しも新しい思想ではなく、衰退していく国家は、歴史的にすべて、社会保障制度によって衰退しているのです。

日本もそれに向かって進んでいるのですね。この現状は食い止められないのでしょうか。

7. ローマ帝国　p.59（I）注参照。ヨーロッパの基盤を創った大帝国。良くも悪くも、近代はヨーロッパ文明が世界を制覇し、その先鋒が現代ではアメリカ合衆国となっている。それらの国々は、ローマ帝国に憧れる文明なのだ。だから、ローマ帝国の歴史を学ぶことは、現代の本来の人類を考える上で最も大切となる。

8. モムゼン〈テオドール〉（1817-1903）　ドイツの歴史家。古代ローマ史、ローマ法の研究で知られ、政治家としても活躍した。ギボンと並び、歴史文学の古典としてその『ローマの歴史』が残っている。

国民の大多数の意識と、その結果としての国の方針がすでにそうなっているのですから、食い止められません。特に今の選挙制度がある限り止められません。現代は、国民の大多数にごまをする政治家以外は当選することは出来ないのです。だから、気が付いた人間が自分でその制度に頼らないようにするしかないと私は思っています。この問題は、文明が爛熟を迎えれば必ずそうなるので、日本も例外ではないということです。しかし、別に社会保障制度への反対運動をするということではないのです。自分がその間違った制度に寄りかからないことが重要なのです。そのためには倹約の思想が必要になる。つまり、自分の力で生きることを人生の基本に据えるのです。

社会問題と言えば公害とか塵芥《ごみ》の問題がありますが、そういうことも倹約の思想がないことから起きている問題と言えますか。

確かに、その通りです。しかし、現代の消費文明[1]や物質文明[2]の恐ろしさの中では、公害とか塵芥問題などは実はあまり大きな問題ではないのです。人類的破滅を招く原発の問題だけは別途として、他の問題は物質的に問題ということよりも、その根底にある、生命観そして死生観や倹約思想という人間生存の根本倫理を破壊してしまったことに一番の害毒があるのです。

倹約と人生

物質的なものに倹約が適用されるのだと思っていましたが、むしろ精神的な問題が大きい

9. ギボン〈エドワード〉(1737-1794)　p.255(II)注参照。イギリスの歴史家。ローマ帝国の最盛期から滅亡までを描いた『ローマ帝国衰亡史』は歴史書の古典大作として、チャーチル、アダム・スミス等著名人に長く愛読された。

1. 消費文明　物質文明だけの価値観に染まった文明社会。贅沢と享楽だけが幸福となり、無駄遣いが美徳とされる考え方の社会。

2. 物質文明　p.66(I)注参照。

のですね。

精神や思想の「倹約」ということも重要です。例えば、時間の倹約ということもあります。時間とは、本当は目に見えるものなのです。これは熟練もありますが、時間は元々物質が波動となっているものであり、宇宙の粒子の放射的な流れ[3]なのです。ドイツの哲学者マルチン・ハイデッガー[4]は、その『存在と時間』において、時間の存在論を展開しています。私は、時間のもつ思想性については、このハイデッガーの思想が、西田幾多郎[5]の哲学と並んで最も当を得たものだろうと思っています。時間は、生き物なのです。それが生命から見た時間の概念と言えるでしょう。その観点に立って、時間を倹約の思想で言えば、十時間かかる仕事を八時間で終わらせようとする心、一時間かかるものを五十分でしようとする心が生命を生かすのです。その心は、無限の空間に放たれる自己の真実の生命を創り上げていくでしょう。

それは例えば、人生のメインテーマである仕事に時間をかけるべきであり、自分の楽しみであるスポーツなどへは時間をかけないようにする、ということですか。

スポーツを仕事としている人は別として、普通の人間にとってスポーツは、所詮は遊び[6]だということを認識しなければいけません。一方、仕事とはすべて、何かの役に立つことが出来、それが人生の充実にも繋《つな》がることなのです。だからジョギングをしたければ、本当は近所の掃除や新聞配達をすればそれで社会の役に立ち、人生の充実にもなるということです。そういう考え方が倹約の思想なのです。

つまり、他人や国家のために何ごとかをしようとしなければ、本当の倹約はわからないの

3．放射的な流れ　宇宙はビッグバン以来、膨張拡大の一途を辿っている。その拡大の流れの中に、我々が認識する空間と時間があるのだ。

4．ハイデッガー〈マルチン〉(1889-1976)　ドイツの哲学者。二十世紀の新しい時間論・存在論の哲学を確立。フッサールの影響によって、時間と空間を現象学的に捉えた。宇宙の終末へ向かう流れの一環と見ようとしていたとも考えられる。『存在と時間』、『形而上学とは何か』等。

5．西田幾多郎（1870-1945）p.3(I), 314（I）各注参照。哲学者。近代日本を代表する哲学者であり、自己の生命から発する時間概念を確立した。経験と直観によって、生命的に時間と空間を把握しようとしていた。

6．遊び　p.135(I)注参照。

です。他者のために何ごとかをするために、人間は自分の体力や生活を質素に切りつめることが出来るのです。そうでない場合は、ほとんどがみすぼらしく、けちくさい方へ流れてしまうと思ってもいいでしょう。

他人のために身を整え、体を鍛えることは良いことなのでしょうか。

そうです。倹約とは元々他人のためにすることなのです。倹約をして、そして出来た「余力[7]」によって他者や社会に貢献するためとするのです。それが、他者に対する「礼儀」の場合もまたあるのです。他者への礼儀として、体は清潔にしておかなければなりません。反対に、倹約のためだから汚くてもいい、というのは無礼とわがままの問題になります。

昔のやり方の最高峰として、永平寺[8]の修行[9]などを見ますと、大切な「水」の使いまわしの知恵には驚嘆するものがあります。あれは倹約の極限の美でしょう。現代は他者のために体を清潔にするというような人間の知恵が、徹底的に子供の頃から奪われています。これは、現代の消費文明が人々にお金を使わせるようにすべてのシステムが組まれているからです。だから、創意工夫という倹約の人間性を根底から破壊されてしまっているのです。そういう社会の中で、他者のために自分の身を慎むという真の人間がもつ「生命的野性[1]」を取り戻す意味でも、倹約の思想は大切なのです。

関西の人は、関東に比べてよく買い物で値切るという話があります。これは、関西人の方が倹約思想が身に付いているということでしょうか。

それは倹約とは関係ありません。文化習慣の違いです。関東というのは、商売自体が非常

7．余力　人間は、倹約によって「精神」を立てる余力が湧いてくるのである。つまり、倹約とは、生命エネルギーを「文化」に振り向けるためにするのだ。

8．永平寺　福井県にあり、鎌倉時代に道元によって創建された曹洞宗の総本山。朝、小さな盥一つの水で、すべての洗面作業をすませることから一日が始まる。その量の少なさと、用い方の創意工夫はいかなる人も感動し、人間生存の原点に思いを馳せることになる。

9．修行　p.173（1）注参照。

に政治的に創り上げられているのです。だから商品の値段が決まったものとして、みなが受け入れていく習慣になっています。一方の関西は、どちらがいいか安いかの、純ビジネス的なのです。商品の値段が、それを売り買いする人間同士の価値観で決まっていくのです。だから倹約とは違っていて、文化習慣の違いというだけのことです。それぞれがもつ欠点としては、関東は「権威主義的[2]」になり易く、関西は「けち」に流れていく嫌いがあります。またいい面としては、関東は秩序を重んずることになり、関西は自由な柔軟思考[3]をもっているので物事がやり易くなるということでしょう。どちらの習慣も、良く出れば倹約の思想に結び付いてきます。

倹約の思想とは逆の悪習慣としておごり合うというものがあります。

おごり合うというのは、一番悪い習慣です。弱い人間同士の習慣と言えます。人生は、自分のことは自分でするのが基本です。けちと言われるのは、自分自身がおごってもらっているからなので、それは自業自得です。

基本的に、他人にはお金は一切借りないことです。その替わり、誰かに自分が貸す必要もありません。お金をあげたり貸す行為は文明の悪徳だということを理解していない人が多いのです。公には特に厳しく、実際に贈収賄などは賄賂を取った方もあげた方も捕まることからも、その本質がわかると思います。貸した側の人間は、相手が返してくれないと自分が被害者になっていますが、実は借りた人間を駄目にしているということを忘れているのです。そうは言っても、社会的地位や収入の差によって、目下の人間にある程度のことをしてやるのは、親切になる場合もあります。どちらにしても、金銭貸借の思想がわかっていれば、金

1. 生命的野性　誰でも持っている人間としての「原点」のこと。文明の垢を削ぎ落して行けば、本来の自分の精神と肉体のあり方がわかる。その原点を取り戻す習慣を身につける必要がある。

2. 権威主義　物事に「もったい」をつけて、上からのお墨付きを崇める考え方。「長い物には巻かれろ」とも言う。官僚主義に陥り、硬直思考となる。

3. 柔軟思考　p.147(1)注参照。

銭は人間関係の潤滑油として活きてくるでしょう。

ストレス[4]発散にお金を使う習慣をやめたいのですが。

根本的に、ストレスを感じる自己を正さないと無理です。例えば酒を飲むなど、お金を使う行為がストレス発散になっているのです。だから倹約は、ストレスが少ない人間でなければ出来ないのです。ストレスが少なくなると、初めて自分の生活を楽しみながら工夫できるのです。ストレスを感じる自己を正さないと、お金を使っても解消は出来ません。ついでに言うと、お酒で解消しようと考えるようなストレスの九割は、自らのもつ逆恨《さかうら》みからくる、自己の被害者意識[5]だと思えば間違いありません。ストレスとなるものは、被害者意識なのです。実際の被害はストレスにはなりません。それは対処の方法を編み出していく方へ自己の意識が働くからと言えるでしょう。

倹約と技術

科学技術で、例えばコンピュータ化や機械化によって、随分と時間が節約されるようになったと言われています。しかし話を伺っていると、どうも違うように感じてきました。

今の話は前提がまず間違っていたということです。機械化によって、時間の節約は出来ないのです。時間は、倹約は出来ても節約は出来ません。時間は、神が定めた宇宙の中での一定した流れですから、その摂理[6]をどうすることも出来ません。春夏秋冬にはそれなりの時間の流れがあります。これを一時間で順送りしても、それは春夏秋冬ではなくなってしまうだ

4．ストレス　p.123(Ⅰ), 93(Ⅱ), 294(Ⅱ)各注参照。

5．被害者意識　実際には被害を受けていないのに、被害を受けたという錯覚をもつこと。錯覚のため、正式な解消法がないためにストレスが蓄積して行く。ノイローゼの初期段階となっている。つまり、解消法がない被害の意識は、すべてがこのノイローゼ的「被害者意識」と思えば間違いない。

6．摂理　p.306(Ⅰ)注参照。

けです。現代科学は、そういう錯覚をさせることがあります。
例えば、発酵食品[7]を作るとします。昔から半年かけて育ててきたものを、時間の節約という名のもとに今の科学技術を使えば、数週間の強制発酵[8]で作ってしまうのです。しかしそれは、本当の発酵食品ではありません。もちろん、時間をかけたものと同じ「性能」はないに決まっています。時間は動かせないのです。動かそうと思えば、求めたものは得られません。

では、昔ながらの農法である二期作[9]とか二毛作[1]はいかがでしょうか。

それは倹約の考え方です。しかし、そういう農法も自然を相手にしているので弊害はあるのです。二期作や二毛作をすることで、自然の時間が流れている土地は、それだけ疲弊することになるのです。実際に大量に農作物を得ようとして二期作や二毛作を繰り返してきたアメリカなどは、中西部で土が疲弊しきっています。これは、土地の使用頻度に対する土地の手入れがおろそかになっているのです。中世ヨーロッパで行なわれた三圃制[2]の農業によって順繰りに土地を休ませながら、バランスをとるように手入れをすれば、二期作や二毛作は問題ないのです。

法隆寺の大修繕工事の棟梁であった宮大工　西岡常一[3]の本『木に学べ』で読んだのですが、自然の力を倹約するという例で、法隆寺[4]は材料である木の育ち方、癖に添って全部建物が出来ているということでした。これは自然の力の倹約ですか。

あの本に書かれているような、昔の宮大工の建築というのはすべて倹約思想です。あれが人間の真の叡智というものです。現代の建築物は数十年で壊れて、建て替えた方が経済発展

7．発酵食品　p.27（1）注参照。

8．強制発酵　菌による発酵は本来一定の時間を要する。酢は半年、味噌は十ヶ月が最低ラインと成る。しかし強制的に添加物を加えたり熱などの物理的操作で短期間に酢や味噌等を工業的に生産しているものがある。これは化学肥料等により、作物の生命エネルギーが弱く、発酵せずに腐敗してしまうことが多いという現実問題とも関連している。

9．二期作　同じ田に一年に二回、同じ作物を栽培し、収穫すること。米作を二回重ねることが多い。

1．二毛作　同じ耕地に一年に二回、別の種類の作物を栽培し、収穫すること。米以外の作物が多い。

3．三圃制　農地を三分して、激しく土地を損耗する作物を三

するからいいという考え方です。法隆寺を作った宮大工たちのように、千年も壊れないように考えて建築物を建て、作り直さないようにしようとする倹約思想を持った大工がいたら困るのです。消費文明というのは、人間を駄目にする非常に怖い考え方です。あの本を読んで、倹約の思想が実はすばらしい建築物を作るのだとわかれば、本当は文明の根源に倹約の思想が位置していることが理解できるでしょう。

東洋・西洋の倹約思想

東洋と西洋を比較した場合、どちらが倹約思想があると言えますか。

それはもう抜群にヨーロッパの方が秀れています。それはキリスト教が根底にあるためです。ドイツの社会学者マックス・ウェーバー[5]は、その『プロテスタンティズムの倫理と資本主義の精神』において、その謂われを解明しています。つまり、西洋のキリスト教プロテスタンティズムの精神そのものが、倹約の倫理だけによって成り立っているということが解明されているのです。東洋は、古代中国の士大夫《したいふ》[6]階級と日本の武士階級以外はすべて駄目です。日本の場合、江戸時代は商人でも秀れた商人は大抵は元々の出身が武士だったので、基本の教育は受けていました。従って、武士道に基づく石門心学という商道[7]の思想もあり、アジアの中で唯一、商人が真の倹約思想を持っている国なのです。しかし、今の日本はただのアジアになりつつあります。つまり、生命の根幹である、「個性」[8]を急速に失ないつつあるのです。

先日、乃木神社に行った時に、乃木大将[9]の奥様が裁縫の残り糸を集めて丸めた「糸玉」を

分の一、そうでもない作物を三分の一、そして三分の一は年間を通して休ませるという農法。化学肥料が出来る前の中世ヨーロッパでは、それが主流であった。

3．西岡常一（1908-1995）祖父、父ともに代々続く法隆寺の宮大工棟梁の家系。法隆寺解体修理、薬師寺再建に尽力。その宮大工の思想は、口伝によって受け継がれている。その思想は『木に学べ』にわかり易く述べられている。

4．法隆寺　p.375（I）注参照。

5．ウェーバー〈マックス〉（1864-1920）p.53（II）注参照。ドイツの哲学者。社会学者。ハイデルベルク大学で教鞭を執った。近代資本主義の成立過程とプロテスタンティズムの関連を究明。マルクスと並び、社会科学者に大きな影響を与えた。

6．士大夫　古代中国における科挙官僚・地主・文人を兼ね備

見ました。日本女性は倹約を常に心がけていたのでしょうか。

そうです。それこそが、倹約の美しさを示す一番いい例です。倹約は、人間の生命がもつ最も美しい憧れ[1]なのです。倹約を心がける人は、歴史的に観て、すばらしい人生を全うしています。生命が輝いているのです。つまり、倹約思想が生命を支えている思想の一つなのだと納得できるのです。

これまでの話を伺ってきて、人間が死んだら土に環るとか、落葉も肥料になるとか、自然の動きというものには一切の無駄がないということがわかるように思います。

それが倹約思想の中心です。元々人間は、自然界の観察からすべての技術や文明を生み出しています。川の流れで水車を作る、風車を回して粉を打つ、という所から人間の知恵が出て、人生が豊かになってきているのです。

二宮尊徳[2]は、倹約と質素ということで、真っ先に思い出される日本人だと思います。それは、農業を通じて自然から学んだということでしょうか。

二宮尊徳は、倹約の美徳とか分度（分限）を知るとか、そういう思想を農業によって教えようとしたのです。一握りの土を「この中には無限の徳[3]が入っている」と言っています。徳というのは自然の力が宿っている土を、皆の工夫でどうやって開花させるかという倹約思想なのです。そしてそれが花開き、中から徳を取り出すには、知恵と汗がいる。そういうことを教えようとしたのです。倹約とは、生命が目指している思想とも言えるのではないかと私

えた支配・知識階級のこと。

7. 商道　p.311（Ⅰ）注参照。

8. 個性「個性を考える」第部～第三部 p.208-283(Ⅰ)参照。

9. 乃木希典　p.235(Ⅰ)注参照。

1. 憧れ　p.2（Ⅰ）注参照。

2. 二宮尊徳　p.102（Ⅰ），143(Ⅰ)各注参照。

3. 徳　儒教の言葉。気高い「人格」と生命的に有用な事物の「本質」を言う。

は思っているのです。

22　人生の転機

ひとりの人間には、ひとつの人生しかないのだ。それを知れば、運命[1]が浮かび上がってくる。

1．運命　p.27（1）注参照。

転機とは何か

人生における転機とはどのようなものでしょうか。

転機について考える上で一番大切なことは、転機の「転」という字は、回転するという意味であって、新たに何かが加わるものではないと知ることでしょう。つまり、一般に転機と呼ばれるものが訪れても、何も新しくはなりません。人生には、新たなものは何もないのです。すべて、過去から展開し続けています。人間は、過去から今日までの歴史が繫《つな》がって今がある。個人であれば、生まれてから今日までの自分のすべて、肉体も能力も、その他の家族関係、友人関係など、そういうものを全部背負って転機がくるのです。従って、転機を正しく捉《とら》えるためには、それまである方向に向かっていた流れが、ほんの少し方向が変わることだという捉え方が必要です。

例えば、結婚することによって人生が変わるのではないかと思っている人もいますが、実際は何も変わりません。もしも結婚が転機になれば、それによって人生の方向がほんの少しずれるだけなのです。このことがわかっていないと、転機を正しく捉えることは出来ません。しかし、現代では多くの人が、転機によってすべての人生が変わると思っているのです。その勘違いをまず取り除かなければなりません。そういうことは一生ないということです。

すべての過去を捨てて、新しい未来を掴むことは不可能だということですか。

その通りです。過去を捨てて、新たな未来を手に入れることなど、物理的にも精神的にも絶対に不可能です。そういうことを望んでいる人は、いつまでたっても運命が掴めません。転機というのは、回るだけであって、新たなものは何もなく方向が少し動くだけです。これが、転機を掴む上での第一の要点です。

転機を人生の大変換に繋げる思想として、最も有名なものが禅における『無門関』[2]第四十六則の公案[3]です。それは、「百尺の竿頭《かんとう》[4]に立ちて歩《ほ》を一歩進むべし」というものです。この跳躍が本当の飛躍を生み出すのですが、それでも、百尺の竿頭に向かって一歩一歩踏みしめながら少しずつ進んでいく必要がまずあることを読み取らなければなりません。跳躍のためにすら、慎重この上ない歩みが必要なのです。

2.『無門関』中国・宗の無門慧開が書いた禅の書物。古くからある四十八則の公案を解釈する。無の境地を描いたものが有名で、禅宗で重んじられている。

跳躍まではいかなくても、転機というものを摑むことは出来るのでしょうか。

それは本人の捉え方次第です。自分の人生には転機が存在しないと思えば存在しないし、存在すると思えば毎日が転機にもなります。つまり、転機とは向こうから来るものではなく、自分が転機だと認識するかどうかの問題なのです。これが転機の第二の要点です。

一般的には結婚や就職、大学入試などが人生の転機だと言われていますが。

それは一般論というもので、統計的にみてそれらの出来事を転機だと認識する人が多いということです。そういう社会認識があるだけであって、結婚や就職という出来事そのものに流れの方向を変える力があるわけではありません。私は、そういう外部の環境の変化を転機だとは認識しませんでした。大学に入っても、結婚しても、自分としては何も変わりません。従って私にとっては、一般的な転機になると言われているものが、転機にならなかったのです。このように、転機になるかならないかは、あくまでも個人単位の認識の問題に尽きるのです。

宿命[5]のような転機はないのでしょうか。つまり、自分では選べない必然的な転機というものは存在しないのでしょうか。

そういう転機はありません。転機は自分で認識するものです。自分が転機と感ずるかどうかです。つまり転機というのは、自己の内部にあるものです。自己の内部にあるものであって、外部からくるものではありません。この点がわからずに転機を外部に求めようとすると、

3. 公案　禅宗において、修行者に課す課題。古くからある禅の言行を内容とするものが多く、いずれも非常に難解で、一生涯かけて考え続ける問いとされる。

4. 竿頭　物干しざおの先端。物事の一番高い所を表わす。

5. 宿命　p.318（1）注参照。

人生が上手くいかなくなるのです。

例えば会社勤めなら、会社をやめて人生を変えようとする人が最も駄目な例となります。そうではなく、同じ会社に勤めていながら、それまで挨拶もろくにしなかった人が心を入れ替えて、ある日から急に自分から挨拶をするようになり、その日から仕事にも気が入るようになるというのが、正しい転機の捉え方なのです。転機を外部に求めるのではなく、自己の内部にあると認識することです。同じ会社に勤めていてもその人にとってはその日が転機なのです。運命を摑めない人というのは、必ずといっていいほど外部の力によって人生を変えようとしています。転機を外に求めているのです。そういう人は何百回転職しても人生は拓きません。運命は、内部にあるのです。生命の本質が個別性[6]にあることを忘れてはなりません。

厄年と転機

> 厄年[7]は肉体面における人生の大きな分岐点だと言われていますが、これも人生の転機だとは言えないのですか。

厄年は転機ではありません。厄年のような肉体面におけるものは転機とは呼ばず、わかりやすい言い方をすれば転換期[8]と言います。転換期というのは自《おの》ずからなる変化であり、誰にでも訪れる宿命的な変化です。そして宿命によって変化するものは転機とは呼ばないのです。転機というのは自分で選び、自己が認識するものだからです。そういう意味で、厄年も転機になることはあります。つまり、自分が厄年を人生の転機だと思えば、厄年が転機になるの

6．個別性　p.55(I), 394(I), 44(II)各注参照。

7．厄年　人生の中で、災厄に遭う恐れが多いとされ、慎んだ生活が必要とされる年齢。厄年は男女ともに何度かあり、中でも男性の四十二歳、女性の三十三歳は大厄（本厄）と言われ、その前後の年齢も前厄、後厄として、同じく慎むべき年齢とされる。

です。ただし転機と宿命的な転換期はまったく違う位置付けなので、区別して考えなければなりません。

人によって厄年を転機にする人もいれば、しない人もいるということで、それは結婚や就職でも同じだということですか。

そういうことです。ただ結婚や就職は、厄年と違って自分が努力して行なうものなので、それを転機にしようとする意識と連動しやすいということは言えます。厄年のように、宿命的なものは何もしなくても向こうからやってくるものなので、あらかじめ厄年を転機だと認識するのは難しいでしょう。

厄年は人生の節目として、それまでの生き方の結果が出る時期だという話を聞いたことがあるので、転機と似ていると考えていたのですが。

過去の生き方が結果を左右するという点で、厄年と転機は同じように考えることが出来ます。厄年が一般に悪いと思われているのは、厄年を境として肉体面でも仕事面でも、悪い方向へ行く人の方が多いからです。しかし、厄年を境に悪い方向へ向かうということは、それまで何十年も自分の健康観や仕事観が良くなかったということなのです。厄年になったからといって、急に悪くなるものなど何もありません。厄年という肉体面での転換期を境に、それまで積み上げてきた生き方の結果が、目に見える形として表面に出て来るだけなのです。

転機も同じです。転機を境として何かが新しくなるのではなく、過去から背負ってきたものは何も変わらないのです。その観点からみれば、健康や仕事に対して日頃から何の努力[9]も

8．転換期　主に肉体面を中心とする変化であり、自分の決意でするような精神的な面が少ないものを言う。

9．努力　p.346（1）注参照。

しないで、ただ厄年を忌み嫌っている人と、結婚や転職をすることで、人生を一新させようと考える人は、基本的に同じなのです。どちらも人生を安易なものだと考えている。しかし現実はそうではありません。

『論語』[1]の言葉に、「吾、十有五にして学に志す」というものがありますが、これは転機だといえるでしょうか。

その言葉は、聖人であった孔子[2]の最初の転機です。孔子が自分でそう決めたから転機となっているのです。言い換えれば、転機は小さいながらも自分が何かの志[3]を立てることだと言えます。反対に、志が立たないものは転機とは言えないのです。自分はこのように生きるとか、何かをやると決意した時が転機となります。

孔子の言葉では、その後に、四十歳で惑《まど》わなくなり、五十歳で天命[4]を知った、ということが述べられていますが、これは晩年に回想して、そう言っているという解釈も出来るのですが。

そうではありません。すべて、その時点において孔子が自分で認識したことです。転機とは結果論ではなく、すべて自己が主体的に意識するものなのです。

転機というものがこれまで考えてきたことと大分違っていることがわかりました。

特に現代の人は、何もしなくても転機がどこからかやって来て、自分の人生を変えてくれるかのような幻想をもっている人が多い。しかし、そんなことは絶対にありません。先ほど

1．『論語』 p.298(Ⅰ), 496(Ⅱ) 各注参照。
2．孔子 p.299（Ⅰ）注参照。
3．志 p.101（Ⅰ）注参照。
4．天命 p.327（Ⅰ）注参照。

の孔子の言葉にしても、「吾、十有五にして学に志す」と言っていますが、十五歳で突然学問に志したわけではないのです。恐らく孔子は、幼い頃から学問が好きだった。そして、一生学問をやっていく決意をしたのが十五歳だったということです。ただ学問が好きだったり、得意だったりしているうちは、何年勉強してもまだ転機とは言いません。そこに「志」が入って、初めて転機になるのです。孔子は、十五歳の時点ですでに十年単位の学問の蓄積があって、その上で学に志すという転機を得たのです。それまで何の勉強もしないで、突如として十五歳で学問に志す転機がくる人などいないのです。何事かを転機と出来る人間は、実は転機の前に転機で摑むものをすべて摑んでいるのです。

転機に対する心構え

> 転機に共通する心構えについて伺いたいと思います。結婚や転職、転勤などを、いい形で自分の転機にするための心構えは何でしょう。

まず、それぞれの出来事がもつ根本哲理[5]をおさえた上で、過去のすべてを受け継ぎながら、その人生の方向をほんの少しだけ変えるという転機の捉え方を適用すればいいのです。例えば結婚なら、根本哲理としての正しい結婚観を身に付け、さらに転機の摑み方をおさえた上で結婚を決めれば、結婚がいい意味で転機になります。また転職なら、根本哲理としての仕事観をおさえて、転機のポイントを考慮した上で転職すれば、いい結果が得られるのです。勘違いのないように念のため言っておきますが、現在の環境に不満があって、その不満を解消させるため、または逃避で結婚や転職をしても、絶対に上手《うま》くいかないということです。

5. 根本哲理　p.71（I）注参照。

現状の不満の解消を転機に求めても駄目だということですか。

その通りです。転機とは、そういうものではありません。今の自分の健康状態や人間関係、仕事の能力などの現状のすべてに、ただ自己固有の志を付加するだけのものが転機なのです。従って、今まで学問をしたこともなければ勉強にも興味がないという人に、ある日突然に物理学者になる転機が訪れることなど一生ないということです。このような、極端な例を用いて転機を考えるとわかりやすいでしょう。現代人の多くは、この例のように転機を宝くじのようなものだと考えているのです。

例えば、仕事を変えたいとか、アメリカに住みたいとか、田舎で働きたいという自分の希望をかなえることは転機にならないのでしょうか。

それらはすべて、転機とは関係のないものです。仕事を変えたことが本人の転機になるためには、本人にその時点で仕事を変えてもいい素養[6]がなければなりません。会社が嫌だから辞《や》める、仕事が出来ないから辞める、というだけでは転機にも何にもならないのです。この素養ということがわかりにくいかもしれませんが、今の仕事が面白くて会社を辞めたくないという状態であれば、自分は会社を辞めてもいい素養があると判断していいでしょう。会社は、自分が辞めたくない時に何かを決意して辞めることが転機を摑む要点です。辞めたくないときに辞めれば、辞めることが転機となって伸びる可能性があるのです。

他の転機の場合も同じように考えてよいのでしょうか。

6．素養＝経験と実力

すべて同じです。日本から離れたくない時にアメリカへ行けば、アメリカへ行くことが転機になるのです。ただアメリカで暮らしたくてアメリカへ行っても成功できません。アメリカに行って成功できる素養のある人は、日本でも成功できるし、また日本ですでに成功している人なのです。だから別段、あえてアメリカへ行きたいとも思わない。そういう人が決意していけば、それが転機になるのです。結婚も同じです。結婚したくないときにすれば、それはいい結婚になるのです。

現実から逃れるための行動は、転機にならないということですね。

そういうことです。人生は戦いであり、転機を摑むということは、人生の戦いに勝つことを意味します。外から訪れてくるものではなく、自分が摑むものなのです。転職の例でいえば、会社を辞めるだけで転機がくると思っている人は、転機の意味がわかっていません。それはただの敗残、敗北なのです。会社を辞めることが本当の転機になる人は、辞める時にまわりの人たちに惜しまれ、祝福され、辞めた後も前の会社の人たちとの関係がそれまで以上に良くなるものです。仕事が面白くなかったり、人間関係がうまくいかなくて転職を考えるときは、もう一度奮起して、同じ職場環境の中で人間関係やその他を改善させるまで踏ん張ることが重要です。そういう生き方が、転機を摑むことにも繫がるのです。

転機を摑むためには

今は多くの仕事が機械化、コンピュータ化されています。今までの話を考えると、コンピュータ化することもコンピュータ化が必要ないときに行なうことが最も良いことになりますか。

根本は同じです。何かの機械を導入するにあたって、その機械を使いこなせる人間は、機械が行なうことは前もって全部自分で出来る人なのです。なくてもいい人にとって便利なものが機械なのです。コンピュータの導入なども同じです。コンピュータがなくても、完全無欠に今の業務を遂行できる人間がいて、初めてコンピュータ化の価値はあるのです。しかし、コンピュータがなければ業務が滞るという場合には、コンピュータを導入しても、人間の方がそのコンピュータに使われてしまうだけです。転職にしても業務のコンピュータ化にしても、まわりの環境を変えようとする段階で、変えなくても十分に満たされている状態になっていて、初めて変えたことが活きるのです。そして変えたことが活きれば、その決断は一つの転機だと言えます。

転機を摑むのは一種の冒険だったり、賭けだったりすると考えていましたが、それは勘違いであることがわかりました。

転機は冒険でも賭けでもありません。もっと安全なもので、確実に摑めるものです。逆から言えば、冒険や賭けのつもりでとった行動は決して転機にはならないということです。たとえ上手くいったように見えても、それは単に宝くじにでも当たったようなもので、その人の人生は何も変わらないのです。転機とは、十年単位で積み上げて来たものに対して、ある決断を付加するだけであり、安全で確実な人生の節目[7]に当たるものです。

7. 節目　自己の決断に伴って訪れる変革。転機と同じ意味であり、より日本的な表現と言える。

安全で確実な人生、ということでは、現代ではマイホーム主義[8]的な安定志向の考え方になると思いますが、それとは違うということですね。

マイホーム的な安定志向というのは、安定が自分の中にあるのではなく、安定を環境や他者に求めているのです。そこが大きな違いになります。例えば、お金がいくらあれば安心だとか、妻や子供が元気であればいいというものです。当然のことながら、妻も子供も自分以外の他の人間です。従って、マイホーム主義の人は自分の幸福や安定を他者に依存しているのです。マイホーム主義の家庭がなかなかいい家庭にならないのは、夫が安定を他者に依存していることを、妻や子供も感じ取るからです。仲良く過ごしているように見えても、いずれその欺瞞《ぎまん》が不幸を生み出します。

それと対象的に、明治の頃の家庭をみると、夫は妻や子供のことなど忘れて夢中で生きて、一途に仕事に取り組んでいましたが、一家の主人としていい家庭を運営していたのです。それは、夫が自分の安定を他者に依存していなかったからです。だから、妻や子供が夫に依存することも出来た。本来の安定というのは、自分自身の安定、自己の人生の安定のことです。例えば、男性の立場からみれば、自分が男で、自己が安定していて、人生を燃焼させていれば、その男性に妻は惚れるだろうし、子供はそういう父親を敬愛するでしょう。それが、いい家庭を創るのです。女性の立場からみてもまったく同じことが言えます。妻として自分が安定すれば、夫は安心して家庭を預けられ、子供も伸び伸びと成長していきます。

こういうことが生命エネルギー[9]的にわかってくれれば、転機の摑み方もわかると思います。転機は、自己の内部にあるものであって、外部に求めるものではないのです。またそれは突

8．マイホーム主義　p.323(I)注参照。他者依存の水平的な考え方が生む安定志向のこと。自己責任がない分、自分の家庭だけが大切というエゴイズムに陥りやすい。

9．生命エネルギー　p.18(I), 39(II)各注参照。

然どこかから訪れるものではなく、自分が一歩一歩積み上げた結果であり、転機に至る過程があるものなのです。

仕事と転機

転機について、もう少し具体的に仕事上の事例で伺っていきたいと思います。まず、就職についてです。転機というものはそれまでのプロセスがあるということからみて、就職を転機にするためには、どういう過程を踏んでいけばいいのでしょうか。

まず、学生時代は読書を中心としてしっかり勉強することです。勉強の内容が将来役に立つかどうかとか、就職に有利かどうかということではなく、ひたすら勉強することです。自分の役目[1]を果たす人間になることが重要なのです。学生の本分は勉強ですので、その役目を果たす自分であればいい。

次に、就職に際しては、社会や大人の世界にくわしい、尊敬できる人の言うことを聞いて、職業や会社を決めることです。そして就職先が決まったら、それを契機としてそれまでお世話になった人を立てて、その恩[2]を感じて、会社の仕事に一生骨を埋める覚悟で臨むのです。そういう過程を踏んで仕事につけば、その就職が人生の大転機になることは間違いありません。転機というのは、それまでの過程によって決まるものです。だから、過程をおろそかにしている人間は何事も転機にはなりません。また、転機を支えている力は信ずる心であり、従って人間関係が大きな位置を占めるということも忘れてはなりません。自分の生きる道は、ひとすじの道なのです。積み上げだけが、次の変革を生み出します。こう話してくると、何

1．役目　p.374(Ⅱ)注参照。社会（世の中）から与えられている自己の立場。そこに社会的な自己の存在理由がある。

2．恩　p.318(Ⅰ),161(Ⅱ)各注参照。

かひどく真面目で道徳的に聞こえるでしょうが、中味はまるで違います。私が述べているのは、自己の生命のひとすじの燃焼なのです。道徳ではなく、勇気[3]と信念[4]の話なのです。

現代は就職に備えて資格を取ったり、技能的なことを習ったりする傾向があるようですが。

その考え方は間違っています。学生は学校の勉強をすればいい。そして、文系・理系に関係なく、自分が興味のある文学や哲学といったものがいいです。技術的、技能的なことは、実際に働き出してから身に付ければいいことです。言い換えれば、実際に働き出してから身に付けた技術以外は本物の生きた技術ではないのです。

先ほど、就職を決めるときに、尊敬できる人に相談するという話を伺いました。そうすると、親は人生経験も豊富で大人の社会も知っているということから考えると、親の言うことに従った方がいいと言えるでしょうか。

それは一概に言えません。この点は似非《えせ》民主主義[5]と抵触することですが、就職の相談というのは、ものごとを見極める能力のある人にしなければいけない。つまり、親にその能力があればいいですが、なければ相談しても無駄です。親子の上下関係や、親孝行の大切さと人生観を混同してはいけません。意見というものは、判断能力のある秀れた人から聞かなければいけません。

この当たり前のことをわからなくしているのが、似非民主主義の悪平等と多数決の考え方です。似非民主主義では、能力の有無に関係なく、全員の意見がそれぞれに同じ価値をもつと考えています。だから、多くの人から意見を聞くことが有用だと勘違いしてしまうのです。

3. 勇気　p.225（Ⅰ）注参照。
4. 信念　p.223（Ⅰ）注参照。
5. 似非民主主義　p.27（Ⅰ）, 377（Ⅰ）各注参照。

ものを聞くときは、判断力のある人に聞かなければいけません。私は就職のとき、父親の言う通りにしましたが、それは私自身が父親にはそういう眼力があると思ったからです。今の時代は、似非民主主義と高度経済成長[6]の価値観が社会を覆っているので、相談する相手は特に慎重に選ぶ必要があります。その選択を間違うと、転機の過程をうまく踏めなくなり、転機をものに出来なくなるのです。

転機と職

> 次に自分で就職先を選ぶ際に、多くの人が大企業に就職したいと考えていると思います。こういう考え方はいかがでしょうか。

現代のようなマスコミ社会[7]では、自然な発想でしょう。ただ、そこで注意しなければいけないのは、大企業志向[8]は、悪くいえば広告宣伝ばかりを見て、自分の身のまわりを見ていないということです。確かに今の日本人が、そういう国民になってきていることは事実です。人間が広告宣伝を活用するのではなく、広告宣伝に人間の方が振り回されているのです。そういう姿勢では、転機を摑むことは出来ません。

日本社会の実状をみれば、どの業種も中小企業によって支えられていることがわかります。また、別に大企業だから安定しているということでもなく、よく見れば中小企業でも安定している会社はたくさんあるのです。昔はみな、目に見える範囲から仕事を選んでいましたが、今はまわりを見る習慣がなくなってしまいました。そういう習慣がなくなれば、新聞やテレビなどの情報によって判断する以外にないのです。そうなれば、一部上場の大企業を希望す

6．高度経済成長　一九六〇年代から七〇年代、日本が諸外国に類例を見ない急速な経済成長を遂げたことを言う。経済成長率が目覚ましく、豊かな国民生活をもたらしたが、一方で物価上昇、大都市圏の過密と農村の過疎、そして公害など負の遺産も生じた。

7．マスコミ社会　現代は良くも悪くも、新聞やテレビを中心とするメディアが社会の風潮を作っている。根本的に政治でも経済でも教育でもないのだ。このような社会をマスコミ社会と呼ぶ。

8．大企業志向　自分の縁と周囲以外で、職を探せば、知り得る情報は大企業しかない。それしか知らされないということだ。大企業に入りたいという考え方自体が、作られた思考であり、自己自身や自己の運命ではないと知らなければならない。

るのは当然でしょう。

現代の人の多くが良い転機を摑めない理由として、転機へ至る過程を踏もうとしないということ以外に、その過程を踏む途中で必要となる判断の基準を見失なっていることがわかります。そして、その根底には似非民主主義の悪平等思想や、機械文明の悪徳[9]の部分が横たわっているのです。つまり、自己自身の与えられた個別の「運命」を切り拓こうとしていないのです。

次に、すでにいくつかの話の中で出てきていますが、転機について伺いたいと思います。

現代の人が、転職を転機に出来ない理由をひと言で言えば、繰り返しになりますが、転職したくて転職しているからです。実は「転職したい」という理由でする転職などないのです。「自《おの》ずから」という言葉がありますが、まわりの人間関係も含めて、そうなるべくしてなるのが転機としての転職なのです。もちろん、最終的に転職するかしないかの決断は、自分でする必要があります。しかし、そこへ至る流れは一つの社会現象であり、自然現象であって、正当なもののはずなのです。同じように、「外国で暮らしたい」とか「田舎で暮らしたい」という理由でする転職もない。まず、目の前の仕事に打ち込み、それを深めていく過程で、転機としての転職の環境が準備されていくものなのです。

それが先ほどの「転職はしたくないときにするのがいい」という話とも繋がるのですね。

そういうことです。人生の転機だと自分で自覚できるような本当の転職は、自分の調子がいい時に出てくるものなのです。仕事も出来て、会社の人間関係もいいという時以外に、転

9．機械文明の悪徳　割り切れるものを良しとする考え方。合理主義だけを正しいとする。自己固有の「運命」は決して割り切れるものではない。

機になる転職はないということです。その他の転職は、考えればわかることですが全部が逃避なのです。逃避からはいいものは生まれません。今、勤めている会社での評価もいいし、仕事も楽しい、そういう時期にそれでも変わろうと思うもの以外は転機にはなりません。そういう時の転職であればまわりの応援もあるでしょうし、環境が転職を後押ししてくれるのです。

もともと欧米、特にアメリカなどでは、自分のキャリア[1]、スキルアップ[2]のため、またはより自分に合った仕事に就くためにどんどん転職していくべきだという考え方があります。日本人にもその考え方が浸透してきていると思われるのですが。

そういう考え方もあるでしょうが、割合としてはほんの一部です。アメリカ人でも、私が知っている範囲ではほとんど転職などしていません。実際に調べてみるとわかるでしょうが、デュポン社[3]やゼネラル・モーターズ社[4]、ゼネラル・エレクトリック社[5]などのアメリカの有数の会社でも、ほとんど終身雇用に近いのです。特に、ヨーロッパでは親子代々同じ会社に勤めることも多く、メルセデス・ベンツ[6]やカール・ツァイス社[7]などでは親子四代、五代といった例も少なくありません。アメリカは転職社会だなどと、誰が言っているのかは知りませんが、私はまったくそうだとは思いません。

その点で、現在世界中で最も転職が盛んな、愚かな国は日本です。それも転機を摑む転職ではなく、そのほとんどが逃避の転職になっています。「転職はしたくない時にする」という、転職を人生の転機にする基本的な考え方に従っていれば、現代人のほとんどの転職はなくなるでしょうし、それでいいのです。またそれでも、転職の機会が訪れれば、それは本当

1. キャリア　経歴のこと。主に転職においては、価値の高い経歴を指すことが多い。

2. スキルアップ　技術や技能を段階的に身につけること。転職では、様々な資格や認定を取得することを指す。

3. デュポン社　アメリカの財閥の一つ。フランス革命の中でアメリカへ亡命した一族であり、デラウェア州ウィルミントンに火薬工場を立ち上げ、その後、南北戦争から西部開拓時代にかけて巨万の富を築いた。化学工業を主体に、アメリカ最大の化学コンツェルンを形成している。

4. ゼネラル・モーターズ社（GM社）　アメリカの自動車会社。

の転機へ繋《つな》がるでしょう。

アメリカが転職社会だというのは誤解なのですね。

恐らく、アメリカで最も転職に成功した人の例だけを見ているのでしょう。例えば、ケネディ政権の国防長官だったロバート・S・マクナマラ[8]などは、キャリアを積みながらどんどん偉くなった代表的な人物です。彼のような転職は確かにすばらしい。マクナマラの転職はまさに転機の連続です。そして、その経歴を見てもわかるように、フォード・モーター社[9]を再建したりした実績を買われて、引き抜かれて転職していったのであって、ちゃんと転機の過程を踏んでいるのです。

そういう転職の例ならば、日本でも土光敏夫[1]のような人がいます。マクナマラや土光敏夫のような転職なら、誰が見ても素晴らしい転機となる転職であり、飛躍と言えるものです。飛躍は、生命の神秘そのものであり、それを待って力を蓄えるのが日常のあり方ということも出来るでしょう。そういう素晴らしい転職と、会社が嫌になってやめる転職を同一の次元で考えているのが、現代の日本人の転職志向なのです。今勤めている会社との縁[2]を大切にして、現状で真面目に取り組んでいけば、いつか本物の転機をつかむ時が来るだろうし、また現状で真面目に取り組もうと決意したことそのものが、人生の大きな転機になるのではないでしょうか。

結婚と転機

ミシガン州デトロイトに本社がある。一九〇八年に設立され、自動車製造から様々な産業へ進出し、多角経営を展開している。

5．ゼネラル・エレクトリック社（GE社）　トーマス・エジソンが創設した電気照明会社を母体にした、世界的なアメリカの総合電機メーカー。多角経営化し、原子力、航空宇宙、通信事業、また金融分野他、様々な分野に進出している。

6．メルセデス・ベンツ　ドイツの自動車メーカーであるダイムラー社所有のブランド。世界的に評価の高い高級車の製造会社として知られている。

7．カール・ツァイス社　p.294（I）注参照。一八四六年にイェーナで創業したドイツの光学機器製造メーカー。非常に高いレンズ技術等を持ち、その性能は世界的に有名。

結婚も同様に、結婚したいという理由でする結婚はないのでしょうか。

根本的にはそうです。結婚はもともと縁によるものであり、相手が現われるか、または周囲の人が整えてくれるものなのです。そして周囲の人が結婚の話をしてくる時というのは、それが本物であれば、本人にとっては結婚したくない時であることが多いのです。男性ならどんどん仕事が上達し、経済的にもしっかりしてくると、親方などが見ていて、「お前もそろそろ家庭でも持て」と言われたものが結婚の話だったのです。女性も同じで、心身ともに健康で、人間的にしっかりしてくると周囲から縁談を薦められたのです。そして、一般的に人間というのは、仕事面でも健康面でも、調子のいい時には結婚などしようと思わない人が多い。だから反対に、そういう調子のいい時の結婚が、転機となるのです。

日本を代表するある一流の女性デザイナーが、随筆[3]に書いていましたが、若い頃に女性の自立を目差していた矢先に、親の命令で結婚することになった。嫌で嫌で泣きじゃくったそうですが、それは本人にまったく結婚する意志がなかったことを示しているのです。いい結婚というのはそういうものです。そして、その女性は結婚を本当の転機にしたのです。精神的にも充実しているので、結婚という負担や責任にも耐えていけるし、また人間的にも魅力があるのでいい相手にも出会えるのです。つまり、結婚したいと言って口を開いて待っているのではなく、何かに一生懸命取り組んでいる生き方に、結婚が転機に繋がる要因があるのです。また、そのような時期は人間としての魅力も輝いている。このことは男性、女性に関係なく同じことが言えます。

8. マクナマラ〈ロバート・S〉(1916-2009) アメリカの政治家・実業家。J・F・ケネディ、ジョンソン大統領の下で国防長官を務め、その後世界銀行総裁、フォード・モーター社社長等を歴任した。

9. フォード・モーター社 ヘンリー・フォード(1863-1947)により設立された、世界的な自動車メーカー。「フォード・システム」と呼ばれるライン製造を実現し、大量生産によって大成功を収めた。このことにより、ヘンリー・フォードは自動車王と呼ばれる。

1. 土光敏夫(1896-1988) 日本の実業家。経営難の中にある石川島重工業の社長、東芝の社長、会長を歴任し、再生させた実績を持つ。徹底した合理化で経営再建を遂げ、また質素な生活ぶりが世に知られ多くの人間に慕われた。

2. 縁 p.319(I)注参照。

今回「結婚を人生の転機にするためには、まず根本哲理としての結婚観をおさえて、その上で転機の一般的な考え方を適用すればいい」という話がありましたが、この点をもう少し詳しく伺いたいのですが。

まず、結婚観の基本として、結婚とはもともと、仕事を効率的に行なうための人間の文化[4]だということを認識しなければなりません。農業を例にとると、一昔前は日本人のほとんどの家が農家でした。そして、農家の仕事というのは、夫の仕事、妻の仕事、老人の仕事、子供の仕事と役割がはっきり決まっていたのです。その役割分担によって、仕事が最も効率的に行なわれた。特に貧しい時代には、この効率化がうまく出来るかどうかは死活問題にもなったのです。

このことは武士の家でも商人の家でも同じであり、結婚によって全体としての仕事が効率的になされたのです。すべてが仕事中心に考えられており、その点で親や親戚が結婚についてうるさかったのは、主に長男の結婚であって、それ以外は結婚させた方が家にとって都合がいいかどうかによって判断されていました。

また結婚が仕事上で大切だった時代には、男性も女性も、それぞれ結婚して初めて一人前になるように教育されていたのです。だから、とにかく結婚さえすれば上手くいった。そして、結婚のための事前の準備をきちんとしていた人が、結婚によって転機を摑んだのです。昔の結婚は仕事の一環であり、結婚は今でいえば就職と同じくらい当たり前のことだったのです。ところが現代はそうではありません。

現代のビジネス社会[5]は、家族という形態をとらなくても、個人個人がそれぞれ自立して各

3．随筆（＝エッセー）形式が無く、本人の想いのままに書いた文をまとめたもの。

4．文化　p.272（Ⅰ），202（Ⅱ）各注参照。

5．ビジネス社会（＝企業社会）p.156（Ⅱ）注参照。企業の活動によって成り立っている社会のこと。大多数の人が企業に勤め、企業のあり方が社会の慣習となって行くことが多い社会。

自の仕事に励めば、全体として効率よく機能する社会なのです。そのため、結婚して一人前になる教育ではなく、男性も女性もそれぞれ自立して働くという仕事観を身につける教育を受けて育っています。また、昔は今のように福祉が充実していなかったので、子供がいなければ老後に養ってくれる人もなく、結婚はある意味で死活問題に直結していましたが、今の日本ではそのような心配はありません。現代の日本は、結婚したり子供をもつことの必然性がない社会なのです。

必然性のないところで結婚を考えるわけですから、その選択にはかなりの慎重さが要求されます。必然性のないものは、一歩誤れば人生を大きく狂わせるからです。そのためにも、まずは自分の仕事をしっかり持つことです。もちろん主婦として家庭を守ることも仕事ですので、結婚によって会社勤めをやめて主婦になる場合は、それを一つの転職として捉え、前に述べた転職を転機にする場合と同じように考えればいいのです。いずれにしても、現代は結婚さえすればあとは何とかなるという時代ではありません。だから、結婚によって人生を変えたいと思っている人は、何回結婚しても転機を摑むことが出来ないのです。

現代における結婚観

現代のようなビジネス社会では、結婚するかしないかは個人の自由だということですが、結婚して子供を育て、子孫を残すということは、家系の血を絶やさないということからいっても、また生物学的に考えても、生まれて来たことへの義務であり役割ではないのでしょうか。

昔は確かにそうでしたが、今は違います。今はむしろ、地球レベルで人間の数が多すぎて困っている時代です。過去において、ほとんどすべての作業が人手によってまかなわれていた時代や、子供が将来の兵隊であるとみなされていた富国強兵[6]の時代には、世界の多くの国で人口が不足しており、子供を産み育てることはそれだけで美徳でした。しかし、今はそういう時代ではない。子供が将来の労働力であるということは今も変わりませんが、一方で必然性を伴わない人口過剰というもっと大きな問題を抱えているのです。無限の経済成長を「絶対善」とする、いまのアメリカ型グローバリズム[7]の間違いがわかれば、現代の人口問題は人類の未来に投げかけられた大問題だと納得するでしょう。

結婚と同様に、現代では子供を作るかどうかも、個人の自由選択に任されてます。それだけに各自が人生観をしっかり持って、慎重に決めなければなりません。昔のように無条件で子供を作ることが奨励された時代ではなく、また老後に子供が必要な時代でもないからです。むしろ、先ほども触れた、世界的な人口増加とその結果としての公害が文明[8]を脅かすようにもなってきています。インドや中国の例でもわかるように、人口が多すぎると文明や豊かさがいき渡らなくなるのです。人口が文明の足かせにもなっています。ヨーロッパの人々が比較的豊かな生活をしているのは、出生率が低いことも大きな要因なのです。

日本や他の先進国で、少子化[9]が国家的な問題として報道されていますが、これは今の話と食い違うように感じるのですが。

それは、無限の高度成長や経済成長[1]のシステムを維持したいからです。端的に言えば、アメリカ型の大量生産・大量消費のシステムです。毎年ＧＮＰ[2]やＧＤＰ[3]を数パーセント成長さ

6．富国強兵　国を富ませることで、軍事力の増強を目指す政策のこと。古くは中国の春秋時代に用例の起源を持つが、日本では主に明治政府の国策方針として知られる。西洋化によって経済力をつけ、徴兵制の導入や軍備増強により、列強各国と並ぶ国家を目指した。

7．グローバリズム　地球上を一つの共同体とみなし、国家同士の境を越えて、世界の一体化（グローバリゼーション）を進める思想。一九九一年以降に流行し出したが、主に米国中心の多国籍企業の経済活動や、世界市場経済の活性化を進める活動を指す場合が多い。ソ連崩壊後に、アメリカの圧倒的な軍事力を背景にした、独善的な世界統一と同視され、批判されることも多い。

8．文明　p.273（1）注参照。

せたいと思えば、労働人口も消費人口も増加し続ける必要があるのです。だから出生率の低下が問題視されるのです。年金の問題にしても、日本の年金制度[4]は、国が急激な経済成長と人口増加をしている最中に作られた法律です。だから、前提条件そのものが現代とは合わなくなっているのです。高度成長はすでに終わり、年金制度も抜本的な改革が必要なのです。アメリカ型の無限経済成長の思想そのものが根本的に間違っていることを認識しなければなりません。無限の経済成長などという強欲な考え方は、地球環境を壊し、文明の崩壊を招くに決まっているのです。

もう、高度成長時代の形態に固執するのではなく、現在の社会環境に応じた仕組みを作らなければなりません。出生率の低下が今後も拡がっていけば、やがて人類が滅びると考えている人間もいますが、そんな心配はいりません。もしも今後、世界の人口が激減していけば、人間の中にある、種の保存本能が活性化し、出生率は自動的に上昇するでしょう。出生率は、伸びるのではなく安定が大切なのです。そして、その安定は、今よりもずっと低い位置にあります。このことはコンラート・ローレンツ[5]やルネ・デュボス[6]の「動物行動学」でも証明されている科学的事実なのです。

ビジネス社会という社会構造からみても、また高度経済成長が終わったという点からみても、現代は結婚するかしないかを自由に選ぶ時代であり、また自由だからこそ、慎重に選ぶ必要があるといえるのですね。

そういうことです。それが現代の正しい結婚観です。そしてこのことは、現代において結婚を人生の転機にするためにも、深く認識しておかなければならないことなのです。

9. 少子化　生まれる子供の数が減っていく現象で、人口減の原因となるが、すでに人口が過剰であることが忘れられている。だから、人口減が問題となるのは、経済成長至上主義のためだけである。少子化は、むしろ自然の摂理と言えよう。

1. 大量生産・大量消費　p.130（1）注参照。

2. GNP(Gross National Product)　国民総生産のこと。一定期間内に生産された財貨およびサービスの総額。市場価格によって評価され、第二次世界大戦以降は一国の経済指標として多く用いられている。

3. GDP(Gross Domestic Product)　国内総生産のこと。一国の経済活動において、年間の生産総額から原材料と中間生産、および海外での生産分を削除したもの。GNPと並んで、一国の経済指標として多く用いられる。

転機の概念を摑む上での要点は、そんなに多くはありません。「転機は自己の内部にあるもので、外部に求めてはならない」ですとか、「結婚や転職は、したくないときにするのがよい」、「転機はそれに至る過程が大切」などといった、数少ない転機の要点を出来るだけ深く、本当に自分のものとして摑めるかどうかに、すべてがかかっていると言えるでしょう。

4. 年金制度　老齢・障害・死亡等の理由で所得を失なった際に保障される制度で、一定金額を定期的に給付する。公的・私的年金・給付理由などによって種類が分かれる。裏目に出れば、人間の生命を殺す働きもある。

5. ローレンツ〈コンラート〉p.109(Ⅰ)注参照。

6. デュボス〈ルネ〉(1901-1982) p.24(Ⅰ)注参照。フランス系アメリカ人の微生物学者・病理学者・思想家。微生物の研究から多くの抗生物質を発見し、独自の「人間学」を確立した。また人道主義の観点からの生命研究にも大きな功績を残した。

雑談記1　生命力と味覚

現代人は味覚が鈍くなったと言われています。これは食品添加物[1]や化学調味料[2]の味に慣れてしまって、本物の味を知らないためだとも言われていますが、本質的にはどのようなことが原因なのでしょうか。

様々な原因はありますが、根本的な問題は現代人の体全体のバランスが崩れていることです。よく舌にある味覚細胞[3]で食べ物の味を感じていると言われます。しかし、実は味覚は体全体で感じているものであり、舌だけではありません。味覚は体全体で感じているので、当然に体全体のバランスが崩れていると味覚も鈍くなったり狂ってきたりするのです。食品添加物や化学調味料についても、本質的にはそれらの薬品的な作用により肝臓や腎臓などの内臓や神経に負担がかかり、体のバランスを崩していることが味覚が鈍くなった原因となるのです。

一般に言う、舌で甘さや辛さなどの食べ物の味を感じているという考え方は、誤まりだと言うことなのでしょうか。

まったくの誤りではありませんが、舌で感じる味覚というのは味覚全体の中での一部です。

1．食品添加物　食品製造において添加される化学物質。天然由来のものはほとんど無く、化学合成されたものが大半を占める。日本では一九四七年の食品衛生法により食品添加物が認可されたが、人体の健康を害する危険性が明らかとなり、度々法の見直しが行なわれている。

2．化学調味料　昆布や鰹節に含まれる天然のうまみ成分を、化学的に合成することで再現した調味料のこと。グルタミン酸ソーダ、イノシン酸ソーダ等。

3．味覚細胞　口腔内にある味覚を司る細胞のこと。人間の場合、舌粘膜の味蕾《みらい》にあり、甘さ・すっぱさ・にがさ・塩辛さの四種の味の識別がその基礎となる。

例えば、食事をする時に料理の香りや歯ざわり、盛付けや器、その場に流れる音楽など、舌以外にもいろいろな体感で料理を味わっているのです。また根本的には、食べ物をおいしいと感じることは、その時に体が欲しているかどうかなのです。具体的に言うと、その時に体内で不足している栄養素[4]を含んだ食べ物を食べると、その食べ物をおいしく感じるのです。

> そうすると同じものを食べても、舌で感じる味はある時はおいしく感じ、ある時はまずく感じるということですか。

そういうことです。舌にある味覚細胞は、いつも同じように感じているのではなく、ある時は甘さに敏感になり、いつもより甘く感じたり、またある時は辛さに敏感になったりするのです。舌にある味覚細胞はセンサーの一部であり、それをコントロールしているのは体全体です。そして味覚は、単に食べ物の味を楽しむだけのものではなく、人間が健康を維持していく上で欠かせないものです。人間は体内で不足している栄養素があると、それを補うためにその栄養素を含んでいる食べ物を食べたくなるのです。そういう時にその食べ物を食べると、舌の味覚細胞は感知力を調節されて、その食べ物をいつもよりおいしく感じるようになっています。つまり、人間は食べ物の味を通して、体に必要な栄養素を補給することが出来るのです。

だから、もしも味覚がなくなってしまったら、人間は健康を維持できません。これが味覚の本質です。人間は、味覚のお蔭で本来は体が欲するままに自分が食べたいもの、おいしいと思うものを食べていれば、健康を維持できるようになっています。そういう意味で、味覚は舌だけではなく、体全体で感じていると言っているのです。だから極端な話ですが、舌が

4．栄養素　p.25（Ⅰ）注参照。

なくなっても味覚はあると言えるのです。

舌がなくなっても味覚は残っているのですか。

そうです。実際に、歴史的にそういう例はいくらでもあります。『燈台鬼《とうだいき》』[5]という南條範《なんじょうのり》夫《お》[6]の小説にも書かれていますが、この話は実話で、昔の唐や朝鮮にあった新羅[7]という国で実際に舌を抜かれたり、薬品で声帯を焼かれたりした奴隷が描かれています。唐や新羅では、高貴な家で燭台の代わりに奴隷に蠟燭を持たせていましたが、主人たちが話した内容を他人に喋れないように奴隷たちの舌や声帯を抜いてしまう習慣があったのです。他の国でも奴隷が舌を抜かれたとか、いろいろな原因で舌を失なったという話がありますが、そうなっても健康で長生きした人間が大勢います。

また舌ではありませんが、音楽家のベートーヴェン[8]は、突然耳が聞こえなくなってからも偉大な音楽を生み続けた話は有名です。発明家のエジソン[9]も、蓄音機を開発したのは耳が聞こえなくなってからです。つまり、我々が舌で味を感じているとか、耳でものを聴いているというのは、感覚のほんの一部での話なのです。要は、全身で感じているので、一部の機能を失なってしまってもそれを補えるのです。

体全体で味覚を感じているということを、もう少し詳しく伺いたいのですが。

例えばある時は甘いものが食べたくなり、ある時は辛い味付けのものが食べたくなることは、誰でも経験があるはずです。つまり、食べたいもの、おいしいと感じるものがいつも同じものではないのです。一般に、疲れている時には甘いものが食べたくなり、実際に食べる

5.『燈台鬼』 南條範夫による小説。第三十五回直木賞受賞作。作中に登場する小野石根は、遣唐使として唐に渡るが、そこで舌と十指を奪われ奴隷にされてしまう。そして、燈台鬼と呼ばれた燭台の代わりをさせられる。

6. 南條範夫（1908-2004） 日本の小説家・経済学者。〈残酷もの〉と呼ばれる独特の作風で知られ、数多くの歴史小説・時代小説を著した。武士道に関する本が多い。

7. 新羅 古代朝鮮の国名の一つ。六世紀以降に百済・高句麗を征服して朝鮮全土を統一するが、九三五年に高麗に滅ぼされた。儒教・仏教・律令制等を独自に発展させ、日本の文化に多大な影響を与えた。

といつもよりずっとおいしく感じます。これは、疲れた時には体全体が疲れを回復するためのエネルギーを欲しているので、そのためのエネルギー源として糖分を体が欲するためです。そういう時には、体が舌の味覚細胞を調節して、いつもより甘いものをおいしく感じるようにしているのです。もちろん甘いものだけではなく、体が何を欲しているかで辛いものであったり、しょっぱいもの、すっぱいもの、また苦いものがおいしかったりもします。要するに、体が生命を維持するために求めているものを、味覚としておいしく感じているのです。

> そうすると、体の欲求に任せて食べたいもの、おいしいと感じるものを食べていれば、必要なものを補給できるように人間の体は作られているということですか。

　基本的には、そういうことです。人間の体は、どんな食べ物にどういう栄養素が含まれているのかということを経験的に知っています。そして体内で、ある栄養素が不足すると、その栄養素を含んだ食べ物が食べたくなるのです。重要なことは、体に必要なものを充分に摂《と》るには体に任せるしかないということです。人体に何が必要で、何が充分にあるのかということは常に変わっていきます。それは、朝と晩でも違います。休みなく体は活動しているので、何が体内で消費されて不足しているか、何がまだ充分にあるのかということは常に変化していくのです。だから、いつも欲しいものは変わっていきます。

　例えば、どんなに羊羹《ようかん》が好きな人でも、羊羹をたくさん食べた後では全然おいしいと思いません。それも、羊羹に合まれる糖分などの栄養素が、体に充分に吸収されたためなのです。つまり、体の中で不足しているものをおいしいと感じ、体の中に充分にあるものはおいしくないと感じるのが、味覚の根本なのです。そのようなバランス調整の機構がうまく働いて、

8. ベートーヴェン〈ルートヴィッヒ・ヴァン〉 p.90（1）注参照。

9. エジソン〈トーマス〉(1847-1931) アメリカの発明家・実業家。蓄音機、白熱電球、電話機、映写機等の発明及び改良に貢献。生涯で特許一三〇〇件以上の発明を行ない、「発明王」の異名を持つ。また、ゼネラル・エレクトリック社の前身にあたるエジソン電気照明会社を設立したことから、電気事業の先駆者としても知られる。

初めて健康を保てるのです。

そうすると、現代栄養学[1]で言われているように、健康のために一日に何十品目も食べなければならないということは、却って健康を害することになりかねないということですか。

体の欲求に連関した味覚に従わず、栄養学の計算値で食べ物を固定すれば健康を害します。現代栄養学の誤りは、生命活動をしている限り体に必要なものが常に変化していることを考えずに、いつも計算して固定した考え方で栄養素を補給しようとする考え方です。それが、食べ物の固定という意味です。詳しく言えば、現代栄養学の考え方は栄養素の量を科学的に計算して、平均値を出して他の人にもあてはめようとしているのです。

しかし実際には、その平均値通りの人間など一人もいません。人間は一人ひとりがまったく別で、人によって必要量は大きく違います。また同じ人でも、一日の過ごし方によって必要な栄養素は毎日違うものなのです。一時間前に必要だったものが、一時間後には不要になっていることも多い。だから、いつも人間の計算値が先にくる現代栄養学に従えば、必ず体内で栄養素の過不足が起こり、体のバランスを崩してしまうのです。

これに比べて、伝統文化である食事文化はもっと膨大な年月をかけて、また膨大な実例で積み上がった経験則なのです。だから、食事文化に則って食事をしていれば、現代栄養学よりはずっとバランスがとれる確率は高く安全だということが言えます。しかし、食事文化さえも完璧ではありません。食事文化のみにこだわってしまえば、いずれは体のバランスを崩してしまうことになります。

体が欲している通りに食べるというのが最も正しい方法ですが、ここで重要な条件があり

1. 栄養学　p.30（1）注参照。

ます。それは、その人が健康な体であるという前提です。体のバランスを崩している人、病気の人は、当然味覚も鈍ったり狂ったりしています。だから、欲求のままに食べていると、バランスをますます崩してしまうのです。健康な人の場合だけ、欲しいものやおいしいと感ずるものを食べていると健康を保てるのです。

今は激辛食品など、普通の味覚では信じられないような刺激物や、また異常な食べ物の取り合わせが流行っています。こういう異常な味を好むのは体のバランスの問題と言えますか。

その通りです。刺激物を好んだり、異常な食べ合わせを平気で出来るのは、まず味覚の異常、つまり体のバランスが崩れているということです。食事文化の食べ物の取り合わせけ、膨大な生命的な経験から生まれていて、健康な人間の味覚に最も合うように組み合わせが決まっているのです。だから、もしもその組み合わせ以外の方がおいしいと感じるのならば、やはり体のバランスが崩れており、味覚が狂っているのです。

ただし、現代の異常な食生活ということに関しては、味覚の異常ということだけではなく、今の若者文化の軽薄なパフォーマンスや、今流のおしゃれ感覚というか、馬鹿げたもので騒ぐのが好きということもあります。しかし、そういう正常でない馬鹿げたものを好むという感覚も、結局は体のバランスを崩していて生命力が低下していることを示しているのです。生命力が横溢している人間は、自然と最も正しいこと、正道、最も生命力を高めること、つまり伝統文化に則ったものを好むようになるのです。

以前、子供の時に本物の味をいろいろと覚えさせると良いと聞いたことがありますが、これも今までの話にあったような、体のバランスと味覚の関係に関わっているということでしょうか。

そういうことです。体がどういう状態の時に、どういう食べ物を食べればいいのかを、子供の頃から経験的に覚えさせるためにいろいろな食べ物を食べさせるのです。先ほど、体が健康ならば自分の欲するものを食べていればいいと話しました。あれは当然のことですが、体が欲する食べ物とは過去に自分が食べた経験のあるものが前提となります。人間は、経験していないことはわからない訳で、いろいろな食べ物にどのような栄養素が含まれているのかを体に覚えさせることで、どれを選んだらいいかということが初めて判断できるのです。

そういう意味では、離乳食を与えるようになったら、いろいろな食べ物を、それもなるべく本物のいいものを与えてやれば、その子供は経験として食べ物の良し悪しを自分で判断できるようになります。子供の味覚中枢は日々成長するので、子供にはなるべく早い時期に経験としていろいろな食べ物の本来の味を覚えさせておく必要があります。その時に、たとえ子供が嫌って吐き出したとしても、味を覚えさせることが目的なのでそれでいいのです。そうすれば体の中で何かの栄養素が不足したら、自然と食べたいものが出てくる健康な人間になれるのです。

子供の頃にいろいろな味を覚えさせることで、偏食[2]というものもなくなっていくのでしょうか。

2. 偏食　食物を選り好みして食べること。好き嫌いを言う。

子供の偏食はまた別な問題です。元来、子供は全員がある意味で偏食です。これは子供の成長過程と深く関わっていて、子供は大人と違って日々どんどん成長しているのです。つまり、その時その時で必要なものが、大人以上に変化している。例えば、成長のために肉が必要な時には、肉ばかりたくさん食べて他のものには見向きもしません。そして肉が必要でなくなると、途端に食べなくなる。次に何かのビタミン[3]が必要になると、今度はそのビタミンを含んでいる野菜ばかり食べるようになり、ビタミンが十分に補給されるとまた食べなくなります。そうやって、段々とバランスを取っていくのです。

また子供の頃は、子供自身が実験をしているという部分もあります。体に不足しているものがある時に、何をたくさん食べればいいかを経験として会得しようとしているのです。要するに、子供の頃には体全体で求めるものが、大人よりも大きく変化するのです。それが偏食のように見えるだけで、健康を阻害する偏食とは別なものです。だから、子供の偏食は何の心配もいらないし、大体十歳くらいから自然と偏食はなくなっていきます。そして、きちんと成長過程を経過した子供は、成長してからも体全体で必要なものをおいしいと感じる健康な大人になっていけるのです。

体のバランスと味覚との関係についていろいろと伺ってきましたが、生命力を高めることによって体が正しいバランスになり、味覚も正常になっていくということでしょうか。

その通りです。自分自身の生命力が、生き方のすべてを決めていくのです。体全体が健康になれば味覚も鋭くなり、また味覚が鋭くなれば体の要求通りに体内で必要なものを食べるようになるので、ますます生命が活性化して燃焼していくという良い循環になっていきます。

3，ビタミン　p.154（Ⅰ），263（Ⅱ）各注参照。

そして、その食べ物はいつでも食べたいものであり、おいしいものなのです。だからまず、体全体のバランスを整えることが必要です。味覚は、生命エネルギー[4]と栄養素という生命活動の両輪を回すための最も根本にあります。ここが狂えば、生命はうまく維持できません。自らの健康に留意し、生命力を高めていくことによって、体全体のバランスが整い、いつでも食べたいもの、おいしいと感じるものを食べることが生命の燃焼に繋《つな》がるという良い方の循環に入れるのです。

4．生命エネルギー　p.18(I)、39(II)各注参照。

雑談記2　ストレスについて

ストレス[1]とは、根本的にどういうものなのでしょうか。

ストレスを定義すると、人体という完結した小宇宙に対して、外部から加えられる力のすべてをストレスと呼びます。極端に言えば、風が吹いても人間にとってはストレスになります。風は、人体にぶつかり、そして風に抵抗して歩くからです。人体に備わる生命力に対して、抗する力のすべてがストレスです。もともと人体には、ストレスをはね返して生きようとする力があります。言い換えれば、これが生命力の発露なのです。

ストレスと言うと、現在では精神的なものに限っていますが本当は違うのです。肉体的な痛みや不快はすべてストレスになります。蜂が飛んで来てぶつかってもストレスです。熱いヤカンに触って、手を引っ込めるのもストレスを感じて引っ込めるのです。そういうものすべて、固有なる生命力を阻害しようとする、外部からの要因すべてをストレスと呼ぶのです。つまり、個別性[2]をもつ人体に加えられる外部的圧力のすべてをストレスと呼んで差し支えないでしょう。これがストレスの根本原理です。

医学的な意味でのストレスとは、どういうものなのでしょうか。

1. ストレス　p.123(I), 93(II), 29(II) 各注参照。

2. 個別性　p.55(I), 394(I), 44(II) 各注参照。

医学的な意味から言うと、外部からかかるストレスと、内部からはねかえす生命力とのバランスが、外部の力の方が少し強くなっている状態を「ストレス状態」と呼ぶのです。従って、それを平衡状態まで押し戻さなければなりません。ここで勘違いしてはいけないのは、人間は朝から晩までストレスに囲まれているということです。ストレスは決して無くなることはありません。ストレスと自分の生命力とのバランスを、どのように取っていくかが人生の重要問題なのです。ストレスに苛《さいな》まれているタイプの人は、大体ストレスを取り除こうとしています。しかし、ストレスは取り除けないのです。

極端な例ですが、ストレス性の病気としてノイローゼ[3]があります。ノイローゼの人の中には、電話のベルが鳴っただけで発狂する人もいるのです。このことは、日常の電話のベルも、人間にとってストレスであることの証拠です。我々は普段、電話のベルというストレスに対して、バランスをとって生きているのです。このバランスが崩れた状態が、ストレスという病気なのです。この学説は、一九三六年にカナダの医師であるハンス・セリエ[4]博士が最初に提唱した「ストレス学説[5]」がその根拠となっています。

人間関係からストレス状態になることも多いと言われていますが。

人間関係もストレスです。自分以外の人間はすべて他人であり、それらは自分とは別個の、自分の生命力に抗する力なのです。従って、人間関係においてうまくバランスを取らなければ、自分の生命力の方が阻害されてストレス状態になるのです。昔から親が子供の躾け[6]の中で、礼儀[7]を中心として他人との人間関係について教えましたが、あれはストレスの少ない人生を送らせるためです。他人を立てるとか、他人の立場に立って考えるとか、自分のわがま

3. ノイローゼ　p.96（I）注参照。

4. セリエ〈ハンス〉(1907-1982) p.297（II）注参照。カナダの内分泌学者。オーストリア生まれ。モントリオール大学実験医学研究所教授。「ストレス学説」を主張したことで有名。これによって、ストレスが正式に病気の仲間入りをした。

5. ストレス学説　ハンス・セリエによるストレスの原因となるストレッサーの分類と、人体の生理学的反応の構造を唱えた

まを言わないというのも、すべて人間関係のバランスをとる方法であり、同時にストレス状態にならないための教育なのです。つまり、真の愛情です。

暑さや寒さなどの気候の変化も、ストレスの要因なのですね。

気候の変化は、昔からストレスの最も重大な要因です。人間はストレスがかかると、体内で防衛ホルモン[8]が出されますが、温度の急激な変化に対しても、この自己防衛ホルモンが多く出されるのです。気候の変化、暑さ寒さ、雨や風によってストレス状態にならないためには、それが「当たり前[9]」であると思うことです。現代人は、夏が嫌い、冬が嫌い、寒いのは嫌、暑いのは嫌という人生観からストレス性の病気になることが非常に多い。夏は、暑いのが当たり前だと思う心が重要なのです。人体は生まれてから死ぬまで外部のストレスと戦っているのです。その戦うことを当たり前だと思う心が、ストレス性の病気を予防する唯一の方法なのです。

ストレスの解消法として何が有効なのでしょうか。

ストレス解消法は人によってまったく違います。ここが、ストレス問題の一番難しいところです。私にとっての解消法は、他の人にとってストレスの要因になることもあります。要するに、その人が一番リラックス出来るものが解消法なのです。ストレス解消法を自分なりに見つけることも、人生観として重要な項目になります。ただし、それは自分の体感で覚えるしかありません。ストレスは、朝から晩までかかっていて、自分なりにしか解消できないのです。本当は、子供の頃から探究しておかなければならないもので、それをさせるのが教

学説。セリエは、ストレスは主に脳の視床下部や副腎皮質のホルモン分泌が自律神経系の反応による、人体の恒常性維持のために起こる症状であるとした。

6. 躾け　p.217(Ⅰ)注参照。

7. 礼儀　p.82(Ⅰ), 172(Ⅱ)各注参照。

8. 防衛ホルモン　体を病気や異常から守るために働くホルモンのことで、内分泌腺など特定の組織、器官から分泌される。

9. 当たり前　p.435(Ⅱ)注参照。当然のこととして、自分自身に受け入れたことを言う。厳しい自然や人間関係を子供の頃から教えなければならない。生命が生きる厳しさを教える必要があるからだ。そうすれば、ストレスは減る。

育であり家庭の躾けだったのです。

現代がストレス社会と呼ばれるのは、教育や躾けに原因があるということでしょうか。

それもありますが、実は現代は昔の社会に比べて、本当の意味でのストレスが少ないのです。従って、自己防衛しないまま大人になった人が多いということです。例えば、自然環境にしても冷暖房などによって緩和されていて、本当に自然の暑さや寒さと戦って生きてきていません。家庭の中でも、昔は親が子供にとって大きな阻害要因でした。殴られたり、手伝いをさせられたりして、親から常にストレスがかかっていたので、自分なりに解消していかなければ大人になれなかった。現代はその訓練が無いので、ストレス解消法を身に付けないまま大人になっています。それが多くの場合、会社に入ってからストレスに悩み始める原因となっています。子供の頃から訓練を積んでいれば、たとえ拮抗作用[1]のバランスを崩して神経細胞がダメージを受けたとしても、すぐに巻き返すストレス解消法も身に付いているのです。

解消法を身に付けないまま大人になってしまった場合、これからどうやってそれを身につけていけばいいのでしょうか。

先ほども少し触れましたが、まず最初に、ストレスそのものを「当たり前」だと思える人生観を持たなければ解消法は身に付きません。現代の人たちは暑くない夏や、寒くない冬を作ろうと思っています。また、仕事はしたくないが出世はしたいとか、自分は挨拶しないくせに相手が挨拶しないと気に食わないとか思っています。だからノイローゼになるのです。

1．拮抗作用　p.44（1）注参照。
二つの異なる要因が同時に働き、互いの効果を打ち消しあうこと。

次には、存在するストレスをあるがままに受け入れることです。あるがままに受け入れて、後は対処法を自分で考えていくことが、ストレスに対抗する人生観です。医学的なストレス状態に入っている人は、必ずまわりの環境と調和していないのです。その点をよく考えなければなりません。

一般によく過労死[2]の原因として、ストレスが挙げられますが。

過労死などは、この世に存在するはずがありません。仕事はやればやるほど、健康になるものです。もし過労死が存在するとすれば、本人がその仕事を嫌っているのです。嫌いな仕事は就いている方が悪い。こう言うと、家族のためだとか生きるためだと言う人もいますが、だったら家族のために諦《あきら》めなさいということです。家族のためだと言いながら、実際には家族のために仕事をしていないからストレス状態になるのです。家族のためだと思って諦めて、それで良しとすればストレス状態になることはないのです。人牛は諦めることも非常に重要です。

年を取ると暑さや寒さが余計につらくなるので、ストレスも強まると言えますか。

そういうことはありません。年を取れば、夏はつらくていいのです。年を取るということは、夏にも冬にも弱くなったということです。それがわかっていればいい意味での諦めとなり、ストレス状態にはなりません。自然に老化して、天寿[3]を全う出来ます。しかし、どこかで若者を羨《うらや》んだり、若い頃を忘れられないとストレス状態になるのです。

2．過労死　p.123（I）注参照。

3．天寿　p.361（I）注参照。

ストレスに関してはバランスがすべてだということになりますか。

バランスをとることが根本問題です。そしてわかりにくい点があれば、昔から言われている道理や文化[4]を思い出せばいいのです。ストレスの塊になっている人は、必ず道理を破っている。例えば、貧乏がストレス状態になっている人は、「道理から考えて、能力がなかったり働かないなら貧乏なのは当然」と思えば、ストレス状態にはなりません。昔からある道理と照らし合わせながら、日々刻々と変化する環境と常にバランスを保ち続ける柔軟さを身につけなければならないのです。そうしなければ、自己の生命の燃焼は出来ません。

4．文化　p.272（I），202（II）各注参照。

雑談記3　喧嘩をする関係

昔は夫婦でも家族でも、たびたび喧嘩をしながらも一生一緒に暮らし、夫婦であれば同じ墓に入ればそれでいいとよく聞きます。これは喧嘩をしながら、お互いに我慢して夫婦関係を続けていたということですか。

そうではありません。今の人にはわかりにくいかもしれませんが、昔の夫婦は喧嘩をしょっちゅう出来るほど、強い絆があったということです。人間同士は、絆がなければ喧嘩は出来ません。だから、夫婦関係もそうだし、家族の間でも、友人の間でも、近所の人とも、昔は喧嘩が絶えなかったし、悪口も言えば愚痴もこぼしていたのです。しかし、それはそういうことをしても人間関係を「何とか」保っていられるほど、強い絆があったためなのです。

普通は喧嘩をすれば、相手と一緒にいるのが嫌になるのではないでしょうか。

それは現代人の人間関係であり、昔は相手と一緒にいるために喧嘩をしていたのです。ここは重要な点ですが、昔の人の考え方は、まず一生付き合っていくということが大前提としてあるのです。そこからすべてが始まっていて、一生付き合っていくために必要なこととして、喧嘩もしたし、悪口を言ったり愚痴をこぼしたりということもしていたのです。反対に一時的な付き合いであれば、嫌なことがあっても少しの間我慢すればそれで済みます。しかし、一生付き合っていこうとすれば、ずっと我慢することは不可能なのです。

それで喧嘩をしたり、悪口を言ったり、愚痴をこぼすことが必要だったのですね。

そう、要するにストレス[1]発散です。自分以外の人間は、自分の思い通りには動いてくれません。だから人間同士が付き合っていけば、必ず相手の悪い面も見ることになるし、不平不満が出てくるものなのです。その不平不満を溜めたまま一生付き合っていくことは出来ないので、時々相手と喧嘩をしたり、近所の人に愚痴をこぼしたりして溜まったストレスを発散することが必要なのです。

昔はよく見られた井戸端会議[2]というものも、実は近所の奥さんたちが井戸端に集まって、亭主や家族の悪口を言ってストレスを発散する場だったのです。そして戦後でも少し前までは、奥さんたちが買物などで道端でばったり会って立ち話になり、何時間も話し込んでいるという光景が、日本中のどこでも見られた日常風景でした。もちろん亭主の方も同じで、近所の亭主たちが囲碁や将棋を打ちながら、世間話や女房の悪口を言ったり、家族の愚痴をこぼしたりしていたのです。人間同士が本当に一生付き合っていこうとすれば、必ず不平不満が出てくるものであり、ストレス発散の場が必要なのです。

近所の人などに話を聞いてもらうことで、ストレスが発散されたということですか。

そういうことです。ただし、これは相手がこちらの家庭の事情を知っている人でなければ駄目で、要はわかってもらうことが重要なのです。だから、自分の家庭の事情を知っている

1. ストレス　p.123(I), 93(II), 294(II)各注参照。

2. 井戸端会議　共同井戸の周囲に集い、水汲みや洗濯をしながら、女性たちが噂話や世間話をすること。だいたいが亭主の悪口や近所の人の悪口に近い噂話が多かった。

近所の人なのです。そういう人間に不平不満をぶつけて、初めてストレスの発散になります。例えば、ある家の嫁が姑の悪口を近所の人に聞いてもらうことがよくありました。そうするとその近所の人は、その嫁の家のことも姑のこともみんなよく知っていますから「あなたはあんなひどい姑によく仕えてる。あなたは偉い。」と言ってやった。そうすると、嫁もすっきりして帰っていくというのが、非常に大切なストレス発散の仕組みになっていました。そうやって、昔はみんなでお互いにストレスを発散し合って暮らしていたのです。

> みんなが不平不満を適当に発散していける社会だったので、どの家庭もうまくいって幸せにやっていたということなのでしょうか。

それは違います。現代人の勘違いですが、夫婦や家族がうまくいっていたとか幸せだったということは別にありません。そんなことは、考えていなかった。今の人間に比べて、昔の人の方が毎日のように喧嘩をしていたし、家族の中でも近所でもお互いに悪口を言い合い、取っ組み合いの喧嘩もよくあったのです。今の人が見れば仲が悪く、いがみ合っているような夫婦や家族や近所付き合いです。しかし、昔の人は幸せになるとか仲良くするということが目標なのではなく、「一生付き合っていく」ということだけを考えていたのです。それが人間関係の中心になっていたので、喧嘩も出来たのです。だから、喧嘩をしていたのは事実でも、実際には昔の夫婦も家族も一生共に暮らし、近所の人も仕事仲間も友人も、一生付き合い続けていたのです。

反対に今の夫婦は、最初は仲がよくて普段は喧嘩もしないで暮らしていても、ひとたび喧嘩をすればそれで離婚ということが多い。それは言い換えれば、今の夫婦には喧嘩するほどの強い絆がないということです。しかし、昔の夫婦は毎日喧嘩しても、一生夫婦でいられるほど強い絆があるということなのです。これは人間関係の中心に一生付き合い続けるということが有るか無いか、ということにかかっています。同じように、家族でも近所の人でも友達でも、喧嘩をして悪口を言い合っていがみあっていても、その関係を一生続けられるほど強い絆がありました。そしてその強い絆も一生付き合っていこうという考え方から築かれていったものなのです。

確かに今の夫婦は、喧嘩をなるべくしないようにしたいという考え方が多いのではないかと思います。

そこが間違いなのです。人間同士が付き合って喧嘩もしない、悪口も言わないという関係は、所詮不可能なことなのです。今の人はそういう不可能なことをしようとして、みなが失敗しているという現状です。人間は誰でも、長所も持っていれば短所もたくさん持っているものなのです。また常によい人はいないし、反対に常に悪い人もいません。そういう不完全な人間が集まって暮らしていこうとすれば、必ず不満が出て、喧嘩もすれば、相手のことを憎むこともあるのです。しかし肝心なことは、それでも一生付き合っていくということです。元々、昔の人は楽しく幸せにやっていこうという考え方で付き合っていません。一生付き合っていこうという前提しかないのです。つまり、昔の人は一生付き合っていくということから人間関係が出発しており、今は一生楽しく仲良くしていこうということから出発しているのです。この違いが絆の違いになっています。

たとえ夫婦は、一生いがみ合って喧嘩をして暮らしていたとしても、最後まで一緒にいて同じ墓に入れば、それは立派な夫婦なのです。仕事も同じです。昔から言われているのは「勤め上げる」[3]ということで、仕事を勤め上げればそれで立派な一生なのです。昔の人はそそういう一生続けるということだけを考えていたということです。今は逆に、夫婦は喧嘩をしてはいけない、お互いに愛し合わなければいけない、お互いを尊敬しなければいけないということを実行しようとしています。結局それが出来なくて、離婚するのです。また、家族が崩壊したのも、近所付き合いがなくなったのも、友人関係が持てなくなったのも、職場の仕事仲間の関係がなくなったのも、すべてうまくやっていかなければならない、楽しくなければならないという間違った考え方が原因です。そんなことは人間には無理なのです。

夫婦関係一つ見ても、私が六十年以上生きて見てきた中で、本当に愛し合って一生仲良く暮らしていた夫婦というのはほとんどいません。世の中にはそういう夫婦がまったくいないわけではありませんが、それは千に一つ、万に一つというようなものでしょう。そして当然のこととして、そういう奇跡のように少ない可能性は、人生観として取り入れるべきものではない。相当幸運に恵まれた夫婦が世の中にはあったとしても、実際にはほとんどあり得ません。現実には人間同士が付き合っていけば喧嘩もするし愚痴も出ます。だから、一生付き合うことだけを考えればそれでいいのです。

昔の人は、誰とでも喧嘩をしたり愚痴をこぼしたりしていたのでしょうか。

そんなことはありません。喧嘩をしたり愚痴をこぼすのは家族や近所の人たちのような、強い絆がある人間同士だけです。絆がない人間関係では喧嘩は出来ないのです。だからもちろん、昔でも付き合いのない赤の他人とは表面的な挨拶とか、綺麗事[4]しか言いませんでした。

3．勤め上げる　決められた仕事を、決められた期間、決められた通りにやり遂げることを言う。サラリーマンなら定年までということであり、職人なら体が効かなくなるまでということである。決める側が自分ではないことが重要なのだ。

4．綺麗事　ここでは、あたり障りのないこと。

例えば、クラス会などは長年付き合いのなかった人間同士が集まるので、そこでは綺麗事しか言わないのが普通だった。毎日嫁の悪口ばかり言って今朝まで嫁を罵っていた姑でも、クラス会に行けば自分の家の嫁がどんなに立派ないい嫁で、自分を立てて尽くしてくれるかをみんなに自慢するのです。みながクラス会では家族自慢です。自分の家では子供がどんなに頭がいいかとか、家族全員が毎日笑って暮らして楽しくて、いかに幸せかということを自慢し合うのです。それはクラス会では卒業以来会っていない、絆も何もないただの他人だからなのです。一生付き合っていくという強い絆がない人間には、せいぜい綺麗事を言うしかありません。そして、家族や近所付き合いなどの強い絆がある人間関係の場合だけ、喧嘩をしたり言いたいことを言ったり出来たのです。

> 一生付き合っていくという強い絆があれば、どんなに喧嘩をしても言いたいことを言っても大丈夫だということでしょうか。

それは違います。一生付き合っていくことが中心にあるからこそ、喧嘩も悪口も愚痴も、ひどいことにはならないで済むのです。どんなに強い絆があっても、喧嘩で相手にひどい怪我をさせるとか、深く傷付けるようなことを言ったりしてはいけないのです。それは付き合い続けられなくなるからです。これは基本的な礼儀[5]の問題です。昔の人が毎日喧嘩をして、お互いにいがみ合いながらも一生一緒にいたというのは、みんなの中に「弁え《わきま》[6]」があったためです。つまり、一線を越えないということです。例えば、近所の人がある家庭の悪口を言う時にも、ある一線からは踏み込まないのです。各人の家の問題、夫婦の問題という弁えがみなの心の中にあったので、致命的に関係を崩してしまうようなことは控えたのです。

5．礼儀　p.82（Ⅰ），172（Ⅱ）各注参照。

6．弁え　p.191（Ⅰ），67（Ⅱ）各注参照。あらゆる場面に渡って、自分の立場がわかっていることを言う。言って良いことと悪いこと、やって良いことと駄目なことを前もって知っていること。礼儀の根本である。

私も子供の頃に実際によく近所で見ていましたが、夫婦喧嘩をして鍋や釜や包丁まで投げていても、大怪我を負ったりとか、死んだりということはただの一度もありませんでした。これも弁えなのです。近所の人同士でも毎日喧嘩がありましたが、相手にひどい怪我をさせないように済ませていました。だから後で、すみませんでしたと謝ればそれで終わったのです。また周りの人間も、ひどい喧嘩になる前に止めに入ったりと、そういうタイミングもうまく心得ていた。そういうみなの思いやりがあって、毎日喧嘩をして悪口を言い合っていても、人間関係を崩さずにずっと付き合いを続けることが出来たのです。

現代でも、毎日ある程度は夫婦間や家族同士などで喧嘩をしていく方がいいのでしょうか。

それは、はっきり言って難しいです。今の人が喧嘩をしようとすると、絆や弁えがなかったりして、そこで人間関係が終わってしまう可能性が高いでしょう。私が今まで言ってきた昔の人の人間関係というのは、日本でもヨーロッパでも、千年も続いた村社会の中で培われた文化[7]なのです。つまり、弁えというのは文化の一つであり、急に出来ることではありません。昔の人も、子供の頃から両親の夫婦喧嘩を見て、近所の人の殴り合いの喧嘩も見て、自分も子供同士で喧嘩をして、時には失敗も繰り返しながら身に付けてきたものなのです。そうやってどこまでやっていいのか、相手を強く傷付けないで済ませるにはどこまで言っていいのか、ということが自然にわかってくるのです。しかし、今は何しろ社会的に喧嘩をするのは悪いことだとされているので、弁えというものもわからなくなっている時代です。だから、ひとたび喧嘩をしたら、夫婦も友達も終わりだし、時には相手を傷つけたり、憎いとなると殺してしまうこともあるのが現実です。要するに、人間関係がどういうものなのかわ

7．文化　p.272（Ⅰ），202（Ⅱ）各注参照。

かっていないのです。

なぜ千年も続いていた文化が、今はなくなってしまったのですか。

大きな原因としては、日本では戦後になって似非《えせ》民主主義[8]が広がったためです。この似非民主主義が及ぼした影響は様々なものがあって、一言では言えません。例えば、似非民主主義では争いを一切否定して悪いものだとしています。だから、夫婦喧嘩も友達との喧嘩も、みながしてはいけないことだと考えてしまった。しかし、人間が付き合っていこうとしたら、必ず争いは起きます。一緒にいれば、必ず相手の欠点が見えてきて、それでも一緒にいようとすれば鬱憤《うっぷん》晴《ば》らしで喧嘩などをしなければいられないのが人間なのです。要するに、似非民主主義とはそういう鬱憤晴らしを否定して、相手を悪く思ったり争ったりすることなく一緒に仲良く暮らそうという考え方なのです。しかし、そんなものは天国でしかありえません。神様にしか出来ないような暮らし方をみんなでしようとしても、所詮人間には無理です。だから結果的に、現代人は家族も友達も職場の仕事仲間も、多くの人が人間関係を築けずに悩んでいるのです。そして、昔の人の人間関係の取り方は、確かに立派な人間のレベルではありませんが、みなが自分らしい人生を全う出来るという、秀れたものだったのです。

天国でしか出来ないような人間関係を目指して失敗するよりも、昔の人が培ってきた喧嘩をしてもいい人間関係の取り方の方が正しいということなのでしょうか。

そういうことです。昔の人が普通にやってきた人間関係、家族でも夫婦でも親子でも近所付き合いでも友達付き合いでも、お互いに弁えを持ちながら言いたいことを言い合い、喧嘩

8．似非民主主義　p.27（Ⅰ），307（Ⅰ）各注参照。

もし、愚痴もこぼすという人間関係の方が正しいのです。実際に、それが千年続いてきたという実績が示している、秀れた文化です。現代人はなかなかわからないと思いますが、みながいがみ合ったり喧嘩をするような人間関係の社会は、実は温かい社会だったのです。だからこそ千年も続いて、家族は一生家族であり、夫婦も一生夫婦であり、近所の人とも先祖代々何百年も同じ家同士で付き合い続け、友達とも一生友達であるという人間関係が持てたのです。そして普段はどんなにいがみ合っていても、何かあれば互いに助け合い、協力し合うという社会だった。そういうことが出来たのは、根底に一生付き合っていこうとするところから展開し、築かれてきた強い絆があったということなのです。

先ほども言ったように、今の人が昔の人と同じようにしようとしても、すぐには難しいことです。しかし、本来の人間関係がどのようなものであったのかを知ることは重要です。昔の方が、生命的[9]だからなのです。生命的なものが正しいのです。人間が頭で考えた理論や思想はすべて間違っているのです。そして今からでも、まず一生付き合っていこうとすることから始め、少しずつ絆を強めて本来の人間関係をとろうと努力していけば、必ずや昔ながらの人間関係は徐々に築いていけるに違いありません。

9. 生命的　p.435(II)注参照。生命の燃焼に考えの中心があるということ。生命の躍動を何よりも大切に思う心。人間が、肉体的・精神的に生き切ることにすべての考えの中心があること。

雑談記4　東西の医学

現在は医学と言えば西洋医学[1]になっていますが、鍼灸[2]や漢方[3]薬などの東洋医学[4]とはどのようなものなのでしょうか。

東洋医学とは、中国哲学の中の医学部門のことを表わします。特に漢代から盛んになった陰陽五行[5]という哲学思想がその根本にあって、それを人体に適用したものなのです。これは、その人の体質や病気の原因など様々なことを陰陽五行の哲学思想に従って仕分けし、崩れたバランスを元に戻すという考え方で、西洋とは異なる体系になります。バランスを戻すために漢方薬や鍼灸などを使っていくのです。

西洋医学というのは、東洋医学のようにバランスを取るという考え方ではないのでしょうか。

西洋医学も本来は同じものでした。西洋医学は、ギリシャ・ローマの哲学が元になっており、そこにキリスト教の思想及びその延長線上にある中世スコラ哲学[6]というものが加わった哲学体系がその根本になっていました。西洋医学も、本来は生命のバランスを哲学的に捉えているという点では東洋医学と同じであったのです。ただし、その西洋医学とは、古代ギリ

1. 西洋医学　p.21（Ⅰ）注参照。
2. 鍼灸　p.22（Ⅰ）注参照。
3. 漢方　p.25（Ⅰ）注参照。
4. 東洋医学　p.22（Ⅰ）注参照。
5. 陰陽五行　p.34（Ⅰ）注参照。
6. スコラ哲学　中世ヨーロッパの教会、修道院などの修道僧が研究した哲学で、主にアリストテレスの哲学を採用したが、プラトン哲学および神秘主義的な特徴もある。中世ヨーロッパの学問の柱。

シャのヒポクラテス[7]に始まり、十八世紀までの二千年間の西洋医学のことであり、現代医学とは別なものです。

現代医学と西洋医学とは、違うということでしょうか。

現代医学は、十八世紀までの西洋医学の一部分であり、特にその外科的な部分と化学薬品の合成が十九世紀からの科学技術と共に異常発達したものです。つまり、医学の根本である人体のバランスを取るという哲学思想がなくなってしまい、外面的な対症療法の部分だけになってしまったのが現代医学だということです。

それは、本来の西洋医学は現代医学と比べると内科的なものだと言えるのでしょうか。

わかりやすくいえば、その通りです。ただし、外科とか内科という分け方そのものが現代医学の仕分け法なので、内科的といっても現代医学でいう内科とは少し意味が異なります。別の見方をすれば、現代医学は解剖学[8]的であり、本来の医学は生理学[9]的だということも出来ます。いずれにしても、現代医学は内臓や血管などの目に見えるものだけを対象にし、本来の医学はたとえ目に見えなくとも生理現象として実際にあるものを、総合的にバランスとして捉えようとするものです。つまり、現代医学は人体の生理現象のうち、解剖すればその仕組みが目に見える部分だけを取り出して発達したものだと思えばいいでしょう。

東洋医学は西洋医学の様に、現代医学の方向へ進むというような変化が、何故起らなかったのでしょうか。

7. ヒポクラテス　p.351（1）注参照。

8. 解剖学　生物体内部の構造・機構を研究する学問で、現代医学の基礎となる学問。

9. 生理学　生体またはその器官・細胞などの機能を研究する学問で、生物科学の基礎となる学問。

東洋医学は、西洋で近代化が起きた十八世紀から十九世紀にかけて、多くの人から実績が認められていたからです。当時の清国や日本には、優秀な名医が数多くいて、伝染病以外のあらゆる病気を治していたので何も変える必要はなかったということです。要するに、十八世紀までは、東洋医学も西洋医学も根本的には同じ考えでしたが、近代科学[1]が出てくるまで、東洋医学の方が秀れていたのです。西洋医学は少し遅れていて、その分、科学の導入によって発達した部分が大きいということなのです。どちらかと言えば、西洋の方が困っていた。そこに科学の力が加わり喜び勇んでそれを医学に導入したわけです。

東洋医学は現在でもバランスを取ることを中心に考えているのでしょうか。

そうです。東洋医学は今でも、中国哲学の陰陽五行思想に基づいて、身体のバランスを整えることを中心に行なわれています。東洋医学は大きく分けると、『神農本草経』[2]から始まる漢方の湯薬[3]療法と、人体の経絡を整えて内臓のバランスを取る物理療法としての鍼灸によって構成されています。漢方の湯薬療法は、中国の南部を主流として発達しました。これは気候が温暖で薬草が豊富だったからです。一方、北部は砂漠地帯が多い上に、寒い地域なので薬用植物がほとんど育ちません。従って、薬草を使わずに陰陽五行のバランスを整えられるように工夫され、編み出されたのが鍼灸の物理療法です。この湯薬療法と鍼灸療法の両方が東洋医学であり、漢方医学とも呼びます。

西洋医学も、本来はバランスを取ることを中心に考えていたということでしたが、どのような方法だったのでしょうか。

1. 近代科学　p.80（I）注参照。

2. 『神農本草経』　p.25（I）、219（II）各注参照。

3. 湯薬　生薬を煎じたものを直接飲んだり、それを精製した薬を処方すること。

西洋医学も約二百年前までは、薬草学が非常に発達していました。医者は患者の体のバランスを哲学的に把握していると同時に、薬草の専門家でもありました。また瀉血《しゃけつ》[4]といって、汚れた血を抜いてバランスをとる物理療法もあったのです。

なぜ現代医学では、バランスを取る考え方がなくなってしまったのでしょうか。

バランスを取るという考え方は、西洋医学と東洋医学に共通する生体の自然治癒力[5]を高める哲学思想です。しかし、これを極めるためには、医者は限りない医学修業の道に入らなければならないのです。ところが現代医学は、十八世紀以降の科学の発展に眩惑《げんわく》されてしまいました。学校で習えば、すべての病気が治せるようになると思ってしまった。つまり産業革命[6]以来、急激に発展した科学で、病気もすべて駆逐できると誤解してしまったのです。

もちろん、いくら医学が発達したと言っても、今もなお治せない病気も多いし、実際には昔よりも病人の数がずっと増えているのです。確か、現在病名が付いている病気は約二十五万種類ほどあって、その中で治療法がある程度確立しているのは四、五千種くらいしかないのです。

現代医学というのは医学の中でも簡単に出来る部分、つまり科学が適用できる部分だけを選んでいるだけです。名人芸がいらない部分が科学なのです。例えば、東洋医学では「証《しょう》[7]」を立てると言いますが、正確に患者の体質や病因を見極めて仕分けし、正しい処方をするには厳しい修業が必要なのです。この仕分けをどれだけ付けられるかが、医者の腕前になるのです。つまり、自然哲学をどれだけ自分のものにしたかということです。科学というのは、元々が、人間力を必要としないことが価値なのです。誰でも簡単に出来るということです。

4. 瀉血　血圧亢進、脳溢血などの治療の目的で、血液の一部を体外へ除去すること。西洋では、十八世紀まで、あらゆる症状に対して行なわれていた中心療法であった。

5. 自然治癒力　p.339（I）注参照。

6. 産業革命　p.65（I）注参照。

7. 証　特定の人物の体質の分類のこと。体質の、陰と陽から始まり虚と実、寒と熱などに分けられていき、最後にその人物独特の体質の崩れが割り出され、それに対して漢方の処法がなされる。その症状の総合的見識を「証」と言う。

十八世紀以降は、その科学に重点を置き過ぎてしまった。そのために、それまで二千年間の西洋医学で治してきたはずの病気まで治せなくなってしまいました。そして同時に、それまではうまく使っていた医学知識が、使えなくなってしまったのです。

現代医学では治せない病気も、東洋医学では治せるものも多いということでしょうか。

そういうことです。昔は中国でも日本でも、名医と呼ばれる人は東洋医学でどんな病気でも治していました。例えば、現代医学で言うガンの症状が清国の文献などで出て来ますが、それを漢方薬で治したという記録はいくらでもあるのです。ただし、文献にはガンという病名は出てこないので、わかる人にしかわかりません。なぜ病名がないのかと言えば、東洋医学では、仕分けが一人一人違うので、病名の付けようがないのです。東洋医学では、いつでも「ある一人の人間のこのような証の病気を治した」ということなのです。

東洋医学では治せなかったと言われている感染症[8]、例えば結核[9]やペスト[1]などは確かに恐れられていました。しかし実は、中国文明が華やかだった清の康熙帝《こうきてい》[2]の時代には、名医と呼ばれる人たちがそれらの病気を治していたという記録が数多く残っているのです。東洋医学は、名医がきちんと漢方薬を配合し、鍼灸を使えば、どんな病気でも治せるという医学体系なのです。しかし、漢方薬の調合ひとつとっても繊細な仕分けが必要で、名医と呼ばれるようになるには、厳しい修業を積まなければなりません。今はそういう人が少ないので、東洋医学でもなかなか病気が治らなくなったということも事実です。

今は漢方薬が市販されていますが、今までの話を伺うと一人一人に合わせないで売るとい

8. 感染症　微生物の感染によって引き起こされる病気。

9. 結核　p.349（I）注参照。

1. ペスト　p.340（I）注参照。

2. 康熙帝（1654-1722）　清朝第四代皇帝。清帝国の地盤を築いたことで知られ、清の全盛期を作り上げた。また、文化を振興し、中でも学術の振興に力を注いだ。

うのはおかしいと思うのですが。

本来、漢方薬は市販できないものです。今売られているものは漢方薬の原料を使っていたとしても、本物の漢方薬とは言えません。やはり、漢方薬は一人一人まったく調合が違うからです。人間は体質が違えば病気の経緯も違うのです。だから、同じ原因でバランスを崩したとしても、ある人は便秘になり、ある人は下痢になるのです。また逆に同じ糖尿病[3]だとしても、体質や病因が違えば調合されるものは、また違うのです。その体質や病因を見極めて陰陽五行で仕分けることが漢方薬を使う医者の腕なのです。

簡単な例を挙げれば、今は朝鮮人参[4]が病人にいいと言われています。しかし、それも一概には言えないのです。というのも、朝鮮人参は体が衰弱した人に処方すると、だんだんと元の健康体に戻りますが、栄養過剰で病気になった人に与えれば、もっと病状は進んでいくのです。そして、実際にはもっと細かく仕分けして、三、四日ごとに薬草の調合を変えていかなければなりません。ただし、一般的に胃腸病にいいというような漢方薬の調合などがあり、そういうものが江戸時代あたりから販売されてはいました。しかし厳密に言えば、そういうものはやはり漢方薬ではないのです。漢方薬は病人を見て、仕分けして一回一回調合するものだからです。

鍼でもやはり仕分けが非常に重要だということでしょうか。

当然です。鍼は経絡体系という、人体に張り巡らされている気の流れに対して刺激したり放電のようなことをしてバランスを取るという考え方です。やはり漢方薬と同じで、一人

3．糖尿病　p.49（Ⅰ）注参照。

4．朝鮮人参　薬用植物として有名なウコギ科の多年草。乾かした根は生薬や強壮薬として使用される。

人の体質や病因を仕分けして、衰えた部分を活性化するために刺激を与えたり、逆に盛んになり過ぎた部分からは鍼を通して自分の方へ気を抜いたりするのです。これに精通した鍼灸師が腕のいい鍼灸師なのです。指圧というものも原理は同じですが、有能な指圧師というのは自分の指で鍼と同じことが出来る人なのです。

東西の医学ということを伺ってきましたが、本来の医学の本質というのはどういうものなのでしょうか。

医学というのは、人体のバランスを取ることが本質なのだと思います。元々は東洋医学も西洋医学も哲学思想を根本に置いて、バランスの崩れを元に戻すという考え方でした。しかし、現在でそういう考え方をしているのは東洋医学だけで、西洋医学は十八世紀以降は哲学を捨ててしまったので、その後の現代医学は本質的に科学技術であって、医学ではないということをまず認識する必要があります。そして正しい生活習慣と食事をすることが基本ですが、それでバランスを取り損ねたものは東洋医学を使い、それでも駄目なものは現代医学を利用して科学的に考えるという順番だと思えばいいでしょう。基本的には、現代は養生[5]ということが軽く考えられていますが、本来は一番重要なことであり、きちんとした生活習慣と食事によってバランスを崩さないようにするという考え方が歴史的には正しいのです。恐らく、あと百年先か二百年先かはわかりませんが、昔の本来であった医学の考え方が根本になっていくでしょう。

5．養生　p.75（I）注参照。

索引

この索引は、本文中の言葉に対し、注釈を加えた項目の一覧です。太字の頁に説明文があり、細字の頁は他頁参照という形で注釈を付しています。

ア行

カ行

サ行

タ行

ナ行

ハ行

マ行

ヤ行

ラ・ワ行

執行草舟　しぎょう・そうしゅう

昭和二十五年、東京都生まれ。立教大学法学部卒業。実業家、著述家、歌人。独自の生命論に基づく事業を展開。戸嶋靖昌記念館 館長、執行草舟コレクション主宰を務める。蒐集する美術品には、安田靫彦、白隠、東郷平八郎、南天棒、山口長男、平野遼等がある。洋画家 戸嶋靖昌とは、深い親交を結び、画伯亡きあと全作品を譲り受け、記念館を設立。その画業を保存、顕彰し、千代田区麴町の展示フロアで公開している。著書に、『生くる』、『友よ』、『根源へ』（以上、講談社）、『孤高のリアリズム―戸嶋靖昌の芸術―』、『憂国の芸術』（以上、講談社エディトリアル）、『魂の燃焼へ』（共著／イースト・プレス）、『耆《ろう》に学ぶ』（共著／㈱エイチエス）、『見よ銀幕に』（戸嶋靖昌記念館）等がある。日本菌学会終身会員。

生命《せいめい》の理念《りねん》Ⅰ

二〇一七年一月八日　第一刷発行

著者　執行草舟《しぎょうそうしゅう》

発行者　田村仁

発行所　株式会社講談社エディトリアル
郵便番号 一一二‐〇〇一三
東京都文京区音羽一‐一七‐一八 護国寺SIAビル六階
電話 代表：〇三‐五三一九‐二一七一
販売：〇三‐六九〇二‐一〇二二

印刷　大日本印刷株式会社

製本　大口製本印刷株式会社

ISBN978-4-907514-70-9

● 執行草舟の好評ロングセラー

生くる

四六判・上製・四三二ページ／定価：本体二三〇〇円（税別）／講談社
ISBN978-4-06-215680-6

生命を、燃焼させなければならない。生きるとは、その道程なのだ。
自己が立って、初めて人生が始まる。

友よ

四六判・上製・四五六ページ／定価：本体二三〇〇円（税別）／講談社
ISBN978-4-06-215725-4

〈他者〉との、真の関係とは何か。著者は、詩を通して、
それを明らめようとしている。新しい詩論が躍動する。

根源へ

四六判・上製・四九六ページ／定価：本体二三〇〇円（税別）／講談社
ISBN978-4-06-218647-6

生命とは、崇高を仰ぎ見る「何ものか」である。
不滅性へ向かって、我々の魂はただに呻吟するのだ。

孤高のリアリズム
——戸嶋靖昌の芸術——

菊判・上製・四三二ページ・オールカラー／定価：本体五四〇〇円（税別）／
講談社エディトリアル　ISBN978-4-907514-42-6

憧れに死んだ男がいた。ここには、その熱情の痕跡がある。
深く静かに、その芸術は、我々を見つめているのだ。

憂国の芸術

B6判・上製・二四八ページ・オールカラー／定価：本体一六〇〇円（税別）／
講談社エディトリアル　ISBN978-4-907514-62-4

芸術の中に、神話を見なければならない。それによって、人間の希望が
紡ぎ出されるのだ。希望だけが、我々の「生《せい》」を支えてくれるだろう。

●定価は変わることがあります。